LA PROPHÉTIE DES GLACES

DU MÊME AUTEUR

AUX PRESSES DE LA CITÉ

Les Tigres de Tasmanie, 2003
La Dame d'Australie, 2004
La Fille de la pierre, 2006
Princesse maorie, 2006
La Louve de Cornouaille, 2007
L'Appel de l'Orient, 2008

CHEZ FRANCE LOISIRS

Les Enfants du volcan, 2009 (en avant-première, parution aux Presses de la Cité en 2010)

AUX ÉDITIONS ALPHÉE

Le Carrefour des ombres, 2009

AUX ÉDITIONS DU ROCHER

CYCLE DE « PHÉNIX »
Phénix, 1986, prix Cosmos 2000 1987, prix Julia Verlanger 1987
Graal, 1988
La Malédiction de la Licorne, 1990
La Vallée des neuf cités, 2008

CYCLE « LES ENFANTS DE L'ATLANTIDE »
Le Prince déchu, 1994
L'Archipel du Soleil, 1995
Le Crépuscule des géants, 1996
La Terre des morts, 2003

CYCLE « LA PREMIÈRE PYRAMIDE »
La Jeunesse de Djoser, 1996
La Cité sacrée d'Imhotep, 1997
La Lumière d'Horus, 1998

ROMANS

La Porte de bronze, 1994, Prix Julia Verlanger 1994
La Lande maudite, 1996
Antilia, 1999
La Fille du Diable, 2000
Le Roman de la Belle et la Bête, 2000
Le Secret interdit, 2001
Moïse le pharaon rebelle, 2002
La Légende de la Toison d'or, 2005

Pour en savoir plus, vous pouvez consulter
le site officiel de Bernard SIMONAY :
www.simonay.com

Bernard Simonay

LA PROPHÉTIE DES GLACES

Roman

Production Jeannine Balland

PRESSES DE LA CITÉ

ISBN 978-2-258-07427-9

Ce livre est dédié à ma douce maman,
qui a rejoint mon papa dans les étoiles
et qui ne lira jamais ces lignes...

Ils me manquent terriblement, tous les deux.

Ce livre est aussi un hommage à :

René Barjavel,
pour *La Nuit des temps* et *Les Dames à la licorne*

Et à :

Robert Merle,
pour *Malevil, Les Hommes protégés* et *Fortune de France*

Avant-propos

Comme l'indique la quatrième de couverture, *La Prophétie des Glaces* fait appel à une hypothèse scientifique aussi spectaculaire que déconcertante. Afin de ménager le suspense, je n'en dévoilerai rien pour l'instant.

Sachez simplement que cette hypothèse repose sur des études scientifiques solides et qu'elle est la seule manière d'expliquer les anomalies présentées par l'histoire de la Terre dans les quinze derniers millénaires, ainsi que certaines énigmes auxquelles les scientifiques et les historiens sont incapables d'apporter des réponses satisfaisantes. Et comme la plupart du temps dans ces cas-là, ils préfèrent ignorer l'existence de ces mystères. Il n'en reste pas moins qu'ils sont là, bien présents, et qu'ils mériteraient que l'on s'y intéresse avec la plus grande rigueur, mais sans *a priori*, en acceptant de remettre en cause ce que l'on tient pour acquis depuis des lustres.

Quoi qu'il en soit, que cette hypothèse comporte une part de vérité ou non, je ne suis pas qualifié, n'étant que romancier, pour en tirer une conclusion définitive. Il ne faut pas perdre de vue que ceci est un roman, pour lequel j'ai extrapolé à partir des informations dont je disposais pour créer une atmosphère totalement dépaysante. Mon but est avant tout de vous faire passer un agréable moment en vous faisant découvrir une histoire surprenante qui, j'espère, vous tiendra en haleine jusqu'au dénouement final.

Les lecteurs plus curieux trouveront en fin d'ouvrage une note plus complète sur l'hypothèse utilisée dans ce roman.

Prologue

Chambre de Lara Swensson, Saint-Guénolé, Bretagne…

Ce n'était pas un rêve ordinaire. Comme tous ceux qui l'avaient précédé, il s'en dégageait un réalisme étonnant, angoissant.

Elle survolait un paysage désolé, sans la moindre végétation, un paysage de mort qui s'étendait à perte de vue, sous un ciel sombre qui pourtant n'était pas la nuit. Plus étrange encore, même si elle ne distinguait aucun mouvement, hormis quelques frémissements, quelques affleurements de lave incertains, elle devinait, sous la surface, un danger formidable, un cataclysme en gestation d'une ampleur phénoménale, dont elle n'aurait su dire ni quand il allait survenir, ni quelles en seraient les conséquences, une menace à laquelle rien ne pourrait s'opposer, contre laquelle il n'existerait aucun moyen de se protéger, nul endroit où se réfugier, même à l'autre bout du monde.

Le péril absolu…

Lara aurait voulu échapper à ces ténèbres étouffantes. Elle avait conscience de rêver, elle savait qu'il ne s'agissait pas du monde réel, celui dans lequel elle vivait, mais il lui était impossible d'ouvrir les yeux. Elle était prisonnière de ce cauchemar effrayant.

Le paysage continuait de défiler sous ses yeux, dans un silence absolu. Elle n'était pas seule. Elle devinait des présences à ses côtés, mais elle ne les voyait pas. Elle ne volait pas vraiment. Elle était à bord de quelque chose, une structure qu'elle ne pouvait définir, une sorte de nef qui l'emportait toujours plus loin au cœur de cette étendue létale.

Dans son sommeil, Lara gémit, lutta pour s'arracher à ces visions dantesques. Au prix d'efforts épuisants, elle parvint à s'extraire de la gangue poisseuse du cauchemar et s'éveilla tout à fait, le corps trempé de sueur, le cœur battant la chamade.

Tâtonnant dans l'obscurité d'une main fébrile, elle alluma sa lampe de chevet. Tout s'effaça, faisant place au décor rassurant de sa chambre. Un vent violent grondait au-dehors, s'écorchait sur les rochers proches, sifflait dans les grands arbres dont elle devinait les noires silhouettes tourmentées à l'extérieur. Ici, les arbres ne poussaient pas droit, mais tordus par la houle permanente venue de l'océan, leur écorce rongée par le sel marin. L'esprit en déroute, il lui fallut plusieurs minutes pour reprendre pied dans la réalité.

Lara s'assit au bord du lit en frissonnant. Ce n'était pas la première fois que ce cauchemar la visitait. Et il n'était pas le seul. D'autres, de la même veine, se reproduisaient régulièrement, d'autant plus inquiétants qu'ils se déroulaient tous de la même façon, étaient tous accompagnés de cette sensation de voyager à bord d'un vaisseau volant improbable, avec les mêmes présences invisibles et pourtant familières. Au réveil, les images persistaient avec une telle netteté, une telle précision, que Lara en demeurait longuement perturbée. Ces images ne ressemblaient pas à celles d'un rêve. D'ordinaire, les décors perçus dans les songes manquaient de logique, ils se transformaient sans aucune raison, souvent sans aucun rapport avec les émotions éprouvées, avec les paroles entendues ou prononcées. Là, au contraire, le paysage conservait toute sa cohérence et son homogénéité. Dans le songe de la nuit passée, il s'agissait d'un volcan aux dimensions inimaginables. Elle aurait pu décrire ce qu'elle avait vu avec une grande précision, comme on fait le récit d'un voyage. Pourtant, jamais elle n'avait approché de volcan, et surtout, il n'en existait aucun d'aussi vaste de par le monde. Tout au moins à sa connaissance.

Ces cauchemars avaient commencé huit ans auparavant, alors qu'elle venait d'avoir quatorze ans et ses premières règles. Au début, ils étaient peu fréquents, et elle avait mis ces visions sur le compte de son nouvel état. Mais le temps avait passé et ils avaient perduré, prenant plus de consistance, dévoilant davantage de détails au fil du temps. Elle savait désormais ce qui allait se passer dans chacun d'eux. Leur enchaînement ne variait jamais, raison pour laquelle elle pensait qu'ils ressemblaient plus à des souvenirs qu'à des songes.

Mais des souvenirs qui ne lui appartenaient pas...

Lara Swensson avait vingt-deux ans. De son père suédois, Erik, elle avait hérité une chevelure d'un blond très pâle et des yeux turquoise. De sa mère bretonne, Marie, elle tenait ses traits fins et un joli petit nez mutin qui séduisait les hommes et appelait leur protection. Cependant, sous cette apparente fragilité se cachait une personnalité éprise de liberté et d'indépendance. Nullement tracassée par la mode, Lara nouait ses longs cheveux en queue de cheval, laissant une frange indisciplinée retomber sur son front volontaire. Ses vêtements habituels se composaient d'un jean délavé, d'un vieux pull bleu marine et de baskets, tenue bien pratique pour explorer les hauts lieux de l'archéologie, généralement situés dans des endroits boueux ou poussiéreux à souhait selon la saison.

Erik et Marie avaient quitté ce monde deux ans plus tôt, à la suite d'un accident de voiture provoqué par un chauffard qui avait pris la fuite et qu'on n'avait jamais retrouvé. Restée seule, Lara, après une période d'abattement, avait pris son destin en main et décidé de poursuivre les études d'histoire et d'archéologie qu'elle avait entreprises après le bac, obtenu avec mention « très bien » à dix-sept ans. Elle voulait que ses parents soient fiers d'elle, là où ils se trouvaient désormais. Pour eux, elle s'était interdit de faiblir. Son héritage la mettait à l'abri de tout souci financier, ce qui ne l'empêchait pas d'occuper des emplois à temps partiel. Ces activités lui permettaient de rencontrer du monde.

Lara n'ignorait pas qu'elle était belle, de cette beauté que l'on accorde aux divinités marines ou aux fées des légendes celtes, mais elle s'en souciait peu. Ses études la passionnaient et lui laissaient trop peu de temps pour songer à autre chose. La conversation des garçons de son âge lui semblait plate, voire carrément ennuyeuse. Entre les amoureux transis qui lui bredouillaient des compliments maladroits et les séducteurs trop sûrs d'eux qui n'avaient en tête que de l'inscrire à leur tableau de chasse, elle préférait rester célibataire. Les relations amoureuses qu'elle s'accordait de temps à autre demeuraient sans lendemains. Cela lui valait, auprès de ses camarades de faculté, la réputation d'une fille insaisissable et solitaire, qui se suffisait à elle-même. Ils appréciaient son humeur toujours égale, sa disponibilité et sa générosité. Cependant, personne ne pouvait se vanter d'avoir réussi à pénétrer dans la forteresse qu'elle avait édifiée autour d'elle.

Un seul homme était parvenu à entrer dans cette citadelle, le seul pour qui elle éprouvât une réelle affection. Il habitait la maison voisine de la sienne et s'appelait Christian Pernelle. Mais il ne pourrait jamais rien y avoir entre eux : Christian préférait les hommes. Lara y trouvait son compte. Au moins, avec lui, il n'y avait pas d'ambiguïté.

Parce qu'elle était adepte des arts martiaux, et particulièrement de l'aïkido, qu'elle pratiquait depuis l'enfance, on la comparait parfois à Lara Croft, l'héroïne des jeux vidéo. Mais son prénom avait une autre origine. Ses parents étant tous deux fans de Boris Pasternak, ils avaient donné à leur fille, tout naturellement, le prénom de l'héroïne du *Docteur Jivago*, roman qu'elle avait elle-même dévoré dès l'âge de douze ans.

Toutefois, ce prénom était bien plus ancien, puisqu'il remontait à l'époque romaine. Lara était une nymphe du Tibre, qui fut aimée du dieu Mercure, de qui elle eut les dieux lares, les dieux protecteurs du foyer.

La nymphe Lara avait aussi une particularité étonnante : elle était capable de communiquer avec les morts...

PREMIÈRE PARTIE

Lara

1

Silverton, comté de Snohomish, Etat de Washington...

Une écœurante odeur de sang flottait dans l'air. Jamais Herbert Scott, enquêteur de la police locale, n'avait contemplé pareille horreur. Six membres de la même famille avaient été crucifiés, la tête orientée vers le sol, en plusieurs endroits de la grande demeure. D'après les premières constatations, on avait utilisé une cloueuse puissante, qui avait transpercé la chair et les os. Mais les assassins ne s'étaient pas contentés de cela. Ils avaient tailladé les visages et lacéré les corps de leurs victimes à l'aide d'armes tranchantes, poignards ou cutters. Les traits étaient à peine reconnaissables. Les ventres avaient été ouverts, et le sol était couvert de viscères encore rattachés à l'abdomen de leurs propriétaires. Une épouvantable boucherie. Chaque victime avait été tuée dans une pièce différente. Le grand-père, Henry Westwood, avait été exécuté dans son bureau, qui jouxtait le salon. Son fils, Douglas, était cloué sur la porte d'entrée. La grand-mère, Katherine, la mère, Sarah et les deux enfants, Philip et Jessica, respectivement âgés de quatorze et douze ans, avaient été crucifiés chacun dans leur chambre. Avec le sang des victimes, on avait peint sur les murs le nombre *666*. La signature du Diable.

Herbert regarda d'un œil morne les membres de l'équipe qui effectuait les premiers relevés. Un brouhaha de conversations étouffées lui parvenait, dont il n'entendait que des bribes. Instinctivement, chacun baissait le ton, impressionné par l'acharnement dont les morts avaient fait l'objet. Il connaissait les Westwood, comme tout le monde à Silverton. C'était une famille tranquille, qui vivait en dehors de la ville, dans une propriété magnifique située en bordure de l'immense forêt de Snohomish. Silverton était une petite ville calme, à l'écart de la fureur du monde. Qui aurait pu penser qu'elle serait un jour le théâtre d'une telle tragédie ? Et quelle pouvait être la motivation d'une telle ignominie ? L'œuvre d'une secte satanique ? Herbert Scott était sceptique.

Une seule personne avait échappé au massacre : le fils, Rohan, âgé de vingt-deux ans. C'était lui qui avait prévenu la police. Il avait passé la nuit dehors et c'était sans doute ce qui lui avait sauvé la vie. Lorsqu'il était rentré, dans la matinée, il avait découvert le carnage. En proie à la terreur, il s'était d'abord enfui, puis, au début de l'après-midi, il s'était rendu au poste de police, où il avait donné l'alerte.

Herbert Scott observa le jeune homme, recroquevillé sur une chaise de la cuisine. Il connaissait Rohan, qui avait déjà eu affaire à la justice. Pas pour des délits très graves. Consommation de cannabis, et d'alcool avant l'âge légal. Cela n'était jamais allé très loin. La fortune et les relations de son grand-père lui avaient évité de trop gros ennuis.

Le policier prit un autre siège et s'assit à califourchon face au jeune homme.

— Pourquoi as-tu mis si longtemps pour nous prévenir ? demanda-t-il.

Rohan secoua la tête lentement.

— Je ne sais pas.

— Tu ne sais pas...

— J'avais l'impression de vivre un cauchemar. Tout ce sang, ça ne pouvait pas être vrai.

— Où étais-tu, cette nuit ?

— Chez Tracy Bowman. Elle habite à la sortie de la ville, en direction de Seattle.

— Je la connais. C'est ta petite amie ?

— Oui.

Deux grosses larmes roulèrent sur les joues du jeune homme.

— Je m'étais disputé avec mon père, hier, dit-il. Il ne voulait plus que je voie Tracy. Il disait qu'elle n'en voulait qu'à mon argent, que c'était une fille intéressée.

— Et c'est vrai ?

Rohan haussa les épaules.

— C'est possible, oui. Elle me demandait du fric sans arrêt. Pour acheter de la drogue. Alors, moi, je lui en donnais. Pour embêter mon père. C'est ça qu'il me reprochait.

Il éclata en sanglots d'un coup, comme un barrage qui cède.

— C'est la dernière conversation que j'ai eue avec lui, et c'étaient des mots d'engueulade. Je suis parti en claquant la porte. Si j'avais su...

— Si tu avais su, tu serais resté, et tu serais mort, toi aussi.

Le jeune homme serra les poings et fixa le policier dans les yeux.

— Qui a fait ça ? Et pourquoi ? On n'a jamais fait de mal à personne.

Le policier hocha la tête.

— Nous allons essayer de le savoir.

En vérité, il n'avait pas le début d'une idée. La petite ville de Silverton, située sur la Mountain Loop Highway, à une centaine de kilomètres à l'est de Seattle, était très tranquille. Les délits les plus graves se résumaient à quelques vols de voiture, ou à des conduites en état d'ivresse. Les habitants y décédaient de mort naturelle, plus rarement dans un accident. Mais jamais, au cours de sa longue carrière, Herbert Scott n'avait eu d'affaire de cette ampleur à résoudre.

La demeure se dressait à l'extérieur de la ville, en limite de la forêt. C'était une construction du dix-neuvième siècle, en solide pierre de taille, autour de laquelle s'étendait une vaste propriété depuis laquelle on jouissait d'une vue superbe sur la vallée. Les Westwood étaient des gens discrets, sans histoire, hormis les quelques incartades de Rohan. Ils participaient peu à la vie de la communauté, mais se montraient généreux quand les associations faisaient appel à eux. Ils étaient sans doute la famille la plus riche de Silverton, et la plus ancienne. Leur fortune provenait apparemment de leurs ascendants, arrivés dans la région peu après la fondation de Seattle, un siècle et demi auparavant. Curieusement, et malgré leur position sociale, ils ne s'étaient jamais mêlés à la vie politique de la petite communauté. De même, ils ne fréquentaient pas les lieux de culte. Cette désaffection notoire leur valait une réputation un peu sulfureuse d'athées de la part des plus dévots, ce dont ils se souciaient peu. Cela ne les empêchait pas d'entretenir de bonnes relations avec les prêtres des différentes familles religieuses qui venaient les solliciter pour leurs pauvres.

Après un tel drame, les mauvaises langues n'allaient pas tarder à déverser leur fiel, songea Herbert Scott. Il n'y avait pourtant rien de diabolique dans leurs activités. Le grand-père, Henry, occupait un poste d'historien à l'université de Seattle. Son fils, Douglas, était spécialisé dans la préhistoire. Rohan suivait les mêmes études. Quant aux femmes, Katherine et Sarah, elles consacraient leur temps à des œuvres humanitaires, aussi bien à Silverton que dans tout l'Etat de Washington. Les Westwood étaient appréciés pour leur amabilité et leur sociabilité. Cependant, nul ne pouvait se vanter dans le pays d'avoir noué de véritables liens d'amitié avec eux. D'une certaine manière, ils se suffisaient à eux-mêmes. Parfois, ils recevaient des gens venus d'ailleurs, même des étrangers, selon la femme de ménage, que l'on avait déjà interrogée. Tous parlaient plusieurs langues, comme l'espagnol ou le français. Les Westwood étaient des érudits. Et des gens… à part.

Herbert Scott étudia de nouveau le jeune homme.

A priori, ce massacre portait la signature d'un groupe satanique. Le rituel de la crucifixion inversée et les horribles mutilations en témoignaient. Pourtant, on n'avait jamais signalé de tels crimes dans la région, pas même dans l'Etat de Washington. Pourquoi un groupe de fanatiques adorateurs du Diable viendrait-il jusqu'ici pour perpétrer une telle abomination ? Et sur des gens aussi tranquilles ?

Quelque chose ne collait pas dans cette histoire.

Herbert avait un peu étudié les adorateurs du Diable. La plupart du temps, leurs frasques étaient le fait de marginaux et d'excités qui rejetaient les religions officielles. Ils se réunissaient pour se livrer à des rites stupides censés les rapprocher de la Bête, consommaient de la drogue et de l'alcool, se livraient parfois à des messes noires qui dégénéraient en orgies. Il arrivait que ces bacchanales débouchent sur des morts par overdose, dans le pire des cas. Mais les crimes étaient extrêmement rares.

A moins qu'une nouvelle secte plus sanglante ne soit apparue. Dans ce cas, ce massacre était peut-être le premier d'une nouvelle série. Car Herbert Scott avait beau chercher, il ne se souvenait pas que les médias aient déjà signalé une telle boucherie ailleurs dans tous les Etats-Unis.

Tout à coup, le médecin légiste lui fit signe de venir le rejoindre. Robert Callaghan arrivait de Seattle. Ils se connaissaient pour avoir travaillé quelquefois ensemble, lors de stages dans la grande cité.

— Ces salauds se sont acharnés sur les victimes, déclara-t-il. Elles ont été torturées avant de périr. Pourtant, il y a quelque chose de bizarre en ce qui concerne le père et le grand-père : ils ne sont pas morts des suites de leurs blessures. Ils se sont empoisonnés au cyanure.

— Au cyanure ?

— Oui, de l'acide prussique contenu pour tous les deux dans une dent creuse. Ces gens-là se sont volontairement donné la mort. Peut-être pour éviter de parler. Mais parler de quoi ?

Herbert Scott hocha la tête lentement. Cette information-là remettait tout en question. Cette boucherie pouvait n'être qu'une effrayante mise en scène destinée à faire croire que l'on avait affaire à un groupe de satanistes. Mais la vraie raison était probablement ailleurs.

Dans la vie même des Westwood.

2

Herbert Scott ne se faisait aucune illusion : l'affaire était trop importante pour rester sous sa seule juridiction. Il ne se trompait pas. Deux jours plus tard, le FBI débarquait à Silverton pour reprendre la main. Il connaissait les flics de l'antenne FBI de Seattle. Ils étaient dirigés par Paolo Mazzotti, une espèce d'armoire à glace couturée de cicatrices qu'on aurait plus facilement imaginée du côté des truands que de la loi. C'était pourtant un homme d'une honnêteté foncière. Cependant, ainsi qu'il l'expliqua à Herbert, il ne serait pas lui-même en charge de l'affaire. Une autre équipe envoyée par Washington allait diriger les investigations.

— C'est tout de même bizarre, confia-t-il. D'ordinaire, c'est sur mon bureau que ce genre d'histoire échoue.

En raison de leurs bonnes relations, il autorisa Scott à suivre l'enquête en tant qu'observateur. Rohan fut embarqué sans ménagement à Seattle. Selon les gens de Washington, le fait qu'il ait été absent précisément la nuit où sa famille se faisait massacrer orientait les soupçons sur lui. On emmena également la jeune Tracy Bowman, soupçonnée d'être sa complice. Stupéfait, Herbert avait tenté de faire valoir que cette supposition était idiote, mais Mazzotti lui avait fait comprendre qu'il était plus prudent de ne pas intervenir. Eberlué, Scott avait suivi les autres en se disant qu'il avait dû louper un épisode.

Au siège du FBI de Seattle, Mazzotti présenta à Herbert un dénommé Truman Bescher, un petit homme squelettique affublé d'une paire de lunettes rondes qu'on aurait trouvées ridicules sans le regard glacial dissimulé derrière. Bescher faisait penser à un serpent. Ses yeux d'un gris pâle ne cillaient jamais. On pouvait se demander s'il avait jamais souri de sa vie. On devinait qu'il aurait pu assister au dépeçage d'un être humain vivant sans sourciller, si de cette torture dépendait une information importante. Lorsque Herbert Scott serra sa main décharnée, il sentit sous ses doigts la dureté des os et la force inattendue de sa poigne. Il n'aimait pas ce type.

A présent, il se trouvait, en compagnie de Mazzotti et de Bescher, dans la pièce contiguë à la salle d'interrogatoire, séparée par une vitre sans tain. De l'autre côté, deux policiers, un gros costaud au visage de pitbull énervé et un grand mince au faciès plutôt sympathique – le bâton et la carotte –, cuisinaient sans relâche le jeune Rohan depuis plus de vingt-quatre heures. Dans une autre salle, Tracy Bowman subissait le même sort.

Alternant la douceur persuasive et les menaces, les deux flics tentaient d'obtenir des aveux. Sans succès. Penché sur Rohan, le gros jouait l'intimidation :

— C'est quand même curieux que tous les tiens aient été massacrés et que toi tu aies été épargné...

— Mais ça fait vingt fois que je vous le dis : j'étais chez ma petite amie !

— Justement ! Tu étais bien planqué, et elle te fournissait un alibi. On te connaît, Westwood. Tu es fiché. Ce n'est pas la première fois que tu as affaire à la justice.

Le gamin secoua la tête et rétorqua, d'une voix marquée par l'épuisement :

— Je ne suis pas un meurtrier !

— Tu es un drogué et un alcoolique !

Il s'insurgea :

— C'est faux ! Je ne suis pas alcoolique. Et je n'ai fumé que du cannabis. Je n'ai jamais pris de drogues dures. Ça ne fait pas de moi un criminel...

— C'est interdit par la loi ! s'égosilla le gros flic.

Rohan se recroquevilla sur son siège, persuadé que l'autre allait le frapper. Le deuxième flic écarta son collègue et prit le relais, un sourire engageant aux lèvres.

— Allons, Rohan, on ne veut pas dire que tu as commis ce massacre, bien sûr. D'ailleurs, comment aurais-tu fait, tout seul ?

Le jeune homme leva vers lui un regard rougi par les larmes et l'épuisement. Cela faisait deux jours qu'il n'avait pas dormi. L'autre insista :

— Ce qu'on veut dire, c'est que tu as pu prendre contact avec un groupe d'adorateurs de Satan pour faire le sale boulot à ta place.

Le jeune homme poussa un soupir de lassitude. Cela faisait des heures que les deux molosses lui servaient le même refrain.

— Mais pourquoi vous vous acharnez sur moi comme ça ? On a tué toute ma famille ! J'ai tout perdu...

— Oh non, tu n'as pas tout perdu. A présent, tu es le seul héritier Westwood. Il ne reste que toi. Et on s'est renseignés : ça représente un joli paquet de dollars ! Assez pour justifier de vouloir te débarrasser des autres.

Soudain hors de lui, Rohan bondit de son siège.

— J'en ai marre d'écouter vos conneries ! Je veux sortir !

— Rassieds-toi ! hurla le gros pitbull en le repoussant brutalement.

Le gamin retomba sur le siège de métal, dompté par la voix menaçante et la fatigue.

— Vous êtes complètement fous, gémit-il. J'aimais ma famille. Jamais je ne leur aurais fait de mal.

— Ta famille était très riche, repartit le flic mince d'une voix doucereuse. On sait ce que c'est. On peut comprendre que tu aies cédé à la tentation. C'est humain. Si tu avoues tout de suite, tu seras tranquille. Il vaut toujours mieux libérer sa conscience.

Derrière la vitre sans tain, Herbert Scott serrait les poings pour ne pas montrer son énervement.

— Ils perdent leur temps, grinça-t-il à l'intention de Bescher, qui observait la scène d'un œil glacé.

Le serpent à lunettes ne réagit pas. Scott commençait à bouillir. Soudain, il explosa :

— Mais qu'est-ce que vous cherchez ? Il ne pense même pas à appeler un avocat. S'il avait quoi que ce soit à voir avec les meurtres, il aurait déjà demandé à être défendu...

— Calme-toi ! dit Mazzotti, embarrassé.

— Je ne partage pas votre opinion, Scott, cingla Bescher. Ce type peut être un excellent comédien.

Herbert se tourna carrément vers lui.

— Je ne comprends pas, monsieur. J'aimerais savoir pourquoi vous vous acharnez sur lui ainsi.

— Nous explorons toutes les pistes.

— Toutes ? Ne vous foutez pas de ma gueule ! C'est la seule que vous suivez. Vous essayez par tous les moyens de faire avouer ce pauvre gamin alors qu'il n'a visiblement rien à voir avec tout ça. Il n'y a rien dans son passé qui le rattache de près ou de loin à une secte, satanique ou non. A part un peu de drogue et d'alcool, on n'a rien à lui reprocher. Alors quoi ? Qu'est-ce que vous cherchez ?

L'autre le fixa de son regard métallique.

— Prenez garde, Scott. Vous n'êtes plus en charge de l'affaire. Je vous ordonne de sortir de cette pièce.

Mais il en fallait plus pour impressionner le vieux flic au bord de la retraite. Il poursuivit :

— La vérité, c'est que vous n'avez rien ! Les assassins n'ont laissé aucune trace derrière eux. Pas la plus petite trace d'ADN ! C'est un travail de pros, Bescher, pas l'œuvre de fanatiques qui vouent un culte au Diable.

L'autre eut un geste agacé.

— Ce n'est plus votre problème, Scott, martela-t-il d'une voix sèche. Ne vous mêlez pas des affaires du FBI. Je vous ai ordonné de sortir de cette salle. Et vous allez obéir, si vous ne voulez pas vous retrouver avec de gros ennuis.

Scott dut se maîtriser pour ne pas balancer son poing dans la figure du serpent à lunettes. Dans la salle, les deux gorilles ne relâchaient pas leur pression. Rohan, au bord de l'évanouissement, avait résolu de ne plus lâcher un mot. Herbert Scott savait qu'à un moment ou un autre il finirait par craquer et avouerait tout ce qu'on voudrait. Pour une raison qu'il ne comprenait pas, le FBI avait décidé de lui faire porter le chapeau.

Il réprima un hurlement rageur, puis, ostensiblement, il alluma une cigarette dont il exhala largement la fumée avant de quitter la pièce. Bescher le foudroya du regard, mais ne dit mot. Les mâchoires serrées, Scott sortit de la pièce, en proie à une violente colère rentrée. Mazzotti le suivit. Herbert explosa à nouveau :

— Il ne faut pas me prendre pour un con ! Tu as lu le rapport, Paolo. On sait parfaitement que les Westwood ont été victimes de tueurs professionnels. Des types sans états d'âme, qui ont monté la mise en scène de la crucifixion inversée pour orienter les soupçons vers des disciples du Diable. Tout comme le *666* écrit sur le mur avec le sang des victimes.

— Je sais. Mais moi aussi je dois fermer ma gueule. Il y a un truc important là-dessous, Herbie, et j'ignore quoi. Il vaut mieux ne pas t'en occuper. Ce Bescher est un gros ponte. Il pourrait te créer une foule d'emmerdes.

Herbert écoutait à peine. Il poursuivit :

— Et bizarrement, plus personne n'évoque les capsules de cyanure. On dirait qu'elles n'ont jamais existé. Pourtant, une chose est sûre : Henry et Douglas Westwood se sont bien suicidés. Pour quelle raison ? Qu'avaient-ils peur d'avouer, au point d'abandonner leur famille en fuyant dans la mort ? Que savaient-ils, qu'ils risquaient de révéler à leurs tortionnaires ?

— Je l'ignore, mon vieux. Et je n'en saurai pas plus que toi. Dès qu'ils ont eu vent de l'affaire, à Washington, ils ont dépêché cette équipe de guignols et nous ont mis au rancart.

Herbert poussa une bordée de jurons et déclara :

— On ne peut pas laisser ce gamin entre les pattes de ces fumiers. Il a droit à un avocat. Sinon, ils vont finir par lui faire avouer n'importe quoi.

Cette diatribe amena un sourire sur le visage de taureau de Mazzotti. Il ne lui déplairait visiblement pas de jouer un tour à Bescher.

Le lendemain, Walter Donnelly, qui avait déjà défendu Rohan lors de ses problèmes antérieurs, se présenta au siège du FBI et exigea d'être présent lors des interrogatoires. Parce qu'il était bien placé dans la nouvelle équipe gouvernementale en place, on ne put le lui refuser. Bescher se douta bien que Donnelly avait été contacté par Scott, mais l'avocat refusa de le confirmer. En revanche, il eut tôt fait de démontrer que les accusations portées contre le jeune homme n'étaient aucunement fondées.

Bescher convoqua Herbert et se mit à hurler :

— Vous avez outrepassé vos droits, Scott ! C'est vous qui avez prévenu ce Donnelly !

— Et alors ? Le jeune Westwood avait droit à un avocat. C'est la loi.

— Il était sur le point d'avouer…

— Mais je rêve ! explosa le vieux flic. Avouer quoi ? Vous le savez aussi bien que moi, que ce gamin est innocent ! Alors, qu'est-ce que ça veut dire, cet acharnement stupide ? Il vous faut un coupable à tout prix, c'est ça ? Et rien à foutre s'il n'a rien fait ! Mais où je suis, là ? Dans quel pays ?

L'autre fulmina :

— Prenez bien garde…

— Non, monsieur, *vous*, prenez garde ! Le temps des cow-boys, c'est terminé ! Je ne sais pas qui vous êtes ni d'où vous sortez, mais j'ai l'impression que vous n'avez aucune intention de coincer les vrais coupables. Cette affaire pue le complot à plein nez ! Il vous faut un bouc émissaire pour les médias et vous vous foutez éperdument de faire porter le chapeau à un innocent.

— Absolument pas !

— Ah oui ? Alors, pourquoi Henry et Douglas Westwood se sont-ils suicidés au cyanure ? Qui étaient-ils vraiment ? Et que savaient-ils ?

L'homme aux lunettes d'écaille pointa le doigt sur Herbert.

— Eh bien justement, Scott ! Ne vous avisez pas de raconter ce genre de détail aux journalistes. Cette histoire vous dépasse. Et vous feriez mieux de ne plus y fourrer votre gros nez. Cela pourrait vous attirer de graves ennuis. Me suis-je bien fait comprendre ?

Scott hocha la tête.

— Du moment que vous relâchez ce gamin…

— Votre protégé est tiré d'affaire. Ce fils de pute d'avocat a bien fait son boulot. Donc, un innocent ne sera pas injustement condamné. Vous vous contenterez de ça, Scott. A présent, je ne veux plus vous voir.

— Croyez bien que c'est réciproque, monsieur !

Rohan, totalement abasourdi, se retrouva libre deux jours plus tard, sans la moindre caution à verser. Tracy, quant à elle, avait immédiatement pensé à se faire assister par un avocat et avait déjà été libérée. A la sortie des bâtiments, Rohan retrouva Herbert Scott, qui l'attendait.

— Viens, je vais te ramener.

Le jeune homme le remercia brièvement, puis monta dans le véhicule du policier et se recroquevilla contre la portière sans décrocher un mot. Il avait les yeux rouges, le teint pâle et cireux, et gardait les yeux fixés droit devant lui.

— Ça va aller ? demanda Scott.

Le gamin acquiesça sans mot dire. Le flic n'insista pas. Il n'aurait pas aimé être à sa place. Lorsqu'il rentrerait chez lui, il n'y aurait plus personne. Les corps avaient été enlevés, mais il lui resterait, attachée à chaque pièce, une vision d'épouvante.

— Tu devrais peut-être dormir à l'hôtel… suggéra Herbert.

— Non, répliqua Rohan d'une voix assourdie. Si ces salauds reviennent, je veux être là. Je les attends. Je veux venger les miens.

— Parce que tu crois que tu feras le poids face à ces fumiers ?

— Je m'en fous, cingla le jeune homme. Je veux leur faire la peau !

Scott hocha la tête. Le gamin avait envie de se battre. C'était plutôt bon signe.

— Je vais faire surveiller ta demeure. Mais tu sais, il y a peu de chances qu'ils reviennent.

Il avait dit cela pour s'en convaincre, mais rien n'était moins sûr. Les tueurs finiraient par apprendre qu'il restait un Westwood vivant. Qu'allait-il se passer, alors ?

Pendant les premiers jours après la tuerie, l'affaire avait fait les gros titres des journaux et de la télévision. Arrêté par le FBI, Rohan avait été presque désigné comme coupable. Manipulés par Bescher, les journalistes avaient fait de lui une espèce de psychopathe drogué en relation avec une secte maudite adepte des sacrifices humains. S'y ajoutait une sordide histoire de vengeance et d'intérêt qui aurait conduit le garçon à vouloir supprimer toute sa famille afin d'hériter. Scott était écœuré. Tout était inventé, orienté dans le but de faire de Rohan un coupable idéal. Ne restait plus alors qu'à mener l'enquête en direction de la secte fantôme, que l'on n'aurait bien sûr jamais démasquée. Lorsqu'il avait été libéré sans caution, tout ce sordide échafaudage s'était écroulé. Grâce à lui, Herbert Scott. Il en ressentait une certaine fierté, même s'il s'attendait à des tracasseries sournoises de la part de l'administration. On ne défiait pas les hauts pontes de Washington sans s'exposer à des représailles.

A Seattle, grâce à Herbert, Rohan avait réussi à échapper à la presse à sa sortie des bureaux du FBI. Mais elle se manifesta lors de l'enterrement des six victimes, qui eut lieu cinq jours après le massacre, lorsque le FBI consentit enfin à rendre les corps. Cependant, Rohan avait déjà perdu de son intérêt. Il n'était plus qu'un malheureux gamin ayant échappé par miracle à une épouvantable tragédie.

Seuls quelques habitants de la ville assistèrent aux obsèques. Les Westwood n'avaient apparemment aucune autre famille. Outre un bon nombre de journalistes et de curieux, qui ne cessaient de dévisager Rohan, Herbert Scott avait repéré quelques individus qui observaient la foule avec acuité. Il n'aurait su dire s'ils appartenaient au FBI ou à une autre administration. Qu'espéraient-ils ? Quant aux assassins, étaient-ils là, parmi les badauds ? Lui-même se livra à une étude discrète. Sans résultat. Les journalistes tentèrent d'approcher Rohan, sans succès là aussi. Le jeune homme, sur l'ordre de Scott, était entouré par une escouade de policiers.

Quant aux autres, c'étaient pour la plupart des curieux sans scrupules, avides de dévisager sous le nez celui sur qui avaient pesé de si graves soupçons. Bien sûr, il avait été officiellement innocenté, mais le doute subsistait. On ne sort jamais indemne de ce genre d'accusation.

Curieusement, après les funérailles, l'affaire disparut des titres des journaux dans les jours qui suivirent, passant en pages intérieures. Deux semaines plus tard, plus personne n'en parlait. Sans doute était-on intervenu en haut lieu. On ne laissait plus rien filtrer. Les derniers échos parus sur le sujet privilégiaient la piste d'une secte satanique dont on n'avait aucune trace.

Démerde-toi avec ça ! Au bout de quelques jours, les plus tenaces avaient lâché l'os, en quête de nouveaux scandales.

Herbert Scott pestait. Cette histoire lui donnait envie de vomir. Il paraissait évident que les autorités protégeaient les criminels, qui qu'ils fussent ! Au début, il fut tenté de poursuivre discrètement son enquête. Mais, comme l'avait dit Mazzotti, cela n'aurait abouti qu'à lui créer une foule d'ennuis. Il renonça. Pour une raison qu'il ignorait, les agences secrètes du pays allaient étouffer l'affaire, et le mystère Westwood ne serait jamais éclairci.

Cependant, Mazzotti lui apporta une information qui, même si elle ne pouvait pas lui être utile, ne laissa pas de l'étonner :

— J'ai fait quelques recherches discrètes de mon côté, dit l'homme du FBI. Il me semblait avoir déjà entendu parler d'une affaire similaire il y a pas mal d'années, lorsque j'ai fait des études sur le phénomène des sectes sataniques, à New York. Ça ne se passait pas aux Etats-Unis, mais au Chili, en 1992.

Il sortit des papiers et les déchiffra par-dessus ses lunettes demi-lune.

— Voilà… Une famille entière a été massacrée dans des conditions similaires dans un bled appelé… Arauco. C'est à cinq cents bornes au sud de la capitale, Santiago. Toute la famille a été retrouvée crucifiée la tête en bas et les tripes à l'air. Il y avait aussi le chiffre *666* badigeonné sur les murs avec le sang des morts. Là-bas, les gens ont aussitôt crié au Diable. Au FBI, à l'époque, on a plutôt pensé à l'extermination d'opposants au régime de Pinochet. Il avait déjà été battu aux élections de 88, mais il conservait encore une grande influence dans le pays, et ses escadrons de la mort étaient encore actifs, même s'ils étaient entrés dans la clandestinité.

— Tu penses qu'il pourrait y avoir un rapport, après tant d'années ?

— Pourquoi pas ? D'autant plus qu'il y a un détail troublant : parmi les victimes, il y avait également des universitaires, et devine quelle était leur spécialité : l'archéologie ! On dit aussi qu'il y aurait eu une survivante, mais elle a disparu peu de temps après. Je doute qu'on la retrouve un jour.

Scott hocha la tête. Il y avait fort à parier que ceux qui avaient commis ce massacre avaient également fait disparaître cette survivante. On pratiquait beaucoup le « vol de la mort [1] » à cette époque. Il se promit de veiller particulièrement sur Rohan.

Malgré les conseils de Scott, Rohan persista à rester dans la grande demeure, où il vivait désormais tout seul. Herbert lui rendait des visites quotidiennes. Au cours de ces quelques jours d'enquête, il s'était pris de sympathie pour le jeune homme. Il redoutait que le traumatisme subi ne l'entraîne à sombrer définitivement dans la drogue ou l'alcool. Mais ce fut l'inverse qui se produisit. Rohan se détestait d'avoir cédé à la facilité des paradis artificiels. De même, il avait rompu avec Tracy. Il n'était pas d'un naturel bavard, mais lui aussi appréciait la compagnie du vieux flic.

— Mon père avait raison, avoua-t-il à Herbert. Cette fille était intéressée. La mort de mes parents m'a ouvert les yeux. Dès mon retour, elle a essayé de me refaire plonger. Elle cherchait à savoir de combien j'allais hériter. Elle parlait même de mariage. J'ai eu vite fait de comprendre.

— Bravo !

Herbert se rendait compte que ses visites faisaient du bien à Rohan. Il n'avait plus personne à qui parler. Herbert avait contacté lui-même le notaire de la famille, qui s'était occupé des obsèques.

Parfois, le gamin cédait à la douleur et au découragement. Dans ces moments-là, il s'en voulait de ne pas avoir péri avec sa famille. Mais la plupart du temps, c'était la volonté de vengeance qui dominait. Rohan était un garçon réservé, qu'on aurait pu croire timide. En fait, il bénéficiait d'un caractère volontaire, ce qui ne correspondait pas au profil habituel des

---

1. Système d'élimination pratiqué par les escadrons de la mort sud-américains du temps des dictatures, qui consistait à emmener les victimes à bord d'un hélicoptère ou d'un avion et à les jeter à l'eau depuis une altitude élevée, loin des côtes. L'océan rejeta parfois des cadavres, mais la plupart disparurent à jamais. Ce système sinistre s'inspirait de méthodes employées par certains généraux de l'armée française au cours des guerres d'Indochine et d'Algérie.

drogués, généralement des êtres faibles d'esprit. Un jour, Herbert lui posa la question :

— Il y a une chose que je ne comprends pas. Pourquoi en étais-tu arrivé à prendre de la drogue ?

Rohan se renfrogna.

— Fumer un pétard de temps en temps, ce n'est pas grave...

— Un pétard, oui, mais tu aurais pu toucher ensuite à des trucs plus dangereux. Pourquoi ? Tu avais tout ce que tu voulais, ici. Tu ne t'entendais vraiment pas avec ton père ?

Rohan ne répondit pas immédiatement. Il revoyait le visage de chacun des siens, et celui de sa mère, doux et rassurant, de sa petite sœur, qui riait si facilement, de son jeune frère, avec qui il s'entendait à merveille. Il lui semblait qu'on lui avait arraché des lambeaux de sa chair. Il serra les dents pour ne pas céder à la douleur.

— J'aimais mon père, monsieur Scott, dit-il d'une voix sourde. Je les aimais tous.

Il hésita encore, puis ajouta :

— Il y avait autre chose. En fait, j'ai un problème.

— Lequel ? demanda doucement Herbert.

Le jeune homme poussa un soupir agacé.

— De toute façon, vous n'allez pas me croire.

— Tu sais, j'en ai entendu beaucoup dans ma vie.

— Mais pas un truc comme ça !

Nouvelle hésitation.

— C'est complètement dingue. Enfin voilà : j'entends parler les morts.

Scott maîtrisa une réaction de surprise. Il ne s'était pas attendu à une révélation de cette sorte.

— Explique-moi ça.

— A vrai dire, ce ne sont pas des paroles. Ce sont plutôt des émotions que je perçois, des images qu'ils m'envoient. C'est très flou, et ça surgit comme ça, n'importe quand, sans raison. Mais je sais qu'elles viennent de personnes disparues.

— C'est peut-être un effet secondaire de la drogue, suggéra le vieux flic.

— Mais non, vous ne comprenez pas ! Ça a commencé bien avant que je prenne de la drogue. C'est même pour ça que je me suis mis à fumer. Quand j'étais sous l'emprise de la came, au moins, ils me foutaient la paix.

— Tu en as parlé à tes parents ?

— Bien sûr. Mon père disait que je ne devais pas m'inquiéter, que ce n'était pas grave. Mais quand il a vu que j'en étais arrivé à prendre de la drogue, il m'a envoyé voir un psy. Un vrai connard. Il a piqué un max de fric à mes parents, mais ça n'a servi à rien.

Il hésita, puis ajouta, en serrant les poings :

— Je ne prends plus rien. J'ai balancé ce qui me restait dans les chiottes. Ce n'est pas comme ça que je retrouverai les salauds qui ont buté ma famille. J'ai décidé d'écouter ce que les morts ont à me dire. Peut-être que les miens vont se manifester. Parce que je crois que mon père et mon grand-père étaient comme moi. Et aussi ma petite sœur Jessica. Elle était encore très jeune, mais un jour elle m'a dit qu'elle entendait des drôles de voix dans sa tête.

— C'était sans doute de famille...

— C'est possible. Quelques jours avant d'être... d'être tué, mon père m'a pris à part dans son bureau. Il avait quelque chose de très important à me dire. J'ai cru qu'il s'agissait de Tracy, et je n'ai pas voulu l'écouter. Il n'a pas insisté.

Un bref sanglot le secoua.

— Quel con j'ai été ! Je suis sûr maintenant que cela avait quelque chose à voir avec ces voix.

— C'est peut-être idiot, mais... est-ce que cela pourrait avoir un rapport avec le massacre ?

— Je ne sais pas. Vous savez, mon père et mon grand-père étaient un peu bizarres, parfois.

— Bizarres ?

— C'est difficile à dire. J'ai toujours eu l'impression qu'il y avait un secret dans leur vie. Et je crois maintenant que c'était lié à ces voix. Ils n'ont pas été étonnés lorsque je leur en ai parlé. Ils avaient même l'air de s'y attendre. Une fois, j'ai entendu mon grand-père dire à mon père : « Il n'est pas prêt ! » Ils parlaient de moi. Mais je n'ai jamais su à quoi je n'étais pas prêt. Ils ne m'en ont pas parlé.

— Et tu as fui ce phénomène en te réfugiant dans la drogue… C'est peut-être pour cette raison qu'ils estimaient que tu n'étais pas prêt.

— Oui, sans doute.

Ses yeux se mirent à briller.

— Ils me manquent tellement.

Il se reprit, s'essuya les yeux d'un geste vif, puis il respira profondément et déclara :

— Ne vous inquiétez pas pour moi, monsieur Scott. Je ne boirai plus et je ne toucherai plus à la drogue. Je veux consacrer toutes mes forces à découvrir qui a fait ça. Je veux les faire payer, vous comprenez ? Vous savez où en est l'enquête ?

Herbert Scott soupira.

— Je ne peux pas te dire grand-chose, malheureusement. Je n'ai plus accès au dossier. Quant à toi, il va t'être difficile de mener ta propre enquête. Ce serait même très dangereux. Car je doute que la version officielle soit la bonne.

Il hésita, puis ajouta :

— Il y a pourtant une chose que tu dois savoir : ton père et ton grand-père ne sont pas morts sous la torture. Ils se sont suicidés.

— Suicidés ? ! Mais comment ?

— Ils possédaient tous deux une capsule de cyanure dissimulée dans une dent creuse. C'était un moyen utilisé par les espions pendant la Seconde Guerre mondiale. Ils avaient certainement peur de révéler quelque chose d'important. Aurais-tu une idée de ce que cela pourrait être ?

Rohan regarda le policier avec des yeux ronds.

— Mais non… dit-il enfin. Cette histoire est absurde. Mes parents étaient des gens comme les autres. Et… ma mère ?

— Non, pas elle. Ni aucun des autres membres de ta famille.

— Vous voulez dire que mon père et mon grand-père étaient peut-être… des sortes d'espions, ou quelque chose comme ça ?

— C'est possible, mais il y a quelque chose qui cloche. En admettant qu'ils aient fait partie d'un réseau ennemi, ou bien qu'ils aient trahi leur pays, on se serait contenté de les supprimer discrètement, ou plus probablement de les arrêter. S'ils avaient quelque chose à avouer, on les aurait enlevés pour les faire parler.

Mais on n'aurait pas massacré toute ta famille. Ça ne tient pas debout !

En proie à une grande émotion, Rohan se leva et fit quelques pas nerveux.

— Mais pourquoi ? Qu'est-ce que tout ça veut dire ?

— Je n'en sais rien. Le fait d'être un médium capable de communiquer avec les morts n'a en soi rien d'exceptionnel. Le spiritisme existe depuis un siècle et demi et l'on n'a jamais assassiné les gens pour ça. En tout cas jusqu'à maintenant. Aussi, essaie de te souvenir. En dehors de cette faculté étrange, n'y aurait-il pas des éléments insolites dans la vie de ton père ? Des trucs qui t'ont paru bizarres ?

— Non ! Mon père et mon grand-père étaient tous deux professeurs. Ils menaient une vie tranquille, l'un comme l'autre. Parfois, ils s'absentaient pour assister à des colloques, aux USA ou en Europe.

— C'est peut-être dans cette direction qu'il faut chercher.

— Il n'y avait là rien d'extraordinaire. Ils rencontraient d'autres savants. Certains venaient à la maison, de temps à autre. Je peux vous dire que ce n'étaient pas des gens inquiétants. Ils parlaient d'histoire, d'archéologie, d'antiquité. Des universitaires, quoi. Ils étaient plutôt sympas. Et bons vivants. Ils ne ressemblaient pas à des espions.

— Tu sais, les espions savent très bien se planquer sous la peau d'un autre personnage.

Rohan fit la moue, guère convaincu.

— Mais comme vous l'avez dit, si mes parents étaient vraiment des espions, on ne les aurait pas éliminés de cette manière épouvantable.

Evidemment, cela n'expliquait pas le massacre, et surtout pourquoi on protégeait les assassins en haut lieu. Cependant, Herbert s'abstint de faire part de cette dernière réflexion au jeune homme.

Soudain, le téléphone sonna. Rohan prit l'appel.

— C'est le notaire de ma famille, dit-il à Herbert en raccrochant. Maître Monroe Il désire me voir.

3

Ailleurs, en plusieurs endroits du monde...

La réunion avait lieu par Internet. Par précaution. Depuis l'apparition de la Toile et des webcams, les assemblées des Hosyrhiens étaient facilitées, grâce à un réseau hautement sécurisé qui leur évitait de se retrouver physiquement tous au même endroit, au même moment, ce qui eût été dangereux.

Les Veilleurs avaient répondu à l'appel du Gardien. Devant ce dernier se dressaient des écrans où apparaissaient ses interlocuteurs. Tous portaient des masques étranges qui ne laissaient rien deviner de leurs traits, au cas pourtant improbable où le réseau aurait été infiltré.

Seul le Gardien – ou Grand Maître – les connaissait tous. Les autres étaient structurés en quatre groupes de trois. Les trois membres d'un groupe se connaissaient, mais ignoraient l'identité des membres des autres groupes. C'était au prix de ce cloisonnement que la communauté avait réussi à survivre depuis si longtemps. La conversation avait lieu en français. Elle commença par une incantation :

— Que Lucifer soit avec vous, mes frères ! déclara le Gardien.

Les autres reprirent la phrase. Des voix d'hommes et de femmes.

— Comme vous le savez déjà, une cellule a été détruite, reprit le Gardien d'une voix sombre, presque glaciale. C'est la deuxième en dix-sept ans.

S'il éprouvait des sentiments, personne n'aurait pu les déceler. Il poursuivit sur le même ton :

— Cela doit nous inciter à la plus grande prudence. Malgré nos précautions, l'ennemi a réussi à localiser certains d'entre nous. Nous ignorons par quel moyen, mais une chose est sûre : l'étau se resserre. L'ennemi n'aura de cesse de nous avoir tous exterminés. N'oubliez jamais qu'il nous redoute plus encore que le Diable lui-même. Il est puissant et bénéficie d'appuis très haut placés. Il nous faut donc rester sur nos gardes, et prendre toutes les mesures nécessaires pour nous préserver.

Le Gardien marqua un court silence, puis reprit :

— Cependant, quel que soit le prix à payer, rien ne doit nous détourner de notre mission. La Prophétie des Glaces doit s'accomplir. Nous l'attendons depuis des millénaires. L'Apocalypse est proche. Vous savez tous quel sens nous accordons à ce mot.

Ils acquiescèrent d'un mouvement lent de la tête.

— Qu'ont donné vos derniers sondages ?

— Aucun résultat, Grand Maître, dit une voix féminine.

Les autres confirmèrent.

— Nous ressentons la présence de la Reine, mais sous la forme d'un écho subtil, impossible à préciser davantage, dit l'un d'eux. Nos dons médiumniques ne sont pas assez puissants. Elle reste impossible à localiser.

Un autre déclara :

— En ce qui me concerne, je n'ai distingué aucun écho dans l'Ether. Pour moi, rien ne prouve que la Reine soit revenue à la vie.

Le Gardien hocha la tête.

— D'autres ont perçu sa présence. Tu dois leur faire confiance et chasser tes doutes, mon frère. La Prophétie affirme qu'elle sera de retour en des temps de grands troubles, où les hommes se seront multipliés comme des fourmis et où d'innombrables superstitions se seront emparées des esprits, semant le chaos et la destruction. Qui peut nier que l'époque actuelle correspond parfaitement aux termes de la Prophétie ?

— C'est vrai. Mais parfois, je me pose des questions, Grand Maître. Pensez-vous que cette prophétie ait encore un sens ? Elle est tellement ancienne...

— La Prophétie des Glaces évoque une période extrêmement longue. Elle garde toute son actualité. Plus que jamais.

Il observa attentivement chacun des masques. Il pouvait mettre un visage et un nom sur chacun d'eux. Enfin il reprit :

— Nous *devons* réussir. Souvenez-vous de ce qui s'est passé en Finlande au seizième siècle. A cette époque déjà la Reine était revenue. Mais les autres ont été plus rapides et l'ont éliminée. Cela ne doit pas se reproduire. S'ils la localisent avant nous, ils la tueront car, à leurs yeux, elle représente l'Abomination absolue.

— Nous ne savons même pas où elle peut se trouver… soupira une autre voix de femme. Cela peut être n'importe où dans le monde.

— Gardez à l'esprit que l'ennemi est encore plus désarmé que nous. Il ne sait pas *comment* la chercher. Le sondage médiumnique de l'Ether est une tâche extrêmement difficile et ils ne possèdent pas cette faculté que nous maîtrisons depuis des millénaires.

— Le meilleur d'entre nous a été tué, et il avait échoué, lui aussi, à la localiser, objecta la femme.

— Son fils vit toujours. Il possède le don médiumnique. Il peut nous aider.

— L'acceptera-t-il ? demanda une femme.

— Je ferai tout pour le convaincre.

— Vous prenez un risque, Grand Maître. Ce garçon ignore tout de nous.

— Et il l'ignorera, jusqu'au moment où je le jugerai digne de recevoir l'initiation.

Il inclina la tête brièvement.

— Nous n'avons pas le droit d'échouer. Veillez, mes frères ! Et que Lucifer éclaire votre route.

4

Une nouvelle fois, Lara se retrouvait plongée en plein cauchemar. Une lassitude sournoise l'empêchait de s'extraire de la gangue poisseuse du sommeil. Pourtant, elle avait conscience qu'elle rêvait, que ce n'était pas la réalité. Et elle savait ce qui allait se passer. Elle était déjà venue dans cet endroit infernal.

Le pays était noyé dans le gris. Elle avançait sur une route aux dalles disjointes, qui rendaient la marche pénible. Une sensation de froid intense lui broyait les os, tandis qu'un désespoir immense lui serrait le cœur. Autour d'elle, ce n'était que désolation, des arbres desséchés, aux branches noircies. Les forêts avaient disparu. Le ciel semblait avoir cessé d'exister. Ce n'était plus des nuages, mais une masse uniforme d'un gris terne qui masquait le soleil. Dans sa vision, elle savait que l'astre n'avait plus reparu depuis des années. Au loin, très loin, la silhouette fantomatique d'une haute montagne dominait le paysage. Son sommet disparaissait dans la brume. Sans pouvoir expliquer pourquoi, elle savait qu'au-dessus, ce sommet rappelait une gigantesque tête humaine.

Elle savait aussi que ce paysage n'avait pas toujours été ainsi. Il y avait eu un avant, où cette région était l'une des plus belles du continent, avec ses collines aux sylves luxuriantes et ses vallées fertiles et douces. Il n'en restait rien et ce n'était pas fini. Ce pays était voué à une mort inéluctable.

Elle marchait d'un pas lent et désespéré. Curieusement, il lui semblait que son corps était lourd, raide comme celui d'une vieille femme. Peut-être cette impression était-elle due à la morsure du vent glacial. Elle devinait toujours, près d'elle, des présences imprécises, peut-être les mêmes qui l'accompagnaient à bord du mystérieux aéronef. Dans ses cauchemars, elle n'était jamais seule.

Au loin se dessinaient les ruines spectrales d'une cité, vers lesquelles elle se dirigeait au prix de mille efforts. Parfois, des sautes de vent la bousculaient. Des mains secourables la soutenaient alors, mais elle était incapable de distinguer le moindre visage. Les présences étaient amicales, attentionnées, comme si elle était quelqu'un de très important.

Il lui fallut longtemps pour atteindre les ruines. Là encore, les lieux lui étaient familiers. Cependant, elles les avait connus différents, pleins d'animation. Mais quelque chose s'était produit, qui avait détruit l'harmonie et la beauté de ce pays. Des congères de neige sale s'amassaient contre les pierres broyées par le froid. Là où autrefois se dressaient des demeures magnifiques, des fontaines, là où s'étalaient des parterres couverts de fleurs polychromes, ne subsistait plus qu'un chaos rocheux de constructions écroulées, auquel s'agrippait un mélange de mousse et de lichen. Des herbes rases et résistantes s'incrustaient désespérément dans les anfractuosités. Elles étaient condamnées, elles aussi. Lara le savait. La sensation de souffrance s'accentua.

Devant elle, quelques silhouettes humaines imprécises, terrorisées, s'enfuirent dans le capharnaüm de la cité effondrée. Des gens survivaient encore dans cet enfer... Lara s'en étonnait à chaque fois. Pourtant, elle savait déjà ce qui allait se passer, l'horreur qui allait se produire. Elle s'avança vers l'entrée de ce qui avait dû être un palais, mais qui rappelait désormais l'antre d'un démon. Peu à peu, un sentiment de peur s'empara d'elle, mais elle poursuivit sa marche, toujours suivie par les présences protectrices. Elle ne pouvait faire autrement que d'aller à la rencontre de ce qui allait survenir. L'impression d'angoisse s'amplifiait à chaque pas. Mais curieusement, elle émanait de Lara elle-même, dans son rêve, et non de la femme dont elle percevait les souvenirs.

Tout à coup, une silhouette effrayante se dressa devant elle, surgissant du néant.

Lara s'éveilla en sursaut, trempée de sueur. Elle n'avait jamais réussi à aller au-delà de cet instant. Elle ignorait tout du spectre, sinon qu'il représentait une menace effroyable, à laquelle elle devait pourtant faire face. Une nouvelle fois, il fallut un bon moment avant que les battements de son cœur affolé se calment.

Le lendemain, elle ne parvenait pas à chasser les images angoissantes de son esprit. Elle n'aurait su dire si la créature était un être humain ou autre chose, une chose démoniaque engendrée par le froid infernal. Peut-être un peu des deux.

Ne parvenant pas à retrouver la paix, elle se rendit chez Christian Pernelle.

— Oh, ma chérie, tu as une petite mine ce matin ! s'écria-t-il en voyant ses traits pâles et tirés.

Elle se blottit contre lui, pour quêter un peu de réconfort. Deux bras solides se refermèrent sur elle tandis qu'un parfum rassurant de violette l'enveloppait. Il lui semblait encore sentir les remugles de pestilence de son rêve.

— Ça a recommencé, Christian.

— Tes cauchemars ?

— Cette fois, c'était encore plus précis que d'habitude.

Il la prit par la main et l'installa confortablement dans un fauteuil. Constatant qu'elle grelottait, il la recouvrit d'une couverture polaire dans laquelle elle s'emmitoufla frileusement.

— Je vais te faire un café et tu vas me raconter.

Christian était aquarelliste, spécialisé dans les bords de mer, qu'il parait de couleurs toutes plus inattendues les unes que les autres. Il se dégageait de ses toiles des émotions étonnantes selon son humeur. Il pouvait ainsi traduire le plus éclatant des couchers de soleil comme le plus angoissant des ciels de tempête, en seulement quelques coups de pinceaux précis. Son talent lui avait valu une renommée flatteuse. N'eût été sa délicatesse naturelle, il eût été difficile de deviner son homosexualité. Sa musculature solide, qu'il entretenait chaque jour en pratiquant le jogging et l'athlétisme, attirait les attentions des femmes, ce qui le contrariait un peu. Il n'aimait pas lire la déception dans leurs yeux lorsqu'il leur avouait ses préférences. Certaines l'acceptaient de bon cœur, d'autres au contraire en éprouvaient un certain dépit et se chargeaient de lui tailler une réputation de débauché, ce qu'il n'était pas. Même s'il lui arrivait de temps à autre de prendre un amant, il vivait la plupart du temps en solitaire. Lara était sa seule amie de longue date, puisqu'ils s'étaient connus sur les bancs du collège.

Il l'avait attirée, elle aussi, au début, mais elle avait très vite compris qu'il était différent des autres garçons. Elle l'avait alors accepté tel qu'il était et elle avait souvent pris sa défense devant l'incompréhension et l'imbécillité des autres. Christian était devenu pour elle un ami indéfectible, à qui elle pouvait tout confier, avec qui elle pouvait tout partager.

Il leur arrivait souvent de passer des soirées ensemble, au cours desquelles ils refaisaient le monde. Amateurs tous deux de grands crus, ils s'étaient souvent réveillés dans les bras l'un de l'autre, surpris par le sommeil au beau milieu de leurs bavardages.

Christian revint avec les cafés et une boîte de sablés bretons. Lorsque Lara eut terminé de lui raconter son rêve étrange, il déclara :

— C'est tout de même bizarre, ces rêves récurrents. Ça te fatigue. Tu devrais peut-être consulter un médecin.

Elle haussa les épaules.

— Un psy ? Mais je n'ai pas besoin de psy. Je n'ai pas de problèmes mentaux.

— Je ne pensais pas à un psy. Plutôt... un hypnotiseur, ou quelque chose comme ça. Il pourrait te faire raconter ces cauchemars et t'aider à comprendre leur signification.

Elle secoua la tête.

— Je n'ai pas envie de raconter ma vie sous hypnose. Et puis, je ne crois pas trop à tout ça.

— Ils deviennent de plus en plus fréquents...

— Maintenant, ils se manifestent deux ou trois fois par mois. Avant, ils étaient plus espacés. Parfois, j'ai peur de m'endormir, par crainte de me retrouver projetée dans ce monde cauchemardesque.

— Justement, cela pourrait avoir des conséquences sur ta santé.

Elle but une gorgée de café chaud. Une douce sensation de chaleur se répandit dans son corps. Elle rectifia :

— Ce ne sont pas des cauchemars, en vérité. Cela ressemble à des souvenirs. Des souvenirs que je n'aurais pas vécu moi-même. On dirait qu'ils me sont envoyés par quelqu'un d'autre. Il y a des gens autour de moi, mais je ne parviens jamais à voir leurs visages. Je voudrais me retourner, pour savoir qui ils sont. C'est impossible. Je ne peux pas changer le déroulement du rêve. Pourtant, ils sont bien là, près de moi. Ils me protègent, ils veillent sur moi. J'ai même l'impression... qu'ils se montrent très respectueux envers moi. Je ressens une sorte d'autorité sur eux, comme si j'étais... leur reine. Oui, c'est ça. C'est absurde, n'est-ce pas ?

Christian lui sourit.

— Pas du tout. Tu ferais une très jolie reine, ma chérie.

Elle fit la moue.

— Je n'ai pas envie d'être une reine. Pourtant, cette femme l'était. Mais de quel pays ?

— Tu pourrais le savoir en consultant un hypnotiseur. J'en connais un sur Quimper. Il est très bien.

— Je vais y réfléchir.

5

En se rendant chez le notaire, Rohan pensait que maître Monroe avait d'autres éléments à lui communiquer concernant la succession. Celle-ci s'était passée sans difficulté, grâce aux précautions prises par son grand-père Henry. Mais ces précautions avaient confirmé à Rohan qu'il avait envisagé un tel drame. Pourquoi ?

Le jeune homme avait hérité de la totalité de la fortune des siens. Il avait pensé que celle-ci se limitait à la grande demeure de Silverton et à quelques avoirs en banque, mais il avait découvert avec stupéfaction qu'il était désormais très riche. Une fortune investie dans plusieurs pays, sous forme de terrains agricoles, d'immeubles de rapport, de participations dans des sociétés non cotées en Bourse. Visiblement, Henry Westwood n'avait aucune confiance dans le système financier libéral. La liste de ses biens était très longue et étonnamment diverse. Le notaire l'avait chiffrée à plus de deux cents millions de dollars. Cette nouvelle aurait dû le réjouir, tout au moins le consoler. Il n'en avait conçu qu'une grande amertume. Que lui importait d'être si riche s'il était seul à en profiter ?

Même si les siens vivaient aisément, il n'aurait jamais soupçonné que cette fortune fût si importante. Il comprenait mieux à présent pourquoi le FBI avait nourri des soupçons à son égard. Cependant, il découvrait sa famille sous un jour inattendu. Les Westwood auraient pu se passer de travailler. Or, son père l'avait toujours incité à l'effort, et il exigeait la même discipline de ses deux autres enfants. Rohan avait toujours été intéressé par l'histoire et l'archéologie. Comme son père et son grand-père avant lui. Douglas l'avait invité à pousser ses études le plus loin possible dans ce domaine. Ce qu'il avait fait.

A présent, Rohan se demandait comment il allait employer tout cet argent. Peut-être était-ce pour en parler que le notaire l'avait convoqué. Comme il l'avait promis, Herbert Scott l'accompagna à l'étude de maître Monroe, à Seattle.

Celui-ci les reçut immédiatement. Maître Monroe était un homme replet, au crâne dégarni, dont le regard se cachait derrière des lunettes rondes. Malgré sa petite taille, il se dégageait de lui une impression de force tranquille et de ruse, réfugiée dans ses yeux plissés, marqués par les pattes-d'oie. Il pouvait avoir entre cinquante et soixante ans. Il accueillit Rohan avec une certaine familiarité. Il l'avait connu tout petit, puisqu'il faisait partie des rares personnes à visiter régulièrement la maison de Silverton.

Un autre homme était présent dans le vaste bureau de maître Monroe. Un individu âgé, d'une belle prestance, aux cheveux d'un blanc soigné, vêtu avec recherche d'un costume impeccablement coupé, qui sortait visiblement de l'atelier d'un grand couturier. Il s'inclina légèrement devant Rohan lorsqu'il entra. Son regard reflétait un mélange d'autorité et de bienveillance. Rohan eut immédiatement l'impression de l'avoir déjà rencontré.

Le notaire désigna le vieil homme.

— Rohan, tu connais déjà monsieur Paul Flamel.

Ce dernier s'avança.

— J'étais un ami de ton grand-père, précisa-t-il.

L'homme parlait un américain très correct, mais ne pouvait masquer son accent français.

— Je me souviens un peu de vous, répondit Rohan. Mais cela remonte à quelques années.

— La dernière fois que je suis venu, tu devais avoir treize ou quatorze ans.

Rohan acquiesça, mais resta sur ses gardes. Il y avait chez cet homme quelque chose qui l'inquiétait un peu, sans qu'il sache quoi. Le notaire présenta ensuite le policier :

— Monsieur Flamel, voici l'inspecteur Scott, qui a été chargé de l'enquête sur le drame de la famille Westwood.

— Tout au moins jusqu'à ce que le FBI m'en dessaisisse, précisa Herbert.

Il étudia brièvement le Français. Il fut immédiatement convaincu qu'un mystère entourait cet homme, un mystère peut-être lié au massacre.

— Désolé de vous rencontrer dans des circonstances si douloureuses, répondit le vieil homme. Henry Westwood était un ami très cher.

— Auriez-vous une idée de la raison pour laquelle toute cette famille a été exterminée ? demanda Scott un peu brutalement.

Flamel ne cilla pas.

— Comment pourrais-je en avoir une, monsieur Scott ? Qui aurait pu s'attendre à une telle tragédie ?

— Oui, bien sûr, admit Herbert.

— Vos collègues ont-ils une piste ?

Le flic haussa les épaules.

— S'ils en ont une, ils la gardent secrète, grommela-t-il. L'enquête privilégie une secte démoniaque. C'est tout ce que je sais.

— Mais pour votre part, vous n'y croyez pas trop, reprit le vieil homme en le fixant dans les yeux.

Herbert accusa le coup. L'homme était subtil.

— En effet, monsieur Flamel. Il y a trop de choses étranges dans cette histoire.

Il hésita, puis ajouta :

— Je ne devrais pas le dire, puisque mes supérieurs m'ont ordonné de me taire, mais tant pis. J'ai… enfin, le médecin légiste a conclu que le père et le grand-père de Rohan n'étaient pas morts des tortures infligées par leurs tourmenteurs, mais de l'ingestion d'acide prussique. Tous deux avaient une dent creuse pleine de cyanure.

— Voilà qui est très étrange, en effet. D'après vous, ils se seraient suicidés pour ne pas parler.

— Exactement. Mais le FBI refuse de tenir compte de cet élément. J'aimerais savoir pourquoi.

Pendant un court instant, Flamel eut l'air profondément abattu, puis il se redressa avec orgueil. Cet homme ne devait pas souvent céder à la faiblesse.

— Je ne peux malheureusement vous être d'aucune aide, monsieur Scott, dit-il d'une voix sourde. Mes relations avec les Westwood étaient essentiellement fondées sur notre travail commun. Je suis historien également, spécialisé dans le néolithique. Henry et Douglas ne manquaient jamais de venir me rendre visite lorsqu'ils venaient en France. Leur disparition est une perte irréparable.

Ils prirent place dans les fauteuils que leur proposait maître Monroe, puis Flamel poursuivit :

— Votre présence aux côtés de Rohan m'amène à penser que vous avez pris soin de lui depuis ce terrible drame, monsieur Scott. Je veux vous en remercier. La raison de ma présence ici lui étant liée, j'estime que vous avez le droit de la connaître.

Il se tourna vers Rohan.

— Mon garçon, l'amitié qui me liait à ton grand-père et à ton père était d'une qualité rare. Lorsque j'ai appris ce qui s'est passé, j'ai pensé à toi, et au fait que tu allais te retrouver seul. Je sais aussi que tu suivais des études d'archéologie. Je suis donc venu te proposer de te recevoir dans ma propre famille, avec la possibilité de poursuivre tes études en France.

Rohan regarda le vieil homme avec méfiance. Celui-ci sembla deviner ses préventions.

— Ce n'est qu'une suggestion, bien sûr. Je comprends que la découverte de la fortune de ta famille puisse te rendre prudent, surtout après ce qui s'est passé. Si cela peut te rassurer, sache que ma famille est, elle aussi, très riche, probablement plus encore que la tienne. Tu es majeur, et je t'assure que je n'interviendrai aucunement sur ce plan-là. Maître Monroe te conseillera bien plus utilement que moi. Ma proposition n'a qu'une motivation : t'éviter de te retrouver seul dans un moment aussi difficile. Je dois cela à mon ami Henry.

Un instant, les yeux du vieil homme s'étaient mis à briller singulièrement. Il émanait de lui une telle autorité que Rohan en fut désarçonné. Il se souvenait à présent mieux de Paul Flamel. Effectivement, son grand-père et lui semblaient liés par une profonde amitié et une grande complicité.

— J'espère seulement te convaincre de venir passer quelque temps chez moi. Je possède une grande propriété en Dordogne.

C'est l'une des plus belles régions de France, qui en compte pourtant beaucoup. Je sais que tu parles couramment français. Tu ne seras donc pas dépaysé. Et en ce qui concerne l'archéologie, tu connais sans doute la richesse du Périgord.

Rohan hocha la tête, dubitatif.

— Je vous remercie de cette proposition, monsieur Flamel. Je… je vais y réfléchir.

— C'est bien naturel. Je précise que ma famille compte aussi plusieurs membres du même âge que toi, et qui seraient heureux de t'accueillir.

Plus tard, Rohan et Paul Flamel se retrouvèrent dans un restaurant situé sur les rives du lac Washington, à l'est de la ville. Herbert Scott avait regagné Silverton après que le Français avait proposé à Rohan de rester un ou deux jours à Seattle afin qu'ils fissent plus ample connaissance.

— Votre nom me dit quelque chose, dit soudain Rohan.

— Il n'y a rien d'étonnant à cela. Nicolas Flamel était le nom d'un célèbre libraire et écrivain du quatorzième siècle…

— J'y suis ! On parle de lui dans Harry Potter. On dit qu'il est encore vivant à notre époque grâce à la Pierre philosophale.

Paul Flamel eut un sourire amusé.

— Il existe en effet de nombreuses légendes autour de Nicolas Flamel. Mais je peux t'assurer qu'il n'était pas immortel. En revanche, il fut mon ancêtre.

L'information stupéfia le jeune homme.

— Votre ancêtre ?

— Exactement.

— Alors, d'où viennent ces légendes ?

— Elles furent inventées de toutes pièces au dix-septième siècle. Nicolas est né vers 1330, dans une famille d'origine modeste. Après avoir étudié le latin, il a acheté une charge de libraire-juré, ce qui lui donnait le droit de créer des manuscrits de luxe. Il employait plusieurs copistes. A cette époque, l'imprimerie n'était pas encore inventée et les livres étaient recopiés à la main. Ils coûtaient aussi cher qu'une maison. Sa clientèle était composée des familles les plus riches de Paris. Il faut aussi ajouter que son épouse, Pernelle, était elle-même fortunée. Tous deux firent d'excellents placements immobiliers dans la capitale, ce qui accrut encore leurs biens. Cependant, Nicolas aimait à dire qu'il était alchimiste et qu'il connaissait le secret de la Pierre philosophale. On a prétendu plus tard qu'il aurait écrit un ouvrage intitulé *Livre des figures hiéroglyphiques*. Cependant, il est peu vraisemblable que cet ouvrage soit de lui. En réalité, cette histoire fut imaginée par un individu nommé Arnaud de la Chevalerie, qui, au début du dix-septième siècle, déclara qu'il avait traduit un ouvrage en latin écrit par Nicolas Flamel. Cet ouvrage fut sans doute composé à partir de livres traitant d'alchimie et publiés au seizième siècle. Nicolas n'a rien à voir là-dedans, mais cela a suffi à accréditer sa légende. On prétendit qu'il connaissait le secret de la transmutation du plomb en or et que c'est de là que provenait sa fortune. De même, sa longévité étonna ses contemporains. Il vécut jusqu'à près de quatre-vingt-dix ans, âge fort avancé pour l'époque, et dessina lui-même sa propre tombe, qui fut gravée de symboles d'alchimie. La légende affirme aussi qu'un voleur s'introduisit dans cette tombe, certain d'y trouver de l'or. Il n'en trouva pas, mais, chose plus étonnante, le cercueil de Nicolas était vide. Il n'en fallait pas plus pour que l'on en déduisît que Nicolas Flamel vivait encore et avait découvert le secret de l'immortalité.

« Une autre légende affirme qu'il aurait dirigé pendant dix ans le mystérieux prieuré de Sion, société secrète prétendument fondée en 1066 au sein de l'ordre des Templiers, pour protéger le secret d'une descendance mérovingienne ignorée mais destinée à remonter un jour sur le trône de France. En vérité, ce prieuré de Sion n'a jamais existé. Il fut imaginé en 1956 par un dénommé Pierre Plantard dans ses *Dossiers secrets d'Henri Lobineau*. Pierre Plantard, qui prétendait descendre lui-même des Mérovingiens et s'inscrivait dans la mouvance d'extrême droite de Vichy, a fini par avouer sa mystification en 1992. Il est mort en 2000. En 2003, Dan Brown a utilisé cette mystification pour son roman, le *Da Vinci Code*, avec une habileté telle que beaucoup de gens ont cru que ce prieuré existait vraiment. Ainsi naissent les légendes.

« En revanche, sais-tu que la maison de Nicolas Flamel existe encore ? Elle est sise au 51 de la rue de Montmorency, et elle est la plus ancienne maison de Paris. Elle fut construite en 1407 pour servir d'asile aux pauvres, car Nicolas Flamel et son épouse Pernelle étaient très charitables. Aujourd'hui, elle abrite un restaurant.

Rohan contemplait Paul Flamel. Le vieux Français lui aurait avoué qu'il était lui-même immortel qu'il n'en aurait pas été autrement étonné. Il y avait quelque chose de mystérieux chez lui. Après quelques heures passées en sa compagnie, ses préventions étaient un peu retombées. Flamel était un grand érudit, ouvert à quantité de sujets. Sa conversation était passionnante, et il possédait un charme indéniable, doublé d'un humour plutôt britannique. Il ressemblait un peu à l'acteur Paul Newman, peut-être à cause de ses yeux d'un bleu-gris très pâle. Rohan se demandait quel âge il pouvait avoir. Au moins soixante-dix ans, d'après ses estimations. Il lui faisait penser à son grand-père, Henry. Lorsqu'il parlait de la préhistoire, il émanait de lui le même enthousiasme, la même passion.

Cependant, Rohan remarqua très vite que Flamel paraissait sur ses gardes. Il jetait parfois des coups d'œil discrets aux alentours. Le jeune homme le lui fit remarquer.

— Je suis désolé, mon garçon, répondit Flamel. Je ne peux m'empêcher de penser au drame. Tu es le seul survivant de ta famille, et je suis inquiet pour toi. Le FBI prétend qu'il s'agit des crimes d'une organisation satanique, mais je partage l'opinion de ton ami policier. La vérité est sans doute différente. Des adorateurs du Diable ne se seraient jamais aventurés jusqu'à une petite ville perdue en lisière d'une forêt immense pour massacrer une famille choisie au hasard. Ce ne sont pas non plus des voleurs qui ont commis cette horreur. Je crois savoir que rien n'a été emporté.

— En effet. Les bijoux de ma mère et de ma grand-mère ont été éparpillés sur le sol. Comme par dérision. Ce n'était pas l'argent qui motivait ces salauds.

— Il y a donc autre chose. Quelque chose de très important, que détenaient Henry et Douglas.

— Et quoi ?

— Je l'ignore. Mais je persiste à penser que tu cours un grave danger. C'est pour cette raison que je suis venu te proposer de quitter ce pays quelque temps. Je sais que ce monsieur Scott veille sur toi, mais je pense que tu n'es pas vraiment en sécurité à Silverton. Même avec sa protection. Ceux qui ont tué tes parents étaient des professionnels du crime, et monsieur Scott ne possède probablement pas les moyens de s'opposer à eux.

Rohan ne répondit pas. Il avait déjà pensé à cela. Chaque nuit depuis le massacre, il s'endormait avec un fusil près de son lit. Même en sachant que la police effectuait des rondes régulières, il avait peine à trouver le sommeil. Il ne cessait de revoir la scène horrible découverte à son retour, le lendemain matin, les corps mutilés et torturés. Parfois, la nuit, il lui semblait entendre des hurlements de terreur et de souffrance.

En lui étaient nées une haine incommensurable et une colère aveugle. S'il redoutait le retour des assassins, il l'espérait également, pour avoir l'occasion de se trouver face à eux et de les exterminer comme ils l'avaient fait avec sa famille. Cependant, il savait aussi qu'il n'avait aucune chance devant des tueurs professionnels et sadiques. Alors, parfois, la peur l'emportait et il songeait à partir. Il avait envisagé de vendre la maison. Il en avait parlé à maître Monroe, mais, curieusement, celui-ci le lui avait déconseillé, arguant que la demeure était dans la famille depuis plusieurs générations. Rohan lui avait fait remarquer que la famille Westwood n'existait plus, le notaire lui avait répondu qu'il était encore en vie et qu'il ne tenait qu'à lui de la reconstruire. En revanche, il lui avait vivement conseillé d'accepter la proposition de Paul Flamel.

Cependant, lorsque ce dernier regagna la France, Rohan refusa de le suivre. Flamel insista, mais le jeune se montra d'autant plus ferme. Le vieil homme parut abattu, puis accepta la décision du jeune homme.

— Tu es un homme, Rohan, je ne peux te forcer. Mais tu cours un grand danger.

— Je sais !

L'avertissement de Paul Flamel le hanta malgré tout dans les jours qui suivirent. Il aurait pu se rendre à Seattle, où il possédait un petit studio. Il y habitait lorsqu'il suivait les cours à l'université. Mais il n'aimait pas la ville. Elevé à proximité de l'immense forêt Hoh Rain, il n'était à l'aise qu'au milieu des vastes espaces sylvestres. Et puis, quelque chose le retenait encore à Silverton. Il n'aurait su dire quoi. Il devinait que les autres allaient revenir pour le tuer. Malgré cela, il resta sur place.

Il gardait en lui l'espoir de nouer un contact spirituel avec les membres de sa famille. Il percevait toujours les pensées et les émotions de personnes disparues. Pourquoi les siens ne se manifesteraient-ils pas à lui ?

Au bout de trois semaines, il n'avait reçu aucun message, pas le moindre petit signe. Puis, une nuit, un rêve étrange le visita.

6

Désormais, il ne se passait pas une semaine sans que les songes inexplicables ne viennent visiter Lara. Elle était certaine qu'ils étaient tous reliés entre eux. Ils présentaient trop de similitudes.

La nuit précédente, elle était encore retournée dans le pays dévasté par les pluies de cendre. Des villages effondrés, dont les bâtiments paraissaient avoir implosé, étaient recouverts par une couche noirâtre de boue et de glace. Comme la plupart du temps, elle survolait ce paysage dantesque à bord de l'étrange appareil, toujours accompagnée par les présences fantomatiques. Au sol, des mains se tendaient vers elle, des cris jaillissaient, des appels au secours prononcés dans une langue inconnue mais dont elle comprenait le sens. Des silhouettes grises la suppliaient de leur venir en aide, des enfants aux visages émaciés hantaient les ruines en silence, comme des fantômes. Elle devinait leur souffrance, la faim qui les tenaillait. Mais elle était impuissante à répondre à leurs suppliques. Parfois, des projectiles sifflaient dans sa direction, accompagnés de cris de haine et de désespoir.

Lorsqu'elle se réveillait, elle se souvenait de certains mots, dont elle était incapable de déceler l'origine, même si leur sens restait gravé dans sa mémoire. Elle parlait le français, le suédois et l'anglais, mais les mots ne ressemblaient à aucune de ces trois langues. Elle avait tenté de transcrire en phonétique ce qu'elle entendait. Cela donnait un résultat plutôt bizarre, sans aucune signification.

Si elle acceptait l'idée que, pour une raison inconnue, elle recevait les souvenirs d'une autre femme, elle devait aussi admettre que les événements tragiques dont elle était involontairement témoin avaient eu lieu quelque part. Elle avait essayé de reproduire l'architecture des demeures qu'elle entrevoyait. La tâche n'était guère aisée. Elles étaient le plus souvent en ruine, et le peu qui restait intact ne ressemblait à rien de connu. Il ne s'agissait visiblement pas d'une période récente, mais, étudiant elle-même l'histoire antique, elle connaissait assez les architectures des différentes époques pour savoir que celle de ces rêves-souvenirs ne ressemblait à aucune d'elles. Il s'y glissait parfois des éléments qui rappelaient les temples amérindiens, mais ce n'était pas uniquement cela.

Alors, si elle recevait bien des souvenirs, quelle pouvait en être l'origine ? En quels lieux et à quelle époque ces événements dramatiques s'étaient-ils déroulés ? En désespoir de cause, et devant la fréquence accrue du phénomène, elle accepta de rencontrer le médecin hypnotiseur que connaissait Christian.

Alain Marchand officiait à Quimper, non loin de la cathédrale. Christian avait tenu à accompagner Lara, un peu effrayée à l'idée de se retrouver seule entre les mains d'un hypnotiseur, mot auquel elle accolait une connotation de charlatanisme.

— C'est avant tout un médecin, essaya de la rassurer son ami. L'hypnose est un moyen de soigner, et même d'opérer. Marchand est un as. Il est même parfois sollicité pour endormir des patients qui supportent mal les anesthésiants.

L'intérieur du cabinet était cossu, feutré, meublé avec goût, avec une très nette influence chinoise. Les murs clairs s'ornaient de laques et de bibelots comme on en voit dans les restaurants asiatiques. On se serait attendu à rencontrer dans ces lieux un homme aux yeux bridés et de taille modeste. Alain Marchand était au contraire une sorte de géant aux mains de déménageur. Son regard d'un bleu magnétique accentuait l'aspect impressionnant du personnage. Il invita Lara et Christian à prendre place dans des fauteuils confortables. La jeune femme lui expliqua ce qui l'amenait.

— Voilà qui est singulier, dit le praticien en grattant d'un geste familier le petit bouc qui lui ornait le menton. Ces rêves sont trop précis pour n'être que de simples cauchemars. Il y a certainement autre chose.

Il commença par prendre sa tension et son pouls. Mais il n'y avait rien à signaler de ce côté. Marchand s'assit alors face à elle et, en silence, avec des gestes doux, apposa ses mains sur son visage. Une légère torpeur s'empara de Lara.

— Croyez-vous à la réincarnation, mademoiselle ? demanda le médecin.

Christian avait prévenu la jeune femme. Le but de leur visite était de tenter ce que les spécialistes appelaient une « régression » dans les vies antérieures. Mal à l'aise, elle répondit :

— Je... je ne sais pas.

— Tout semble prouver que vous êtes entrée en contact avec une femme que vous avez été dans le passé. La science peine à expliquer ce phénomène. Nous pouvons imaginer, comme le suggère la pensée orientale, que notre âme subit une série de réincarnations. Nous passons ainsi d'une vie à l'autre, et la mort n'est qu'un phénomène qui nous permet de supporter l'immortalité, tout comme le sommeil nous permet de supporter la vie. Mais ce n'est pas la seule explication possible. Peut-être n'avons-nous qu'une seule vie. Dans ce cas, ce phénomène s'apparenterait plutôt à la mise en contact avec la mémoire d'une personne qui n'existe plus, mais dont les souvenirs persistent encore dans une « dimension parallèle » dont nous ignorons tout. Un espace qui conserve l'ensemble des mémoires de tous ceux qui ont vécu depuis le commencement des temps. C'est une autre hypothèse.

— Mais pourquoi moi ? Pourquoi cette femme dont je ne parviens même pas à connaître le nom m'a-t-elle choisie ?

— Je ne pense pas qu'elle vous ait « choisie », au sens où nous l'entendons habituellement. Nous ne sommes qu'aux balbutiements de ces recherches. Actuellement nous ne pouvons que constater le phénomène. Pour ma part, je crois que vous présentez simplement des affinités troublantes avec cette inconnue. Rien de plus. Vous êtes comme une sorte de « récepteur », dans lequel se déversent des bribes de sa mémoire. Nous allons tenter d'y voir plus clair, si vous l'acceptez.

— Pensez-vous que vous réussirez à me débarrasser de ces souvenirs ? demanda Lara, inquiète. Ils me font peur.

— Je ne peux rien vous promettre, mademoiselle. Mais je ferai tout mon possible. Installez-vous confortablement.

Il sortit un pendule de sa poche et lui demanda de le fixer avec attention.

— A présent, vous allez vous concentrer sur l'un de vos cauchemars. Visualisez-le. Ensuite, écoutez bien le son de ma voix. Désormais, vous n'entendez plus que le son de ma voix, rien que le son de ma voix. Je vais lentement compter jusqu'à trois. A trois, vous vous endormirez, et vous nous raconterez ce qui se passe.

Quelques secondes plus tard, Lara se trouvait projetée dans le paysage désolé, noyé sous la cendre et les glaces. Avec application, elle rapporta ce qu'elle voyait, les plaines dévastées, l'impression de voler à bord d'un appareil étrange. Puis d'autres rêves s'imposèrent. Elle décrivit les étendues inquiétantes où affleuraient des nappes de lave, les foules désespérées qui hurlaient dans sa direction, la terrifiante sensation de froid. Cela dura longtemps, la sensation d'un voyage de plusieurs jours.

— A trois, vous vous réveillerez !

Un claquement de doigts résonna dans l'esprit de Lara comme un coup de tonnerre et elle se retrouva face au docteur Marchand, frissonnant encore malgré la chaleur douce qui régnait dans le cabinet. Elle constata aussitôt que Christian et le médecin la contemplaient avec perplexité.

— Alors, qu'ai-je dit ? demanda-t-elle.

— Je n'en sais rien, répondit le docteur. Vous vous êtes exprimée dans une langue totalement inconnue. J'ai essayé de vous faire revenir au français, mais il m'a été complètement impossible de vous faire obéir. Comme si une personnalité différente avait pris possession de votre esprit. Votre voix elle-même avait changé de tonalité. C'est la première fois que j'assiste à un phénomène semblable. C'est un cas… particulièrement troublant et intéressant.

— Vous voulez dire que je suis possédée ?

— Pas vraiment possédée. Vous conservez votre indépendance d'esprit. L'autre personnalité ne se manifeste que pendant votre sommeil, sans prendre le contrôle de votre corps. Elle vous communique seulement ses souvenirs. Je ne pense pas que vous ayez grand-chose à redouter d'elle. En revanche, j'aimerais bien savoir où vivait cette personne.

Il toussota, l'air embarrassé, puis précisa sa pensée :

— Le nom de jeune fille de ma mère était Iribarren. Elle était basque, et c'est une langue que je parle un peu. Il m'a semblé reconnaître certaines intonations, quelques mots. Mais c'est peut-être une coïncidence, car la syntaxe n'y était pas.

Lara secoua la tête.

— Je suis allée deux fois au Pays basque avec mes parents quand j'étais petite, docteur. L'architecture n'a aucun rapport avec ce que je vois. Et je ne crois pas qu'il y ait de volcans en activité du côté de Biarritz.

— Non, bien sûr.

Il réfléchit un court instant et reprit :

— Nous aurions dû enregistrer cette séance. Seriez-vous d'accord pour revenir me voir afin que nous tentions cette expérience ? Je ferais ensuite part de notre étude à des confrères qui pourraient nous apporter leur aide.

Lara fit la moue.

— Je… je reprendrai rendez-vous, dit-elle.

— Comme il vous plaira.

Une fois sortie du cabinet, elle resta silencieuse, près d'un Christian un peu embarrassé. Il comprenait qu'elle n'ait pas envie de servir de cobaye à une armée de médecins enthousiasmés par un cas étrange.

Cependant, cette expérience avait profondément troublé la jeune femme. Le but de sa visite à l'hypnotiseur avait été, dans un premier temps de l'aider à se débarrasser de ces rêves épuisants. A présent, elle ne savait plus que penser. Sous hypnose, ces souvenirs étranges s'étaient faits plus précis, et une émotion intense ne la quittait plus. Sans pouvoir expliquer pourquoi, elle n'avait plus l'intention de les chasser. Elle était désormais persuadée qu'ils revêtaient une très grande importance, quelque chose qui la dépassait elle-même, un secret dont elle était dépositaire et qui remontait à la nuit des temps.

7

Silverton…

Les esprits défunts intervenaient toujours au cours de la deuxième période de la nuit, lorsque le sommeil se faisait plus léger. Leurs manifestations étaient souvent si précises que Rohan éprouvait à chaque fois de la difficulté à savoir s'il se trouvait dans un rêve ou dans la réalité. Il était même parfois arrivé que les esprits lui apparaissent à l'état de veille.

Il se trouvait dans le bureau de son grand-père, à l'endroit même où ce dernier avait été tué. Rohan n'y était plus entré depuis la nuit du massacre. D'une manière générale, il évitait de pénétrer dans les pièces où les corps avaient été retrouvés. Il se contentait souvent de la cuisine et de sa chambre. Il utilisait aussi quelquefois le salon de la télé, l'une des rares salles communes à avoir été épargnées par l'horreur.

Un peu étonné, il se demanda ce qu'il était venu faire dans ce bureau. Depuis la tragédie, cet endroit lui inspirait un mélange de dégoût et d'angoisse, comme si l'ennemi impitoyable était encore là, tapi dans l'ombre.

Tout à coup, une silhouette se matérialisa au centre de la pièce, près de la grande table de chêne sur laquelle travaillait son grand-père. Il reconnut Henry Westwood. Celui-ci lui sourit. Rohan ne s'en étonna pas. Il était habitué depuis toujours à recevoir ainsi des messages adressés par les morts. C'était seulement le premier envoyé par Henry. Une vive émotion s'empara de lui. Il s'approcha du vieil homme et lui sourit à son tour. Puis il le serra très fort dans ses bras, sans un mot. Tout au fond de lui, il savait qu'il rêvait, mais cette étreinte affectueuse revêtait une réalité extraordinaire. Derrière le fantôme de son grand-père, d'autres silhouettes prirent forme. Ils étaient tous là : son père, Douglas, sa mère, Sarah, sa grand-mère, Katherine, son frère, Philip, et sa jeune sœur, Jessica, morte à douze ans. Un à un, il les serra longuement contre lui. Entre eux passa toute l'affection qui les avait liés. Il crut discerner de la tristesse dans le regard de sa jeune sœur, Jessica, mais elle lui sourit pour le tranquilliser. Aucun mot ne fut échangé. La communication se faisait à un autre niveau. Des pensées rassurantes le pénétraient. Ils auraient aimé demeurer encore un peu près de lui, mais cela leur était impossible. Ils étaient ailleurs, désormais. Ils n'avaient aucun sentiment de haine ou de vengeance. Il émanait d'eux des ondes réconfortantes de paix et de sérénité.

Tout à coup, Henry lui prit la main et le mena jusqu'à une vitrine de la grande bibliothèque de bois sculpté qui occupait tout un mur de la pièce. Là, d'un geste lent, il montra une moulure. Puis il sourit à nouveau et les silhouettes s'effacèrent.

Rohan mit plusieurs minutes à se réveiller complètement. Pendant un long moment, il flotta à mi-chemin entre le songe et la réalité. Le contact avait été extrêmement précis, bien différent des images confuses qui venaient le hanter auparavant. Il s'étonna de se retrouver dans sa chambre, dans son lit. Pour la première fois depuis le drame, il éprouva une sorte d'apaisement. La nuit, il échappait à la terrible vérité, il oubliait sa douleur. Elle ne s'en manifestait que plus cruellement au matin, lorsqu'il ouvrait les yeux sur la grande maison vide, à jamais désertée par les siens. Il savait désormais qu'ils étaient en paix, qu'ils n'étaient pas séparés.

Tout à coup, un doute surgit en lui. Tout cela n'était peut-être qu'un effet de son imagination. Il voulait tellement qu'ils soient réunis, et heureux dans l'au-delà, quel que fût cet au-delà, que son esprit pouvait avoir tout inventé, pour le rassurer.

Une image lui revint alors. Pourquoi son grand-père lui avait-il montré clairement la moulure ? Il se leva d'un bond et courut jusqu'au bureau de Henry. Le cœur broyé par l'angoisse, il pénétra dans la grande pièce au plafond élevé, au parquet ancien. C'était la première fois qu'il y retournait depuis le drame. Il retrouva le vaste bureau de chêne qui trônait au milieu, près duquel les spectres lui étaient apparus. Cette fois, il n'y avait rien. Rien, sinon la sensation d'angoisse et de colère mêlées qui le déchirait depuis le drame.

Trois larges portes-fenêtres ouvraient au sud sur le parc et la forêt, encore plongés dans la pénombre de l'aube. Le mur opposé était entièrement occupé par la grande bibliothèque de bois sombre, aux rayonnages chargés d'un nombre impressionnant de livres. Quatre vitrines abritaient des bibelots et objets d'art de toutes origines. Certains étaient très anciens, remontant à l'Egypte antique, voire à la préhistoire, comme une statuette en granit au ventre rebondi, qui devait représenter une déesse de la fécondité. Il y avait également des pointes de flèches, une hache au manche de bois sculpté, des coupes peintes, des objets en ivoire, un magnifique poignard de silex. Henry et Douglas avaient eux-mêmes effectué des fouilles. Ils offraient toujours le résultat de leurs recherches à différents musées, mais il leur arrivait de conserver pour eux une pièce particulière. Rohan connaissait chacun de ces objets étonnants, qui avaient nourri son imagination étant enfant. C'était un peu grâce à eux qu'il avait eu envie de suivre des études d'histoire. Comme beaucoup de ces pièces provenaient d'une région de France très riche en sites préhistoriques, il avait tenu à apprendre le français, au cas où il se rendrait là-bas un jour. Il se dirigea vers la quatrième vitrine, celle désignée par son grand-père. Une moulure courait au-dessus de la vitre. Il la connaissait depuis toujours. D'un doigt timide, il suivit les dessins complexes des feuillures vernies. Rien de particulier ne les distinguait des autres. Il secoua la tête. Son imagination lui avait joué des tours. Ses yeux se mirent à briller. Il était habitué à percevoir les manifestations des morts. Mais jamais elles n'avaient été aussi précises. Il ne pouvait que s'agir d'un rêve. Il n'avait pas reçu de message de son grand-père.

D'un geste de dépit, il saisit la moulure et lui imprima involontairement une pression. Il poussa un cri de surprise. Une partie de l'ornement venait de basculer vers l'avant, dévoilant une cavité secrète. Stupéfait, il regarda à l'intérieur. Il distingua deux boutons, un blanc et un noir. Son cœur se mit à battre à tout rompre. Il avait désormais la preuve qu'il ne s'agissait pas seulement d'un songe. Henry lui avait vraiment rendu visite cette nuit et lui avait indiqué la moulure. Il voulait lui révéler quelque chose. Cela avait-il un rapport avec ce que son père voulait lui avouer, un peu avant sa mort ?

Il avança un doigt hésitant en direction du bouton blanc. Il s'enfonça sans peine. L'instant d'après, un pan de la bibliothèque pivota rapidement et silencieusement sur lui-même, assez pour laisser passer un homme. De l'autre côté, Rohan devina un corridor de pierre, puis un escalier s'enfonçant dans le sol. Il réfléchit. La demeure comportait un sous-sol partiel avec des garages pour les voitures. Mais il ne devait pas s'étendre sous cette partie de la maison. Il pénétra dans le corridor. Il repéra d'autres boutons d'ouverture et de fermeture de l'autre côté, ainsi qu'un interrupteur.

Envahi par la curiosité, il descendit. Une cinquantaine de marches plus bas, il arriva devant une porte métallique et un nouveau système d'ouverture. Aucun code, juste un bouton plat et large, visiblement destiné à être pressé en cas d'urgence. Il appuya. La porte de métal s'ouvrit à une vitesse inattendue, avec un sifflement aigu. Il recula, impressionné. Jamais il n'avait soupçonné quoi que ce fût. Intrigué, il entra. La lumière s'alluma d'elle-même. Derrière lui, la porte se referma aussi brusquement qu'elle s'était ouverte. L'instant d'après un voyant rouge se mit à clignoter. Rohan connut un instant de panique. Comment allait-il ressortir ? Il était enfermé ! Dans sa propre demeure…

Puis d'autres phénomènes se produisirent. En quelques secondes, sur le mur de droite, une trentaine d'écrans s'allumèrent. Ils montraient toutes les pièces de la maison, ainsi que différents endroits du parc, jusqu'au portail d'entrée.

Le voyant rouge ne cessait de clignoter. Il recula et regarda autour de lui, intrigué. Jamais il n'avait soupçonné l'existence de cet endroit. La pièce devait mesurer plus de soixante mètres carrés. Sur le mur du fond, des étagères étaient chargées de cartons parfaitement ordonnés.

— Mais c'est quoi, ce truc ? murmura-t-il.

Il éventra un carton. Il contenait des couvertures de survie. Un autre était rempli de boîtes de conserve, d'autres encore contenaient des bouteilles d'eau, des biscuits, des pâtes, du riz, du sucre, de l'huile, de la farine. De quoi tenir un siège.

— On dirait un abri anti-atomique…

Il haussa les épaules. La porte blindée n'était pas assez épaisse pour résister aux radiations. Tout à coup, les images d'un film lui revinrent en mémoire, puis le titre :

— *Panic Room !* Jodie Foster ! Bon sang, c'est une chambre de sûreté !

Une chambre de sûreté, dans laquelle il était possible de se réfugier en cas d'attaque extérieure. Tout y était, le système de surveillance vidéo, les réserves de vivres, les couvertures de survie. Il avisa un téléphone. On pouvait donc joindre l'extérieur.

Mais pourquoi le signal rouge continuait-il de clignoter ? Rohan s'en approcha et, mû par l'intuition, appuya dessus. Il s'éteignit aussitôt et un bruit de succion siffla aux oreilles du jeune homme, suivi de raclements métalliques. Il comprit qu'il venait de condamner l'ouverture située de l'autre côté, interdisant à d'éventuels agresseurs de pénétrer à leur tour dans les lieux. Près du bouton rouge, il repéra une manette blanche. Il la manœuvra. Avec un nouveau sifflement, la porte se rouvrit. Rohan poussa un soupir de soulagement. Il n'était pas prisonnier.

Il resta un long moment ébahi. Puis un sentiment de désespoir l'envahit. Il venait de se rendre compte que la présence de cette *panic room* n'avait pas empêché sa famille d'être massacrée. Sans doute les tueurs avaient-ils bénéficié d'un effet de surprise totale. Il lui revint que Henry avait été tué dans son bureau. Lorsqu'il s'était rendu compte qu'ils étaient attaqués, il avait dû quitter sa chambre et courir jusqu'à la bibliothèque pour ouvrir le passage secret. Malheureusement, les autres avaient été plus rapides.

Rohan poussa un cri de rage, et des larmes ruisselèrent sur ses joues. Tout cela était trop stupide et trop injuste !

Quand il fut un peu calmé, il opéra une étude systématique des lieux. Il découvrit deux autres pièces, dans le prolongement de la première. L'une d'elles était pourvue de matelas. Une chambre, visiblement destinée à accueillir la famille pour une durée de plusieurs jours.

L'autre était une sorte de bureau, pourvu d'une bibliothèque. Un grand froid envahit le jeune homme. Les soupçons du policier Herbert Scott étaient peut-être fondés. Et si son grand-père et son père étaient des espions… A la solde de quelle puissance ?

Nerveusement, il ouvrit les tiroirs, les armoires. Il s'attendait à des serrures compliquées, mais il n'y avait rien de tel. Les étagères livrèrent leurs secrets sans difficulté. A sa grande stupéfaction, il ne découvrit ni microfilms, ni documents secrets codés. Rien, sinon des ouvrages semblables à ceux que l'on trouvait dans le grand bureau de Henry. Des dossiers comportaient des cartes maritimes très anciennes, d'autres, plus modernes, étaient annotées de l'écriture de son grand-père. Sur les rayonnages, certains livres paraissaient très vieux, comme ce *Malleus Maleficarum*, autrement appelé « Marteau des sorcières », traité de démonologie utilisé par l'Inquisition.

Rien de tout cela ne permettait de penser que Henry et Douglas étaient des espions. Alors, quelle était la raison de cette *panic room* ? Elle était conçue pour résister à un siège. Son grand-père savait que sa famille était menacée, c'était indéniable. Mais d'où venait le danger ? Pour quelle raison des érudits avaient-ils été massacrés avec une telle férocité ?

Soudain, un élément le frappa. Si le système de la porte était récent, les murs en revanche paraissaient assez anciens. Cette chambre était donc probablement aussi vieille que la maison elle-même, dont la construction remontait à l'époque de la fondation de Seattle, dans les années 1850-1860. Peut-être leurs ancêtres de l'époque avaient-ils voulu se protéger des tribus indiennes hostiles. Mais, pour ce qu'il en savait, l'installation des Européens dans cette région s'était faite sans difficulté majeure. La ville de Seattle avait été nommée ainsi en hommage à un vieux chef, Sealth, avec qui les immigrants entretenaient d'excellentes relations. Dans ce cas, pourquoi se protéger des indigènes ?

Tout à coup, dans un coin du bureau, il avisa un coffre d'aspect ancien. La réponse était peut-être là ! Fébrilement, il manœuvra la combinaison, s'attendant à un échec. Mais la porte s'ouvrit sans problème. A l'intérieur, il découvrit une trentaine de dossiers. Il les parcourut, miné par l'angoisse. Ils semblaient tous consacrés à des études historiques. *A priori*, rien de répréhensible…

Revenant sur ses pas, il remarqua, derrière une armoire située contre le mur opposé, une nouvelle porte blindée. La chambre de sûreté comportait une autre issue. Il fit jouer le mécanisme et se retrouva dans une galerie souterraine, assez large pour laisser passer deux personnes. Muni d'une lampe torche prise dans les réserves, il la suivit pendant près d'un kilomètre. Elle était parfaitement entretenue et remontait selon une pente assez raide dans une direction qu'il estima être celle de la forêt. Par endroits, il dut franchir des escaliers taillés dans la roche. Enfin, il déboucha au milieu d'un bosquet d'érables, à plus d'une centaine de mètres à l'intérieur de la sylve. L'endroit dominait le parc et la maison. Même en passant tout près, il était quasi impossible de repérer l'issue de ce passage souterrain. Perplexe, il revint dans la chambre de sûreté, qu'il examina une nouvelle fois.

Il étudia plusieurs documents, espérant découvrir une motivation à ces crimes ignobles. Sans succès. Parmi les dossiers du coffre se trouvait une chemise d'aspect ancien, à la couverture de cuir parcheminée, sur laquelle une étiquette indiquait « *Hedeen* ». Intrigué, il l'ouvrit. A sa grande surprise, elle contenait des pages couvertes de signes inconnus. Il ne dénombra pas moins de trois cents feuillets. Une nouvelle fois, l'angoisse l'envahit. Il tenait peut-être là des documents secrets prouvant que ses parents se livraient à l'espionnage. Puis il chassa cette idée. Cela ne tenait pas debout. Ces documents avaient l'air vraiment vieux. Le papier devait avoir au moins un siècle. Ils appartenaient donc, eux aussi, au domaine d'étude historique. Mais d'où provenaient-ils ?

Déconcerté, il tenta de reconnaître l'origine des signes, sans parvenir à les apparenter à quoi que ce fût qu'il connaissait. Certains pouvaient rappeler un peu les hiéroglyphes, qu'il avait étudiés, mais ils étaient plus simples. Ils ne rappelaient ni le hiératique, ni le démotique propres à l'ancienne Egypte. Ils n'avaient aucun rapport avec les cunéiformes, encore moins avec le sanscrit. Alors, quel peuple avait pu utiliser ce type d'écriture ?

Un instant, Rohan fut tenté de parler de la chambre de sûreté à Herbert. Il y renonça. Le flic exigerait de fouiller les lieux. Le FBI reviendrait. Peut-être existait-il, dans ce fatras, des documents compromettants, qu'il n'avait pas su déchiffrer. Et si le dossier Hedeen, contre toute attente, renfermait un code permettant de lire différemment certains dossiers historiques... Il n'était pas question de laisser les flics entrer ici. Il n'avait pas envie de voir la mémoire des siens salie par une sordide affaire d'espionnage, même s'il y avait peu de chances que ce soit le cas.

En revanche, un autre élément lui revint en mémoire. Le notaire, maître Monroe, s'était montré réticent lorsqu'il avait parlé de vendre la demeure. Peut-être connaissait-il l'existence de cette *panic room*.

L'après-midi même, il était à Seattle, dans le bureau du notaire. Celui-ci avait accepté de le recevoir immédiatement lorsqu'il avait dit qu'il souhaitait lui parler « à propos de la maison ». Rohan attaqua d'emblée :

— Pourquoi refusez-vous que je vende cette demeure ? demanda-t-il.

— Mais je te l'ai dit, mon garçon, elle est dans ta famille de...

— Non ! Il y a une autre raison. J'ai découvert son secret.

— Quel secret ?

— Ne me dites pas que vous ignoriez qu'elle comportait une chambre de sûreté ! Mon grand-père ne me l'avait jamais dit, mais vous étiez au courant, n'est-ce pas ?

Le notaire sourit.

— C'est vrai. C'est pourquoi il est important que cette maison reste dans ta famille.

— Mais pourquoi ? s'emporta le jeune homme. Qu'est-ce qu'il y a dans cette pièce souterraine, à part de vieux documents ? Est-ce qu'ils ont un rapport avec la mort de mes parents ?

— Ne va pas t'imaginer n'importe quoi, Rohan. Il s'agit vraiment de vieux documents. Rien d'autre. Ton père et ton grand-père étaient passionnés par l'histoire et l'archéologie. C'est tout. Ils ont protégé ces documents dans cette chambre. L'existence d'une *panic room* dans une demeure n'a rien d'extraordinaire. Certaines personnes redoutent une attaque de malfaiteurs et c'est un excellent moyen de s'en protéger.

— Les *panic rooms* sont un phénomène récent, maître. Or, cette pièce est aussi vieille que la maison. Ce qui veut dire que ma famille, qui vit dans cette demeure depuis un siècle et demi, a craint une attaque dès le début. Alors, avaient-ils peur des Indiens ?

— Plus probablement des bandits.

— Des bandits… comme ceux qui ont exterminé ma famille ? Déjà, à l'époque ?

— Les tiens ont été tués par des fanatiques qui adorent le Diable. Ne va pas chercher plus loin.

— Je n'en suis pas si sûr.

— C'est la conclusion du FBI.

— Justement ! Pourquoi mes parents ? Ils n'avaient rien à voir avec une secte satanique.

— Je n'ai pas la réponse, Rohan. Si j'avais la moindre idée, crois-tu que je n'aurais pas parlé au FBI ?

Pour toute réponse, Rohan fit entendre un grognement de scepticisme. Le notaire poursuivit :

— As-tu réfléchi à la proposition de Paul Flamel ?

— Je n'ai pas pris de décision.

— Tu devrais accepter. On ne peut pas affirmer que ceux qui ont assassiné les tiens ne reviendront pas. Ils savent que tu es toujours vivant. Les médias en ont parlé. On t'a même accusé. Et si ces criminels ont décidé d'exterminer toute ta famille, ils reviendront terminer leur sinistre besogne. Tu serais plus en sécurité en France.

— D'autant plus que les autorités ne me paraissent pas faire tout ce qu'il faut pour les arrêter. J'aimerais savoir pourquoi.

— Je l'ignore, malheureusement, mon garçon. Mais il serait plus prudent de brouiller les pistes. Si tu pars, je te ferai établir une nouvelle identité.

Rohan eut soudain l'intuition qu'il ne lui disait pas toute la vérité. Monroe savait pourquoi les siens avaient été tués, mais il ne voulait pas en parler. Un instant, il fut tenté d'insister. Il renonça. Le notaire ne lui était pas hostile, il le sentait. Mais il y avait derrière tout ça quelque chose qui le dépassait.

Lorsqu'il revint à Silverton, il prit l'habitude de dormir dans le bureau même de son grand-père, sur un canapé.

Ce fut sans doute ce qui lui sauva la vie.

8

Cela faisait à présent un mois que le massacre avait eu lieu.

Après la découverte de la *panic room*, Rohan avait décidé de tout faire pour percer le mystère de cette tragédie. Il n'aurait de cesse qu'il n'eût vengé les siens. Pour cette raison, il dormait avec son fusil à pompe à portée de main, dans le bureau même de son grand-père. Il espérait que celui-ci se manifesterait de nouveau pour l'éclairer.

Il ne faisait aucun doute que le massacre de sa famille n'était pas dû au hasard. Son père et son grand-père s'étaient suicidés pour ne pas parler. Quels secrets auraient-ils pu révéler ? Etaient-ils dissimulés dans la pièce de sûreté ? Il avait fouillé les lieux, ouvert les bibliothèques, examiné tous les dossiers, ils ne contenaient rien d'extraordinaire, hormis la mystérieuse chemise marquée *Hedeen*. Impossible de rien tirer de ce document-là. Il ne comportait aucune indication, aucune annotation.

Alors, que penser ? Son père et son grand-père avaient-ils découvert l'existence d'un système d'écriture inconnu, créé par un peuple dont on ignorait encore tout ? C'était peut-être une nouvelle étonnante sur le plan de l'Histoire, mais cela ne justifiait absolument pas que l'on élimine toute une famille pour ça, et dans ces conditions épouvantables. Et cela n'expliquait pas non plus pourquoi Henry et Douglas s'étaient suicidés avec une capsule de cyanure dissimulée dans une dent creuse. C'était ce point particulier qui tracassait Rohan. S'ils portaient des dents truquées, c'était qu'ils avaient envisagé la possibilité d'avoir à se donner la mort. Pourquoi ?

S'agissait-il malgré tout, comme il l'avait soupçonné au début, d'un code secret ? Peut-être certains des ouvrages comportaient-ils des données cachées, que seul ce code pouvait déchiffrer. Cette explication ne le satisfaisait pas. Henry et Douglas n'avaient sans doute rien à voir avec le monde de l'espionnage. Ils aimaient leur pays. Pourtant, Rohan ne pouvait nier qu'ils ne se liaient guère avec les gens de Silverton. La famille participait aux fêtes locales, soutenait les actions caritatives, mais les relations avec les autres autochtones restaient superficielles.

Certains soirs, l'imagination aidant, il échafaudait une hypothèse encore plus aventureuse, selon laquelle le dossier Hedeen comportait des échantillons d'une écriture extraterrestre. Dans la foulée, il se demandait si sa famille ne pouvait pas être en relation avec des *aliens* venus de l'espace ou d'ailleurs. Après tout, les apparitions d'ovnis non élucidées étaient légion. Ces réflexions le tenaient éveillé pendant des heures.

Une nuit, vers le milieu d'avril, il avait longuement exploré l'hypothèse extraterrestre avant de sombrer dans un sommeil agité. Bien plus tard, il fut réveillé par un crissement étrange. Instantanément, il fut sur le qui-vive. C'était le bruit d'un diamant sur une vitre. Quelqu'un essayait de pénétrer dans la maison ! Rohan maîtrisa la panique qui s'emparait de lui et saisit son arme. Devant l'une des portes-fenêtres du bureau, une silhouette se découpait sur le ciel nocturne. Il vit une main glisser à l'intérieur, puis manœuvrer la poignée. La fenêtre s'ouvrit, livrant passage à ce qui ressemblait à un fantôme. L'individu était vêtu d'un long vêtement noir semblable à une robe de moine ; un capuchon dissimulait entièrement ses traits. A la lueur blafarde de la pleine lune, le jeune homme aperçut l'éclat d'une lame dans la nuit. Mû par l'instinct de survie, il tira. L'homme poussa un hurlement de douleur et fut projeté en arrière dans un fracas de verre brisé. Un bruit de cavalcade fit comprendre à Rohan qu'il y en avait d'autres, au moins trois ou quatre, peut-être plus. Il n'hésita qu'un instant. Malgré sa volonté farouche de venger sa famille, il n'était pas de taille à lutter. Sa seule chance de leur échapper consistait à s'enfermer dans la chambre de sûreté.

Il se précipita vers la bibliothèque et fit jouer la moulure. Le battant s'ouvrit aussitôt. Avant de s'y glisser, il entrevit plusieurs spectres fonçant dans sa direction. Il eut juste le temps de refermer en appuyant sur le bouton rouge. Des coups furieux et sourds retentirent sur la bibliothèque. Il dévala l'escalier. Il n'était pas encore en bas des marches qu'il entendit la vitrine pivoter sur son socle. Ces salauds avaient dû le voir manœuvrer la moulure. Des pas précipités résonnèrent. Plus mort que vif, Rohan se retrouva devant la porte blindée. Il appuya sur le bouton, connut un instant de terreur totale lorsque le lourd battant refusa de bouger. Derrière lui, les pas se rapprochaient. Il appuya de nouveau. Enfin, la porte s'ouvrit. Il s'engouffra à l'intérieur. Le voyant rouge se mit à clignoter. Il l'enfonça. La porte de métal se referma dans la seconde. Le cœur battant la chamade, le souffle court, Rohan entendit des coups sourds de l'autre côté. Les jambes flageolantes, il s'approcha des caméras de surveillance. L'une d'elles montrait le bas de l'escalier. Les spectres s'acharnaient sur les boutons. Mais il avait condamné le mécanisme de l'intérieur. Ils ne pouvaient rien faire. L'un d'eux sortit un pistolet et tira plusieurs fois sur le système d'ouverture. Le jeune homme en perçut le vacarme, étouffé par le blindage.

Les agresseurs étaient bloqués à l'extérieur. Ils finirent par accepter leur échec et remontèrent dans le bureau, qu'ils entreprirent de mettre systématiquement à sac, détruisant les vitrines, projetant les livres précieux de son grand-père sur le sol avec une sorte de rage frénétique. Visiblement, ces individus étaient des fous furieux. Dans un angle, Rohan distingua l'homme qu'il avait touché. Il se tenait le ventre en gémissant.

Les autres parlaient peu. Hormis leurs cris de dépit devant la porte blindée, ils communiquaient surtout par signes. Ils semblaient savoir parfaitement ce qu'ils avaient à faire. Ce n'étaient pas de stupides adorateurs de Satan, mais de vrais tueurs professionnels ! Outre des pistolets, tous portaient des armes blanches, de longs poignards dont ils se servirent pour lacérer les livres, les rideaux, tout ce qu'ils trouvaient. Sur un signe de celui qui semblait les commander, deux individus quittèrent les lieux. Rohan pensa qu'ils le soupçonnaient d'avoir réussi à sortir de la maison. Il valait donc mieux rester sur place pour l'instant. Ils avaient peu de chances de trouver l'autre issue.

Partagé entre la peur et la colère, il continua à observer les inconnus. Ils se déplaçaient avec rapidité, en silence, sans jamais échanger de paroles inutiles. Grâce aux caméras, il en avait dénombré dix. Deux d'entre eux avaient emporté leur camarade blessé. Quatre autres se dispersèrent dans les autres pièces. Partout, ils recommencèrent le même manège, vidant les meubles de leur contenu, vêtements, linge, livres, vaisselle. Dans la cuisine et la salle à manger, ils brisèrent toutes les bouteilles qu'ils purent trouver. Rohan était atterré. Comment des êtres humains pouvaient-ils se comporter ainsi ?

Leur chef était demeuré dans le bureau. Il guettait la bibliothèque, dont le battant secret était resté ouvert. Au cas où Rohan aurait eu l'idée de vouloir revenir. Il ignorait qu'il l'observait. Le jeune homme tenta de discerner ses traits, mais le capuchon les dissimulait complètement.

Il hésitait à prévenir Herbert Scott. Les flics de Silverton n'étaient pas nombreux. Ils risquaient de se faire massacrer. Il s'abstint.

Une heure s'écoula ainsi, qui parut une éternité au jeune homme. Enfin, les tueurs revinrent dans le bureau, après avoir mis la maison à sac. Ceux qui étaient sortis revinrent, munis de jerricans d'essence. Ils n'avaient donc pas cherché à le capturer à l'extérieur. Rohan comprit alors pourquoi ils s'étaient livrés à un tel saccage. Ils voulaient incendier la demeure. Sur l'ordre de leur chef, ils répandirent de l'essence dans toutes les pièces du rez-de-chaussée, puis descendirent en verser devant la porte blindée. Ces ordures comptaient le faire griller. L'angoisse s'empara de lui à nouveau. La porte résisterait probablement à la chaleur, mais que se passerait-il si le courant était coupé par l'incendie ? Il risquait de rester coincé. La ligne de téléphone elle-même serait détruite.

Terrifié, il vit les tueurs remonter et quitter la maison. Puis une flamme jaillit. En quelques instants, la magnifique demeure ne fut plus qu'un gigantesque brasier. Une à une, les vidéos s'éteignirent, détruites par l'incendie.

Cependant, il constata que celles qui surveillaient le parc continuaient de fonctionner. Il regarda ses agresseurs filer vers le mur d'enceinte, puis disparaître. Ils n'étaient pas passés par le portail d'entrée. Ils savaient sans doute que la police venait régulièrement. Une voiture devait les attendre sur la route forestière qui longeait la propriété à l'ouest.

Une odeur d'essence lui parvint, tandis qu'une chaleur inquiétante envahissait la chambre de sûreté. Il recula. Un grondement sourd et effrayant lui parvenait, témoignant de l'incendie qui faisait rage au-dessus. Il n'avait plus le choix, il devait s'enfuir par la galerie. Suffoquant à cause des fumées qui commençaient à envahir la pièce, il se rendit dans la dernière salle et manœuvra l'ouverture de la seconde porte blindée. Elle refusa de s'ouvrir. Sans doute le feu avait-il détruit le réseau électrique qui l'alimentait.

L'angoisse lui broya la poitrine. Il était pris au piège.

9

A l'extérieur, Herbert Scott, tiré du lit une heure plus tôt par un appel des pompiers, contemplait le sinistre avec un mélange de rage et de tristesse. Les policiers qui patrouillaient régulièrement autour de la maison des Westwood avaient eu vite fait de repérer l'incendie, dont les lueurs violentes déchiraient la nuit. Ils avaient aussitôt averti la brigade des pompiers, qui était arrivée sur les lieux quelques minutes plus tard. Mais il était presque impossible d'approcher la maison tant la température était élevée. Il ne resterait rien de la demeure magnifique des Westwood.

La mort dans l'âme, le policier songea que Rohan, dans un geste de désespoir, avait décidé d'en finir. L'aube blanchissait lorsque enfin les pompiers parvinrent à circonscrire les flammes. Quelques hommes équipés de protection s'aventurèrent dans les décombres fumants. Peu après, le responsable de la brigade revint vers Herbert.

— C'est un incendie criminel, chef. Tout le rez-de-chaussée a été arrosé d'essence.

Cette réflexion étaya les soupçons du policier. Le garçon avait sans doute mis le feu lui-même. Il ne supportait plus de vivre seul.

— A-t-on retrouvé le corps du garçon ?

— Non. Mais ça ne veut rien dire. Toute la toiture s'est effondrée. Il est impossible d'aller voir ce qu'il y a dessous actuellement. Il faudra attendre pour déblayer que la température ait baissé.

A ce moment, l'un de ses hommes l'appela.

— Chef, on a trouvé quelque chose. Venez voir.

Il le suivit dans le parc, où flottait une écœurante odeur de brûlé.

— Il y a des traces de sang par ici.

L'homme désignait quelques taches rouges séchées sur l'herbe.

— Ce n'est pas tout. Nous avons repéré des marques de pas. Quelqu'un est venu ici cette nuit. Plusieurs types. Ce sont eux qui ont mis le feu.

Scott poussa un juron monumental. Ces salauds étaient revenus ! Et ils avaient achevé ce qu'ils avaient commencé quelques jours plus tôt. On allait sans doute retrouver le cadavre de Rohan dans les ruines. Il se blâma de ne pas avoir insisté davantage pour qu'il ne reste pas dans cette maison. Les patrouilles n'avaient rien vu venir. Il renonça à morigéner ses hommes. Cela n'aurait servi à rien. Les autres devaient les guetter.

Il passa une journée épouvantable à culpabiliser et à maudire les pontes du FBI qui s'étaient acharnés sur le gamin pour éviter d'avoir à orienter leur enquête dans la bonne direction. Par moments, il en aurait hurlé.

Le soir venu, il s'attabla sans appétit devant un civet de lièvre, son plat préféré, que sa femme, Margie, lui avait préparé pour essayer de lui remonter le moral. Il se força à avaler quelques bouchées pour ne pas lui faire de peine. Elle avait déjà dû supporter sa mauvaise humeur pendant toute la soirée. Il avait passé le relais à son second, sachant que leurs investigations ne mèneraient à rien.

La nuit était tombée depuis un moment lorsque l'on toqua discrètement à la porte de derrière du pavillon. Sur ses gardes, Herbert saisit son arme de service et approcha.

— Monsieur Scott ! dit une voix étouffée. Monsieur Scott !

Rohan. Il ouvrit au jeune homme, qui tenait encore son fusil dans la main. Herbert éprouva un immense soulagement. Il n'avait pas l'air blessé, même s'il sentait la fumée.

— Entre, mon gars.

Quelques instants plus tard, Rohan était attablé devant un confortable morceau de civet que Margie lui avait servi d'autorité. Affamé, il se jeta dessus avec appétit. D'un coup, l'humeur du policier était remontée au beau fixe. Mais il était dévoré par la curiosité.

— Raconte-moi, mon garçon. Que s'est-il passé ?

— Ils sont revenus.

— C'est ce que j'ai compris. Tu les as vus ? A quoi ressemblaient-ils ?

— On aurait dit des moines.

— Des moines ? !

— Ils portaient des sortes de robes de religieux, avec de grands capuchons. Impossible de voir leurs traits.

— Comment as-tu fait pour leur échapper ?

— C'est un miracle, monsieur Scott.

Herbert était au courant de son étrange pouvoir. Rohan lui expliqua que, quelques jours auparavant, son grand-père lui avait révélé, au cours d'un rêve, l'existence d'une chambre souterraine blindée, accessible par un passage secret dans son bureau.

— Une *panic room* ? s'étonna le policier.

Il se gratta le menton, perplexe.

— Cela confirme bien que ton grand-père redoutait une attaque…

— Oui, mais j'aimerais bien savoir pourquoi. J'ai étudié les documents renfermés dans le bureau souterrain. Ils n'ont rien d'extraordinaire ! Ce sont les mêmes que ceux sur lesquels il travaillait, des livres, des documents historiques. Vous pourrez les examiner, si vous arrivez à déblayer l'entrée de la chambre. Elle a été épargnée par le feu.

Le policier hocha la tête.

— C'est ce que nous allons faire. En tout cas, nous savons à présent que ta famille n'a pas été choisie par hasard. Ils sont revenus pour te tuer, toi aussi. Ils ne voulaient laisser aucun Westwood vivant.

— Avant de me réfugier dans la chambre de sûreté, j'ai tiré sur eux et j'en ai touché un. Peut-être devriez-vous voir avec les hôpitaux…

— J'ai déjà donné des ordres dans ce sens. Nous avons retrouvé des traces de sang dans le parc. Comment as-tu fait pour sortir de la chambre ?

— Elle comporte une autre issue, qui donne sur la forêt par une galerie. J'ai cru que la porte était bloquée, mais elle a fini par s'ouvrir. Après, je suis resté toute la journée dans la forêt. Je ne voulais pas qu'on me voie. Je pense qu'à présent il vaut mieux qu'on me croie mort. Si les criminels apprennent que je leur ai échappé, ils reviendront et ça recommencera.

— D'accord avec toi. J'ai déjà dit aux journalistes que ton corps était sans doute sous les décombres. Je vais m'arranger avec le chef des pompiers pour accréditer cette thèse. Mais que comptes-tu faire, à présent ?

— Je ne peux plus rester ici. Je crois que je vais accepter l'invitation de Paul Flamel. Je vais le contacter.

— Excellente idée.

— Il faudrait que je quitte discrètement Silverton pour Seattle. Je dois rencontrer maître Monroe. Pouvez-vous m'aider ?

— Bien sûr, fiston. Tu vas passer la nuit ici. Dès demain, je t'emmène là-bas. Tu te planqueras sous une couverture.

Le lendemain, avant leur départ, il donna des ordres, sans conviction, pour qu'on tente de retrouver un blessé par balle pouvant correspondre aux agresseurs de Rohan. Il savait déjà que c'était peine perdue.

Plus tard dans la journée, Rohan pénétrait discrètement chez maître Monroe.

Quelques jours plus tard, il débarquait à Roissy. Dans ses bagages se trouvait une mystérieuse chemise de cuir contenant le dossier Hedeen. Avant de quitter la chambre de sûreté, il l'avait emportée. Il n'en avait parlé à personne, pas même à Herbert Scott. Il se doutait que les policiers allaient fouiller les documents de sa famille, et parmi eux les salopards de Washington. Il valait donc mieux mettre ce dossier à l'abri. C'était peut-être un code d'espionnage, mais son intuition lui soufflait qu'il s'agissait de tout autre chose.

Quelque chose qui avait motivé le massacre de sa famille.

10

Comme l'avait suggéré maître Monroe, Rohan avait voyagé sous une fausse identité afin de brouiller les pistes. Si les tueurs bénéficiaient de complicités au sein des agences d'Etat, ils ignoreraient ainsi qu'il avait quitté le territoire des Etats-Unis. Cependant, il n'en avait pas mené large tout au long du voyage. Et il avait dû faire un violent effort pour ne pas laisser transparaître son angoisse au contrôle français. Fort heureusement, les douaniers ne se montrèrent guère curieux. Il bénéficiait d'une carte de séjour étudiant et d'une lettre de recommandation signée de Paul Flamel, ce qui lui facilita les choses.

A la sortie des contrôles, la haute silhouette de l'historien français l'attendait, en compagnie d'un homme coiffé d'une casquette.

— As-tu fait bon voyage, mon garçon ?

— Heu, oui, merci !

Il ne précisa pas qu'il avait voyagé à côté d'un homme d'âge mûr qui n'avait cessé de se plaindre durant la traversée. D'ailleurs, après un petit moment, il s'était rendu compte que le rouspétage semblait être le sport favori des Français. Ils râlaient pour la moindre broutille. Pourquoi l'avion ne décollait-il pas à l'heure ? Pourquoi le vin était-il si mauvais ? On n'aurait pas eu ça sur Air France ! Pourquoi est-ce que je ne peux pas mettre mes bagages *exactement* au-dessus de mon siège ? Les Français avaient de plus la fâcheuse manie de prendre les autres à témoin. Le rouspéteur patenté n'avait pas manqué d'inviter Rohan à partager son indignation devant la qualité médiocre des plats, s'attendant visiblement à un soutien de sa part. Rohan s'était contenté de répondre par des sourires contrits, qu'il voulait aimables, mais qui lui avaient probablement valu d'être considéré par le globe-trotter irascible comme un crétin congénital et incurable.

Paul Flamel semblait avoir deviné la raison de son désarroi. Il lui déclara, avec un sourire amusé :

— Bienvenue en France, mon garçon !

Tandis que le chauffeur chargeait les bagages dans le coffre d'une grosse Mercedes noire, ils prirent place dans le véhicule.

— Je suis heureux que tu aies accepté mon invitation, Rohan, dit Flamel. J'étais très inquiet pour toi. Je craignais que les tueurs ne reviennent, et je ne me suis pas trompé, malheureusement. Je suis désolé pour ta maison. C'était une belle demeure. Mais évidemment, ce n'est rien par rapport à la tragédie précédente.

Il lui jeta un regard de biais.

— C'est un véritable miracle que tu aies réussi à t'échapper.

Le jeune homme hésita. Il avait envie de faire confiance au vieil homme, mais la prudence l'incitait à taire ce qu'il avait découvert. Après tout, il ignorait tout de Paul Flamel.

— J'avais pris l'habitude de dormir en bas, sur un canapé. C'est comme ça que j'ai pu entendre les tueurs arriver. Mes parents n'ont pas eu cette chance. Mais comment auraient-ils pu imaginer qu'on allait les tuer ?

Paul Flamel ne répondit pas. L'ombre qui passa dans son regard prouvait qu'il était très affecté par la mort de la famille Westwood. Mais il se reprit très vite. Cet homme possédait un self-control remarquable. Rohan resta sur ses gardes. Il décida de ne pas parler de la chambre de sûreté et du dossier Hedeen.

Il pleuvait, de cette pluie de fin d'hiver, grise, froide et grasse, qui donnait aux autochtones l'envie de fuir la région parisienne pour des cieux plus cléments. Rohan apprécia le confort des sièges de cuir de la Mercedes. S'il ne connaissait pas la France, il avait cependant suivi suffisamment d'études pour être capable de la situer. Il ne faisait pas partie de ces Américains incultes – mais néanmoins élus du peuple – qui pensaient par exemple que Moscou était la capitale de l'Allemagne ou que l'Europe était un pays.

Après qu'ils eurent pris leur part des sempiternels embouteillages et supporté les concerts de klaxon et d'insultes fleuries qui y étaient associés, la voiture s'engagea sur l'autoroute en direction de Bordeaux.

Rohan allait d'étonnement en étonnement. Si le gigantisme de Roissy ne l'avait pas dépaysé par rapport aux aéroports américains, le reste du pays ne cessait de le surprendre. Les voitures étaient plus petites, les autoroutes moins larges, les immeubles moins hauts, même autour de Paris.

Cela avait continué lorsqu'on s'était éloigné de la capitale. Aux Etats-Unis, les villes constituaient des univers un peu concentrationnaires, peuplés de buildings vertigineux, sillonnés d'avenues très larges, ornés de parcs gigantesques et cernés par des banlieues interminables. Mais lorsqu'on les quittait, la nature reprenait ses droits, et il fallait faire plusieurs dizaines de kilomètres avant de rencontrer une autre agglomération. La campagne française, au contraire, n'offrait pratiquement aucun espace vierge. Des champs de taille réduite se succédaient, organisés autour de fermes qui paraissaient dater du Moyen Age, les forêts ressemblaient à des bosquets, les maisons se blottissaient les unes contre les autres dans les villages. Quant aux villes traversées, elles n'étaient pas très étendues et leurs immeubles, sauf dans les grandes cités, dépassaient rarement cinq ou six étages.

Avant Bordeaux, la voiture quitta l'autoroute et se dirigea vers la région de Sarlat. La route traversa de petites bourgades aux maisons de tuiles rondes qui annonçaient le Sud. Un peu surpris, le jeune Américain constata que les villages ne comptaient qu'une seule église, un bâtiment en vieilles pierres âgé de plusieurs siècles, souvent en bien mauvais état. Aux Etats-Unis, on construisait des églises modernes, entourées de vastes parkings pour accueillir les voitures des fidèles. Il y en avait autant que de mouvances religieuses. Des supermarchés de la foi. En France, l'église unique se réfugiait au centre du village et le parking avait tout du mouchoir de poche. On se garait comme on pouvait. Cela n'avait d'ailleurs pas l'air de gêner beaucoup les Français. Il se souvint que le catholicisme était la religion principale du pays, mais il savait aussi que les indigènes n'éprouvaient pas, pour la plupart, une grande ferveur spirituelle. On était croyant par tradition plus que par conviction. Cela ne le contrariait pas. A Silverton, sa propre famille ne fréquentait aucun temple et on les considérait comme athées. Lorsqu'il s'était posé des questions, quelques années plus tôt, son père lui avait répondu que, d'après lui, le seul dieu était la Nature et qu'il fallait la respecter parce que tous les hommes en faisaient partie, comme les cellules font partie d'un corps. Il lui avait cependant conseillé de lire différents ouvrages que les croyants considéraient comme sacrés, comme la Bible ou le Coran, pour se forger sa propre opinion. Rohan s'était penché sur chacun avec une curiosité plutôt scientifique. S'il en avait retiré quelques idées intéressantes, il n'avait pas senti naître en lui une foi inébranlable dans l'une ou l'autre direction. Il en avait conclu que la foi de son père en la nature et la vie, débarrassée de tout dogme, n'était pas plus mauvaise qu'autre chose, et cela lui avait suffi.

Plus tard, à l'université, la foi acharnée rencontrée chez certains de ses condisciples, dont plusieurs s'étaient alarmés de son athéisme, lui avait paru aussi crédule qu'inquiétante. Malgré les progrès de la science, malgré les fossiles de dinosaures, malgré les datations au carbone 14, ils réfutaient en bloc la théorie de l'évolution de Darwin qui, à leurs yeux, n'était qu'un « agité du bocal ». Ils affirmaient sans rire que Dieu avait créé le monde en six jours et s'était reposé le septième. Les arguments de ces individus singuliers se fondaient uniquement sur les écrits religieux, et ils niaient toutes les avancées de la science. Ainsi, les ressemblances et les différences entre les espèces n'étaient que le fruit de la volonté du Seigneur. L'évolution n'était qu'une absurdité, car tout avait surgi du néant environ sept mille ans auparavant, et toutes les prétendues démonstrations scientifiques pour prouver le contraire n'étaient que billevesées pour attardés mentaux. Stupéfié par une telle intransigeance et devant leur désir opiniâtre de lui faire partager leurs convictions, il les avait fermement remis à leur place. Si ses autres camarades avaient apprécié sa franchise, les créationnistes, comme ils se nommaient entre eux, l'avaient voué aux gémonies et, après lui avoir prédit l'enfer, ne lui avaient plus adressé la parole.

A mesure que l'on descendait vers le sud, le ciel s'éclaircissait. Lorsqu'ils arrivèrent dans la région de Sarlat, le temps s'était mis au beau, dévoilant un paysage magnifique. Le printemps avait illuminé les forêts d'un vert tendre. En différents endroits Rohan aperçut, surplombant des villes et villages disséminés le long de la Dordogne, de petits manoirs de pierre ocre, agrippés aux promontoires rocheux. Il savait que, non loin d'ici, quelque part, se cachaient des sites archéologiques extrêmement anciens, des grottes ornées de peintures rupestres. Une région aussi vieille que l'humanité. Il avait hâte de visiter tous ces lieux.

Le château de Peyronne...

Ainsi se nommait la demeure de la famille Flamel, à qui elle appartenait depuis des générations. Sise au cœur d'un parc de quatre-vingt-cinq hectares, elle dominait la vallée de la Dordogne en s'étageant depuis le sommet d'une colline. Paul Flamel n'avait pas menti, il était très riche. Cette demeure était bien plus grande que celle des Westwood. Après avoir passé le large portail d'entrée, il fallait parcourir plusieurs centaines de mètres pour parvenir dans la cour principale du château.

— Ce manoir date du seizième siècle, expliqua le vieil homme. Mais il fut construit sur des ruines encore plus anciennes, puisqu'il existait, à cet emplacement, une « villa » romaine. Il n'en subsiste plus que les thermes, qui jouxtent l'une des dépendances. Mes ancêtres ont toujours tenu à les conserver.

Rohan était ébahi. Il avait l'impression d'avoir fait un saut dans le temps. Un homme taillé en hercule et aux bras de déménageur s'inclina devant Paul Flamel.

— Voici Gustave, l'intendant du domaine, le présenta Flamel.

Le visage massif, la mâchoire carrée, il faisait penser à un tronc d'arbre. Rohan l'aurait imaginé en chef de bande mafieuse plutôt qu'en majordome. Mais l'individu s'inclina devant lui avec un sourire engageant.

Laissant les bagages aux soins du chauffeur, Flamel invita Rohan à se diriger vers l'escalier à double révolution qui desservait l'entrée du château. Une belle femme d'environ soixante-dix ans tendit la main au jeune homme avec un large sourire.

— Soyez le bienvenu, Rohan. Vous êtes ici chez vous.

— Mon épouse, Violette, la présenta Flamel.

— Madame, je vous remercie de m'accueillir ainsi dans votre demeure. Elle est... magnifique.

— Merci. Vous aurez l'occasion de la visiter. Elle appartient à notre famille depuis sa construction, il y a près de cinq siècles.

Paul Flamel posa la main sur l'épaule du jeune Américain.

— Tu as peut-être envie de te reposer un peu avant le repas, Rohan, dit-il. Greta va te conduire à ta chambre.

Une jeune domestique au décolleté vertigineux et au déhanchement provocateur adressa un sourire radieux au jeune Américain. Puis elle le mena jusqu'à une chambre située au premier étage de l'aile gauche.

— Alain va monter vos bagages, dit-elle. Je m'appelle Greta. Si monsieur a besoin de moi pour quoi que ce soit, qu'il n'hésite pas à me le demander. Je suis toute à son service.

Le tout appuyé d'un regard qui en disait long. Rohan la remercia d'un sourire un peu gêné.

— Merci, Greta. Je suis un peu fatigué après un tel voyage. Je vais... heu, prendre une douche avant de rejoindre mes hôtes.

Nouveau sourire des yeux de biche. Puis elle s'éclipsa

Rohan examina la chambre. Le plafond, haut, était orné de poutres énormes. Une salle de bains avait été aménagée dans un angle, séparée par une cloison de bois, dans le même esprit que la pièce. Le lit était large, surmonté d'un baldaquin aux colonnes torsadées. Des tapisseries représentant des scènes de chasse couvraient les murs. Il était fasciné. Au centre de la chambre trônait un bureau en chêne, sur lequel se trouvait un ordinateur dernier modèle. Un petit mot l'accompagnait, signé de la main de Paul Flamel.

Le tien ayant été détruit, accepte ce modeste présent pour te souhaiter la bienvenue parmi nous.

Rohan ne savait que penser. Les Flamel l'avaient accueilli à bras ouverts alors qu'il ne leur était rien. Bien sûr, sa famille et la leur étaient liées par l'amitié, mais lui-même ne les connaissait pas. Il aurait aimé se sentir bien, pourtant il ne pouvait se défaire d'une inexplicable méfiance. Peut-être était-ce l'aspect imposant de ce manoir qui l'impressionnait, malgré les efforts que Paul Flamel avait fait pour le mettre à l'aise.

Epuisé par le décalage horaire, il se glissa sous la douche.

Peu avant le dîner, il retrouva Paul Flamel dans le vaste salon du château. La pièce devait mesurer plus de cent vingt mètres carrés. Son plafond, plus élevé encore que celui de sa chambre, s'ornait de sculptures en bas-relief. Les murs étaient décorés par des tapisseries. Deux énormes cheminées se faisaient face à chaque extrémité, dans lesquelles brûlaient de grosses bûches. Une agréable odeur de feu de bois flottait dans l'air. Malgré le printemps naissant, les soirées restaient fraîches.

Des fauteuils entouraient des tables basses sur lesquelles les domestiques avaient disposé des apéritifs et des amuse-gueule. Rohan se souvint que les Français accordaient beaucoup d'importance à la nourriture. Chez les Flamel, cela relevait presque du rituel. A son arrivée, une douzaine de personnes étaient déjà installées et le regardaient avec curiosité.

— Viens prendre place parmi nous, l'accueillit Paul avec un large sourire. Tu es ici chez toi.

— Merci.

Un peu intimidé, il s'assit d'une fesse sur un canapé de cuir roux. D'autorité, deux filles d'une vingtaine d'années s'installèrent de part et d'autre du jeune homme. L'une d'elles déclara :

— Je m'appelle Salomé. Et voici ma cousine, Valentine.

Elles étaient aussi jolies l'une que l'autre et semblaient s'amuser de son air embarrassé. Contrairement à ce qu'il redoutait, l'atmosphère était détendue et bon enfant. Malgré leur richesse, les Flamel affichaient une grande simplicité. Tous les membres de la famille avaient l'air de bien s'entendre. Un verre de rivesaltes à la main, Paul Flamel prit la parole :

— Je lève mon verre à notre invité, Rohan Westwood, qui restera parmi nous aussi longtemps qu'il le souhaitera puisque, comme vous le savez, toute sa famille a disparu dans des circonstances tragiques. Qu'il soit ici chez lui, et que nous sachions l'accueillir comme un membre de notre propre famille.

— A Rohan, répondirent les autres.

Le jeune homme toussota pour masquer sa gêne. De caractère plutôt réservé, il n'aimait guère se trouver au centre de l'intérêt général. D'une voix mal assurée, il dit :

— Soyez remercié pour votre accueil, monsieur Flamel. Je voulais aussi vous remercier pour l'ordinateur.

— Ce n'est rien. Tu en auras besoin ici pour ce que je veux te proposer.

— Me proposer ?

— Ta famille et moi avions l'habitude de partager nos travaux de recherches historiques et archéologiques. Tu as suivi des études dans ce sens. Je souhaiterais, si cela te convient, poursuivre ces recherches avec toi, et te transmettre les dossiers sur lesquels Henry et Douglas travaillaient, et dont ils m'avaient transmis les doubles. Ils sont nombreux et variés, et je pense que cela te passionnera plus que de poursuivre des études fastidieuses dans une faculté.

Rohan mit un petit moment avant de comprendre. Paul Flamel était un historien confirmé, professeur d'université, et il lui proposait de travailler directement avec lui. C'était une grande faveur qu'il lui faisait là.

— Je ne sais comment vous remercier, monsieur Flamel. C'est une opportunité extraordinaire. J'accepte avec reconnaissance.

— C'est parfait. Mais laissons cela pour ce soir. Je voudrais que tu fasses connaissance avec ma famille…

Paul et Violette avaient deux fils et une fille. Bertrand, l'aîné, était chirurgien à l'hôpital de Sarlat. Il était marié à une Anglaise, Johanna, dont il avait eu deux fils, Jérôme, vingt-trois ans, et Kevin, vingt et un ans. Le second fils, Joël, avait épousé une ravissante mannequin, Victoire, que tout le monde appelait Vicky, et qui lui avait donné deux enfants, Clovis, vingt-deux ans, et Salomé, dix-neuf ans, dont la cuisse se collait à la jambe de Rohan de manière plutôt appuyée. Fiona, la fille de Paul et de Violette, était une très belle femme au port de tête altier mais au sourire empreint de douceur. Elle inspira aussitôt confiance à Rohan. Elle lui faisait penser à Sarah, sa propre mère. Avec son mari, Hubert, un médecin qui exerçait aussi à Sarlat, elle avait eu trois enfants, Valentine, vingt-deux ans, Morris, dix-neuf ans et Vanessa, la cadette de la famille, âgée seulement de quinze ans.

Outre les Flamel, une dizaine de domestiques, dirigés par le majordome Gustave, logeaient sur place, comme le chauffeur, Alain, qu'il connaissait déjà. Il y avait aussi un jardinier, deux femmes de chambre, un cuisinier et sa femme, un valet de chambre, ainsi qu'un garde forestier et son épouse. Au château de Peyronne, on vivait apparemment à l'ancienne mode.

Le manoir comportait plus de trente pièces et chaque couple y possédait son propre appartement. Cela pouvait s'expliquer par le fait qu'il s'agissait d'une très grande demeure. Mais il ne put s'empêcher d'établir un rapprochement avec sa propre famille, dont tous les membres vivaient sous le même toit, dans des conditions un peu similaires, domestiques en moins.

Comme une sorte de clan.

11

Le lendemain, le temps s'était subitement réchauffé, affichant une température quasi estivale. Des parfums de végétaux et d'humus montaient dans l'air, et un soleil radieux éclaboussait la campagne et la forêt.

Salomé se glissa dans la chambre de Rohan alors qu'il prenait sa douche. Lorsqu'il sortit de la salle de bains, il ne portait rien et se trouva face à face avec une demoiselle nullement effarouchée, bien au contraire. Il se couvrit comme il put de ses mains et balbutia :

— Que... qu'est-ce que tu fais ici ?

Elle le regarda longuement, avec un sourire ravi, satisfaite de l'avoir surpris dans le plus simple appareil.

— Je viens te chercher. Je voulais te proposer de te faire visiter le domaine. Est-ce que tu sais monter à cheval ?

— Heu... oui, bien sûr.

— Alors, dépêche-toi de t'habiller.

Non sans un dernier regard appuyé, elle s'en fut. Rohan poussa un soupir de soulagement. Le culot de Salomé l'embarrassait. Non qu'elle ne lui plût pas, mais il n'avait aucune envie de se mettre en porte-à-faux vis-à-vis de ses parents. Il se demanda si les Françaises étaient toutes comme ça. Puis il se souvint que Greta était allemande. Ce devait être la maison...

Un peu plus tard, après un solide petit déjeuner pris en compagnie de la famille réunie au grand complet, Salomé l'entraîna vers les écuries. C'était un bâtiment indépendant, qui abritait une douzaine de chevaux. La jeune fille lui choisit une pouliche américaine docile. Un *quarter horse.* Ces chevaux étaient utilisés aux Etats-Unis pour garder les troupeaux. Faciles à éduquer et à monter, ils constituaient de remarquables chevaux de selle, capables de s'aventurer sur tous les terrains... et de jouer les cascadeurs dans les films.

Rohan, un peu intimidé, observait Salomé. Plutôt petite, la bouche moqueuse et l'œil espiègle, elle portait une longue chevelure brune qui lui descendait jusqu'aux fesses. Du haut de ses dix-neuf ans, elle semblait trouver la vie très amusante.

Le domaine de Peyronne s'étendait sur plus de quatre-vingt-cinq hectares au nord de la Dordogne. Une grande partie était couverte par des bois dans lesquels vivaient toutes sortes de gibiers à poil et à plume, chevreuils, cerfs, daims, sangliers, faisans, canards, bécasses, grives. Salomé expliqua :

— Mon grand-père organise des parties de chasse en automne. Il faut limiter la surpopulation animale. Mais il n'y a pas ici de poulailler destiné à élever des faisans ou des pigeons.

— Un poulailler pour des faisans ?

— Certaines sociétés de chasse élèvent des oiseaux qu'on lâche seulement quelques jours avant la battue. Ces pauvres bêtes n'ont aucune chance. Elles ne craignent pas l'homme et elles viennent vers lui sans méfiance. Les chasseurs en font un carnage. Ils appellent ça « tirer quelques pièces » ! Mon grand-père déteste ces sales types. Il dit que ce sont des viandards. Ici, nos animaux sont vraiment sauvages, et nous ne les tuons que pour manger. Mon grand-père a d'ailleurs réintroduit quelques prédateurs, comme un couple de lynx et quelques loups. Ils ne peuvent pas s'échapper puisqu'ils vivent à l'intérieur de l'enceinte, mais cela fait enrager les chasseurs.

— Il y a des loups ici ?

Salomé éclata de rire.

— Oui, mais ne t'inquiète pas ! Ils nous connaissent et ils ne sont pas dangereux. Il suffit de taper dans les mains pour les faire fuir.

Ils arrivèrent près d'un haut mur qui séparait le domaine de l'extérieur. Salomé l'invita à mettre pied à terre. Elle montra le mur.

— Il fait le tour de la propriété, hormis les terres agricoles. Il ne protège que la forêt, qui fait tout de même quarante-deux hectares. Il remonte à la construction du château. Mon grand-père le fait entretenir parce qu'il ne veut pas que des braconniers s'introduisent sur nos terres. Au-delà, les champs nous appartiennent encore, mais ce sont des terrains cultivés que nous louons à des fermiers. C'est ce qui permet d'entretenir le domaine. Une telle demeure revient très cher.

— C'est curieux, j'ai un peu étudié l'histoire de la France, et je m'étais imaginé qu'un domaine de ce genre appartiendrait plutôt à une famille ayant des titres de noblesse, tu sais des « de quelque chose »...

— Ma famille portait un titre, autrefois. L'un de nos ancêtres était le baron de Peyronne. Son alliance avec la famille Flamel l'a rendu riche. Mais, à la Révolution, la particule et le nom furent abandonnés, par prudence. On ne conserva plus que Flamel. Par la suite, nos ancêtres ne jugèrent pas utile de reprendre le titre.

Elle hésita, puis ajouta :

— Tu sais, nous vivons un peu à l'écart du monde. Notre famille est très riche, comme tu as pu t'en rendre compte. Pourtant, nous ne fréquentons pas les gens de notre rang. Mon grand-père s'en méfie beaucoup. La plupart se montrent méprisants envers ceux qui n'appartiennent pas à leur milieu. Nous avons notre propre réseau de familles amies. La tienne en faisait partie.

Elle lui prit la main.

— Je suis désolée de ce qui est arrivé aux tiens.

Il hocha la tête.

— J'essaye de ne pas trop y penser, sinon je deviendrais fou.

Il laissa passer un silence, puis reprit :

— Ma famille aussi ne se mêlait pas trop aux autres. J'ai toujours eu l'impression que nous vivions entre nous. Mais il est vrai que nous recevions aussi des gens comme ton grand-père. C'étaient toujours les mêmes. Et tous...

Il se tut un instant, stupéfié par la constatation qu'il venait de faire.

— Tous avaient des métiers touchant de près à l'histoire, des professeurs d'université, des historiens, des archéologues, des ethnologues...

— C'est un peu normal, je crois. Les gens se regroupent par affinité.

— Tu suis également des études d'histoire ?

— Moi non, je fais médecine. Je suis en première année. C'est plutôt dur.

Elle le regarda de biais et ajouta :

— Tu veux jouer au médecin avec moi ?

— Moi, mais…

Il n'eut pas le temps d'en dire plus. Salomé s'approcha et, telle une liane, glissa ses bras autour de sa taille et plaqua sa bouche sur la sienne. Il aurait voulu la repousser doucement, lui expliquer… Mais sa nature généreuse et bouillonnante se moquait bien de ses scrupules. Il sentit monter dans ses reins un désir incontrôlable, d'autant plus brûlant que la petite rouée serrait son ventre étroitement contre le sien. Sans plus de façon, elle ramena ses mains vers la ceinture du garçon, sans pour autant cesser de l'embrasser avidement. Rohan sentit son pantalon se relâcher tandis que des doigts fins s'introduisaient à l'intérieur. Il ne comprit pas comment il se retrouva sur le sol, chevauchant la demoiselle qui s'était mise à gémir et arrachait son chemisier sous lequel elle ne portait pas de soutien-gorge.

C'était le printemps. Difficile de résister à un tel appel, d'autant plus que les mains de Salomé s'étaient solidement agrippées à ses hanches et l'invitaient à entrer en elle. Il redouta un court instant de voir survenir quelqu'un, mais elle le rassura :

— Ne t'inquiète pas, il ne passe jamais personne par ici.

Puis elle se cambra et noua ses cuisses autour de son cou.

— Allez, aime-moi, cow-boy !

Plus tard, Rohan reprenait son souffle, tandis que Salomé, à moitié couchée sur lui, le contemplait de son œil moqueur.

— C'était bien, cow-boy. Je m'attendais à pire.

Il prit son visage entre ses mains.

— Merci du compliment. Dis-moi, ça t'arrive souvent ?

Elle se laissa rouler sur le côté, entièrement nue, et regarda le ciel avec un sourire ravi.

— A chaque fois qu'un garçon me fait envie. Eux le font bien. Quand une fille leur plaît, ils la poursuivent jusqu'à temps qu'elle leur cède. Et ensuite, ils se vantent de leurs exploits auprès de leurs copains. Et malheur à celles qui refusent. Alors, moi, je ne vois pas pourquoi je ne coucherais pas avec un garçon si ça me fait plaisir. Je n'ai de comptes à rendre à personne.

Elle se retourna sur le ventre.

— Mais ne va pas croire que tous les mecs peuvent m'avoir facilement. C'est moi qui choisis. Et je n'appartiens à personne. OK ?

Traduction : « Ne te fais pas d'illusions, mon bonhomme ! » Il hocha la tête.

— OK ! Mais tout de même, je voulais te dire, c'était bien aussi pour moi.

Elle se releva.

— On recommencera peut-être, on verra. De toute façon, tu ne risques pas d'être en manque de filles, ici. Attends d'avoir vu ma petite cousine à l'œuvre. Et je ne parle pas de Greta, qui ne demandera pas mieux que de s'envoyer en l'air avec toi à la moindre provocation.

— Il m'a semblé, en effet...

Elle éclata d'un rire clair et, toujours sobrement vêtue de l'air printanier, se leva d'un bond pour esquisser quelques pas de danse au milieu de la clairière inondée de soleil. Les taches de lumière jouaient sur sa peau nue. Rohan la regarda, fasciné. Ainsi, elle ressemblait à une fée ou une dryade, l'une de ces divinités antiques qui hantaient les forêts.

Lorsqu'ils revinrent au château, Clovis, le frère de Salomé, âgé de vingt-deux ans, les regarda d'un œil goguenard. Il devait bien connaître sa petite sœur.

L'après-midi, Valentine fit visiter le château au jeune Américain. Mais, contrairement à ce qu'avait laissé entendre Salomé, elle ne lui sauta pas dessus.

Le château de Peyronne avait la forme d'un U, dont la base constituait la partie principale. L'aile droite abritait les appartements des domestiques, tandis que l'aile gauche accueillait les écuries et les garages pour les voitures. Chacun possédait la sienne, et on y trouvait même trois puissantes motos.

Avec une grande compétence, Valentine expliqua les différentes caractéristiques de chaque pièce, la poutraison massive du rez-de-chaussée, le parquet à points de Hongrie, les tableaux des ancêtres, dont le premier baron de Peyronne, Gaston, peint par Jean Clouet, l'année même où il avait été anobli par François Ier. Elle mena Rohan des deux niveaux de caves voûtées, qui offraient de superbes rayonnages de bouteilles de grands crus millésimés, jusqu'aux combles. On pénétrait dans le château proprement dit par un vaste hall dans lequel un large escalier de pierre conduisait aux étages. Sur la droite s'ouvrait le grand salon, suivi d'une vaste bibliothèque à l'anglaise, aux murs entièrement couverts de rayonnages chargés de livres de toutes origines. On trouvait ensuite diverses pièces, elles aussi pourvues de cheminées, plus modestes, et aménagées en salle de billard, en salle de jeux ou de cinéma. A gauche de l'entrée, une grande salle à manger, de la même taille que le salon, précédait la cuisine et les communs, conservés dans l'esprit du seizième siècle, mais également dotés de tout le confort moderne, celui-ci étant intelligemment intégré dans le décor.

Le premier étage était divisé en appartements où chaque famille possédait ses chambres, salles de bains, bureaux, petits salons et bibliothèques privées. Jamais Rohan n'avait contemplé un tel luxe.

Le dernier niveau était occupé par un grenier, labyrinthe de pièces éclairées par des œils-de-bœuf et renfermant quantité de vieilleries accumulées au cours des siècles, dont certaines valaient certainement des fortunes. On y trouvait des tableaux, des meubles de toutes sortes, lits courts, fauteuils, tentures, tapisseries aux couleurs passées, ainsi qu'un invraisemblable bric-à-brac d'objets aux usages indéfinissables. Rohan comprit que l'endroit plaisait particulièrement à Valentine. Il flottait dans l'air une odeur de poussière et de moisi, de vieux papiers et de tissu ancien. Elle l'invita à prendre place sur une sorte de bergère au velours râpé qui, autrefois, avait dû être rose. De but en blanc, elle déclara :

— Ma petite cousine t'a déjà mis le grappin dessus...

— « Le grappin » ?

Même s'il parlait couramment français, certaines expressions lui échappaient encore.

— J'ai vu la façon dont elle te regardait, ce matin. Je suppose qu'elle t'a emmené dans sa clairière favorite.

Rohan rougit. Valentine éclata de rire.

— Ne t'inquiète pas, mon grand-père est au courant. Les frasques de sa petite-fille l'amusent. Tu sais, ici, nous avons des mœurs plutôt libres.

Il acquiesça. Elle leva la main.

— Mais il ne faut pas t'attendre au même traitement de ma part.

— Je ne m'attends à rien.

Elle répondit d'un sourire léger.

— Salomé a un cœur d'artichaut. Il vaut mieux pour toi ne pas en tomber amoureux.

— Je ne crois pas que ce soit le cas.

— Tant mieux.

Il la regarda de biais. Il pensa un moment qu'elle essayait de le sonder pour connaître ses sentiments vis-à-vis d'elle-même, mais il comprit très vite qu'il ne s'agissait pas de ça. Malgré son jeune âge, il se dégageait de cette fille une certaine maturité, qui contrastait avec la frivolité de sa petite cousine. Son visage restait sérieux et empreint de sérénité. Valentine avait hérité de sa mère, Fiona, un visage fin et racé, d'allure patricienne, illuminé par des yeux dorés, ourlés de grands cils. Elle était très belle, et s'il devait tomber amoureux de l'une des deux, ce serait plus certainement d'elle. Mais cela ne semblait pas être le sujet qui intéressait le plus la demoiselle. Elle resta un long moment silencieuse, son joli regard perdu sur une bassinoire avec laquelle autrefois on réchauffait les lits. Le cuivre accrochait les reflets du soleil entrant par une lucarne. Soudain, elle dit :

— Ne trouves-tu pas que nous formons une famille étrange ?

Un peu décontenancé, il hésita avant de répondre.

— Non, pas du tout. Vous vivez entre vous. C'était aussi le cas de ma famille.

— C'est vrai.

Elle marqua un nouveau silence, puis elle se tourna vers lui et demanda :

— Es-tu capable de garder un secret ?

Surpris, il hocha la tête.

— Oui, bien sûr.

— Voilà : il m'arrive parfois des choses bizarres.

— Quelles choses ?

— Tu vas sans doute trouver que je suis complètement déjantée. Mais voilà : j'entends des voix. Ou, plus exactement, je perçois des pensées, des émotions, des souvenirs.

Rohan pâlit. Etait-il possible que cette fille souffrît du même phénomène que lui ? Elle poursuivit, tout en guettant sa réaction du coin de l'œil :

— Je ne sais pas expliquer ça. La seule chose dont je sois sûre, c'est qu'ils ne proviennent pas de vivants mais de personnes disparues. Des morts.

Rohan resta muet.

— Tu ne me crois pas ? demanda Valentine, l'air inquiète. Tu penses que je suis folle…

Il ne répondit pas directement :

— Les autres sont au courant de ce… phénomène ?

Elle secoua la tête.

— Seulement mon grand-père et mes parents. Salomé l'ignore. Même Morris et Vanessa ne le savent pas. Mon grand-père m'a dit de ne pas en parler.

— Mais tu me l'as dit, à moi. Pourquoi ?

— Parce que tu étudies l'histoire, comme moi. Pas les autres. Ma mère aussi est historienne. Ce que je veux dire, c'est que les personnes qui entrent en contact avec moi paraissent avoir vécu il y a longtemps. Plusieurs siècles pour certaines.

Elle le fixa et insista :

— Alors, tu crois vraiment que je suis folle ?

— Non ! répliqua-t-il avec brusquerie. Tu ne l'es pas.

Il hésita, puis ajouta :

— Enfin, je ne pense pas. Sinon, ça voudrait dire qu'on est fous tous les deux. Moi aussi j'entends parler les morts. Et moi aussi j'ai l'impression que leurs pensées viennent de très loin dans le temps.

Valentine lui prit la main. Elle paraissait soulagée.

— Tu devrais en parler à mon grand-père. C'est un homme d'une grande sagesse.

Il retira sa main vivement. Un doute s'était insinué tout à coup en lui. Et si elle avait dit ça dans le seul but de lui faire avouer cette étrange particularité ?

— Je n'ai pas envie d'en parler avec qui que ce soit, répliqua-t-il d'un ton sec.

Elle se rembrunit.

— Je comprends, dit-elle. Viens, nous allons redescendre.

Tout en quittant les combles, Rohan ne pouvait s'empêcher de ressentir un malaise. Se pouvait-il que Paul Flamel fût au courant de son don singulier et l'ait fait venir à cause de lui ? Mais dans quel but ?

12

Dans les jours qui suivirent, Rohan oublia ses soupçons. Il n'avait pas parlé à Paul Flamel de son don particulier, et le vieil homme n'y avait fait aucune allusion. Donc, Valentine n'avait rien dit.

— C'est à toi d'aborder le sujet, si tu le souhaites, lui dit-elle plus tard. Mon grand-père est un homme très ouvert et je suis sûre qu'il te serait d'excellent conseil.

La vie au château de Peyronne était plutôt agréable. Greta prenait un soin particulier de Rohan, lui apportant son petit déjeuner au lit, toujours vêtue de chemisiers suggestifs et échancrés, laissant négligemment deviner une poitrine ferme et tiède. Malgré un désir en ébullition, le jeune Américain restait sur ses gardes et ignorait ses invites. Il n'avait aucune envie d'être surpris en plein ébat par Salomé, qui lui rendait visite à n'importe quelle heure du jour… et surtout de la nuit. Elle se glissait alors dans son lit et il passait avec elle des moments torrides, qui le laissaient épuisé au matin. Cependant, il n'éprouvait pour elle qu'une grande affection. La douceur de sa peau, la tiédeur de son corps, sa souplesse de liane et son absence d'interdits lui plaisaient, mais elle ne serait jamais pour lui qu'une camarade de jeux coquins.

Ailleurs, l'herbe est plus verte, dit-on. Il aurait aimé entamer une aventure avec Valentine, apparemment beaucoup plus sérieuse que ne l'avait prétendu sa cousine, mais la jeune fille ne faisait rien pour répondre aux avances discrètes qu'il lui faisait. Un jour qu'il s'était montré un peu trop entreprenant à son goût, elle déclara, un peu agacée :

— Ma petite Salomé ne te suffit-elle donc pas ?

— Toi, ce n'est pas pareil.

Le ton de Valentine se radoucit.

— Ecoute, Rohan, tu es très gentil et tu es aussi beau garçon. Mais nous avons des choses plus importantes à faire. Je n'ai pas l'esprit à ça.

Il n'insista pas. Il n'avait pas envie de la voir s'éloigner de lui. Ils passaient beaucoup de temps ensemble à étudier, et il aimait particulièrement leurs moments de complicité, ses sourires, la passion qu'elle apportait à tout ce qu'elle faisait. Cependant, il y avait un mystère en elle. Il avait remarqué que Valentine possédait une grande maturité, peu courante chez une fille de son âge. Il devinait aussi chez elle une inquiétude latente, inexprimée, qui se traduisait par des silences soudains et le reflet de la peur au fond de ses yeux d'un vert doré. Il avait alors envie de la prendre dans ses bras pour la protéger. Mais quand il lui demandait ce qu'elle avait, elle sursautait, comme éveillée d'un rêve intérieur, et son angoisse s'effaçait derrière un sourire irrésistible. Elle ne répondait jamais à sa question et elle se replongeait dans ses documents, comme si de rien n'était. Comme son grand-père, elle possédait une étonnante maîtrise d'elle-même.

Dans les premiers jours de son installation, Rohan acheta une petite voiture avec laquelle il écuma les hauts lieux de la préhistoire de la région, en compagnie des deux filles, parfois de Paul Flamel lui-même, qui, malgré ses soixante-quinze ans, faisait montre d'une grande résistance physique. Il visita ainsi Padirac, Lascaux, Lacave, Les Eyzies et autres sites magdaléniens.

Ces expéditions le préparèrent à l'étude que lui confia ensuite Paul Flamel sur l'homme de Cro-Magnon, et particulièrement sur les traces qu'il avait laissées en Sibérie. C'était un sujet que le jeune homme n'avait jamais abordé auparavant. Il se demanda pourquoi son hôte lui demandait une étude aussi spécifique.

— Ton père a mené des recherches dans ce domaine, lui répondit le vieil homme en lui remettant un dossier. C'est la copie qu'il m'a transmise. Je souhaiterais que tu en prennes connaissance. Je pense que cette étude t'intéressera et t'étonnera.

Les feuillets étaient imprimés par ordinateur, mais à de nombreux endroits figuraient des notes manuscrites où il reconnut l'écriture de Douglas.

Il apprit ainsi qu'il avait existé de nombreuses colonies d'hommes de Cro-Magnon réparties depuis l'Ukraine jusqu'à la Sibérie, où ils paraissaient avoir particulièrement prospéré. On avait retrouvé, près du lac Baïkal, sur un site appelé Malta, les restes de demeures bâties sur des murets de pierre solidement enfoncés dans le sol jusqu'à soixante-dix centimètres de profondeur. Les reliefs des repas comprenaient des os de rennes, de chevaux sauvages, d'antilopes et de mammouths, ainsi que de lions, ours et autres renards. Malgré le froid hivernal, la Sibérie paraissait avoir été une espèce de paradis pour les hommes de cette époque.

Peut-être fut-ce le fait de s'être plongé dans l'étude de ces demeures et des paysages glacés des immenses plaines sibériennes, des rêves étranges le hantèrent au cours des nuits qui suivirent. A plusieurs reprises, il reçut les visites d'esprits disparus depuis des millénaires, qui l'entraînèrent au cœur de vastes forêts peuplées de conifères et de bouleaux. Mêlé à l'esprit d'un chasseur, il participait à de longues traques, à la poursuite de bisons ou d'antilopes, il partageait sa vie, bavardait avec ses semblables, dormait sous des maisons singulières, protégées par des murets constitués de pierres et d'ossements. Des images de combats, de rites inconnus, de femmes aux yeux brillants, d'armes et d'objets ignorés et pourtant familiers surgissaient dans son esprit. Il savait qu'il rêvait, mais les visions étaient toujours d'une précision étonnante.

Après plusieurs de ces évasions oniriques, il fit une étrange constatation. Contrairement à ce qu'il s'était imaginé, les chasseurs de cette époque lointaine ne traversaient pas des hivers aussi rigoureux que ceux qui régnaient actuellement en Sibérie. Il pensa tout d'abord qu'il n'avait été témoin que de chasses estivales, à l'époque où les fleuves étaient débarrassés de leur couverture de glace. Mais, dans certains rêves le sol était couvert de neige. Il ne ressentait alors aucunement la morsure de ce froid terrible que l'on dit « sibérien ». Il s'en ouvrit à Valentine, qui montra un vif intérêt pour son expérience.

— C'est bizarre, dit-il. Ces rêves me montrent une Sibérie au climat beaucoup plus clément que celui qui y règne actuellement. Mon esprit doit mal interpréter les souvenirs de ces gens.

Elle eut un léger sourire.

— En général, les souvenirs de ce genre sont plutôt précis. Si tu as vu moins de neige, c'est... qu'il y en avait moins, tout simplement. Qu'en tires-tu comme conclusion ?

— Je ne sais pas. Je me pose des questions : pourquoi les hommes de cette époque se sont-ils installés dans un pays aussi inhospitalier que la Sibérie ? Ils avaient pourtant de la place ailleurs. L'humanité était beaucoup moins nombreuse qu'aujourd'hui.

— C'est une bonne question. Mon grand-père m'a fait étudier le même sujet. J'ai moi aussi été visitée par les esprits de chasseurs de cette époque. Le climat était rude, mais beaucoup moins qu'à notre époque.

— Ce qui voudrait dire que la température moyenne de la planète était plus élevée à cette époque ?

— Pas forcément. A la même période, il existait des sites, notamment dans le nord de l'Amérique, où le froid était encore plus intense que de nos jours.

— Alors, pourquoi le climat de la Sibérie aurait-il été plus doux ? Elle est située sous les mêmes latitudes que le Canada.

— C'est l'un des mystères de l'archéologie, Rohan. Mais tu devrais en parler à mon grand-père.

L'après-midi même, il s'en ouvrit à Paul Flamel.

— Je me demandais quand tu te déciderais un jour à me parler de ce don, dit le vieil homme avec un sourire amusé.

— Vous saviez que je le possédais ? C'est Valentine qui a parlé, c'est ça !

— Valentine n'y est pour rien. Tes parents et moi entretenions de solides liens d'amitié. Ils m'avaient dit que tu recevais les visites des esprits des défunts, et que cela expliquait tes... perturbations. C'est pour cela que tu as pris de la drogue, n'est-ce pas ?

Rohan n'appréciait pas que le vieil homme lui rappelle cette période désagréable.

— Cela me faisait peur, grommela-t-il.

— Ne te vexe pas. Je ne te juge pas. Je comprends très bien que tu aies pu réagir ainsi. C'est un don très rare mais... impressionnant.

Il laissa passer un court silence et ajouta :

— Savais-tu que ton propre père, Douglas, le possédait également, à un niveau très élevé ? Il lui était très utile pour mener ses recherches.

— Quelques jours avant de mourir, il a dit qu'il voulait me parler. Sur le moment, j'ai cru qu'il voulait me faire la morale. Je pense maintenant qu'il voulait me parler de ce pouvoir. Je m'en veux de ne pas l'avoir écouté. Il est trop tard à présent.

— Ne culpabilise pas, Rohan. Tu n'es pas responsable de la disparition de ta famille.

— Un jour, j'ai surpris une conversation entre mon père et mon grand-père. Mon grand-père disait à mon père que je n'étais pas prêt. Pensez-vous qu'il voulait parler de ce don ?

— Probablement. Cette faculté est rare, et elle n'est pas facile à utiliser. Et puis, elle ne peut pas servir à grand-chose dans une thèse officielle. Les historiens classiques n'accepteront jamais que l'on ait pu découvrir un élément fondamental à la suite d'un « voyage » dans l'esprit d'un homme décédé depuis des siècles, voire des millénaires.

— Evidemment, admit Rohan. Pourtant, ces visions sont très claires. Elles ne ressemblent pas à des rêves.

— Il semble que ce don soit bien développé chez toi. Si tu acceptais de le travailler, peut-être atteindrais-tu le niveau de Douglas. Tu pourrais faire ainsi des découvertes étonnantes.

— Mais de quoi s'agit-il exactement ? Est-ce de la réincarnation ? Ai-je été l'un de ces chasseurs autrefois ?

— Non. La réincarnation, c'est autre chose. Tu as seulement le pouvoir d'entrer en communication avec un espace singulier, qui recèle les souvenirs de tous les hommes qui ont existé sur cette planète depuis l'aube de l'humanité. Nos pensées, nos émotions ne s'effacent pas avec la mort. Cet espace, que l'on appelle l'Ether, les conserve avec une grande précision. Ta propre mémoire, même en ce moment où tu es vivant, participe de cet espace étrange.

— Où se trouve-t-il ?

— Nous l'ignorons. Nous savons qu'il existe, et tu viens encore d'en fournir la preuve. Mais concernant sa nature, et les moyens qui nous permettent d'entrer en contact avec lui, nous ne savons rien. Ce qui prouve une chose : la science est loin d'avoir tout découvert. Elle a fait d'énormes progrès sur le plan de la physique, allant même jusqu'à décortiquer l'atome et créer des nanomachines. Mais en ce qui concerne le domaine spirituel, nous sommes encore à l'âge de pierre. C'est pourquoi le don que tu possèdes est extrêmement précieux.

Un grand froid envahit soudain Rohan.

— Pensez-vous que c'est pour cette raison que ma famille a été massacrée ?

— Comment te répondre, mon garçon ? On ne peut pas écarter cette hypothèse.

Rohan serra les poings. Le souvenir de ses parents éventrés, de sa petite sœur Jessica lacérée et baignant dans son sang, l'envahit d'un coup ; les larmes lui montèrent aux yeux. Le vieil homme lui posa la main sur l'épaule.

— Je partage ton chagrin, Rohan. Ta famille m'était très chère.

— Mais leurs assassins ne seront jamais arrêtés, n'est-ce pas ?

Le vieil homme secoua la tête d'un air las.

— Je crains bien que non, hélas.

— Mais pourquoi ? s'insurgea le jeune homme. Qui sont-ils ?

— Si je le savais… Le FBI a tout fait pour te faire accuser. Grâce à ton avocat, ils ont échoué. Mais ils ont ensuite étouffé l'affaire.

— Ce qui veut dire que les meurtriers de mes parents sont probablement protégés par le gouvernement américain…

— Disons… par certaines puissances occultes qui possèdent une grande influence dans les hautes sphères de l'administration.

— Mais cela va changer, maintenant, avec le nouveau président ?

Flamel fit une moue sceptique.

— Des choses vont changer, c'est vrai. Mais les mouvements ultraconservateurs vont tout faire pour protéger leurs privilèges.

— Vous pensez que ce sont des gens d'extrême droite qui sont derrière tout ça ?

— Je n'en ai aucune preuve, malheureusement, mais ton père et ton grand-père défendaient des thèses révolutionnaires et ils avaient la réputation d'être des progressistes, opposés aux intégristes du mouvement néo-créationniste.

— Ces gens-là n'iraient tout de même pas jusqu'à tuer pour défendre leurs idées ! Et puis, mon père et mon grand-père étaient des scientifiques, des historiens...

— Les milieux extrémistes cachent bien souvent dans leurs rangs des cercles secrets qui, eux, ne reculent devant rien pour faire prévaloir leurs idées.

— Vous pensez donc qu'il pourrait exister un mouvement particulier au sein de l'administration ?

— C'est possible. C'est pourquoi nous devons rester prudents.

A cet instant, Rohan eut la certitude que Paul Flamel en savait plus qu'il ne voulait bien le dire. Leur don particulier dérangeait certaines personnes haut placées, et pas seulement aux Etats-Unis. La menace était également présente en Europe, et Paul Flamel ainsi que sa famille étaient en danger. Mais qui les menaçait ? Qui étaient leurs ennemis ? Et surtout, quel danger pouvait représenter les Westwood pour qu'on n'ait pas hésité à les massacrer avec une telle cruauté ?

13

Après le dossier sur la Sibérie, Paul Flamel confia à Rohan plusieurs études également réalisées par son père, dans lesquelles le jeune homme retrouva de nouvelles notes manuscrites de sa main. Il avait alors l'impression de le sentir proche de lui, comme si un fantôme familier lui tenait compagnie. Valentine étant occupée à d'autres travaux, il mena la première de ces études tout seul.

Ce dossier concernait des fossiles d'animaux disparus peu avant la dernière glaciation, dite glaciation de Würm. Les disparitions d'espèces n'avaient en elles-mêmes rien d'étonnant. Une modification du biotope, un appauvrissement génétique ou encore la pression des prédateurs entraînaient irrémédiablement l'extinction de certaines espèces tandis que d'autres apparaissaient, à partir de souches mutantes. Tout cela confirmait la thèse de l'évolution que Charles Darwin avait élaborée au dix-neuvième siècle Dans cette étude, Douglas s'était intéressé de plus près aux mammouths et aux tigres à dents de sabre.

Le tigre à dents de sabre, autrement appelé *smilodon* (« dents en couteaux »), avait la taille d'un lion et pesait de deux cents à trois cents kilos. Il devait son nom à ses canines supérieures, longues d'une vingtaine de centimètres, qui lui permettaient d'égorger rapidement ses victimes. Douglas faisait cependant remarquer que ces canines étaient fragiles et qu'en comparaison, les lions actuels possédaient une puissance supérieure. *Smilodon* vivait en groupes socialement hiérarchisés et, de ce fait, était capable de chasser de grands animaux comme les bisons, les chevaux ou les chameaux. Il était également charognard.

Curieusement, cet animal, qui existait depuis deux millions cinq cent mille ans, et dont le biotope était situé essentiellement sur le double continent américain, s'était éteint en masse il y avait environ quinze mille ans.

Les mammouths de Sibérie avaient subi le même sort. Cependant, leur disparition semblait plutôt liée à une modification climatique rapide, étalée sur moins d'un millier d'années, qui avait amené une transformation du biotope de l'animal. Habitué à brouter de l'herbe, il avait vu son habitat se recouvrir peu à peu de forêts. Ses molaires n'étant pas adaptées à mâcher des feuilles, sa population avait chuté inexorablement jusqu'à disparaître. Une espèce naine avait survécu sur l'île Wrangel, située au nord-ouest du détroit de Behring. Mais elle s'était éteinte à son tour vers 1700 avant Jésus-Christ.

Ces deux animaux n'étaient pas les seuls à avoir brusquement disparu. De nombreuses espèces s'étaient brutalement éteintes dans une période comprise entre 15000 et 10000 avant Jésus-Christ. Selon Douglas, seule une modification climatique brutale pouvait expliquer ces disparitions. Mais quelle avait été la cause de cette modification ?

A la fin du rapport, Douglas mettait en relief le fait que les mammouths, tout comme les tigres à dents de sabre, existaient depuis des centaines de milliers d'années et avaient survécu à d'autres glaciations auparavant. Pourquoi la dernière leur avait-elle été fatale ?

Soudain, un mot attira l'attention de Rohan. Son père l'avait ajouté tout en bas de la dernière page, suivi d'un point d'interrogation. Stupéfait, le jeune homme reconnut le mot : *Hedeen*. Le titre même du dossier mystérieux découvert dans la chambre secrète de Silverton…

Rohan resta un long moment perplexe. Qu'avait voulu dire son père ? Les feuillets de ce dossier contenaient-ils la réponse à cette énigme ?

Sa première tentation fut d'en parler à Paul Flamel. Mais il hésita. Il ne faisait aucun doute que le vieil homme lui avait remis ce dossier avec une idée derrière la tête. Mais laquelle ? Paul Flamel ignorait qu'il était en possession du dossier Hedeen établi par son grand-père, Henry Westwood. Lui en parler reviendrait à avouer qu'il connaissait l'existence de l'écriture inconnue. Peut-être même était-ce pour cette raison que Flamel l'avait fait venir en France… La méfiance du jeune homme reprit le dessus et il renonça. Il valait mieux garder cette information pour lui.

— Alors, que penses-tu de tout cela, mon garçon ? demanda Paul Flamel lorsqu'il le retrouva le soir.

Rohan répondit d'une voix neutre :

— Je ne sais que penser. Il est étonnant que des espèces apparemment aussi résistantes aient disparu presque en même temps. Elles avaient pourtant survécu à d'autres glaciations. Pourquoi la dernière les a-t-elle exterminés ?

— Bonne question ! Poursuis ton raisonnement.

— Je n'ai pas vraiment d'idée. S'est-il passé quelque chose de particulier à ce moment-là ?

— La Terre a connu de nombreuses périodes dites « glaciaires » au cours desquelles le climat s'est refroidi jusqu'à créer des inlandsis importants sur les continents. A chaque fois, le niveau des océans a baissé. On estime qu'au cours de la glaciation de Würm cette baisse a atteint cent trente mètres par rapport au niveau actuel en certains points du globe. Mais je ne pense pas que la glaciation soit directement responsable de ces extinctions.

— Pourquoi ?

— Parce qu'elle a commencé il y a environ cent quinze mille ans. Bien sûr, elle a atteint son point culminant il y a vingt mille ans. Mais les *smilodons* comme les mammouths ont disparu cinq millénaires après cette date, à une période où le climat avait déjà commencé à se réchauffer.

— C'est vrai, admit Rohan. On a retrouvé des mammouths magnifiquement conservés dans les glaces de Sibérie. Cependant, mon père dit que les corps de ces mammouths présentaient des traces de putréfaction. Quelques-uns étaient même incomplets. Ils n'ont donc pas été gelés « instantanément », comme certains l'ont prétendu. Ils ont été découverts dans des cours d'eau ou des lacs gelés. On peut en déduire qu'ils ont été surpris par la faible épaisseur de la glace, qui s'est brisée sous leur poids. Ils sont morts noyés. Et seulement ensuite, la glace les a emprisonnés. C'est ainsi qu'on a pu en retrouver près d'une quarantaine dans un bon état de conservation. Mais il y en a eu beaucoup d'autres, moins bien préservés. On a même fait trafic de leur ivoire, autrefois.

Rohan se tut. Il y avait dans ce raisonnement quelque chose qui clochait. Le regard du vieil homme s'intensifia.

— Continue.

— Il y a une chose que je ne comprends pas. Si la glace a cédé sous leur poids, cela veut dire qu'elle n'était pas très épaisse. On peut imaginer que ces accidents se sont produits au cours de l'hiver, et qu'ensuite, la glace et la boue les ont emprisonnés. Mais, le printemps revenu, la glace aurait dû fondre. Ils auraient alors été dévorés par les nécrophages et on ne les aurait jamais découverts. Or, ce n'est pas le cas. Ce qui veut dire que la glace n'a pas fondu avec le retour du printemps. *Elle n'a plus jamais fondu.*

— La Sibérie est une région très froide, objecta Paul Flamel.

— Bien sûr, mais elle ne l'était probablement pas autant à l'époque où ces mammouths ont été congelés. Si cela avait été le cas, la glace n'aurait jamais cédé sous leur poids. C'est seulement après qu'elle s'est refroidie… à un point tel que les glaces ont emprisonné définitivement ces mastodontes. Et cela s'est fait très rapidement. Ce qui veut dire qu'à une époque où le climat de la planète se réchauffait jusqu'à faire fondre les inlandsis et les calottes polaires, la Sibérie, elle, se refroidissait inexorablement. Ce qui prouve qu'elle avait connu avant, en pleine période glaciaire, un climat plus doux. C'est incompréhensible. Comment expliquer ce paradoxe ?

— Il te faudra poursuivre le travail de ton père pour cela. Mais cette étude prouve que nous avons encore beaucoup à apprendre sur l'Histoire de la Terre. Les tigres à dents de sabre et les mammouths ne sont que deux exemples parmi beaucoup d'autres. Ils ne sont pas les seuls à avoir disparu en quelques siècles, voire quelques décennies. Certains historiens ont avancé que ces disparitions pouvaient avoir été provoquées par l'Homme. Mais cette hypothèse n'est pas plausible. Les populations humaines étaient trop peu nombreuses à cette époque. Elles n'étaient pas en mesure de chasser ces animaux puissants en nombre suffisant pour amener l'extinction de l'espèce. Les tenants de cette hypothèse rétorquent que les grands fauves se sont regroupés autour des points d'eau, là où il était plus facile pour l'Homme de les exterminer. Ils oublient que les Indiens d'Amérique estimaient et respectaient les grands fauves, tout comme ont dû le faire leurs ancêtres. C'est là une vision d'Européen, de conquérant. Les hommes de la préhistoire raisonnaient autrement. La raison de l'extinction de ces animaux est ailleurs.

Rohan se tritura le lobe de l'oreille droite, dans un geste qui lui était familier lorsqu'il réfléchissait intensément. Il reprit :

— C'est bizarre. L'étude des hommes de Cro-Magnon de Sibérie semble montrer, elle aussi, que cette région a connu un climat plus chaud, à l'époque même de la glaciation de Würm. C'est encore un paradoxe.

Il faillit parler du dossier Hedeen. Paul Flamel savait certainement ce que ce mot voulait dire. Mais sa méfiance naturelle l'emporta et il se tut. Le vieil homme respecta son silence. Puis il demanda :

— Souhaiterais-tu me parler de quelque chose ?

Une brusque bouffée d'adrénaline serra tout à coup le cœur de Rohan. Flamel devait certainement se douter qu'il était en possession du dossier mystérieux. Il secoua la tête nerveusement.

— Non, non, souffla-t-il. Ce... cette étude m'intrigue, simplement.

Le vieil homme n'insista pas.

— Tu as fait du bon travail, mon garçon, conclut-il. Il y a maintenant un autre dossier de Douglas que je souhaiterais te confier : celui de Glozel. Il s'agit d'un site préhistorique qui remet sérieusement en cause la date de l'apparition des premières formes d'écriture.

Dès le lendemain, Rohan se mit au travail. Cette fois, Valentine lui tint compagnie. Rohan n'avait jamais entendu parler de Glozel.

— Et pour cause, expliqua Valentine. Les historiens préfèrent éviter de l'évoquer. Il y a eu une grande polémique à son sujet.

Ils se plongèrent dans l'étude du dossier rédigé par Douglas. Glozel était un petit village de l'Allier, situé entre Arronnes et Ferrières-sur-Sichon, au nord-est de Clermont-Ferrand.

Au mois de mars 1924, Emile Fradin avait dix-sept ans. C'était un jeune paysan du Bourbonnais. En compagnie de son grand-père, Claude, il défrichait un champ quand, soudain, l'une de leurs vaches tomba dans un trou. Emile et Claude Fradin découvrirent alors des ossements humains et des objets anciens. Persuadés d'avoir découvert un tombeau renfermant peut-être un trésor, ils fouillèrent les lieux et trouvèrent quantité d'urnes, de vases, ainsi que des armes et des tablettes gravées d'une écriture incompréhensible. Constatant que les urnes ne contenaient que de la terre, ils rebouchèrent le trou et semèrent, conservant cependant quelques échantillons.

A l'été suivant, des archéologues amateurs du Bourbonnais, ayant entendu parler de l'histoire, se firent confier certains objets par les Fradin et les envoyèrent au musée des Eyzies, dirigé par le professeur Peyroni, conservateur. A l'époque, avec le docteur Capitan et l'abbé Breuil, cet homme faisait autorité en matière de préhistoire. Après étude, tous trois déclarèrent avoir affaire à des objets très anciens.

En 1925, Antonin Morlet, un médecin de Vichy passionné par la préhistoire, se rendit à Glozel et obtint des Fradin le droit d'entreprendre des fouilles. Il mit à jour nombre d'autres objets. Le jeune Emile Fradin lui accorda le droit de publier un catalogue des objets découverts, à condition que les objets demeurent la propriété de sa famille. Lorsque le docteur Capitan se rendit plus tard sur les lieux, il demanda au docteur Morlet d'établir un rapport sur ce qu'il appela « un gisement merveilleux ». Le docteur Morlet rédigea son rapport, mais, au lieu de l'envoyer à Capitan, il le publia lui-même, sous le titre : « Nouvelle station néolithique », en citant le nom d'Emile Fradin comme découvreur du lieu.

Constatant que son nom n'était pas mentionné, le docteur Capitan entra dans une fureur noire et exigea de Morlet qu'il substitue son nom à celui d'Emile Fradin, qui n'était pas archéologue. Antonin Morlet, estimant que Capitan n'avait rien à voir avec un site du Bourbonnais, refusa tout net.

Ce fut alors le début d'une polémique qui fit grand bruit dans les milieux scientifiques. Capitan, après avoir déclaré que les objets de Glozel étaient des pièces magnifiques datant de la préhistoire, qui remettaient bon nombre d'acquis en question, changea brusquement d'attitude et affirma que le site de Glozel n'avait rien d'authentique et reposait sur une supercherie. Il déclara que les objets avaient été fabriqués par Emile Fradin. Le jeune homme ayant créé un petit musée où il exposait urnes, vases, armes et ossements, Capitan l'accusa publiquement de tromperie. L'abbé Breuil, après avoir, lui aussi, pris parti dans un premier temps pour Glozel, se rangea à l'avis de Capitan et dénonça Fradin comme falsificateur.

— C'est invraisemblable ! s'écria Rohan. Ces individus n'avaient aucun sens moral. Pour des raisons de gloire personnelle, ils faisaient passer leurs petites querelles avant la rigueur de l'étude scientifique !

Valentine renchérit avec un sourire amusé :

— C'est dans la nature humaine, mon cher. Mais c'est grave lorsqu'il s'agit de personnes savantes. Ce qui prouve que le savoir et l'intelligence sont deux choses bien différentes. Et le premier n'engendre pas forcément la seconde, malheureusement.

Mais le plus étonnant restait à venir. A cette époque, les plus anciennes écritures connues remontaient aux hiéroglyphes de l'Egypte antique, et surtout aux cunéiformes des Sumériens. Leur origine datait de trois mille ans avant l'ère chrétienne. Après étude, le docteur Morlet estima que les tablettes de Glozel étaient plus anciennes de deux à trois mille ans.

— Elles auraient alors entre sept et huit mille ans ! s'exclama Rohan. C'est incroyable !

Entre les partisans et les opposants de Glozel, la guerre était déclarée. Elle se traduisit par des menaces, des lettres d'injures et de sombres coups bas de la part des tenants de la science officielle. Une commission des fouilles – nommée par le docteur Capitan – tenta même de truquer les résultats d'une enquête menée sur place. Miss Garrod, la secrétaire de l'abbé Breuil, fut accusée par le docteur Morlet d'avoir essayé d'introduire des objets récents sur les lieux. Parce que le succès du petit musée de Glozel faisait concurrence aux Eyzies, Emile Fradin et le docteur Morlet furent calomniés, discrédités. Le président de la Société préhistorique de France se rendit sur place et affirma haut et fort que les objets exposés dans les vitrines du musée d'Emile Fradin étaient des faux. Il alla même jusqu'à porter plainte. Le plus virulent fut le savant René Dussaud, qui venait de publier une thèse sur l'écriture étrusque, censée être la première de toutes les écritures alphabétiques. Les tablettes de Glozel, qui présentaient certaines caractéristiques d'une écriture de ce type, réduisaient son hypothèse en miettes.

L'affaire prit de telles proportions qu'en février 1928 la police de Clermont-Ferrand perquisitionna chez les Fradin afin de trouver l'atelier où, selon leurs détracteurs, ils fabriquaient leurs faux objets. Ne découvrant rien, les policiers brisèrent les vitrines pour s'emparer d'une grande quantité de pièces. Elles furent entassées sans aucune précaution dans deux grandes caisses sous le prétexte de les faire dater. Emile Fradin, officiellement propriétaire des lieux, voulut s'opposer aux policiers, qui le rouèrent de coups.

En 1929, il fut même inculpé d'escroquerie. Pendant près de trois jours, il fut interrogé sans relâche dans le but de lui faire avouer la supercherie. Emile Fradin ne céda pas et opposa sa bonne foi à l'acharnement du juge d'instruction. Relâché, il fut l'objet d'une forme de persécution. On ouvrait son courrier, on le surveillait afin de le surprendre en train d'enterrer des objets.

Mais, malgré l'obstination de ses détracteurs, rien ne put être retenu contre lui et la justice fut bien obligée, deux ans plus tard, d'établir un non-lieu. Plus tard, Emile Fradin se maria et eut des enfants. Pendant les années suivantes, le docteur Morlet, qui s'était lié d'amitié avec Emile, poursuivit les fouilles à ses frais et mit à jour plus de trois mille objets, dont la science officielle ne voulait plus entendre parler.

Pendant la guerre, en 1941, la loi Carcopino interdit de fouiller le sol français sans autorisation de l'Etat. Le docteur Morlet fut contraint d'abandonner ses fouilles. Il mourut vingt-cinq ans plus tard, sans avoir pu terminer son travail.

En 1972, grâce à la méthode du carbone 14 et à d'autres progrès scientifiques, on put enfin effectuer une datation sérieuse du site de Glozel. De ces travaux, il ressortit qu'il était réellement très ancien. Henri François, l'ingénieur du Commissariat à l'énergie atomique qui avait dirigé les travaux, écrivit à Emile Fradin : *Seuls quelques attardés mal informés pourront encore prétendre que vous êtes un faussaire, les regroupements des mesures faites indépendamment dans chaque laboratoire sont parfaits et indiscutables...*

Les études montraient que les ossements avaient entre quinze et dix-sept mille ans, les céramiques cinq mille ans et les tablettes deux mille cinq cents ans. Certaines inscriptions existaient sur des ossements datant de dix à onze mille ans.

En 1975, lors d'un congrès d'archéométrie tenu à Oxford, l'Etat reconnut enfin l'authenticité du site de Glozel. Malgré cela, les historiens continuèrent de douter et le ministère des Beaux-Arts refusa de classer le site. Une équipe du Centre de recherche nucléaire de Grenoble ayant déterminé qu'il existait encore des objets enfouis, de nouvelles fouilles furent menées, en d'autres endroits. Curieusement, aucun résultat ne fut publié. Comme le dit le professeur Rémy Chauvin : « S'ils ne publient pas, c'est qu'ils ont probablement trouvé des choses qui les ennuient, sinon pourquoi ? »

Le 16 juin 1990, Emile Fradin reçut les palmes académiques. Malgré les sommes fabuleuses proposées, il refusa de céder ses pièces.

La suite de l'étude donnait une liste de différents objets retrouvés à Glozel : poteries, pierres polies, bijoux, pointes de flèches, aiguilles à percer le cuir, haches, statuettes dépourvues de bouche. Cependant, Douglas remarquait que le site comportait des objets d'une grande disparité quant à leurs époques d'origine. Il en concluait que le site était certainement depuis très longtemps consacré à des activités religieuses. Les objets, particulièrement les haches, dont le tranchant était souvent intact, avaient sans doute une fonction votive.

Enfin, les dernières pages reproduisaient plusieurs tablettes gravées. Rohan examina l'écriture avec attention. Soudain, son cœur se mit à battre plus vite. Il crut être l'objet d'une hallucination.

Cette écriture présentait des ressemblances étonnantes avec celle du dossier Hedeen...

14

— Alors ? demanda Paul Flamel un peu plus tard. Quel est ton sentiment ?

Rohan s'était un peu replié sur lui-même. Il avait eu l'impression, tandis qu'il contemplait les tablettes d'un air ahuri, que Valentine guettait sa réaction. Enfin, elle avait demandé :

« Qu'est-ce qui t'arrive ? On dirait que tu as vu un fantôme.

— Ce n'est rien. C'est… c'est la réaction de ces imbéciles de préhistoriens, dans les années 1920. »

Il ne voulait pas parler du dossier Hedeen. Pas avant d'en savoir plus. Car il y avait dans la sollicitude de ses hôtes quelque chose qui le contrariait, même s'il n'aurait su dire quoi.

A présent, Rohan se tenait devant Paul Flamel. Un bon feu flambait dans la cheminée de son bureau où le vieil homme avait accueilli les deux jeunes gens. Rohan se tenait sur ses gardes. La préhistoire était un sujet *a priori* innocent, mais il ne pouvait oublier les images des siens massacrés par des inconnus. Quel était le rôle exact de Paul Flamel dans tout cela ?

— Eh bien ? s'impatienta le vieil homme.

— Je ne sais pas. L'élément le plus important semble être le système d'écriture. Le plus curieux, c'est qu'on retrouve certains signes sur des ossements très anciens.

— Peut-être ont-ils été rajoutés après, suggéra Paul Flamel.

— C'est possible, en effet. Mais pourquoi ? Et puis, il y a autre chose. Ce type d'écriture n'est certainement pas apparu spontanément. D'après ce qu'écrit mon père, il présente des ressemblances avec des formes très anciennes de phénicien, soit environ un peu moins de quinze siècles avant notre ère. Mais il note également des ressemblances avec des inscriptions retrouvées sur des sites magdaléniens, en France, ainsi qu'en Roumanie et au Portugal. Or, la période magdalénienne remonte justement à onze mille ans. Alors, faut-il admettre qu'il existait déjà, à cette époque, une forme d'écriture alphabétique ?

Paul Flamel éclata de rire.

— Bravo, mon garçon ! Tu as exactement mis le doigt sur ce qui dérange l'Histoire officielle. Voilà sans doute pourquoi les recherches effectuées sur des sites proches de Glozel n'ont jamais été publiées. Les historiens n'acceptent pas facilement de reconnaître qu'ils ont pu se tromper pendant si longtemps. Et surtout, ils détestent particulièrement ce qu'ils ne peuvent expliquer et ce qui remet en cause toutes leurs théories.

— La réaction de Capitan, de l'abbé Breuil et des autres en est une belle preuve.

— Les recherches historiques sont délicates et exigent beaucoup d'humilité. Mais il semblerait que cette qualité ne soit pas l'apanage de certains historiens. Pour progresser, il faut pourtant accepter de se remettre en question. Malheureusement, bien souvent, l'histoire est écrite par des gens qui manquent de partialité et qui tentent de faire « coller » les événements historiques avec *leur* vision des choses. Et quand l'Eglise s'en mêle, c'est la fin de tout. Ainsi, il est très difficile de savoir exactement qui était Jeanne d'Arc, parce que la religion s'est approprié son histoire, qu'elle a déformée selon ses vues. Elle en a fait une sainte. Mais si l'on considère l'Histoire du côté anglais, Jeanne d'Arc était une sorcière. Cela dépend aussi du contexte politique. A la fin du dix-neuvième siècle, lorsqu'on a créé l'Ecole publique, laïque et obligatoire, on a fait d'un petit chef arverne, Vercingétorix, le champion de la nation gauloise, à une époque où cette notion n'avait aucun sens. Mais la France venait de subir la défaite de 1870, et l'esprit revanchard prédominait. Comment trouver la vérité dans tout ce fatras d'idées préconçues et trompeuses ?

— A-t-on réussi à déchiffrer cette écriture ? demanda Rohan, en proie à une vive émotion.

Si Flamel répondait par l'affirmative, il serait peut-être en mesure de savoir ce que contenait le dossier Hedeen. Mais il fut déçu :

— Plusieurs spécialistes se sont penchés sur la question. Hélas, n'est pas Champollion qui veut. Actuellement, l'écriture de Glozel conserve son mystère.

Rohan poussa un soupir de déception. Une fraction de seconde, il crut déceler un échange de regards furtifs entre Valentine et son grand-père. Mais peut-être ne fut-ce que le fruit de son imagination.

A la suite de cet entretien, Paul Flamel proposa à Rohan de se lancer dans un autre sujet d'étude de son père : la sorcellerie. Il lui fournit différents documents, ainsi que des titres très anciens, parmi lesquels le jeune homme reconnut l'ouvrage découvert dans la chambre secrète de Silverton : le *Malleus Maleficarum*, le « Marteau des sorcières ». Assisté par Valentine, il se plongea dans cet univers étrange, qu'il ne connaissait que par le cinéma et la littérature. Ce qu'il découvrit lui inspira un profond malaise.

A l'origine, les sorciers et sorcières n'étaient autres que les héritiers des anciennes traditions druidiques qui avaient précédé le christianisme. Ayant perdu leur puissance face à la religion nouvelle, ils étaient devenus guérisseurs, rebouteux, manipulateurs et fabricants de potions médicinales, et perpétuaient la vénération des anciennes divinités païennes attachées à un lieu, source, arbre ou rocher. Du fait de leur capacité à soigner différentes affections contre lesquelles le peuple se sentait désarmé, ils conservaient néanmoins une certaine influence dans les villages. On se méfiait un peu d'eux, mais on leur faisait confiance. Au fil des siècles, les prêtres prirent ombrage de cette concurrence qu'ils toléraient de moins en moins. Les lieux dédiés aux anciennes divinités furent récupérés et attribués à des saints ou à la Vierge.

Cependant, il se révéla difficile de détourner les villageois de leur attachement aux personnages singuliers qui savaient leur apporter le soulagement, ce que les prêtres ne faisaient pas, puisqu'ils ignoraient la science médicale. Ils affirmaient que la souffrance humaine n'était rien en regard de ce que le Christ avait supporté sur la croix et qu'il fallait la subir pour expier ses péchés, selon la volonté divine. En réalité, les prêtres se montraient impuissants face à la maladie, aux épidémies, et leurs paroles de consolation ne suffisaient pas. Le peuple continua à se tourner vers les guérisseurs et rebouteux. Aussi, dès le début du dixième siècle, ils furent assimilés à des sorciers et accusés d'entretenir commerce avec le Diable. Cependant, contrairement à une idée répandue, il y eut moins de procès en sorcellerie au cours du Moyen Age, période bien plus éclairée qu'on ne le pense, qu'au cours de la Renaissance.

L'époque des persécutions commença seulement à l'aube du treizième siècle. A cette époque, à la suite du concile de Latran IV, le pape Grégoire IX fonda l'Inquisition, destinée à éradiquer l'hérésie, en particulier le mouvement cathare, en raison de sa vision différente de la foi chrétienne. D'autres sectes apparurent, comme les vaudois ou des groupes féminins comme les béguines. Exaspérées par l'intolérance de l'Eglise, de nombreuses femmes se révoltèrent et réclamèrent une plus grande liberté du corps et de l'esprit, refusant la domination masculine imposée par la religion. L'une d'elles, Marguerite Porete, publia même, à la fin du treizième siècle, un traité de théologie, le *Miroir des âmes simples et anéanties.* Poursuivie par l'Inquisition, elle fut condamnée pour hérésie et périt sur le bûcher en 1310.

Ce ne fut qu'après l'anéantissement des cathares que l'Eglise s'attaqua plus particulièrement à ceux qu'elle appelait « sorciers ». Son intransigeance ne supportait plus la moindre opposition. On les accusa d'utiliser des moyens inavouables pour obtenir la guérison d'une maladie, d'adorer le Démon, de se livrer à des pratiques abominables, de participer à des orgies débridées au cours desquelles les femmes s'unissaient à des incubes et des succubes remontés des profondeurs de l'Enfer. Malheur à ceux qui avaient recours à leurs services. Ils risquaient d'y perdre leur âme.

En 1326, le pape Jean XXII édicta la bulle *Super illius Specula*, qui assimilait la sorcellerie à une forme extrêmement grave d'hérésie. S'il y eut un peu plus de condamnations à partir de cette époque, les persécutions connurent leur apogée entre la deuxième moitié du quinzième siècle et la première moitié du dix-septième siècle. En 1484, Innocent VIII promulgua la bulle *Summis desiderantes affectibus*, qui permettait à l'Inquisition de traquer les « praticiens infernaux ». Différents livres furent écrits pour aider les tourmenteurs, comme le *Traité de l'Office de l'Inquisition*, ou le *Traité des invocateurs du Démon*. Mais le plus important fut rédigé en 1486, à la demande de l'Inquisition, par deux moines dominicains, Heinrich Kramer et Jakob Sprenger. Le *Malleus Maleficarum* est une enquête qui décrit avec un luxe de détails les pratiques des sorcières et les différentes façons de les repérer. Réédité une vingtaine de fois en trente ans, ce « Marteau des sorcières » fut l'un des codes utilisés par les inquisiteurs pour juger les sorciers, censés avoir voué leur âme au Malin. Dans cet ouvrage, les auteurs soulignaient que la sorcellerie était surtout pratiquée par les femmes, ce qui justifiait son titre. Environ quatre femmes pour un homme étaient condamnées. Cette proportion traduisait évidemment la misogynie de l'Eglise. Les femmes étaient les tentatrices qui poussaient l'homme au péché. La sexualité y était considérée comme objet de crainte et de mépris.

La parution du « Marteau des sorcières » provoqua une recrudescence d'arrestations dans toute l'Europe, aussi bien dans les pays dominés par la religion catholique que dans ceux soumis à la Réforme. On fit largement appel à la délation pour s'emparer des coupables. Les victimes de ces dénonciations étaient arrêtées puis soumises à la torture, appelée « question ». Les suppliciées n'avaient pratiquement aucune chance d'être acquittées. Si elles résistaient, on s'acharnait sur elles en prétendant qu'elles recevaient l'aide du Diable. Si elles avouaient, elles étaient systématiquement condamnées. On estime que le nombre des victimes des accusations de sorcellerie se situe entre cinquante mille et trois cent mille, bien que certains prétendent qu'il atteindrait plusieurs millions. Si la plupart étaient des pauvres, il est arrivé que des riches, dont la fortune attirait la convoitise, se retrouvent également condamnés.

Le zèle furieux qui s'emparait parfois de tribunaux qui possédaient tous pouvoirs amena également la condamnation d'homosexuels, de juifs, de gitans et de vagabonds. Des animaux comme les chats noirs furent même livrés au bûcher pour sorcellerie. Les prêtres eux-mêmes n'étaient pas à l'abri des accusations. A Loudun, en 1634, le curé Urbain Grandier fut accusé par des sœurs de les avoir envoûtées et finit dans les flammes.

Si la vague des procès pour sorcellerie s'arrêta vers 1680, après « l'affaire des Poisons », il y eut encore des victimes jusqu'à la fin du dix-huitième siècle. En 1782, dans la Suisse protestante, une servante, Anna Göldin, fut accusée d'avoir pratiqué la sorcellerie sur la fille de ses maîtres et décapitée. Cependant, dans certaines régions, la crainte des sorciers avait été tellement ancrée dans les esprits par l'Eglise qu'elle perdura après les procès. Ainsi, en France, en 1826, dans une petite localité du Sud-Ouest, Bournel, une femme fut brûlée vive par les habitants. Cette terreur fut aussi probablement la cause de l'hystérie collective qui s'empara de la petite ville de Salem, dans le Massachusetts, en 1692, et qui amena la condamnation à la pendaison de vingt-cinq personnes accusées de pratiques sataniques.

L'étude de la sorcellerie dura plusieurs jours. Rohan se demandait pourquoi son père s'était intéressé d'aussi près à ce sujet. Il découvrit, dans les copies de certains procès, des notes manuscrites dans lesquelles revenaient régulièrement les mots « Ensis Dei ». Un jour, il s'en ouvrit à Paul Flamel. Celui-ci répondit :

— En latin, *Ensis Dei* veut dire « l'épée de Dieu ».

— Mais c'est quoi, l'épée de Dieu ?

— Il semble qu'il ait existé, au sein même de l'Inquisition, une organisation secrète appelée ainsi, qui présida à plusieurs procès. Ton père s'intéressait plus particulièrement à cette organisation. Malheureusement, il n'existe pratiquement aucun document dans lequel elle apparaît.

Il se tut un court instant, puis déclara :

— Je souhaiterais te proposer quelque chose. Je désire que tu abandonnes un peu les livres pour étudier sur le terrain. Si tu es d'accord, nous allons nous rendre ensemble en Finlande. En 1520 eut lieu là-bas un procès pour sorcellerie, dans lequel intervint l'Ensis Dei.

— En Finlande ? s'étonna Rohan. Je n'ai pas noté de procès en sorcellerie dans ce pays dans tous mes documents.

— C'est normal. Il y en a eu très peu, et seulement dans la seconde moitié du dix-septième siècle. Les Finlandais n'étaient guère tracassés par le commerce avec le Diable. Dans la plupart des cas, les accusés furent remis en liberté. Seuls quelques procès débouchèrent sur des condamnations à mort. Un siècle et demi plus tôt, en 1520, la Finlande, qui faisait partie de la Suède, n'était pas touchée par le fanatisme de l'Eglise. C'est pourquoi ce procès est particulièrement intéressant. Il n'eut d'ailleurs pas lieu en Finlande même. Mais nous allons rencontrer là-bas quelqu'un qui nous éclairera davantage sur cette histoire.

Rohan accepta. L'idée de se rendre dans un pays aussi lointain pour poursuivre une étude sur la sorcellerie lui paraissait quelque peu farfelue. Mais il l'approuva, parce qu'elle allait lui permettre de se changer les idées.

Il était loin de s'imaginer que ce voyage allait bouleverser sa vie.

15

Sans la présence de Valentine, Rohan aurait sans doute trouvé le voyage ennuyeux. Mais la jeune fille, qui avait largement pris part aux études du jeune homme, fut de l'expédition. Après avoir passé la nuit à Helsinki, ils suivirent la nationale 3 en direction du nord, pendant trois cent cinquante kilomètres.

Sise dans les grandes plaines de l'Ostrobotnie, Kurikka était une petite ville d'une dizaine de milliers d'âmes, érigée en municipalité autonome en 1868, mais dont les origines remontaient au début du quinzième siècle. Traversée par la rivière Kyrînjoki, la plaine de Kurikka offrait un relief monotone de champs à perte de vue, hormis quelques zones forestières. La région vivait essentiellement du travail du bois et des métaux.

— En hiver, ce doit être plutôt tristounet, commenta Valentine.

Mais on était au cœur du printemps et un soleil radieux éclaboussait la région. Paul Flamel retint des chambres dans un hôtel accueillant, situé sur les rives d'un des rares lacs de la région.

Rohan trouvait étrange que l'on pût faire autant de kilomètres simplement pour étudier un procès vieux de près de cinq siècles. Cependant, il n'osa pas en parler à Flamel, lequel n'aborda pas le sujet pendant le repas du soir.

La nuit venue, Rohan éprouva un peu de mal à trouver le sommeil. Il y avait derrière cette démarche quelque chose qui lui échappait. Les différents sujets d'études proposés par Paul Flamel suivaient un plan bien précis. Il en était convaincu. Mais quel était ce plan ? Pourquoi Douglas Westwood s'était-il penché sur des domaines que rien apparemment ne reliait entre eux.

Quel rapport pouvait-il y avoir entre les hommes de Cro-Magnon de Sibérie et la sorcellerie, entre le site de Glozel et les animaux brusquement disparus de l'holocène ? L'époque, peut-être. Mais comment rattacher tout cela à une affaire de sorcellerie du seizième siècle ? Et que venait faire l'Ensis Dei, une organisation secrète de l'Inquisition, dans tout ça ?

Au fond, peut-être se montrait-il trop méfiant. Paul Flamel essayait seulement de l'intéresser aux travaux de son père.

Le lendemain, dès l'aube, Paul Flamel invita les deux jeunes gens à se préparer sans même prendre de petit déjeuner. Ils montèrent dans la voiture. Rohan regarda Valentine, qui lui jeta un regard amusé. Visiblement, elle était habituée à ce genre d'excentricités de la part de son grand-père.

— Où allons-nous ? demanda Rohan, dont l'estomac renâclait.

— Mon ami Markus Aarlahti nous attend, répondit simplement Flamel.

Après un voyage d'une dizaine de kilomètres, ils pénétrèrent dans une petite propriété en lisière de la forêt. C'était une magnifique maison en bois foncé, au toit en pente douce, flanquée d'un garage où l'on apercevait deux grosses Volvo et deux motoneiges.

Un colosse d'une soixantaine d'années, au ventre confortable et au visage mangé par une épaisse barbe rousse, se tenait sur le pas de la porte protégée par un auvent. Il ouvrit les bras au vieil homme.

— Paul, sois le bienvenu, mon ami, dit-il en anglais.

Il les invita à entrer. Son épouse avait déjà préparé un solide petit déjeuner à la finlandaise, tranches de pain de seigle, anneaux briochés, jambon, saucisson de renne, fromage et crudités, le tout accompagné de lait et de jus de fruits. On prit place autour de la longue table de bois massif.

— Je voudrais que tu parles du procès à Rohan et à Valentine, dit Paul Flamel.

Markus Aarlahti hocha lentement la tête. Son visage avait soudain pris une expression grave. Il regarda les deux jeunes gens, puis s'adressa à Rohan :

— Ainsi, tu es le fils de Douglas Westwood.

— Oui.

— Accepte mes condoléances. Je connaissais ton père et ton grand-père et j'avais une grande estime pour eux.

Puis il se tourna vers Paul Flamel, comme s'il quêtait son approbation. Celui-ci hocha la tête affirmativement. Rohan les contempla tous deux, intrigué. Que signifiait cette comédie ? Valentine posa sa main sur la sienne pour le rassurer.

— Il doit savoir, dit Flamel. Il peut nous aider.

Markus hocha la tête.

— Bien, dit-il.

Il se tourna vers les deux jeunes gens.

— C'est une histoire étrange, dit-il. Nous sommes en 1520. A cette époque, l'Inquisition fait des ravages en Allemagne, en Espagne, en France et en Italie. En revanche, elle n'est pas active en Suède, ni même au Danemark. Jamais les souverains du Nord n'ont accepté qu'elle s'implante chez eux. En Scandinavie, les sorciers, ou ceux que l'on appelait ainsi plus au sud, vivent sans inquiétude. La Finlande n'existe pas encore. Elle fait partie de la Suède. Après la Réforme, au seizième siècle, les choses évoluent. A partir de 1660, il y a quelques procès pour sorcellerie en Finlande. Mais les Finlandais ne sont guère impressionnés par le Diable. Les tribunaux ne prononcent que rarement des condamnations à mort.

« Avant cette période, il n'y a donc pas eu de procès. Sauf un seul. Un procès qui retrace la terrifiante histoire d'une jeune fille nommée Helka Paakinen… Il fut également le seul dans lequel intervint l'Ensis Dei, la terrible cellule secrète de l'Inquisition.

16

Helka Paakinen

— Helka Paakinen était la fille du forgeron de Kurikka, un petit hameau rattaché à la ville proche de Seinäjoki. C'était une jeune fille sans histoire, très jolie mais plutôt réservée, qui prenait soin de ses quatre frères et sœurs depuis que sa mère était décédée. Helka venait alors d'avoir quatorze ans. Les garçons lui tournaient autour, mais elle n'accordait d'importance à aucun d'eux. Elle avait bien trop à faire.

« Helka aurait été une fille tout à fait ordinaire si elle n'avait été hantée par des rêves d'un genre très particulier. Depuis ses premières règles, elle faisait régulièrement des cauchemars qui l'emmenaient dans un monde étrange, totalement différent de celui dans lequel elle vivait. Ces cauchemars prenaient une réalité étonnante et ils se déroulaient toujours rigoureusement de la même manière. Helka en a décrit plusieurs. Parfois, elle survolait un paysage étrange, désolé, sans la moindre végétation, qui s'étendait à perte de vue, sous un ciel sombre qui pourtant n'était pas la nuit. Par endroits, le sol semblait couvert de cendres, du feu coulait à la surface. Dans ces cauchemars, le ciel n'était jamais bleu et le soleil n'existait pas. Les nuages étaient bas et noirs, menaçants, comme si Dieu avait décidé d'étendre la nuit sur le monde. Dans d'autres songes, le paysage changeait, et elle se retrouvait au-dessus d'un pays envahi par les glaces, et couvert de ruines. Des gens hurlaient dans sa direction, levaient les bras vers elle comme si elle avait pu leur venir en aide. Helka disait qu'elle ressentait aussi une terrible sensation de froid. Un froid intense qui mordait les membres, et un vent pire encore que le blizzard qui soufflait sur la plaine finlandaise en hiver. Helka ne s'étonnait pas vraiment de voler. Cela arrive dans les rêves. En revanche, elle a affirmé qu'à chaque fois elle avait l'impression d'être à bord d'une sorte de traîneau volant. Elle avait aussi la sensation de ne pas être seule. Il y avait des présences autour d'elle, qu'elle ne pouvait jamais voir.

« Ces visions effrayaient Helka. A l'église de Kurikka, le prêtre parlait souvent de l'Enfer. Il le décrivait comme un lieu dévoré par les flammes, dans lequel brûlaient les âmes des damnés. Alors, était-ce l'Enfer qu'elle voyait lorsqu'elle survolait les étendues de feu ?

« Au début, elle se demanda si ces rêves inexplicables n'étaient pas dus à la vue du brasier de la forge, où son père Joosep martelait les fers des chevaux et les outils, haches et couteaux des bûcherons, serpes des paysans.

« Ces cauchemars angoissants avaient commencé peu après la mort de sa mère, Jaana. Elle n'avait osé en parler à personne. Son père avait d'autres soucis et ses petits frères et sœurs étaient trop jeunes. D'un naturel solitaire, elle se liait peu avec les autres habitants du village, et elle n'avait aucune amie à qui se confier. Elle garda donc ces rêves pour elle. Mais, avec le temps, ils se firent plus fréquents et plus précis. Un jour, elle décida d'en parler à son père. Joosep ne croyait ni à dieu ni à diable, mais il fut pourtant impressionné. Cela expliquait les gémissements que poussait parfois sa fille au cœur de la nuit. Il avait cru un moment qu'elle était malade et cela l'avait inquiété, parce qu'il n'avait aucune envie de la voir mourir comme sa mère. Non qu'il débordât d'affection pour elle. D'après ce que l'on sait de lui, c'était un homme renfermé et bourru, qui ne se sentait pas capable d'élever seul ses enfants les plus jeunes. Effrayé par ce qu'elle lui avait raconté, il lui conseilla d'en parler au prêtre, car finalement, c'était peut-être bien l'Enfer qu'elle voyait.

« Un nouveau prêtre s'était installé à Kurikka. Helka ne l'aimait pas. L'ancien curé, le père Mokko, était un brave homme, qui parlait du bon Dieu avec bonne humeur. On disait qu'il aimait la bière et qu'il ne respectait guère ses vœux de chasteté. Malheureusement, il était mort la même année que la mère de Helka.

Son remplaçant était un nommé Rudolf Kaltmann. Il était arrivé de Suède immédiatement après la mort du père Mokko, envoyé par l'archevêque de Stockholm, qui s'inquiétait du manque de piété des Finlandais. A cette époque, les prêtres étaient la plupart du temps des religieux suédois chargés de combattre les anciennes croyances attachées aux dieux scandinaves, Odin, Thor ou Frigga, que les Finlandais affectionnaient encore.

« A la différence du père Mokko, Rudolf Kaltmann présentait Dieu comme un être perpétuellement en colère, qui épiait tout un chacun afin de traquer la moindre faute. Il exigeait que les villageois viennent se confesser au moins une fois par semaine et imposait des punitions sévères, surtout aux filles, dont il surveillait la vertu. Il ne buvait pas et n'avait pas de maîtresse. Depuis son arrivée, les habitants regrettaient amèrement leur vieux prêtre. Mais il bénéficiait de l'appui des autorités ecclésiastiques du royaume de Suède, et il était hors de question de se révolter.

« Au début, Helka renonça à se confier à lui. Mais, avec le temps, les rêves se firent plus angoissants. L'un d'eux la menait régulièrement au cœur des ruines d'une cité inconnue, dans lesquelles elle marchait, toujours suivie de ses ombres familières. Soudain, surgissant d'un antre ténébreux, quelque chose d'effrayant se jetait sur elle. Elle n'a jamais réussi à dire ce que c'était.

« Lorsqu'elle eut dix-sept ans, ce cauchemar précis revint la hanter de plus en plus souvent. Une nuit, elle eut tellement peur qu'elle se mit à hurler. Son père la trouva en train de claquer des dents et il ne parvint pas à la calmer avant le matin. Ce fut à ce moment-là qu'il décida de la mener au prêtre.

« Cette décision n'aurait pas prêté à conséquence avec un prêtre classique. Malheureusement, Joosep ignorait que Rudolf Kaltmann appartenait à une faction de prêtres extrémistes qui vénéraient la « Sainte Inquisition » et luttaient activement pour lui permettre de s'installer dans les pays scandinaves. Dès qu'il eut entendu les explications de Helka, il décida de l'emmener à Stockholm afin d'y être présentée à ses confrères, qui, à l'exemple de l'Inquisition, traquaient l'hérésie et la sorcellerie sous toutes ses formes. Tous furent immédiatement convaincus que ses visions correspondaient aux régions infernales. Cela ne faisait pas d'elle une sorcière ou une hérétique. Kaltmann ne pouvait nier qu'elle était bonne chrétienne, puisqu'elle se confessait régulièrement et n'avait jamais de bien grands péchés à avouer. De plus, elle élevait ses quatre frères et sœurs avec dévouement et faisait preuve de charité envers les pauvres. Cependant, ces visions intriguèrent tellement les prêtres qui avaient interrogé Helka qu'ils décidèrent de faire venir d'Allemagne des moines dominicains appartenant à l'Inquisition. Les inquisiteurs arrivèrent quelques jours plus tard.

Markus marqua un temps d'arrêt, puis reprit :

— Ce que Rudolf Kaltmann lui-même ignorait, c'est qu'il y avait parmi eux des représentants de l'Ensis Dei, l'ordre secret de l'Inquisition.

Il s'arrêta de nouveau, regarda Paul Flamel et ajouta :

— Il s'agit là d'un funeste concours de circonstances qui mena irrémédiablement la pauvre Helka au bûcher. Car si les inquisiteurs eux-mêmes estimèrent que les cauchemars de la jeune fille ne la désignaient nullement comme hérétique ou magicienne, les moines de l'Ensis Dei l'assimilèrent à une sorte de messagère terrifiante, dont les rêves annonçaient la fin du monde. Ils évoquèrent même l'Antéchrist et exigèrent qu'elle fût soumise à la terrible question, qu'ils pratiquèrent eux-mêmes, avec un luxe de cruauté.

« Ils appliquèrent à la malheureuse Helka toutes les tortures alors en usage contre les sorcières et les hérétiques afin de leur faire avouer leurs prétendus maléfices. Elle dut subir ainsi l'épreuve de la *nage*, qui consistait à lui attacher les mains et les pieds, puis à la jeter à l'eau. Pour être déclarée innocente, elle devait couler. Si elle surnageait, on estimait que l'eau, préalablement bénite, la rejetait et qu'elle était donc une adoratrice du Diable. Bien entendu, le corps humain étant moins dense que l'eau, il surnageait systématiquement. Dans l'*estrapade*, on nouait les bras derrière le dos de la victime, puis on lui attachait des pierres aux pieds. Ensuite, on la soulevait brusquement en arrière par les bras plusieurs fois de suite, lui décollant ainsi les omoplates. Je vous laisse imaginer les souffrances endurées. Helka subit également les *brodequins*, qui broyaient les poignets et les chevilles, ainsi que les *poucettes*, des aiguilles chauffées au rouge enfoncées sous les ongles. Enfin, comme si cela ne suffisait pas, l'un des moines dominicains lui appliqua le *piquage*. Cette épreuve avait pour but de rechercher sur le corps de la sorcière les endroits marqués par le Malin, et qui devaient être insensibles à la douleur. Dans le cas de Helka Paakinen, on sait que les dominicains utilisèrent une pointe rétractable, qui ne provoqua aucune douleur aux endroits touchés. Cette supercherie confirma aux yeux des inquisiteurs eux-mêmes que Helka était bien possédée par le Diable.

« Les membres de l'Ensis Dei exigèrent donc qu'elle soit mise à mort, son corps étant livré aux flammes et ses cendres dispersées dans la mer. Devant la réticence de l'Eglise suédoise, ils arguèrent qu'elle n'était pas une sorcière, mais plutôt une nécromancienne. Ils s'appuyaient sur un article du Deutéronome qui condamnait explicitement les devins. Dans le chapitre 18, versets 10 à 12, il est dit : *Qu'on ne trouve parmi vous personne qui offre son fils ou sa fille en sacrifice, ni personne qui s'adonne à la magie ou à la divination, qui observe les présages ou se livre à la sorcellerie, qui jette des sorts ou qui interroge les esprits des morts. Le Seigneur votre dieu a en horreur ceux qui agissent ainsi, et c'est pourquoi il va déposséder les habitants de ce pays lorsque vous arriverez.*

« Il est bien évident que, comme tous ceux qui furent accusés de sorcellerie, la pauvre Helka finit par avouer tout ce qu'on lui demandait. Elle était bien une envoyée du Diable et elle devait annoncer la fin du monde, lequel allait se transformer en un champ de ruines. Ces visions n'étaient autres que celles de l'Enfer qui allait bientôt s'abattre sur le monde.

« Elle devait donc être renvoyée d'où elle était venue, et son corps détruit. Ce qui fut fait en novembre 1520, après la sentence de mort rendue par les inquisiteurs. Elle n'avait pas dix-huit ans. Le plus étrange dans cette affaire, c'est que par la suite tous les documents officiels, les comptes rendus scrupuleusement rédigés par les moines dominicains au cours des interrogatoires, tout fut emporté et probablement détruit. L'Ensis Dei ne laissa derrière elle aucune trace de ce crime monstrueux.

Markus Aarlahti se tut. Un long silence suivit ses paroles. Rohan ressentait un malaise dont il n'aurait pu s'expliquer l'origine. Evidemment, le récit du Finlandais était abominable et impressionnant, mais il avait lu bien d'autres rapports sur les procès en sorcellerie au cours de son étude. Les tortures ne faisaient que traduire la cruauté de ces prêtres zélés qui sévirent pendant près de trois siècles en Europe, phénomène de fanatisme qu'on ne rencontra nulle part ailleurs. Pourquoi le procès de Helka Paakinen lui laissait-il une telle douleur dans la poitrine ? C'était comme si l'esprit de la jeune martyre était soudain revenu. Il sentait une présence autour d'eux. Mais elle était différente de celles des autres défunts, qui ne le visitaient qu'au cours de ses rêves. Cette fois, il était parfaitement éveillé. Il se demanda si Paul Flamel n'avait pas anticipé une telle réaction de sa part. Le vieil homme ne cessait de l'observer avec attention. Pourquoi ? Qu'attendait-il ? Cette attitude l'agaça. Il s'adressa à Markus un peu sèchement :

— Il y a quelque chose que je ne comprends pas. Vous dites que tous les documents concernant ce procès ont été supprimés. Dans ce cas, comment pouvez-vous être au courant de ce qui s'est passé, et avec un tel luxe de détails ?

— L'archevêque de Stockholm avait imposé la présence d'un homme, un moine suédois nommé Niels Bergsson. Il n'appartenait pas à l'Inquisition, car l'archevêque n'appréciait pas tellement la présence de ces personnages dans le royaume. Mais il lui était difficile de s'y opposer, car ils se réclamaient du pape lui-même. Les dominicains s'appuyaient sur le terrifiant *Malleus Maleficarum*, pourtant interdit par l'Eglise dès 1490, mais dont l'Inquisition continuait à se servir pour traquer les sorcières.

« Niels Bergsson a très vite compris que Helka Paakinen était innocente de tous les maux dont on l'accusait. Il en a été scandalisé et s'en est ouvert à l'archevêque, lequel n'a cependant pas jugé utile d'intervenir. Les inquisiteurs avaient accepté sa présence, mais ils avaient interdit à Bergsson de prendre la moindre note. Alors, bravant l'interdiction, Bergsson retranscrivit avec soin tout ce qu'il voyait et entendait au cours de la journée, le soir, chez lui, afin de garder un témoignage. Car il se doutait bien que cette affaire cachait quelque chose de beaucoup plus grave que le procès d'une simple sorcière. Dans son compte rendu, il dénonce avec horreur l'acharnement des moines sur la malheureuse, et leur désir de la voir périr, contre l'avis même de certains membres de l'Inquisition, qui pourtant semblaient leur obéir. Il note également qu'il a entendu, à plusieurs reprises, prononcer le nom « Ensis Dei » pour désigner les prêtres les plus opiniâtres.

Markus se leva et alla prendre un dossier dans un secrétaire. Il en tira deux chemises, en remit une à Rohan et l'autre à Valentine.

— Voici la copie intégrale du compte rendu de Niels Bergsson. Vous pourrez l'étudier tout à loisir.

Le jeune Américain ouvrit son exemplaire. Il contenait des photocopies de feuillets couverts d'une écriture serrée, en suédois du seizième siècle, ainsi qu'une traduction en anglais. Il parcourut rapidement les premières pages. Très vite, il tomba sur des passages décrivant les tortures abominables qu'avait subies la malheureuse Helka. Le malaise s'accentua. Il referma le document et demanda :

— Pourquoi cet acharnement ? Pourquoi ces prêtres voulaient-ils à toute force la mort de cette jeune fille ?

Paul Flamel intervint :

— Voilà le sujet que je souhaiterais te voir étudier à présent, dit-il. Helka fut-elle condamnée parce qu'elle était sorcière et devineresse, ainsi que le stipule l'acte d'accusation, ou bien à cause de ce qu'elle voyait dans ses rêves ?

Rohan se tourna vers lui.

— Qu'en pensez-vous ? Je suppose que vous avez déjà étudié ces documents vous-même.

— Exactement. J'aurais souhaité entrer en contact avec l'esprit de Helka Paakinen. Malheureusement, je n'y suis pas parvenu. Ton père lui-même a échoué. Mais peut-être y parviendras-tu.

— Entrer en contact avec elle ? C'est impossible…

— Tu dois essayer. Si tu y parviens, nous en saurons plus sur le mystérieux pays qui apparaît dans ces rêves. Lis attentivement ces documents, et laisse ton propre esprit agir.

Le soir même, de retour à l'hôtel, Rohan ne s'attarda pas en compagnie de Paul Flamel et de Valentine. Il savait désormais ce que le vieil homme attendait de lui. Il comptait sur la faculté étrange qu'il possédait pour entrer en contact avec le spectre de Helka Paakinen. Mais pourquoi ? Que pouvait-elle leur apprendre ?

Fâché de se sentir ainsi manipulé, il fut tenté de se coucher et de reporter son étude à plus tard. Mais la curiosité l'emporta et il s'assit à la table de travail pour se plonger dans le récit du moine Bergsson.

17

Malgré la fatigue, Rohan ne pouvait se détacher du document. Markus Aarlahti n'avait pas tout dit. Ainsi, lors des séances de torture, Helka s'était mise à parler une langue étrange, que personne n'avait reconnue. Les inquisiteurs en avaient déduit qu'il s'agissait de la langue parlée en Enfer par les démons. Pour eux, c'était bien la preuve qu'elle avait partie liée avec le Diable. De même, la vision des gens qui levaient les bras vers elle et qui la suppliaient correspondait à l'idée que les religieux de l'époque se faisaient des damnés. De tels éléments ne pouvaient que la condamner. Niels Bergsson avait recopié par le menu toutes les tortures que les moines avaient fait subir à la malheureuse. Rohan en conçut une frayeur rétrospective. Comment des hommes se réclamant d'un dieu d'amour pouvaient-ils s'être abaissés à pratiquer de semblables abominations ? Le texte était clair sur ce point : Niels Bergsson avait été véritablement écœuré par le comportement des moines dominicains, qui paraissaient avoir pris plaisir à tourmenter Helka Paakinen. Alors qu'ils bénéficiaient des services d'un bourreau amené avec eux d'Allemagne, ils avaient eux-mêmes pratiqué certains sévices, comme les *poucettes*, le supplice des aiguilles chauffées au rouge et enfoncées sous les ongles. Pour les inquisiteurs, elle ne pouvait être qu'une incarnation de l'Antéchrist, et il fallait la détruire par tous les moyens.

Rohan devinait, sous la plume du moine suédois, les doutes qui l'avaient parfois saisi, et les velléités qu'il avait eues de jeter ses feuillets au feu, parce que la conviction des dominicains était si forte qu'il en arrivait à se demander si ce n'était pas lui qui se trompait. Mais la rage qu'ils mettaient dans leurs actes funestes l'avait ramené à chaque fois à la raison. De nombreuses fois il s'était agenouillé et avait directement prié Dieu afin qu'Il lui apporte Son soutien. Les gémissements de la suppliciée hantaient ses nuits et, pendant toute la durée du procès, il eut peine à trouver le sommeil tant les atrocités dont il était le témoin le tourmentaient à son tour. Il avait l'impression d'être complice des bourreaux. Mais il se sentait impuissant à les empêcher d'agir. Il savait pertinemment que s'il avait apporté du réconfort à la malheureuse il aurait été accusé et supplicié à son tour. Lorsqu'on l'avait conduite au bûcher, la victime était incapable de se tenir debout et suppliait ses tortionnaires de l'achever afin de mettre fin à ses souffrances. Son corps était couvert d'innombrables plaies, ses ongles étaient arrachés, ses membres brisés et désarticulés.

Peut-être fut-ce un effet de l'épuisement, mais à mesure que la nuit avançait, le malaise qui avait saisi Rohan en écoutant parler Markus Aarlahti s'amplifiait. Il lui semblait qu'un fantôme se tenait près de lui, une présence qu'il ne parvenait pas à définir avec précision parce qu'elle était différente des esprits qui le visitaient parfois. Son intuition lui soufflait qu'il s'agissait bien du spectre de la malheureuse Helka Paakinen. Pourtant, un élément le troublait. Si tel avait été le cas, il aurait dû ressentir sa douleur et sa colère. Mais l'esprit qui rôdait dans la pièce manifestait des sentiments tout à fait étonnants. Surprise, peur, incompréhension. Et surtout, il en émanait quelque chose d'indéfinissable, dont l'idée même de mort était absente.

Comme si l'esprit en question était encore vivant…

18

Jamais encore Lara n'avait fait ce cauchemar. Car cette fois il s'agissait vraiment d'un cauchemar. Le décor ne rappelait en rien ce qu'elle avait vu auparavant. A aucun moment les rêves précédents ne lui avaient occasionné de souffrance physique, même lorsque la silhouette mystérieuse se jetait sur elle au moment où elle pénétrait dans les ruines.

Elle se trouvait dans une salle voûtée, entourée de personnages revêtus de tenues ecclésiastiques. Certains lui posaient des questions absurdes, par lesquelles ils laissaient entendre qu'elle était l'Antéchrist, qu'elle était remontée à la surface de la Terre depuis les profondeurs des Enfers pour semer le chaos et la terreur. Le plus terrible était la douleur qui accompagnait ce rêve. Parfois, des lames vives s'enfonçaient sous ses ongles, lui arrachant des hurlements. A d'autres moments, elle avait l'impression d'avoir les pieds et les poings liés et d'être projetée dans l'eau. Ou bien on lui tordait les bras derrière le dos et on la soulevait violemment de terre après lui avoir attaché des poids aux pieds.

Elle s'éveilla d'un coup, arrachée au sommeil par ses propres cris. Il lui fallut plusieurs minutes avant de reprendre son souffle et de recouvrer ses esprits. Mais la terreur rémanente refusait de s'effacer. Que signifiait ce nouveau rêve ?

Elle avait eu la sensation que des hommes d'Eglise lui faisaient un procès, pour une raison qu'elle n'avait pas comprise. Ils l'accusaient d'être une sorcière, ou pire encore, une devineresse, chose formellement interdite par la loi divine, dont la Sainte Bible était la traduction. Curieusement, la langue employée était le suédois, qu'elle parlait couramment puisque c'était la langue de son père. Mais c'était un suédois ancien, presque désuet, qui comportait des expressions inusitées ou oubliées depuis des siècles. Pourtant, elle comprenait parfaitement les lambeaux de phrases qui lui revenaient. De même qu'elle situait l'architecture des bâtiments entrevus. Ce rêve avait sans doute un rapport avec des événements qui s'étaient déroulés quelques siècles plus tôt, en Suède, probablement au quinzième ou au seizième siècle.

Elle ne parvenait pas à se calmer. Des tremblements agitaient son corps, ses dents s'étaient mises à claquer. Elle avait beau se répéter qu'elle ne risquait rien, que tout cela s'était passé il y avait bien longtemps, elle ne parvenait pas à retrouver la paix.

Autour d'elle, sa demeure semblait être devenue hostile, comme si les spectres qui l'avaient tourmentée étaient toujours là, tapis dans l'ombre. Au moindre bruit insolite, bruissement du vent, claquement d'un volet, elle sursautait. Au-dehors sévissait une tempête qui semblait vouloir tout emporter. Par la fenêtre, à la lueur des éclairs, elle voyait les grands arbres se tordre, les branches s'agiter de manière désordonnée. Elle tâta ses membres avec angoisse. Il lui semblait encore ressentir l'écho des douleurs innommables qu'elle avait endurées au cours du cauchemar. Elle avait peur de se rendormir, de crainte de se retrouver au cœur du même enfer. Malgré la chaleur estivale et la tiédeur humide, elle frissonnait. Autour d'elle, la maison était vide. Jamais sa mère ne lui avait autant manqué. Elle aurait voulu courir vers elle, se blottir dans sa chaleur rassurante. Elle éclata en sanglots. Elle était seule. Irrémédiablement.

A la fin, n'y tenant plus, elle s'enveloppa dans une couverture et se dirigea vers la porte d'entrée. Au-dehors, une bourrasque violente lui tordit la poitrine. Des gifles de pluie la cinglèrent. Les cheveux défaits, elle prit son courage à deux mains et courut jusqu'à la maison de Christian. Il était là. Elle avait vu de la lumière la veille. Elle ne pouvait pas rester seule. Elle frappa à la porte avec l'énergie du désespoir. Elle allait le réveiller, mais tant pis. Elle avait trop peur.

— Christian ! Christian !

Il fut là. Les yeux gonflés, il luttait contre le sommeil.

— Qu'est-ce qui t'arrive, ma chérie ? Tu en fais une tête !

Elle se précipita dans ses bras.

— Christian, c'est horrible…

— Allez, viens, entre.

Minée par la fatigue et la peur, elle éclata en sanglots. Le jeune homme l'entraîna dans le salon, meublé avec goût, et la fit asseoir sur un canapé de cuir blanc.

— Excuse-moi, excuse-moi, ne cessait de répéter Lara en claquant toujours des dents.

Il la serra contre lui avec tendresse.

— Là, calme-toi. Je vais te préparer une tisane.

Il allait gagner la cuisine quand elle le retint par le bras.

— Non ! Reste près de moi.

De nouveau, elle se blottit contre lui, recherchant sa chaleur, sa protection.

— Que t'est-il arrivé ?

A mots hachés, elle lui expliqua son dernier cauchemar, les fulgurances de souffrance qui l'avaient accompagné, avec, pour finir, une sensation de terreur absolue lorsqu'elle avait éprouvé la morsure des flammes.

— On aurait dit que j'avais été projetée dans la peau d'une sorcière. Ce cauchemar n'a rien à voir avec les précédents. Là-bas, j'étais comme une reine. Dans celui-ci, j'étais considérée comme une hérétique, une criminelle, alors que je savais au fond de moi que j'étais innocente. C'était horrible.

Elle se remit à trembler, puis se serra de nouveau contre son ami. Ils restèrent un long moment ainsi, serrés l'un contre l'autre. Peu à peu, Lara finit par se calmer. Le parfum d'herbes et de fleurs de Christian avait remplacé les relents de chairs brûlées issus de son cauchemar. Lentement, irrésistiblement, elle sentit naître dans ses reins une envie impérieuse. C'était bien le moment ! Elle secoua la tête, Christian ne pouvait pas l'aimer.

Mais elle se serra encore plus contre lui. Poussée par un appel venu du plus profond de ses entrailles, elle glissa ses mains vers son torse, puis emprisonna son visage. Christian avait cette beauté que l'on accorde aux anges. S'il avait aimé les femmes, il aurait fait des ravages. Dans la pénombre de l'aube naissante, elle plongea ses yeux dans les siens, puis posa ses lèvres sur les siennes.

Il comprit. Ce n'était pas vraiment de l'amour, ce n'était pas une invitation à renier ses préférences. C'était seulement un appel au secours, un besoin de noyer ses angoisses dans la chaleur d'une étreinte qu'elle ne pouvait demander à personne d'autre qu'à lui. Avec une infinie douceur, il répondit à son baiser. Il en ressentit une impression étrange. Les lèvres d'une femme étaient certainement aussi soyeuses que celles d'un homme. Il aurait repoussé toute autre femme que Lara. Mais elle était son amie, et elle avait besoin de lui. Il devait lui offrir ce qu'elle demandait. Il sentit les mains de la jeune femme effleurer son torse, son ventre, son corps l'appeler. Alors, se surprenant lui-même, il laissa ses mains la déshabiller, emprisonner ses seins chauds et vivants comme des oiseaux. Il se fit douceur et tendresse, la laissa le diriger vers elle, en elle, pour une sensation qu'il n'avait encore jamais éprouvée, qu'il n'aurait jamais imaginé pouvoir ressentir avec une femme. Mais cette femme était Lara, son amie, son double. Il l'aimait.

Bien plus tard, Lara se réveilla dans la tiédeur du corps de Christian. Elle se redressa sur un coude et le regarda dormir. Une bouffée de tendresse l'envahit. Pour elle, il avait accepté de franchir les frontières de ses choix sexuels. Elle savait qu'il n'y aurait pas de lendemain. Elle avait eu besoin de lui, besoin de sentir sur elle la force protectrice d'un homme, et il ne l'avait pas abandonnée.

— Merci, murmura-t-elle à voix basse.

Elle se sentait un peu mieux. La frayeur avait fini par se dissiper. Cependant, il lui restait de cette expérience une sensation étrange. Au-delà des visages terrifiants de ses tourmenteurs, elle ressentait, autour d'elle, une autre présence, impalpable, invisible, qui lui semblait aussi perdue qu'elle-même.

Une présence masculine.

Et ce n'était pas Christian…

19

Pendant le voyage du retour, la présence impalpable du fantôme de Helka sembla suivre Rohan, manifestant un comportement tout à fait différent par rapport aux ombres qui le visitaient habituellement pendant son sommeil. Il la ressentait sans difficulté à l'état de veille et surtout, à l'inverse des esprits disparus, qui paraissaient baigner dans la sérénité et la plénitude, Helka semblait en proie à la peur et à l'étonnement.

Rohan ne savait comment interpréter ce nouveau phénomène. Cependant, il s'abstint d'en parler à Paul Flamel. A plusieurs reprises, le vieil homme lui avait demandé s'il percevait quelque chose de particulier. Le jeune homme avait préféré garder pour lui ce qu'il éprouvait. Les questions se bousculaient dans son esprit. Il n'oubliait pas la manière épouvantable dont sa famille avait été exterminée et se méfiait de tout le monde. Flamel lui témoignait de l'amitié et parlait de ses parents avec une certaine affection. Mais n'était-ce pas de la comédie ? Qu'attendait-il exactement de lui ? Quel était son intérêt, dans tout ça ? Pourquoi s'intéressait-il autant à cette obscure sorcière finlandaise du seizième siècle ? Cela faisait cinq cents ans qu'elle avait disparu et tout le monde l'avait oubliée. Qui étaient ces mystérieux prêtres de l'Ensis Dei, et pourquoi s'étaient-ils à ce point acharnés à la détruire ? Cet acharnement avait-il un rapport avec les paysages qu'elle décrivait ? Dans ce cas, était-il possible que cette fille ait vraiment été capable de percevoir les régions infernales ?

Cette idée l'inquiétait. Malgré ce que lui avait affirmé son père, se pouvait-il que l'Enfer existât ? Etaient-ce ces régions mythiques qu'essayait de localiser Paul Flamel ? C'était absurde.

L'Enfer n'était qu'une vue de l'esprit, un épouvantail destiné à effrayer les humains en leur faisant croire qu'ils seraient punis après leur mort pour leurs mauvaises actions. Pourtant, un doute insidieux s'était emparé du jeune homme. L'hypothèse de régions infernales accueillant les âmes maudites n'était pas le fait de la seule religion catholique. Elle remontait à la plus haute antiquité. Ainsi, les anciens Egyptiens redoutaient la pesée de leur âme par le dieu Anubis. Si elle se révélait plus lourde que la plume de la déesse de l'harmonie, Maât, ils étaient dévorés par le serpent de Seth, le terrifiant Apophis, et disparaissaient à jamais dans le Néant. Chez les Grecs, les Enfers comportaient un lieu destiné à recevoir les âmes des criminels, des assassins et de ceux qui avaient trahi les leurs. Ce territoire sulfureux avait un nom : Tartare. Là, après le verdict prononcé par les trois juges Eaque, Minos et Rhadamanthe, les damnés subissaient de terribles châtiments. On retrouve aussi l'Enfer chez les Scandinaves, sous la forme d'un royaume souterrain gouverné par la déesse Hel, dont une moitié du visage était vivante et l'autre morte.

Tout cela relevait de la légende. Mais à l'origine de toute légende, il y a bien souvent un fait réel. Alors, où était la vérité ? D'où venaient vraiment les ombres qui entraient en contact avec lui ?

En proie au doute, Rohan s'était replié sur lui-même. Même la présence de Valentine ne parvenait plus à le mettre en confiance. La jeune fille ne disait rien. Elle avait pris place à côté de lui. Il la sentait troublée, concentrée sur quelque chose qu'elle gardait, elle aussi, pour elle-même. Cependant, sa méfiance était telle qu'il résista à l'envie de lui parler. Il observait discrètement Paul Flamel, qui s'agitait avec nervosité sur son siège, devant lui.

Le vieil homme ne l'avait pas emmené en Finlande par hasard. Il savait ce qui allait se passer lorsque Rohan prendrait connaissance des documents concernant Helka Paakinen. Le jeune Américain avait désormais l'impression de sentir un piège inexorable se refermer sur lui.

Plus tard, toujours dans la voiture, Paul Flamel redemanda au jeune Américain s'il ne ressentait vraiment rien. Rohan s'obstina à nier.

— Il faut que tu te concentres, mon garçon, insista Flamel. Je suis sûr que tu as hérité du don de ton père.

— Mais en quoi est-ce si important pour vous ? finit par rétorquer Rohan, agacé. Ce n'est qu'une histoire ancienne.

Flamel ne répondit pas immédiatement. Puis il lâcha :

— Cette histoire est ancienne, mais elle pourrait avoir de très graves répercussions aujourd'hui.

Une onde glaciale coula le long de l'échine de Rohan.

— Est-elle liée à la mort de mes parents ?

Nouvelle hésitation. Puis :

— Oui. Et si tu veux en savoir plus, tu dois faire le maximum pour entrer en contact avec l'âme de Helka Paakinen.

Il se tut. Le ton employé révéla un certain énervement de la part de Paul Flamel. Ou une grande impatience ?

Revenu au château, Rohan s'isola dans sa chambre. Il avait besoin de faire le point. L'insistance de Paul Flamel au sujet de cette fille du seizième siècle avait quelque chose d'irrationnel et d'inquiétant. Par moments, son imagination s'emballait, comme lorsqu'il tentait de trouver une explication au mystère qui planait sur la mort de ses parents, sur la *panic room*. Il était allé jusqu'à penser qu'il pouvait s'agir d'une histoire d'extraterrestres. Mais il ne croyait pas trop à cette possibilité. Lorsqu'il étudiait l'astronomie, il avait compris que les distances pharamineuses séparant les étoiles rendaient peu probable l'existence d'êtres venus d'ailleurs, même si la vie était sans doute un phénomène répandu dans l'univers.

Se forçant à garder l'esprit calme, il récapitula ce qu'il savait. Il avait découvert que l'étrange écriture du dossier Hedeen avait un rapport singulier avec celle des tablettes de Glozel, qui paraissait remonter très loin dans le temps, peut-être à plus de dix mille ans, si l'on considérait les marques sur les ossements. Certaines espèces ayant résisté à plusieurs glaciations depuis plusieurs centaines de milliers d'années s'étaient curieusement éteintes vers la fin de la glaciation de Würm, apparemment de manière assez brutale. Paradoxalement, les hommes de Cro-Magnon vivaient en Sibérie, une région parmi les plus froides du monde. Là encore, des contacts oniriques établis avec des hommes ayant vécu à cette époque révélaient un paysage plus chaud qu'il n'aurait dû l'être.

Il y avait une certaine cohérence entre ces différentes études : elles évoquaient toutes des périodes de la préhistoire.

Et voilà que son hôte le poussait à nouer un contact mental avec une sorcière morte depuis cinq siècles... Tout cela semblait complètement décousu. Pourtant, son intuition lui soufflait qu'il n'en était rien. Il existait un lien entre tous ces éléments, entre tous les dossiers que Flamel l'avait invité à étudier. Mais lequel ?

Il se demanda un instant si le vieil homme n'essayait pas de l'initier à des mystères ayant trait à la sorcellerie elle-même. Ou à une sorte de religion remontée de la nuit des temps. Cela pouvait paraître absurde, mais l'insistance de Flamel lui était plus que suspecte.

L'idée qu'il avait eue plus tôt revint le hanter. Etait-il possible que l'Enfer existât ? Etaient-ce ces régions infernales que Flamel cherchait à localiser à travers l'esprit de la petite sorcière finlandaise ? Qu'en était-il de ces lieux étranges ? Où se situaient-ils ? Sous la terre ? Ailleurs ? Pouvait-il s'agir d'un espace parallèle ? L'écriture singulière du dossier Hedeen avait-elle un rapport avec tout ça ?

Etait-il en train de tomber sous la coupe d'une secte satanique, ou tout au moins d'adeptes de la sorcellerie ? C'était absurde. Il n'avait rien remarqué dans le château qui pût rappeler de près ou de loin l'atelier d'un sorcier. Mais on ne lui avait pas montré toutes les pièces. Au cours de sa visite, Valentine avait évité d'ouvrir certaines portes.

Il essaya de se raisonner. Flamel et les siens l'avaient accueilli avec gentillesse, et même un peu plus que ça, pour ce qui concernait certains membres féminins. Dans les jours qui suivirent son retour de Finlande, il envisagea de repartir. Mais où aurait-il pu aller ? Il ne connaissait personne en France. Quant à retourner aux Etats-Unis, cela pouvait se révéler dangereux. Les assassins de sa famille étaient peut-être encore à sa recherche. De toute façon, sa demeure était détruite.

Il décida de rester.

Régulièrement, Paul Flamel revenait à la charge. En vain. Rohan répondait qu'il faisait ce qu'il pouvait, sans résultat. Helka Paakinen demeurait inaccessible. Bien sûr, c'était faux. Chaque jour qui passait renforçait le lien impalpable existant entre Rohan et la fille mystérieuse dont il ressentait de plus en plus souvent la présence. Même s'il ne pouvait entrer en contact avec elle, il percevait très clairement sa personnalité. Cette fille avait été Helka Paakinen mais ne s'en souvenait plus. Elle avait aujourd'hui une autre personnalité, qui paraissait avoir tout oublié de son identité passée. Mais le lien qui s'était noué entre eux avait réveillé le souvenir des tortures subies au seizième siècle, et les perturbations qui en avaient résulté avaient renforcé le contact impalpable entre eux.

Parce qu'il ne comprenait pas l'insistance de Flamel, Rohan était résolu à ne rien dire. Sans pouvoir s'expliquer pourquoi, il savait qu'il devait protéger cette inconnue.

Par moments, Paul Flamel semblait sur le point de perdre patience. Il brillait dans son regard une sorte de colère rentrée qui impressionnait le jeune homme. Mais il finissait toujours par faire marche arrière, l'encourageant à se montrer plus persévérant. Rohan était désormais persuadé que le vieil homme savait qu'il avait noué un contact.

Et qu'il lui jouait la comédie.

Ailleurs, en plusieurs endroits du monde…

Une nouvelle fois, les veilleurs hosyrhiens s'étaient réunis par l'intermédiaire du réseau sécurisé. La voix du Grand Maître était chargée d'un mélange de colère et d'angoisse :

— Que Lucifer éclaire votre route, mes frères. Nous sommes à présent pratiquement certains que le fils de Douglas Westwood est capable de localiser la reine. Mais il ne se montre pas coopératif. La mort de sa famille l'a rendu extrêmement méfiant. Nous devons l'inciter à nous aider. Par tous les moyens. Le temps presse. Où en êtes-vous, de votre côté ?

Les réponses furent unanimes.

— Toutes nos tentatives ont échoué, Grand Maître. La seule chose dont nous soyons certains, c'est que la reine est bien revenue à la vie. Nous percevons son esprit, mais nous ne sommes pas assez puissants pour la localiser.

— Alors, il faut impérativement que ce gamin se concentre. La Prophétie des Glaces est en marche, et rien ne doit l'empêcher de se réaliser.

20

Le cauchemar de la sorcière avait profondément marqué Lara. Si le rêve ne l'avait plus visitée, les visions qu'elle en conservait demeuraient incrustées dans sa mémoire. Plus étrange encore, la présence impalpable qui avait commencé à se manifester au matin de cette nuit ne la quittait plus. Elle savait qu'il s'agissait d'un homme, sans doute quelqu'un de jeune, et qui ne lui était pas hostile. Le lien qui s'était établi refusait de se dénouer. Elle avait désormais la sensation d'abriter un inconnu au plus profond d'elle-même. Cela l'avait gênée dans les premiers temps, mais elle avait fini par s'y habituer.

Plus désagréable était cette nouvelle impression d'être suivie et épiée sans cesse. Cela avait commencé un peu plus d'une semaine après le cauchemar de la sorcière. Peut-être était-ce dû à ce qu'elle avait subi au cours de cette nuit funeste, mais il s'était installé autour d'elle une atmosphère d'inquiétude permanente. Comme si le monde s'était métamorphosé et qu'une menace pesait sur elle, dont elle ne pouvait déceler l'origine.

Autrefois, lorsqu'un homme se retournait sur elle, elle en était secrètement flattée, même si elle n'y accordait pas beaucoup d'importance. Là, c'était différent. Elle était convaincue que des individus louches l'observaient, la surveillaient, la traquaient. Ils étaient partout, à Quimper lorsqu'elle s'y rendait, à Saint-Guénolé, où elle habitait. Parfois, il lui semblait en reconnaître certains.

Un jour, excédée, elle se retourna vivement vers l'un d'eux, un grand type encapuchonné qui la suivait en roller depuis un certain temps sur un quai de la capitale finistérienne.

— Ça suffit maintenant ! éclata-t-elle. Cessez de me suivre ou j'appelle la police !

Le type fit tomber sa capuche et éclata de rire. C'était un jeune beur au teint bistré et au sourire ravageur. Il écarta les bras dans un geste théâtral et s'exclama, avec l'accent des banlieues :

— Oh, la gazelle ! Calme-toi. Je te trouve juste très jolie, c'est tout. Faut pas le prendre mal ! Y a pas offense !

Puis il recula, sans cesser de lui dédier son sourire étincelant. Elle secoua la tête, agacée, puis reprit son chemin. Le jeune homme revint à la charge :

— T'as l'air d'avoir des problèmes ! Si je peux t'aider...

— Non, ça ira, merci. Excuse-moi !

— Y a pas de mal !

Puis il s'en fut en slalomant entre les passants. Lara poussa un soupir. Elle se demanda si elle devenait paranoïaque. Elle reprit son chemin lentement. Ce fut alors qu'elle remarqua un homme qui l'observait de loin. Lorsqu'elle le regarda, il détourna aussitôt les yeux. Une brusque bouffée d'adrénaline l'envahit. Ce type n'était pas là par hasard, elle en était sûre. Mais peut-être était-ce un simple mateur, ou un timide. Ce n'était pas un gamin, en tout cas. Il pouvait avoir entre quarante et cinquante ans et ressemblait à Monsieur Tout-le-monde.

Décidée à en avoir le cœur net, elle se dirigea ostensiblement vers lui. L'instant d'après, il s'était évanoui dans la foule. Elle poussa un cri de rage et revint vers sa voiture.

Sur la route qui la ramenait à Saint-Guénolé, elle tenta de faire le point. Elle ne devait pas céder à la folie. Ce n'était pas d'aujourd'hui que les hommes la regardaient. Sans doute y était-elle plus sensible depuis que l'inconnu squattait son esprit. Et d'abord, qui était-il, celui-là ? D'où sortait-il ? Pourquoi la hantait-il de cette manière ?

Ce phénomène l'aurait horripilée si elle n'avait senti que son mystérieux visiteur était aussi désemparé qu'elle. Il n'avait pas volontairement créé ce lien, et il n'était pas plus désireux qu'elle de le conserver. Il ne comprenait pas. C'étaient tout au moins les sentiments diffus qu'elle percevait en provenance de lui.

Par moments, elle aurait aimé en savoir plus, établir une véritable communication. Elle aurait su ainsi à quoi s'en tenir. Mais c'était impossible. Le lien était incontrôlable et ne laissait passer que des émotions.

Elle en avait parlé à Christian, qui avait évoqué le phénomène de la télépathie. Elle avait effectué des recherches par Internet sur le sujet. Mais les résultats étaient peu concluants. Les tenants de la science officielle réfutaient son existence, tandis que d'autres, comme les parapsychologues Charles Honorton et Robert Morris, avaient établi un protocole nommé *Ganzfeld* – ou champ sensoriel uniforme –, afin d'étudier le phénomène de manière rigoureuse. Selon les scientifiques, les résultats restaient douteux et ne prouvaient rien. Certains d'entre eux étaient pourtant surprenants. D'autres chercheurs enfin versaient dans l'ésotérisme le plus farfelu. Il n'en restait pas moins qu'environ une personne sur cent avait l'impression d'entendre des voix, phénomène que la science officielle ne se risquait pas à étudier ou dont elle niait l'existence. Dans ce fatras, il serait impossible de se faire une idée solide tant que les uns et les autres resteraient accrochés à leurs convictions.

Lara apprit donc à vivre avec son visiteur clandestin.

Les inconnus qui l'épiaient revenaient chaque jour. Elle avait très vite écarté l'hypothèse de dragueurs potentiels et devait admettre qu'elle faisait bien l'objet d'une surveillance constante.

Furieuse et angoissée, elle se rendit à la gendarmerie. Elle fut reçue par un gradé qui ne crut pas un instant à ce qu'elle racontait. Doté d'un inénarrable accent du Sud, ce fonctionnaire pas trop zélé, échoué sur les rivages bretons en raison des arcanes d'une administration militaire fantaisiste, la considéra d'un œil égrillard avant de lui asséner qu'il était parfaitement normal qu'elle attire les regards des hommes, avec un minois comme le sien. Le tout ponctué d'une œillade coquine.

— Alors, vous n'allez rien faire ? s'insurgea-t-elle.

— Et que voulez-vous que je fasse, ma belle ? Si je devais arrêter tous les séducteurs, les trois quarts des hommes se retrouveraient derrière les barreaux.

Après un temps, il ajouta, enjôleur :

— Moi y compris, hé !

Elle poussa un soupir agacé et répondit sèchement :

— J'en ai par-dessus la tête des dragueurs, si vous voulez le savoir. Mais s'il m'arrive quelque chose, vous en porterez la responsabilité.

— Oh, la petite dame, faut pas le prendre comme ça, hé !

Elle haussa les épaules et sortit de la gendarmerie. Evidemment, elle aurait dû s'en douter. Il ne fallait pas s'attendre à une quelconque coopération. Déjà, quand une fille se faisait violer, c'était tout juste si elle n'était pas elle-même considérée comme responsable de son drame lorsqu'elle avait le courage de porter plainte. Alors, se plaindre d'être suivie et surveillée !

— Tu devrais retourner voir l'hypnotiseur, lui conseilla Christian, chez qui elle trouvait refuge de plus en plus souvent.

Ils n'avaient jamais reparlé de la nuit hors du temps qui les avait réunis. Parfois, elle restait dormir chez lui, partageait sa couche, mais il ne se passait rien entre eux, même si régulièrement elle se blottissait contre lui. D'ailleurs, Lara n'avait guère envie de faire l'amour avec qui que ce soit. La présence de son visiteur inconnu ne contribuait pas à favoriser ses envies.

— Je vais y réfléchir, répondit-elle.

Mais elle était sceptique quant aux capacités du praticien à la guérir de ses troubles.

21

Rohan lui aussi avait fait des recherches sur la télépathie. Avec des résultats aussi peu convaincants. Pour une raison qu'il ne s'expliquait pas, il avait établi un contact quasi permanent avec une fille dont le peu qu'il savait était qu'elle avait été autrefois une sorcière finlandaise brûlée vive par une branche secrète de l'Inquisition, la terrifiante Ensis Dei, dont personne ne savait plus rien aujourd'hui.

Le contact avec l'inconnue se faisant surtout au niveau des émotions, il ne parvenait pas à percevoir clairement ses pensées. Le lien fonctionnait de manière complètement imprévisible, par bribes. Au début, il avait donné à son fantôme insaisissable le nom de Helka, mais un autre prénom avait surgi en lui un soir où la présence était particulièrement active : Lara. Il la désignait désormais sous ce nom. Parfois, il avait l'impression de « voir » son visage. Mais c'était une image trouble, bien trop floue pour lui donner une idée des traits de l'inconnue, à l'exception de sa chevelure, blonde, et de ses yeux, couleur turquoise.

Il avait conscience que, de son côté, Lara ressentait sa présence. Il avait perçu son agacement au début, puis elle s'était habituée à ce lien insolite. Rohan aurait aimé établir un vrai contact avec elle, lui adresser des pensées précises, communiquer. Mais cela était impossible. Lara était seulement devenue une présence familière mais lointaine, irrémédiablement inaccessible.

Cependant, en raison de cette présence fugace, il se sentait mal à l'aise lorsque Salomé, toujours aussi vorace, se glissait dans son lit pour un câlin torride.

« Alors, cow-boy, disait-elle, frustrée, je ne te plais plus ?
— Si, mais... »
Il s'empêtrait alors dans des explications fumeuses desquelles il ressortait que l'étude de ses dossiers l'épuisait, que les histoires de sorcellerie et de torture le hantaient. Cela ne décourageait pas la petite Salomé, qui dépensait alors des trésors d'imagination pour le ramener à des préoccupations plus émoustillantes. Avec, pour Rohan, l'impression contrariante d'avoir été observé pendant l'exercice...

Régulièrement, Paul Flamel demandait à Rohan s'il avait réussi à nouer un contact avec la réincarnation de Helka Paakinen. Non moins régulièrement, Rohan répondait par la négative. L'insistance du vieil homme lui déplaisait chaque jour davantage. Sans connaître l'inconnue qui hantait son esprit, il sentait d'instinct qu'il devait la protéger. Il savait aussi qu'il finirait par en apprendre plus sur elle. Chaque jour aussi, les contacts se faisaient plus précis.

— Il ne t'a rien dit ?

Valentine secoua la tête. Devant elle se tenaient sa mère, Fiona, et son grand-père.

— Absolument rien. Il dit seulement qu'il a eu un contact fugace avec le fantôme de Helka Paakinen. Mais plus rien depuis son retour de Finlande. Pourtant, je suis persuadée qu'il en sait plus qu'il ne veut l'avouer. Je ressens ses ondes mentales. Il est beaucoup plus puissant qu'aucun de nous. C'est un médium extraordinairement doué. Plus encore que son père. Il n'en a même pas conscience. Malheureusement, il se méfie de nous.

Paul Flamel laissa échapper un grognement de colère.

— Quel petit imbécile ! Il faut pourtant que nous parvenions à la localiser, et ce le plus rapidement possible. Où en es-tu toi-même ?

— Aucun contact. Juste cette fugace sensation de présence.

Paul Flamel hocha la tête.

— Il faut impérativement amener Rohan à coopérer. Le temps presse.

— Il faudrait parvenir à le mettre en confiance, suggéra Fiona. Mais comment ?

— C'est ma faute, reprit le vieil homme. Dans ma hâte, je lui ai donné trop d'éléments. Il ne comprend pas ma démarche et il en conçoit une certaine méfiance.

— C'est compréhensible, en regard de ce qui lui est arrivé.

— Mais il FAUT qu'il la retrouve. Il est le seul capable de le faire.

— Nous devrions peut-être lui dire la vérité, suggéra Fiona.

— Non. Il n'est pas prêt à l'entendre. Mets-toi à la place de quelqu'un qui ignore tout de ce que nous savons. Si on lui disait la vérité de but en blanc, il refuserait de nous croire. Et il nous prendrait pour des fous. L'initiation doit se faire progressivement. Sinon, il nous échappera, or nous avons impérativement besoin de lui pour localiser la reine. Il est le seul capable de le faire.

— J'ai peut-être une idée, intervint Valentine.

— Laquelle ?

— Nous approchons de la Nuit Courte. Invitons-le à y participer.

Fiona la regarda avec stupéfaction.

— Je ne suis pas sûre que ce soit une bonne idée. Cela risque de le braquer davantage contre nous.

— Pas si c'est moi qu'il rencontre. Il couche avec Salomé, mais il me fait une cour discrète depuis le début. Je peux l'amener à me faire confiance. Enfin, je le crois.

Paul Flamel hocha la tête.

— Oui, c'est peut-être un moyen.

— Que puis-je lui révéler ?

Paul Flamel hésita, puis :

— Ce qui te semblera utile pour le convaincre. Je fais confiance à ton intuition.

— Merci, grand-père. Je ferai pour le mieux.

— De toute façon, nous n'avons guère le choix. Alors, soit : vous allez l'emmener à Stonehenge.

22

Ce fut Valentine elle-même qui proposa à Rohan le voyage à Stonehenge. Afin de relâcher la pression qu'il maintenait sur le jeune homme, Paul Flamel s'était délibérément écarté et ne participerait pas à l'expédition. Valentine et ses parents, Hubert et Fiona, partiraient seuls pour la Grande-Bretagne.

Le jeune homme s'étonna de cette invitation. Valentine lui expliqua :

— C'est bientôt la Nuit Courte, la nuit de la Saint-Jean. A cette occasion, on élève de grands feux et il est de coutume de sauter à travers. Autrefois, on pensait que traverser le feu de la Saint-Jean protégeait des attaques du Diable pendant l'année entière.

— Mais je crois savoir que c'est une fête que l'on célèbre aussi en France, objecta-t-il.

— Stonehenge, ce n'est pas pareil. Un amoureux de l'Histoire de ton calibre en a forcément entendu parler…

— Bien sûr. Ce cercle de pierres levées se trouve dans la plaine de Salisbury, au sud de l'Angleterre. C'est un site étonnant, qui n'a pas livré tous ses mystères, et qui remonte à près de cinq mille ans… Mais qu'allons-nous faire là-bas ?

— Célébrer un rituel que nous respectons depuis très longtemps : la fête de la Vie et de la Nature. La nuit du solstice d'été n'est pas une fête chrétienne à l'origine. Elle a seulement été récupérée par l'Eglise parce qu'elle n'a jamais pu la faire disparaître. C'est une fête païenne qui remonte à la nuit des temps. La nuit du solstice est un moment fabuleux, où la Terre est au plus près du Soleil. Dans notre famille, nous la célébrons depuis très longtemps. J'ai pensé que cela te ferait plaisir d'y participer avec moi. A moins que tu n'aies pas envie de venir…

Le regard d'or vert qu'elle lui adressa lui fit couler un torrent de feu dans les veines. Il accepta. Si elle le lui avait demandé, il l'aurait suivie jusqu'au bout du monde.

Le lendemain, en Angleterre, une voiture de location de couleur sombre les menait vers Stonehenge. Le cercle de pierres levées – c'était la traduction littérale du nom du site – se dressait non loin d'une route relativement fréquentée. Sans doute avait-il perdu de son mystère ces derniers temps, tout comme les alignements de Carnac, désormais protégés par des clôtures afin d'éviter les détériorations occasionnées par les visiteurs sans scrupules. Il fallait les imaginer débarrassés de l'empreinte du monde moderne.

Rohan ne se posait pas ce genre de questions. Il ne songeait qu'à goûter la présence de la belle Valentine à ses côtés. Depuis le départ, il lui semblait qu'elle avait perdu cette espèce de réserve qu'elle mettait dans leurs rapports. Tandis qu'à Peyronne elle maintenait une distance sévère entre eux, elle lui semblait à présent plus accessible. Au cours du voyage en avion, elle avait pris place à côté de lui et avait longuement bavardé avec lui, apparemment heureuse qu'il ait accepté de l'accompagner.

Par deux fois, elle lui prit la main. Elle ne semblait pourtant pas avoir peur de l'avion. Stupéfié par cet attouchement aussi inattendu que léger, il n'avait su comment réagir, mais son sang s'était mis à bouillir.

Une foule importante se dirigeait vers le site de Stonehenge en cette fin d'après-midi qu'éclaboussait un soleil radieux, masqué par moments par des cohortes de nuages translucides emportés par des vents capricieux. Il régnait sur les lieux une chaleur presque étouffante. Rohan ne la sentait pas. Il ne quittait pas Valentine d'une semelle. Le cœur battant la chamade, il espérait qu'il allait se passer quelque chose entre eux. Jamais elle n'avait été aussi belle. Elle avait défait ses cheveux, qu'elle nouait habituellement en une stricte queue de cheval, et ils flottaient dans la brise tiède de l'été naissant dans la plus parfaite indiscipline. Hubert et Fiona se tenaient à l'écart, ce dont Rohan leur était reconnaissant. Abandonnant la voiture au parking, ils pénétrèrent sur le site en compagnie de plusieurs dizaines d'autres personnes venues de tous les horizons. Au loin se dressaient les énormes monolithes, organisés en cercles concentriques.

— Stonehenge a été construit en quatre périodes, expliqua Valentine. Les premières pierres ont été dressées il y a plus de quatre mille huit cents ans. Chacune pèse environ cinquante tonnes. Mais le plus surprenant est qu'elles viennent de carrières parfois éloignées de près de deux cent cinquante kilomètres. Certaines auraient même été apportées d'Irlande.

— Comment ont-ils fait ?

— Personne ne le sait. Bien que les Celtes aient toujours considéré ce lieu comme sacré, on sait que ce ne sont pas eux qui ont édifié Stonehenge. Le site date de bien avant leur arrivée en Angleterre. Les peuplades qui vivaient à l'époque de l'érection de ce monument ne comportaient tout au plus que quelques milliers d'individus. Pourtant, ils ont réussi ce tour de force. Nous en avons la preuve sous les yeux. C'est pourquoi Stonehenge reste un mystère, tant pour la méthode employée pour l'édifier que pour sa raison d'être. Certains pensent qu'il pourrait s'agir d'un générateur d'énergie tellurique. C'est d'ailleurs la raison pour laquelle les gens se rassemblent si nombreux aujourd'hui.

En effet, Rohan constata que nombre de personnes organisaient des cercles en se tenant la main autour des monolithes. Puis ils se serraient contre les pierres en psalmodiant des paroles incompréhensibles. Valentine ajouta :

— Des farfelus pensent que Stonehenge pourrait être une sorte de balise destinée à des extraterrestres.

— Et toi, quel est ton avis ? demanda Rohan.

— Au début des années 1960, un professeur d'astronomie de Boston, Gerald Hawkins, et un astrophysicien britannique, Fred Hoyle, ont émis l'hypothèse que Stonehenge était un système complexe destiné à prévoir les mouvements des étoiles et des planètes, les solstices et les équinoxes, les éclipses. Les archéologues ont critiqué cette idée, bien sûr, arguant que ce monument a été érigé en quatre phases espacées de plusieurs siècles. Mais il est incontestable que Stonehenge a un lien avec l'astronomie. Le système a pu être tout simplement amélioré au fil du temps.

— Donc, pour toi, Stonehenge est un gigantesque système destiné à calculer la course des astres...

— Exactement.

— Mais qui a pu élaborer un système aussi complexe il y a cinq mille ans ? L'homme en était encore à l'âge de pierre...

— Cela ne veut pas dire que les hommes de cette époque étaient des imbéciles. Ils observaient les cieux depuis des dizaines de millénaires. Ils avaient eu tout le temps nécessaire pour en comprendre le fonctionnement.

— Mais cela n'explique pas comment ils ont pu dresser des pierres aussi lourdes avec les moyens aussi réduits qui existaient à l'époque.

— Nous savons tellement peu de choses de l'histoire du monde, Rohan.

Suivant la foule, ils se dirigeaient lentement vers le monument. Ils franchirent tout d'abord un premier fossé circulaire large de quatre mètres et profond d'un mètre cinquante. Ce premier cercle fut suivi de trois autres, creusés de trous à distance régulière. Dans certains, on avait retrouvé des ossements humains.

— Stonehenge a servi de lieu de sépulture ou de sacrifice à l'époque tardive, dit Valentine. Mais autrefois, ces trous servaient probablement à accueillir des pierres destinées à calculer l'emplacement des astres. C'est ce qu'a démontré Fred Hoyle.

Enfin, au centre, venaient deux cercles de pierres levées dont certaines étaient réunies par des linteaux. Par le passé, elles avaient dû être toutes reliées de cette manière. Puis, au centre, deux rangées étaient disposées en fer à cheval. Le cœur sacré de l'édifice.

Plus impressionné qu'il ne l'aurait imaginé, le jeune Américain s'approcha des pierres, hautes de plusieurs mètres, sur lesquelles le soleil faisait jouer une lumière éclatante. Malgré tous ces gens qui se trouvaient là, un silence étonnant régnait sur les lieux.

Fébrilement, il saisit la main de Valentine. Il se passa tout à coup quelque chose d'inexplicable. Alors que la foule se recueillait, il lui sembla percevoir un vacarme assourdi, provoqué par des voix venues d'outre-tombe. C'était comme si une autre foule, invisible, avait envahi les lieux. Il ne les voyait pas, mais il percevait d'innombrables présences. Un flot d'émotions, de murmures, de souvenirs, coula vers lui. Il resta pétrifié. A différentes périodes, des hommes et des femmes, disparus depuis des millénaires, étaient venus en ce lieu pour célébrer des cultes oubliés. Il comprit très vite que Valentine avait dit la vérité. S'il s'était déroulé plus tard, à l'époque des Celtes, des cérémonies rituelles dont certaines parfois s'étaient achevées par des sacrifices humains ou par des obsèques grandioses, à l'origine, Stonehenge avait bien été une sorte d'observatoire gigantesque, conçu par un peuple possédant un savoir stupéfiant, dont on avait perdu toute trace aujourd'hui.

Tout au fond de lui, Rohan ressentit la présence de Lara, qui semblait percevoir avec lui les vibrations émanant du lieu sacré. Leur lien se tissait de plus en plus précisément, à tel point qu'il reçut de sa part plusieurs images, des flashs montrant un bord de mer, des rochers battus par les vagues. L'endroit où elle habitait, probablement. Puis il y eut une rupture et la présence diminua sans pour autant disparaître totalement. Il comprit qu'elle avait eu peur, qu'il était allé trop loin sous le coup de l'émotion.

Une émotion qui ne le quittait plus. Il ne vivait plus seulement au début du vingt et unième siècle. Sa perception médiumnique lui permettait de recevoir l'écho de scènes qui s'étaient déroulées à différentes époques, comme s'il recevait les souvenirs d'innombrables personnes issues de tous les âges du monde.

Il se mit à respirer plus difficilement. Valentine l'observait avec un regard inquiet. Puis elle le prit dans ses bras pour le calmer.

— Détends-toi, souffla-t-elle. Moi aussi je ressens ces présences. Certainement moins bien que toi, mais je les ressens.

Ils restèrent un long moment enlacés au cœur du cercle mystérieux. Peu à peu, Rohan se calma. Le phénomène l'avait impressionné au début, mais à présent il éprouvait une grande sérénité, comme s'il avait établi une passerelle entre l'univers matériel et l'espace spirituel, là où les âmes poursuivaient leur route vers l'infini, attendant peut-être une nouvelle réincarnation, ou plus simplement un contact avec le monde des vivants. Il comprit que la mort n'était qu'une autre forme de vie, et son prolongement.

— En quoi consiste le rituel ? demanda-t-il soudain à Valentine.

— Tu le sauras bientôt, répondit-elle avec un sourire irrésistible. Ne sois pas impatient.

Un peu plus tard, tandis que le soleil descendait vers l'horizon, plusieurs personnes quittèrent les lieux en silence. Rohan remarqua parmi elles Fiona et Hubert, qui se tenaient aussi par la main.

— Nous allons partir, dit Valentine. Le rituel du solstice sera célébré ailleurs. Autrefois, lorsque la magie de Stonehenge écartait les curieux, il se tenait ici, au centre du cercle de pierres. C'est impossible à présent, à cause des touristes et des farfelus qui squattent le monument toute la nuit.

— Où allons-nous ?

— L'un de nos amis possède une grande propriété non loin d'ici. C'est là que nous devons nous rendre.

Une heure plus tard, la voiture pénétrait dans un vaste parc servant d'écrin à un petit manoir à l'architecture d'inspiration élisabéthaine mais dont une partie remontait probablement à l'époque gothique. Une vingtaine de véhicules stationnaient déjà sur le terre-plein.

Un personnage surprenant accueillait les visiteurs en compagnie de son épouse, non moins étonnante que lui. Tous deux étaient vêtus de longues toges blanches et portaient des couronnes de fleurs tressées.

— Lord Simus Cavanagh et lady Rosalind, les désigna Valentine. Les propriétaires du manoir.

L'homme et la femme, dont l'âge pouvait se situer entre cinquante et soixante ans, faisaient penser à des hippies.

— Ils ne sont pas toujours vêtus ainsi, précisa Valentine. Leur tenue est celle que nous allons tous revêtir pour célébrer la Nuit Courte.

— Hein ?

Elle éclata de rire devant la mine stupéfaite du jeune homme. Parvenus devant lord Cavanagh et sa femme, il s'inclina, un peu mal à l'aise. Les toges de lin étaient légères et quelque peu transparentes et l'on devinait qu'ils ne portaient rien d'autre pardessous, ce qui n'avait l'air de surprendre personne, hormis Rohan.

— Soyez le bienvenu, mon jeune ami, l'accueillit lord Cavanagh avec jovialité.

Sous la conduite de domestiques impassibles, Rohan et Valentine furent menés à des chambres dignes de servir de décor à un film de vampires.

— Ce château est sans doute très ancien, dit Rohan.

— Plus encore que tu ne le crois, répondit la jeune fille. Il a été construit sur les ruines d'une ancienne villa romaine.

— Comme le château de Peyronne ! s'étonna-t-il.

— Exactement. Nos amis affectionnent comme nous les lieux chargés d'histoire.

Elle ne fit aucun autre commentaire. Tous deux furent installés dans la même chambre, qui ne comportait qu'un seul lit.

— Mais... nous allons dormir ensemble ?

— A moins que cela ne te contrarie, répondit simplement Valentine. Même si ce manoir est grand, il n'y a pas assez de chambres pour tous les invités.

Sur le grand lit à baldaquin étaient posées deux toges de lin blanches, ainsi que des couronnes de fleurs tressées identiques à celles portées par les propriétaires.

— Il faut vraiment que je passe... ce machin ?

— Si tu veux participer à la fête, oui. Mais ce n'est pas obligatoire, tu sais. Tu peux rester ici, si tu préfères.

Sans plus de façon, elle se défit de tous ses vêtements, y compris les dessous, puis se glissa dans la salle de bains pour une douche rafraîchissante. Il faisait une chaleur étouffante en ce dernier jour de printemps. Rohan ne savait plus quelle attitude adopter. La nudité ne semblait guère gêner Valentine.

Elle ressortit quelques minutes plus tard, les cheveux défaits croulant sur ses épaules. Elle éclata de rire devant son air un peu coincé.

— Allez, détends-toi, dit-elle. Et va prendre une douche. On nous attend pour le dîner.

Il obtempéra. Lorsqu'il ressortit, elle avait revêtu sa robe, qui laissait deviner ses formes sculpturales sous le drapé translucide. Elle s'était coiffée de la couronne de fleurs, mais elle avait aussi passé un masque singulier, une sorte de loup fait de plumes, qui dissimulait le haut de son visage. Il y en avait un pour lui également, qu'il n'avait pas remarqué à son arrivée.

Devant sa mine empruntée, elle l'aida à passer sa robe.

— Calme-toi, dit-elle, on dirait que tu n'as jamais vu une fille en petite tenue...

— Mais que va-t-il se passer ?

— C'est la Nuit Courte, dit-elle. C'est une fête païenne très ancienne, où nous entrons en communion avec la nature tout entière. Tu dois oublier tout ce que les principes rigides judéo-chrétiens t'ont incrusté dans la tête, même si tes parents ne t'avaient donné aucune religion. La nudité est parfaitement naturelle. Les enfants ne viennent pas au monde tout habillés, n'est-ce pas ? Les vêtements sont devenus des secondes peaux, et la marque d'une appartenance sociale. Mais ils n'existaient pas, à l'origine de l'humanité. Regarde les Indiens de l'Amazonie. Ils vivent tout nus et cela ne choque personne. Nous sommes les enfants de la Nature, Rohan, nous faisons partie d'elle. C'est cette innocence que nous allons retrouver ce soir.

Il acquiesça. Après tout, il existait bien des camps de naturistes. Et puis, cette robe de lin, même si elle ne dissimulait pas grand-chose, était tout de même un vêtement. En revanche, il ne comprenait pas l'utilité du masque. Mais il n'osa pas poser la question à Valentine.

Lorsqu'il fut prêt, ils rejoignirent les autres, qui s'étaient installés au milieu du parc, où se dressait un cromlech, un cercle comportant une douzaine de pierres levées.

— Il est encore plus ancien que Stonehenge, déclara Valentine.

Une soixantaine de personnes s'étaient assises autour du cromlech, formant un grand cercle. Le parc était immense et cerné par une forêt de chênes, de châtaigniers et de bouleaux.

Bien qu'il fût tard, le jour n'en finissait pas de décliner et il régnait sur les lieux une lumière dorée, un peu surnaturelle. Il était impossible de reconnaître les participants, qui tous portaient un masque de plumes. On pouvait cependant distinguer les hommes des femmes, aux silhouettes devinées sous les robes blanches, et aux loups. Ceux des femmes étaient plus fins, plus féminins que ceux des hommes, qui rappelaient des têtes de rapaces.

— Tes parents sont là ? demanda-t-il.

— Bien sûr. Mais ils ne sont certainement pas ensemble.

— Pas ensemble ?

— C'est la Nuit Courte, toutes les licences sont permises, répondit-elle, laconique.

— Je n'ai pas envie que tu me quittes, répliqua-t-il, inquiet.

— Mais je ne vais pas te quitter, le rassura-t-elle.

Ils prirent place un peu à l'écart. Un repas fut servi par les domestiques, composé de salades à base d'artichauts, d'épinards et de céleri. Suivirent des huîtres et des plats de poissons épicés au gingembre et au piment. Etait-ce la nourriture, l'atmosphère de sensualité qui se dégageait de cette assemblée à peine voilée, ou de la présence à ses côtés de Valentine, dont il avait envie depuis la première fois qu'il l'avait vue, Rohan sentait monter en lui des bouffées de chaleur.

Dès le début du repas, des musiciens prirent place en bordure du cercle de pierres levées. Ils avaient apporté des djembés et des sortes de pipeaux en os, et ils étaient vêtus de peaux de bête.

Les joueurs de djembé se mirent à l'ouvrage, en sourdine au début, puis les battements se firent peu à peu plus puissants. Un rythme lancinant se répandit dans le crépuscule mauve et parfumé, tandis que les flûteaux entamaient une mélodie répétitive qui semblait venir du fond des âges. Un mélange d'Irlande et d'Afrique qui pénétrait irrésistiblement la chair et l'esprit, déjà embrumé par les alcools servis dans de petites coupes.

La musique paraissait s'accorder parfaitement avec les vibrations de la Terre. Rohan regardait discrètement sa compagne. Il devinait, sous l'échancrure de la toge, la forme ronde de ses seins parfaits, et une liqueur de feu lui coulait dans les veines. Il semblait monter du sol comme une force irrésistible qui imprégnait peu à peu la moindre fibre de son corps. Les autres participants se laissaient aller à se balancer au rythme des tambours et des flûtes. Au-dessus d'eux s'étirait la draperie d'un ciel où jouaient les derniers rayons du soleil mourant. Lorsqu'il disparut, les étoiles se mirent à briller. Elles semblaient plus nombreuses qu'à l'accoutumée. Mais sans doute était-ce dû à la nouvelle lune proche. Il ne restait dans le firmament qu'un arc d'une finesse extrême en forme de C. Les ténèbres s'étaient abattues sur le parc, mais la musique continuait à jouer. Soudain, au centre du cromlech, un grand feu apparut, qui illumina le parc. Simultanément, deux couples vêtus eux aussi de peaux de bête firent leur apparition. Ils entamèrent alors une danse flamboyante, d'un érotisme échevelé, qui acheva de mettre les sens de l'assistance en ébullition.

Un autre homme vêtu d'une robe couleur sang avait fait son apparition près des musiciens, une sorte de barde qui clamait un poème dans une langue incompréhensible, aux intonations rauques.

— Qu'est-ce que c'est ? demanda Rohan.

— Du gaélique, répondit Valentine. L'ancienne langue des druides. C'est un poème à la gloire de la Nature. Il dit que tout en elle est amour, comme le pollen qui s'échappe des fleurs pour aller fertiliser d'autres fleurs. Il chante aussi les amours animales et les amours des hommes et des femmes. L'amour est le moyen d'atteindre à l'extase divine.

Vivement troublé, Rohan commença à se douter de ce qui allait se passer. Outre les alcools parfumés, on leur avait offert une tisane épicée, à la subtile odeur de menthe poivrée, à laquelle se mêlait un soupçon de gingembre. Rohan avait l'impression d'être en état second. Il ne quittait pas Valentine des yeux. La jeune fille regardait fixement les danseurs. Tout à coup, elle se rapprocha de Rohan, saisit doucement sa main qu'elle invita à emprisonner l'un de ses seins. Puis elle se tourna vers lui et leurs lèvres se joignirent. Il sentit monter en lui une envie comme jamais il n'en avait éprouvé.

Autour d'eux, des couples se formaient, des femmes et des hommes faisaient glisser lcurs toges blanches, sans toutefois ôter leurs masques, et commençaient à se caresser. Rohan en éprouva une gêne obscure, qui s'effaça devant la montée impérieuse du désir qui lui nouait les reins. Il sentit les doigts fins de sa compagne glisser vers son bas-ventre, effleurer légèrement son sexe gonflé à l'extrême. Puis elle lui prit la main pour l'inciter à se lever. Décontenancé, il la suivit. Ils se dirigèrent vers les arbres centenaires qui cernaient le parc au nord, emportant la couverture sur laquelle ils avaient pris place autour du cromlech. Rohan nota que d'autres couples les imitaient. Dans son esprit, il ressentait la présence étonnée de Lara, qui percevait les échos de son désir. Cette présence insaisissable accentua encore son excitation.

Ils trouvèrent rapidement un coin d'herbe douce, uniquement éclairé par les lueurs mouvantes du grand feu, au loin. Les sens embrasés, Rohan saisit sa compagne par la taille. Avec agilité, elle fit glisser son vêtement et se retrouva nue dans ses bras, souple comme une liane, la respiration plus forte. Il ne comprit pas comment sa robe coula à son tour sur le sol. Les mains de Valentine se nouèrent derrière sa nuque et elle l'attira à elle pour l'inciter à s'allonger sur le sol. Dans la pénombre rouge, il sentit sa lourde chevelure glisser sur sa peau, ses lèvres et sa langue courir sur son ventre, sur ses bras et ses jambes, s'arrêter parfois en des endroits douloureusement précis. Il se laissa faire, imprégné d'un désir qu'il ne pouvait plus maîtriser. Mais il avait assez d'expérience pour accepter de ne pas brusquer les choses.

Lorsqu'elle se dressa au-dessus de lui pour un autre baiser, il voulut lui ôter son masque. Mais elle lui saisit vivement la main pour l'en empêcher.

— Non, dit-elle. Ce n'est pas à moi que tu vas faire l'amour. C'est à toutes les femmes du monde en même temps. C'est la Nuit magique du solstice, la nuit où tout est permis. A travers toi, je recevrai la semence de tous les hommes du monde.

Tout en déposant des baisers légers sur sa bouche, son cou, son torse, elle poursuivit à mots hachés :

— C'est la force de la nature qui passe à travers nous. Ecoute-la, ressens-la en toi.

L'esprit enfiévré, il parvint à lui saisir la taille. Il ne pouvait plus tenir. Alors, elle s'empala sur lui et commença à se mouvoir lentement, au rythme des djembés dont l'écho leur parvenait à travers les buissons. Des parfums enivrants montaient de la mousse et de l'herbe, de l'écorce des arbres centenaires, odeurs subtiles retenues au sol pendant le jour par la chaleur du soleil. Rohan fit tout ce qu'il pouvait pour se retenir. Il ne voulait pas la décevoir. Mais il finit par exploser en elle. Elle poussa un gémissement de joie. Tandis qu'elle s'effondrait sur lui, repue, il se souvint de ce que lui avait dit Salomé, quelques semaines plus tôt. Ce soir, il avait vu la « petite cousine » à l'œuvre. Jamais il n'avait atteint un tel niveau d'orgasme. Il lui semblait s'être entièrement déversé en elle, s'être mêlé à elle d'une manière si intime que plus jamais on ne pourrait les séparer. Une douce torpeur s'empara de lui. Il se dit qu'il était amoureux. Comme jamais il ne l'avait été.

Mais elle lui laissa à peine le temps de reprendre son souffle et noua de nouveau ses jambes autour de ses reins pour l'amener sur elle.

La nuit dura longtemps, époustouflante, éreintante, exaltante, auréolée d'un goût de mystère et d'interdit. La forêt retentissait de gémissements, de cris équivoques. D'autres étaient restés sur place, autour du cercle de pierres levées, rendant hommage à la nature dans ce qu'elle avait de plus éblouissant, l'acte sexuel. Ce n'était pas une orgie, une bacchanale, c'était tout simplement un hymne à la beauté du monde, à l'extase merveilleuse apportée par la relation amoureuse, quels que soient l'âge et la condition.

De l'autre côté de la mer, seule dans sa chambre de Saint-Guénolé, Lara avait perçu le trouble et l'émotion qui s'étaient emparés de son visiteur mental, puis l'écho de sa jouissance l'avait envahie à son tour, et avait éveillé en elle des ondes de plaisir inattendues, une houle impérieuse qui la laissa inassouvie. Alors, dans le secret de la nuit noire et chaude, sa main gauche se referma sur le mamelon de son sein droit tandis que l'autre s'égarait vers son ventre. D'ordinaire, elle n'aimait guère ces attouchements solitaires, dont elle n'usait que pour satisfaire un besoin trop exigeant. Cette fois, elle éprouva, en écho à celle de son partenaire invisible, une jouissance extraordinaire qui la laissa le souffle court.

Lorsque ses sens furent calmés, elle se surprit à sourire, puis à rire. Tout haut, elle dit :

— Je ne sais pas ce que tu as fabriqué, mon bonhomme, mais si un jour on réussit à se rencontrer, il faudra que tu m'expliques ce qui s'est passé cette nuit.

Le petit matin surprit Rohan et Valentine étroitement mêlés l'un à l'autre, enveloppés dans la couverture écossaise Les masques étaient tombés, et Rohan avait enfoui son visage dans l'épaisse chevelure de sa compagne. Il se sentait vide, épuisé comme si un rouleau compresseur lui était passé sur les reins. Mais jamais il n'avait ressenti une telle impression de plénitude et de sérénité. Il aurait voulu rester là à jamais, lové contre la tiédeur de ce corps féminin dont il connaissait désormais tous les secrets.

Une lumière de cristal inondait les grands arbres et le soleil était déjà haut dans le ciel. Il se redressa sur un coude et contempla Valentine qui lui tournait le dos. Il gardait son autre main glissée entre ses cuisses, protégeant jalousement le sexe délicat de sa compagne. Pour rien au monde il n'aurait voulu l'enlever. Mais il l'entendit soupirer. Inquiet, il avança la tête et constata qu'elle avait les yeux ouverts et une mine soucieuse.

— Ça ne va pas ? demanda-t-il.

Elle se tourna vers lui et lui adressa un sourire un peu triste.

— Si, ça va.

Elle posa sa main sur la sienne et la caressa avec tendresse.

— Comment te sens-tu ? demanda-t-elle. As-tu aimé la Nuit Courte ?

— Oui, bien sûr. C'était... magique. J'ai l'impression d'avoir atteint quelque chose d'infini.

— De divin, précisa-t-elle. L'amour est d'essence divine. L'hypocrisie et le puritanisme de l'Eglise en ont fait quelque chose de sale et de méprisable. Mais l'orgasme est un moyen de toucher à l'absolu. Les Orientaux le savent, qui ont élevé l'amour au rang d'un art, avec le Kama-sutra et les autres ouvrages sur les relations érotiques. Les peuples anciens le savaient aussi, qui avaient imaginé cette nuit hors du temps pour rendre ainsi hommage à la nature dans ce qu'elle nous offre de plus magnifique.

Elle s'écarta et s'assit en tailleur, puis son regard redevint songeur.

— Quelque chose te tracasse ! dit Rohan.

Elle secoua la tête, puis elle se décida à parler :

— Oui, il y a quelque chose. Mais tu ne peux rien faire pour m'aider.

— Demande-moi ! Je ferais n'importe quoi pour toi.

Elle sourit et lui posa un doigt sur le bout du nez.

— Ne dis pas ça.

— Dis-moi ! insista-t-il.

— Voilà. Je suis très inquiète. Il faut impérativement que nous parvenions à localiser la jeune fille dans laquelle Helka Paakinen s'est réincarnée.

Tout à coup, la présence de Lara, qui s'était retirée au fond de son esprit, se manifesta de nouveau. Il fut aussitôt sur ses gardes.

— Pourquoi tiens-tu tellement à la retrouver ? s'inquiéta-t-il.

Elle le fixa dans les yeux, visiblement bouleversée.

— Parce qu'elle est en danger de mort. Si nous ne la trouvons pas rapidement, elle tombera entre les griffes de l'Ensis Dei et ils la tueront.

— L'Ensis Dei n'existe plus ! Cette histoire date du seizième siècle...

— Oh si, elle existe encore.

Elle hésita, puis ajouta :

— Ce sont eux qui ont tué tes parents.

Une vive émotion s'empara de Rohan. L'image des tueurs ressemblant à des moines lui revint. Mais c'était impossible. Comment une cellule secrète de l'Inquisition pouvait-elle encore subsister alors que l'Inquisition elle-même avait disparu depuis plusieurs siècles ?

— Pourquoi ? Pourquoi auraient-ils tué mes parents ?

— Parce que ton père devait localiser cette jeune fille. Mais il a été tué avant d'y parvenir. Voilà pourquoi nous avons besoin de toi. Ton don de médium est encore plus puissant que le sien. Il faut que tu nous aides.

— Pourquoi l'Ensis Dei veut-elle l'éliminer ?

— Parce qu'elle représente un danger à leurs yeux.

— Lequel ?

Valentine s'était mise à respirer plus vite.

— Ce sont des fanatiques. Ils croient... qu'elle est l'Antéchrist.

Dérouté, Rohan ne sut que penser.

— L'Antéchrist ? Mais c'est absurde ! Comment peut-on croire à de telles idioties au vingt et unième siècle ?

— C'est une très longue histoire. Ecoute, je ne peux pas t'en dire plus, mais tout cela est extrêmement important. Nous avons essayé de réunir nos forces pour essayer de la repérer. En vain. Nous savons seulement qu'elle est vivante, quelque part. Mais nous sommes incapables de savoir où. Tu es beaucoup plus puissant que n'importe lequel d'entre nous.

Il y eut un silence. Embarrassé, Rohan demanda :

— Si vous parvenez à la trouver, que se passera-t-il ?

— Nous prendrons contact avec elle et nous la protégerons. Nous en avons les moyens.

— Mais pourquoi est-elle si importante ? insista-t-il.

Elle hésita, puis répondit :

— Parce que... Parce qu'elle peut amener un bouleversement qui marquera l'humanité tout entière.

— C'est pour ça qu'ils la considèrent comme l'Antéchrist ?

— Oui. Mais...

Elle semblait soudain très nerveuse.

— Je ne peux pas t'en dire plus. Tu as déjà perdu toute ta famille à cause de ça.

Rohan n'osa insister. Elle paraissait complètement bouleversée.

Il ne savait plus que penser. Ainsi, les prêtres assassins de l'Ensis Dei existaient encore. C'était invraisemblable à première vue, mais le carnage dont sa famille avait été victime lui prouvait que non. Une bouffée de colère l'envahit, dirigée contre ces êtres insaisissables et lâches.

Puis il pâlit. Et si Valentine disait la vérité ? Si Lara était réellement en danger ? Il prit la main de sa compagne.

— Je vais essayer de la localiser, déclara-t-il.

Elle leva vers lui des yeux humides.

— Tu crois que tu peux y arriver ?

— Je ne sais pas. Mais j'ai... j'ai établi un contact permanent avec elle. Je sais même son prénom. Elle s'appelle Lara. J'ignore son nom. Elle vit en moi comme je dois vivre en elle. Elle était là quand... enfin, cette nuit.

Valentine sourit.

— Elle a dû être surprise.

— Je crois, oui. Mais elle en a profité, elle aussi.

Il se tut. Il avait parfaitement ressenti le plaisir solitaire de sa compagne mentale, ce qui avait augmenté encore son propre plaisir.

— Tu n'as pas de secrets pour elle, remarqua Valentine.

— C'est difficile, dans ces conditions. Elle est là à chaque instant. C'est plus que de la télépathie. Elle est un peu comme... mon double. Ou bien une jumelle. Enfin, je ne sais pas. Je ressens ses émotions, ses peurs, ses joies, ses angoisses, ses petits tracas quotidiens. Et elle perçoit les miens.

— Ce doit être désagréable.

— Non, pas vraiment. J'ai l'impression de ne jamais être seul. Au début, cela me gênait, mais à présent, je suis heureux qu'elle soit là. Il y a de la complicité entre nous, tu comprends ?

Elle fit la moue.

— Je devrais être jalouse...

Puis elle se reprit :

— Pourquoi n'en as-tu pas parlé à mon grand-père avant ? demanda-t-elle.

— Je suis devenu très méfiant. Je me demandais pourquoi il insistait tellement.

— Je viens de te le dire. Il faut la retrouver avant les autres. Elle est très importante pour nous.

— Pour vous ? Mais vous-mêmes, qui êtes-vous ?

Elle marqua une courte hésitation, embarrassée.

— Je ne devrais pas te dire tout ça. Mais enfin voilà : nous appartenons à un groupe qui a des ramifications dans le monde entier. Nous sommes avant tout des chercheurs, des historiens qui ont pris conscience que l'histoire de la Terre est probablement bien différente de celle que l'on connaît. Tu as pu t'en rendre compte en étudiant les différents dossiers de ton père. Nous… recherchons la vérité. Lara est un élément essentiel pour la connaissance de cette vérité, même si elle l'ignore. C'est enfoui dans sa mémoire profonde. Ce qu'elle sait apportera la preuve que les théories défendues par les religions sont fausses. Voilà ce que craignent ceux de l'Ensis Dei. Voilà pourquoi ils veulent la tuer.

Elle lui prit les mains.

— Tu dois tout faire pour la sauver, Rohan. Très vite !

Il hocha la tête.

— C'est bien. Je vais faire mon possible.

23

Après la nuit du solstice, le contact entre Rohan et Lara continua de se développer. L'intimité partagée avait fait naître entre eux une complicité étrange. Il percevait ses angoisses. Cependant, malgré ses efforts, leur relation télépathique demeurait au niveau des émotions. Ils étaient parfaitement incapables d'échanger de véritables informations.

Valentine venait régulièrement rejoindre Rohan la nuit. Cela ne gênait aucunement Salomé, qui s'invitait parfois à partager leurs ébats. Et cela n'étonnait pas Valentine, qui ne voyait pas d'inconvénient à partager Rohan avec sa petite cousine. Un peu surpris au début, Rohan ne songea pas à s'en plaindre. S'il sortait de ces triades nocturnes le souffle court et les pensées en déroute, il avait découvert avec ces deux filles, qui ne manquaient pas d'imagination, des raffinements de sensualité et de plaisir. La touffeur estivale pesait sur le pays, parfois mêlée d'orages spectaculaires, qui incitaient les demoiselles à jouer la comédie de la terreur afin de mieux se faire cajoler. Il ne s'en privait pas.

Lorsque Rohan se retrouvait devant Paul Flamel, au matin, après une nuit agitée, il se sentait un peu mal à l'aise. Mais le vieil homme ne faisait jamais aucune allusion aux frasques de ses petites-filles. Pas plus que leurs parents, qui avaient l'air de trouver cela parfaitement naturel. Rohan finit par se dire qu'ils avaient sans doute raison. Après tout, ses compagnes de jeux érotiques étaient majeures et libres de faire ce qui leur plaisait. Et tout cela était bon pour la santé et le moral.

Au cours de ces nuits tumultueuses, il avait l'impression qu'ils étaient quatre, en raison de la présence impalpable de Lara.

Parfois, au cœur de la nuit, alors qu'il planait entre veille et sommeil, une fille endormie dans chaque bras, il lui semblait qu'un autre visage se précisait dans son esprit. Il percevait des traits fins, de longs cheveux blonds, des yeux couleur turquoise, une bouche sensuelle, et surtout un regard marqué par l'anxiété. Puis tout s'estompait. Le jour venu, il ne parvenait pas à fixer les traits entrevus. Certaines nuits, il avait l'impression que des mots sortaient des lèvres de Lara, mais il ne les entendait pas.

De son côté, Lara recevait l'écho des nuits de folie du jeune homme. Elle avait fini par s'y habituer, en se disant que son compagnon invisible était un chaud lapin. Elle aussi avait découvert son prénom : Rohan.

Cependant, cette sensualité n'avait pas grande influence sur elle. Les cauchemars se faisaient plus fréquents. A présent, ils se manifestaient deux ou trois fois par semaine. C'était les seuls moments où elle ne ressentait plus la présence de son visiteur mental. Il s'y mêlait désormais les souvenirs resurgis de la mémoire de la petite sorcière, et les souffrances qui les accompagnaient. Au matin, elle se réveillait en nage, tenaillée par l'angoisse, les membres encore douloureux des supplices oniriques endurés.

En désespoir de cause, elle finit par suivre le conseil de Christian et appela Alain Marchand. Sa secrétaire lui répondit qu'il était en voyage et nota un rendez-vous pour la semaine suivante.

Paul Flamel n'avait pas parlé de la Nuit Courte avec Rohan, sinon pour lui confirmer qu'il s'agissait d'un rituel très ancien, bien antérieur à toutes les civilisations connues. Il n'avait nullement évoqué la participation de Valentine. En revanche, il revint très vite sur le travail.

— Je voudrais à présent que tu études ce nouveau dossier, auquel ton père attachait une grande importance.

Il lui remit une chemise barrée d'un titre : *L'Enigme des Magonians*.

Assurément l'une des études les plus surprenantes réalisées par Douglas. L'essentiel des éléments remontaient au Moyen Age, mais certains dataient de l'Antiquité et un autre était plus récent.

Au Moyen Age, les paysans étaient persuadés que les tempêtes et les orages étaient provoqués par des êtres qui peuplaient l'espace compris entre le Ciel, où, selon leur croyance, résidaient Dieu et les anges, et la Terre. Ces êtres de chair et de sang provenaient d'un pays appelé Magonie. On disait qu'ils avaient passé un pacte avec de puissants sorciers qui déchaînaient la foudre et les éclairs. Sorciers et Magonians se partageaient ensuite les animaux foudroyés et les fruits des récoltes détruites par les intempéries. A tel point que les paysans avaient pris l'habitude de dresser dans leurs champs des mâts auxquels on fixait des parchemins renfermant des formules censées tenir ces démons à l'écart. Ces mystérieux Magonians se déplaçaient à bord d'étranges navires volants.

L'empereur Charlemagne, agacé par ces superstitions, finit par interdire l'implantation des mâts. Il fut suivi par un évêque de Lyon, Agobard, connu aussi sous le nom d'Aguebaud. Cet homme, fin lettré et cultivé, avait rédigé vingt-deux ouvrages, poèmes, écrits politiques, mais aussi un traité sur la superstition, dans lequel il combattait la croyance en l'existence d'un peuple des airs malfaisant. Ces êtres volants, selon la tradition, possédaient une grande science.

Un jour, on lui amena trois hommes et une femme chargés de chaînes, qui étaient prétendument « tombés » d'un navire voguant dans le ciel. Protestant de leur bonne foi, ces quatre personnes avaient failli être lapidées par la foule. Agobard interrogea longuement les suspects et, persuadé qu'il était impossible de naviguer dans les airs, convainquit leurs tortionnaires de leur innocence et ordonna qu'on les libérât. Son influence était telle qu'il obtint gain de cause.

Cette histoire aurait pu n'être que le fruit de l'imagination d'un peuple trop enclin à croire au merveilleux. Mais il y eut d'autres cas similaires, également à l'époque carolingienne. D'autres voyageurs du ciel eurent moins de chance que ceux qui furent sauvés par Agobard. Ils furent tués par la foule.

Un érudit du dix-septième siècle, Montfaucon de Villars, faisait référence à des événements remontant aussi au neuvième siècle et évoquait des voyageurs venus du ciel, des êtres apparemment humains qui avaient tenté d'établir un contact avec les « Terriens ». Afin de prouver qu'ils n'étaient pas animés de mauvaises intentions, ils avaient invité des personnes à monter à bord de leurs navires et les avaient emmenés visiter leur pays. Les voyageurs enlevés, une fois revenus, avaient décrit une contrée magnifique. Malheureusement, ils avaient été pris à leur tour pour des démons volants et avaient été massacrés.

D'autres témoignages relataient un événement non moins surprenant, situé, selon les versions, en Irlande ou au pays de Galles. Un jour que se tenait une fête dans un village, l'un de ces vaisseaux apparut et son ancre s'accrocha à un arbre. Les habitants virent alors un être volant sauter par-dessus bord et s'approcher de l'ancre pour tenter de la dégager, sans succès. Effrayés, les villageois lui jetèrent des pierres et l'homme remonta dans le navire. Le câble de l'ancre fut coupé et le vaisseau disparut.

Au début du treizième siècle, de telles apparitions semblaient encore se manifester. L'Anglais Gervais de Tilbury évoquait l'un de ces mystérieux navires, et la chute d'un navigateur « volant », qui se serait tué en tombant de son vaisseau après avoir voulu lui aussi en libérer l'ancre.

Le plus étonnant concernait une affaire présentant de nombreux points communs avec les précédentes. Mais l'apparition datait cette fois du 26 avril 1897, soit six siècles plus tard. Et le vaisseau volant était apparu… au Texas, au-dessus de la petite ville de Merkel. Cette fois, les témoignages étaient nombreux et précis. L'affaire avait fait la une des journaux de l'époque. Voici l'un des éditoriaux d'alors :

Au soir du lundi 26 avril 1897, plusieurs groupes de personnes revenant de l'église remarquèrent un objet ressemblant à une ancre tiré par une grosse corde. Intrigués, ils suivirent l'ancre qui se déplaçait assez vite, jusqu'au moment où elle se prit dans un rail du chemin de fer. A l'autre extrémité de la corde, ils découvrirent ce qui paraissait être un navire volant. Mais il était trop haut pour qu'ils puissent avoir une idée précise de ses dimensions. Sa coque comportait des hublots éclairés. A l'avant se trouvait une sorte de phare pareil à celui d'une locomotive. Au bout de quelques minutes, un homme apparut et se laissa glisser le long de la corde. Lorsqu'il fut assez prêt, les spectateurs constatèrent qu'il était d'assez petite taille et portait des habits de couleur bleue, un peu comme les marins. Lorsqu'il aperçut les curieux, il se contenta de couper la corde et remonta à bord du navire volant. L'ancre fut récupérée et exposée dans la boutique des forgerons Elliot et Miller, où des centaines de personnes vinrent la voir.

Douglas ne faisait aucun commentaire sur ces singulières apparitions. En revanche, l'étude comportait des croquis de navires volants, qui ressemblaient étrangement à de grands dirigeables. Mais il ne citait pas les sources de ces documents. Rohan supposa qu'il les avait dessinés à partir des différents témoignages.

Sa lecture terminée, il fit part à Paul Flamel de ce qu'il pensait de ces histoires :

— Je ne comprends pas pourquoi mon père s'est intéressé à ce sujet. Il ne peut s'agir que d'une légende issue de l'imagination populaire. Il n'existait pas de navires volants à l'époque de Charlemagne.

— C'est possible. Mais alors, d'où viennent toutes ces histoires ? Et surtout, comment expliquer leurs étranges similitudes ? A chaque fois, ces vaisseaux paraissent avoir pris leur ancre dans un obstacle, et l'un des voyageurs des airs tente de la dégager. Parfois avec succès, parfois il échoue et abandonne l'ancre ou y laisse la vie. C'est tout de même curieux. Et il y a cette histoire survenue au Texas en 1897.

— Il peut s'agir d'une montgolfière, objecta Rohan. Elles existaient depuis déjà un siècle.

— Dans ce cas, pourquoi les aéronautes n'ont-ils pas demandé de l'aide aux habitants ? Les Texans ne sont pas des sauvages, tout de même.

— Ça dépend lesquels, nota Rohan.

— Ces aéronautes n'ont pas demandé d'aide, insista le vieil homme. Comme s'ils ne voulaient pas avoir de contact avec la population. L'homme volant s'est contenté de couper le câble de l'ancre et il est remonté à bord. Pourquoi ?

— Alors, vous pensez que ces histoires peuvent avoir une origine réelle ?

— C'est une hypothèse que nous ne pouvons pas écarter. Bien sûr, on peut envisager un canular. Il y a eu en 1897 une vague importante d'apparitions dans le ciel américain. Certaines présentent des similitudes troublantes avec les légendes du Moyen Age. Et la forme la plus souvent citée est celle d'un long « cigare volant ». C'est la forme générale d'un dirigeable.

— Il n'y en avait pas, à l'époque.

— Au dix-neuvième siècle, si. Le principe du dirigeable est né peu après l'apparition des montgolfières. Il y eut plusieurs tentatives au début du siècle, mais le premier qui réussit vraiment à faire voler un dirigeable fut le Français Henri Giffard. En 1852, il construisit un aéronef de quarante-quatre mètres de long et effectua un voyage d'une trentaine de kilomètres dans la région parisienne. Il utilisa un moteur à vapeur.

— Mais rien de tout ça n'existait au Moyen Age, objecta Rohan. Et encore moins sous l'Antiquité.

— Pourtant, Plutarque évoque déjà des navires volants.

— C'est vrai.

— Là est toute la question. Ces événements ne sont-ils que des fantasmes répondant au vieux rêve de l'homme volant, ou bien font-ils référence à des anecdotes authentiques ? N'oublions pas qu'à la base de toute légende il y a souvent une part de vérité. Et dans le cas de ces navires, la similitude des éléments est pour le moins troublante.

Rohan marqua un court silence.

— Si on admet leur existence, qui seraient ces « Magonians » ? dit-il enfin. Des extraterrestres ? On pourrait le croire, d'après les témoignages des personnes enlevées et ramenées ensuite. Mais la grande majorité de ces « kidnappés » sont des illuminés.

— Nous ne parlons pas de vaisseaux spatiaux. A aucun moment ne sont évoqués des voyages vers d'autres planètes. La Magonie est apparemment située sur la Terre. C'est là la grande différence.

— Vous pensez donc qu'il pouvait exister une civilisation capable de maîtriser les voyages aériens bien avant la nôtre ?

— C'est la question que pose ton père.

Rohan allait répliquer avec scepticisme, mais l'évocation de Douglas le retint. Son père n'était pas particulièrement un farfelu. S'il avait rédigé cette étude, c'est qu'il prenait cette histoire de Magonie très au sérieux. Et surtout, le dossier sur Helka Paakinen lui revint tout à coup à l'esprit. Dans ses rêves, elle évoquait l'impression de voyager à bord d'un « traîneau volant ». Se pouvait-il qu'il y ait un rapport entre les deux dossiers ? Paul Flamel ne faisait jamais rien par hasard. Ce n'était pas pour rien qu'il lui avait confié cette étude. Mais Helka Paakinen vivait au début du seizième siècle. Cela posait une impossibilité historique.

— De quelle civilisation pourrait-il s'agir ? reprit-il. Aucun peuple n'a été capable de construire des navires volants avant le dix-huitième siècle, si l'on tient compte des montgolfières.

— Officiellement, c'est exact. Maintenant, après avoir étudié l'histoire des tablettes de Glozel, tu dois savoir que la science officielle refuse souvent d'admettre ce qu'elle ne peut expliquer et ce qui bat en brèche les convictions des historiens. Si tu veux progresser, tu dois accepter de remettre en cause tout ce que tu crois savoir. La grande difficulté est de séparer le bon grain de l'ivraie, de distinguer les éléments authentiquement inexplicables et surprenants des inventions de charlatans ou de farceurs.

Lorsqu'il se retrouva seul, Rohan médita les paroles de Paul Flamel. Il ne pouvait nier que le vieil homme pratiquait une démarche très ouverte d'esprit, tout en demeurant prudent vis-à-vis de conclusions trop hâtives. Mais cette nouvelle étude prouvait une fois de plus que Paul Flamel ne lui soumettait pas les sujets d'étude de son père au hasard. Tout cela faisait partie d'un programme parfaitement élaboré pour lui faire découvrir les pièces d'un puzzle qui peu à peu allait reconstituer quelque chose. Mais quoi ? Où Paul Flamel voulait-il le mener ? Découvrir une reine réincarnée, oui. Mais au-delà de ça, que cherchait-il ?

La nuit suivante, Valentine vint le rejoindre. Tracassé par l'histoire qu'il venait de découvrir, il lui expliqua qu'il n'était pas très en forme. La jeune fille resta malgré tout près de lui et ils s'endormirent dans les bras l'un de l'autre sans faire l'amour. Depuis quelques jours, Valentine s'était beaucoup rapprochée de lui. Intuitif, il devinait que ce qui n'avait été au début pour elle qu'un jeu agréable prenait une autre dimension. Salomé ne venait plus, désormais. Sans doute avait-elle accepté de laisser le champ libre à sa cousine.

Il s'endormit en se demandant si lui-même, de son côté, n'était pas en train de tomber amoureux.

Mais il y avait Lara. Plus que jamais Rohan ressentait sa présence. Tandis qu'il sombrait irrésistiblement dans le sommeil, il lui sembla avoir établi avec elle un contact plus fort que d'habitude. A tel point qu'il eut la sensation de ne pas la quitter lorsqu'elle s'enfonça elle aussi dans la torpeur.

Les navires volants évoqués dans la journée peuplaient la nuit. Il était à bord de l'un d'eux. Mais il n'était pas seul. Une femme se tenait juste devant lui. Une femme qu'il aimait, qu'il vénérait, pour qui il aurait donné sa vie sans hésitation. Il la distinguait nettement, bien plus précisément que s'il s'était agi d'un rêve normal. Il sentait la présence d'autres personnes autour d'eux, mais il ne les voyait pas. La femme portait une lourde chevelure châtain foncé, surmontée d'une sorte de couronne d'or. Elle était vêtue chaudement d'un long manteau de fourrure blanche, peut-être une peau d'ours. Elle ne ressemblait en rien à l'image qu'il avait perçue de Lara précédemment. Pourtant, il était sûr qu'il s'agissait de la même personne. Une partie de lui s'étonna, tandis qu'une autre eut l'impression de redécouvrir quelque chose qu'il avait vécu bien longtemps auparavant.

En Bretagne, Lara frémit dans son rêve. Pour la première fois, l'un des fantômes qui la suivaient dans ses songes se manifestait de manière plus précise. Elle sut très vite qu'il s'agissait de son visiteur inconnu. Elle se tourna vers lui et découvrit un homme jeune, aux cheveux bruns enserrés par une couronne métallique qui disait son rang. Il était beau. Il l'aimait. Et il était son plus fidèle partisan.

Elle reporta son regard sur le paysage. Un paysage magnifique, inondé par le soleil. C'était la première fois que Lara faisait ce songe. Cela l'étonna. Etait-ce dû à cette présence nouvelle ? Une présence qui réveillait d'autres souvenirs…

Le paysage n'avait rien à voir avec ce qu'elle voyait habituellement. Tout en bas s'étirait une forêt luxuriante, qui épousait les courbes douces d'un relief vallonné.

Soudain, sur la gauche, apparut un lac aux eaux d'un profond bleu outremer. L'aéronef obliqua silencieusement dans sa direction. Les rives du lac se précisèrent, défilèrent lentement au-dessous de l'appareil. Dans la lumière du soleil, des groupes d'animaux s'enfuirent dans les sous-bois. Il se dégageait de ce paysage paradisiaque une bienfaisante sensation de paix et de sérénité. Mais un autre sentiment s'y mêlait, que Lara, dans son rêve, ne pouvait expliquer : l'espérance.

Puis tout s'effaça et tous deux se retrouvèrent au-dessus de l'étendue de cendre et de feu.

Irrésistiblement mêlés l'un à l'autre, les esprits de Rohan et de Lara ne se détachèrent qu'au petit matin, lorsqu'ils reprirent pied dans la réalité. Mais le lien qui les avait réunis pendant la nuit était maintenant si fort que des informations passèrent avec clarté dans la mémoire du jeune homme. Il savait désormais qui était Lara. Il savait où elle vivait. Les éléments étaient gravés dans l'esprit de la jeune femme. Et ils étaient passés dans celui de Rohan.

En se réveillant, il contempla le visage de Valentine endormie sur son épaule. Une bouffée de tendresse s'empara de lui et il déposa un baiser léger sur ses lèvres. Elle ouvrit les yeux.

— Elle s'appelle Lara Swensson, dit-il. Elle a vingt-deux ans et elle vit à Saint-Guénolé, en Bretagne. Mais c'est curieux. Sous ce nom, j'en perçois un autre : Tanithkara.

24

Lara s'éveilla en nage. Jamais le contact avec Rohan n'avait été si fort. Elle regarda autour d'elle, étonnée de se réveiller dans son environnement familier après le voyage extraordinaire qu'elle avait fait pendant la nuit. Elle avait enfin pu mettre un visage sur l'un de ses compagnons oniriques. Elle en éprouvait une émotion d'autant plus intense qu'elle avait ressenti l'amour qui la liait à cet homme. Et puis, il y avait eu ce paysage si beau, si accueillant, tellement différent des étendues mornes et grises qu'elle survolait dans ses autres rêves. Elle se demanda ce que cela signifiait. Une chose était sûre : Rohan et elle s'étaient connus dans cette autre vie. Elle progressait. Peut-être était-elle sur le chemin qui la mènerait à la signification de tout ceci.

Elle aurait dû en éprouver de la satisfaction. Pourtant, son intuition lui soufflait que jamais le danger planant sur elle n'avait été aussi proche. Elle ne parvenait pas à se défaire d'une douleur sourde au ventre. La veille, elle avait repéré plusieurs individus inquiétants qui détournaient la tête dès qu'elle les regardait. Elle avait failli retourner voir la police, mais elle avait renoncé. Celle-ci ne l'aurait pas plus prise au sérieux que la première fois. Il fallait toujours qu'il se produise un drame pour qu'elle consente à se bouger les fesses !

Elle ne resterait pas sans rien faire. Elle maîtrisait bien l'aïkido, mais ce ne serait pas suffisant contre des individus armés. Elle devait acheter de quoi se défendre.

Elle se souvint que le lendemain elle avait rendez-vous avec Alain Marchand. Elle lui parlerait de ce qui s'était passé cette nuit, et aussi de ces types qui l'espionnaient.

— Es-tu sûr de son adresse ? demanda Paul Flamel.

— Oui, monsieur. J'ai perçu ces informations, tout comme beaucoup d'autres, directement dans son esprit. Cette nuit, nous avons partagé ses rêves. Sauf l'un d'eux, ils ressemblent étrangement à ceux décrits par le père Niels Bergsson à propos des songes de Helka Paakinen. Elle porte le nom de Lara Swensson et elle est à demi suédoise, par son père. Mais il y a un autre élément. Dans le rêve, elle avait un autre nom : Tanithkara.

Le regard de Paul Flamel s'intensifia.

— C'est le nom de la reine, cette femme déjà évoquée par Helka. Alors, cette Lara Swensson est bien sa réincarnation. Tu as réussi, Rohan. Félicitations.

Plus tard, une douzaine d'hommes étaient réunis autour de Paul Flamel, dans un endroit du château que Rohan ne connaissait pas.

— Le jeune Américain a retrouvé Tanithkara. Voici ses coordonnées. A présent, c'est à vous d'agir. Vous savez ce que vous avez à faire. Nous n'avons pas le droit d'échouer.

— Oui, Grand Maître.

— Je vais avec vous. Je tiens à être présent. Nous partons immédiatement.

Le lendemain, peu avant neuf heures, Lara quitta Saint-Guénolé pour Quimper, où elle avait rendez-vous avec son médecin. La veille au soir, elle avait raconté sa nuit étrange à Christian, et l'impression d'avoir partagé ses rêves avec son visiteur mental. Il l'avait encouragée.

« J'attends ton retour avec impatience, avait-il dit. Tu me raconteras. »

Moins d'une heure plus tard, Lara sonnait à la porte de Marchand, qui officiait dans un vieux pavillon cossu de la banlieue nord de Quimper. Elle était sa première patiente.

— Eh bien quoi, il dort encore ? s'étonna-t-elle devant l'absence de réponse.

Elle sonna une seconde fois. Sans plus de succès. Intriguée, elle remarqua que la porte n'était pas complètement fermée. Elle poussa lentement le battant.

— Docteur Marchand ?

Silence. Elle entra. Immédiatement, une odeur bizarre la saisit à la gorge, un relent acide et âcre, un peu semblable à celui d'un étal de boucherie. Un grand froid lui broya le ventre. Elle sut aussitôt qu'un drame terrible s'était produit. Elle fut tentée de s'enfuir à toutes jambes, mais elle continua d'avancer. Prudemment, elle traversa le vestibule, gagna le bureau de réception où se tenait habituellement la secrétaire. Vide. Lara fit quelques pas, comme un automate. Elle remarqua des traces de sang sur la moquette. Des traces qui menaient au cabinet d'Alain Marchand.

Une nouvelle fois, elle faillit déguerpir, puis elle se dit que le docteur n'était peut-être que blessé, qu'il avait besoin d'aide. Elle entra dans le cabinet… et resta figée par l'horreur.

Alain Marchand et sa secrétaire avaient été dénudés et crucifiés la tête en bas. Leurs ventres ouverts répandaient leur contenu sur le sol. Pétrifiée, Lara hurla de terreur. Puis elle recula, regarda autour d'elle, en proie à la panique. Les assassins étaient peut-être encore dans les murs. Mais rien ne se manifesta. Alors, prenant son courage à deux mains, elle composa le numéro de la police.

25

— Vous dites que vous aviez rendez-vous à dix heures, c'est ça ?

— Oui.

La police était arrivée assez rapidement. Moins d'une demi-heure après l'appel affolé de Lara, la maison du docteur Marchand était envahie par une brigade d'intervention. Sur le conseil de l'homme qu'elle avait eu au téléphone, elle n'avait touché à rien et s'était réfugiée dans le jardin en attendant l'arrivée du commissaire Raphalen, responsable de la section criminelle de Quimper.

Lara ne cessait de trembler. Bien qu'elle fût amateur de romans policiers et de thrillers, c'était une chose de lire des histoires de crimes sordides et une autre d'en découvrir un de ses propres yeux. Une âme compatissante lui avait trouvé une couverture, dans laquelle elle s'était enveloppée. Malgré la température caniculaire, elle tremblait. De peur, de froid, de nervosité.

— Et vous êtes arrivée à l'heure ?

— Oui.

Emile Cariou, le médecin légiste, se présenta. C'était un vieux bonhomme au crâne dégarni et à la mine blasée. Lara l'entendit émettre un sifflement lorsqu'il entra dans le cabinet. Visiblement, il n'avait pas dû avoir souvent l'occasion de contempler un tel massacre dans sa carrière. Même si les accidents de voiture donnaient parfois des résultats surprenants.

Le commissaire Raphalen observait Lara. Elle avait l'âge de sa fille. Un court instant, parce qu'il ne fallait négliger aucune piste, il se demanda si elle ne pouvait pas être l'auteur de ce double crime. Mais l'hypothèse ne tenait pas. Le médecin devait peser près de deux fois son poids et elle n'avait évidemment pas la force physique suffisante pour le coller au mur et l'y clouer. Même un homme costaud aurait eu du mal à accomplir seul un tel exploit. Il y avait probablement plusieurs assassins.

Tandis qu'une femme policier prenait la déposition de Lara, le commissaire Raphalen revint dans le cabinet, où une demi-douzaine de techniciens effectuaient les premiers relevés. Le docteur Cariou étudiait les corps, que l'on n'avait pas encore ôtés du mur. Il se tourna vers Raphalen, le visage partagé entre l'écœurement et la satisfaction d'avoir enfin à résoudre une affaire peu banale.

— Ça va faire la une des journaux, déclara-t-il d'un ton mi-figue mi-raisin. Deux cadavres en croix, plantés la tête en bas et vidés de leurs tripes. Tout cela a un relent diabolique qui va attirer les amateurs de démons sanguinaires...

Il désigna les poignets et les chevilles des victimes, dans lesquels étaient fixés des clous de grande taille.

— Ils ont utilisé une cloueuse très puissante, dit-il.

— Leur mort remonte à quand ?

— A première vue, je dirais entre dix heures du soir et deux heures du matin. Certainement autour de minuit. L'heure du crime !

— Mais qui a pu faire une chose pareille ? explosa le commissaire. Et pourquoi ? Je n'ai jamais vu ça de toute ma carrière.

— Voilà ta réponse.

Sur la cloison opposée, le nombre *666* avait été badigeonné avec le sang des victimes.

— Une secte satanique ? C'est invraisemblable. Les satanistes ne pratiquent pas de crimes rituels. Ce sont des farfelus qui se shootent et qui picolent dans une ambiance gothique pour se faire peur. Je n'ai jamais entendu parler de crimes de ce type.

— Tu n'en as pas entendu parler, mais il y en a eu d'autres, répliqua Cariou. Pas ici, mais aux States. J'y étais, au début de cette année. Mon fils habite à Washington. J'ai passé trois semaines chez lui en mars. A cette époque, une famille entière a été massacrée dans des conditions tout à fait identiques dans le nord-ouest du pays. Du côté de Seattle, si je me souviens bien. Curieusement, l'affaire a disparu des journaux en moins de deux semaines.

— C'est bizarre.

— Oui. D'ordinaire, ce genre de massacre intéresse beaucoup les lecteurs. Mais là, black-out au bout de quinze jours. Cependant, les articles écrits avant la… censure, s'il faut lui donner un nom, décrivaient le même mode opératoire. Toutes les victimes avaient été plantées sur les murs selon une croix inversée, à l'aide d'une grosse cloueuse. Apparemment, il s'agissait de gens sans histoire. Le massacre n'a pas eu lieu à Seattle même mais en pleine campagne, dans une petite ville située à une centaine de kilomètres. Je crois que seul un gamin en a réchappé. Il a été soupçonné, mais ce n'était pas lui. Et puis, plus rien. L'enquête officielle a conclu à la thèse d'une secte démoniaque. Mais on n'en a plus jamais entendu parler.

Il regarda les deux cadavres que l'on commençait à détacher du mur, au prix de mille difficultés.

— Il semblerait que la secte en question se soit exportée.

— Rien ne prouve qu'il s'agisse des mêmes tueurs, objecta Raphalen.

Mais son ton manquait de conviction. Il revint vers Lara.

— Connaissiez-vous bien le docteur Marchand ? demanda-t-il.

— Il me soignait depuis quelques semaines pour des… des troubles du sommeil

— Des troubles du sommeil ?

— Des cauchemars récurrents. Je doute que ça puisse avoir un rapport avec ce meurtre horrible.

— Oui, bien sûr.

— Je vais pouvoir rentrer chez moi ?

— Je ne vois pas de raison de vous retenir si vous avez signé votre déposition. Mais j'aimerais que vous restiez à la disposition de la police dans les jours qui suivent. Nous aurons peut-être besoin de vous interroger à nouveau.

— Je n'ai pas de raison de quitter la région.

Il lui tendit une carte professionnelle.

— Si d'autres éléments vous revenaient en mémoire, même les plus anodins, n'hésitez pas à m'appeler.

Elle remercia et quitta les lieux, abasourdie et encore tremblante. Le commissaire Raphalen s'aperçut de son état et la rappela.

— Attendez. Vous n'êtes pas en mesure de conduire. Je vais vous faire raccompagner.

Il appela la policière qui avait pris la déposition de Lara.

— Le Guen, voulez-vous ramener mademoiselle Swensson chez elle, s'il vous plaît ?

Durant le trajet, Lara resta prostrée contre la portière. Il lui semblait que ses cauchemars avaient envahi la réalité. Elle se demanda si elle ne devenait pas folle. Dans son esprit, elle ressentait toujours la présence insaisissable de Rohan, qui avait perçu sa détresse. En écho, elle ressentit chez lui un grand bouleversement.

A Saint-Guénolé, la policière la raccompagna jusqu'à sa porte. Lara lui adressa un sourire contraint. Elle n'avait toujours pas lâché la couverture.

— Merci ! Je suis désolée de vous causer tout ce tracas. Je peux... vous offrir un café ?

La policière hésita, puis accepta :

— Après tout, pourquoi pas ? J'en ai bien besoin après ce que nous avons vu. Jamais je n'aurais pu imaginer un truc pareil.

— Installez-vous, dit Lara en désignant le salon.

— Merci. Au fait, je m'appelle Sylvie.

Elle regarda autour d'elle.

— Vous vivez seule ?

— Oui.

— Ça va peut-être être difficile, ce soir. Vous n'avez pas un parent ou une amie chez qui vous reposer ?

— Je vais appeler mon voisin. C'est mon meilleur ami.

Lorsqu'elle eut servi le café, elle appela Christian. Plusieurs fois. Sans succès. Une angoisse sourde s'empara d'elle.

— Il ne répond pas.

— Il est peut-être sorti.

— Non, sa voiture est là, répondit Lara après un coup d'œil dans le jardin mitoyen. Et puis... il y a quelque chose de bizarre.

Ses volets sont fermés. Cela ne lui arrive jamais, il adore la lumière.

Sylvie fit la moue. Lara lui avait communiqué son anxiété.

— Voulez-vous que nous allions voir ?

— Je veux bien, oui.

Elles gagnèrent le pavillon de l'aquarelliste. Lara sonna. En vain. Rien ne bougea.

— Ce n'est pas normal, s'angoissa-t-elle. Il attendait les résultats de ma rencontre avec le docteur Marchand. Il devrait être là.

Sylvie passa devant Lara et se dirigea vers la porte de la maison de granit. Elle frappa, sans résultat.

— J'ai la clé, dit Lara. Et lui possède la mienne. C'est plus pratique.

— Donnez-la-moi.

Elle fit jouer la clé. Mais ce fut inutile, la porte n'était pas fermée. Sur ses gardes, Sylvie dégaina son arme et poussa le battant. Lara poussa un cri. Une odeur identique à celle qui imprégnait la demeure du docteur Marchand flottait dans l'air. La policière entra avec prudence.

— Restez là, dit-elle.

Lara se remit à trembler. Sylvie Le Guen n'eut pas à aller bien loin. Sur le mur du salon, le corps de Christian Pernelle avait été cloué selon une croix inversée, ses entrailles répandues sur le sol. De plus, il avait été émasculé.

Le sinistre nombre *666* avait été badigeonné avec le sang du cadavre sur le mur d'en face. A côté, on avait tracé, en lettres majuscules : *SODOMITE.*

26

Château de Peyronne…

Rohan avait perçu le bouleversement et la terreur de Lara. Il avait compris qu'un danger terrible la menaçait. Puis, soudain, tout s'était effacé, comme si brusquement les liens mentaux avaient été coupés. Il en éprouva une grande inquiétude et une étrange sensation de solitude. Il s'était habitué à la présence de sa compagne invisible.

Il ne comprenait pas. Paul Flamel était parti la veille pour la Bretagne en compagnie d'une poignée d'hommes qui s'étaient présentés au domaine le matin même. Avant son départ, il avait dit à Rohan qu'il allait prendre contact avec Lara.

Le soir venu, la télévision faisait ses gros titres du double carnage breton :

« Trois personnes ont été massacrées dans des conditions particulièrement épouvantables cette nuit en Bretagne. Ce matin, une patiente s'est présentée au cabinet du docteur Alain Marchand. Elle l'a trouvé sauvagement assassiné en compagnie de sa secrétaire. Prévenue, la police s'est immédiatement rendue sur les lieux. Les victimes avaient été clouées au mur dans la position d'une croix inversée, et éviscérées. Plus tard dans l'après-midi, c'est le corps d'un peintre de Saint-Guénolé qui a été trouvé à son domicile, lui aussi crucifié à l'envers et vidé de ses entrailles. Sur les deux lieux des crimes, les enquêteurs ont découvert le chiffre du Diable, *666*, peint sur les murs à l'aide du sang des malheureux. Ce genre de mise en scène pourrait faire penser à l'action d'un groupe d'adorateurs de Satan, mais la police n'écarte aucune piste. Pour l'instant, le commissaire Raphalen, chargé de l'investigation, se refuse à tout commentaire. »

L'écran montrait des images de la maison du docteur Marchand, à Quimper, puis des vues de Saint-Guénolé et de la maison de l'aquarelliste Christian Pernelle. Pétrifié, Rohan ne pouvait détacher son regard de la télévision. Derrière la demeure en granit du peintre se dessinait une autre maison, entrevue au cours de la nuit où il avait établi un contact très fort avec Lara. Cette maison était la sienne. Il le savait.

Alors, que s'était-il réellement passé, là-bas ? Qui avait pu commettre des crimes aussi abominables ?

Prétextant un malaise, il s'isola dans sa chambre. Taraudé par le doute et l'angoisse, il se concentra pour tenter de rétablir le contact avec Lara. Cependant, malgré tous ses efforts, il n'y parvint pas. Elle avait disparu. Il finit par admettre la terrible vérité : si le contact était rompu, cela voulait dire... qu'elle avait été tuée à son tour ! La police allait retrouver un autre cadavre dans la maison voisine. C'était certain. Bien qu'il ne la connût que par la pensée, il éprouva une impression de déchirure insoutenable, comme si une partie de lui s'en était allée à jamais.

Soudain, une sueur glaciale lui coula le long du dos. Paul Flamel était parti la veille des crimes pour la Bretagne, soi-disant pour établir un contact avec Lara qui était menacée par des ennemis inconnus. Et si cet ennemi inconnu n'était autre que... Paul Flamel lui-même ?

Il demeura abasourdi. Il refusait de croire à cette éventualité. Pourtant, tout concordait, trop bien même. Flamel avait la possibilité matérielle de commettre les crimes. Il avait quitté Peyronne en compagnie de types rien moins qu'inquiétants. Il n'avait fait que les entrevoir lorsque le maître de Peyronne était parti. Mais ils ressemblaient à des tueurs. Ils en avaient l'allure. Des visages durs, fermés, sans états d'âme. Il en était convaincu à présent.

Et c'était lui, Rohan, le responsable ! C'était lui qui avait donné les coordonnées de Lara à Paul Flamel !

Le souffle court, il se releva, marcha de long en large dans sa chambre.

Non, c'était impossible ! Il voyait mal le vieil homme se livrer à un tel carnage. Pour quelles raisons l'aurait-il fait ?

Il regarda autour de lui, fit un violent effort pour calmer son esprit survolté. Au seizième siècle, Helka Paakinen avait été tuée par des membres de l'Ensis Dei. Cette organisation secrète avait-elle survécu depuis le seizième siècle ? Et si oui, se pouvait-il qu'il fût dans son antre ? Paul Flamel en était-il le chef occulte ? C'était absurde, Flamel n'avait jamais eu l'air de cautionner l'action de l'Ensis Dei, au contraire.

A moins d'admettre... qu'il lui avait joué la comédie. Mais dans quel but ?

Rohan se concentra sur ce qu'il savait. Si l'on supposait que Flamel voulait détruire Lara, il était en revanche incapable de la localiser. Rohan se souvint de l'insistance du vieil homme pour l'inciter à la situer. Devant cette insistance, Rohan s'était montré méfiant. Il avait gardé pour lui la qualité du contact établi avec Lara.

Mais Flamel savait qu'il avait hérité du don exceptionnel de son père. Il avait besoin de ce don pour retrouver Lara. Ce qui expliquait pourquoi il avait tant insisté pour qu'il vienne en France. Peut-être même Flamel avait-il organisé l'attaque des faux moines pour l'effrayer et l'amener à accepter son invitation.

Une question douloureuse restait en suspens : quel était le rôle de son père et de son grand-père dans tout ça ? Douglas et Henry étaient-ils, eux aussi, à la recherche de Lara Swensson pour la détruire ? D'après Flamel, Douglas était le plus puissant médium de leur groupe. Mais il avait échoué. Etait-ce pour cette raison qu'il avait été massacré avec toute la famille Westwood ? Rohan avait peine à imaginer que son père et son grand-père aient pu faire partie de l'Ensis Dei. Sans doute n'étaient-ils pas au courant de l'action véritable de Paul Flamel.

Et soudain, une nouvelle idée, encore plus abjecte, lui apparut. Flamel s'était douté que Rohan était sur le point d'établir un contact direct. Mais il savait aussi qu'il gardait pour lui ce qu'il ressentait. Alors, il avait décidé de l'amener malgré lui à révéler ce qu'il savait. Et il avait demandé à sa petite-fille Valentine de tout faire pour le séduire et l'amener à coopérer. Ce qu'elle avait fait au cours de la Nuit Courte. Il se souvint de la comédie qu'elle lui avait jouée, sa tristesse, son angoisse. Rien de tout cela n'était vrai ! Tout était calculé, préparé à l'avance pour le faire craquer.

Il avait été manipulé ! Les deux filles s'étaient bien jouées de lui avec leurs nuits passionnées et torrides ! Il s'était laissé avoir comme un imbécile ! Il avait découvert les coordonnées de Lara. Et il avait envoyé ces criminels vers elle… Et ils l'avaient tuée !

Il s'en voulait à mort. Mais il était trop tard à présent.

Il y avait cependant quelque chose qu'il ne comprenait pas : pourquoi d'autres personnes avaient-elles été tuées, alors que seule Lara était visée ? A moins que ces personnes n'aient eu des liens avec Lara. Elles risquaient alors de dire ce qu'elles savaient. C'était sans doute ça. Tout était lié. Le massacre de sa famille, la manière dont les crimes avaient été perpétrés. Le mode opératoire était identique à Silverton et en Bretagne. Et Paul Flamel était mêlé à tout ça. Cela ne faisait aucun doute.

Un grand froid s'empara de lui. Ainsi, toute cette comédie d'amitié et de chaleureux accueil n'avait été montée que pour l'amener à localiser leur proie. Il eut envie de hurler de rage, et de dépit. Avait-il été stupide ! Lara était morte par sa faute. Il ne la connaissait pas. Pas vraiment. Mais elle avait pris une place singulière dans sa vie, comme une présence furtive et familière, une ombre insolite, avec laquelle il pouvait partager des secrets intimes sans l'avoir jamais rencontrée. Il s'était établi entre eux une confiance, une complicité surprenante, par-delà l'espace et le temps. Jamais il ne retrouverait une relation de cette qualité, qui lui apporterait la sensation exaltante de ne plus être seul. Lara était comme une sœur, une amie, un reflet, un double. Ils se comprenaient sans difficulté parce que c'étaient leurs émotions qu'ils échangeaient sans entrave, sans le truchement maladroit des mots. Et ils s'étaient aimés autrefois, dans un monde hors du temps.

Des larmes de désespoir lui échappèrent, roulèrent sur ses joues. Il les essuya d'un geste rageur.

Il regarda, autour de lui, le décor de cette chambre cossue issue d'un autre âge. Elle lui donnait envie de vomir. Une chose était sûre : il ne pouvait plus rester à Peyronne. Il n'avait aucune envie de revoir Flamel. Et surtout, il se rendait compte qu'il était en danger. Flamel n'avait plus besoin de lui. Il n'avait aucune raison de le garder en vie, bien au contraire. Il était devenu gênant, à présent que Lara avait été éliminée.

Tout à coup, un bruit le fit sursauter. L'esprit en déroute, il vit la silhouette souple de Valentine s'introduire dans sa chambre. La garce ! Elle venait passer la nuit avec lui, comme si de rien n'était. Au prix d'un effort colossal, il maîtrisa la bouffée de colère qui le submergea un court instant, puis se força à sourire. Mais le cœur n'y était pas.

— Excuse-moi, dit-il. Je voudrais rester seul cette nuit. Je... Ne m'en veux pas.

Elle le regarda avec un mélange d'incrédulité et, lui sembla-t-il, de dédain.

— Bien, comme tu veux.

Puis elle haussa les épaules et disparut. Il attendit une bonne heure, afin de s'assurer qu'elle n'allait pas revenir, puis il prépara un sac de voyage dans lequel il glissa quelques affaires et le dossier Hedeen. Au milieu de la nuit, après avoir vérifié que tous les occupants du château étaient endormis, il gagna les garages en rasant les murs comme une ombre. Là, il chargea le coffre de sa voiture et revint dans sa chambre. Si cela avait été possible, il aurait quitté les lieux immédiatement, mais le portail était fermé et il n'avait officiellement aucune raison valable de partir ainsi en pleine nuit. Il ne devait surtout pas attirer l'attention et laisser les autres deviner qu'il avait tout compris.

Le lendemain, il prétexta une course à faire à Sarlat et quitta le château de Peyronne avec la ferme intention de ne jamais plus y revenir.

27

Lara avait été discrètement ramenée à Quimper, dans les locaux de la police judiciaire. Sans être en garde à vue, elle devait subir des interrogatoires poussés, en tant que témoin principal. Le commissaire Raphalen trouvait tout de même singulier que les deux carnages aient été commis sur des personnes qu'elle connaissait. Afin d'éviter la curiosité des journalistes, il n'avait pas divulgué son nom à la presse, avec laquelle il s'était montré particulièrement désagréable. Comme à son habitude. Il détestait que l'on vienne fourrer son nez dans ses affaires et n'éprouvait pas une grande estime pour les médias, qu'il accusait de rechercher sans cesse le sensationnel, quitte à raconter n'importe quoi. Ce en quoi on ne pouvait lui donner tout à fait tort.

Lara avait passé la nuit dans une cellule, surveillée par Sylvie Le Guen, qui était la seule à faire preuve d'un peu de compassion pour elle. La policière désapprouvait la manière brutale dont ses chefs traitaient désormais la jeune fille. Il était visible que Lara n'était en rien responsable de ces massacres. Elle avait perdu un ami et sa douleur faisait peine à voir. Depuis la mort de Christian Pernelle, elle demeurait prostrée, repliée sur elle-même, les yeux rouges et le regard perdu.

Elle avait répondu comme un zombie aux questions de Raphalen, qui voulait absolument établir un lien entre elle et les meurtres. Il s'était convaincu qu'elle faisait partie d'un groupe de satanistes et entendait bien le prouver. Malheureusement, les premières recherches sur elle n'avaient rien donné. Sa vie était limpide. Elle n'avait même jamais eu d'amende pour stationnement illégal.

Le lendemain matin, il s'apprêtait à reprendre son interrogatoire lorsqu'il reçut un appel du ministère de l'Intérieur lui enjoignant de tenir Lara Swensson à la disposition de deux hommes qui allaient se présenter à Quimper pour s'assurer de sa personne.

— Cette affaire dépasse les compétences de la police départementale, commissaire, déclara son correspondant. Elle regarde la sûreté nationale. Vous voudrez donc bien remettre cette femme au colonel Barland et à la personne qui l'accompagne. Ils seront là cet après-midi. Ils sont désormais les seuls habilités à l'interroger. Vous êtes également prié de ne plus intervenir auprès d'elle.

Furieux et frustré, Raphalen renonça à ses interrogatoires à contrecœur. L'appel émanait d'un fonctionnaire haut placé, dont il devait respecter les ordres sous peine de très gros ennuis. Il pesta. Evidemment, les pontes de Paris allaient tirer la couverture à eux, comme d'habitude !

Dans sa cellule, Lara ne s'étonna même pas qu'on la laisse tranquille. Elle se demandait si elle n'était pas en train de devenir folle. Il lui fallait faire appel à toute sa raison pour ne pas sombrer. Elle n'avait pas vu le corps de Christian. Sylvie Le Guen était ressortie aussitôt de la maison pour l'empêcher d'entrer. Mais elle avait vu les cadavres horriblement mutilés du docteur et de sa secrétaire, et elle avait compris que l'on avait fait subir le même sort à son ami. Elle avait beaucoup pleuré, au début. A présent, elle n'avait même plus de larmes. Seulement une terrible sensation de vacuité et l'impression de marcher au-devant d'un gouffre sans fond. Elle ne comprenait plus rien à ce qui lui arrivait. Cela avait commencé par ces rêves étranges. Puis il y avait eu ces hommes qui l'épiaient. Et la présence insolite dans son esprit d'un garçon dont elle ne savait rien, sinon son prénom, qu'elle avait perçu au cours d'un contact particulièrement intense. Et enfin, ces massacres barbares, et la mort ignominieuse de son meilleur ami. Cela, elle ne pouvait l'accepter. Elle s'était refermée comme une huître, refusant même de répondre aux questions du gros flic qui voulait à toute force qu'elle soit mêlée à cette horreur. Rohan lui-même avait disparu. Elle ne se rendait pas compte qu'elle l'avait écarté d'elle-même. Sa seule manière de se protéger était de s'isoler du monde, de s'enfermer dans un cocon mental. Une bulle immatérielle à laquelle plus personne n'aurait accès désormais.

Raphalen s'attendait à recevoir deux individus en costume, affichant l'air méprisant que les grosses pointures de Paris adoptaient pour s'adresser à ceux qu'ils considéraient comme des ploucs de province. Si le colonel Barland correspondait bien à cette description, l'autre en revanche étonna le commissaire. C'était un prêtre, apparemment d'un rang élevé.

— Raphalen, voici le père Paolini, qui m'assiste dans cette enquête.

— Un curé ? s'exclama-t-il, n'ayant pas pour la religion un respect des plus poussés. Qu'est-ce qu'un curé vient foutre dans une enquête criminelle ?

Le prêtre resta de marbre, mais le colonel réagit vigoureusement :

— Raphalen, j'exige un peu plus de respect de votre part. Le père Paolini est parfaitement qualifié pour étudier cette affaire. C'est un spécialiste des questions démoniaques. Et on ne peut nier qu'il s'agisse là d'un cas très particulier de satanisme.

— Bien, bien, bougonna le commissaire, baissant pavillon.

Barland poursuivit :

— Nous avons besoin d'une pièce isolée où nous pourrons mener le premier interrogatoire. Ensuite, nous emmènerons cette femme.

Quelques minutes plus tard, Lara était introduite dans une petite salle poussiéreuse, où elle fut accueillie par un personnage auquel elle était loin de s'attendre. Un religieux. Il était seul. De petite taille, il affichait un visage rond et dégarni, à la mine bonhomme, encore adoucie par de petites lunettes en demi-lune qui lui donnaient l'air de loucher. L'un de ses yeux paraissait sans vie. Elle comprit qu'il était borgne. Il convia Lara à prendre place sur l'un des deux sièges et s'assit sur l'autre, avec un sourire de compassion.

— Ma chère enfant, je suis le père Jean-Benoît Paolini. Soyez sans crainte. Je suis là pour vous aider. Je ne vais pas vous interroger à la manière de nos amis policiers, qui ne se montrent pas toujours aussi délicats et prévenants qu'ils le devraient. En ce qui me concerne, je suis plutôt ici pour vous apporter des informations et, si vous l'acceptez, mon aide. Rassurez-vous, je sais que vous n'êtes pour rien dans ces crimes odieux. Le commissaire Raphalen semble persuadé que vous faites partie d'une secte satanique particulièrement féroce, mais je suis bien placé pour savoir qu'au contraire c'est vous qui êtes la cible d'une telle secte. Car je ne peux pas vous cacher que vous courez un grave danger. Ils ont commencé par éliminer les personnes avec lesquelles vous étiez en rapport, mais ils vont s'en prendre à vous, car vous représentez pour eux une menace très grave.

— Moi ? Mais comment ?

Il leva la main.

— Je vais vous donner toutes les explications, ma fille. Mais tout d'abord, je vais vous poser une question. Avez-vous entendu parler de la Prophétie des Glaces ?

— La Prophétie des Glaces ? Qu'est-ce que c'est que ça ?

— En avez-vous déjà entendu parler ? insista le prêtre.

— Non, absolument jamais. Vous savez, je tiens à vous prévenir : je ne suis pas croyante.

Le père Paolini joignit ses mains dans un geste d'apaisement.

— Cela n'a aucune importance, mon enfant. Les voies de Dieu sont impénétrables, dit-on. Il peut parfois porter Son choix sur des personnes qui, *a priori*, n'ont rien à voir avec Lui. Mais c'est ainsi et vous n'y pouvez rien. Vous êtes liée à la Prophétie des Glaces.

— Je ne crois pas aux prophéties, répliqua Lara, butée.

— Vous en êtes pourtant l'une des pièces maîtresses, ma fille.

— Expliquez-vous !

— Avez-vous, depuis quelque temps, l'impression de faire des rêves étranges ?

Lara le regarda avec stupéfaction. Comment pouvait-il savoir ça ? Elle n'en avait parlé qu'à Christian et au docteur Marchand.

— C'est le médecin qui vous a prévenu, c'est ça ?

— Pas directement. Disons qu'il a participé à un colloque concernant les mécanismes de l'hypnose, au cours duquel il a évoqué votre cas, qui le fascinait. Il se trouve que je suis en rapport avec un groupe de médecins qui font des recherches dans ce domaine. C'est ainsi que j'ai appris votre existence, ce qui m'a permis d'intervenir juste à temps. Car je vais pouvoir vous sauver.

— Me sauver ?

— Je veux vous soustraire aux griffes d'une secte terrifiante, adepte de Lucifer, qui attend le retour de l'Antéchrist pour déclencher l'Apocalypse.

Dans d'autres circonstances, de tels propos auraient amené un sourire sur les lèvres de Lara. Mais la vision des corps éviscérés de Marchand et de sa secrétaire s'imposa à elle. Elle comprit que le prêtre ne plaisantait pas. Il poursuivit :

— Cette secte, dite des Hosyrhiens, est un mouvement extrêmement ancien. On pense qu'il date de bien avant la venue sur Terre de Notre-Seigneur Jésus-Christ. En fait, leur existence remonterait aux premiers temps de la civilisation. Et la Prophétie des Glaces est une annonce effrayante, selon laquelle il arrivera un temps où les religions disparaîtront pour laisser la place au Chaos et à la détresse morale. Il semblerait que nous soyons parvenus aux temps de l'accomplissement de cette prophétie monstrueuse, qui a rapport avec l'Apocalypse.

Il marqua un temps.

— Dans vos visions, vous voyez très distinctement un paysage ravagé par le froid, des gens qui agonisent et qui appellent à l'aide, n'est-ce pas ?

— Oui, c'est ça.

— Vous percevez ce que le monde deviendra si l'Antéchrist parvient à imposer sa loi sur le monde. Un désert glacial, où les gens périront par millions. Un grand froid recouvrira tous les continents et le Maître des Ténèbres régnera sur ce qu'il restera de l'humanité.

Lara secoua la tête.

— Je ne crois pas à tout ça.

— Je comprends, répondit-il doucement. Vous êtes jeune. Mais regardez ce qui se passe actuellement. Regardez les guerres, le matérialisme qui s'est emparé du monde. Les gens délaissent leur vie spirituelle pour le profit et la satisfaction de leurs envies. On veut posséder, et posséder toujours plus. Les églises sont désertées. Peut-être est-ce la faute des prêtres, je ne sais pas. Ce n'est pas à moi de juger. Mais on ne peut que constater la détresse morale dans laquelle sont plongés la plupart des gens, qui ne savent plus vers quoi se tourner lorsqu'il leur arrive un malheur. De plus en plus, la pauvreté se répand pendant que les riches accroissent leur fortune dans des proportions jamais atteintes. Le chômage se développe parce que les possédants veulent réaliser toujours plus de bénéfices. Les entreprises délocalisent vers des pays où les ouvriers sont à peine mieux traités que des esclaves. Mais la révolte gronde et bientôt, un peu partout, éclateront des guérillas urbaines qui ébranleront les pouvoirs en place. La secte des Hosyrhiens attend ce moment depuis longtemps. D'après eux, des signes se manifesteront. Alors viendra l'Antéchrist.

— L'Antéchrist ? Vous pensez donc qu'un tel personnage existe ?

— Ce n'est pas vraiment un personnage, mais plutôt un symbole. Le symbole du chaos qui est en train de s'abattre sur le monde.

Lara était déconcertée. Elle ne pouvait certes pas donner tort au prêtre quant à sa description du monde actuel.

— Mais… quel est mon rôle dans cette histoire ?

— La Prophétie des Glaces dit que l'avènement de l'Antéchrist ne se fera que si une femme est sacrifiée, une âme pure qui aura prédit sa venue dans ses rêves. Une femme qui portera en elle-même le moyen de détruire les adorateurs de la Bête. Mais s'ils échouent à la sacrifier, alors, tout retombera, et commencera une autre ère de paix, de justice et d'amour. Cette femme, c'est vous.

— Moi ?

— Vos rêves le confirment.

— Mais comment pourrais-je détruire une secte dont j'ignore jusqu'à l'existence ?

— Je ne sais pas, ma chère enfant Je ne possède pas cette information. Mais vous devez, nous devons faire confiance à la Providence pour que cet aspect de la Prophétie se réalise. Mon rôle personnel est de vous mettre à l'abri afin que les Hosyrhiens ne puissent pas vous atteindre.

— C'est-à-dire ?

— Je suis venu vous proposer de vous réfugier dans un monastère qui appartient à mon ordre, en Suisse. Là, vous serez parfaitement en sécurité. Car, même s'ils parvenaient à vous localiser, ils se heurteraient à forte partie. Mes frères sont entraînés au combat et aux arts martiaux. De plus, ce monastère est une véritable forteresse.

— Comment sont-ils parvenus à me trouver ?

— Nombre de leurs membres possèdent un talent particulier de médium.

Lara se souvint de l'impression d'être surveillée qu'elle ressentait depuis quelque temps. Elle s'en ouvrit à Paolini. Il la détrompa :

— Ce ne sont pas les Hosyrhiens qui vous ont ainsi surveillée. Après l'information donnée par le docteur Marchand, les services spéciaux ont, à ma demande, établi autour de vous une protection rapprochée. Ces hommes avaient pour tâche d'intervenir si vous étiez menacée par les Hosyrhiens. Malheureusement, nous n'avons pas prévu qu'ils s'en prendraient d'abord à votre entourage.

— Pourquoi les ont-ils tués ?

— Pour les empêcher de parler, sans doute. C'était aussi une manière de vous atteindre, de vous faire du mal. Ils comptaient ensuite s'attaquer à vous, et vous faire subir le même sort. Ainsi, à leurs yeux, la Prophétie maudite eût pu se réaliser.

— C'est insensé.

— Ne perdez pas de vue que ces gens sont de monstrueux criminels, mon enfant. Heureusement, nous sommes intervenus à temps. Cependant, je ne peux pas vous forcer. Vous êtes libre bien sûr de refuser ma proposition. La police ne tardera pas à vous relâcher, puisque vous êtes innocente. Alors, vous serez en grand danger. Les services secrets n'ont pas su vous protéger. Seule, vous ne pourrez rien faire contre ces démons. Pour eux, vous représentez un danger effrayant, la fin de leur épouvantable projet.

Lara ne répondit pas immédiatement. Le prêtre lui inspirait confiance. Il parlait d'une voix rassurante. Il sourit.

— Vous savez, au monastère, nous respectons les convictions de chacun. Vous ne serez pas obligée d'assister aux offices, dit-il. Il y a plus : normalement, les femmes ne sont pas admises dans ce genre de lieu. Mais celui-ci est particulier. Il accueille les personnes qui désirent faire une retraite, y compris les femmes. Il fonctionne un peu comme un hôtel. Et les non-croyants y sont reçus avec la même considération que les croyants. Vous aurez un appartement modeste à votre disposition et vous resterez libre de repartir quand vous le souhaiterez. Il ne s'agit nullement d'une contrainte. C'est simplement une manière de vous mettre à l'abri le temps que les autorités aient réussi à anéantir cette secte épouvantable. Ça ne va pas être facile. Nous ne savons pas qui ils sont. Nous savons seulement qu'ils disposent de moyens considérables. Nous resterons sur nos gardes, car ils sont capables de retrouver votre trace grâce à leurs médiums. C'est pourquoi il sera plus prudent de ne pas trop sortir du monastère.

Lara réfléchit. Si elle restait en Bretagne, elle ne vivrait plus très longtemps. Elle n'avait aucune envie de finir comme les autres victimes. D'autant plus que, si le prêtre disait vrai, ils s'acharneraient sur elle encore plus que sur les autres. Elle frissonna. Enfin, elle se décida :

— J'accepte de vous suivre, père Paolini. Et je vous remercie de votre aide.

— Vous n'avez pas à me remercier. Croyez-moi, c'est vous qui aidez le monde en acceptant. Votre vie est très importante. Bien plus que vous ne le pensez.

Le départ se fit immédiatement. Sylvie Le Guen se rendit à Saint-Guénolé pour récupérer des affaires pour Lara. Puis, sous bonne escorte, la voiture du colonel Barland gagna un petit aéroport militaire où attendait un hélicoptère.

28

Le père Paolini n'avait pas menti.

Le monastère de San Frasco était une véritable forteresse installée sur une sorte de promontoire, sentinelle rocheuse veillant sur un écrin de montagnes grandioses. Seule une petite route le desservait, qui montait en serpentant depuis la vallée menant vers la partie septentrionale du lac Majeur. Les bâtiments de pierre grise étaient massifs, protégés par une muraille haute de six mètres dont certaines parties avaient été construites dans le prolongement de l'à-pic, arc-boutées sur la roche. Une lourde porte double en bois massif s'ouvrit à l'arrivée de la voiture.

L'hélicoptère avait amené Lara jusqu'à un aéroport militaire de la région parisienne, qu'elle aurait été incapable de situer. Un petit jet privé les attendait, qui avait conduit le père Paolini et Lara en Suisse, jusqu'à Lugano. L'avion avait aussi accueilli une douzaine d'hommes aux visages patibulaires, que le prêtre avait présentés comme des gardes du corps.

Le colonel Barland était resté en France, au grand soulagement de la jeune femme. Barland la mettait mal à l'aise. Son visage massif, comme taillé dans un tronc d'arbre, et ses cheveux gris coupés à ras reflétaient une dureté inquiétante. Il n'avait pratiquement pas parlé pendant le voyage en hélicoptère. Elle n'aimait pas cet homme. Elle n'aurait su dire pourquoi, mais il y avait en lui quelque chose qui la terrorisait. Elle le sentait capable d'exécuter froidement les ordres les plus barbares, sans le moindre scrupule. Pour une raison qu'elle ne comprenait pas, elle avait ressenti de sa part une sourde hostilité à son encontre.

Peut-être lui en voulait-il d'être à l'origine de tout ce remue-ménage. Elle n'était pourtant en rien responsable.

A l'inverse, le père Paolini s'était montré aimable, dépensant des trésors de patience pour la mettre en confiance. Ils avaient passé la nuit à Lugano, dans une demeure cossue de la banlieue, surveillée par les molosses humains.

Le lendemain, une voiture de luxe les avait menés de l'aéroport international de Lugano jusqu'au monastère. Au moment du départ, elle s'étonna du déploiement de moyens employés pour protéger sa modeste personne.

— Je conçois que tout cela doit vous paraître singulier, ma chère enfant, mais cela ne doit pas vous effrayer, lui répondit le père Paolini. Vous êtes une personne très importante, même si vous n'en avez pas conscience.

— Mais enfin, je ne suis même pas baptisée. Mes parents étaient des libres-penseurs qui désiraient me laisser la possibilité de choisir ma religion moi-même.

— Baptisés ou non, nous sommes tous des créatures du Seigneur. Rassurez-vous, je ne tenterai pas de vous convertir. Je respecte la liberté de chacun. Mais vous devez garder à l'esprit que les Hosyrhiens représentent un danger dont vous ne soupçonnez pas la gravité. Je vous l'ai dit, ils sont puissants et extrêmement riches. Une fortune accumulée pendant des siècles et des siècles, et dont la finalité est de répandre le Mal sur la Terre.

— Justement, à voir ce qui se passe, on pourrait penser que c'est déjà le cas. Mais en ce qui me concerne, je ne comprends pas. Quelle menace puis-je représenter pour eux ? Je suis seule et je n'ai pas de fortune.

— Je ne peux pas vous répondre. Mais pensez-vous qu'ils auraient commis des crimes aussi barbares s'ils n'avaient pas peur de vous ?

— Je ne sais pas...

— La Prophétie des Glaces est très claire : « Lorsque viendra le temps de l'avènement de l'Antéchrist, une femme se dressera face aux anges de Lucifer, une femme qui possédera le pouvoir de les détruire. » La Prophétie, émise par les adorateurs de la Bête, ajoute : « Il deviendra alors impératif de sacrifier cette femme. »

Lara haussa les épaules.

— C'est ridicule. Je ne vois vraiment pas comment je pourrais leur nuire. Je ne crois ni à dieu ni à diable.

— Si telle est la volonté de Dieu, vous ne pourrez échapper à votre destin, ma fille. Vous aurez l'impression d'agir selon votre propre volonté, mais en réalité, c'est Lui qui vous guidera. Peu importe que vous croyiez en Lui ou non. L'important est de vous préserver. C'est notre rôle. Car si vous restiez à l'extérieur, personne ne pourrait les empêcher de vous massacrer, et de la manière la plus atroce. Ces gens-là ne sont pas des êtres humains. Mais ils sont capables de se dissimuler sous des masques sympathiques et séduisants.

La lourde BMW pénétra dans la cour. A l'intérieur des murailles s'étendaient des bâtiments en pierre grise qui devaient dater, à première vue, du quatorzième ou du quinzième siècle.

— Les frères vivent d'objets artisanaux qu'ils fabriquent et qui sont vendus aux touristes, expliqua le père Paolini. Autrefois, ils cultivaient les champs en étages sur les flancs de la montagne. Ils sont une vingtaine. Vous ne les verrez guère. Ils ont fait vœu de silence, comme nos frères trappistes.

Effectivement, il n'y avait pas grand monde dans le monastère.

— Les moines vivent dans l'aile nord. Dans l'aile sud se trouve l'hostellerie qui accueille les visiteurs. Vous avez pu constater que l'endroit se prête à la méditation. Puisse-t-il vous apporter la paix, ma fille.

— Merci, père Paolini.

— Je vais vous conduire jusqu'à votre chambre. Vous ne serez pas dérangée ; nous n'avons personne en ce moment.

Il la mena dans la partic méridionale, où s'alignaient des chambres au confort relatif. Un lit, une armoire, une chaise et une table constituaient le seul ameublement. Mais le mobilier était de bois massif et le lit recouvert d'un édredon épais.

— Bien que nous soyons en été, les nuits sont fraîches à cette altitude, expliqua le religieux. Je vous laisse vous installer. Le déjeuner est servi à midi. Dans l'après-midi, vous pourrez visiter les lieux ou faire une petite promenade autour du monastère.

Restée seule, Lara s'approcha de la fenêtre. La vue donnait sur les montagnes en direction du nord et l'on y bénéficiait d'un panorama extraordinaire. La vallée, en contrebas, était baignée d'une lumière bleutée. Levant les yeux vers les sommets, elle distingua, au loin, un petit groupe de silhouettes graciles qui sautaient agilement sur des rochers à demi couverts de neige. Des chamois. Elle les contempla longuement, avec émotion. Une sensation de paix se dégageait des lieux, favorable à la méditation et à la prière.

Elle revint vers le lit et s'allongea, les pensées en déroute. Tout était allé si vite. Que faisait-elle dans cet endroit perdu au cœur des montagnes, ce repaire de moines qui ne lui adresseraient même pas la parole en raison de leur vœu de silence ? La compagnie du père Paolini n'était pas désagréable. C'était un homme remarquablement cultivé, qui avait fait son possible pour la mettre à l'aise. Mais elle avait l'impression d'être prisonnière.

Les motivations du prêtre étaient surprenantes et elle avait un peu de mal à les comprendre. Il devait disposer d'appuis très haut placés pour bénéficier d'une telle profusion de moyens. Hélicoptère, jet privé. Son ordre ne manquait pas d'argent. A moins que toute cette affaire ne soit prise en charge par différents gouvernements. Cependant, elle était trop fatiguée pour se poser des questions. Au moins, elle était en sécurité.

Elle essaya de faire le point, mais tout s'emmêlait dans son esprit. Ses pensées revinrent sur Christian et des larmes lui brûlèrent les yeux. Elle avait peine à imaginer qu'elle ne le reverrait jamais. Il avait toujours été là depuis qu'elle avait onze ans. Ils s'étaient connus sur les bancs du collège, en sixième, avaient effectué toute leur scolarité ensemble, la plupart du temps dans la même classe. Lorsqu'elle avait perdu ses parents, deux ans plus tôt, elle s'était retrouvée sans famille. Il avait compensé ce vide affectif en lui offrant toute la tendresse dont il était capable. S'il n'avait été homosexuel, elle aurait souhaité devenir sa femme. Elle aurait eu du mal à rencontrer un homme plus attentionné.

La dernière image qu'elle gardait de lui était le signe de la main qu'il lui avait adressé la veille de son assassinat, quatre jours plus tôt. Comment les assassins avaient-ils pu commettre leur crime ainsi, sans se faire remarquer ? Bien sûr, Christian et elle habitaient un quartier peu fréquenté, situé non loin des rochers, en direction de la Torche. Mais c'était la saison touristique et il y avait malgré tout un peu de passage. Les criminels n'étaient certainement pas là lorsqu'elle avait quitté Christian. Sinon, ils se seraient attaqués à elle également. Ils s'étaient sans doute introduits chez lui la nuit suivante.

Plusieurs éléments la troublaient. Pourquoi le docteur Marchand avait-il été tué juste le jour où elle avait rendez-vous avec lui ? C'était tout de même bizarre. Fallait-il en déduire que les tueurs connaissaient la date de ce rendez-vous ? Dans ce cas, il leur aurait été facile de l'attendre pour la tuer à son tour... Pourquoi ne l'avaient-ils pas fait ? Avaient-ils été gênés par la présence des agents secrets ?

Elle se força à réfléchir plus avant. Après leurs deux premiers crimes, ils s'étaient rendus à Saint-Guénolé. Pour l'attendre, probablement. Mais elle n'était pas revenue, et pour cause, puisqu'elle était interrogée par la police. Ils l'avaient sans doute attendue. Christian avait pu les surprendre, et ils l'avaient assassiné. C'était plausible.

Cependant, quelque chose clochait dans tout ça. Qu'est-ce qui les avait empêchés de rester pour la tuer ensuite ? Il leur aurait été facile de s'introduire chez elle.

Mais elle était revenue avec la policière. Ils avaient sans doute reculé devant la perspective de tuer un flic. Ou bien, ils avaient été dérangés et s'étaient vus contraints de quitter les lieux. C'était possible aussi. Il y avait beaucoup de touristes en été, surtout des véliplanchistes attirés par la plage de la Torche toute proche. La nuit, certains faisaient des feux de camp sur le sable, ou bien rentraient très tard de boîte. Les assassins n'avaient certainement aucune envie de se faire remarquer.

C'était sûrement ça.

Elle se rendait compte qu'elle l'avait échappé belle. Si le commissaire Raphalen n'avait pas eu l'idée de l'interroger avec acharnement, s'il l'avait laissée repartir chez elle, elle aurait été tuée, elle aussi. Les assassins devaient la guetter.

Ce qu'elle ne s'expliquait pas, c'est la raison pour laquelle ils avaient massacré d'autres personnes. Il leur aurait été tellement facile de la supprimer discrètement chez elle. Et surtout, pourquoi tuer Christian et le docteur Marchand ? Qu'auraient-ils pu savoir qui explique qu'on ait voulu les supprimer ? Elle avait beau chercher, elle comprenait de moins en moins.

Peut-être la mémoire de la femme mystérieuse dont elle était la réincarnation contenait-elle des informations primordiales, qui mettaient cette mystérieuse secte des Hosyrhiens en danger. Ils pensaient que Christian et le docteur Marchand les connaissaient, parce qu'elle les leur avait transmises. Mais c'était faux. Elle ne savait même pas à quoi correspondaient ses rêves.

Malgré le temps lumineux qui inondait la montagne, elle ne se sentit pas le courage d'y faire une promenade dans l'après-midi. Elle n'avait qu'une envie, dormir sans rêves et oublier toute cette horreur.

29

Depuis son départ de Peyronne, Rohan avait filé vers le sud-est. Il n'aurait su expliquer pourquoi il avait pris cette direction. Vue des Etats-Unis, la Côte d'Azur revêtait une dimension un peu magique. C'était Cannes et le festival du cinéma, les palmes d'or, Nice et la promenade des Anglais, les Maures et l'Esterel, un parfum d'Italie au sud de la France. Il avait envie de voir tout ça. Il devait impérativement se changer les idées. Fuir... Fuir l'horreur des crimes, la perte irréparable de sa petite compagne mentale. Sa culpabilité...

Il avait traversé le Massif central et les Cévennes, et s'était retrouvé le soir même à Aix-en-Provence. L'animation de la ville lui avait plu. Il avait pris une chambre d'hôtel et s'était mêlé à la foule bigarrée qui hantait le cours Mirabeau.

Il avait craint un moment que Flamel ne disposât du moyen de lui couper les vivres, mais, après consultation de ses comptes, il fut rassuré. Il avait toujours autant d'argent disponible. Il fut tenté d'appeler maître Monroe aux Etats-Unis, mais il renonça. Il valait mieux couper les ponts avec tout ce monde. Par précaution, dès le lendemain, il ouvrit un compte dans une banque française et y transféra une somme de cent mille euros. Cet argent-là au moins serait hors de portée des autres. Le banquier ravi lui proposa aussitôt une foule de placements tous plus avantageux les uns que les autres – malgré la crise. Rohan refusa, agacé par l'obséquiosité du bonhomme qu'il sentait prêt à lui brosser les chaussures.

— Je vais faire le maximum pour obtenir votre carte de paiement dans les meilleurs délais, monsieur Westwood. Comme il s'agit d'une carte haut de gamme, je devrais l'avoir dans les quatre jours. Bien sûr, cela vous coûtera un peu d'argent.

— Bien sûr, répondit Rohan.

— Je vous envoie un SMS pour vous prévenir dès qu'elle sera arrivée.

Rohan profita de l'opportunité pour découvrir la région. Il évita la côte, envahie par les touristes de tout poil, et s'aventura dans l'arrière-pays. Il comprit immédiatement pourquoi il avait inspiré des peintres comme Cézanne. Profitant de sa solitude après les mois passés en compagnie de la famille Flamel, il ne répondit même pas aux œillades provocantes des filles croisées, attirées par son physique sportif et sa voiture de sport décapotable. Il n'avait pas envie de raconter sa vie à qui que ce soit et le souvenir des nuits chaudes partagées avec Valentine et Salomé lui laissait un goût amer.

La carte bancaire arriva au bout de trois jours. Le banquier avait fait preuve d'efficacité. Rohan la récupéra et, désireux de fuir la foule, quitta Aix-en-Provence pour les Alpes. A présent, il ressentait le besoin de s'isoler pour faire le point.

Remontant vers le nord, il laissa le hasard le guider et s'installa dans une petite auberge sur les hauteurs de Briançon, à Puy-Saint-Pierre. Pendant les jours qui suivirent, il passa son temps à crapahuter dans les montagnes environnantes, marchant jusqu'à épuisement afin de ne pas trop penser. Dès qu'il se laissait aller à réfléchir, la culpabilité revenait le tarauder. Même s'il ne l'avait pas tuée lui-même, il était persuadé de porter la responsabilité de la mort de Lara. La petite flamme qui disait sa présence s'était éteinte. Jamais il n'aurait cru qu'elle lui manquerait à ce point. Curieusement, les fantômes familiers qui venaient le visiter de temps à autre s'étaient tus, eux aussi. Il se demanda s'il avait perdu le pouvoir de communiquer avec les morts. Au bout de quelques jours, il en fut convaincu. Aucun d'eux ne s'était plus manifesté depuis plusieurs semaines. Cela le contraria, mais il finit par se dire que ce don de médium lui avait apporté plus d'ennuis que de satisfaction.

Cela faisait huit jours qu'il écumait les sentiers de randonnée lorsqu'il fut surpris un soir par un orage soudain, qui le contraignit à élire domicile pour la nuit dans un refuge de montagne. Le chalet était désert. Il comportait une grande pièce équipée d'une table immense et d'un meuble renfermant une vaisselle sommaire. Deux autres pièces proposaient des lits superposés munis de matelas spartiates. Il tenta en vain de joindre l'hôtelière pour la rassurer. Son portable ne fonctionnait pas à cet endroit.

Cette fois, il se retrouvait vraiment seul, complètement isolé du monde. Dînant frugalement des restes des sandwichs emportés le matin, il prit conscience du poids de sa solitude.

Il avait fui la famille Flamel. Sans doute était-ce ce qu'il avait de mieux à faire. Mais qu'allait-il devenir désormais ? Il s'était octroyé quelques jours de vacances, ce qui lui était rarement arrivé. Il avait contemplé des paysages grandioses. Il avait marché, marché sans relâche, pour tenter d'évacuer le poids de sa responsabilité. Mais il savait au fond de lui que c'était impossible.

Il était riche, très riche, mais à quoi cela lui servirait-il s'il n'avait plus personne avec qui profiter de cette fortune ? N'importe quel autre jeune homme de son âge aurait choisi de gagner Las Vegas ou les Bahamas pour mener la grande vie. Mais Rohan était un solitaire, un garçon replié sur lui-même. Il ne laissait pas facilement quelqu'un pénétrer dans le secret de son esprit, protégé telle une forteresse. Pendant un certain temps, il avait été sur le point d'ouvrir cette citadelle pour Valentine. Il avait été amoureux d'elle. Mais elle l'avait trahi. Il ne le lui pardonnerait jamais. En vérité, la seule qui avait su faire tomber ses barricades mentales était Lara. Il l'avait accueillie dans son esprit sans aucune méfiance, parce que cela lui avait semblé parfaitement naturel. Comme s'ils se connaissaient déjà depuis très longtemps. C'était sans doute le cas, puisqu'ils avaient déjà partagé au moins une vie ensemble, dans cet étrange monde disparu. Ceci expliquait peut-être cela.

Mais Lara était morte. Par sa faute.

Broyé par une terrifiante sensation de déchirure, il frappa du poing sur la table tandis que des larmes lui venaient aux yeux. Il finit par éclater en sanglots. Il avait l'impression d'être déraciné, de vivre une vie qui n'était pas vraiment la sienne. Dans la pénombre du chalet éclairé seulement par la lueur d'une bougie, il repensa à sa famille. Jamais ils ne lui avaient autant manqué. Les premiers temps après le drame, il avait vécu dans un état second. Il souffrait, mais il n'avait pas encore pris conscience que leur absence était définitive. Ensuite, il avait été récupéré par Paul Flamel, dont il avait compris depuis les odieuses motivations. A présent qu'il s'était écarté de toute cette abjection, il prenait réellement conscience du fait qu'il n'avait plus aucune famille.

Il mit longtemps à s'endormir.

Ce fut au matin, peu avant l'aube, que des rêves étranges revinrent le visiter. Des rêves qu'il avait déjà faits. Il était à bord d'un étrange navire volant et survolait le paysage glacé et désolé déjà entrevu dans l'esprit de Lara. Des gens hurlaient dans sa direction. Jusqu'au moment où il se rendit compte qu'il n'était pas seul. Un visage se tourna vers lui. Une bouffée de joie l'envahit.

Lara ?!

Il mit plusieurs secondes avant de comprendre qu'il ne rêvait plus. La petite flamme familière était de retour. Il ouvrit les yeux avec anxiété, redoutant qu'il ne s'agisse que d'une illusion due au sommeil. Mais la flamme ne s'évanouit pas.

Rohan ? C'est toi ?

Une joie intense les imprégna tous deux. Mêlant leurs pensées et leurs émotions, ils eurent l'impression de se jeter dans les bras l'un de l'autre. Ils ne réalisèrent pas immédiatement que les pensées passaient désormais de l'un à l'autre aussi facilement que les mots. Ils avaient atteint le stade de la télépathie totale.

Mais que s'est-il passé ? Je t'ai crue morte !

Cela a bien failli arriver. On a tué mon meilleur ami, Christian. Et le médecin qui me suivait. Avec sa secrétaire.

Mais pourquoi ?

Je ne sais pas. Un prêtre m'a dit que j'étais quelqu'un de très important. Les assassins sont des adorateurs du Diable qui préparent le retour de l'Antéchrist, d'après ce que j'ai compris. Je ne crois pas trop à tout ça, mais après avoir vu ce dont ces monstres sont capables, je me pose des questions.

Où es-tu ?

En Suisse, au monastère de San Frasco. L'Eglise a voulu me mettre à l'abri. Elle redoute que les satanistes ne me tuent aussi. Le père Paolini les appelle les Hosyrhiens. Il paraît que je représente un grand danger pour eux.

C'est bien possible.

Il lui expliqua alors qu'il connaissait ses ennemis, que c'était par sa faute qu'ils l'avaient localisée.

Ils disaient qu'ils voulaient te protéger. Je les ai crus. En réalité, ils se sont servis de moi. Quand je l'ai compris, je me suis enfui. Leur chef s'appelle Paul Flamel. C'est un vieux bonhomme machiavélique. Il a utilisé ses petites-filles pour m'amener à avouer ce que je savais.

C'était donc ça, ces nuits érotiques ?

Oui. Ces gens-là ne reculent devant rien pour parvenir à leurs fins. Je suis désolé, Lara. Ils ont tout fait pour me convaincre et je suis tombé dans le piège. Je t'en demande pardon.

Ce n'est pas toi qui as tué Christian. Tu ne pouvais pas savoir.

La télépathie avait ceci de particulier que les pensées et les sentiments passaient de l'un à l'autre sans le truchement des mots. Le mensonge était impossible. Lara savait que Rohan disait la vérité.

Qu'allons-nous devenir ? demanda-t-il. *Je me suis isolé sur une montagne, du côté de Briançon, mais je ne resterai pas toujours ici. Je n'ai pas envie que ces salauds me retrouvent.*

Moi, je commence à m'ennuyer ferme dans ce monastère. Le père Paolini s'est montré gentil au début. Il a dit que je repartirais lorsque la secte des Hosyrhiens aurait été mise hors d'état de nuire, mais à présent, il ne me tient plus au courant de rien.

Une idée jaillit instantanément dans l'esprit de Rohan :

Je pourrais venir te chercher. J'ai très envie de te connaître.

Moi aussi.

Tu crois que tu pourras t'échapper ?

J'ai la liberté de faire des randonnées aux alentours du monastère. On pourrait se retrouver comme ça.

D'accord ! Je localise San Frasco sur la carte et j'arrive !

30

Depuis qu'elle avait renoué le contact avec Rohan, Lara supportait de plus en plus mal son séjour au monastère. Hormis le père Paolini et les moines, il n'y avait personne. Le prêtre l'autorisait à faire quelques promenades dans les environs, à condition de ne pas s'aventurer trop loin. Les frères, qu'elle apercevait de temps à autre dans l'enceinte du domaine, ne lui adressaient pas la parole, selon la règle de leur ordre. La seule personne avec qui elle avait quelques échanges était le père Paolini, qui partageait ses repas. Il l'interrogeait sur ses activités, ses recherches historiques, ses lieux de fouille, les hypothèses qu'elle formait. Lui-même faisait preuve d'une grande érudition, surtout spécialisée dans les récits hagiographiques du Moyen Age.

« Une grande période, disait-il, où l'homme était bien plus libre qu'aujourd'hui, et où la lumière de Dieu illuminait les consciences. »

Lara s'abstenait de lui dire que le Moyen Age avait aussi été, entre autres, l'époque de l'extermination des cathares et des vaudois, dont le seul crime était d'avoir voulu vivre leur foi différemment. Elle ne se sentait pas de goût pour la joute théologique.

Le lendemain de son échange avec Rohan, elle lui demanda :

— Jusqu'à quand vais-je rester ici ?

— Je vous l'ai dit, ma chère enfant. Jusqu'à ce que la police ait arrêté les criminels. Il faudra plus qu'une simple opération de police. Cette organisation est tentaculaire et bénéficie de fortunes importantes, accumulées au fil des siècles. Elle attend son heure depuis toujours. Il n'est même pas exclu qu'elle finisse par découvrir le lieu de votre retraite. C'est même probable, si leurs médiums parviennent à vous localiser comme ils l'ont fait en Bretagne.

Lara fit la grimace. La perspective de rester enfermée dans cette prison qui n'en portait pas le nom ne l'enchantait pas. Désormais, son seul espoir reposait sur Rohan.

Après le déjeuner, elle fit une très longue promenade dans la montagne. Elle s'aventura sur les cimes, d'où elle jouit de panoramas grandioses sur la vallée en contrebas. Elle aperçut des petits groupes de bouquetins et de chamois, des aigles planant majestueusement dans l'air estival. La paix qui se dégageait des lieux la calma un peu. Cependant, peu désireuse de retourner s'enfermer entre les murailles sombres, elle ne revint que lorsque le soleil eut disparu derrière les montagnes. Elle fut accueillie par un père Paolini en colère.

— Vous m'avez fait peur, ma fille. J'ai cru qu'il vous était arrivé quelque chose. Vous semblez oublier la menace qui pèse sur vous.

Elle se rebiffa immédiatement :

— Ecoutez, je veux que les choses soient claires entre nous. Je suis ici de mon plein gré et j'entends garder le droit de repartir quand je le souhaiterai, même avant que l'enquête soit achevée, si j'en juge ainsi. Je n'ai aucun compte à vous rendre. Hormis ce danger dont j'ignore s'il est réel ou non, j'ai l'impression que vous avez plus besoin de moi que je n'ai besoin de vous. Rien ne m'oblige donc à rester ici. A moins que je ne sois votre prisonnière...

Il se radoucit immédiatement.

— Mais bien sûr que non, ma chère enfant. Je vous l'ai dit, vous êtes libre de vous en aller quand bon vous semblera. Seulement, il n'y a que dans ce monastère que je puisse assurer sérieusement votre sécurité.

— Il est lugubre, ce monastère, répliqua-t-elle, agacée. Il n'y a personne, hormis vous-même. Pas un seul individu qui voudrait faire une retraite, et avec qui je pourrais bavarder. Quant aux moines, ils m'évitent comme la peste.

— C'est la loi de leur ordre. Ils ne parlent même pas entre eux, sauf nécessité absolue.

Elle haussa les épaules.

— Libre à eux. Mais vous ne m'empêcherez pas de trouver ça un peu triste. Et même stupide. Quant à moi, j'ai l'impression que je suis enfermée ici pour plusieurs mois. La police ne me paraît pas près d'arrêter les coupables. Avez-vous des informations ?

— Malheureusement non. Mais nous devons leur faire confiance. Ils connaissent leur travail. J'espère avoir bientôt de bonnes nouvelles à vous communiquer.

Elle fit une moue sceptique.

— C'est bien, dit-il. Je vais demander à ce que l'on vous monte des livres et des revues, ainsi qu'un lecteur de films. Cela vous distraira.

Elle consentit à sourire.

— Vous avez vraiment peur que je m'échappe.

— Je vous l'ai dit : vous n'êtes nullement notre prisonnière. Mais j'ai peur pour vous et pour l'espoir que vous représentez. Il ne faut pas m'en tenir rigueur

Elle se radoucit à son tour Ce brave prêtre faisait ce qu'il pouvait pour adoucir son sort, et elle devait convenir qu'elle ne lui facilitait pas la tâche.

— Je ne vous en veux pas, père Paolini. Mais convenez que ce monastère n'est pas l'endroit rêvé pour une fille de mon âge, qui ne croit même pas en Dieu.

Il hocha la tête.

— Je vous comprends, mon enfant. Je vais demander aux frères qu'ils nous préparent le repas. Nous dînerons dans une heure. Si vous acceptez ma présence, bien sûr.

— Bien sûr. Veuillez me pardonner ma mauvaise humeur. Je sais que vous cherchez à me protéger. Mais comprenez-moi, je n'ai pas demandé ce qui m'arrive. J'ai envie de retrouver ma vie d'avant.

Elle hésita, puis ajouta, songeant à la mort de Christian :

— Enfin, ce qu'il en reste.

— Faites confiance à Dieu, ma fille.

— Alors, demandez-Lui de donner un coup de main aux enquêteurs, répliqua-t-elle dans un sourire.

Le soir même, sans doute épuisée par sa longue randonnée, elle s'écroula comme une masse.

Le lendemain, elle s'éveilla avec la bouche pâteuse, comme si elle avait abusé du vin la veille. Elle se souvint que le père Paolini et elle avaient mis à mort une bouteille de bordeaux grand cru bourgeois, histoire de faciliter leurs relations. Quelques douleurs dans le dos et dans les muscles achevèrent de la démoraliser. Elle se dit que les excursions en montagne étaient autre chose que les balades au bord de la mer et elle se força à quelques mouvements de gymnastique afin de dérouiller ses membres engourdis.

Puis elle entra en contact mental avec Rohan.

Le jeune homme avait eu quelques difficultés à localiser le monastère de San Frasco. Celui-ci n'était mentionné sur aucun guide touristique.

S'il accueille des retraitants, cela reste confidentiel.

Le père Paolini m'a expliqué que le monastère n'était connu que dans les milieux religieux. Le supérieur ne tient pas à accueillir des curieux.

Il t'accueille bien, toi.

Parce que je représente un espoir, selon eux. Cela n'empêche pas les moines de m'éviter comme la peste. Quand comptes-tu arriver ?

Demain. J'ai repéré la route en lacets qui mène au monastère. Je m'approcherai au plus près avec ma voiture, en restant hors de vue. Arrange-toi pour descendre en direction de Frasco.

Le lendemain, Lara quitta le monastère de bonne heure, nantie de mille recommandations de la part du père Paolini. Elle n'emporta que le strict minimum dans son sac de voyage, laissant des affaires afin de donner le change. Puis elle descendit d'un bon pas la route serpentine menant vers la vallée.

Elle n'eut pas à aller très loin. A peine cinq cents mètres plus bas, elle aperçut une petite voiture de sport blanche près de laquelle se tenait un jeune homme. Elle hâta le pas. Une vive émotion s'empara d'elle. Elle n'avait jamais vu Rohan. Pourtant, elle avait l'impression de le connaître depuis toujours. Lorsqu'elle fut près de lui, ils tombèrent dans les bras l'un de l'autre. Bien sûr, leur relation mentale avait tissé entre eux des liens étranges et très forts, et ils n'avaient guère de secrets l'un pour l'autre. Mais un sentiment se confirma : celui de se connaître depuis très longtemps, bien au-delà de la durée d'une simple vie.

31

Rohan et Lara s'empressèrent de quitter la vallée de San Frasco. Le père Paolini ne tarderait pas à s'apercevoir de la disparition de la jeune femme. Il la ferait d'abord rechercher dans la montagne, puis se douterait très vite qu'elle s'était enfuie. Bien sûr, il ne pourrait pas penser qu'elle avait trouvé une voiture à moins de cinq cents mètres du monastère, ce qui leur donnait une avance certaine. Mais il bénéficiait de l'appui des services secrets français et peut-être suisses. Il lancerait la gendarmerie à leurs trousses, ou même l'armée. Il l'avait suffisamment répété : elle représentait une arme importante contre la secte des Hosyrhiens. La prétendue liberté qu'il lui accordait n'était qu'un leurre. Quoi qu'il pût dire, elle était bel et bien prisonnière.

Délaissant le lac Majeur, ils foncèrent vers la France. Il leur fallait passer la frontière le plus rapidement possible. Au poste de douane, Lara redouta de rencontrer des difficultés. Rohan s'insurgea :

— Il ferait beau voir qu'ils nous arrêtent ! Nous n'avons rien fait de mal ! Je suis citoyen américain. Je demanderais la protection de mon ambassade !

— Tu oublies les gros pontes du FBI qui ont essayé de te faire porter le chapeau. Il ne reste plus qu'à espérer qu'ils n'ont pas été prévenus de ma fuite.

Ce fut dans un état de paranoïa avancée qu'ils arrivèrent au poste frontalier. Pourtant, contrairement à ce qu'ils craignaient, ils passèrent sans trop de problèmes. Un douanier français du genre zélé leur demanda leur passeport, examina le coffre avec circonspection, fit venir un chien, qui renifla le véhicule dans tous les recoins. Enfin, visiblement déçu de n'avoir rien trouvé, le douanier les laissa partir en maugréant, sans même leur souhaiter bonne route.

— Il cherchait de la drogue, commenta Rohan. Heureusement que j'ai arrêté le shit.

Soulagés, ils décidèrent malgré tout de s'écarter des grands axes. Ils n'avaient d'autre but que d'échapper à d'éventuels poursuivants. Mieux valait prendre les petites routes. Le soir venu, leur errance les mena à proximité du lac de Saint-Point, dans cette région que l'on surnomme la Sibérie jurassienne. En hiver, c'est souvent la contrée la plus froide de France. Mais l'été régnait en maître et un magnifique soleil déclinant éclaboussait le lac. Une lumière rasante découpait les vagues en ombres mouvantes de bleu marine et d'or.

— Ils ne viendront jamais nous chercher par ici, dit Lara. On pourrait s'y arrêter quelques jours.

Rohan acquiesça. Depuis le matin, il avait l'impression de vivre des moments magiques. Il existait entre Lara et lui des liens d'une intensité étonnante. Pendant la journée, ils avaient beaucoup parlé. Orphelins tous les deux, ils avaient vécu des drames identiques, possédaient tous deux le don de communiquer avec des personnes disparues, ils avaient partagé leurs rêves, ou plus exactement leurs souvenirs communs de vies antérieures. Ils s'étaient déjà rencontrés, en d'autres lieux, à une autre époque, et ils s'étaient aimés. Ils n'avaient fait que renouer un lien brisé par le temps. Ils n'étaient plus seuls. Et ils n'avaient aucune envie de se quitter. Plus jamais.

Peu désireux de s'enfermer dans un hôtel, ils louèrent, par l'intermédiaire du syndicat d'initiative de Malbuisson, qui avait donné son autre nom au lac, un petit chalet isolé dans le massif sauvage de la forêt de Noirmont.

Après avoir fait quelques courses, ils emménagèrent. Lara, qui tenait de sa mère de solides talents de cordon bleu, leur prépara une fondue savoyarde arrosée d'un vin blanc d'Arbois, ce qui les mena dans un état d'euphorie avancée… et dans les bras l'un de l'autre.

Ils firent l'amour longtemps, avec un mélange de passion et de tendresse, comme deux amants qui se retrouvent après une très longue absence. Ils ne s'étonnèrent pas de la connaissance qu'ils possédaient des désirs secrets de l'autre.

Bien plus tard dans la nuit, alors que la tiédeur de l'été s'était évanouie dans les caprices d'un vent nocturne qui laissait présager une tempête pour le lendemain, ils restèrent un long moment enlacés, les pensées perdues dans le vague, le corps repu et apaisé.

— Qu'allons-nous devenir ? demanda soudain Lara.

— Je ne sais pas. Nous pourrions repartir pour les Etats-Unis. J'avais une maison là-bas, mais elle a été détruite par les Hosyrhiens. Je me demande d'ailleurs comment j'ai pu être assez naïf pour croire à leur sincérité. Ils m'ont manipulé depuis le début et je suis tombé stupidement dans leur piège. Cela a failli te coûter la vie.

— N'en parlons plus. Tu ne pouvais pas savoir.

Il se redressa sur un coude et contempla le corps nu de sa compagne, son visage illuminé par les rayons argentés que la lune pleine faisait couler à travers la fenêtre. Au-dehors, les branches des sapins s'agitaient sous les coups de boutoir des bourrasques orageuses. Le bois du chalet craquait, les mugissements du vent en colère leur parvenaient, assourdis.

— Viendrais-tu avec moi en Amérique ? demanda-t-il.

Elle laissa passer un court silence, puis acquiesça.

— J'irai où tu voudras. Je ne veux plus qu'on soit séparés. Nous nous connaissons depuis toujours. Et cela ne date pas de ce contact bizarre qui s'est établi depuis quelques semaines. C'est beaucoup plus ancien. Tu étais avec moi à bord de ce navire volant. C'est à cette époque-là que nous nous sommes connus. Mais quand était-ce ? Et où ? Ce que j'ai vu de l'architecture de ce pays ne me rappelle rien de connu.

— Moi non plus.

Elle se redressa à son tour.

— Tu sais ce qu'on devrait faire ? Demain, on pourrait acheter du papier à dessin et essayer de reproduire ce que nous voyons dans ces rêves. Je l'ai déjà tenté, mais sans grand résultat. A deux, nous devrions arriver à quelque chose.

— D'accord. Dès demain.

Ils s'endormirent dans les bras l'un de l'autre. Pour se retrouver un peu plus tard réunis dans des régions oniriques inconnues.

Lorsqu'ils s'éveillèrent, le lendemain, le jour était déjà levé depuis un bon moment. Un jour sombre et inquiétant. A l'extérieur sévissait une violente tempête de montagne. Des éclairs zébraient la forêt noyée dans une pénombre glauque et menaçante. De puissantes rafales heurtaient les murs du chalet. La température s'était rafraîchie depuis la veille.

Lara s'éveilla la première, et frissonna. Née en Bretagne, elle n'aurait pas dû avoir peur d'une tempête. Mais celle-ci lui paraissait symboliser un danger latent, comme si des ombres imprécises avançaient vers eux. Elle secoua la tête pour chasser ses idées moroses. Elle se sentait un peu nauséeuse, et la bouche pâteuse en raison des agapes de la veille. Le vin blanc n'était guère recommandé le soir, surtout mélangé avec le kirsch de la fondue.

Anxieuse, elle se leva, s'enveloppa dans une couverture et se rendit à la fenêtre. Au-dehors, la pluie tombait en rafales, tandis que l'ouragan torturait les cimes des grands sapins. Une sensation de froid lui fit resserrer les pans de la couverture autour d'elle. Le moment n'était peut-être pas si bien choisi pour aller quérir papier et matériel de dessin. Après tout, ils avaient des provisions pour au moins trois jours. Ils pouvaient allumer un bon feu dans la cheminée et rester là à regarder danser les flammes… et faire l'amour. Personne ne les attendait plus nulle part.

Elle revint vers le lit, s'assit et contempla Rohan, encore endormi. Il y avait en lui un mélange de maturité et d'innocence. Lorsqu'il était éveillé, des rides marquaient son front. Elles s'estompaient quand il dormait. Alors, il paraissait plus jeune. Il y avait pourtant déjà en lui une forme de sagesse due aux épreuves traversées.

Elle ne voulait pas trop songer à l'avenir. Leur relation avait ceci d'étrange qu'ils ne se connaissaient physiquement que depuis un jour à peine, mais ils étaient irrémédiablement enchaînés l'un à l'autre. Une chose était claire dans son esprit : jamais plus ils ne seraient séparés.

L'écho des nuits torrides qu'il avait partagées avec d'autres lui revint et une bouffée de jalousie l'envahit, qu'elle étouffa aussitôt. Cela s'était passé avant. Et il n'était pas dans sa nature de succomber à ce sentiment qu'elle jugeait stupide. Et puis, elle devait plutôt être reconnaissante à ses précédentes partenaires. Il connaissait bien le corps des femmes et lui avait fait l'amour mieux qu'aucun autre homme avant lui. Il savait se montrer délicat quand il le fallait, et dominateur lorsqu'elle le réclamait. C'était très rare chez un homme aussi jeune. Mais surtout, il la connaissait tellement bien. Il savait ce qu'elle aimait ; sans qu'elle ait besoin de le guider, il avait su la combler des caresses les plus subtiles, toucher son corps, sa peau, aux endroits précis où elle était le plus sensible. Une onde équivoque coula le long de son dos au souvenir de certaines choses qu'ils avaient faites au cours de la nuit. Elle eut envie de le réveiller pour qu'ils recommencent, là, au cœur de la tempête. Mais elle résista. Elle aimait aussi le voir dormir.

Tout à coup, un bruit insolite trancha sur les hurlements de la tempête et la ramena à la réalité. Instantanément, elle fut sur ses gardes. On aurait dit une voix humaine. Elle haussa les épaules ; c'était impossible. Qui aurait eu l'idée de s'aventurer jusqu'ici par un temps pareil ? Le chalet se trouvait au bord d'un minuscule lac de montagne, au bout d'un chemin à peine praticable.

Mais son inquiétude refusa de se dissiper. Elle secoua Rohan, qui s'éveilla douloureusement en se tâtant le cuir chevelu.

— Oh là là, grommela-t-il. Je m'en souviendrai, de cette fondue savoyarde...

— Rohan, il y a des bruits bizarres, là, dehors.

— Bien sûr. C'est l'orage. On pourrait peut-être dormir encore un peu.

Mais un craquement proche l'éveilla tout à fait. Il bondit du lit, enfila son jean, courut à la fenêtre et poussa un cri de surprise.

— Bon sang ! Des voitures !

Le cœur broyé par l'angoisse, Lara passa ses vêtements à la hâte. Elle avait à peine terminé que la porte s'ouvrait sur Paul Flamel, suivi par une douzaine d'hommes de main.

32

Immédiatement, Rohan se plaça devant Lara.

— Je vous interdis de la toucher !

Mais Paul Flamel leva la main d'un geste apaisant.

— Calme-toi, mon garçon. Nous n'avons aucune intention de vous faire du mal.

Puis il se produisit quelque chose de totalement inattendu. Sous les yeux ébahis du jeune Américain, le vieil homme posa un genou en terre face à une Lara éberluée et courba la tête, imité par les hommes entrés avec lui.

— Que le Grand Esprit de la Terre soit remercié, majesté. Nous avons enfin fini par vous retrouver.

Rohan avait l'impression de rêver. D'un ton agressif, il demanda :

— Pourquoi l'appelez-vous « majesté » ?

— Parce que Lara est la réincarnation d'une grande reine d'un pays disparu depuis des milliers d'années, l'empire d'Hedeen. Son nom, à l'époque, était Tanithkara. Comme tu l'avais deviné.

Rohan se souvint effectivement d'avoir perçu ce nom au cours d'un contact mental avec Lara. Quant à elle, il lui sembla curieusement familier, et elle comprit qu'il s'agissait de celui de la femme de ses rêves. La tension retomba quelque peu.

Paul Flamel se releva avec un large sourire qui se mua en grimace en raison de ses articulations malmenées.

— Ces révérences ne sont plus de mon âge, dit-il.

— Si vous nous expliquiez... demanda Rohan.

— C'est une très longue histoire. Nous vous dirons tout plus tard. Mais pour l'instant, nous devons agir vite pour vous mettre à l'abri.

— A l'abri ?

Flamel se tourna vers Lara.

— Vous avez été enlevée par le père Paolini, n'est-ce pas ?

— Enlevée... avec mon consentement. Il m'a emmenée en Suisse, dans un monastère. Il m'a dit qu'il voulait me protéger contre mes ennemis. Il les a appelés « Hosyrhiens ». J'ignore ce que ça veut dire.

Paul Flamel blêmit.

— Il s'est montré aimable avec vous...

— Bien sûr. Malgré mon scepticisme envers la religion, il m'a accueillie aussi bien que possible dans ce monastère. Mais au bout de quelques jours j'en ai eu assez d'être enfermée. Lorsque Rohan a pris contact avec moi, j'ai décidé de fuir. Et nous sommes venus nous réfugier ici. Nous voulions attendre que toute cette histoire soit un peu calmée.

— Elle ne le sera jamais, soupira le vieil homme.

Il fit quelques pas nerveux et revint vers Lara.

— Il ne vous a pas fait de mal...

— Pas du tout, répliqua Lara, étonnée par la réaction du vieil homme. Pourquoi m'aurait-il fait du mal ? Il s'est montré très hospitalier, au contraire.

Flamel se tourna alors vers ses hommes.

— Ça cache un piège ! Tenez-vous sur vos gardes. Nous allons repartir tout de suite.

— Attendez, intervint Rohan. Pourquoi voulez-vous que nous partions ? Et pourquoi dites-vous qu'il y a un piège ? Et puis d'abord, comment avez-vous fait pour nous retrouver ? Personne ne savait que nous étions ici.

— Il n'y a pas une minute à perdre. Faites-moi confiance, de grâce. Prenez vos affaires et quittons les lieux immédiatement. Vous êtes en danger.

— Pourquoi ? s'exclama Lara.

— Parce que votre ami le père Jean-Benoît Paolini n'est autre que le chef occulte de l'organisation secrète appelée Ensis Dei.

— L'Ensis Dei ? intervint Rohan. Mais je croyais que c'était vous qui...

— Si tu étais resté avec nous, j'aurais continué à t'enseigner ce que nous savons. Tu aurais fini par apprendre ce que ton père aurait voulu te transmettre. C'est encore plus extraordinaire que tout ce que vous pourriez imaginer. Le temps viendra pour ça. Pour l'heure, il nous faut fuir. Et vite !

— Et si nous refusons ? riposta Rohan.

Paul Flamel n'eut pas le temps de répondre. L'un des hommes entra en trombe dans la maison, trempé par le déluge.

— Grand Maître ! Ils arrivent !

— Qui arrive ? s'inquiéta Rohan.

— Les tueurs à la solde de Paolini, dit le vieil homme, le visage marqué par l'anxiété. Heureusement, nous sommes bien armés. Venez vite !

Il saisit le bras de Lara et l'entraîna à l'extérieur, où stationnaient quatre véhicules tout-terrain. Il se dirigea vers le plus gros. Désemparé, Rohan n'eut que le temps d'attraper leurs sacs et de les suivre.

— Montez dans la voiture ! ordonna Flamel. Et abritez-vous !

Lara avait l'impression que le monde avait sombré dans la folie. Au loin retentissaient des bruits de moteur. Elle s'engouffra dans la grosse voiture, suivie aussitôt par un Rohan partagé entre la fureur et la peur. A travers le rideau de pluie, il eut le temps d'entrevoir, sur le chemin menant vers le chalet, trois 4 × 4 noirs, puis Paul Flamel le poussa vivement à l'intérieur et lui ordonna de baisser la tête. Sur le siège avant, Rohan aperçut Alain, le chauffeur, qui affichait un calme imperturbable. Il avait mis le moteur en marche et dégainé un pistolet, imité par un autre homme assis sur le siège du passager.

— Ne vous inquiétez pas, cette voiture est blindée, dit Paul Flamel.

Tout se passa très vite. Les véhicules des agresseurs déboulèrent en trombe et tentèrent de couper la route aux fuyards. Mais les hommes de main de Flamel lancèrent leurs voitures en travers, ménageant un espace dans lequel le gros tout-terrain s'engagea en faisant hurler son moteur. Les assaillants voulurent réagir et faire demi-tour pour les poursuivre, mais le sol détrempé ne leur facilita pas la tâche. L'instant d'après, les fuyards jetèrent des grenades incendiaires sur les voitures de leurs agresseurs. Les véhicules s'embrasèrent, puis explosèrent dans un vacarme infernal. Des hommes parvinrent à s'en extraire, les vêtements en flammes. Ils furent cueillis par un tir nourri.

Dans le tout-terrain, le bruit des explosions vrilla les oreilles des deux jeunes gens. Lara hurla de terreur. Ils étaient secoués dans tous les sens, malmenés par les cahots de la route forestière, parcourue à vive allure. Paul Flamel poussa un soupir de soulagement.

— Vous pouvez vous relever. Nos compagnons vont se débarrasser d'eux, dit-il pour les rassurer.

Lara se redressa en tremblant. Rohan la prit contre lui. Elle éclata en sanglots. Par la vitre fumée, elle avait eu le temps de voir un individu transformé en torche humaine sortir d'un véhicule.

Le lourd 4 × 4 gagna une petite route parallèle à celle qui longeait le lac et prit la direction de Pontarlier. Pendant un long moment, ils restèrent silencieux. Rohan ne savait plus que penser. Il avait supposé que Paul Flamel était le chef d'une organisation satanique, et il s'était trompé. Mais alors, qui était-il réellement ? De multiples questions se bousculaient dans son esprit. Si ce n'était pas les Hosyrhiens, qui voulait tuer Lara ? Et pourquoi ? Qui étaient les hommes qui les avaient attaqués ? Comment une organisation secrète datant du Moyen Age pouvait-elle encore exister au vingt et unième siècle ?

Tout à coup, le portable de Paul Flamel sonna. Il décrocha en activant le haut-parleur.

— C'est fait, monsieur. Nous les avons éliminés. Nous avons trois blessés, dont un sérieux, de notre côté. Les autres sont tous morts.

— Parfait. Mettez les blessés en lieu sûr et rejoignez-nous à l'endroit convenu. Laissez les corps sur place. Leurs amis se chargeront de les faire disparaître. Ils ne tiennent certainement pas à ce que cette affaire soit connue des médias.

Il raccrocha et se tourna vers Lara et Rohan.

— C'est fini. Nous sommes débarrassés d'eux pour un moment. Ils ne s'attendaient pas à tomber sur si forte partie.

Mais ils vont revenir. Il nous faut absolument savoir comment ils ont réussi à vous retrouver si vite.

— Et vous, répliqua Rohan, comment avez-vous fait ?

— Depuis quelque temps, je sentais que tu ne me faisais plus confiance. Je ne t'en veux pas. J'imagine que j'aurais réagi de la même manière à ta place. Après tout, l'obstination dont je faisais preuve pour retrouver Lara pouvait te sembler suspecte. Mais il était hors de question de te laisser partir seul à l'aventure sans savoir où tu étais, pour te protéger le cas échéant. J'ai fait poser un émetteur GPS dans ton bracelet-montre. Valentine te l'a subtilisé une nuit sans que tu t'en aperçoives.

Rohan serra les mâchoires de colère.

— Valentine ! Elle a donc agi sur votre ordre.

— Elle a agi à ma demande, et pour ton bien. Et surtout pour le bien de notre… communauté. Elle connaît l'importance des enjeux et elle n'hésite pas à payer de sa personne. Tu devrais lui en être reconnaissant.

— J'ai surtout l'impression d'avoir été manipulé…

— Tu l'as été. Mais ce n'était pas dans un but néfaste. Et elle l'a fait tout en sachant que, dès l'instant où tu ferais la connaissance de Lara, elle ne compterait plus pour toi. Elle savait que tu aurais l'impression d'avoir été trahi. Mais elle l'a accepté, en dépit des sentiments qu'elle ressent pour toi.

— Des sentiments pour moi…

— Valentine t'est profondément attachée. Elle me l'a confié. Ce n'est pas parce que nous pratiquons des mœurs très libres que nous n'éprouvons pas de sentiments. Bien au contraire. La liberté engendre la sincérité. Mais Valentine est médium, tout comme toi, même si elle est moins douée. Elle avait découvert le lien qui existait entre Lara et toi, ou plus exactement entre les personnes que vous avez été il y a très longtemps. Elle savait qu'elle souffrirait, mais elle l'a accepté, parce que notre mission passe en priorité.

Rohan préféra ne pas répondre. Il restait trop de zones d'ombre dans cette histoire. Mais l'impression d'avoir été dupé le rendait maussade. Il en voulait encore à Paul Flamel, même si celui-ci, de toute évidence, venait de leur sauver la vie.

— Ainsi, vous avez toujours su où je me trouvais ! grommela-t-il.

— Deux de mes hommes te suivaient en permanence, de loin, prêts à te venir en aide au besoin. Nous espérions que tu renouerais le contact avec Lara.

— Vous espériez que je vous mènerais à nouveau vers elle.

— Il ne pouvait en être autrement. Lara et toi êtes attachés par des liens dont vous n'avez pas idée. Il était inévitable que vous alliez l'un vers l'autre.

— Que s'est-il vraiment passé en Bretagne ? Après le triple meurtre, j'ai cru que c'était vous qui aviez assassiné ces gens.

— Nous n'avons rien à voir avec ce carnage. Je voulais seulement prendre contact avec Lara et la convaincre de venir avec nous. Malheureusement, nous sommes arrivés trop tard. Elle avait déjà disparu. Il ne m'a pas été facile de comprendre qu'elle avait été récupérée par Paolini. A ce moment-là, j'ai cru que tout était perdu, car son but ultime est de l'éliminer. Pendant plusieurs jours, tout contact avec Lara a été impossible, et nous étions désespérés. Une fois de plus, l'Ensis Dei avait été plus rapide que nous.

— Comme au seizième siècle, avec Helka Paakinen...

— Exactement. Pourtant, au bout de quelques jours, nos médiums ont découvert que Lara était toujours vivante. Au début, nous n'avons pas compris pourquoi il l'avait épargnée. Pour lui, elle représente l'Abomination absolue, l'Antéchrist. Et puis son plan nous est apparu : il ne lui suffisait pas de la tuer. Il voulait profiter de l'occasion pour nous démasquer et nous anéantir tous. Et il comptait se servir de Lara comme appât. Je pense qu'à l'origine il espérait que nous la localiserions dans le monastère de San Frasco. Là-bas, il lui aurait été facile de nous tendre un piège. Les moines que vous avez vus là-bas sont tous des combattants fanatiques, comme ceux qui nous ont attaqués tout à l'heure.

« Mais le temps passait et nous n'arrivions pas. Et pour cause, nous n'avions plus Rohan pour nous aider. Au bout de plusieurs jours, il a compris que nous ne parvenions pas à vous retrouver et il vous a laissée partir, Lara. Peut-être a-t-il pensé que la montagne nous empêchait de vous localiser. Mais il savait que nous finirions par le faire, grâce à nos médiums.

— Il disait que c'étaient les Hosyrhiens qui voulaient ma mort, et que je ne serais en sécurité que près de lui.

— Paolini est un excellent comédien. Et il vous a tendu un piège.

— Un piège ?

— N'avez-vous pas eu l'impression de vous être échappée plutôt facilement ?

Elle hésita. Elle devait admettre que le prêtre n'avait pas émis d'objections à ce qu'elle s'absente, malgré la frayeur qu'elle lui avait occasionnée la veille.

— C'est vrai, reconnut-elle. Je n'ai eu aucun mal à quitter le monastère. J'avais pourtant l'impression qu'il me surveillait, qu'il me gardait prisonnière...

— Il avait compris que vous étiez prête à vous enfuir. Il a dû marquer une de vos affaires, ou bien votre portable ou votre montre, comme je l'ai fait moi-même pour Rohan. Mais ses motivations sont bien différentes des miennes. Il vous a permis de vous échapper pour mieux nous tendre un guet-apens. Et c'est ce qui s'est produit tout à l'heure. Le fait qu'ils aient pu vous situer aussi vite prouve qu'ils utilisent le système GPS, comme nous. Il va falloir vous débarrasser de tout ce que vous possédez, sous-vêtements compris.

Elle le regarda avec effarement.

— Je ne vais tout de même pas me promener toute nue !

— Bien sûr que non. Ne vous inquiétez pas, nous allons renouveler complètement votre garde-robe.

A Pontarlier, ils s'arrêtèrent sur le parking d'une grande surface. Une heure plus tard, Lara avait fait le plein de vêtements de rechange.

— Et maintenant ? demanda-t-elle.

— Et maintenant, nous allons visiter la grotte d'Osselle. Elle se trouve sur la route de Dole. C'est un endroit que je connais bien et qui va nous permettre de semer notre ami Paolini. Sous la terre, le système GPS ne fonctionne pas.

Peu avant midi, le petit groupe pénétrait dans le décor insolite d'Osselle. Laissant le flot de touristes prendre de l'avance, Paul Flamel se laissa distancer. Puis il invita ses compagnons à s'engager dans une galerie interdite au public. Avec un sourire malicieux, il déclara :

— J'ai mené autrefois des recherches sur cette grotte. Il y a plus de huit kilomètres de galeries, mais on n'en visite que mille trois cents mètres. Je connais cette grotte comme ma poche. Nous ne serons pas dérangés.

Ils allumèrent des lampes torches car, en dehors du chemin cimenté des visiteurs, le reste n'était pas éclairé.

— La température est de treize degrés toute l'année. Osselle est l'une des plus anciennes grottes découvertes. Elle se visite depuis le début du seizième siècle. Elle a servi de refuge aux hommes préhistoriques, et à des prêtres réfractaires sous la Révolution. On y trouve aussi quelques milliers de squelettes d'ours des cavernes.

Ils débouchèrent bientôt dans une chambre magnifique, ornée de stalactites et de stalagmites, sur lesquelles la lumière bleutée des torches faisait jouer des ombres et des couleurs irréelles.

— A présent, Lara, vous allez ôter tous vos vêtements. Messieurs, éloignons-nous afin de ne pas gêner cette demoiselle.

— Je veux que Rohan reste avec moi.

— Bien sûr.

Tandis que les trois hommes s'écartaient, Lara se débarrassa de ses vêtements et passa très vite les neufs, autant en raison de la présence des hommes qu'à cause du froid qui régnait dans les lieux. Lorsqu'elle eut terminé, Paul Flamel revint. Utilisant un appareil de détection, il passa toutes les affaires de la jeune femme au crible. Sans succès.

— Il n'y a rien dans tout ça, déclara le vieil homme.

— C'est peut-être qu'il n'y a rien, rétorqua Rohan.

— Il y a quelque chose. Sinon, ils ne vous auraient pas retrouvés aussi vite. Ce n'est pas dans ses vêtements que Paolini a placé son mouchard. Ni dans sa montre.

Il regarda Lara.

— Est-ce qu'il ne vous est pas arrivé un événement insolite, pendant votre séjour dans ce monastère ?

Elle secoua la tête. Le vieil homme la fixa longuement, puis déclara :

— Si vos affaires ne comportent rien, il est possible que le mouchard soit... sur vous. Réfléchissez bien.

Soudain, Rohan dit :

— Enlève ton tee-shirt ! Cette nuit, j'ai vu quelque chose sur ton dos.

Il revint alors à la jeune femme l'étrange sensation de gueule de bois qu'elle avait ressentie le soir où Paolini l'avait morigénée après sa trop longue escapade dans la montagne. Elle se souvint d'une douleur inexplicable dans le dos, qui s'était transformée très vite en une anodine sensation de démangeaison à laquelle elle n'avait plus accordé d'importance. Sans attendre que les hommes se fussent éloignés, elle ôta son tee-shirt et montra son dos à Paul Flamel. Le vieil homme ne fut pas long à repérer une petite marque rouge en voie de cicatrisation.

— C'est bien ce que je craignais. Il vous a implanté une puce informatique sous la peau. Ainsi, il était certain de ne pas vous perdre.

— Le salaud ! s'exclama Lara. Et dire que je lui ai fait confiance... Il faut m'enlever cette cochonnerie !

Paul Flamel ordonna à Alain de retourner à la voiture pour y récupérer la trousse de premiers soins, dans laquelle ils trouvèrent bistouri et désinfectant.

— Cela risque de vous faire un peu mal, dit Paul Flamel.

— Cela fera plus mal s'il me retrouve. Je n'ai pas envie de finir crucifiée à l'envers par ces fumiers. Et puis, j'en ai vu d'autres lors de mes fouilles archéologiques, avec les ronces et les cailloux pointus.

Paul Flamel hocha la tête.

— Vous êtes courageuse, ma fille, dit-il. C'est bon, je vais vous enlever ça

L'autre homme, qui avait nom Ludovic, offrit à Lara une solide rasade du whiskey irlandais qu'il gardait toujours en réserve dans une fiasque de poche.

Après avoir nettoyé la peau avec un peu d'alcool, Paul Flamel entailla la chair d'un geste sûr et précis, à l'endroit même de la cicatrice. Lara serra les dents. L'extraction de la puce ne se fit pas sans difficulté, car l'objet était très petit. A l'aide de la pince à épiler du couteau suisse du chauffeur, Flamel parvint à récupérer la puce. Lara n'avait pas laissé échapper un cri. Mais elle se promit, si Paolini se retrouvait un jour devant elle, de lui demander des comptes. Après un pansement sommaire, ils regagnèrent le chemin balisé.

— Nous allons donner à nos amis de l'Ensis Dei de quoi s'amuser, dit Flamel.

Avisant une poubelle, il y récupéra une petite bouteille en plastique et y glissa la puce. Plus tard, ils s'arrêtèrent au bord du Doubs et y jetèrent la bouteille.

— Je pollue, mais c'est pour la bonne cause, s'excusa le vieil homme avec un sourire amusé et contrit. Maintenant, nous rentrons à la maison. J'ai beaucoup de choses à vous dire.

33

La voiture se dirigeait à vive allure vers la Dordogne. A quelques kilomètres de Pontarlier, le gros 4 × 4 avait été remplacé par la puissante Mercedes noire, qui les attendait sur un parking de Dole.

« Afin de brouiller les pistes », avait précisé Paul Flamel.

Lara ressentait encore une vive douleur à l'endroit d'où le vieil homme avait extrait le mouchard. Elle serrait les dents pour ne pas gémir. Cela passerait. Cette blessure n'était rien en regard de ce qu'auraient pu lui faire subir les moines tueurs. Les images du massacre chez le docteur Marchand la hantaient. Elle avait glissé sa main dans celle de Rohan pour quêter un peu de réconfort. Même si Paul Flamel lui apparaissait désormais comme un sauveur, trop de points restaient en suspens.

Rohan lui aussi demeurait sur le qui-vive. Bien sûr, Paul Flamel leur avait évité d'être tués, mais la méfiance le taraudait encore. Tant de questions lui brûlaient les lèvres qu'il ne savait par laquelle commencer.

— Valentine m'a dit que ce sont ceux de l'Ensis Dei qui ont tué mes parents ? dit-il.

— C'est exact, confirma le vieil homme.

— Si vous en êtes certain, pourquoi ne pas les dénoncer ?

— Cela ne servirait à rien. Officiellement, l'Ensis Dei n'existe pas. De plus, nous ne disposons d'aucune preuve, et les membres de cette organisation bénéficient de protections en haut lieu dans de nombreux pays.

Rohan sentit la colère l'envahir. Ces criminels ne pouvaient tout de même pas rester impunis ! Sa volonté de venger les siens resurgit, plus forte que jamais. Il devait savoir.

— C'est quoi, l'Ensis Dei, aujourd'hui ? insista-t-il d'un ton quelque peu agressif.

Paul Flamel laissa passer un temps. Puis :

— Détends-toi, mon garçon ! Je t'ai dit que nous n'étions pas vos ennemis. Bien au contraire.

Il les regarda et ajouta :

— Je donnerais ma vie sans hésitation pour vous sauver.

La sincérité qu'ils lurent dans ses yeux les désarçonna. Paul Flamel poursuivit :

— Pour en revenir à l'Ensis Dei, le nom a été inspiré par l'ancienne branche secrète de l'Inquisition. Mais sa structure actuelle a considérablement évolué. Aujourd'hui, l'Ensis Dei est devenue une organisation intégriste occulte dont le but est de traquer et de combattre ce qu'elle considère comme l'hérésie sous toutes ses formes, souvent de la manière la plus brutale. Son ombre est présente derrière différentes religions. Car elle a la particularité de rassembler des fondamentalistes appartenant à diverses familles chrétiennes – catholiques ou protestantes –, mais elle bénéficie également de l'appui financier de certains groupes islamiques extrémistes. Cela pourrait paraître paradoxal, mais ces gens, malgré leurs divergences théologiques, sont rassemblés autour de l'idée qu'il faut absolument préserver des religions puissantes. C'est une forme singulière d'œcuménisme, mais elle a son explication . de tout temps, la religion a été l'un des moyens essentiels de contrôler les peuples en les entretenant dans une dépendance spirituelle totale. Les intégristes entendent maintenir cette dépendance par tous les moyens. Mais ils doivent faire face à un grave problème. Chaque jour, les progrès scientifiques remettent les fondements des religions en cause. Les dogmes sont mis à mal et la démocratisation de la connaissance a amené un nombre de plus en plus important de gens à cesser de croire aveuglément aux légendes colportées par les livres saints. Le temps où les prêtres étaient les maîtres à penser du peuple est terminé.

« Les réactions des différentes familles religieuses ont été diverses. L'Eglise catholique, tout au moins à haut niveau, se montre incapable de s'adapter au monde moderne. Elle campe sur des positions surannées avec la plus extrême fermeté, ce qui déroute complètement les croyants. Et plutôt que de se remettre en question, elle tente à toute force de revenir à des valeurs dépassées comme l'abstinence sexuelle, la virginité avant le mariage, ou encore elle préconise le retour à la messe en latin. Un grand nombre de catholiques ne se reconnaissent plus dans les prises de position intransigeantes du pape actuel. Les désaffections des fidèles sont de plus en plus importantes, certains se font débaptiser, les églises sont désertées, les vocations à la prêtrise se raréfient et la religion catholique perd chaque jour un peu plus de son influence. En revanche, d'autres Eglises, et particulièrement les évangélistes américains, agissent avec efficacité pour promouvoir leurs idées par un prosélytisme acharné. De même pour certains groupes islamiques.

« Malgré tout, irrémédiablement, les peuples s'affranchissent de la tutelle spirituelle des religieux. Les responsables de cette désaffection, aux yeux des intégristes, sont la démocratisation du savoir et la liberté de pensée qui en résulte. Il faut donc contrôler ce savoir et réduire les libertés. Dans cet objectif, un mouvement est apparu au sein des systèmes religieux les plus rétrogrades, pour redonner de l'éclat à certaines croyances. Ainsi assiste-t-on, depuis une vingtaine d'années, à une résurgence de la théorie créationniste, qui affirme que le monde a été créé par Dieu il y a sept mille ans. Cela pourrait paraître grotesque et farfelu au vingt et unième siècle et après les travaux de Darwin, mais le créationnisme est hélas bien réel. Aux Etats-Unis, les évangélistes ont demandé qu'il soit enseigné dans les écoles. Devant le refus des autorités, ils ont créé leurs propres écoles, où l'on enseigne que la théorie de l'évolution de Darwin est une dangereuse hérésie. L'aspect obsolète de ce mouvement a d'abord amusé les Américains lorsqu'il est apparu, puis on s'est aperçu que ces idées faisaient leur chemin, et trouvaient même un écho chez certains musulmans. Aujourd'hui, le mouvement créationniste se développe de manière inquiétante. Il commence à arriver en Europe, par le biais de la Grande-Bretagne. Les sites se multiplient sur Internet, où des illuminés défendent bec et ongles le fait que Dieu a créé le monde en six jours il y a environ sept mille ans.

— J'ai été contacté par des étudiants qui se réclamaient de ce mouvement, confirma Rohan. Ils disaient vouloir sauver mon âme. Je les ai remis à leur place. Ils m'ont alors voué aux gémonies et ne m'ont plus adressé la parole. Je les ai trouvés inquiétants. C'étaient des fanatiques.

— Oui, et il est possible qu'ils t'aient dénoncé auprès des hautes autorités de leur mouvement.

— Comment ça ?

— Nous soupçonnons ces étudiants de traquer les opposants à leurs idées afin d'en établir un fichier secret.

— Dans quel but ?

— Identifier leurs ennemis potentiels. Ceux qu'il conviendra d'éliminer s'ils se révèlent dangereux. Car derrière ce fatras de croyances d'un autre âge, le but, pour ceux qui dirigent le monde, est de garder leur domination et leur influence occulte sur l'esprit des hommes. Derrière l'Ensis Dei existe un groupe d'hommes puissants qui se considèrent comme l'élite de la civilisation. L'Amérique compte nombre de sociétés secrètes remontant au dix-neuvième siècle, comme les Skull and Bones, ou encore les Scroll and Key. Leurs membres sont choisis parmi les familles les plus riches, qui entendent conserver leurs privilèges. Initiés lors de leur passage dans les universités, ils demeurent par la suite liés par une fraternité qui les oblige à s'offrir mutuellement aide et assistance.

« Parmi ces gens, certains, les plus réactionnaires, se sont regroupés au sein de l'Ensis Dei, société secrète à l'intérieur des sociétés secrètes. Ils apportent l'appui de leur puissance financière, car ils ont tout intérêt à maintenir la population dans un état de dépendance et de soumission par rapport à la religion. Ils sont infiltrés partout, jusqu'aux plus hautes sphères du pouvoir, qu'ils influencent de manière occulte. Ils sont en relation avec le Vatican et quelques penseurs islamistes. Le retour de la messe en latin, la réintégration d'évêques fondamentalistes, le développement du mouvement créationniste sont autant de signes de cette influence. L'obscurantisme est loin d'avoir disparu, hélas. Mais derrière se dissimulent les intérêts privés d'une nébuleuse de financiers.

« L'Ensis Dei est le bras armé de ce mouvement secret. Les religieux qui en font partie sont des fanatiques appartenant aux branches les plus dures. Ils sont regroupés par un même idéal : le rejet de l'athéisme et de la liberté de pensée, qui sont à leurs yeux autant d'hérésies. Le père Jean-Benoît Paolini est le chef de cette phalange secrète.

— Si l'Ensis Dei est aussi secrète, comment en savez-vous autant sur elle ? rétorqua Rohan.

— Nous possédons nous-mêmes notre propre réseau d'information, répondit Flamel. C'est par ce réseau que nous avons appris que Paolini avait enlevé Lara.

— Mais qu'ai-je à voir avec ces fous furieux ? demanda la jeune femme. Pourquoi veulent-ils me tuer ?

— A cause de la Prophétie des Glaces.

— Paolini m'en a parlé. Il disait qu'il s'agissait d'une abomination annonçant le retour de l'Antéchrist.

— De leur point de vue, c'est assez vrai. Mais la vérité est bien différente.

— Qu'est-ce que c'est, la Prophétie des Glaces ?

— Je vais vous l'expliquer. Il faut remonter à son origine pour comprendre.

Il regarda la jeune femme.

— Tout d'abord, sachez que vous portez cette prophétie en vous, Lara. Car c'est vous qui l'avez émise.

— Moi ?

— Plus exactement la reine Tanithkara, la femme dont vous conservez les souvenirs dans votre mémoire profonde.

— Qui était Tanithkara ?

— Une reine d'un empire très ancien, qui avait nom l'Hedeen.

Il se tourna vers Rohan.

— Tu possèdes un document sur le sujet, celui que tu as récupéré dans la chambre de sûreté de Silverton…

Le jeune homme le contempla avec stupéfaction.

— Vous saviez que j'avais ce dossier ?

— Bien sûr. J'ai vérifié que tu l'avais bien emporté. Dans le cas contraire, j'aurais demandé à maître Monroe de le récupérer. Il est très important qu'il ne tombe pas entre des mains malintentionnées. Ce dossier est rédigé dans l'écriture hedeenienne. Tu as pu constater qu'elle comporte des points communs avec celle de Glozel.

— C'est vrai. Cela m'a étonné.

Rohan marqua un silence. La dernière phrase de Paul Flamel amenait une nouvelle vague de questions.

— Vous voulez dire… que les tablettes de Glozel ont pu être inspirées par l'écriture de l'Hedeen ? On a retrouvé des signes sur des ossements datant de douze à quinze mille ans. Est-ce que cela signifie que cette civilisation daterait de cette époque ?

— Parfaitement.

— C'est donc l'Hedeen que je vois dans mes cauchemars ? demanda la jeune femme.

— Oui. Tanithkara était un personnage important. D'après ce que nous savons, elle était la fille d'un riche entrepreneur. Elle faisait partie de l'aristocratie.

— Un entrepreneur ? Vous voulez dire qu'il y avait des usines en Hedeen ? !

— L'Hedeen avait atteint un certain niveau technologique. On y connaissait l'électricité, on y fabriquait des navires volants, avec lesquels les Hedeeniens exploraient le monde. C'étaient aussi des marins hors pair.

— Mes rêves me montrent un pays en plein effondrement, ravagé par le froid et le feu. Si cet empire était si puissant, que s'est-il passé ?

— C'est une question à laquelle je ne peux pas répondre, malheureusement. La seule chose que l'on sache, c'est qu'il s'est produit, à l'époque de Tanithkara, un cataclysme terrifiant qui a amené la disparition de l'Hedeen. Certains signes évoquent des lumières dans le ciel, mais on n'en sait pas plus.

— Cela ressemble beaucoup à la légende de l'Atlantide ! s'exclama Rohan.

— L'Hedeen a contribué à établir le mythe atlante, mais ce n'est pas l'Atlantide, même s'il existe un rapport entre les deux.

— Où était situé cet empire ? demanda Rohan.

Paul Flamel marqua un temps. Puis il déclara :

— C'est là que vous allez avoir du mal à me croire. Il se trouvait… en Antarctique.

Rohan écarta les mains en signe d'incrédulité.

— Vous vous moquez de nous. C'est impossible ! L'Antarctique est recouvert par les glaces depuis des millions d'années…

— C'est ce que prétend l'Histoire officielle. Mais, aussi incroyable que cela puisse paraître, l'Hedeen était situé sur le sixième continent. Je ne vous en dirai pas plus pour l'instant. Lorsque nous serons rentrés, je vous confierai un autre dossier. Nous en reparlerons lorsque vous l'aurez étudié. Sachez cependant que les éléments qui le constituent sont aux mains des historiens. Ils sont incapables d'expliquer ces éléments, qui les perturbent profondément. Certains tentent de démontrer qu'ils sont faux, ou mal interprétés, mais leurs explications ne sont guère convaincantes et il est très facile de les réfuter. La plupart préfèrent les ignorer, car ils remettent complètement en cause l'histoire de la Terre telle qu'ils la décrivent.

« Cette localisation en Antarctique est à l'origine du nom de la Prophétie des Glaces. Après le mystérieux cataclysme qui provoqua l'effondrement de l'Hedeen, la population migra vers des régions plus hospitalières. D'après les documents en notre possession, cette migration se fit dans des conditions épouvantables. Beaucoup périrent au cours de cet exode. D'autres, pour des raisons que nous ignorons, s'obstinèrent à rester sur place. Mais ils étaient condamnés à disparaître. Les survivants oublièrent à peu près tout de la technologie qu'avaient élaborée leurs ancêtres, et retournèrent inexorablement à l'âge de pierre. Ils conservèrent seulement quelques connaissances au niveau de l'agriculture et de l'élevage. Ceci explique pourquoi on vit apparaître, au cours des millénaires qui suivirent la fin de la glaciation de Würm, et en différents endroits du monde, des petits groupes de pasteurs sédentaires qui utilisaient des outils inconnus auparavant. De là datent également les différents courants de pensées religieuses. Ils trouvent leurs racines en Hedeen, dont le nom inspira celui du légendaire jardin d'Eden de la Bible. Il en est de même pour l'écriture. Son principe a été importé par les descendants des Hedeeniens. Mais ils n'en conservèrent que des bribes, qu'ils étaient bien incapables d'utiliser. Seule resta l'idée de faire correspondre des signes avec des mots et des objets. Voilà pourquoi l'Hedeen peut être considérée comme le berceau de nombre d'autres civilisations qui ont suivi. Ainsi s'explique sans doute la concordance entre l'écriture de l'Hedeen et les signes de Glozel.

« Toutefois, cette richesse technologique ne disparut pas totalement. Une petite fraction de la population hedeenienne parvint à conserver la Connaissance. On les appelait les Hosyrhiens, nom formé à partir de deux principes, Hosyr et Hysis, que l'on retrouve bien plus tard sous la forme d'Osiris et d'Isis, le couple divin égyptien. Dans la cosmogonie hedeenienne, Hosyr et Hysis symbolisaient la dualité de toutes choses, le Masculin et le Féminin, le Bien et le Mal, l'Amour et la Haine, le Jour et la Nuit, la Vie et la Mort, l'Harmonie et la Discorde, chacun étant l'un et l'autre, et chacun contenant l'autre en devenir.

— C'est le symbole du mandala, remarqua Lara.

— Exactement. Le Yin et le Yang. Le plus vieux symbole du monde. Les Hosyrhiens étaient les savants du monde hedeenien. Leurs connaissances n'avaient pas atteint le niveau technologique du monde actuel, bien sûr, mais leurs recherches s'étaient exercées dans des domaines différents, qui leur avaient apporté un degré de sagesse tel qu'ils parvinrent à traverser les siècles, puis les millénaires sans disparaître, contrairement à nombre d'autres civilisations. Après leur départ d'Hedeen, ils s'installèrent sur une île de l'Atlantique aujourd'hui disparue. Elle était située non loin de deux îlots qui existent encore, Saint-Pierre et Saint-Paul, et qui se trouvent près de l'équateur. C'est cette île, appelée Avalon, qui a donné en partie naissance au mythe de l'Atlantide. Mais on croise aussi son nom dans la légende arthurienne. Elle fut engloutie sous les eaux il y a plusieurs milliers d'années.

— Un nouveau cataclysme ?

— Pas exactement. La fin de la glaciation de Würm a provoqué une élévation importante du niveau des océans et l'île d'Avalon, qui ne comportait pas de sommets élevés, a disparu, tout comme certaines îles de l'océan Indien risquent de disparaître de nos jours si les glaces des pôles continuent à fondre. Heureusement, les Hosyrhiens ont eu le temps de préparer leur départ. Ils se sont installés alors en Amérique du Sud, dans une ville aujourd'hui appelée Tiahuanaco, sur les rives du lac Titicaca. Cette installation a d'ailleurs donné lieu à une controverse, puisque Tiahuanaco est considérée par certains chercheurs comme la plus vieille cité du monde. Mais cette hypothèse est bien sûr rejetée par les historiens.

— J'ai étudié l'énigme de Tiahuanaco, intervint Lara. J'avais déjà remarqué dans mes rêves certaines ressemblances entre les ruines de ce site et les architectures de l'Hedeen.

— Et pour cause. Cependant, les constructions qui subsistent sont beaucoup plus récentes. A l'origine, le lac Titicaca était plus vaste et la cité hosyrhienne était située loin des rives actuelles. Mais les chercheurs ont trouvé dans ces ruines des dessins d'animaux disparus depuis huit à douze mille ans. Ces animaux existaient encore lorsque les Hosyrhiens s'établirent là-bas.

« L'isolement total de Tiahuanaco leur permit de vivre en paix. Cependant, tout comme à l'époque de l'Hedeen et d'Avalon, ils continuèrent à explorer le monde, nouant parfois de brefs contacts avec les populations indigènes. Ils n'étaient pas des conquérants, mais des chercheurs, des sages épris de connaissance. Ils partaient souvent pour plusieurs années. Ils voyageaient à bord de nefs volantes qui ressemblaient à des dirigeables, mues par des moteurs électriques et gonflées à l'air chaud. Au cours de leur histoire, ils furent à l'origine de différentes légendes, comme celle des Magonians ou celle des Nephilim que l'on retrouve dans la Bible. Ils étaient les voyageurs du ciel, les Géants, les Héros de l'Ancien Temps...

Rohan secoua la tête.

— Mais comment pouvez-vous savoir tout ça sur cet empire dont l'Histoire officielle ignore tout ?

— Ces informations sont contenues dans le dossier Hedeen.

— Vous avez donc su déchiffrer cette écriture ?

— Non. Le secret s'en est perdu au fil des millénaires. Mais nous disposons de documents établis par les Hosyrhiens et conservés précieusement depuis. Malheureusement, nombre d'entre eux ont été détruits au cours du temps, et nous ne possédons plus que des bribes de l'histoire de l'Hedeen, bien insuffisantes pour savoir ce qui s'est réellement passé là-bas il y a quinze mille ans.

Paul Flamel laissa passer un silence. Puis il ajouta :

— Il est cependant une chose que vous devez savoir tous les deux. Les Hosyrhiens avaient développé leurs études dans des domaines bien particuliers, notamment ceux qui touchent à la dimension spirituelle, mais vus sous un angle différent de la religion. Ils avaient formé une caste d'individus capables d'entrer en contact avec l'univers de l'Esprit. Les Hosyrhiens avaient la particularité d'établir des relations avec les morts.

Lara et Rohan accusèrent le coup.

— Comme nous ? s'exclama Rohan.

— Comme vous. Pour Lara, l'explication réside dans le fait qu'elle est la « réincarnation » de la reine Tanithkara. Quant à toi, quant à ton père Douglas et nombre d'autres tels que Valentine, Fiona ou moi-même, la raison est la suivante : nous sommes des Hosyrhiens. Plus exactement, nous sommes les descendants de ce peuple de savants. Un peuple dirigé, à l'origine, par la reine Tanithkara elle-même. C'est elle qui a décidé de fuir l'Hedeen pour mener les habitants de son petit royaume vers une terre d'accueil plus clémente. Elle avait anticipé ce qui allait se passer et savait que l'Hedeen était voué à l'anéantissement. Pendant près de quinze mille ans, nous avons œuvré pour conserver le savoir et la philosophie de nos ancêtres. Nous avons traversé le temps et les épreuves grâce à l'esprit de solidarité qui existe entre nous depuis le début, grâce également à notre manière de penser.

— Nous sommes donc des Hosyrhiens… dit Rohan, stupéfait.

Il laissa passer un silence, le temps de digérer l'information.

— Et ce sont les Hosyrhiens qui sont à l'origine de cette mystérieuse Prophétie des Glaces ? demanda-t-il.

— La première d'entre eux, la reine Tanithkara.

— Que dit cette prophétie ?

34

La Prophétie des Glaces

— Pour bien comprendre, il faut d'abord que je vous explique quelles étaient les convictions philosophiques des Hosyrhiens. Pour eux, chaque être vivant, depuis la cellule jusqu'aux organismes les plus complexes, est constitué d'une part physique et d'une part « spirituelle », que, pour simplifier, nous appellerons l'âme. Encore que le terme hosyrhien ne corresponde pas exactement à sa signification chrétienne. La science des Hosyrhiens s'est développée pendant plusieurs siècles. Ils savaient que la Terre avait été formée plusieurs milliards d'années auparavant, en même temps que le Soleil et les autres planètes. Leurs connaissances astronomiques n'avaient rien à envier aux nôtres, même si leurs moyens d'investigation étaient moins sophistiqués. Ils savaient aussi que la vie n'était pas apparue immédiatement, et qu'elle avait d'abord pris la forme d'êtres minuscules, invisibles à l'œil nu : les cellules. De même, ils avaient compris qu'elle avait ensuite évolué pour donner des êtres de plus en plus complexes.

— Ils possédaient des microscopes ?

— Des microscopes et des télescopes. Les Hosyrhiens étaient d'excellents opticiens. Leurs observations, qui se sont effectuées sur de longues périodes et à d'innombrables endroits du monde, les ont amenés à formuler l'hypothèse suivante : au moment de la mort, la partie « spirituelle », l'âme de chaque être vivant, se sépare de son enveloppe matérielle et rejoint un espace parallèle, immatériel.

— C'est une idée religieuse.

— Pas pour les Hosyrhiens. En fait, pour des raisons que nous ignorons, ils s'étaient détournés de toute forme de croyance. Ils faisaient la différence entre la religion et la spiritualité. La religion imposait des lois, des dogmes que l'on ne pouvait remettre en question, et qui étaient le fait des prêtres. La spiritualité laissait une grande liberté de pensée à l'être humain. Les Hosyrhiens estimaient que chacun devait mener sa propre quête spirituelle, sans aucune contrainte.

« Ils ont donc imaginé que les âmes de tous les êtres vivants avaient fini par former, au cours des centaines de millions d'années, une entité qu'ils appelèrent l'Ether. C'est un espace parallèle au nôtre, l'univers des âmes et de la pensée, où les lois de la physique classique ne s'appliquent pas. Les distances y sont abolies, et c'est là que se rejoignent et se fondent les parts spirituelles de chaque être vivant. Selon les Hosyrhiens, le plus modeste des êtres vivants possède une âme.

« Au cours de la vie, chaque âme enregistre et mémorise toutes les expériences vécues par son "hôte", ou son "véhicule". A la mort de celui-ci, l'âme apporte son expérience à l'Ether. Cette expérience enrichit le Tout, qui a ainsi, au fil de centaines de millions d'années, acquis une forme d'intelligence phénoménale, sans aucun rapport avec ce que nous définissons comme tel pour l'être humain. C'est l'intelligence d'une planète entière. En conséquence, pour chaque espèce, ce Tout réagit en fonction des variations de l'environnement et, par modification génétique, adapte les espèces en fonction des pressions extérieures. Ainsi s'expliqueraient l'évolution et l'étrange phénomène d'adaptation qui a permis à certaines espèces de survivre même à des conditions d'existence extrêmes, voire à des cataclysmes d'ampleur inimaginable qui ont amené, à plusieurs reprises, une quasi-extinction de la vie terrestre. A chaque fois, la vie a repris le dessus à partir des espèces survivantes. Les Hosyrhiens y voient l'action de l'Ether. L'Ether tend à créer les êtres les plus parfaitement adaptés à leur environnement, et également de plus en plus complexes. C'est ainsi qu'à la suite d'une longue évolution la vie a abouti à l'être humain, que l'on peut considérer comme la créature la plus évoluée. Mais cela ne signifie pas que l'évolution soit achevée. En fait, elle n'a pas de fin. Les humains ne sont qu'une étape.

« Cette théorie n'est pas sans rappeler la théorie de Darwin. Mais elle lui donne une dimension spirituelle qu'elle n'avait pas. Je dis bien spirituelle et non religieuse. Car les Hosyrhiens ne considéraient pas l'Ether comme une forme de divinité, mais comme une composante fondamentale de la vie. La véritable divinité, pour les Hosyrhiens, est la Vie elle-même, et la formidable puissance, l'extraordinaire capacité créatrice qu'elle recèle. Là où Darwin ne voyait qu'une sélection naturelle, les Hosyrhiens voyaient une évolution réfléchie par un esprit supérieur, celui de la planète elle-même. Les Hosyrhiens estimaient que l'Homme faisait partie de ce Tout au même titre que n'importe quelle autre espèce. Bien sûr, il bénéficiait d'atouts bien plus importants, mais il devait garder à l'esprit qu'il lui fallait respecter les autres formes de vie. Ils avaient compris que la nature reposait sur l'équilibre établi entre les espèces végétales et animales. Certaines "collaboraient" entre elles, comme par exemple les abeilles et les fleurs pour la pollinisation. Mais cet équilibre devait être conservé et protégé, car il était fragile. L'extinction d'une seule espèce pouvait engendrer la disparition de nombre d'autres. Lorsque l'équilibre est rompu, la nature n'a de cesse d'en créer un autre.

Lara remarqua :

— Cela rappelle l'hypothèse Gaia, qui dit que la Terre serait un être vivant d'une extraordinaire complexité, dont toute créature fait partie.

— C'est assez proche de la pensée hosyrhienne, en effet. L'hypothèse Gaia n'est pas non plus une théorie religieuse. Et c'est bien pour cela qu'elle gêne considérablement les intégristes, pour qui Dieu est un être omnipotent et invisible auquel tout ce qui vit doit être soumis. Il a créé l'homme « à son image » pour dominer tous les autres êtres vivants. Pour les Hosyrhiens, l'homme n'est qu'une créature parmi les autres, appartenant au règne animal.

La jeune femme resta songeuse. Ces idées lui paraissaient singulièrement familières. Paul Flamel poursuivit :

— La Prophétie des Glaces repose sur les travaux des Hosyrhiens. Ceux-ci avaient compris que la Connaissance ne se limitait pas à l'étude de l'univers matériel, mais qu'il leur fallait aussi se pencher sur ce qu'ils avaient baptisé l'Ether. C'est pourquoi ils avaient développé depuis très longtemps la recherche médiumnique. Ils pratiquaient l'hypnose, la régression dans les vies antérieures d'une manière bien plus approfondie que nous ne le faisons à notre époque, où ce genre de pratique est plus ou moins assimilé par la science officielle à du charlatanisme, non parfois sans raison. Ils exploraient tous les domaines de l'esprit, la télépathie, la télékinésie, et surtout le contact avec l'espace éthérique. Ces médiums étaient capables d'entrer en contact avec les âmes des disparus, ou plus exactement avec l'univers de l'Esprit.

« C'est ainsi qu'ils ont pu comprendre le mécanisme qui déclenchait l'adaptation des espèces à leur environnement, mais aussi certains phénomènes comme, par exemple, le mimétisme. C'est en cela que leur théorie va plus loin que le darwinisme, qui ne peut expliquer pourquoi une espèce de serpent inoffensif comme le faux serpent corail a copié l'apparence du vrai pour se protéger de ses prédateurs. Il en est de même pour quelques espèces de papillons, dont le dessin des ailes reproduit une tête effrayante. Comment ces animaux auraient-ils pu "imaginer" d'eux-mêmes de modifier leur apparence ? Leurs gènes en étaient-ils capables ? Si oui, comment se déclenchait le mécanisme de modification de ces gènes ? Cette modification ne pouvait venir que d'un "esprit supérieur".

« Cependant, cet esprit n'a rien à voir avec le "dessein intelligent" prôné par les créationnistes, qui considèrent que tout cela est l'œuvre de Dieu. C'est une autre forme d'intelligence, celle de la Vie elle-même. Une intelligence qui nous dépasse.

« La reine Tanithkara adhérait à cette philosophie. Lorsque survint le grand cataclysme, c'est elle qui organisa le départ de son peuple vers une autre région du globe. C'était une décision très difficile à prendre car les Hedeeniens redoutaient plus que tout de mourir ailleurs que dans leur pays. C'est un sentiment que l'on retrouvera plus tard chez les Egyptiens. Mais les Hosyrhiens n'étaient pas conditionnés par ce genre de superstition. Ils savaient que le monde ne se limitait pas à l'Hedeen et que la mort n'était qu'un passage vers une autre forme de vie.

« Tanithkara est devenue la Mère de son peuple, une femme d'un rayonnement et d'une intelligence extraordinaires. Tout au long de sa vie, elle n'a cessé d'explorer l'Ether, et elle en a compris beaucoup de mécanismes. Ainsi, elle avait appris que les pensées de l'homme étaient créatrices, et qu'elles pouvaient avoir une influence sur le déroulement des événements à venir. Elle avait établi avec l'Ether des liens privilégiés, à un niveau qu'aucun être humain n'a pu atteindre après elle. Peut-être est-ce ce contact qui l'a amenée, peu de temps avant sa mort, à émettre ce que l'on a appelé plus tard la Prophétie des Glaces.

Paul Flamel marqua un court silence. Puis il sortit de son portefeuille un papier soigneusement plié, couvert d'une écriture fine et serrée.

— En voici la traduction, telle que nous avons pu l'établir : « Dans un avenir très lointain, lorsque le monde aura fait plusieurs milliers de fois le tour de l'Astre du Jour, les hommes s'éveilleront de nouveau à la connaissance des lois de la Nature. Mais ils n'en percevront d'abord que l'aspect matériel, et développeront des machines fabuleuses dont ils deviendront les esclaves. Plus ils perceront les secrets du savoir, plus ils se détourneront de la vraie spiritualité, car leur esprit sera obscurci par les superstitions religieuses, la vanité et la cupidité. Ils se couperont ainsi de leur dimension spirituelle, aliéneront leur liberté de corps et d'esprit à de fausses divinités et deviendront aveugles au monde véritable. Les faux dieux régneront par la coercition et permettront aux puissances de la classe possédante de dominer le reste de l'humanité. L'homme se multipliera sans discernement comme le font les insectes et il deviendra une menace pour la planète. Il s'ensuivra le chaos, la famine et la guerre pour la plus grande partie des hommes, tandis qu'une poignée de nantis continuera à s'enrichir. Il en sera ainsi jusqu'au moment où les hommes, abreuvés aux sources de la Connaissance, se libéreront de leurs chaînes et retrouveront les valeurs essentielles. Ils se détourneront alors des religions dominatrices. Celles-ci évolueront ou disparaîtront. Commencera une ère nouvelle où la spiritualité et la liberté remplaceront les fausses croyances, et où l'homme prendra conscience que la Terre est un être vivant dont il fait partie et sur lequel il ne possède aucun droit. Au moment où le monde traversera une crise majeure et sera sur le point de sombrer dans le chaos, je reviendrai à la vie dans le corps d'une jeune femme dont les rêves lui ouvriront les portes de ma mémoire. »

Un long silence suivit les paroles du vieil homme. Lara avait fermé les yeux. Tandis qu'elle écoutait les paroles traduites en français, d'autres termes naissaient dans son esprit, des mots oubliés, surgis de la nuit des temps, qui leur faisaient écho. Ils étaient enfouis en elle, dans leur langue d'origine, et ils ne demandaient qu'à réapparaître. Une vive émotion s'empara d'elle.

Paul Flamel reprit la parole :

— Vous connaissez désormais les termes de la Prophétie. Vous comprenez pourquoi les intégristes l'ont considérée comme une hérésie. Elle allait à l'encontre de tout ce que prônaient les religions et envisageait même leur disparition. Voilà aussi pourquoi l'Ensis Dei cherche à tuer la réincarnation de Tanithkara. Ils ont réussi à le faire au seizième siècle. Nous devons tout faire pour les en empêcher aujourd'hui. Mais nous devons nous montrer très vigilants. Ces gens-là sont partout, ils sont très puissants et ils ne renonceront jamais.

35

— Comment les gens de l'Ensis Dei ont-ils eu connaissance de la Prophétie des Glaces ? demanda Lara.

— A cause d'un accident malheureux. Je vous ai dit que les Hosyrhiens avaient poursuivi, pendant des millénaires, leur étude du monde. Ils voyageaient à bord de leurs dirigeables. Mais ces navires étaient relativement fragiles, et ils ne passaient pas toujours inaperçus. Au cours de ces voyages d'observation, ils furent plusieurs fois victimes d'accidents. Des navires s'abîmèrent dans l'océan, d'autres disparurent sur l'un ou l'autre continent après avoir essuyé des ouragans. Les survivants étaient parfois massacrés par les indigènes, parfois considérés comme des dieux. Ce fut ainsi qu'ils donnèrent naissance à de nombreuses légendes, dont celle de la Magonie.

« Au quatorzième siècle, quelque part en Espagne, l'un d'eux fut pris dans un violent orage et s'écrasa au sol. Les survivants furent immédiatement capturés et amenés auprès d'un tribunal. C'était l'époque de l'Inquisition, qui luttait contre tout ce qui risquait de remettre en cause l'hégémonie de l'Eglise catholique. Les inquisiteurs les interrogèrent sans relâche pendant des jours entiers, dans le plus grand secret. En général, les Hosyrhiens apprenaient la langue des pays qu'ils visitaient, ce qui leur permettait de se mêler à la foule pour faire leurs observations. Ils n'eurent donc aucune difficulté à se faire comprendre de leurs bourreaux. Ils tentèrent d'expliquer qu'ils venaient d'un pays situé au-delà des mers et que leurs intentions étaient pacifiques. Mais, à cette époque, l'Eglise affirmait que la Terre était plate et que l'océan s'achevait au bord d'un gouffre sans fond gardé par des monstres terrifiants. Les paroles des voyageurs ne pouvaient donc qu'être inspirées par Satan lui-même. Les prêtres, convaincus qu'ils avaient affaire à des êtres démoniaques, les soumirent à la question. Sous la torture, ils avouèrent tout ce qu'on leur demanda. Et l'un d'eux, sans doute par défi devant les exactions de l'Eglise, évoqua la Prophétie des Glaces et la disparition des religions. Les prêtres ne lui accordèrent aucun répit avant qu'il n'ait révélé la totalité de cette prophétie. Ils en conçurent une grande frayeur. Ils l'assimilèrent à la venue annoncée de l'Antéchrist. Tout correspondait, puisque le terme "Antéchrist" désignait un être apparu dans le monde avant l'arrivée du Christ. A leurs yeux, la Prophétie n'annonçait rien moins que son retour. Avec lui, le chaos s'abattrait sur le monde. La Prophétie des Glaces devint donc la plus terrifiante des hérésies. Une chambre spéciale fut créée à cette époque, dont le seul but était de veiller à ce qu'elle ne se réalisât jamais. Cette chambre fut appelée Ensis Dei, l'Epée de Dieu. Son premier geste fut de condamner les voyageurs hosyrhiens à être brûlés vifs et leurs cendres dispersées.

« L'Ensis Dei œuvra dès le début avec zèle et fut pour beaucoup dans la condamnation à mort de nombreux innocents accusés de sorcellerie. Elle traquait particulièrement les femmes dont le comportement paraissait suspect, notamment celles qui avaient des visions, que l'on accusa de nécromancie. Parmi les révélations faites sous la torture, les Hosyrhiens avaient avoué que la reine ressuscitée se reconnaîtrait aux rêves qu'elle ferait, et qui représenteraient l'Hedeen disparu. Ils avaient dit également qu'elle parlerait la langue de ce pays. Les religieux assimilèrent l'Hedeen aux contrées infernales. Toute personne souffrant de dédoublement de la personnalité, trouble psychique reconnu aujourd'hui, fut convaincue de possession et persécutée.

« Au début du seizième siècle, l'Ensis Dei existait toujours. Ce fut ainsi que, par un malheureux concours de circonstances, elle s'intéressa au cas de Helka Paakinen. Sans doute l'esprit de Tanithkara avait-il décidé de reprendre vie à cette époque de grande confusion religieuse. Malheureusement, Helka fut éliminée dans les conditions que vous connaissez.

« A la fin du dix-septième siècle, les persécutions cessèrent et l'Ensis Dei perdit de son pouvoir occulte. Les rares documents qui la mentionnaient furent détruits. Officiellement, cette organisation n'a jamais existé. Cependant, à cause de la Prophétie des Glaces, de hauts dignitaires ecclésiastiques décidèrent de la maintenir, pour veiller à un éventuel retour de la reine. Elle survécut ainsi à l'Inquisition, qui n'eut plus qu'un rôle de consultation avant de disparaître définitivement. En revanche, l'Ensis Dei continua d'exister. Au dix-neuvième siècle, elle comportait encore plusieurs membres, des ecclésiastiques de haut rang qui étudiaient tout ce qui aurait pu ressembler à une résurgence de la Prophétie des Glaces.

« En 1860, Charles Darwin publia son *Origine des espèces*. Il n'était pas le premier à remettre en cause le principe de l'immuabilité de la vie. Un demi-siècle plus tôt, le Français Lamarck avait déjà évoqué cette possibilité. Mais Lamarck s'appuyait sur l'existence d'une "Force organisatrice" qui rappelait tout de même un dieu. Darwin, lui, parlait d'une évolution régie par le hasard et l'adaptation permanente. Il n'existait, de même, aucune finalité aboutissant à l'homme, qui n'était qu'un maillon comme un autre dans la chaîne de la vie. L'apparition de l'humanité n'était que le fruit d'un concours de circonstances. C'est une idée que l'on retrouve également dans la philosophie hosyrhienne. La théorie de l'évolution des espèces déclencha une vive polémique. Les opposants de Darwin ne pouvaient admettre de descendre du singe et le lui firent vertement savoir. Pourtant, des découvertes ultérieures permirent de confirmer chaque jour un peu plus cette théorie, qui est toujours très mal accueillie dans les milieux religieux conservateurs.

« Le livre de Darwin fut épluché avec minutie. Mais il n'avait rien de prophétique. Il s'inscrivait plutôt dans le combat que la science et l'Eglise se livrent depuis toujours. Pour les religieux, les capacités d'étude de la science s'arrêtent à tout ce qui touche l'être humain, créé par Dieu à Son image, et qui reste donc hors de portée de l'analyse scientifique. Charles Darwin ramenait l'homme à une dimension animale, mais il ne s'inscrivait pas dans la perspective d'une quelconque prophétie. Son raisonnement demeurait parfaitement rationnel. Néanmoins, la polémique suffit à réactiver l'Ensis Dei. Le dix-neuvième siècle fut le temps des sociétés secrètes, comme la franc-maçonnerie en Europe et les Skull and Bones ou les Scroll and Key en Amérique. Dans ce pays en effervescence et très marqué par le puritanisme, certains membres de ces clubs fermés et élitistes s'alarmèrent de cette remise en cause de la religion. Si vous regardez le billet américain, vous constaterez qu'il comporte une pyramide tronquée surmontée d'un œil triangulaire. L'œil symbolise aussi bien Dieu que l'élite de la nation dominant la masse laborieuse. La forme triangulaire représente la trinité divine. Le fait que la pyramide reste inachevée symbolise le fait que les Etats-Unis seront toujours à construire, et que cette construction ne pourra se faire que sous le regard de Dieu... et avec le concours de l'élite. C'est tout au moins l'interprétation qu'en donnent ces gens. Le fait aussi que le sommet soit séparé de la pyramide indique qu'ils s'estiment d'une essence supérieure. Dans leur esprit il s'agit de la suprématie de la race blanche.

« Parce qu'ils avaient des contacts avec les milieux religieux les plus secrets, ils eurent vent de l'existence de l'Ensis Dei. Ils entrèrent en contact avec les quelques religieux qui la composaient et décidèrent de lui redonner vie. Ils prirent ainsi connaissance de la Prophétie des Glaces, qui leur apparut comme un véritable danger. On ressortit les dossiers secrets établis par les premiers inquisiteurs sur les Magonians, ces êtres qui avaient les premiers évoqué la Prophétie des Glaces. Ils avaient avoué venir d'un pays lointain. A l'époque, l'Inquisition avait tenté de retrouver ce pays, sans succès. Et pour cause, pour la majorité, les Hosyrhiens étaient installés, à l'époque, en Amérique du Sud. L'Ensis Dei bénéficiant désormais de l'appui de puissants groupes financiers, elle reprit son activité et se lança dans une nouvelle traque destinée à débusquer les Hosyrhiens. Dans un premier temps, l'organisation finança des missions d'exploration pour découvrir ce fameux pays des Magonians.

« Ce fut un échec. Car Tiahuanaco avait été définitivement abandonnée depuis le quinzième siècle. Depuis l'apparition des premières civilisations, les Hosyrhiens avaient commencé à essaimer dans le monde. Ce phénomène s'est poursuivi au fil des millénaires. Lorsque l'Inquisition a capturé les malheureux qui lui ont révélé l'existence de la Prophétie, la plupart des Hosyrhiens avaient déjà quitté notre capitale. Nous étions installés dans différents pays, mais surtout en Europe et en Amérique, en demeurant, autant que possible, en retrait par rapport aux mouvements de l'Histoire, ce qui ne fut pas toujours facile. Il était important de ne pas attirer l'attention sur nous. Nous sommes restés en relation les uns avec les autres par l'intermédiaire de courriers codés. Grâce aux précautions prises, nous avons réussi à nous intégrer totalement aux populations des différents pays que nous avions choisis. Personne ne soupçonna quoi que ce soit. Puis il y eut la guerre de Sécession et la défaite des Sudistes.

Il regarda Rohan.

— Cette histoire est liée à celle de ta famille, mon garçon. Après la guerre, l'Ensis Dei noua des liens avec une organisation réactionnaire, le terrible Ku Klux Klan. A l'origine, ta famille était établie en Virginie. Elle se tenait à l'écart des événements. On savait cependant qu'elle s'opposait depuis toujours à l'esclavage, à tel point qu'elle n'employait pas d'esclaves noirs. De même, les Westwood ne fréquentaient ni église ni temple, ce qui déplaisait fortement aux autres colons. Au cours de la guerre, malgré leur désir de rester neutres, ils furent contraints de prendre les armes contre les Nordistes. Leur conduite héroïque leur valut le respect. Cependant, ils n'en continuèrent pas moins à défendre leurs idées abolitionnistes. Cette attitude leur attira la haine des membres du Ku Klux Klan, groupe d'extrémistes revanchards et racistes qui, après la guerre, terrorisaient les Noirs libérés et les Blancs qui leur apportaient de l'aide. Une expédition punitive fut organisée contre ta famille, à laquelle participèrent des membres de l'Ensis Dei. Au cours de cette attaque, plusieurs personnes furent capturées et torturées. Heureusement, les autres parvinrent à s'échapper et quittèrent le pays. Ils s'installèrent dans l'Etat de Washington, dans le nord-ouest des Etats-Unis, à Silverton, dans les années 1870. Ils y construisirent une demeure magnifique, sous laquelle, par précaution, ils installèrent une chambre de sûreté.

— Voilà pourquoi elle remontait au dix-neuvième siècle...

— Les Westwood firent savoir ce qui leur était arrivé à tous les autres Hosyrhiens, et nous prîmes tous la précaution d'équiper nos demeures de ces refuges. Car l'Ensis Dei avait fait parler ceux qu'elle avait capturés. En pillant la maison des Westwood, en Virginie, ils avaient découvert des documents évoquant la Prophétie des Glaces. Il n'en fallait pas plus pour qu'une nouvelle traque soit déclenchée. Depuis, une lutte sans merci s'est engagée entre nous et l'Ensis Dei.

« Cependant, jusqu'à ces derniers temps, nous avons vécu relativement en paix. Notre système de protection est efficace. Mais il s'est produit depuis moins de trois décennies une résurgence de mouvements fondamentalistes religieux, aussi bien dans les religions chrétiennes que dans l'islam. Si au début le phénomène est demeuré marginal, il se développe de plus en plus, et on assiste à une tentative de reprise en main des esprits par les mouvements intégristes. Le pire de tous est celui des créationnistes, qui affirment qu'il faut se conformer aux Saintes Ecritures sans les remettre en cause. Dieu a créé le monde en six jours et il s'est reposé le septième. Ainsi, notre bonne vieille Terre n'aurait pas plus de six ou sept mille ans selon les interprétations. Ils affirment que la Genèse doit être prise au pied de la lettre, et réfutent la théorie de Darwin, véritable sacrilège à leurs yeux. Selon eux, Dieu a créé toutes les espèces animales vivantes en vingt-quatre heures, idem pour les plantes, etc. Pendant plusieurs années, ces créationnistes ont été considérés comme des farfelus, et on aurait pu croire que leur théorie absurde n'avait aucune chance de connaître une grande audience. Mais, avec la venue de George W. Bush au pouvoir, les évangélistes ont agi avec la plus extrême efficacité pour diffuser leurs idées. Le candidat McCain lui-même, secondé par l'inénarrable Sarah Palin, déclarait, dans un but évidemment électoral, que “chaque Américain devait être informé des deux théories”. Les évangélistes représentent tout de même un quart de l'électorat américain.

« Le danger est réel. Les créationnistes nient catégoriquement l'idée que l'Homme puisse descendre du singe. Il n'existe aucun dialogue possible avec ces gens-là. A leurs yeux, nous sommes des êtres démoniaques qu'il convient d'anéantir jusqu'au dernier. Nous devons pourtant continuer notre combat. Car derrière ce déchaînement religieux se profile le spectre d'un autre danger encore bien plus grand. Les hommes qui contrôlent l'Ensis Dei ont compris depuis très longtemps que la religion est un moyen extraordinaire de manipuler et de contrôler les peuples. Un peuple instruit et intelligent devient de plus en plus difficile à gouverner et à exploiter. Pour ces gens, voilà le vrai danger représenté par la Prophétie des Glaces. Et voilà pourquoi ils veulent nous exterminer.

« Aujourd'hui, l'Ensis Dei dispose de moyens considérables. Elle est devenue une organisation transversale occulte très puissante qui s'appuie sur des groupes d'intérêts possédant des ramifications dans tous les pays et à tous les échelons de la société. Ses membres appartiennent à différentes Eglises chrétiennes, mais elle bénéficie également du soutien de certains groupes financiers islamiques qui, au-delà des différences de croyances, défendent le principe de la religion dominatrice. C'est dans cet esprit que les créationnistes, aussi bien chrétiens que musulmans, tentent d'imposer leurs idées. Leurs objectifs sont identiques : maintenir les peuples dans un état de dépendance religieuse. Leur credo est la défense de ce qu'ils appellent les valeurs morales. En réalité, il s'agit d'intérêts financiers. Tous les moyens sont bons pour ça. Un gourou turc a même fait envoyer des milliers de livres intitulés *Atlas de la Création* dans des milliers d'écoles européennes [1].

« Nous devons donc nous montrer extrêmement prudents. L'étau de l'Ensis Dei ne se relâchera jamais. Nous pensions vivre relativement en paix jusqu'au massacre d'une famille hosyrhienne installée au Chili, il y a une quinzaine d'années. Depuis, nous avons redoublé de prudence. Malheureusement, cela n'a pas été suffisant pour sauver ta famille, Rohan. L'attaque a été trop soudaine.

« Après le massacre, nous savions que l'Ensis Dei s'acharnerait contre toi. Par l'intermédiaire de hauts responsables du FBI, on a d'abord tenté de te rendre responsable du carnage. L'intervention de ton avocat a réduit leurs efforts à néant. Alors, ils devaient t'éliminer physiquement. Voilà pourquoi maître Monroe t'a

1. Authentique.

fourni des faux papiers. Il fallait te mettre à l'abri sous un faux nom.

— Pourquoi mon père et mon grand-père avaient-ils des capsules de cyanure ?

— Parce qu'ils connaissaient l'identité d'autres familles hosyrhiennes. Ils risquaient de parler sous la torture. Nous possédons tous une capsule de ce type. Nous sommes prêts à nous sacrifier pour protéger les autres.

— Mais comment ont-ils réussi à nous localiser ? Nous n'avions de contact avec personne, à Silverton.

— Probablement par l'intermédiaire de ces étudiants dont tu nous as parlé. Comme je te l'ai dit, nous soupçonnons fortement certaines Eglises fondamentalistes d'encourager les jeunes à faire parler leurs condisciples pour dresser des listes de personnes suspectes. Ils ont sans doute ensuite mené une enquête sur les Westwood. Ton père et ton grand-père se doutaient de cette inquisition. Ils gardaient en mémoire le massacre de nos compagnons chiliens, dix-sept ans plus tôt.

Rohan hocha la tête. Cela expliquait les visages inquiets de Henry et de Douglas, les derniers temps. Ils se savaient menacés. Malheureusement, même la chambre de sûreté n'avait pu leur éviter le massacre.

— Ces salauds ne peuvent tout de même pas éliminer tous les athées et les agnostiques, dit Lara.

— Non, bien sûr. Mais un non-croyant isolé ne représente aucune menace. En revanche, ils savent que les Hosyrhiens sont nombreux et riches. Nous sommes donc potentiellement dangereux et il faut nous éliminer. Il peut paraître ahurissant pour un esprit intelligent et équilibré qu'un tel fanatisme puisse encore exister à notre époque, mais n'oubliez pas le 11 septembre 2001, les attentats suicides, ou bien les génocides commis en Afrique. Il y a quelque temps encore, une guerre sanglante opposait les Irlandais catholiques aux protestants de l'Ulster, qui a fait plusieurs milliers de victimes en quelques décennies Et le feu couve encore sous la cendre. Seuls le fanatisme et le conditionnement des individus peuvent expliquer ces aberrations.

« Les chrétiens ne commettront jamais d'attentats suicides parce que le suicide est interdit par leur religion. En revanche, souvenez-vous que les fondamentalistes n'ont pas hésité à poser des bombes dans les cinémas qui diffusaient *La Dernière Tentation du Christ* de Martin Scorsese. Lorsqu'un prêtre intégriste inconscient a provoqué la mort d'une demi-douzaine de jeunes, il y a quelques années, en les envoyant naviguer dans des conditions dangereuses, les parents ont accueilli la disparition de leurs propres enfants avec résignation, en estimant qu'il s'agissait là de la volonté divine, et que l'abbé en question n'avait rien à se reprocher. L'obscurantisme a encore de belles années devant lui, hélas. C'est sur lui que s'appuie l'Ensis Dei. Pour ces gens-là, les Hosyrhiens sont des êtres démoniaques dont le but avoué est de détruire toutes les religions.

— Et c'est vrai ? Vous comptez détruire les religions ?

— Absolument pas. Nous n'avons aucune intention de supprimer les religions. D'abord, ce serait impossible, parce que l'on ne tue pas les idées. Et ensuite, ce serait une grave erreur. Les religions ont leur raison d'être. Nous espérons seulement les amener à évoluer, ce qu'elles ne font pas actuellement. Les véritables Antéchrist, ce sont ces prêtres aveugles qui refusent de voir que le monde est en perpétuelle évolution. Ils cherchent contre vents et marées à imposer des principes erronés, des dogmes rigides qu'ils appellent lois de Dieu, mais qui traduisent leur intolérance. Ce que les intégristes n'ont pas compris, c'est que la Prophétie des Glaces est un avertissement. C'est leur refus d'évoluer qui sera responsable de l'effondrement des religions. Certainement pas notre action. Nous sommes pacifistes, opposés à la violence et à toute forme de coercition. Notre seul but est de défendre la liberté de pensée de chaque individu, afin qu'il puisse mener sa propre quête spirituelle. Le mouvement est déjà engagé, et depuis longtemps. Nous n'en sommes pas les initiateurs. Ce mouvement n'est qu'une réaction naturelle de l'être humain face à la privation de sa liberté spirituelle. Cela demandera encore beaucoup de temps, mais les religions devront s'adapter, sinon elles se détruiront elles-mêmes. Et ce serait une catastrophe, car par quoi seraient-elles remplacées ? Déjà, nombre de gens se tournent vers les sectes. Mais elles sont pires encore que les religions.

Les deux jeunes gens méditèrent les dernières paroles de Paul Flamel. Les pensées passaient désormais si vite de l'un à l'autre qu'ils avaient parfois l'impression de n'avoir qu'un seul esprit pour tous les deux. Mais comment une femme qui vivait il y a quinze mille ans avait-elle pu émettre une prophétie aussi précise ? Avait-elle vu l'avenir ? Car on ne pouvait nier que sa vision correspondait de manière stupéfiante à l'état du monde actuel. La crise financière qui secouait le monde risquait de déboucher sur le chaos, la guerre, la famine, l'effondrement de la civilisation. Jamais les hommes n'avaient été aussi nombreux et la population ne cessait de croître tandis que les religieux luttaient avec une inconscience coupable contre l'utilisation de la contraception, même dans les pays africains, où les maladies sexuelles faisaient des ravages. L'homme était devenu l'esclave des machines qu'il avait créées. Il ne pouvait plus se passer de voitures, d'ordinateurs et de nombre d'autres inventions. Il ne vivait plus en harmonie avec la nature mais l'exploitait d'une manière excessive qui épuisait inexorablement ses richesses. Dans certains pays, l'eau était devenue plus précieuse que l'or et sa possession serait la cause de guerres dans les années à venir. L'air des villes était pollué, la banquise fondait, le niveau des océans montait inexorablement, la température augmentait.

Dans ce capharnaüm, quel espoir restait-il ?

Pourtant, certains signes étaient encourageants. Partout dans le monde on luttait de plus en plus activement contre l'injustice. La solidarité s'exprimait de manière étonnante lorsque survenait une grande catastrophe. Mais cette solidarité, cette compassion venaient d'initiatives personnelles. Non des gouvernants et des puissants. L'homme avait pris conscience de la barbarie et des inégalités. Il lui restait à prendre conscience de la vacuité de la superstition et du matérialisme.

Paul Flamel respecta la réflexion commune de Lara et de Rohan. Ses dons de médium lui permettaient de ressentir le flot de pensées qui passait librement de l'un à l'autre, sans toutefois pouvoir en saisir la finesse et la teneur. Une émotion intense l'avait envahi. Sans le savoir, ces deux-là représentaient le devenir de l'espèce humaine. La télépathie, tout comme d'autres pouvoirs insolites, existait à l'état latent chez l'être humain. Lara et Rohan constituaient l'aboutissement de millénaires de mutations, le premier couple capable de communiquer à un niveau plus subtil que la parole. Viendrait sans doute un temps où l'humanité tout entière serait capable de communiquer ainsi. D'autres talents viendraient sans doute s'ajouter à celui-ci. Mais il faudrait encore du temps. Beaucoup de temps et de patience.

Le vieil homme remercia le Grand Esprit de lui avoir permis de vivre un moment aussi intense, aussi gratifiant. Ses ancêtres avant lui avaient vécu dans l'attente de cet instant hors du temps. Qu'ils s'en réjouissent à travers lui. Il était persuadé à présent qu'il allait réussir à réveiller la mémoire profonde de la reine Tanithkara, et ainsi comprendre ce qui s'était passé quinze mille ans plus tôt. Car il restait encore un mystère extraordinaire à percer. Un mystère dont seule la mémoire de Tanithkara détenait le secret.

A condition de parvenir à échapper à la vindicte de leurs ennemis fanatiques...

36

A Peyronne, la famille au grand complet les attendait avec impatience. Les hommes de main de Paul Flamel étaient déjà arrivés et s'étaient installés dans les dépendances. Même s'il était probable que l'Ensis Dei avait été semée, il valait mieux rester sur ses gardes. Le domaine fut mis sous surveillance maximale.

Rohan ressentit un petit pincement au cœur en revoyant Valentine. Après les révélations du vieil homme, il comprenait mieux pourquoi elle avait agi ainsi. Le sourire triste qu'elle lui adressa le bouleversa.

Lara fut reçue comme une reine, ce qui la contraria un peu. Chacun s'inclina devant elle avec un respect auquel elle n'avait pas été préparée. Elevée par ses parents dans l'idée qu'hommes et femmes naissaient égaux, cette déférence soudaine la gênait. Ce fut Fiona, la mère de Valentine, qui la mit à l'aise.

— Il te faut comprendre pourquoi nous réagissons ainsi, Lara. Cela fait quinze mille ans que nos ancêtres attendent la résurrection de la reine Tanithkara. C'est elle que nous saluons en toi.

— Quinze mille ans ? Vous savez, j'ai du mal à y croire.

— Tu comprendras mieux lorsque tu auras étudié les documents, et notamment le livre du professeur Hapgood.

Lara et Rohan se plongèrent dans l'étude des documents en question dès le lendemain. Ils y passèrent la nuit, malgré l'aspect ardu du livre de Charles Hapgood, les *Cartes des anciens rois des mers*. Il s'agissait d'une édition française, préfacée par Rémy

Chauvin et dont l'avant-propos était rédigé par Paul-Emile Victor.

L'ouvrage était complexe, mais passionnant. Charles Hapgood, né en 1904 et mort en 1982, était un universitaire américain, diplômé en 1932 en histoire médiévale et moderne. Pendant la Seconde Guerre mondiale, il fit partie du contre-espionnage, au sein de l'OSS et de la CIA, et il travailla pour la Maison Blanche, en tant qu'agent de liaison. Après la guerre, il occupa une chaire d'histoire à l'université de Springfield, dans le Massachusetts. Passionné par l'énigme de l'Atlantide, il publia un premier livre en 1955, *The Earth's Shifting Crust* (*Les Déplacements de la croûte terrestre*), dans lequel il avançait l'hypothèse que le déplacement des plaques tectoniques avait provoqué, au cours des millions d'années, des modifications de l'emplacement des pôles. A l'époque, ses idées avaient suscité de vives polémiques et un rejet de la part des géologues orthodoxes. Mais Albert Einstein en avait écrit la préface, peu avant sa mort, lui témoignant ainsi son admiration et son soutien.

Ce fut à l'université de Springfield que Charles Hapgood eut connaissance de ce que l'on appelait les « Cartes impossibles ».

L'histoire commençait par la découverte, en 1929, dans l'ancien palais impérial de Constantinople, devenue Istanbul, d'un fragment de carte datant de l'an 919 de l'Hégire, c'est-à-dire l'année 1513 de l'ère chrétienne. Cette carte décrivait, avec une précision remarquable pour l'époque, les côtes de l'Europe et de l'Afrique à l'est, et les côtes orientales de l'Amérique du Sud à l'ouest. Elle attira immédiatement l'attention, car les longitudes indiquées se révélèrent très correctes, ce qui était d'autant plus étonnant que les navigateurs du début du seizième siècle ignoraient comment les évaluer. Aucun instrument ne le leur permettait. Le chronomètre fut inventé deux siècles et demi plus tard. Ceci constituait le premier mystère. En ce qui concerne la latitude, le cas est différent, puisqu'on pouvait l'établir par rapport aux observations astronomiques. Cependant, même l'établissement de ces latitudes restait sujet à caution à l'époque de Christophe Colomb.

Les autres cartes du seizième siècle, comme celles de Juan de la Cosa, de Bartholomeo Colombus, de Robert Thorne ou encore de Ptolomaeus Basilae, établies entre 1500 et 1540, restent très grossières par rapport à celle de l'amiral turc Piri Re'is. Aucune ne peut laisser supposer que la trigonométrie sphérique ait été utilisée, ce qui semble au contraire être le cas pour la carte du cartographe turc.

Autre élément surprenant, après une étude approfondie, la forme donnée à l'Amérique du Sud semblait correspondre à une projection du monde ayant pour centre la ville du Caire. Cela n'avait rien de surprenant, sachant que Piri Re'is avait été nommé gouverneur de cette ville par le sultan. Mais encore fallait-il connaître la trigonométrie.

La carte comporte nombre d'erreurs manifestes, preuve que Piri Re'is ne maîtrisait pas totalement son sujet. Ainsi, il appelle Cuba Hispaniola, qui était en réalité le nom de Haïti et de la République dominicaine. De même, l'Amazone y est représentée deux fois. Mais sur l'une des représentations il fait figurer la grande île de Marajó, qui se trouve à l'embouchure du fleuve. Or, cette île ne fut explorée qu'en 1543. Elle ne pouvait donc pas figurer sur une carte de 1513. Plus étonnante encore était la représentation des îles Falkland, qui ne furent découvertes qu'en 1592.

Curieusement, une île sans nom, baptisée simplement Numéro 93, apparaît sur la carte de Piri Re'is, près des îlots Saint-Pierre et Saint-Paul, sur l'équateur. Une telle île n'existe plus de nos jours, mais on en retrouve pourtant la trace sur d'autres cartes, notamment celle du Français Philippe Buache, présentée en 1737, à l'Académie des Sciences, sous la forme d'une île submergée. On la retrouve également sur une carte du Portugais Reinel, datée de 1510. La forme est différente à chaque fois ; en revanche l'emplacement est rigoureusement identique. Il semblait donc que cette île avait effectivement existé. Sur la carte de Piri Re'is, elle était représentée avec beaucoup de détails, probablement à une époque où elle était encore émergée. Sur les deux autres, on n'en conservait que le souvenir. Or, cette île 93 correspondait à la dorsale atlantique. Lorsque l'on sait que, dix mille ans plus tôt, le niveau des mers était plus bas de plusieurs dizaines de mètres, on peut se demander comment un cartographe du seizième siècle avait pu avoir connaissance d'une île disparue depuis des millénaires. De même pour Reinel et Buache.

Mais le plus stupéfiant était le sud de la carte, qui représentait un découpage d'une partie de l'Antarctique, et plus particulièrement de la terre de la Reine-Maud. Or, l'Antarctique ne fut abordé qu'en 1818, soit trois siècles après l'établissement de la carte de Piri Re'is. Cet élément n'était cependant pas extraordinaire en lui-même, puisque nombre de cartographes du quinzième et du seizième siècle croyaient en l'existence d'un grand continent situé au sud. Selon eux, l'hémisphère nord comportait plus de terres émergées que l'hémisphère sud et ce continent hypothétique permettait, à les en croire, d'expliquer l'équilibre du globe terrestre. Mais comment expliquer une telle précision sur cette carte du seizième siècle ?

Dans les années 1930, les savants qui étudièrent la carte furent d'abord étonnés, puis conclurent qu'il était impossible d'établir une telle carte en 1513. En revanche, compte tenu des connaissances acquises au cours des siècles suivants, elle devenait possible. Ils déclarèrent donc qu'il s'agissait là d'un faux, remarquable, certes, mais un faux tout de même

On se désintéressa donc de la carte de Piri Re'is. Jusqu'à ce que, en 1949, une expédition suédo-anglo-norvégienne se rendît en Antarctique pour y étudier la terre de la Reine-Maud, sise à l'est du cap Horn. Les savants effectuèrent des relevés séismologiques qui permirent de découvrir, sous l'épais manteau de glace, l'existence d'un véritable continent. Et l'on s'aperçut avec stupeur que le découpage de la terre de la Reine-Maud *sans les glaces* correspondait singulièrement à la carte de Piri Re'is. Entre-temps, des études avaient été menées sur le parchemin et les encres de la carte, qui avaient établi de manière irréfutable que le fragment était authentique, ce qui déconcerta grandement les scientifiques. Les plus conservateurs décidèrent purement et simplement d'ignorer son existence. Pour eux, il ne s'agissait que d'une coïncidence extraordinaire.

Cela aurait pu être le cas si la carte de Piri Re'is avait été unique. Mais il en existait d'autres. L'une d'elles se révela encore plus étonnante. Etablie en 1531 par le Finlandais Oronteus Finaeus, elle représentait le monde sous un angle complètement différent des cartes modernes. Les deux pôles y étaient situés sur une ligne médiane, le nord à gauche et le sud à droite.

Comme l'écrit le professeur Hapgood :

« La forme générale du continent était étonnamment proche de son pourtour sur nos cartes modernes. La position du pôle Sud, presque au centre du continent, semblait à peu près juste. Les chaînes de montagnes qui bordaient les côtes suggéraient celles qui ont été récemment découvertes dans l'Antarctique. [...] Les chaînes de montagnes étaient individualisées, certaines étant côtières et d'autres pas. Des rivières coulaient de la plupart d'entre elles vers la mer [...]. Cela suggérait évidemment que les côtes avaient dû être libres de glace quand fut dessinée la carte originelle. »

— Mais c'est impossible ! s'écria Rohan au cœur de la nuit. Toutes les études montrent que l'Antarctique est recouvert par les glaces depuis plusieurs millions d'années...

— Pourtant, rétorqua Lara, le tracé de la carte de Finaeus est étonnamment proche de la réalité.

— Comment a-t-il pu établir une telle carte en 1531 ? A partir de quoi ?

— Piri Re'is fait état de cartes datant de l'époque d'Alexandre le Grand, au quatrième siècle avant Jésus-Christ.

— En admettant même que des navigateurs de l'Antiquité aient été capables de s'aventurer jusqu'en Antarctique, ce qui reste à prouver, ils n'auraient découvert qu'un continent recouvert par les glaces, eux aussi. Et ils n'auraient pas pu en tracer un contour aussi précis. Ces cartes nécessitent une connaissance de la trigonométrie sphérique. Or, celle-ci a été imaginée par le Grec Hipparque, au deuxième siècle avant l'ère chrétienne. Alexandre a régné au quatrième siècle avant Jésus-Christ. Ses navigateurs, et *a fortiori* ceux qui les ont précédés, ne pouvaient donc pas dresser de cartes aussi rigoureuses.

— La seule explication est qu'il a existé, bien avant cette période hellénique, bien avant les premières grandes civilisations, des navigateurs qui parcouraient le monde et qui connaissaient déjà la trigonométrie.

— Ce qui veut dire...

— Que les descendants des Hosyrhiens ont transmis ces informations à des navigateurs, à différentes époques. Eux seuls possédaient cette connaissance.

— Mais cela n'explique pas comment l'Hedeen a pu se trouver en Antarctique.

Lara ne répondit pas. Quelque chose en elle lui soufflait qu'il existait une explication. Ils reprirent leur lecture.

Ce ne fut qu'à l'aube qu'ils parvinrent enfin à sa conclusion, et à l'hypothèse émise par le professeur Hapgood. Là, ils restèrent pétrifiés.

Car cette hypothèse défiait l'imagination.

37

Le lendemain, ils retrouvèrent Paul Flamel, qui les accueillit avec le regard espiègle de celui qui vient de faire une bonne blague.

— Alors ?

— Cette hypothèse est absolument incroyable ! attaqua Rohan.

— Mais au fond de toi, tu sais qu'elle correspond à la vérité.

Rohan haussa les épaules.

— Je ne sais pas.

— Tu as vu cette vérité dans les rêves de Lara, ou plus exactement de Tanithkara. Elle explique l'extinction en masse de plusieurs espèces qui avaient résisté pendant plusieurs centaines de milliers d'années à différentes glaciations. Elle explique aussi pourquoi l'homme de Cro-Magnon a proliféré en Sibérie.

Les images de ses cauchemars revinrent à l'esprit de Lara.

— Mais comment expliquer une telle chose ? Que s'est-il passé en Hedeen ?

Le vieil homme hocha la tête d'un air soucieux.

— Justement, nous ne savons pas. Nombre de questions demeurent sans réponses. Peut-être les raisons de ce cataclysme ont-elles été expliquées dans des documents établis par nos ancêtres, mais nombre d'entre eux ont été perdus au fil des millénaires qui nous séparent de cette époque. Cependant, il nous reste une chance de savoir.

Il pointa le doigt sur le front de Lara.

— Ces réponses sont dans la mémoire de Tanithkara. C'est-à-dire dans ton esprit, jeune fille.

Depuis leur rencontre, Paul Flamel s'était décidé à tutoyer Lara. Il avait pris conscience qu'il n'avait pas en face de lui une reine de l'Hedeen, et l'initiatrice de la Prophétie des Glaces, mais une jeune femme qui aurait pu être sa petite-fille. Lara s'inquiéta :

— Vous pensez qu'il est possible de réveiller totalement la mémoire de cette reine ?

— Probablement.

— Mais que deviendrai-je ? Ne risque-t-elle pas de prendre le dessus sur moi ? Je pourrais devenir schizophrène et souffrir d'un dédoublement de la personnalité…

— Il n'y a aucun risque. Tanithkara n'est pas vivante. Seule sa mémoire existe encore dans l'Ether. C'est à cette mémoire que tu peux accéder, et elle n'aura aucun pouvoir sur toi. Seule l'âme de Tanithkara aurait ce pouvoir, mais cette âme, c'est la tienne.

Lara fit une moue sceptique. Paul Flamel insista :

— As-tu senti de sa part la volonté de s'emparer de toi, de ton corps, de ton esprit ?

— Non, reconnut-elle. Lorsque je me retrouve dans sa peau, je m'y sens bien. Elle est comme une autre moi-même. Je suis… en harmonie avec elle.

— Parce que tu *es* Tanithkara. Il ne peut donc pas y avoir de conflit de personnalités.

Il se tourna vers le jeune Américain.

— Mais il y a autre chose. Vous m'avez dit que Rohan avait réussi à pénétrer dans tes rêves. Cela signifie qu'à cette époque il a été proche de toi.

— Nous étions amoureux l'un de l'autre, précisa Lara. Nous avons retrouvé son nom de l'époque. Il s'appelait Rod'Han.

— La similitude des prénoms est assurément singulière. Mais cette aventure passée explique pourquoi il lui a été possible de nouer ce lien télépathique avec toi. Ceux que vous avez été autrefois se sont retrouvés dans la vie présente.

Lara resta un long moment silencieuse. La perspective de réveiller la mémoire de Tanithkara l'effrayait, mais, dans le même temps, elle avait très envie de connaître la vérité. Et puis, si elle parvenait à ouvrir les portes de cette mémoire enfouie au plus profond d'elle-même, peut-être parviendrait-elle à maîtriser ses cauchemars.

Peut-être aussi deviendrait-elle folle…

Cependant, si elle ne faisait rien, et si les cauchemars s'amplifiaient encore, c'était ce qui allait lui arriver à coup sûr. Elle prit sa décision :

— Que dois-je faire pour la réveiller ?

Paul Flamel eut un large sourire et lui posa la main sur l'épaule.

— Tu fais preuve de courage, ma fille. Venez avec moi. Je vais vous montrer quelque chose d'extraordinaire.

Il les entraîna dans une salle située dans les sous-sols du château, en compagnie de Fiona, Hubert et Valentine, qui devaient participer à l'expérience. C'était une sorte de laboratoire équipé d'appareils étranges, de moniteurs et de tables de mixage. Au centre se trouvait un fauteuil médical pourvu d'électrodes. Paul Flamel le présenta :

— Ceci est un appareil d'imagerie cérébrale en temps réel, à résonance fonctionnelle, qu'on nomme aussi IRMF. Il a été mis au point par des chercheurs appartenant à la communauté hosyrhienne. Il faut dire que nous possédons plusieurs laboratoires médicaux spécialisés dans le domaine du cerveau. Nous sommes très en avance par rapport aux chercheurs classiques. Ceci s'explique par nos travaux sur l'Ether. Il y a deux ans que nous sommes parvenus à traduire sur écran les pensées et les rêves de nos volontaires. Le résultat est surprenant et déroutant. Nous obtenons des sons, des paroles et des images, mais tout cela reste assez confus car le son et l'image n'ont parfois pas de rapport, notamment dans le cas des rêves [1].

Paul Flamel invita Lara à s'approcher du fauteuil.

---

1. Cet appareil n'est pas une pure invention, bien que la réalité ne soit pas (pas encore) aussi surprenante. Début mars 2008, des chercheurs américains de l'université de Berkeley, dirigés par le professeur Jack Gallant, ont mis au point des appareils d'imagerie cérébrale capables de déceler les ondes produites par la pensée humaine. Ils ont affirmé qu'il devrait être possible de « voir » les rêves d'une autre personne, en « reconstruisant » une image de son expérience visuelle à partir des mesures de la seule activité de son cerveau. En approfondissant le système, Gallant et ses collègues estiment qu'il devrait être possible un jour de reconstituer l'image de la pensée ou du rêve.

— N'aie pas peur, c'est totalement indolore.

Il désigna une sorte de casque muni d'électrodes reliées aux appareils d'enregistrement par des fils de couleurs.

— Nous allons fixer ce casque sur ta tête et par le biais de l'hypnose, que je vais pratiquer moi-même, tu te plongeras dans tes rêves. Fiona et son mari Hubert, qui est médecin spécialisé dans l'étude du cerveau, vont tenter de capter ce que tu vois. Es-tu toujours d'accord ?

— Je ne sais pas si je serai capable de retrouver ces rêves spontanément… argua Lara, un peu hésitante devant le casque hérissé de fils.

Puis elle se décida. Après tout, ce n'était pas la première fois qu'elle se laissait hypnotiser. Avec détermination, elle prit place dans le fauteuil. Hubert et Fiona mirent le système en marche. Des écrans s'allumèrent. Paul Flamel s'installa devant elle, muni d'un pendule qu'il fit osciller lentement.

— A présent, fixe ton regard sur le pendule et suis son mouvement des yeux. Tes paupières sont lourdes. Elles vont se fermer. Tu n'entends plus que ma voix, tu n'écoutes plus que ma voix. A trois, tu vas t'endormir et te replonger dans les souvenirs de Tanithkara, rien que ses souvenirs. Tu vas ouvrir sa mémoire et y pénétrer. Un… deux… trois…

Impressionné, Rohan vit le grand écran central frémir de couleurs mouvantes, de formes indistinctes.

— Elle est en phase d'endormissement, lui expliqua Valentine. Cela peut demander plusieurs secondes, voire une minute ou deux si elle lutte inconsciemment contre le sommeil. Mais grand-père est très fort.

En effet, il ne fallut pas plus de vingt secondes pour que des images se stabilisent sur l'écran. Elles étaient encore un peu confuses, mais elles prenaient forme. Tout d'abord apparurent des pensées souvenirs appartenant à Lara elle-même. Elles retraçaient la bataille de la forêt de Noirmont, quelques jours plus tôt, telle que le cerveau de la jeune femme l'avait enregistrée. On ne voyait pas Lara, mais ce qu'elle avait perçu elle-même. Le son était étonnant, parfois étouffé, parfois très aigu.

— C'est incroyable ! s'exclama Rohan. On dirait un film réalisé avec une caméra numérique. Ça me rappelle un film, *Cloverfield*. On avait l'impression d'être à la place du héros.

— Les souvenirs sont en général assez précis. En revanche, avec les rêves, c'est une autre histoire.

Pétrifié, il assista une nouvelle fois à leur fuite, vue par la mémoire de sa compagne. Cela ne dura pourtant que quelques fractions de seconde, et de manière hachée, sans véritable continuité. Lui succédèrent quelques images issues de leur première nuit, qui plongèrent Rohan dans l'embarras, car Lara, complètement inconsciente, livrait ses souvenirs sans aucune inhibition.

Valentine faillit éclater de rire devant sa mine gênée. Mais les images, d'un érotisme extrêmement réaliste, ne perturbèrent pas les autres, sans doute habitués à ce genre de phénomène. Paul intervint :

— Lara, à présent, écoute-moi. Tu dois quitter ta propre mémoire et laisser s'exprimer celle de Tanithkara.

Les images sensuelles se poursuivirent quelques secondes, puis d'autres apparurent, qui montraient un jeune homme sportif d'une vingtaine d'années, qui parlait à Lara dans une demeure inconnue, sans doute en Bretagne. Il s'exprimait d'une manière délicate. Derrière lui, on distinguait une sorte d'atelier de peintre.

— C'est sans doute son ami Christian, celui qui a été tué par l'Ensis Dei.

Paul Flamel laissa passer un temps, puis insista :

— Lara, écoute ma voix, tu ne dois obéir qu'à ma voix, uniquement à elle, ta volonté m'appartient. Tu vas t'effacer pour laisser la place à la reine Tanithkara. Je parle désormais à la reine Tanithkara. Tanithkara, je t'ordonne de venir dans l'esprit de Lara et de nous livrer tes souvenirs.

Il y eut comme une explosion sur l'écran, qui se transforma en une sorte de vortex ondoyant. Pendant plusieurs secondes, les images restèrent floues, se métamorphosant extrêmement vite. Cela ressemblait à un ciel noir piqueté d'étoiles filantes, des nébuleuses qui se modifiaient à toute allure. Puis soudain, tout se stabilisa et l'on eut l'impression de « tomber » sur le pont d'un appareil fantastique, qui survolait une étendue stupéfiante. Par endroits affleuraient des zones de lave, tandis qu'ailleurs le sol laissait voir une surface ravagée par les incendies. Très loin vers l'horizon, on apercevait des montagnes bleutées, un ciel bleu parcouru par des cohortes de nuages sombres. Le dirigeable naviguait lentement, à quelques centaines de mètres du sol.

Une vive émotion s'était emparée de tous. Paul s'écarta de Lara et murmura d'une voix enrouée :

— Elle a réussi. C'est extraordinaire. Rendez-vous compte, ajouta-t-il avec émotion, ce que vous voyez là remonte à plus de quinze mille ans. C'est notre Terre, telle qu'elle était à l'époque, vue par les yeux de la reine.

Tanithkara se tenait à l'avant du navire, ce qui expliquait que l'on ne voyait pas ceux qui se trouvaient derrière. Mais on entendait leurs voix. En revanche, celle de la reine était déformée, comme si elle avait parlé à travers une épaisseur de tissu. Rohan s'en étonna.

— C'est normal, expliqua Valentine. Nous ne percevons pas notre propre voix de la même manière que les autres, car c'est en nous qu'elle résonne.

— Mais cette voix… c'est celle de Tanithkara ?

— Oui.

— Elle ressemble beaucoup à celle de Lara. Je reconnais ses intonations. Seulement, elle semble plus… affirmée.

— Tanithkara était une reine. Elle avait de l'autorité.

Cependant, on ne comprenait absolument pas ce qu'elle disait.

— Elle parle la langue de l'Hedeen, murmura Paul Flamel. Ah, je peux mourir après avoir contemplé une telle chose.

Il se tourna vers les autres, radieux.

— Est-ce que vous prenez conscience de ce que nous sommes en train de vivre ? Ce n'est pas seulement le fait de pouvoir savoir ce qui s'est passé il y a si longtemps. Ce dont nous sommes les spectateurs privilégiés aujourd'hui, c'est le résultat de la quête menée par tous nos ancêtres au cours des cent cinquante siècles qui viennent de s'écouler, pendant lesquels nous avons attendu la résurrection de la femme qui a fondé notre communauté. Et c'est elle qui nous transmet ces images issues de sa mémoire ! Ce jour est un jour béni, mes enfants ! Nous allons enfin savoir ce qui s'est passé autrefois, pourquoi les Hedeeniens ont été obligés de quitter leur monde, pourquoi une seule partie de cet empire a su conserver la Connaissance, et pourquoi, à cette époque, l'Antarctique n'était pas entièrement recouvert par les glaces. Et bien d'autres mystères encore dont nous allons percer le secret. Des secrets qui conditionnent encore nos existences aujourd'hui. Car tout est parti de là, mes enfants. C'est merveilleux !

L'enthousiasme du vieil homme était contagieux. Tous se rapprochèrent de l'écran. Seul Rohan resta un peu en arrière. Malgré l'hypnose, le contact avec l'esprit de sa compagne n'avait pas été occulté, et il restait en phase avec elle. Il percevait, en arrière-plan dans son propre esprit, l'écho des visions qui emplissaient la mémoire de Lara. Et il ressentait, à la différence des autres, le reflet de sa souffrance et de son inquiétude. Ou plutôt la souffrance et l'inquiétude de Tanithkara. Une femme exceptionnelle, dont il commençait à discerner la personnalité hors du commun. Le souvenir du volcan était associé à une vision où Tanithkara avait environ une vingtaine d'années. Il ressentait sa jeunesse comme s'il avait été à sa place. Et le cheminement des pensées de la reine, ses émotions même traversaient l'Ether pour trouver un écho en lui.

— Ecoutez-moi, dit-il.

Etonnés, ils se tournèrent vers lui. Il hésita, impressionné par ce qu'il percevait. Enfin, il parla :

— Je ressens ses émotions. Cet endroit n'est pas l'Hedeen.

Paul Flamel le fixa, inquiet.

— Qu'est-ce que tu dis ?

— Ces souvenirs remontent bien à la mémoire de Tanithkara, mais ce qu'elle voit n'est pas l'Hedeen. C'est... autre chose, un autre pays, situé sans doute à plusieurs milliers de kilomètres de l'Hedeen. C'est là que tout s'est déclenché. J'ignore comment, mais cela a un rapport avec l'effondrement de l'empire.

Tout à coup, l'image changea. Lara était visitée par un autre rêve. Un nouveau paysage apparut. A la place de l'étendue volcanique apparut une vallée envahie par un chaos de roches et de glace recouvertes d'une épaisse couche de poussière grise. Rohan frissonna en percevant les nouvelles émotions de sa compagne endormie.

— Cette fois, nous y sommes. Ce paysage est bien l'Hedeen. Et Lara, je veux dire Tanithkara, est plus âgée.

Il hésita et ajouta, vivement ému :

— Je ne suis plus près d'elle.

L'aéronef survolait un paysage morne et gris, où l'on distinguait les décombres d'un village dont la place centrale était jonchée de cadavres humains. Une sensation de froid glacial saisit le jeune homme. Il frissonna.

— Il fait très froid, souffla-t-il d'une voix hachée par l'émotion.

L'image se modifia encore. Au sol, des silhouettes semblaient appeler à l'aide. Des voix torturées par les vents leur parvenaient par bribes, implorant du secours. On distinguait des femmes, des hommes, aucun enfant. Au loin, on apercevait ce qui ressemblait à un océan. Mais il était gris, lui aussi.

Nouveau paysage.

— On dirait les ruines d'un port, murmura Fiona. Peut-être celui de Marakha, la capitale du royaume de Tanithkara...

A travers l'écran, la voix assourdie de Tanithkara leur parvenait, incompréhensible, toujours étouffée. D'autres voix lui répondaient. L'une d'elles semblait plus proche.

— C'est sa fille, dit Rohan. Je ne comprends pas ce qu'elle dit, mais je perçois leur douleur, à l'une et à l'autre. Il s'est passé plusieurs années entre le rêve des affleurements de lave et ceux-ci. Quelque chose s'est produit, qui a bouleversé le monde.

Valentine confirma :

— Il a raison. Dans le premier rêve, le ciel était bleu. Il y avait du soleil. Dans le second, l'atmosphère est crépusculaire, comme si une épaisse couche de nuages avait recouvert le ciel, comme si le soleil ne parvenait plus jusqu'à la surface de la Terre.

Le rêve suivant montrait le paysage paradisiaque découvert par Rohan dans l'esprit de Lara quelques jours plus tôt.

— Je suis de nouveau avec elle, dit le jeune homme, dont le visage s'illumina. C'est extraordinaire, murmura-t-il. Ce pays... c'est l'île d'Avalon.

La vision s'effaça et fut remplacée par une autre, beaucoup plus angoissante.

L'aéronef avait disparu. Tanithkara marchait avec difficulté en direction des ruines d'une cité envahie par les glaces. Le paysage ressemblait à celui perçu auparavant. Mais le paysage était légèrement plus flou. Rohan songea que Tanithkara avait peut-être perdu un peu de son acuité visuelle. Toutes ces visions provenaient de sa mémoire, telles qu'elle les avait enregistrées.

— Elle est âgée, confirma-t-il. Elle peine à marcher. Son souffle est court. Des mains la soutiennent. Je ne perçois plus la présence de Rod'Han. Seule la mémoire de Tanithkara me parvient à travers celle de Lara.

Son émotion s'amplifia. Il n'avait même pas besoin de regarder l'écran. Il percevait les images directement dans l'esprit de Lara, avec lequel il avait établi une relation exceptionnellement intense. Si au moins il avait pu partager avec les autres l'écho des sensations qu'il recevait… Eux ne faisaient que voir. Lui ressentait. Et cela donnait toute sa dimension à l'expérience.

Après plusieurs minutes de progression difficile, au cours de laquelle chacun put entendre le sifflement de la respiration de Tanithkara, rendue malaisée à la fois par le froid glacial et par son âge, la reine parvint à proximité de la cité en ruine, livrée au chaos. Des silhouettes indistinctes se profilèrent dans les éboulements des antiques constructions effondrées. Hostiles, inquiètes ? Sur la droite de la souveraine, on distinguait un bâton, qu'elle tenait à la main. Un bâton qui l'avait aidée à marcher. Elle marqua un temps d'arrêt, tant pour retrouver un peu de souffle que pour attendre la réaction des silhouettes noires qui se dressaient sur la glace. Derrière Tanithkara, d'autres silhouettes apparurent, à peine perceptibles dans le champ de vision de la reine. Ses compagnons. Des gardes armés, pour autant que l'on pouvait en juger.

Son souffle revenu, elle reprit sa progression et s'avança en direction d'une structure régulière qui avait autrefois dû être l'entrée d'un palais. Mais les piliers s'étaient rapprochés l'un de l'autre, formant comme l'entrée d'une grotte. Le bruit du blizzard s'intensifia tandis que l'écho d'un battement de cœur s'amplifiait.

— Elle a peur, dit Rohan. Elle attend quelque chose.

Tanithkara continua néanmoins avec courage. Et soudain, une nouvelle silhouette surgit du cœur de l'anfractuosité. En une fraction de seconde, chacun put se rendre compte qu'il s'agissait probablement d'un homme de haute taille, au visage balafré.

Mais, l'instant d'après, tout avait disparu. Lara poussa un cri, aussitôt repris par Rohan. L'écran devint noir.

Sur le fauteuil, la jeune femme s'était mise à trembler.

— Il se passe quelque chose, dit Fiona, inquiète.

Paul Flamel se précipita vers Lara.

— Ecoute-moi, Lara. A trois, je vais claquer dans mes doigts et tu vas te réveiller. Un, deux, trois !

Les doigts claquèrent. Lara ouvrit les yeux. Des yeux ouverts sur un sentiment de panique totale. Le souffle court, Rohan intervint :

— Ce qu'elle a vu l'a effrayée, dit-il. C'est un homme, je crois. Un homme qui lui a rappelé d'autres souvenirs, auxquels nous n'avons pas encore eu accès, mais dont la violence l'a marquée à jamais.

Il fallut plusieurs minutes avant que Lara puisse retrouver son calme.

— Alors, qu'est-ce que je vous ai montré ?

Un peu plus tard, elle avait pris connaissance à son tour de ses rêves, enregistrés soigneusement par Hubert.

— Jamais vu quelque chose d'aussi étrange, dit-elle. C'est exactement ce que je vois. Comment faites-vous ça ?

— Ce serait compliqué à expliquer, répondit Hubert. Mais grâce à ça, nous allons enfin apprendre ce qui s'est passé en Hedeen.

— Ce n'est pas si sûr, rétorqua la jeune femme.

— Pourquoi ? Il suffit de remonter plus loin dans les souvenirs de Tanithkara...

— C'est justement ce qu'il m'est difficile d'accomplir. Je ne peux pas commander à mes rêves. Il y en a d'autres, mais ils montrent le même genre de scènes. A part ceux du grand volcan et d'Avalon, tous ces événements paraissent s'être déroulés après le cataclysme. Mais j'ignore de quelle nature fut ce cataclysme. Je n'ai rien appris d'autre. Et il semble que je fasse un blocage à cause de ce personnage inquiétant qui m'agresse lorsque je pénètre dans les ruines de la cité. Il y a juste une chose que je peux dire, c'est qu'il s'agit de Marakha, la cité où vivait Tanithkara. Je l'ai perçu dans sa mémoire.

— Nous connaissions déjà ce nom, précisa Fiona. Marakha était la capitale de la Nauryah, l'un des dix royaumes de l'Hedeen. Mais c'est tout ce que nous savons.

— Nous allons faire de nouvelles expériences, dit Paul Flamel.

Au cours des jours qui suivirent, ils firent d'autres tentatives. Toutes donnèrent le même résultat. D'autres visions apparurent, qui ressemblaient aux premières. Ils n'apprirent rien de plus. Tous les essais pour débloquer la mémoire de la reine se soldèrent par autant d'échecs. Il était impossible à Lara de franchir la barrière de l'apparition. Celle-ci se situait pourtant à une période avancée de la vie de Tanithkara, puisqu'elle marchait avec difficulté.

On fit également des essais avec Rohan, retourné dans la peau de son lointain ancêtre spirituel Rod'Han. Sans plus de résultats. Les contacts étaient très flous, et complètement subordonnés à ceux de Tanithkara.

— Nous tournons en rond ! s'exclama Paul Flamel un soir. Tanithkara a subi un traumatisme grave à cause de ce personnage des ruines. Il interdit à Lara d'aller plus loin. Il faudrait trouver un moyen de franchir cet obstacle.

Ils se trouvaient alors dans le grand salon, partageant le fruit de leurs expériences avec le reste de la famille. Paul se leva et déclara :

— Il y a une autre solution. Nous avions envisagé cette possibilité. Il faut que la mémoire de Tanithkara retrouve l'environnement tellurique qui était le sien, le souffle de sa propre terre. Là, peut-être, nous aurons une chance de lui faire franchir le pas et d'ouvrir complètement sa mémoire profonde.

— Et donc ? demanda Rohan.

— Nous devons nous rendre en Antarctique.

38

Jean-Benoît Paolini pestait. Averti de l'échec de ses hommes, il était venu en personne dans le Jura pour superviser l'effacement des traces de leur opération manquée. Il s'en voulait. Il avait sous-estimé l'adversaire.

Paul Flamel avait deviné juste. A l'origine, Paolini avait espéré que l'ennemi parviendrait à localiser l'Abomination grâce à ses médiums. Il leur aurait alors tendu un piège sur son propre territoire. Et aucun d'eux ne serait ressorti vivant du monastère de San Frasco. Mais les jours avaient passé et rien ne s'était produit. Il avait compris qu'il ne pourrait pas retenir cette maudite femelle très longtemps.

Par précaution, il lui avait implanté sous la peau une puce GPS. Il avait ainsi pu la suivre lorsqu'elle avait repassé la frontière. Il avait ressenti une certaine contrariété quand elle s'était évadée. Mais il l'avait prévu. Cette évasion ne l'empêcherait pas de pouvoir la localiser à tout instant. Au fond, c'était mieux ainsi ; elle allait le guider vers les créatures démoniaques qui lui servaient de complices.

Elle avait fait halte dans le Jura. Sans doute se croyait-elle à l'abri. Les autres allaient probablement la rejoindre. Il suffirait de les capturer et de les faire parler. Il avait organisé une expédition dans ce but. Malheureusement, ses hommes, pourtant entraînés, étaient tombés sur plus forte partie. Ces démons n'avaient pas hésité à les massacrer tous. Il avait fallu que l'Ensis Dei envoie des spécialistes pour nettoyer le champ de bataille de la forêt de Noirmont.

A présent, Jean-Benoît Paolini se trouvait sur les rives du Doubs, bien en aval de Besançon. Grâce au GPS, il avait été possible de maintenir le contact avec l'Abomination jusqu'à un endroit appelé Osselle. Là, le signal avait disparu pendant quelques heures. Puis il était réapparu et avait recommencé à se déplacer. Il avait envoyé une autre équipe à sa poursuite. On avait vite compris qu'elle suivait le cours de la rivière. Peut-être avait-elle emprunté un bateau. Puis le signal s'était immobilisé. Il avait cru pouvoir remettre la main sur elle. Il était venu en personne, cette fois, avec une trentaine de frères tueurs.

Mais il n'y avait rien ! Rien qu'un endroit désert de la rive du Doubs, encombré par des racines. Des plongeurs avaient fini par repêcher une petite bouteille d'eau. La garce avait réussi à se débarrasser de la puce GPS. Les quelques témoignages recueillis à Noirmont et à Osselle n'avaient pas donné grand-chose. Personne ne se souvenait de la jeune femme. A Noirmont, à l'agence de location, un témoin avait parlé d'un homme jeune, à l'accent américain.

Depuis, Jean-Benoît Paolini se morfondait. Cet Américain était probablement le jeune Westwood, celui qui avait échappé au massacre de sa famille quelques mois plus tôt. Ainsi, il avait réussi à passer à travers les mailles du filet qu'on lui avait tendu là-bas. Et il était venu en France pour nouer contact avec l'Abomination. Le religieux frissonna. Les choses étaient pires désormais.

Et surtout, il était furieux contre lui-même. Car l'apparition de l'Abomination avait réveillé en lui de vieux démons, qu'il avait crus enfouis à jamais. Touché très tôt par la grâce divine, il n'avait pas immédiatement envisagé de rentrer dans les ordres. Quand il avait eu dix-huit ans, il était tombé éperdument amoureux d'une fille de son âge, excellente chrétienne comme lui, avec qui il avait eu envie de fonder une famille. Elle s'appelait Maria, comme la sainte mère du Seigneur. Il avait voulu y voir un signe.

Mais un jour, alors qu'ils avaient déjà noué des promesses de fiançailles, il avait appris qu'elle le trompait avec son meilleur ami, qui s'apprêtait à entrer dans les ordres. Il avait compris ce jour-là que la religion disait vrai, et que les femmes étaient bien ces êtres vils et fourbes dont parlait la Bible, que l'Eve tentatrice séduit l'homme pour mieux le conduire au péché et à la perdition de son âme. Il avait alors rompu ses fiançailles et décidé de devenir prêtre.

Sa hargne et son intelligence lui avaient permis de gravir résolument les échelons de la hiérarchie ecclésiastique. Il possédait de plus un atout sérieux, cet air bonhomme qui inspirait la confiance et endormait la méfiance de ses ennemis. Avec le temps, il avait appris à en jouer à la perfection. Dans son cheminement, il avait croisé la route de certains évêques, qui l'avaient sollicité pour entrer dans une organisation ultrasecrète. Son zèle avait attiré leur attention et ils lui avaient parlé de l'Ensis Dei. Il avait été enthousiasmé par l'idée d'appartenir à cette caste très fermée. Sa rigueur et son opiniâtreté, l'efficacité des actions menées et son imagination l'avaient conduit à y occuper très vite un rôle de premier plan. Il avait rencontré grâce à cette fonction, dans le plus grand secret, quelques-uns des personnages les plus puissants de la planète, qui l'avaient assuré de leur soutien inconditionnel.

Le but de sa vie était de mettre hors d'état de nuire les cohortes de démons qui hantaient le monde depuis des millénaires, ces fameux Hosyrhiens, êtres insaisissables qui se dissimulaient sous les traits de personnages apparemment inoffensifs, mais dont l'objectif consistait à détruire la Religion. La Prophétie des Glaces était très claire sur ce point. Il convenait donc de trouver ces monstres et de les anéantir jusqu'au dernier. Malheureusement, malgré tous les pièges mis en place, ils s'étaient révélés insaisissables. Jusqu'au moment où un hypnotiseur avait parlé d'une fille qui présentait des symptômes identiques à ceux de la sorcière finlandaise du seizième siècle. Depuis longtemps, des membres de l'organisation traquaient une information semblable en surveillant les travaux des chercheurs dans ce domaine. Car on savait que l'Antéchrist serait une femme et se signalerait par ses rêves. Aussitôt, il n'avait fait aucun doute qu'ils avaient affaire à elle.

Paolini regrettait à présent de n'avoir pas cédé à sa première idée, qui était de la tuer. Mais il voulait profiter de l'occasion pour détruire à jamais le réseau hosyrhien, qui ne manquerait pas d'être attiré par elle à un moment ou un autre. Il avait donc organisé ces crimes pour l'effrayer et l'amener à accepter son offre de protection.

Il avait échoué. Elle s'était enfuie et elle avait disparu. Dieu seul savait désormais ce qui allait se passer.

Il s'en voulait à double titre. Il ne se pardonnait pas cet échec, qui lui avait valu les remontrances de ses pairs. Mais surtout, cette terrifiante femelle avait provoqué en lui des envies inavouables. Il avait plus de cinquante ans et se croyait à l'abri des tourments de la chair. Pourtant, il n'avait pu s'empêcher d'éprouver une attirance violente et charnelle pour cette fille au visage d'ange. Elle l'avait séduit en raison de son air effrayé, de sa personnalité troublée. Ses yeux d'un bleu turquoise lui avaient rappelé ceux de Maria, cette maudite Maria qui l'avait trahi. Il avait pris un plaisir trouble à sa compagnie, à leurs bavardages. Il s'était rendu compte qu'elle possédait une grande intelligence et une bonne connaissance de l'art et de l'histoire. Tout en elle dénotait l'étudiante parfaite, qui se passionne pour les sujets qu'elle étudie. Pourtant, il savait que derrière ce masque se cachait un être terrifiant. Il n'avait pas cédé à la tentation de se laisser prendre à son jeu pervers, destiné à endormir sa méfiance. Après son escapade dans la montagne, il avait pris ses précautions et l'avait droguée. Puis, avec l'aide des frères, il l'avait transportée dans un laboratoire secret et avait demandé à rester seul avec elle. Il possédait les connaissances médicales pour cette intervention, qu'il avait déjà pratiquée plusieurs fois pour marquer des ennemis à leur insu. Des images lui revinrent en mémoire, qui lui donnaient à présent envie de vomir.

Lorsqu'il avait dénudé son dos pour lui implanter la puce GPS, il avait ressenti un désir féroce s'emparer de lui, contre lequel il avait eu toutes les peines du monde à lutter. Alors qu'elle était endormie, il n'avait pu s'empêcher de faire glisser le drap jusqu'aux fesses fermes et joliment dessinées, il avait laissé sa main glisser sur la peau tendre, s'insinuer entre les cuisses, effleurer le sexe délicat. Il s'était retenu pour ne pas hurler sa frustration et sa honte. Il était seul avec elle. Mais un frère pouvait survenir. Ce fut sans doute ce qui le retint. Il n'avait pas cédé à la tentation de la posséder et avait ainsi évité de perdre son âme.

Cependant, ce souvenir s'incrustait douloureusement dans sa mémoire et la frustration restait présente, malgré les séances de pénitence qu'il s'était imposées ensuite. Il s'en était confessé, avait avoué son crime à l'un de ses pairs. Il avait été absous, car il avait su résister, mais le désir demeurait ancré au creux de ses reins, plusieurs jours après la disparition de l'Abomination. Il s'imposait depuis de porter un cilice sous ses vêtements afin de mortifier son corps et de chasser ses pensées impures. Malgré ses souffrances, amplifiées par la chaleur qui régnait sur les rives du Doubs en cette fin du mois d'août, les images ne s'effaçaient pas.

C'était bien là la preuve que cette femme possédait un pouvoir démoniaque. Il n'aurait de cesse qu'il ne l'eût anéantie, dût-il y brûler sa propre vie.

39

— En Antarctique ? s'exclama Rohan.

— Bien sûr, en Antarctique, mon garçon. La cité de Marakha était située sur ce que l'on appelle aujourd'hui la côte de la Princesse-Martha, à l'ouest de la terre de la Reine-Maud. C'est une zone revendiquée par la Norvège. Aujourd'hui, l'épaisseur de la glace est de plusieurs centaines de mètres et la banquise s'avance de quelques dizaines de kilomètres dans l'océan. Mais à l'époque de Tanithkara, le pays ressemblait un peu à la Scandinavie. Nous allons donc devoir pénétrer à l'intérieur des terres, afin de nous retrouver au-dessus de l'endroit où commence le socle continental. Grâce à un accord passé avec la Norvège, nous y disposons d'une base permanente. Officiellement, elle est censée étudier les phénomènes climatiques, l'évolution du trou de la couche d'ozone et la faune indigène, manchots empereurs et phoques-léopards. Nous avons fondé une organisation, l'Equinoxe, qui regroupe toutes ces activités. Officieusement, la véritable raison d'être de l'Equinoxe est la recherche des ruines de Marakha. Jusqu'à présent, les sondages que nous avons déjà effectués sur place n'ont pas donné de résultats satisfaisants. Bien sûr, nous avons relevé quelques anomalies du terrain, mais elles sont insuffisantes pour nous décider à creuser à un endroit ou un autre.

— Vous voulez creuser ?

— Nous disposons d'une excavatrice très puissante, une machine fabriquée dans le plus grand secret, qui nous permettra de forer une galerie d'accès jusqu'à la surface du continent. Mais pour cela, nous devons d'abord localiser Marakha avec précision.

— Parce que vous espérez trouver encore quelque chose ? s'étonna Lara. La glace a dû tout raboter sur son passage…

— Si l'hypothèse du professeur Hapgood est exacte, il restera des traces du travail humain, si infimes qu'elles soient. C'est là que nous avons besoin de ton aide.

— Vous pensez vraiment que la mémoire de Tanithkara se réveillera plus facilement là-bas ?

Le vieil homme poussa un profond soupir.

— Personne ne peut le dire. Mais si nous ne tentons rien, nous échouerons à coup sûr.

Lara s'en voulut d'avoir douché son enthousiasme. Poursuivre l'expérience lui faisait un peu peur. Les séances d'hypnose l'avaient épuisée. Elle ressentait, elle aussi, une sensation d'échec. L'angoisse ressentie dans le cauchemar des ruines continuait de la hanter. Si elle ne parvenait pas à faire sauter ce verrou mental, elle ne pourrait jamais aller au-delà. Un combat insidieux se livrait en elle Une partie de son esprit l'appelait à continuer, mais une autre renâclait, par peur de se retrouver de nouveau face à la créature angoissante.

Cependant, il était hors de question de reculer. Si elle réussissait à s'affranchir de sa terreur, ce qu'elle allait rencontrer de l'autre côté dépasserait de loin toutes les découvertes archéologiques réalisées à ce jour. Elle répondit :

— Je vais venir avec vous, monsieur Flamel, et nous réveillerons la mémoire de Tanithkara.

Pendant les deux mois qui suivirent, Lara et Rohan étudièrent les documents se rapportant à l'empire englouti qui avaient pu traverser les millénaires. En réalité, il ne restait pas grand-chose. Le dossier Hedeen aurait sans doute pu apporter des précisions, mais le secret de son écriture s'était perdu. Même si les signes paraissaient désormais familiers à Lara, elle était incapable d'en comprendre la signification. Il en serait sans doute autrement si elle réussissait à réveiller la reine.

On savait seulement que les Hedeeniens connaissaient l'électricité, qu'ils utilisaient des dirigeables, qu'ils avaient domestiqué des animaux comme les lamas, les bœufs et les moutons. Leur empire était divisé en dix royaumes dont le nom de quelques capitales avait traversé le temps : Marakha, Palyghar, Deïphrenos, Malhanga ou Valherme. Mais de leur histoire on ne savait rien. De même, on ignorait complètement ce qui s'était passé à l'époque de Tanithkara. Certains récits plus tardifs évoquaient une lueur aveuglante apparue dans le ciel, d'autres une disparition du Soleil. Mais quel sens donner à ces écrits dont la traduction demeurait incertaine ?

Lara et Rohan se penchèrent également sur l'Antarctique, où ils devaient se rendre pour le début de l'été austral. Ce qui ne signifiait pas pour autant qu'il s'agirait d'une expédition de tout repos. Lara avait dévoré plusieurs ouvrages consacrés au sixième continent, comme l'extraordinaire aventure de sir Ernest Shackleton, dont l'obstination et le courage avaient permis de sauver son équipage d'une mort certaine, ou encore le récit de la conquête du pôle par Amundsen et Scott en 1911. Tous deux y étaient parvenus, mais Scott était mort sur le chemin du retour.

— L'Antarctique a une superficie de quatorze millions de kilomètres carrés, dit-elle. Il est plus grand que l'Europe. Mais quatre-vingt-dix-huit pour cent de sa superficie sont recouverts par les glaces. L'épaisseur moyenne de ces glaces est de mille six cents mètres. C'est le continent le plus élevé au-dessus du niveau de la mer, deux mille trois cents mètres en moyenne. Il n'y a pas de population humaine en dehors des stations scientifiques, qui accueillent en tout entre mille et deux mille personnes à titre provisoire. La faune est surtout composée de manchots et de phoques.

— Pas de quoi attirer les touristes, commenta Rohan qui en grelottait d'avance. Ce n'est pas l'endroit idéal pour passer ses vacances.

— Exact. On y a relevé des températures de moins quatre-vingt-neuf degrés centigrades. Il y fait toujours moins de zéro degré centigrade, à part sur la péninsule de Graham, où on peut atteindre les quinze degrés en été. L'Antarctique, en théorie, n'appartient à personne, depuis le traité de 1959 qui a « gelé » les prétentions territoriales de certaines nations intéressées par la richesse possible du sous-sol. On en a fait une terre internationale, mais les revendications sont toujours là. La France est sur les rangs avec la terre Adélie, et la Norvège avec la terre de la Reine-Maud. Deux millions de kilomètres carrés, soit quatre fois la France.

« La base Equinoxe est située sur le vingtième méridien, à la hauteur du soixante-quinzième parallèle. D'après Paul Flamel, elle peut accueillir jusqu'à deux cents personnes. Cinquante scientifiques, tous des Hosyrhiens, y vivent en permanence. C'est l'une des mieux équipées de l'Antarctique. Officiellement, elle appartient à la Norvège. Mais elle est financée par un fonds commun provenant des fortunes hosyrhiennes réparties un peu partout dans le monde. Elle dispose d'un navire, construit spécialement pour l'étude de la faune sous-marine, qui porte le même nom que l'organisation, l'*Equinoxe*. C'est sur ce navire que nous embarquerons dès que tout sera prêt.

Ce qui fut fait début octobre. Par un beau matin d'arrière-saison, Paul Flamel, Rohan, Lara, Fiona, Hubert et Valentine quittaient le château de Peyronne en direction de Bordeaux, où était amarré le bateau. Jaugeant un millier de tonneaux, long d'une soixantaine de mètres, l'*Equinoxe* était équipé en brise-glace. Le pont disposait d'une piste d'atterrissage pour hélicoptère. Le scanner IRMF ainsi que quantité d'autres appareils avaient déjà été embarqués.

Les passagers disposaient de cabines confortables, capables éventuellement de leur assurer un abri si le navire était contraint d'hiverner en Antarctique. Sous la ligne de flottaison, la coque était équipée de sortes de bulles escamotables qui permettaient d'étudier les fonds sous-marins. Lara et Rohan y passaient de longues heures à observer les bancs de poissons ou la course des dauphins qui accompagnaient le navire par jeu. Par chance, le temps se maintint au beau durant toute la traversée.

Au large des côtes d'Afrique, un autre navire vint à la rencontre de l'*Equinoxe*. Comme Lara s'en étonnait, Paul Flamel expliqua :

— Plusieurs responsables des grandes familles hosyrhiennes ont désiré te rencontrer. Comme il était dangereux de les réunir tous à Peyronne, nous avons décidé d'effectuer cette rencontre en plein océan.

Une vedette amena ainsi une trentaine de personnes de nationalités différentes, qui s'inclinèrent devant Lara, plus gênée que jamais.

Un élément troubla la jeune femme. Lorsque les nouveaux venus saluaient Paul Flamel, ils invoquaient le nom de Lucifer. Inquiète, elle demanda :

— Pourquoi vous saluent-ils ainsi ? Etes-vous des lucifériens ?

Le vieil homme éclata de rire.

— Oui, nous sommes des lucifériens. Mais pas dans le sens où l'entend l'Eglise. En fait, cette appellation est une sorte de défi en réaction à l'intolérance des religions. Ce Lucifer-là n'a rien à voir avec le Diable. Pour les religieux, c'est le nom que la Bible donne à l'ange déchu de la mythologie chrétienne, qui osa défier Dieu et se retrouva projeté dans les profondeurs de l'Enfer. Mais à l'origine Lucifer était le « Porteur de Lumière », celui qui enseigne la Connaissance aux hommes. Ne va pas en déduire que nous croyons que ce personnage existe réellement. Nous ne retenons de lui que le sens symbolique, celui de la Connaissance, par opposition à l'obscurantisme dans lequel les religions entretiennent les peuples depuis des millénaires. C'est une manière de nous élever contre l'histoire de l'arbre de la Connaissance évoqué dans la Bible, auquel Adam et Eve avaient interdiction de toucher. Pour l'Eglise, cette interdiction est très importante. Elle impose aux hommes de ne pas tenter de percer les secrets de la nature, mais aussi les secrets du pouvoir détenu par les prêtres. Selon la légende, Adam et Eve devaient résister à la tentation. Bien entendu, la misogynie des religieux a fait porter à la femme la responsabilité de la transgression de cette interdiction. Ce qui leur a permis de persécuter les filles d'Eve depuis des millénaires. Voilà pourquoi nous avons choisi Lucifer comme symbole.

— Ce qui explique pourquoi le père Paolini prétendait que vous étiez des adorateurs de Lucifer.

Après une traversée sans histoires, l'*Equinoxe* atteignit les côtes antarctiques à la fin du mois de novembre.

40

Un froid vif et piquant lui brûlait la peau. La température, exceptionnellement clémente pour l'Antarctique, était montée jusqu'à moins dix degrés. Emmitouflée dans un anorak épais, Lara contemplait la base Equinoxe, qu'ils avaient rejointe après un voyage en *snowcats*, d'énormes autoneiges à chenilles. Un soleil bas mais éblouissant inondait les lieux, cernés par de hautes montagnes recouvertes d'une glace aveuglante. A cette époque, l'astre du jour ne se couchait plus. Vers minuit, il s'approchait de l'horizon presque à le toucher, puis il s'élevait de nouveau, sans jamais pourtant s'approcher du zénith. A toute heure de ce jour qui durait six mois, il demeurait éblouissant, sa lumière froide reflétée par la glace qui s'étendait à perte de vue dans toutes les directions, hormis vers le sud où, à quelques kilomètres de la base, se dressait une barrière montagneuse élevée. Surplombant cette étendue farouche, le ciel se parait d'un bleu profond, comme celui que l'on peut voir en avion, à haute altitude. Un bleu intense qui s'adoucissait vers l'horizon pour se muer en un turquoise tendre taché de nuages rares et étincelants.

Il ne pleuvait jamais en Antarctique, ou si rarement que ce n'était même pas la peine d'en parler. Certaines régions du continent austral n'avaient pas connu de précipitations depuis des millions d'années. L'Antarctique était le plus vaste désert du monde.

Lara observait la base avec un mélange d'incrédulité et de fascination. Il s'était passé tellement de choses en quelques semaines. Sa vie avait été totalement bouleversée, comme lorsqu'elle avait perdu ses parents, deux ans auparavant. Cette fois, elle n'avait même plus la ressource de pouvoir retourner chez elle. Elle savait qu'un ennemi impitoyable l'y attendait pour la tuer.

Elle n'en avait d'ailleurs pas envie. Elle appartenait maintenant à un autre monde. Le froid mordant du vent lui coupait un peu la respiration, mais elle se sentait parfaitement calme. Une part d'elle-même éprouvait la singulière impression d'être revenue chez elle. Rohan était à ses côtés, qui mêlait ses pensées aux siennes. Ils n'avaient pas besoin de parler pour se comprendre. Mais elle aimait entendre le son de sa voix.

— On se croirait sur une autre planète, dit-il tout haut.

Lui aussi se sentait parfaitement bien. Ils n'avaient pas été longs à prendre leurs marques à la base. On leur avait donné une chambre où ils s'étaient installés comme s'ils devaient y vivre le restant de leur vie. En fait, ils se sentaient partout chez eux dans ce monde pourvu qu'ils fussent ensemble.

Equinoxe s'étendait sur près de deux hectares et regroupait un ensemble de bâtiments fonctionnels dont les couleurs vives, vert ou orange, tranchaient sur le blanc immuable du décor. De grands hangars taillés pour résister aux blizzards les plus féroces abritaient les engins de transport et le gros matériel. La station d'observation météorologique occupait à elle seule plusieurs bâtisses de dimensions modestes.

Au centre se trouvaient les logements des scientifiques et des visiteurs. Ils comptaient parmi les plus confortables des bases antarctiques. Les Hosyrhiens avaient pris en compte les conditions de vie difficiles subies par ceux qui demeuraient plusieurs mois sur place, et la partie habitable offrait de multiples possibilités. Les chambres étaient vastes et claires, remarquablement équipées. Outre le réfectoire, doté d'une cuisine où l'on préparait des plats soignés, on trouvait une bibliothèque fournie, une petite salle de cinéma, des salles de jeux et un hôpital capable de rivaliser avec les centres de soins les plus modernes. Le tout était alimenté par une centrale électrique dont une partie de l'énergie était fournie par une station de panneaux solaires qui ne fonctionnait à plein rendement qu'en été. De puissants groupes électrogènes la complétaient lorsque la nuit polaire plongeait Equinoxe dans les ténèbres.

La base regroupait plusieurs centres d'étude. Un laboratoire de biologie et un autre de géophysique s'organisaient autour de la centrale électrique. Equinoxe comportait même un observatoire astronomique équipé d'un puissant télescope qui bénéficiait de la pureté du ciel austral. Mais, à l'inverse de la centrale solaire, il ne fonctionnait vraiment que pendant la longue nuit d'hiver.

Une grande salle commune permettait de rassembler la population de la base. C'est là que Paul Flamel, Grand Maître des Hosyrhiens, réunit ses troupes dès leur arrivée.

Plus de cent cinquante personnes occupaient les sièges. Il y avait là la trentaine de scientifiques hosyrhiens qui travaillaient en permanence sur Equinoxe, ainsi que les chefs des grandes familles venus de différentes parties du monde. Rohan avait pris place au premier rang, aussitôt rejoint par Valentine.

Paul Flamel se tenait debout sur l'estrade en compagnie d'une Lara passablement mal à l'aise de se trouver au centre de l'attention de la foule. Le vieil homme avait peine à contenir son exaltation.

— Mes amis, dit-il avec un large sourire, soyez les bienvenus. Ce jour est un jour tout à fait exceptionnel. Comme vous le savez, notre communauté a quitté ce continent il y a de cela bien longtemps, à une époque où il n'existait aucune autre civilisation dans ce monde. Un cataclysme dont nous ignorons tout nous a obligés à quitter la terre de nos ancêtres, et nous avons su, pendant les quinze mille années qui se sont écoulées depuis, maintenir notre cohésion et conserver tant bien que mal leur héritage. Vous connaissez tous la Prophétie des Glaces, prononcée par notre reine, la bien-aimée Tanithkara. Elle avait promis de revenir à la vie lorsque cette prédiction serait sur le point de s'accomplir. Ce jour tant attendu est enfin arrivé. J'ai le plaisir de vous présenter la jeune femme dans laquelle Tanithkara s'est réincarnée. Son nom est Lara Swensson.

Il tendit la main vers elle. Embarrassée, Lara se leva et s'inclina légèrement pour saluer la foule qui l'observait avec un mélange de curiosité et d'admiration. Elle n'aimait guère se retrouver ainsi au centre de l'intérêt, mais elle comprenait aussi l'émotion intense qui habitait ces gens.

— Lara présente tous les signes prédits par la Prophétie. Les expériences auxquelles elle s'est soumise avec générosité et abnégation nous ont déjà amenés à découvrir des éléments surprenants.

Vous trouverez, dans les dossiers qui vous ont été remis, des copies du film réalisé à partir de ses rêves, enregistrés grâce au capteur d'ondes cérébrales IRMF. Les paysages que vous allez voir sont ceux de ce pays, il y a quinze mille ans, lorsque les glaces ne le recouvraient pas encore. La voix, cette voix que vous allez entendre, c'est celle de Tanithkara elle-même. Une voix issue d'un rêve, et tirée de la mémoire de notre reine, une mémoire conservée pendant tout ce temps dans l'Ether. Les implications d'une telle expérience sont innombrables. Car lorsque nous serons capables de maîtriser parfaitement cette technologie, combien de mystères historiques parviendrons-nous à résoudre ! La volonté de connaître, d'explorer ce monde, la recherche, voilà le ciment qui nous a permis de traverser le temps. La science actuelle nous permet d'aller beaucoup plus loin dans notre quête. Une quête qui associe la matière et l'esprit, dans le seul souci de la Connaissance et de la Sagesse, et non de la rentabilité et du profit.

« Nous avons décidé de poursuivre nos recherches à Equinoxe. L'expérience que nous allons mener à partir de maintenant va bien au-delà de tout ce que nous avons accompli jusqu'à présent. Lara a accepté de venir ici pour tenter de réveiller complètement la mémoire de notre lointaine souveraine. Car malgré nos efforts, nous ne sommes pas encore parvenus à entrer complètement dans la mémoire de Tanithkara. Pour des raisons que nous ignorons, nous n'enregistrons que des bribes de souvenirs. Notre reine a vécu des épreuves difficiles, et l'une d'elles provoque un blocage mental. Nous espérons que le fait de se trouver ici, à proximité de ce qui fut sa ville natale, va aider Lara à réveiller Tanithkara, afin que la Prophétie trouve enfin tout son sens. Les travaux commenceront dès demain.

Un tonnerre d'applaudissements salua les paroles de Paul Flamel. Lara fut acclamée longuement.

Au cours de la soirée qui suivit, chacun voulut la voir, lui parler. Elle ne sut quelle attitude adopter. Elle n'était pas une reine. Elle avait dû abandonner ses vêtements habituels, jean et pull, pour passer une robe longue de couleur blanche, largement décolletée, qui mettait toute sa féminité en valeur. Rohan veillait sur elle avec un soin jaloux. Leurs esprits ne se quittaient pas. Lui-même avait revêtu un smoking qu'il portait avec aisance. Tous deux répondaient avec autant de bonne grâce que possible aux questions des invités venus de tous les continents. Ils avaient tenu à faire le voyage afin de rencontrer cette reine mystérieuse dont parlait la légende. Car Tanithkara, au-delà de la Prophétie, était une légende, un mythe auquel beaucoup avaient fini par ne plus croire même parmi les plus proches collaborateurs de Paul Flamel. Pour la première fois, toute l'aristocratie de la communauté hosyrhienne se trouvait réunie en un même endroit. Pour la première fois depuis longtemps, les règles de sécurité avaient été transgressées. Mais qui viendrait les chercher au cœur de l'Antarctique ?

La soirée fut animée et joyeuse. Les conversations avaient lieu en anglais. Rohan se rendait compte qu'un même idéal rassemblait tous ces inconnus, celui de la quête d'un monde meilleur. Il se dégageait d'eux une sérénité comme celle qu'il avait remarquée chez son père et son grand-père. Il sentait qu'il existait une fraternité et une véritable solidarité entre eux. Pour autant, ils ne s'estimaient pas d'une essence supérieure. Aux bribes des conversations qu'il surprit, il comprit que ces gens avaient atteint un certain niveau de sagesse. Peu à peu, grandit en lui un véritable sentiment de fierté, à l'idée d'appartenir à cette communauté.

Mais il n'était pas peu fier non plus de montrer qu'il était le compagnon de celle qu'ils considéraient comme leur reine. Fier et très amoureux. Jamais Lara n'avait été aussi belle. La robe blanche mettait sa poitrine en valeur, une poitrine dont il connaissait tous les secrets. Et le sourire un peu gêné qu'elle adressait à ses interlocuteurs l'attendrissait. Peut-être avait-elle été une reine puissante et respectée autrefois. Aujourd'hui, elle attirait la protection.

Lorsqu'ils se retrouvèrent tous deux dans leur chambre, ils firent l'amour une bonne partie de la nuit, avec exaltation. Si l'on pouvait qualifier de « nuit » la lumière permanente qui régnait à l'extérieur. Mais la base était conçue pour reproduire dans les logements le cycle circadien.

Le lendemain, Lara se soumit de nouveau au scanner IRMF.

41

Malheureusement, malgré toute la bonne volonté de Lara, les recherches IRMF ne progressèrent pas plus qu'en France. Le blocage persistait. Plusieurs jours passèrent ainsi, sans amener le moindre résultat supplémentaire. Pire encore, Lara se retrouvait parfois dans la peau de la malheureuse Helka Paakinen et revivait le cauchemar de son procès. Il fallut interrompre l'expérience, car, par endroits, des traces de brûlures apparaissaient sur la peau de la jeune femme.

— C'est un échec ! soupira Paul Flamel.

Lara tenta de le consoler.

— Ce n'est qu'un demi-échec, monsieur Flamel. Nous avons tout de même réussi à extraire plusieurs films de la mémoire de Tanithkara. C'est une avancée scientifique considérable.

— Mais nous ne les comprenons pas. Nous ne comprenons pas ce qui s'est passé à l'époque. Que veulent dire ces étendues de lave ? Avait-elle recouvert une partie de la Terre ? Et ces gens qui hurlaient, qui étaient-ils ? Pourquoi certains lançaient-ils des pierres tandis que d'autres appelaient à l'aide ? Et qui est cette créature qui semble tant effrayer Tanithkara ?

En désespoir de cause, ils avaient renoncé à poursuivre les investigations au scanner. L'équipe scientifique se consacra alors au système de sonar perfectionné dont elle espérait qu'il leur permettrait de localiser avec précision les ruines de Marakha… ou ce qu'il en restait.

Désœuvrés, Lara et Rohan s'initièrent au maniement d'un petit véhicule ultramoderne destiné à circuler sur la glace polaire. Cet engin révolutionnaire, de taille modeste, pouvait accueillir un pilote et son passager pour une excursion en terre hostile. Sa coque était spécialement conçue pour résister au rayonnement UV intense résultant du trou dans la couche d'ozone. Equipé de roues sphériques à l'avant et d'un train de chenilles à l'arrière, il était capable d'évoluer sur n'importe quel terrain de l'Antarctique : neige, terre gelée ou glace. Il possédait également un système de sécurité qui lui permettait de localiser les crevasses invisibles sous la neige et de les éviter. Cette « sauterelle des glaces », ainsi que l'avaient baptisée les gens d'Equinoxe, était munie d'un orienteur relié à l'engin par un cordon ombilical d'une trentaine de mètres de long, fonctionnant grâce au système GPS. Cet orienteur pouvait détecter la présence de crevasses et modifier la trajectoire de la sauterelle en conséquence [1].

Lara, amusée par ce véhicule à l'utilisation souple, se révéla très vite une excellente pilote. Ce qui permit aux deux amoureux d'effectuer de longues escapades autour de la base, parfois accompagnés par Valentine, Fiona, Hubert, et même Paul Flamel, ravi de s'aventurer ainsi en terrain dangereux. Pilotant lui-même la sauterelle, le vieil homme se montrait aussi excité qu'un gamin.

Ce fut au cours du troisième jour d'exploration que Lara ressentit une impression bizarre. Ils s'étaient éloignés de la base de près de six kilomètres et parcouraient une plaine lisse et éblouissante, menant jusqu'à la chaîne de montagnes méridionales, dont les hauts sommets projetaient sur le sol des ombres violettes, dessinant un paysage lunaire qu'on eût dit issu d'un rêve. Si, à l'intérieur de la coque, la température affichait un chaleureux quinze degrés, à l'extérieur, elle était descendue au-dessous des moins vingt, en raison d'un vent puissant qui malmenait les véhicules. Deux autres sauterelles suivaient celle de

1. Ce véhicule existe vraiment.

Lara et de Rohan. Outre Valentine et Fiona, deux scientifiques les accompagnaient. Pablo Fernandez, un Chilien, et Heinrich Krammer, un Allemand, étaient tous deux spécialisés dans la géophysique et tentaient de reconstituer le plus précisément possible le découpage du socle continental. Ils étaient à l'origine du projet « Taupe des glaces », l'excavatrice géante qui permettrait de creuser la surface.

Tout à coup, Lara frémit. Ils se trouvaient face à un sommet élevé, dont la forme rappelait un peu celle d'une tête humaine tournée en direction de l'océan. Une vive émotion s'empara de la jeune femme. Elle stoppa la sauterelle. Pendant un long moment, elle resta pétrifiée, les yeux rivés sur le sommet pris dans les glaces.

— Je connais ce mont, souffla-t-elle. Je suis déjà venue ici. Mais il n'était pas comme ça. Il y avait...

Elle frissonna et regarda autour d'elle d'un air effaré.

— Il y avait une ville.

Elle indiqua le sol du doigt.

— Là-dessous. Quelques centaines de mètres plus bas. Ce mont, c'est sous cet angle qu'on le voyait lorsqu'on s'élevait en altitude, à bord des dirigeables. Et je savais... je savais piloter ces dirigeables.

Elle se tourna vers Rohan, bouleversée.

— C'est ici qu'il faut creuser.

Le lendemain, une équipe se rendit sur place à bord des *snowcats*. On installa les échosondeurs. En proie à une grande excitation, Paul Flamel exultait.

— Voilà pourquoi la mémoire de Tanithkara ne parvenait pas à se réveiller ! s'exclama-t-il. Tu n'étais pas au bon endroit.

Les sondeurs eurent tôt fait de révéler différentes anomalies. Tout le monde scrutait anxieusement les écrans de contrôle. Aussi enthousiaste que le Grand Maître, Pablo Fernandez indiqua des tracés singuliers.

— Voyez, dit-il, cela peut être une formation rocheuse particulière, mais nous pouvons noter, ici, et là, et encore là, des lignes régulières qui pourraient appartenir à des ruines. Nous n'avons encore jamais vu ça.

— La glace n'a donc pas tout détruit, se réjouit le vieil homme. C'est extraordinaire. Il faut aller voir sur place. On démarre l'opération « Taupe des glaces » !

L'excavatrice fut amenée sur place dès le lendemain. Il lui fallut sept jours pour atteindre le socle continental, et deux jours de plus pour dégager une cavité circulaire de cinquante mètres de diamètre. Un système de descente par rail fut ensuite créé afin d'établir une liaison avec la surface. Dans la caverne de glace régnait un froid infernal, de l'ordre de moins cinquante degrés. Malgré l'épaisseur de leurs vêtements, Lara et ses compagnons en ressentaient la morsure sur leurs membres. Afin de faciliter les recherches, Paul Flamel fit installer un système de chauffage qui permettait d'élever la température d'une quarantaine de degrés.

Lorsque les travaux furent terminés, ils éprouvèrent une certaine déception. Le socle du continent austral ne laissait voir qu'une roche grise, un chaos malmené par l'excavatrice. Nulle part on ne découvrit quoi que ce fût qui pût ressembler à des ruines.

Ils se réunirent sur place pour un premier bilan. Le vieil homme secoua la tête.

— C'eût été trop beau. En quinze mille ans, les mouvements des glaciers ont dû détruire ce qui restait de la ville.

Mais Lara leva la main. En fermant les yeux, elle s'orienta par rapport à la position de la galerie d'accès. On fit silence. La jeune femme se concentra. Ce qu'elle avait ressenti à la surface, une dizaine de jours plus tôt, se manifesta à nouveau. Elle s'efforça de chasser l'image de cette caverne seulement éclairée par les puissantes batteries qui inondaient les lieux d'une lumière blanche et faisaient jouer des ombres fantasmagoriques sur les parois.

Laissant son esprit s'ouvrir totalement, elle se laissa imprégner de cet écho venu du fond des âges qu'elle sentait vibrer autour d'elle. Le monde avait pris une dimension différente. C'était comme s'il se dédoublait, comme si un autre paysage se dessinait en filigrane au-delà des limites de la grotte, un paysage qui ressemblait à la Norvège ou à l'Ecosse des Highlands. Il lui semblait percevoir le reflet de bruits disparus, des souvenirs d'odeurs. Peu à peu, des images se précisèrent derrière ses yeux fermés. D'un geste lent, elle indiqua une direction.

— La cité de Marakha était par là. Toute proche.

On remit l'excavatrice en action, cette fois avec un luxe de précautions. Un nouveau tunnel d'une centaine de mètres fut ainsi creusé. Soudain, le docteur Fernandez, qui contrôlait le travail du pilote de la machine, poussa un cri.

— Arrête !

Le pilote obéit immédiatement. Sur les écrans des sondeurs couplés à l'excavatrice venait d'apparaître une formation étrange, régulière, qui en aucun cas ne pouvait être l'œuvre de la nature.

42

Quelques jours plus tard, une nouvelle caverne avait été creusée, cette fois en utilisant des canons à vapeur d'eau sous haute pression afin de préserver les ruines... ou ce qu'il en restait. Car s'il était indéniable qu'une ville s'était dressée là, il n'en subsistait que des masses de roches informes et rabotées par la puissance de la glace. Néanmoins, on reconnaissait çà et là ce qui ressemblait à des murailles, le soubassement d'une large porte qui devait commander l'entrée d'un monument ou d'un palais. Un pavage apparut, qui avait mieux résisté. Plusieurs petites galeries furent mises en service dans différentes directions pour pénétrer plus avant dans ce qui avait été Marakha. Cependant, il ne fallait pas compter découvrir autre chose que des restes de fondations. Les murailles, les demeures, les palais, tout avait été balayé inexorablement par la masse formidable de la glace.

Parfois, on découvrait ce qui ressemblait à un bas-relief, le reflet d'une sculpture. Mais il était impossible d'en déterminer le motif.

— Evidemment, murmura Paul Flamel. Pouvait-il en être autrement ? Tout a été broyé, compressé. C'est déjà un miracle que nous ayons été capables de localiser cette cité. Cela suffira à prouver que la théorie du professeur Hapgood était fondée. Mais nous n'en apprendrons guère plus de cette manière.

Il se tourna vers Lara, qui observait les travaux en silence. L'impression d'avoir vécu en ces lieux autrefois ne la quittait plus. Elle avait également gagné Rohan, qui ne lâchait pas la main de sa compagne.

Vint le moment de repartir. Epuisé, Paul Flamel invita les deux jeunes gens à le rejoindre dans la cabine de liaison avec la surface. Lara lui posa la main sur le bras.

— Je voudrais rester ici cette nuit, monsieur Flamel. Seule avec Rohan.

— C'est dangereux, ma fille. La température est trop basse.

— Je veux tenter l'expérience. Avec ces machines, je n'arrive pas à me concentrer.

Le vieil homme hésita un instant, puis acquiesça.

— C'est bien. Je vais demander qu'on vous prépare un campement pour la nuit.

Un peu plus tard, Lara et Rohan étaient seuls. Les lourdes machines s'étaient tues. Seul subsistait le ronronnement des batteries de chauffage et d'éclairage. Ils s'étaient installés devant l'endroit où l'on avait localisé ce qui devait être une porte d'accès. Depuis le début, cet endroit intriguait Lara, suscitant parfois en elle une sensation de frayeur inexplicable. Elle en était venue à penser qu'il s'agissait du lieu où surgissait l'entité malveillante. Si elle parvenait à se plonger dans ce rêve à cet endroit même, elle parviendrait peut-être à aller au-delà.

Autour d'eux, le silence était impressionnant. Ils ressentaient presque physiquement le poids énorme de l'épaisseur de glace de plusieurs centaines de mètres qui les séparait de la surface. Là-haut, le soleil avait dû se rapprocher de l'horizon avant de reprendre sa course. Ici, ils étaient plongés dans les ténèbres. Leur respiration se condensait et l'air gelé leur brûlait les poumons malgré la présence des souffleries à air chaud. On leur avait installé une tente bien chauffée pour la nuit, mais Lara s'obstinait à rester à l'extérieur. Ils s'étaient blottis l'un contre l'autre.

Cependant, malgré la sensation d'être ainsi perdus au bout du monde, ils n'éprouvaient aucune peur. Au contraire, une grande sensation de paix était descendue sur eux. Ils avaient l'impression que, peu à peu, leurs personnalités se dédoublaient. Quelque part au fond de leurs esprits intimement mêlés, quelque chose se réveillait.

Engourdie par le froid, hypnotisée par la lueur fugace et mouvante du reflet des lampes sur la glace bleue, Lara finit par céder au sommeil…

Une nouvelle fois, elle se retrouva plongée au cœur de la plaine balayée par un vent froid, un blizzard contre lequel elle devait lutter de toutes ses forces pour ne pas tomber. Des mains amicales la soutenaient. Elle sentait leurs pressions bienveillantes et chaleureuses sur ses bras endoloris par l'âge et la fatigue. Au loin se dessinait la cité. « Sa » cité. Marakha, capitale du royaume de la Nauryah. Peu à peu, Lara s'effaça, laissant la place à son double, cette reine qu'elle portait en elle depuis toujours.

Tanithkara poursuivait sa progression avec peine. Elle devait pénétrer dans ce qui restait de cette ville qui avait été autrefois si belle, mais que le froid détruisait inexorablement. On lui avait dit que des hommes et des femmes survivaient encore dans les ruines. Ils appartenaient à son peuple. Il avait été décidé d'organiser une expédition pour tenter d'en sauver le plus grand nombre. Cependant, il fallait se montrer prudent. On ne savait pas ce qui pouvait se dissimuler dans ces ruines. L'ennemi était encore présent.

Soudain, du cœur des ruines, des silhouettes surgirent, qui n'osèrent s'approcher de la troupe hosyrhienne. Tout au fond de l'esprit de Tanithkara, Lara sentit la terreur monter en elle. Alors, dans son sommeil, elle se concentra pour ne pas céder à la panique. Elle devait laisser la reine la mener au-delà, elle devait s'effacer. Calmant son angoisse par un terrible effort de volonté, elle poursuivit sa marche difficile.

Et soudain, un spectre monstrueux jaillit devant elle. Tanithkara sut qu'elle se trouvait devant son pire ennemi. Un homme, un prêtre fanatique qui avait juré de la détruire parce qu'elle symbolisait tout ce qu'il haïssait : elle refusait catégoriquement de se soumettre à son dieu, et elle était une femme. A plusieurs reprises, elle s'était dressée contre lui, l'avait vaincu, bafoué.

Il y eut un instant de flottement. Lara redouta que le lien fragile ne se brise, que le rêve ne s'efface. Elle se concentra pour ne pas céder à la panique. Mais elle avait passé le point critique. Le songe se poursuivit. Sa volonté avait enfin triomphé de l'obstacle.

Et tout alla très vite. Un court instant, Tanithkara distingua les traits de son ennemi, des traits illuminés, les yeux d'un fou. Le regard d'un homme qui avait utilisé son pouvoir exceptionnel de domination et de persuasion pour entraîner tout un peuple dans la mort, au nom d'une religion absurde. Il était beaucoup plus âgé qu'elle, il aurait dû déjà être mort, mais, contre toute attente, il était encore vivant. La haine le maintenait en vie.

Autour de Tanithkara, des gardes prirent place. Ils ne furent pas assez rapides. Une arme de jet qui ressemblait à une arbalète apparut dans les mains du sinistre vieillard, un trait siffla. Tanithkara ressentit un choc violent dans la poitrine.

Dans les ténèbres de la caverne, Lara poussa un cri déchirant. Une douleur insoutenable lui vrillait les côtes. Son compagnon s'alarma :

— Lara ! Qu'est-ce que tu as ?

La jeune femme avait porté la main à sa poitrine et respirait avec difficulté, le visage déformé par la souffrance. Elle plongea son regard dans celui du jeune homme, un regard qu'il ne lui connaissait pas. Un regard dans lequel il lisait une autorité nouvelle et une détermination implacable. Le regard de Tanithkara elle-même.

— Rod'Han ? murmura-t-elle.

Puis elle prononça des mots incompréhensibles avant de retomber en avant.

— Lara ! hurla Rohan, soudain en proie à la panique.

Mais elle se redressa, au prix de mille difficultés. Peu à peu, la douleur s'atténua. Enfin, Lara leva vers lui des yeux rayonnants.

— J'ai réussi, Rohan. J'ai réveillé la mémoire de Tanithkara. Elle est là, en moi. C'est comme un bouillonnement, une seconde vie, un autre univers qui s'est ouvert dans mon esprit. C'est merveilleux. Je sais aussi pourquoi elle se bloquait. A cet endroit même, elle a été grièvement blessée par son plus mortel ennemi. Peut-être a-t-elle péri ici. Je ne sais pas. Pas encore. Mais nous allons pouvoir reprendre l'expérience. Et nous saurons enfin ce qui s'est passé il y a quinze mille ans.

DEUXIÈME PARTIE

Tanithkara

43

— Crois-tu que le monde soit en train de sombrer dans la folie, grand-père ? Cela voudrait-il dire que nous nous sommes trompés ?

En proie au plus profond désarroi, Tanithkara tournait le dos à son aïeul. Son regard était fixé sur ce sommet que l'on surnommait la « montagne de l'Homme Sage » en raison de sa forme, qui dessinait un visage empreint de sérénité lorsque les rayons du soleil déclinant venaient l'effleurer.

La jeune femme se tenait sur la terrasse des appartements de son aïeul, qui ouvraient sur la partie orientale de la ville. Vers le nord, on apercevait l'océan tumultueux. Au sud, la haute chaîne montagneuse barrait l'horizon, comme un bouclier, un rempart qui protégeait le royaume de la Nauryah des forces néfastes que recelaient, au-delà, les steppes désertiques et sauvages menant jusqu'à la banquise. A plus de deux mille kilomètres au sud, l'immense falaise de glace recouvrait toute la partie méridionale du continent hedeenien.

A l'extérieur de la cité s'étendait une vaste zone cultivée. Plus loin, une épaisse forêt de conifères, de chênes, de bouleaux, de hêtres et de châtaigniers s'étageait jusqu'aux contreforts de la chaîne montagneuse dominée par l'Homme Sage. Dans les champs et les prés, on devinait les silhouettes affairées des paysans, les troupeaux de moutons, de chèvres, de lamas et de vaches, gardés par les énormes chiens de berger aux yeux blancs.

Au pied du palais Nephen, la ville s'organisait harmonieusement le long de ses grandes artères plantées d'arbres. Toutes convergeaient vers la grande place principale où se dressaient le palais du Conseil des Cinq et le temple du dieu Soleil, Hyruun. De cette place, une large avenue longeait le fleuve Elhorka jusqu'au port, autre centre d'activité de la cité.

Dans les rues circulaient des voitures tirées par des bœufs ou des lamas, voire par de grands chiens. On croisait aussi, plus rares parce que plus onéreux, des véhicules automobiles mus par des moteurs électriques silencieux.

Depuis la terrasse, Tanithkara devinait les différents quartiers de Marakha. Elle aurait pu mettre un nom sur chacun, décrire leurs spécialités. On trouvait dans la ville les meilleurs artisans de l'empire, et les plus imaginatifs. Ici comme nulle part ailleurs on savait travailler l'or, les métaux et les pierres pour en fabriquer les bijoux les plus sophistiqués, les parures les plus somptueuses. Les tisserands et tailleurs de la Nauryah créaient des vêtements d'une élégance et d'un raffinement tels que les plus grands personnages des autres royaumes venaient se fournir chez eux. Il en allait de même pour les ébénistes, les ferronniers, les potiers. Marakha était un spectacle permanent, où l'on croisait toujours quelque troupe de bateleurs ou des montreurs d'animaux, des prestidigitateurs, des acrobates, ou des petites troupes de théâtre qui jouaient des farces.

Tanithkara aimait cette ville où il faisait si bon vivre. Ce paysage, elle le connaissait depuis toujours. Elle l'aimait de toute son âme parce qu'il lui apportait une impression d'immuabilité, d'éternité et d'invulnérabilité que rien ne semblait pouvoir détruire. La cité portuaire de Marakha était l'une des plus anciennes et des plus riches de l'empire. Elle s'étirait d'est en ouest, de part et d'autre de l'Elhorka, entre les étendues tumultueuses de l'océan et les épaulements massifs des grandes montagnes, depuis lesquelles soufflaient des vents incessants. Il ne faisait pas bon s'aventurer par-delà la montagne de l'Homme Sage. Dès que l'on avait franchi cette barrière, on ne rencontrait plus qu'une immensité désertique de steppes glacées balayées par des blizzards féroces. C'était le royaume des bœufs à poils longs, des loups, des ours géants et des tigres à longues dents.

Mais ici, à Marakha, le climat était doux. En été, il faisait parfois si chaud que l'on pouvait se baigner dans les lacs qui bordaient le fleuve.

Les dix royaumes de l'empire hedeenien vivaient en paix depuis très longtemps. Bien sûr, il n'en avait pas toujours été ainsi. Plusieurs siècles auparavant, des guerres avaient opposé certaines cités. Des alliances s'étaient nouées, défaites, le sol de l'empire s'était rougi du sang des guerriers et des victimes des pillages. Jusqu'à ce que les peuples parviennent à imposer à leurs souverains une nouvelle forme de gouvernement, constitué d'un groupe de cinq hommes élus, les pentarques, qui exerçaient le pouvoir. Les rois n'eurent plus alors qu'un rôle représentatif. L'Hedeen était vaste et peu peuplé. Hormis les querelles de personnes, les nations n'avaient guère de raisons de se combattre. Et une longue ère de paix avait commencé.

Pourtant, depuis quelque temps, une nouvelle menace semblait peser sur l'empire.

L'information était parvenue le matin même au palais Nephen, où Tanithkara vivait en compagnie de ses parents et de son grand-père, Pahyren hoss Nephen. Dans le lointain royaume de Somarkhane, trois personnes avaient été assassinées. Les victimes, un homme et deux femmes, avaient été dénudées et liées à des piquets par des chaînes, les membres écartés. On les avait ensuite recouvertes de braises jusqu'à la poitrine. Les malheureux avaient agonisé pendant des heures avant de mourir de leurs terribles blessures.

Le crime avait été découvert par des bergers. Effrayés, ceux-ci s'étaient enfuis, de peur que les assassins ne fussent encore dans les parages, et ils avaient prévenu les autorités de Somarkhane. La garde royale s'était immédiatement rendue sur place. Il était très vite apparu que les victimes avaient été sacrifiées au cours d'une sorte de rituel religieux. On avait retrouvé sur place de nombreuses traces de piétinement et des objets disposés de façon singulière. Les têtes ayant été relativement épargnées, on n'avait pas eu de difficulté à identifier les victimes. Toutes trois appartenaient à la communauté hosyrhienne de Somarkhane. C'étaient des érudits attachés à la maison royale. Ils avaient disparu deux jours auparavant, alors qu'ils se rendaient dans une petite cité du sud du royaume. Ils n'y étaient jamais arrivés.

Ce crime n'était malheureusement pas le premier du genre. Depuis le début de l'année, trois autres royaumes avaient connu des massacres identiques.

Le vieux Pahyren, qui portait solidement ses quatre-vingt-cinq printemps, posa la main sur l'épaule de sa petite-fille avec un geste protecteur. Elle tourna vers lui des yeux clairs qui contrastaient avec sa lourde chevelure châtain foncé.

— C'est la quatrième fois cette année qu'une telle horreur se produit, grand-père. Et il y en a eu d'autres les années précédentes. Pourquoi ? Quel peuple est assez cruel pour tuer dans des conditions aussi épouvantables ? Même les Hyltes [1] ne se livrent pas à de telles barbaries.

— Ce ne sont pas des Hyltes, ma petite Tanith. Ces crimes portent la marque des haaniens.

— Aucun peuple des dix royaumes ne porte ce nom, s'étonna la jeune femme.

— Il ne s'agit pas d'un peuple, mais des adeptes d'une nouvelle religion. Je devrais plutôt dire une secte de fanatiques fous furieux. Ils sont apparus il y a quelques dizaines d'années, juste après ce que l'on a appelé… Hyzur-Haandy.

— Hyzur-Haandy ? J'ai vu ce nom une fois, dans un livre de la bibliothèque de l'université. Il n'y avait guère d'explications. On faisait seulement référence à une chose terrifiante qui avait provoqué de grands bouleversements. Mais l'auteur n'approfondissait pas la question. On aurait dit qu'il craignait d'en dire trop. J'ai posé la question à mes maîtres. Ils ont refusé de me répondre. Ils m'ont dit que ce nom ne devait jamais être prononcé. Ils avaient l'air très inquiets.

— Ceux qui ont vécu cet événement évitent d'en parler. C'est pourquoi les générations suivantes ignorent même qu'il a eu lieu. Les Hosyrhiens en savent plus. Mais, malgré leur esprit rationnel, ils n'aiment pas l'évoquer. Il faut dire que nous n'avons aucune envie que cela se reproduise.

— C'était quoi, Hyzur-Haandy, grand-père ?

1. Assassins, bandits de grand chemin qui hantaient l'empire hedeenien. Comme la plupart de ceux inventés pour ce roman, ce nom est inspiré par la langue basque.

Le vieil homme hésita. Des images effrayantes lui revenaient en mémoire, et avec elles l'angoisse insupportable qui les avait accompagnées. Enfin, il se décida :

— Après tout, il vaut mieux que tu saches. Hyzur-Haandy a eu lieu voilà soixante-dix ans. J'avais quinze ans à l'époque. J'étais déjà étudiant à l'université de Marakha. Le plus jeune sans doute, et l'un des plus curieux. Je fus parmi les premiers avertis, parce que j'étais passionné par les recherches des astronomes et que je passais une grande partie de mon temps libre en leur compagnie. Nos télescopes restaient braqués en permanence sur le ciel nocturne afin d'étudier la course des astres. Une nuit, l'un de mes professeurs avait orienté l'objectif en direction d'une constellation méridionale, située dans le prolongement du pôle Sud. J'étais avec lui. Il a d'abord eu l'air étonné, puis il a dit : « C'est curieux, on dirait qu'il y a une étoile de plus dans la constellation du Grand Tigre. » Il m'invita à regarder. Je connaissais par cœur toutes les constellations, leur forme et le nom des étoiles qui composaient chacune d'elles. Je me destinais à devenir astronome, moi aussi. C'est pourquoi je n'eus aucune difficulté à confirmer ce que disait mon maître. Il y avait bien une nouvelle étoile dans le Grand Tigre. Nous savions que ce phénomène se produisait parfois. Sans doute correspondait-il à l'explosion d'une étoile arrivée en fin de vie. C'est tout au moins l'hypothèse des Hosyrhiens. Mais ce phénomène est tout de même assez rare pour mériter d'être sérieusement étudié. Dans les nuits qui suivirent, mon maître et moi avons continué d'observer cette nouvelle venue. Ce n'est qu'au bout de quatre nuits que mon professeur a dit : « Ce n'est pas une étoile, Pahyren. C'est une comète. Elle se déplace. Et elle se déplace très vite. » Je l'ai vu immédiatement à son visage angoissé : mon maître avait peur. Il s'est tourné vers moi et il a dit : « Cette comète se dirige vers nous, mon garçon ! » Et là, j'ai eu très peur à mon tour, car j'ai compris qu'elle allait s'écraser sur la Terre.

« Le lendemain, mon maître a alerté les astronomes des autres royaumes. Tous les télescopes de l'Hedeen se sont braqués sur la comète. Et ce que redoutait mon maître se confirma : elle fonçait vers notre planète à une allure folle. Nous avons pu estimer sa taille à plusieurs dizaines de kilomètres [1] de diamètre. Au début, seuls les astronomes étaient au courant. Ils avertirent les pentarques de chaque pays, qui décidèrent de taire la nouvelle aux peuples. Il était inutile d'affoler les Hedeeniens. Ils découvriraient bien assez tôt l'horrible vérité. Mais nous savions tous que la fin du monde était proche, car lorsque cet astre entrerait en collision avec la Terre il provoquerait un cataclysme d'une ampleur telle que rien n'y survivrait. Ce furent les pires jours de ma vie. J'avais quinze ans et aucune envie de mourir, surtout dans des conditions aussi effrayantes. Je n'en dormais plus de la nuit.

« Bientôt, il fut impossible de dissimuler plus longtemps la vérité. La comète devenait de plus en plus brillante, à tel point qu'elle fut visible en plein jour. Le spectacle était à la fois terrifiant et d'une beauté inimaginable. Mais c'était la Mort qui se dirigeait vers nous. Alors se déclencha en Hedeen un effroyable mouvement de panique. Des désespérés allèrent se noyer dans l'océan. D'autres se jetèrent dans des gouffres. Des parents tuaient leurs enfants pour qu'ils ne meurent pas dans l'embrasement du monde, puis ils se suicidaient. D'autres distribuaient toute leur fortune et faisaient la fête, buvaient et mangeaient jusqu'à en avoir le ventre qui éclate. Des foules s'entassaient dans les temples afin d'implorer la clémence des dieux. Un vent de folie soufflait sur l'empire.

« Chaque matin, lorsque la comète réapparaissait à l'horizon, sa taille avait encore augmenté. Une sorte de résignation s'était abattue sur nous, les Hosyrhiens, les savants de l'empire. Notre science était malheureusement impuissante à arrêter le fléau. Nous savions que des corps célestes voyageaient ainsi dans l'espace qui sépare les systèmes. Par le passé, nombre d'entre eux s'étaient écrasés sur la Lune. Il en restait des traces sous la forme de ces cratères géants que l'on pouvait observer à sa surface. Pourquoi la Terre aurait-elle été à l'abri de ce genre de cataclysme ? A chaque fois, la vie avait triomphé. Cette fois encore,

1. Pour faciliter la compréhension, j'ai utilisé ici le système métrique. Mais il est bien évident que les Hedeeniens, s'ils ont existé, possédaient leur propre système de mesure.

peut-être les êtres microscopiques qui peuplaient les océans ou les cavernes parviendraient-ils à subsister et à recréer de nouvelles formes de vie. Mais une chose était sûre : tous les humains allaient disparaître.

— Pourtant, la comète ne s'est pas écrasée sur la Terre, n'est-ce pas, grand-père ?

— Non. A mesure qu'elle approchait, les astronomes ont constaté que sa trajectoire n'interceptait pas celle de notre planète, même si elle devait passer très près. Sa queue devenait d'ailleurs de plus en plus visible, preuve qu'elle ne se dirigeait pas directement sur nous. Mais elle ne passerait pas loin. Nous avons donc lancé de nouvelles informations, afin que les peuples reprennent confiance. La panique était bien trop grande. Les gens avaient décidé de croire que tout était fini, et les drames se poursuivirent.

« Jusqu'au moment où la comète est passée, d'un coup, tout près de la Terre, à l'opposé de la Lune. Elle était si brillante qu'il était difficile de la regarder en face. Et surtout, elle allait si vite qu'on la voyait se déplacer à l'œil nu. Nous n'avons pas su évaluer la distance qui la séparait de notre planète au plus près de sa course, mais ce n'était sans doute pas plus de trois ou quatre diamètres de la Terre elle-même. Quelques dizaines de milliers de kilomètres. Il s'en était fallu de peu. Lorsqu'elle est repartie vers l'espace infini, sa direction avait changé ; la Terre avait dévié sa course. Mais le passage de cette comète avait en retour influencé notre planète. Et le peuple d'Hedeen.

« Le mouvement de panique a cessé immédiatement. Mais les gens ont donné un nom à la comète : Hyzur-Haandy, la Grande Terreur. C'est pourquoi, même encore aujourd'hui, soixante-dix ans plus tard, on évite de prononcer son nom.

— Mais en quoi Hyzur-Haandy a-t-elle un rapport avec les Haaniens, grand-père ?

— Peu après, il y a eu des tremblements de terre, des raz-de-marée. Des ports ont été submergés et détruits. Des maisons se sont effondrées. En mer, des navires furent engloutis par des tempêtes exceptionnellement fortes. Des dirigeables se sont abîmés avec leurs passagers. Des milliers de gens ont péri. Dans le sud, les trois volcans de l'île du Feu sont entrés en éruption.

Sur cette île, située près de la banquise, vit un peuple étrange, différent des autres nations de l'empire d'Hedeen...

— Les Herepes !

— Exactement, les Herepes, un ensemble de tribus de guerriers belliqueux qui vivent sur ces terres volcaniques. Ils constituent le dixième royaume de l'Hedeen, mais ils sont différents de nous. Ils ressemblent aux peuplades que nous rencontrons sur les autres continents. Ils ne construisent pas de villes. Ils habitent des huttes, élèvent des lamas des neiges, chassent le loup et le phoque-léopard. Ils n'ont pas de pentarques. Ils sont divisés en une multitude de clans et obéissent à un chef suprême. Celui-ci est choisi parmi les chefs de ces clans. Ce sont des barbares cruels, qui pratiquent des sacrifices humains. Ils croient que leur dieu vit au cœur des volcans. Parfois, pour s'attirer sa clémence, ils lui sacrifient une vierge ou des enfants.

— Nous avons pourtant établi des relations commerciales avec les Herepes, remarqua Tanithkara.

— Ce sont des chasseurs remarquables. Ils font le troc des fourrures avec nous. Cependant, nous nous contentons de les accueillir dans des comptoirs situés sur les rives de Somarkhane, le royaume le plus proche de leur île. Rares sont les Hedeeniens qui ont osé s'aventurer sur leur territoire.

— Nous ne sommes pas en guerre avec eux !

— Non, bien sûr. Certains Herepes viennent même étudier dans nos universités. Nous ne désespérons pas de les faire évoluer. Mais ce sera long.

— Alors, qu'ont-ils à voir avec les Haaniens ?

— Après la Grande Terreur, certains Hedeeniens ont eu tellement peur qu'ils se sont détournés des dieux traditionnels. Tu sais que deux religions coexistent en Hedeen. Celle du dieu Soleil, Hyruun, et la nôtre, l'hosyrhisme, qui n'est pas une vraie religion, mais plutôt une philosophie, une manière de voir le monde, l'univers, et d'aborder la vie. Les tenants des deux formes de pensée, les prêtres et les savants, ont toujours entretenu d'excellentes relations. Les prêtres d'Hyruun sont d'ailleurs parfois eux-mêmes hosyrhiens. Quant aux savants, ils ne retiennent des dieux que leur valeur de symbole, et les belles légendes que l'on narre sur eux le soir, à la veillée.

« L'une d'elles raconte que le terrible serpent Aarensuu vivrait sous la terre, et quc l'entrée de sa demeure ne serait autre que le volcan triple de l'île du Feu. Aarensuu, comme tu le sais, est celui que l'on surnomme le Dévoreur de Lumière, celui qui emporte les âmes des morts qui se sont mal conduits pendant leur vie. Il est l'ennemi du soleil, Hyruun, et de son épouse, la lune Hyl-Arga, la reine du royaume des morts, tout au moins ceux qui ont vécu honnêtement. La légende prétend qu'à la fin des temps Aarensuu avalera le soleil et la lune, et l'univers sombrera dans le néant.

— Ce sont des superstitions, grand-père, objecta Tanithkara.

— C'est ce que pensent les Hosyrhiens, mon enfant. Mais le peuple, lui, y croit. Et il redoute Aarensuu à un point tel que l'on n'ose pas prononcer son nom à haute voix, de peur d'attirer son attention. Cette peur s'est accentuée après Hyzur-Haandy. Et certains ont profité de la crédulité des gens.

« Un homme est apparu chez les Herepes. Il s'appelait Kholovaar. On sait assez peu de choses sur lui. Il semble qu'il n'appartenait pas au peuple de l'île du Feu. Mais il a su se faire adopter. Il est vraisemblable qu'il avait suivi l'enseignement d'une université, car il était particulièrement instruit. C'était aussi un être exalté qui bénéficiait d'une autorité naturelle extraordinaire. Il a subjugué une bonne partie des guerriers. Il se disait investi d'une mission divine par un dieu qui lui était apparu sur les pentes du plus grand des trois volcans, l'Herepe, qui a donné son nom à ce peuple. Cette divinité s'appelait Haan. Selon Kholovaar, il était le dieu unique, celui qui avait créé le monde, l'univers, les animaux et les plantes, le soleil, la lune et les étoiles. C'était lui également qui avait créé l'homme et la femme. Tous les autres dieux n'étaient que des imposteurs. Toujours selon Kholovaar, Haan s'était irrité de demeurer ignoré par les Hedeeniens. Alors, il avait envoyé Hyzur-Haandy, la Grande Terreur, pour leur adresser un avertissement. On avait vu de quoi il était capable. Et si les hommes ne se pliaient pas à sa volonté, ils seraient anéantis.

« On estime qu'il a dû convertir plus de la moitié des Herepes. Il a ensuite quitté l'île du Feu en compagnie de ses disciples. Ceux-ci constituaient une petite armée prête à défendre son point de vue, par la violence s'il le fallait. Car Haan était un dieu de colère, auquel il fallait se soumettre. Un dieu à l'image de celui qui l'avait imaginé. Avec le temps, on en a appris plus sur les rituels auxquels il fallait satisfaire pour être admis dans cette religion. On devait accepter d'être marqué au fer rouge par un signe particulier, qui représentait le dieu Haan. Ce signe indiquait que l'on se soumettait à sa volonté toute-puissante. Ce rituel barbare ne gênait guère les Herepes, habitués à subir toutes sortes de tortures lors de leur passage à l'âge adulte.

« En revanche, lorsque Kholovaar entreprit de convertir les Hedeeniens, il se heurta à des difficultés. Les Hedeeniens sont attachés à leurs dieux. Les émissaires envoyés par Kholovaar furent accueillis avec des moqueries. Les Hosyrhiens leur expliquèrent qu'il s'agissait d'une comète et non de la colère d'un dieu. La vie avait repris normalement. Au début, Kholovaar ne parvint à convaincre que quelques illuminés marqués par la peur. Mais, plus tard, il fut écouté avec attention par les habitants de plusieurs royaumes.

« Il y avait une raison à cela. La comète avait provoqué des bouleversements. Le climat avait commencé à se refroidir. Le temps était détraqué. Des pluies diluviennes s'abattaient sur le continent. Les récoltes n'étaient plus aussi abondantes, les troupeaux diminuaient. En certains endroits, les plaines fertiles se transformaient en marécages. Il y avait des inondations, des incendies, des invasions d'insectes venus de nulle part. Pendant les premières années, on expliqua ce phénomène par la Grande Terreur. Mais celle-ci était passée et on pensait que tout allait rentrer dans l'ordre. Malheureusement, la situation, loin de s'améliorer, continuait de se détériorer. Les hivers se firent de plus en plus froids, les étés restèrent frais, de terribles tempêtes continuaient de frapper l'empire et il y eut de nouveaux tremblements de terre. Plus grave encore : la banquise gagnait du terrain chaque année.

« Alors, les gens commencèrent à se poser des questions, et beaucoup, parmi les plus pauvres, se dirent que Kholovaar n'avait peut-être pas tout à fait tort. Ils écoutèrent ses paroles. Peu à peu, nombre d'entre eux se convertirent à la religion du dieu Haan. D'après Kholovaar, les fléaux disparaîtraient d'eux-mêmes lorsque les Hedeeniens se seraient tournés vers lui. Les prêtres du Soleil ne virent pas cela d'un bon œil, évidemment, mais il est dans la tradition hedeenienne de laisser les gens libres de penser comme ils le souhaitent. Et puis, beaucoup d'entre eux estimaient qu'il s'agissait d'un phénomène passager. Ce Kholovaar était un hurluberlu dont le mouvement finirait par s'essouffler et disparaître.

« Et puis, il s'est passé une chose à laquelle les prêtres du Soleil ne s'attendaient pas. Au bout d'une trentaine d'années, épuisé par ses marches incessantes à travers l'empire, Kholovaar mourut. Ils ont cru que sa religion allait s'éteindre avec lui. Mais son influence était telle qu'il avait suscité de sérieuses vocations parmi ses disciples, dont certains se montrèrent encore plus enflammés que le maître. Kholovaar devint une sorte de légende. Pour ses adeptes, il avait été rappelé par son dieu, Haan, et siégeait désormais à ses côtés. Il avait l'œil sur ses adeptes. Ceux-ci redoublèrent de zèle. Et cette religion continua de se répandre parmi ceux qui souffraient. Le terrain était d'autant plus favorable que la famine sévissait. Les prosélytes de Haan annonçaient la fin des temps, provoquée par la colère de leur dieu. La seule manière d'y échapper était de se soumettre.

« C'est ainsi que la religion du dieu Haan devint la troisième forme de croyance de l'Hedeen. Il y eut quelques batailles entre ses adeptes et les gardes de certains royaumes dont les pentarques n'acceptaient pas leur venue. Pendant de longues années, les Haaniens ne furent pas assez puissants pour représenter une menace réelle. Malgré la présence des guerriers herepes, ils ne pouvaient rivaliser avec les gardes royales. Ils essuyèrent plusieurs revers. Alors, ils se contentèrent de poursuivre pacifiquement leur prosélytisme, entrant presque dans la clandestinité.

Le vieil homme marqua un moment de silence. Puis :

— Ils se sont faits discrets, mais ils sont toujours là et ils sont de plus en plus nombreux. J'ai averti ton père du danger qu'ils représentent. Car même si les récoltes ne sont plus aussi mauvaises que pendant les années qui ont suivi la Grande Terreur, elles restent bien inférieures à ce qu'elles étaient avant. Dans certains royaumes, la disette sévit à l'état endémique. Les épidémies font rage. Il y a toujours des tremblements de terre et des tempêtes. Aujourd'hui, les Haaniens ne se contentent plus de répandre leur religion. Je suis persuadé qu'ils ont décidé de s'emparer du pouvoir dans chacun des dix royaumes. Il s'est passé quelque chose au cours de ces dernières années. Ils se sont structurés et ils ont un plan. Ton père partage mon point de vue. Mais il n'a pas réussi à se faire entendre des autres pentarques. Ceux-ci refusent de voir la vérité en face. Ils pensent que les Haaniens ne sont pas dangereux.

— D'après toi, ce sont eux qui commettent ces crimes ?

— Cela ne fait aucun doute. On a retrouvé la marque du dieu Haan sur les lieux des sacrifices. On a interrogé les prêtres haaniens. Ils nient tout et condamnent même ces meurtres. Officiellement tout au moins. Mais ils mentent. Car seuls les Hosyrhiens sont la cible de leurs crimes.

— Pourquoi s'en prennent-ils à nous ?

— J'y ai longuement réfléchi, et ce que j'ai découvert fait froid dans le dos. Cela expliquerait aussi pourquoi les autorités de chaque royaume ne font pas grand-chose pour arrêter les criminels.

— De quoi s'agit-il, grand-père ?

— Dans la majorité des royaumes, les richesses sont aux mains de quelques grandes familles. Les paysans sont rarement propriétaires de leurs terres. Quant aux ouvriers des manufactures, ils ne possèdent rien et leurs salaires dépendent de la bonne volonté de leurs employeurs.

— C'est aussi le cas à Marakha ?

— Pas exactement. La Nauryah est le royaume où l'on compte le plus d'Hosyrhiens. Notre philosophie nous invite à répartir équitablement les richesses. Il n'y a guère de pauvres ici, car nous avons instauré un système basé sur la solidarité. Les ouvriers et les paysans sont représentés dans les instances gouvernementales. Ils sont propriétaires de leur demeure. C'est aussi le cas à Deïphrenos, le royaume situé à l'est de Marakha, ou encore à Valherme et Malhanga. Ailleurs, les pauvres sont exploités par les riches. Les Hosyrhiens sont moins présents. Mais ils s'insurgent contre les injustices dont souffrent les peuples. C'est pourquoi leur disparition arrangerait les grands propriétaires. J'ai constaté que les sacrifices ont systématiquement eu lieu dans les royaumes tenus par ces grandes familles. Les victimes sont toujours des Hosyrhiens. Jamais un membre d'une grande famille n'a été tué. Dans chaque cas, les enquêtes ont été bâclées. Il n'y a pas vraiment eu d'efforts pour retrouver les assassins. C'est pourquoi je pense qu'ils sont protégés par le pouvoir.

— Mais pourquoi les riches voudraient-ils supprimer les Hosyrhiens dans ces royaumes ?

— Un peuple soumis est plus facile à diriger qu'un peuple libre et instruit, qui réfléchit, et à qui on donne les moyens de s'élever dans la hiérarchie sociale. Ici, à Marakha, il est possible à un fils de paysan ou d'ouvrier de s'enrichir. Il a le droit de suivre des études, il peut fonder sa propre entreprise. Des aides sont prévues pour ça, parce que nous estimons qu'un homme qui donne le meilleur de lui-même en fait profiter le royaume tout entier. Cela fait partie de la philosophie hosyrhienne. Notre système est fondé sur le mérite et la solidarité. La fortune ne nous place pas au-dessus des autres, mais nous offre seulement plus de moyens. Tu as des camarades d'université issus de familles très modestes. Tu les traites en égaux.

— Bien sûr.

— Ce n'est pas le cas partout. Et je crains que notre politique ne convienne pas aux familles puissantes des autres royaumes.

— Que va-t-il se passer ? Ils ne peuvent tout de même pas tuer tous les Hosyrhiens !

— Nous n'en sommes qu'au début. Les royaumes dirigés par les Hosyrhiens sont les plus riches et les plus prospères. Bien que nos récoltes aient diminué, nos peuples ne connaissent pas la famine, parce que nous savons gérer les récoltes d'une année sur l'autre. Je redoute que cela n'attire la convoitise. Je soupçonne les dirigeants de certains royaumes d'avoir conclu une alliance secrète. Les Haaniens sont en train de constituer leur armée. Une armée recrutée parmi les gens affamés, à qui l'on confiera des armes et à qui on désignera un ennemi à abattre. Nous, en l'occurrence.

« Des rumeurs commencent à circuler, qui confirment mon raisonnement. Nos marchands qui commercent avec ces pays ont surpris des conversations, des accusations qui rendent les Hosyrhiens responsables de tous les maux. Parce qu'ils tentent de percer les secrets du monde, ils mécontentent les dieux, et surtout le dieu Haan. Ces calomnies trouvent un écho dans la population. Les sacrifices dont nos compagnons sont victimes n'émeuvent pas grand monde à Somarkhane ou à Palyghar. Si ces rumeurs s'amplifient, les Hosyrhiens ne seront plus en sécurité dans ces royaumes. Ils seront pourchassés et massacrés par le peuple lui-même. Alors, lorsque leurs populations seront bien conditionnées, les dirigeants pourront provoquer un conflit. Ils s'y préparent.

— Comment le sais-tu ?

— Les échanges commerciaux sont de plus en plus mauvais avec ces royaumes. Nos marchands ne sont plus les bienvenus. Ils sont insultés sans raison, parfois agressés. Cela ne va jamais très loin, mais le climat se détériore. Tout cela fait partie d'un plan destiné à rompre petit à petit les bonnes relations qui existaient autrefois.

Tanithkara sentit son estomac se nouer. Les craintes de son grand-père expliquaient l'angoisse irrationnelle qui la hantait depuis quelque temps.

— Donc, nous devons nous préparer à la guerre, conclut-elle.

— Je le crains. C'est pourquoi nous devons renforcer nos alliances.

— Père dit que je dois épouser Sherrès hoss Mahdor, le fils du roi de Deïphrenos.

— C'est un mariage diplomatique. Notre famille est la plus riche et la plus puissante de Marakha. Nous devons consolider les liens qui nous unissent à ce pays. Et puis, Sherrès est un bel homme.

— Je le connais. Je l'ai rencontré lors de mon dernier voyage là-bas.

— Il doit bientôt venir en visite officielle. Nous célébrerons vos fiançailles à ce moment-là.

Tanithkara poussa un soupir de résignation et reporta son regard sur la montagne de l'Homme Sage.

— Souhaitons qu'il fasse un bon époux.

— Son père est un homme remarquable, et un grand ami. Tu devrais t'entendre avec le fils.

Lorsqu'elle quitta son grand-père, Tanithkara médita longuement sur ce qu'elle venait d'apprendre. Son père, Tharkaas, ne lui avait jamais parlé de tout cela. Elle le connaissait assez pour savoir qu'il cherchait avant tout à la préserver. Il la voyait toujours comme une enfant. Mais elle avait vingt-deux ans et elle était capable d'affronter la vie. Et surtout, si un conflit se déclenchait, elle ne comptait pas rester à l'arrière pendant que d'autres iraient combattre pour la défendre. Elle agirait. Elle savait manier les armes, elle aussi. Et puis, il existait certainement un moyen de prévenir cette guerre. Constituer une armée puissante devrait suffire à effrayer l'ennemi. Enfin, il fallait l'espérer.

La perspective d'épouser le prince Sherrès ne l'inquiétait pas outre mesure. Il arrivait souvent que les filles des riches familles fassent l'objet d'arrangements diplomatiques. Elle y avait été préparée depuis l'enfance. Ce qui ne l'avait pas empêchée de mener une vie personnelle très indépendante. Les mœurs de Marakha laissaient une grande liberté aux filles comme aux garçons. Les Hosyrhiens tenaient l'amour en haute estime et le pratiquaient sans contrainte.

Songeuse, Tanithkara s'apprêtait à gagner ses appartements lorsqu'un domestique vint à elle.

— Dame Tanithkara, quelqu'un est là, qui désire vous parler. C'est votre amie, dame Leïlya.

Tanithkara sourit. Leïlya était sa meilleure amie. Elles avaient suivi les mêmes cours à l'université, et elles éprouvaient une passion commune pour l'astronomie. Leïlya travaillait chaque jour à l'observatoire installé sur un mont proche de la ville.

— Fais-la entrer.

Quelques instants plus tard, le domestique introduisit une jeune fille à la silhouette élancée et au regard intelligent. Pourtant, Tanithkara comprit tout de suite que quelque chose n'allait pas. Le visage de son amie, d'habitude rayonnant, reflétait une certaine anxiété.

— Que se passe-t-il ? demanda-t-elle.

Leïlya ne répondit pas. Elle prit le bras de Tanithkara et l'entraîna hors du palais Nephen.

— Je reviens de l'observatoire, souffla-t-elle. Il faudrait que tu viennes avec moi.

— Maintenant ?

— C'est très grave, Tanith. Il se passe quelque chose d'incompréhensible. Nous avons effectué de multiples mesures, vérifié nos calculs. Cette fois, il n'y a aucun doute possible.

Elle regarda Tanithkara, secoua la tête d'un air angoissé, puis précisa :

— Voilà. Il semblerait que les étoiles changent de place.

44

— Comment ça ? Bien sûr, les étoiles changent de place. Elles tournent en fonction de la rotation de la Terre...

— Non, Tanith. C'est autre chose. Mais notre maître Mehranka t'expliquera ça mieux que moi.

Leïlya invita Tanithkara à monter dans sa petite voiture tirée par deux lamas des neiges. Le véhicule prit la direction de l'observatoire.

Une demi-heure plus tard, les deux filles pénétraient dans l'observatoire, depuis lequel on bénéficiait d'une vue magnifique sur la cité en contrebas, vers le nord, et la chaîne de montagnes, vers le sud. Elles furent accueillies par un groupe d'étudiants et par leur professeur, Mehranka, un vieil homme à la barbe blanche fournie et soignée. Le dos voûté, la voix cassée, il portait de petites lunettes rondes derrière lesquelles pétillaient des yeux d'un bleu presque blanc à force d'avoir trop regardé les étoiles et le soleil. Mehranka avait dépassé les quatre-vingt-dix ans, mais son esprit conservait toute sa lucidité et tout son enthousiasme. Cette fois, cependant, la lueur joyeuse qui luisait habituellement dans son regard avait disparu.

— Ah, Tanithkara, sois la bienvenue, dit-il.

— Vous m'avez envoyé Leïlya, maître.

— Oui, mon enfant. Comme tu es ma meilleure élève et la fille du pentarque Tharkaas hoss Nephen, j'ai voulu que tu sois avertie la première de ce que nous avons constaté. Mais viens avec nous.

Il lui prit le bras et l'entraîna dans la salle de cours, qui jouxtait celle de l'énorme télescope de Marakha, orgueil de la cité car il était le plus puissant de tout l'empire.

Mehranka l'amena jusqu'à une table où s'entassaient des piles de documents couverts de chiffres et de signes. Le vieil homme expliqua :

— Cela fait plusieurs années que nous avons remarqué des anomalies. Jusqu'à présent, je n'ai pas voulu alarmer mes étudiants et je vous ai dit, à toi comme aux autres, que vos calculs n'étaient pas tout à fait justes. Je me souviens d'ailleurs d'une discussion que nous avons eue, il y a deux ans. Tu avais déjà noté ces anomalies, et tu ne voulais pas admettre que tu avais commis des erreurs.

— Je me rappelle cette conversation, reconnut la jeune femme. J'étais sûre de moi.

— Et tu avais raison. Tes calculs étaient exacts. Mais tu avais trop peu d'éléments pour en tirer des conclusions, heureusement.

— J'ai fini par accepter l'idée que je m'étais trompée, parce que ce que j'avais trouvé indiquait clairement que les étoiles que j'avais observées avaient changé de place.

— Et c'est la vérité. Elles *ont* changé de place. Toutes les étoiles ont changé de place par rapport à notre planète. Tout comme le Soleil et la Lune. Leurs courses se modifient chaque année. Bien sûr, à l'extérieur, les gens ne le remarquent pas parce que ces modifications sont imperceptibles. Mais elles sont bien réelles.

— Comment expliquer ce phénomène ?

— Il n'y a qu'une seule manière de l'expliquer : *la Terre est en train de basculer sur son axe.*

Une onde d'angoisse parcourut Tanithkara.

— C'est impossible !

— Tous nos calculs concordent, mon enfant. Nous avons recoupé tous les relevés depuis dix ans. Ce phénomène a sans doute commencé avant, mais il était très faible. Actuellement, il s'accélère de façon inquiétante.

— Mais alors, que va-t-il se passer ?

Le vieil astronome secoua la tête.

— Nous l'ignorons, hélas. La seule chose dont nous soyons certains, c'est que notre continent a commencé à dériver en direction du pôle Sud.

— Le pôle Sud ? Alors, ces hivers de plus en plus rigoureux, ces mauvaises récoltes…

— … sont dus au refroidissement de l'Hedeen, compléta Mehranka. Et nous ne savons ni quand ni comment ce phénomène va s'arrêter.

— Qu'est-ce qui a pu déclencher ça ?

— Il y a soixante-dix ans, une comète a failli percuter la Terre.

— Hyzur-Haandy, la Grande Terreur. Mon grand-père vient justement de m'en parler…

Mehranka hocha la tête.

— Il a bien fait. Les jeunes ignorent ce qui s'est passé, parce que les anciens ont eu tellement peur qu'ils refusent d'évoquer cette époque. Mais cette comète est passée très près de la Terre. Il a dû se produire une réaction au cœur de notre planète. Hyzur-Haandy a été suivie de nombreux tremblements de terre. Nous en sommes arrivés à la conclusion suivante : en réalité, ce n'est pas la Terre tout entière qui bascule, mais les plaques continentales qui se trouvent à la surface. Depuis longtemps, nous pensons que les continents flottent sur une sorte de gigantesque océan de lave souterrain. Nous avons déjà remarqué que certains blocs ont bougé par rapport aux observations opérées il y a quelques siècles. C'est d'ailleurs à partir de ces observations que nous avons émis cette hypothèse. Tout semble la confirmer, surtout aujourd'hui. Les mouvements des plaques expliquent les tremblements de terre et les éruptions volcaniques, lorsque par exemple deux d'entre elles entrent en collision. Cependant, ces mouvements sont imperceptibles, de l'ordre de quelques centimètres par an. Cette fois, le mouvement s'est accéléré dans des proportions inimaginables. Si nos calculs sont exacts, le continent hedeenien bouge de plus de deux mètres par jour ! Ce qui veut dire que nous nous rapprochons du pôle de sept cent cinquante mètres par an. A ce rythme-là, dans quelques décennies, les glaces auront recouvert l'empire.

Un silence de mort suivit les paroles de Mehranka. Leïlya avait pâli.

— Maître, ce phénomène va sans doute bientôt cesser, n'est-ce pas ?

Le vieil homme fit une moue sceptique.

— J'ai bien peur que non. Compte tenu des masses énormes qui se sont mises en mouvement, ce phénomène risque de durer plusieurs siècles, voire plusieurs millénaires, surtout s'il est entretenu par une activité volcanique intense.

— Mais c'est impossible ! s'exclama la jeune fille, angoissée.

— Il a fallu une masse formidable pour mettre la surface de la Terre en mouvement. C'est comme une marée gigantesque. Cela ne va pas s'arrêter d'un coup.

Les autres étudiants ne disaient mot. Tanithkara les regarda. Elle les connaissait tous personnellement pour avoir travaillé avec eux au cours des années précédentes. Tous lui vouaient une grande admiration. Elle était la plus brillante d'entre eux.

— Je vais aller parler à mon père, dit-elle. Il doit être informé. Il avertira le Conseil des pentarques.

Mehranka acquiesça d'un signe de tête.

Plus tard, lorsqu'elles se retrouvèrent toutes les deux dans la voiture, Leïlya demanda à Tanithkara :

— Penses-tu que les Haaniens pourraient avoir raison, que leur dieu ait décidé d'anéantir notre monde ?

La jeune femme secoua la tête.

— Non ! Ne te laisse pas gagner par la superstition. Tu es une Hosyrhienne. Leur dieu n'existe pas. Il s'agit seulement d'un phénomène mécanique à l'échelle de la planète. Nous devons seulement en tirer les conséquences et réagir.

— C'est-à-dire ?

— Si l'Hedeen est condamné à être recouvert par les glaces, nous devons envisager de partir nous installer ailleurs.

— Tu n'y penses pas ! Que deviendraient nos âmes lorsque nous mourrons ?

— L'Ether est partout, Leïlya, il ne se limite pas à l'Hedeen.

— Mais nos ancêtres, nos villes, nos champs, nos usines...

— Si les calculs de Mehranka se confirment, tout sera détruit. Il faudra reconstruire ailleurs. Mais rassure-toi, nous avons du temps devant nous. Même s'il est très rapide, ce basculement de la Terre ne va pas se faire en quelques années. Cela nous laisse un délai pour rechercher une terre d'accueil.

— Les pentarques ne voudront jamais.

— Ça, c'est bien possible.

— Nous ne savons même pas si tout cela va continuer, s'obstina Leïlya. Peut-être que Mehranka se trompe. Peut-être que ça va s'arrêter dans peu de temps.

— Mehranka est le meilleur astronome que nous ayons jamais eu. Je lui fais confiance. Et regarde autour de toi. Nous sommes au beau milieu de l'été. Pourtant, il pleut souvent. Il a même neigé sur les pentes de l'Homme Sage il y a trois jours. Chaque année il fait plus froid. Il faut se rendre à l'évidence : il se passe quelque chose. Je vais voir mon père. Tu vas venir avec moi. Je vais essayer de le convaincre d'agir. Si nous ne faisons rien, notre monde va s'enfoncer dans les glaces et il disparaîtra. Et nous aussi.

Leïlya, effrayée, resserra sa mante en peau de phoque-léopard autour d'elle.

Au palais, Tanithkara retrouva son grand-père, à qui elle révéla ce qu'elle venait d'apprendre. Il hocha la tête avec résignation.

— C'est étrange. J'ai l'impression que j'ai toujours su qu'il se passait quelque chose d'anormal depuis la Grande Terreur. Je suis médium, comme tu le sais. J'ai senti un bouleversement dans l'Ether, comme si un équilibre était rompu. Ce que tu m'apprends ne m'étonne pas. Ton père est là. Tu dois lui parler. Lui seul peut amener le Conseil à prendre la décision. Un jour, il faudra que les Nauryens partent s'installer ailleurs. Mais en ce qui me concerne, je ne quitterai pas Marakha.

— Grand-père…

Il leva la main.

— Comme tu l'as dit, nous avons encore du temps devant nous. J'ai quatre-vingt-cinq ans. Je suis né ici, je veux mourir et reposer ici. Je ne veux pas devenir une âme errante.

— Grand-père, tu ne crois pas à ce que tu dis. Tu es un Hosyrhien.

— Bien sûr que je n'y crois pas, mon enfant. Mais la vérité, c'est que je suis bien ici. Et même si les hivers sont plus rudes depuis quelque temps, je préfère rester dans ma bonne ville de

Marakha plutôt que de courir le monde. Toi, tu es jeune. Tu peux reconstruire ta vie dans un autre pays. Cette planète est vaste.

Il s'approcha d'elle et lui posa la main sur l'épaule.

— Et je sais que tu en auras le courage. Je sens des forces puissantes bouillonner en toi. Tu as l'étoffe d'une meneuse d'hommes, mon enfant. Tu es intelligente et ouverte d'esprit, tu possèdes la voix qui commande. Plus tard, tu succéderas à ton père au Conseil. Mais si mes craintes se réalisent, il se pourrait que ton peuple ait besoin de tes qualités bien plus tôt que prévu.

— La guerre...

— La guerre, peut-être. En fait, j'ai l'impression que nous sommes à la fin d'un cycle. Notre monde va disparaître. Un autre naîtra de ses cendres. Toi et tes compagnons serez les graines fécondes d'où ce nouveau monde verra le jour. Mais tu dois te méfier des Haaniens et de la cupidité de certains aristocrates. Même ici, à Marakha. Non seulement ces gens-là refuseront de quitter l'empire, mais ils feront tout leur possible pour empêcher ceux qui le souhaiteront de partir. Il va falloir agir vite pour les gagner de vitesse. Lorsque cette nouvelle sera connue, et elle le sera, les prophètes haaniens auront beau jeu de présenter ce phénomène comme une nouvelle manifestation de la colère de leur dieu. Ils prétendront que pour le faire cesser, les Hedeeniens devront tous se soumettre à Haan. Les gens crèvent déjà de faim. Ils auront aussi tellement peur qu'ils les suivront. Et ils retourneront à la barbarie de l'âge des ténèbres.

45

Tharkaas hoss Nephen était un homme de belle prestance, et le plus jeune des pentarques de Marakha puisqu'il n'avait que cinquante et un ans. Chef de la famille Nephen, la plus riche du royaume, il menait son monde avec une autorité à la fois douce et ferme. Intelligent et juste, il bénéficiait d'une excellente réputation auprès des gens qui travaillaient pour lui. Ses manufactures étaient spécialisées dans les technologies les plus avancées. On y construisait des moteurs électriques, des lentilles destinées aux instruments optiques, microscopes, longues-vues et autres télescopes. Mais son chantier de dirigeables constituait le fleuron de son industrie. C'était à Marakha que l'on trouvait les meilleurs navires volants.

Tanithkara s'était rendue dans son bureau immédiatement après avoir quitté son grand-père. Leïlya l'avait suivie. Issue d'une famille modeste, elle avait toujours été impressionnée par la personnalité du pentarque. Tharkaas écouta attentivement sa fille lui rapporter l'objet de sa visite à l'observatoire. Puis il dit :

— J'étais déjà au courant. Mehranka m'a fait parvenir un message. Je voudrais avoir ton avis sur tout ceci.

— Lorsque j'étais étudiante, j'avais déjà constaté quelques anomalies dans le positionnement de certaines constellations. A l'époque, Mehranka m'avait dit que j'avais commis des erreurs. Il a reconnu aujourd'hui que je ne m'étais pas trompée. Ce qui signifie que notre continent glisse inexorablement vers le sud. Il est condamné à être recouvert par les glaces. Bientôt, la situation va devenir intenable. Nous devons donc envisager de quitter l'Hedeen, père. Nous avons du temps devant nous pour préparer cet exil. Mais il faut y songer dès à présent, car il y a un autre danger : la menace haanienne.

Tharkaas hocha la tête.

— Je vois que ton grand-père t'a fait part de ses soupçons...

— En effet. Son raisonnement est juste et je partage ses craintes. Tu dois en parler au Conseil des Cinq.

— Tu ferais un redoutable pentarque, ma fille, dit Tharkaas avec un sourire amusé. Mais je suis d'accord avec toi. Et je fais confiance à l'intuition de mon père. Il s'est rarement trompé. Je vais aviser le Conseil de nos conclusions.

Il laissa échapper un soupir.

— Cependant, il n'est pas certain que je sois entendu. Mon ami Farahdan me suivra car il me fait confiance, et il comprendra que la situation est grave. Mais les autres vont renâcler. Ils sont confortablement installés dans leurs privilèges. Ils vont opposer tous les arguments possibles, y compris de mauvaise foi, pour démolir notre analyse. Ils s'accrocheront à l'hypothèse que ce phénomène n'est que passager. Ils feront sans doute intervenir d'autres experts, qui auront pour seule mission de contester les conclusions de Mehranka.

— Il faudra bien qu'ils tiennent compte du danger, pourtant ! s'exclama Tanithkara.

— Il n'est pire aveugle que celui qui ne veut pas voir, ma fille. Le plus inquiétant, c'est que les pentarques des royaumes alliés risquent d'avoir la même réaction.

— Mais alors, que pouvons-nous faire ? Nous n'allons tout de même pas attendre d'être transformés en statues de glace pour réagir !

— Je sais, Tanith. La perspective de quitter notre belle cité ne me réjouit pas, mais elle est inéluctable. Je vais parler à mes pairs. S'ils m'écoutent, il nous sera plus facile d'agir. Dans le cas contraire, nous ne devrons compter que sur nous-mêmes, c'est-à-dire sur les ressources de notre seule famille. Et je mettrai toute ma fortune au service de ce combat.

— Et moi, père, que puis-je faire ?

— Toi, je vais te confier la mission peut-être la plus importante : tu vas mener une expédition pour rechercher une terre d'exil.

— Moi ?

— Tu es parfaitement qualifiée pour ça. Tu connais bien le maniement des grands dirigeables. Tu possèdes le don du commandement et celui des responsabilités. Tu as le sens de l'analyse. Depuis toujours notre famille finance des voyages d'études dans les pays lointains, d'où nous avons ramené quantité d'informations depuis des siècles. Notre bibliothèque est sans doute la plus importante de l'empire. Nous possédons les cartes les plus performantes. Je vais mettre à ta disposition le dernier navire sorti de nos chantiers. Dès cet instant, tu peux commencer à constituer ton équipage. Tous devront t'obéir... mais pour cela, je te fais confiance, ajouta-t-il avec un sourire. Je te laisse le soin de choisir les pays vers lesquels tu vas te diriger. Tu as étudié la géographie de notre Terre. Tu la connais sans doute mieux que moi.

Tanithkara ne sut que répondre. Elle était partagée entre la fierté et l'angoisse. En général, ce genre d'expédition était confié à des explorateurs aguerris. Bien sûr, elle avait déjà effectué plusieurs voyages à bord des dirigeables. Cela faisait partie de la formation que recevaient les étudiants de haut rang. Elle avait déjà abordé sur plusieurs continents, pris contact avec les populations locales dans certains, combattu sur d'autres, où on les avait considérés comme des démons. Mais, à l'époque, elle n'était qu'un simple membre du staff de commandement. Le fait que son père lui confie une telle responsabilité prouvait qu'il lui faisait totalement confiance. Et c'était bien cela qui lui faisait peur. Car cette fois, il n'y aurait personne au-dessus d'elle pour réparer ses erreurs. Il la tranquillisa :

— J'ai étudié les rapports de tes précédents voyages, Tanith. Lors des exercices que tu as effectués sous la responsabilité du capitaine Madhyar en situation réelle de commandement, tu t'en es sortie admirablement. Tu sais te remettre en question lorsqu'il le faut, tu n'exposes pas tes hommes inutilement, et il m'a dit avoir été impressionné par ta capacité à manœuvrer sous le vent. Tu as fait preuve d'un sang-froid remarquable à plusieurs reprises, quand vous avez traversé des tempêtes, et aussi lorsque des indigènes vous ont attaqués, dans le Grand Nord. Et il y a autre chose : tu es certainement le meilleur médium que le monde ait connu. C'est un atout essentiel. Je ne pourrais pas trouver de capitaine plus qualifié pour cette mission.

— Merci, père.

— Ne me remercie pas, ma fille. Ce ne sera pas un voyage d'agrément. Cette expédition peut se révéler extrêmement dangereuse. Les conditions climatiques ne sont guère favorables. Il va falloir faire appel à toute ta science de navigatrice.

Il se tourna vers Leïlya.

— Quant à toi, je sais que tu es une excellente cartographe. Accepterais-tu de seconder ma fille ?

— Ce serait un grand honneur, seigneur Tharkaas.

— Alors, tu vas l'aider à organiser cette expédition.

Il signa quelques documents et les remit à Tanithkara.

— Voilà les ordres que je donne. Nous n'allons pas attendre l'accord du Conseil des Cinq pour agir. S'ils m'approuvent, nous aurons leur caution. Mais s'ils tergiversent, nous ne perdrons pas de temps à attendre qu'ils changent d'avis.

Il prit les deux filles par les épaules.

— Ce n'est pas le basculement de la Terre qui m'inquiète le plus, mes enfants. Au moins pour l'instant. J'ai reçu de nouveaux rapports cet après-midi. Les Haaniens s'agitent de plus en plus. Je crains que le conflit soupçonné par mon père ne se concrétise bientôt.

« Vous voyagerez sous le couvert d'une mission d'exploration. Il est hors de question d'alarmer les populations pour l'instant. Si une telle nouvelle venait à se répandre, cela déclencherait un mouvement de panique, et surtout, cela donnerait encore plus de crédit aux Haaniens. Quant à moi, je vais tenter de convaincre mes pairs de constituer une armée plus puissante, afin de parer à toute éventualité. Je reçois demain mon ami Hassyr, le roi de Deïphrenos. Il partage mon analyse. C'est un homme influent. A nous deux, nous devrions nous faire écouter.

Il se tourna vers Leïlya.

— A présent, je dois parler à ma fille seul à seule.

La jeune fille se retira discrètement.

— Qu'y a-t-il, père ?

— Le fils de Hassyr sera présent. Il serait bon que tu passes un peu de temps avec lui. Tu sais que je souhaite te voir l'épouser.

— Je sais.

— Qu'en penses-tu ?

— Il s'agit d'un mariage diplomatique. S'il est nécessaire pour consolider l'alliance de la Nauryah avec Deïphrenos, mon avis n'entre pas en ligne de compte. Je ferai en sorte que ce mariage soit aussi un mariage d'amour. J'ai déjà rencontré Sherrès. C'est un beau garçon. Un peu imbu de lui-même, peut-être, mais il est jeune. Il a la réputation d'être courageux et bon compagnon.

Tharkaas prit doucement sa fille dans ses bras.

— Toi aussi, tu es jeune, ma belle Tanith. Mais il y a déjà en toi une telle maturité. Je te fais confiance pour mener ce chien fou à la baguette quand il le faudra.

Il recula, lui sourit et ajouta :

— C'est bien. Nous allons profiter de cette visite pour officialiser vos fiançailles. Le mariage ne pourra avoir lieu qu'après ton expédition.

Tanithkara prit les documents qui lui donnaient tout pouvoir pour organiser l'expédition et alla rejoindre Leïlya, qui l'attendait avec impatience.

— Alors ? demanda-t-elle, la mine gourmande.

Tanithkara faillit éclater de rire devant sa curiosité.

— Mon père veut que j'épouse Sherrès hoss Mahdor, le prince de Deïphrenos.

— Waouh ! Il paraît que c'est un bel homme.

— Ouais.

— Tu l'as déjà rencontré.

— Exact.

— Et alors ?

— Nous avons flirté un peu. Il a essayé de m'éblouir. Il a deux ans de plus que moi, mais je trouve que c'est un gamin. Il ne parle que de chasse au phoque-léopard. Il aime raconter qu'il les affronte armé d'un seul glaive. Il m'a même offert une mante taillée dans le cuir d'un phoque-léopard qu'il avait abattu lui-même, m'a-t-il dit.

— Brr, ces monstres sont effrayants. On dit que ce sont les plus dangereux prédateurs de l'Hedeen.

— Les garçons aiment bien se mettre en danger inutilement. Ils ont toujours besoin de prouver quelque chose.

— Cela ne t'impressionne pas, s'étonna Leïlya.
— Non. Mais je ferai avec.

Hassyr et Sherrès arrivèrent le surlendemain, à bord d'un dirigeable fabriqué par la compagnie Nephen, que Tharkaas avait offert à son ami quelques années plus tôt. Parce qu'il s'agissait d'une visite officielle, Hassyr fut reçu en premier lieu par le roi Khaldyr hoss Henkyyd.

Depuis plusieurs siècles les rois n'exerçaient plus le pouvoir, qui était assuré par les pentarques, élus par le peuple. Cependant, il leur revenait de remplir un rôle diplomatique en recevant les souverains ou les pentarques étrangers, ou encore de représenter leur pays à l'extérieur. Le roi ou la reine, car on trouvait également des femmes, avait souvent une autre fonction, celle de juge-arbitre. Lorsque les pentarques ne parvenaient pas à se mettre d'accord sur un dossier épineux, on faisait appel au souverain, qui donnait son avis. Il n'avait pas pouvoir de décision, mais souvent, son point de vue impartial permettait de débloquer la situation.

Khaldyr avait été un grand roi. Mais il avait désormais plus de quatre-vingt-dix ans et il n'était plus en possession de toutes ses facultés. Cependant, le titre royal étant acquis à vie, il fallait attendre son décès pour lui trouver un remplaçant. Khaldyr bénéficiait de l'affection de son peuple, à qui il avait toujours offert l'image d'un homme jovial, qui appréciait la bonne chère et la bière d'orge, dont il faisait autrefois une consommation abondante. Il ressemblait au peuple de Marakha : bon enfant, aimant faire la fête plus souvent qu'à son tour. Il faisait bon vivre dans la cité, où le climat restait doux en regard des royaumes situés plus au sud. Parce qu'il éprouvait des difficultés à parler, ce fut son chambellan qui s'adressa à Hassyr :

— Au nom de notre roi, soyez le bienvenu, roi Hassyr dat Mahdor.

Hassyr était un colosse qui devait dépasser les deux mètres. Le visage encadré d'une épaisse crinière blonde tirant sur le roux, il parlait haut et fort, conscient de la force qui se dégageait de sa personne, de la puissance de son rang, des regards que les femmes lui adressaient. Son fils Sherrès, quoique plus mince, possédait la même stature. Il était beau comme le dieu Mahytt, le dieu de l'Amour. Et il le savait.

Tanithkara elle-même ne pouvait détacher ses yeux du jeune homme, qui de son côté lui rendait ses regards. S'il n'avait tenu qu'à lui, il aurait planté là les cérémonies protocolaires et aurait couru rejoindre sa promise. Il n'avait pas oublié leur première rencontre.

Il leur fallut attendre la fin de la réception officielle pour se retrouver. La nuit était bien avancée, et une lueur mauve et rose teintait déjà l'horizon oriental. En direction du pôle Sud se déployait la draperie ondoyante d'une magnifique aurore australe. Elles étaient plus nombreuses depuis quelque temps. Sherrès prit familièrement Tanithkara par le bras et l'entraîna dans les jardins du palais royal, qui multipliaient les recoins discrets, les tonnelles, les bassins d'eau de mer, cernés de rocailles et de massifs fleuris, dans lesquels nageaient des poissons multicolores. Des torches éclairaient ce dédale de leur lumière dorée.

— Dame Tanith, dit le jeune homme, cette nuit a un parfum de magie. Comment vous exprimer la joie qui est la mienne à l'idée que vous deviendrez bientôt mon épouse ? C'est comme un rêve qui va se réaliser. Car depuis que nous nous sommes rencontrés à Deïphrenos, il ne se passe pas une journée sans que je pense à vous. Je vois que vous portez cette mante en cuir de phoque-léopard que je vous ai offerte il y a deux ans.

— Elle est très confortable.

— Et vous la portez en l'honneur de ma venue. Quelle délicate attention.

La verve et l'enthousiasme du jeune homme amusaient Tanithkara. Bien qu'elle ne fût pas particulièrement petite, il la dominait d'une bonne tête. Elle l'écouta parler, de tout et de rien, surtout de lui, sujet sur lequel il était intarissable. Elle ne s'était pas trompée. Sherrès avait toujours besoin de prouver qu'il était un grand chasseur, qu'il réussissait tout ce qu'il entreprenait. Et il aimait narrer ses exploits, pour éblouir ses interlocuteurs, surtout les femmes. Cependant, Tanithkara devinait que derrière cet étalage de prouesses se dissimulait un besoin constant de se rassurer. Au fond, Sherrès doutait de lui. Elle connaissait son point faible : il n'avait pas fait d'études brillantes, et sans la position royale de son père, il n'aurait jamais bénéficié du statut qui était le sien. Finalement, cette fragilité cachée lui apparaissait plutôt attendrissante.

— Votre père m'a dit que vous deviez partir en expédition, dit soudain Sherrès.

— Oui. Il compte sur moi pour un voyage de reconnaissance le long des côtes de l'océan des Dieux, l'Atl'Han.

— C'est ce qu'il m'a dit. Quel dommage, nous aurions pu nous marier plus tôt.

La jeune femme poussa intérieurement un soupir de soulagement. Il n'avait aucune idée du but de l'expédition et s'en moquait probablement. Il ajouta :

— Lorsque nous serons mariés, j'aimerais que vous m'accompagniez sur le continent hushéen, celui qui est au nord de Malhanga, je crois. On y trouve les plus grands des tigres à longues dents. Ils vous égorgent un tapir en quelques secondes. J'aimerais vous offrir un manteau taillé dans leur fourrure.

— C'est d'accord, Sherrès, nous irons chasser le tigre. Mais ne pourriez-vous pas vous arrêter de parler de chasse ?

Pris au dépourvu, il resta bouche bée. Elle se tourna vers lui et prit son visage entre ses mains fines. Puis elle attira sa bouche et posa ses lèvres sur les siennes. Décontenancé, il mit quelques secondes avant de réagir. Lorsqu'elle s'écarta de lui, elle lui murmura à l'oreille :

— Je pense que si nous devons nous marier, il serait.. comment dire... prudent que nous passions une nuit ensemble. Pour vérifier que nous nous entendons bien au lit.

Désarçonné par cette invite inattendue, il ne sut que répondre. A Deïphrenos, il connaissait un certain succès auprès des filles. Mais la personnalité de Tanithkara l'avait toujours impressionné. Si la diplomatie ne l'avait destinée à entrer dans sa couche, il n'aurait jamais eu l'audace de tenter de la séduire. Elle était tellement instruite. Il se sentait maladroit avec elle. Mais elle était aussi très belle, et très attirante. Il n'avait pas menti. Il n'avait jamais oublié le flirt qui les avait rapprochés à Deïphrenos.

Depuis que son père, Hassyr, lui avait dit qu'il devait l'épouser, il ne songeait qu'au moment où elle lui appartiendrait. Et voilà qu'elle lui proposait de passer la nuit – ou ce qu'il en restait – avec lui.

— Alors ? demanda Tanithkara en le fixant dans les yeux.

Il avala sa salive et hocha la tête. Elle faillit éclater de rire. Décidément, il était touchant de timidité. Elle était rassurée. Tharkaas ne se trompait pas. Elle en ferait ce qu'elle voudrait. Elle lui prit la main et l'entraîna. Quelques instants plus tard, elle le faisait entrer dans ses appartements. Une nouvelle fois, elle dut prendre l'initiative pour le déshabiller.

Elle passa une nuit plutôt agitée, qui ne lui apporta pas de déception, mais qui ne lui laisserait pas non plus un souvenir impérissable. Les mœurs étaient très libres à Marakha, car la sagesse hosyrhienne plaçait l'amour en tête des plaisirs de la vie. Hommes et femmes étaient parfaitement égaux sur ce plan, et les filles comme les garçons s'initiaient très tôt aux joies de la chair. Tanithkara avait eu plusieurs amants et possédait une solide science érotique, qui combla le jeune homme, le laissant encore plus amoureux.

Lorsque enfin il céda au sommeil, la tête posée sur les seins de Tanithkara, celle-ci ne s'endormit pas immédiatement. Elle n'était pas déçue. Sherrès ferait sans doute un bon mari. Mais elle devait reconnaître qu'il lui manquait cette petite touche d'ivresse, cette sensation d'éternité qu'elle attendait d'éprouver pour un homme dont elle serait vraiment amoureuse. Un homme capable de lui faire perdre la tête. Elle poussa un soupir de résignation. C'était une chose qu'elle ne connaîtrait sans doute jamais.

Mais ce n'était peut-être pas un mal. Trop de responsabilités pesaient sur ses épaules. Il était nécessaire qu'elle garde la tête froide. Sherrès allait repartir dans deux jours. Immédiatement après, elle commencerait à constituer son équipage.

46

Dès le lendemain du départ de Sherrès, Tanithkara se rendit au port avec son père et Leïlya. Marakha était l'un des deux plus grands ports de l'empire hedeenien, l'autre étant Malhanga. Son activité essentielle reposait sur le commerce avec les autres capitales, mais on y trouvait également une importante flotte de pêche qui s'aventurait très loin en haute mer, jusqu'aux rives des continents septentrionaux. Le long des quais s'alignaient des navires de toutes tailles, autour desquels s'affairaient une foule de marins, de capitaines, de manouvriers employés au chargement des vaisseaux. Des badauds flânaient, guettant le retour des pêcheurs. Avec l'été, la saison battait son plein. Une ligne de bateaux destinés au transport des passagers desservait tous les ports depuis le royaume de Somarkhane, à l'ouest, jusqu'à celui de Landokha, à l'est. Cependant, il ne fallait pas être pressé d'arriver, puisque le périple d'un royaume à l'autre durait un mois. Les voyageurs préféraient souvent les dirigeables, beaucoup plus rapides.

Au-delà du port s'alignaient une douzaine de hangars de grandes dimensions, dont chacun abritait un navire volant. Plus loin encore se dressaient d'autres bâtiments : les chantiers de construction Nephen. C'est vers cet endroit que la voiture électrique de Tharkaas se dirigeait.

Tanithkara et son père furent accueillis par un individu haut en couleur, trogne rouge au nez proéminent, épaisse barbe rousse sous un crâne absolument dégarni, doté de mains larges comme des pattes d'ours blanc et d'une voix caverneuse : Khadraan, le maître d'œuvre du chantier. Malgré son aspect surprenant, il n'existait pas de meilleur ingénieur pour concevoir et réaliser les dirigeables.

— Seigneur Tharkaas, dame Tanithkara, dame Leïlya, soyez les bienvenus, gronda-t-il avec un large sourire ouvert sur une dentition aussi fantaisiste que le personnage.

— Bonjour, Khadraan. Je suppose que tu as reçu mon message.

— Bien sûr, seigneur. Le *Baïkhor* est prêt à naviguer. Nous comptions faire les essais aujourd'hui.

— Ma fille fera les essais elle-même. C'est elle qui commandera ce vaisseau.

— Parfait, Seigneur. Le gonflage de l'enveloppe est achevé. Souhaitez-vous le visiter ?

— Allons-y.

Le bonhomme les entraîna vers le plus grand des hangars. Une trentaine d'ouvriers les saluèrent avec enthousiasme. L'achèvement d'un dirigeable était toujours un moment privilégié, et le seigneur Nephen se montrait généreux lorsqu'il était satisfait. Le toit du hangar avait déjà été basculé et une immense forme oblongue de couleur blanche étincelait dans la lumière du soleil levant.

— Voilà, seigneur, dit fièrement Khadraan. Le *Baïkhor* est le plus gros des navires volants jamais construits. Son nom signifie le Puissant. L'enveloppe mesure cent cinquante mètres de long et quarante mètres de diamètre. Comme vous le voyez, toute la partie supérieure est recouverte de plaques de silicium qui captent la lumière pour la transformer en électricité. Cette électricité alimente les moteurs. Les plaques donnent ainsi au navire une autonomie illimitée. Il pourrait faire le tour du monde sans escale.

« La toile de l'enveloppe est vernissée afin de faciliter la pénétration dans l'air. Les cônes avant et arrière ont été allongés pour augmenter encore cette pénétration. Ainsi, le *Baïkhor* peut atteindre une vitesse de plus de cent trente kilomètres à l'heure, ce qui en fera le dirigeable le plus rapide au monde. A condition bien sûr que les vents ne soient pas contraires. Nous lui avons donné ce nom parce qu'il est également capable de soulever des masses de plus de trente tonnes. En théorie, il peut s'élever jusqu'à une altitude de trois mille mètres, ce qui lui permettra de franchir des chaînes de montagnes élevées.

Il les invita à monter à bord de la nacelle, construite en bois léger et résistant sur une armature de métal.

— Ce navire peut accueillir jusqu'à cinquante personnes. La nacelle mesure quarante mètres de long, pour sept de large, et se répartit sur deux niveaux. Le niveau inférieur est destiné au stockage.

Il leur fit visiter les soutes, encore vides, agencées autour d'un couloir central. Bientôt, elles accueilleraient les vivres et le matériel de l'expédition. Une odeur de bois frais et de vernis flottait dans l'air, mêlée à des relents de graisse et des senteurs d'ozone dues aux moteurs électriques. Tanithkara respira longuement ce mélange particulier, propre à tous les dirigeables. Depuis toute jeune, elle aimait ces mastodontes volants, qu'elle avait appris à manœuvrer alors qu'elle n'avait pas encore quinze ans.

Au milieu du couloir s'amorçait un escalier de coupée qui les mena sur le pont supérieur. Ils débouchèrent sur une plate-forme centrale au plancher de bois. Une lisse courait de chaque côté, reliant deux corps de bâtiments dominés par la masse énorme de l'enveloppe, dont provenait un bruissement régulier provoqué par les mouvements de l'air chaud à l'intérieur. Khadraan déclara :

— La salle de commandement est située à la proue.

Il les invita à y pénétrer. La passerelle occupait toute la partie antérieure du navire. Elle était protégée par des panneaux de verre épais, inclinés à soixante degrés, afin d'offrir une vue plongeante et d'améliorer la pénétration dans l'air. Khadraan présenta à Tanithkara le poste de pilotage, avec les manettes des gouvernes de direction et d'altitude. A l'arrière trônait une table en bois verni fixée au sol, destinée à accueillir les cartes de navigation conservées dans un coffre de bois à compartiments. Des sculptures en bas-relief ornaient les abattants, représentant des têtes d'animaux, symboles des divinités bénéfiques qui protégeaient les voyageurs. Malgré la philosophie hosyrhienne qui combattait la superstition, les navigateurs de l'océan ou du ciel préféraient se concilier leurs bonnes grâces.

De l'autre côté, à l'arrière de la nacelle, se trouvaient des cabines pour une douzaine de passagers. L'une d'elles, plus grande que les autres, était destinée à loger le capitaine. Tanithkara sourit en voyant que quelqu'un y avait fait mettre des bouquets de fleurs.

— Pour vous souhaiter la bienvenue à bord de votre navire, madame, précisa l'ingénieur.

— Merci, Khadraan.

Derrière les cabines se situaient les quartiers de l'équipage et les logements des gardes, ainsi que les cuisines et un réfectoire. Là encore on trouvait, un peu partout, des figurines protectrices. Enfin, au bout de la nacelle se trouvait la salle des machines, constituées de quatre moteurs électriques. Le premier actionnait les gouvernes, le deuxième les hélices de propulsion, à bâbord et à tribord. Quant aux deux autres, ils produisaient la chaleur nécessaire à gonfler l'énorme enveloppe de toile vernissée, par l'intermédiaire d'un réseau de résistances.

Tharkaas se tourna vers Tanithkara.

— Ce navire te convient-il, ma fille ?

— Il est magnifique, père. Nous pouvons vraiment le faire décoller aujourd'hui ?

— Quand vous voudrez, madame, répondit Khadraan. Les douze hommes d'équipage attendent en bas, prêts à obéir à vos ordres.

— Alors, faites-les venir, messire Khadraan ! répondit la jeune femme. Nous allons faire voler ce colosse.

Tharkaas faillit éclater de rire devant l'enthousiasme de sa fille. Elle se tourna vers lui.

— Resteras-tu à bord, père ?

— Bien entendu !

Ils regagnèrent la passerelle, tandis que Khadraan prévenait l'équipage. Une douzaine d'hommes se présentèrent devant elle. Elle sourit en constatant qu'elle les connaissait déjà presque tous.

— Soyez les bienvenus à bord, messieurs. Etes-vous parés à la manœuvre ?

— Nous sommes à vos ordres, madame ! répondit le maître d'équipage avec un large sourire.

Il s'appelait Theraans et l'avait accompagnée lors du dernier voyage qu'elle avait effectué, elle-même étant sous les ordres du capitaine Madhyar. Lorsqu'elle avait assuré le commandement et qu'ils avaient dû affronter une tempête d'une rare violence, ils avaient établi une relation de confiance qui leur avait permis de vaincre les éléments. Elle adressa un sourire de remerciement à Khadraan, qui était derrière cette nomination, puis elle déclara :

— Alors, que chacun gagne son poste, nous allons appareiller !

Le maître d'équipage entraîna ses hommes vers la salle des machines, reliée à la passerelle par un système de communication vocale électrique.

Se débarrassant de sa cape de cuir doublée de fourrure, Tanithkara prit place derrière le tableau de commande. Elle repéra chacune des manettes, sous le regard attentif de son père, puis donna l'ordre de décollage. Dans la salle des machines, on augmenta la portance du navire, puis on remonta l'ancre qui maintenait le mastodonte amarré. Le *Baïkhor* sembla s'ébrouer, puis commença à s'élever doucement. Tanithkara aimait ce moment particulier où l'on quittait le sol, cette impression de sentir l'énorme appareil devenir plus léger qu'une plume, et obéir docilement aux commandes qu'elle tenait fermement dans ses mains. Il lui semblait faire corps avec lui. Il ne lui fallut que quelques minutes pour se sentir en complète harmonie avec le vaisseau.

Bientôt, la masse formidable du dirigeable s'éleva au-dessus du hangar où il était né. Tanithkara contenait avec peine son exaltation. Elle adressa un sourire radieux à Tharkaas.

— C'est de la magie, père. Jamais Khadraan n'a construit de navire plus souple et plus docile.

— Khadraan est le meilleur ingénieur de l'empire, ma fille.

Un peu embarrassé, l'intéressé se racla la gorge et précisa :

— J'ai apporté quelques modifications dans le système de transmission des gouvernes. Nous devrions y gagner en maniabilité.

Lorsque le *Baïkhor* eut pris suffisamment de hauteur, Tanithkara enclencha les moteurs de propulsion. Un bourdonnement se fit entendre loin vers l'arrière, puis le navire commença à avancer. La jeune femme le plaça dans le sens du vent et manœuvra les gouvernes de profondeur. Insensiblement, le *Baïkhor* s'éleva, dans un silence quasi total, hormis le bruissement du vent sur la coque et le sifflement léger des hélices. Bientôt, il prit de la vitesse. Au-dessous, le sol défilait de plus en plus vite et s'éloignait. Parfois, une saute de vent tentait de déséquilibrer le mastodonte, mais Tanithkara avait tôt fait de compenser en jouant sur les gouvernes. Jamais la jeune femme ne s'était entendue aussi bien avec un navire.

Lorsqu'ils revinrent au sol, trois heures plus tard, elle serra longuement Tharkaas contre elle.

— Ce dirigeable est une vraie merveille, père. Grâce à lui, nous trouverons une terre d'accueil.

— Il te reste encore à constituer ton équipage.

— J'ai déjà mon idée !

— Ça ne m'étonne pas, répondit-il, amusé.

Il fallut moins de dix jours à Tanithkara pour composer son équipe. Bien entendu, elle conserva Theraans et son groupe. Les marins ne demandaient pas mieux. Tous étaient plus ou moins amoureux d'elle, et lui vouaient une grande confiance. Afin de parer à toute éventualité, elle avait demandé au capitaine Madhyar de la seconder. Il accepta immédiatement. En présence de son père, elle l'informa du phénomène qui frappait la planète, et qui avait motivé l'expédition. Madhyar pâlit, mais ne fit aucun commentaire. Si le seigneur Tharkaas avait pris une telle décision, c'est que l'heure était grave. Tanithkara le mit en garde :

— Personne ne doit savoir ce qui se passe, capitaine. Nous avons du temps devant nous pour découvrir une terre d'accueil, mais si cette nouvelle se répandait, la panique s'installerait et favoriserait le développement de la religion haanienne.

— Bien, madame.

— L'équipage lui-même ne doit pas être averti, pas plus que les hommes d'armes qui nous escorteront. Seuls les scientifiques connaîtront notre objectif.

Pour ce qui concernait la destination à privilégier, Tanithkara fit appel à Mehranka. Le vieil astronome avait effectué d'innombrables voyages dans toutes les parties du monde et le connaissait mieux que quiconque. Seul son âge avancé lui interdisait de participer à l'expédition. Mais il avait déjà une idée précise de l'endroit qu'il faudrait explorer en priorité. Montrant une mappemonde sur laquelle étaient représentés tous les continents dont les Hedeeniens avaient reconnu les côtes, il dit :

— Regarde bien, Tanith. D'après les relevés, la Terre bascule suivant cet axe...

Il saisit la sphère et la fit lentement pivoter sur elle-même.

— Si le phénomène se poursuit encore pendant quelques siècles, les terres situées au nord de l'équateur vont s'approcher de ce dernier. Il faut donc choisir un pays situé dans une zone tempérée de l'hémisphère nord. Il serait aussi préférable de trouver une terre vierge de toute trace humaine, une île ou un archipel. Cela nous évitera d'avoir à combattre les indigènes. Nous ne sommes ni des guerriers ni des envahisseurs.

Il désigna une tache verte sur l'hémisphère nord et poursuivit :

— J'ai autrefois atterri sur cette île. Elle est située sous une latitude tempérée. Son climat était très doux. La végétation était luxuriante et le gibier abondant.

L'endroit se trouvait à environ trois mille kilomètres au-dessus de la ligne de l'équateur.

— Elle n'a pas encore été explorée, précisa Mehranka. Nous n'avons fait que la survoler en cherchant un endroit où nous poser. Nous avions subi de graves avaries et notre navire n'était pas en état de mener la moindre exploration. Nous n'avons pas eu le temps d'étudier cette île, mais je me souviens que c'était un lieu magnifique. Sa superficie doit être équivalente à celle de la Nauryah. Elle serait donc suffisamment vaste pour devenir notre terre d'accueil.

— Il faudra vérifier qu'elle n'est pas habitée, dit Tanithkara.

— Nous n'avons noté aucune trace de présence humaine. En revanche, l'emplacement où nous avons pu atterrir conviendrait parfaitement pour une ville.

Il montra la partie sud de l'île.

— C'était quelque part par là. Il faudra aussi déterminer les ressources minières, la qualité des sols...

— Mon équipe comportera un biologiste, un météorologue, un zoologue, un botaniste, un médecin, un géologue. Leïlya sera notre géographe. Je les choisirai parmi mes compagnons de l'université. Avez-vous donné un nom à cette île ?

— Oui. Nous l'avions baptisée Avalon, un nom issu d'une ancienne légende.

Tanithkara recruta également un jeune homme, Rod'Han Devaar, fils d'un modeste commerçant de Marakha. Il avait déjà fait partie de son expédition précédente, à l'occasion de laquelle il avait fait preuve d'un courage exemplaire alors qu'ils étaient attaqués par une tribu hostile. Rod'Han ne parlait pas beaucoup. Agé d'une trentaine d'années, il vouait une admiration sans borne à Tanithkara. Lorsqu'elle lui annonça qu'elle l'avait choisi pour commander ses gardes, son regard se mit à briller et il posa un genou à terre devant elle.

— Rien au monde ne pouvait me faire plus plaisir, madame. Ma vie vous appartient et je la donnerais sans hésiter pour sauver la vôtre.

— Relève-toi, Rod'Han, répondit Tanithkara, amusée, mais aussi plus émue qu'elle ne l'aurait voulu. J'espère bien que tu n'auras pas à le faire.

Elle avait déjà compris qu'il était secrètement amoureux d'elle, et aussi qu'il ne se déclarerait jamais. Elle n'appartenait pas à son monde.

— Je te charge de recruter une vingtaine d'hommes sûrs et de leur fournir un armement complet. Nous ne savons pas ce que nous allons rencontrer.

— Ce sera fait, madame.

Il ne fallut pas plus de trois jours à Rod'Han pour se présenter devant elle, suivi par une vingtaine de guerriers choisis parmi les chasseurs, les seuls hommes capables de combattre. Leur stock d'armes était constitué d'arbalètes, arcs, lances, glaives et poignards. On connaissait aussi la poudre, mais pas les armes à feu. Les plus puissantes de ces armes étaient les arbalètes, dont les traits de métal pouvaient percer les cuirasses les plus épaisses. C'étaient les seules armes capables de mettre les gros animaux en fuite. Certaines tiraient des sortes de grenades.

Deux jours plus tard, le *Baïkhor* était sur le point de quitter l'Hedeen.

Ce fut alors qu'une nouvelle inquiétante parvint à Marakha.

47

A travers la vitre épaisse de la nacelle, Tanithkara contemplait avec angoisse l'étendue désolée qui se déroulait lentement à deux mille pieds au-dessous du dirigeable. Un malaise s'était emparé de l'équipage. Personne encore n'avait assisté à un tel spectacle. D'un bord à l'autre de l'horizon une vaste plaine s'étirait sur des dizaines de kilomètres, cernée par une couronne de montagnes. Mais toute vie semblait avoir disparu des lieux. Les grands arbres qui autrefois s'étaient élevés là avaient été détruits par des incendies d'une violence inhabituelle. Leurs troncs noircis se dressaient encore, dérisoires, telles des épines plantées dans la terre sombre. Malgré l'altitude à laquelle évoluait le *Baïkhor*, on devinait par endroits des cadavres d'animaux calcinés qui n'avaient pu fuir le cataclysme. Par intermittence, des geysers d'une puissance phénoménale crachaient d'immenses jets de vapeur, comme des défis jetés en direction des cieux. Par endroits, le navire traversait des amas de nuages sombres et menaçants. Il s'en dégageait une inquiétante odeur soufrée.

Le dirigeable avait quitté Marakha une demi-douzaine de jours plus tôt. La veille, un dirigeable d'exploration de retour de l'archipel de Tearoha avait rapporté d'étranges informations. Tearoha était situé de l'autre côté de l'Hedeen, non loin de la banquise. Deux siècles auparavant, on avait découvert, au cœur de l'île du nord, une vaste zone forestière peuplée de conifères et de feuillus. La particularité des lieux reposait sur la présence de nombreux geysers, qui témoignaient d'une intense activité volcanique. Certains étaient extrêmement puissants. L'un d'eux projetait de l'eau bouillante à plus de cinq cents mètres de haut. Le site avait été appelé « vallée des Roches Jaunes », en raison de la couleur de la terre. Régulièrement, des incendies ravageaient une partie ou une autre de la forêt. Cependant, la fertilité de ces lieux était telle que la vie reprenait très vite le dessus, reconstituant la fourrure sylvestre en quelques dizaines d'années. A de nombreuses reprises, les explorateurs hosyrhiens s'étaient intéressés à cette région magnifique, où la glace et le feu se livraient depuis toujours des batailles impitoyables.

Cette fois, les incendies avaient été particulièrement importants. Jamais la forêt n'avait été ainsi détruite en totalité. En raison du climat humide, le feu en épargnait toujours une partie ou une autre.

Le capitaine Pheraad, qui commandait le navire d'exploration, n'avait pas à l'origine pour mission de se rendre dans la vallée des Roches Jaunes. Il en était même assez éloigné lorsqu'il avait remarqué les épaisses colonnes de fumée qui se dégageaient des lieux. La vallée était la proie d'un incendie. Le phénomène était suffisamment rare pour qu'il décidât de changer l'objectif de sa mission. Il avait donc tenté d'aller sur place. Mais il avait dû renoncer devant l'épaisseur inhabituelle des fumées. De retour en Hedeen, il avait fait son rapport au seigneur Tharkaas.

« Ces fumées contenaient une quantité anormale de cendres, avait expliqué Pheraad. Quand j'ai constaté que ces cendres se collaient à l'enveloppe de mon dirigeable, j'ai fait demi-tour. Elles risquaient d'augmenter dangereusement le poids du navire. Ce fut une sage décision. Nous avons eu toutes les peines du monde à regagner Marakha. »

Le capitaine reparti, Tharkaas avait fait part de son inquiétude à Tanithkara.

« Ce phénomène me préoccupe, ma fille. Il faudrait tenter d'en savoir plus. Je crains que cela n'ait un rapport avec la dérive des plaques continentales.

— Mais Tearoha est situé très loin de la Nauryah, père. Et c'est un archipel. Comment les incendies de cette région pourraient-ils nous atteindre ?

— Ce ne sont pas les incendies qui m'inquiètent. J'ai étudié la vallée des Roches Jaunes. Il y a là-bas une activité volcanique que l'on ne rencontre nulle part ailleurs. Cela pourrait avoir des conséquences très graves. Je me trompe peut-être, mais il vaut mieux nous en assurer. Nous allons changer l'objectif de ta mission. Je voudrais que tu ailles voir ce qui se passe vraiment dans cette vallée.

— Bien, père. »

Le capitaine Pheraad avait accepté de repartir sous les ordres de Tanithkara. Il n'avait pas fallu plus de six jours au *Baïkhor* pour traverser le continent hedeenien en direction de l'est et remonter jusqu'à l'archipel de Tearoha. Celui-ci comportait deux grandes îles, dont la plus septentrionale présentait un volcanisme important. C'était au cœur de cette île que se situait la vallée des Roches Jaunes.

Il s'était écoulé près d'un mois depuis le voyage du capitaine Pheraad. Cependant, en progressant vers l'intérieur des terres, ils remarquèrent que le sol se couvrait de vastes zones grises et noires.

— Il y a eu des pluies de cendre, nota Pheraad.

En revanche, en approchant de la chaîne de montagnes qui cernait la vallée, ils constatèrent que les fumées d'incendie s'étaient dissipées. Après avoir franchi une haute barre rocheuse, le *Baïkhor* atteignit enfin la vallée. Un spectacle de désolation attendait Tanithkara et ses compagnons. Sur plusieurs dizaines de kilomètres, dans toutes les directions, ce n'était plus qu'un désert sans vie. Seuls les geysers continuaient de cracher une eau noire ou jaunâtre.

— Qu'est-ce qui a bien pu provoquer ça ? demanda Leïlya.

— Cette région est ravagée épisodiquement par des incendies de grande ampleur, indiqua le capitaine Pheraad. Ils font partie du cycle de vie de cette région. Peut-être le dernier a-t-il été plus important que les autres.

Tanithkara secoua la tête.

— Non, il doit y avoir autre chose. Ces incendies ont généralement lieu en été, pendant les périodes de grande sécheresse. Or, nous sommes au printemps et il a beaucoup plu ces derniers temps. Le sol devrait être gorgé d'eau. Pourtant, rien n'a arrêté les flammes.

Ils s'enfoncèrent de plusieurs kilomètres à l'intérieur de la zone sinistrée, à la recherche d'une zone verdoyante ayant résisté au feu. En vain. Tout était mort. Le vert de la végétation avait fait place à des étendues carbonisées et couvertes de cendres. Tout à coup, Leïlya remarqua un affleurement rouge sombre.

— Regarde, Tanith.

La jeune femme s'approcha du bord.

— On dirait de la lave, remarqua Leïlya.

— Il faudrait vérifier. Nous allons essayer de nous rapprocher du sol.

— Est-ce bien prudent, madame ? remarqua Pheraad.

— Il faut savoir ce qui s'est passé. Capitaine Madhyar, essayez de diminuer l'altitude.

Baissant le nez vers l'avant, le mastodonte entama une lente descente en direction du sol tourmenté. Il fallait procéder avec une grande prudence. Il était probable que l'air des couches inférieures était plus chaud, ce qui risquait de diminuer la portance du navire. Si celle-ci descendait au-dessous d'un certain seuil, le vaisseau tomberait comme une pierre.

Peu à peu, le sol noirci se précisa. Aussi loin que portait la vue, la magnifique étendue sylvestre avait laissé la place à un paysage ténébreux, parcouru par des masses de brumes jaunâtres, chargées de vapeur de soufre. Çà et là, on devinait les taches rougeoyantes de lacs incandescents. Plus surprenant encore, par endroits la terre semblait animée par de curieux moutonnements, comme si le sol était devenu liquide.

Tanithkara avait espéré pouvoir trouver un endroit où se poser, mais cela se révéla impossible. A partir de mille pieds, le navire commença à donner des signes de faiblesse. Par prudence, elle ordonna à Madhyar de reprendre de la hauteur.

Ils poursuivirent leur exploration, s'aventurant jusqu'au cœur de la vallée. Vers le milieu de la journée, une zone moins touchée permit au *Baïkhor* de descendre jusqu'à moins de trois cents pieds. Ce fut la plus basse altitude qu'ils purent atteindre. En revanche, l'impression qu'ils avaient eue plus tôt se confirma. Par endroits, la terre paraissait agitée de remous internes, comme si elle flottait sur autre chose.

— C'est bien de la lave, murmura Tanithkara pour elle-même. Des affleurements de lave, sur des dizaines de kilomètres.

Elle jeta un regard vers Leïlya, qui affichait un teint pâle depuis un bon moment. L'une comme l'autre avaient compris ce qui se passait, et une angoisse nouvelle leur broyait les entrailles.

— Il faut quitter cet endroit au plus vite ! déclara Tanithkara d'une voix blanche.

Le capitaine Madhyar prit aussitôt de l'altitude, visiblement ravi d'abandonner les lieux. Moins d'une heure plus tard, le *Baïkhor* franchissait la chaîne montagneuse à pleine vitesse. Ils prirent la direction de l'Hedeen sous un soleil éblouissant.

Cependant, Rod'Han avait remarqué le changement d'attitude de Tanithkara. Il avait compris que quelque chose lui avait fait très peur. Il se rapprocha d'elle et lui demanda discrètement :

— Qu'y a-t-il, madame ? Pourquoi êtes-vous si inquiète ?

Elle secoua la tête. Ce garçon la devinait trop bien.

— Ce n'est rien, Rod'Han. J'ai seulement eu peur que le navire ne soit pris dans un tourbillon d'air chaud.

Elle n'osa pas lui dire ce qu'elle avait déduit de ses observations, à savoir que la totalité de la plaine des Roches Jaunes, qui s'étendait sur cent kilomètres de long pour soixante de large, n'était autre qu'un volcan de taille phénoménale. Et ce supervolcan, malmené par la dérive de la surface terrestre, était sur le point d'exploser.

48

— Tes observations confirment mes craintes, ma fille. L'abondance des geysers et le sol couvert de soufre démontrent qu'il règne sur l'ensemble de la vallée des Roches Jaunes une activité volcanique intense. Mais il n'y avait pas jusqu'à présent d'affleurements de lave. Ce n'est pas un incendie exceptionnel qui a détruit toute vie. Il a dû se produire une nuée ardente qui a envahi la vallée en quelques instants. C'est à cela que le capitaine Pheraad a assisté. Quelle est ton opinion ?

— Nous n'avons pas affaire à un volcan habituel. Il doit exister là-dessous une gigantesque chambre magmatique, aussi vaste que la vallée elle-même. Elle a été malmenée par le passage de la comète et par les mouvements des plaques continentales. La nuée ardente n'est qu'un avant-goût de ce qui risque de se produire. Les bouleversements que connaît cette région actuellement peuvent provoquer la formation de cheminées volcaniques qui mettront cette gigantesque chambre de lave en communication avec la surface, et cela sur la totalité de la vallée. Ce qui veut dire qu'un jour ou l'autre, la chambre va exploser et provoquer un cataclysme d'une ampleur inimaginable.

Tharkaas blêmit.

— C'est bien ce que je redoutais. Ton analyse rejoint la mienne. Que va-t-il se passer, d'après toi ?

— L'éruption va projeter dans l'atmosphère une quantité phénoménale de cendre qui va se répandre sur toute la surface de l'hémisphère sud en quelques mois. Elle sera tellement épaisse qu'elle va masquer le soleil pendant plusieurs années. La température moyenne va baisser dans des proportions impossibles à prévoir. Le climat va changer.

— Et ce phénomène va s'ajouter au glissement de l'Hedeen en direction du pôle Sud.

— Exactement.

— La vie risque de disparaître…

— Je ne sais pas, père, je ne sais pas.

Elle se découvrit l'envie de pleurer. Elle voulait bien se battre, mais comment lutter contre des éléments de cette ampleur ? Elle respira profondément, puis se ressaisit. Il était hors de question de baisser les bras. Même s'ils devaient périr, ils lutteraient jusqu'au bout.

— Il ne faut pas nous décourager, père. Rien ne prouve que ce supervolcan va obligatoirement entrer en éruption. Ce n'est qu'une hypothèse. Mais une chose est certaine : plus que jamais nous devons quitter l'Hedeen. Dans tous les cas, ce continent est condamné. Il nous faut trouver refuge dans l'hémisphère nord. Si Tearoha explose, les effets de cette explosion seront moins rigoureux de l'autre côté de la Terre.

— Il faut garder secrète cette nouvelle information, déclara Tharkaas.

Devant son air sombre, elle devina que le supervolcan n'était pas la seule cause de son angoisse.

— Qu'y a-t-il, père ? demanda-t-elle.

Il hésita, puis répondit :

— Il y a eu de nouveaux massacres d'Hosyrhiens dans les royaumes de l'Ouest. Mais cette fois-ci, les victimes se comptent par centaines.

— Par centaines ? C'est abominable ! Cela veut dire que…

— C'est la guerre, oui. Les Haaniens ont lancé une offensive contre les Hosyrhiens. Les nôtres sont systématiquement pourchassés et tués. Pour l'instant, cela ne touche que les royaumes lointains, où les Hosyrhiens ne forment qu'une petite minorité. Mais cela va s'étendre. Deux universités et plusieurs bibliothèques ont été saccagées et incendiées. Les étudiants qui s'y trouvaient ont été capturés et exterminés par des hordes de fous furieux qui les accusaient d'être la cause des fléaux qui touchent l'Hedeen.

Tanithkara était atterrée.

— Comment est-ce possible ? Quelle folie a frappé ces gens ?

— La famine et la peur incitent les faibles à croire ce que leur racontent les prêtres zélés de la religion haanienne. Bien souvent, les Hosyrhiens vivent dans l'aisance. On les accuse de s'être enrichis au détriment de ceux qui meurent de faim. Leurs maisons sont pillées, vidées de leur contenu, les habitants massacrés dans des conditions horribles. Certains ont été jetés dans les flammes de leur demeure, d'autres ont été liés à des poteaux et tués à coups de pierres. Heureusement, les Hosyrhiens ont compris le danger et beaucoup parviennent à s'échapper. Ces derniers jours, nous avons accueilli plusieurs centaines de réfugiés en provenance de ces pays. Ils ont volé des bateaux ou des dirigeables pour s'enfuir.

Il poussa un soupir de découragement.

— Nous avons sous-estimé l'ampleur de ce conflit, Tanith. Tout cela va très vite, et cela fait partie d'un plan mûrement réfléchi. Les Haaniens ont décidé d'anéantir tous les Hosyrhiens, jusqu'au dernier. Dans les royaumes occidentaux, leurs prêtres se sont multipliés. Ils investissent les villes et les villages, s'emparent du pouvoir un peu partout. On commence à en voir ici même, à Marakha, ainsi qu'à Deïphrenos et Malhanga.

— Mais que font les pentarques ? s'étonna la jeune femme.

— Pas grand-chose. Ils protestent mollement. Ils prétendent que les gardes ne sont pas assez nombreux, qu'ils n'ont pas assez d'armes. En vérité, les pentarques ne sont pas disposés à combattre. Ils disent qu'ils préfèrent composer avec les Haaniens afin d'éviter des effusions de sang.

— Des lâches, oui ! gronda Tanithkara. Cela confirme qu'ils sont de mèche avec leurs chefs…

Tharkaas acquiesça.

— Mon père a raison, hélas. Non seulement les grands propriétaires ne font rien pour s'opposer à ces assassins, mais ils les encouragent. Beaucoup approuvent leur religion et trouvent des terrains d'entente avec les chefs de guerre. C'est ce qui ressort des récits des réfugiés. Les Hosyrhiens sont l'ennemi commun. Jusqu'à certains prêtres de la religion du Soleil qui renient leur croyance et se rangent au côté des Haaniens. Ils disent que ceux-ci ne sont pas des envahisseurs, mais des sauveurs.

— Comment peuvent-ils laisser massacrer les nôtres ? s'insurgea la jeune femme.

— Ils crèvent de trouille et préfèrent hurler avec les loups. Malheureusement, le dérèglement climatique de plus en plus flagrant s'accorde trop bien avec les prédictions de Kholovaar. Les gens ont peur ; ils deviennent plus faciles à manipuler. On leur a mis dans la tête que tout est de la faute des Hosyrhiens, qui ont irrité le dieu Haan. Ils voient la manifestation de sa colère dans la moindre tempête, le moindre tremblement de terre. Notre situation devient de plus en plus difficile à tenir, car nous n'avons rien à leur opposer. Rien que la vérité. Et ce que tu viens de m'apprendre ne va certainement pas arranger les choses. Ils y verront une confirmation de la fureur de leur dieu.

— Voilà pourquoi nous devons organiser notre départ au plus vite, père.

— Malheureusement, nous ne devrons compter que sur nous-mêmes. J'ai parlé aux pentarques. Comme je le craignais, seul Farahdan s'est rangé à mon avis. Les trois autres refusent purement et simplement de me croire. Ils affirment que le phénomène n'est que temporaire et qu'il va s'arrêter de lui-même. Lhofir le met même en doute.

Tanithkara explosa :

— Ils sont totalement stupides ! Ce continent va devenir de plus en plus froid et ils refusent de l'admettre !

— Ils refusent surtout d'abandonner leurs privilèges.

— La belle affaire, lorsque les Haaniens auront envahi la Nauryah !

— Oh, ne te fais pas de souci pour eux. Ils trouveront un compromis. Au détriment des Hosyrhiens.

— Alors, ce sont les Hosyrhiens que nous devons sauver en priorité. Les étudiants de l'université, les maîtres artisans, tous ceux qui nous resteront fidèles. Je vais repartir dès que possible afin d'explorer cette île dont m'a parlé Mehranka. Je devrais être de retour dans deux mois au maximum.

— C'est bien. Pendant ce temps, je vais tenter de convaincre le Conseil des Cinq de préparer la guerre en formant une armée. Mais je doute d'y parvenir.

Le surlendemain, le *Baïkhor* quittait de nouveau Marakha, en direction de la partie nord de l'Atl'Han.

49

Avalon s'étendait sur près de trois cents kilomètres d'est en ouest et sur plus d'une centaine du nord au sud. Son relief n'était pas très accentué, alternant des vallons à la végétation abondante, parcourus par des rivières nonchalantes, et des collines couvertes de forêts de conifères et de feuillus. On rencontrait aussi quelques palmiers et des arbustes tropicaux aux fleurs polychromes. Le centre de l'île était partagé entre deux dépressions occupées par des lacs aux eaux vertes pour l'un, bleues pour l'autre.

Dans un premier temps, le *Baïkhor* sillonna l'île pendant plusieurs jours pour établir un relevé cartographique aussi précis que possible. Puis le navire jeta l'ancre dans une baie magnifique qui offrait un site remarquable pour l'édification d'une cité. Après avoir fait défricher une petite surface de forêt pour ériger le campement, Tanithkara organisa plusieurs équipes qui s'enfoncèrent à l'intérieur des terres, chacune dans une direction différente. La jeune femme prit elle-même le commandement de l'une d'elles.

Avalon multipliait les contrastes. Le paysage pouvait changer en quelques centaines de mètres, passant d'une végétation tropicale à une sylve de région tempérée agrippée aux flancs des coteaux. L'altitude de ceux-ci ne dépassait pas les deux cents mètres. Le plus haut sommet dominait le lac bleu. C'était une plate-forme en pente douce, résultant sans doute d'un très ancien basculement de la surface. De ce promontoire couvert d'une forêt épaisse, on bénéficiait d'une vue plongeante sur les eaux outremer du lac. Celui-ci se révéla très poissonneux, tout comme la forêt regorgeait de gibier : daims, lièvres, sangliers et phacochères. On rencontrait aussi différentes espèces de singes de petite taille. N'ayant jamais vu d'êtres humains, ils se montrèrent aussi familiers que curieux.

Tanithkara et ses compagnons demeurèrent près de deux mois sur Avalon. On recensa les différentes essences d'arbres, on repéra les plaines cultivables, les plantes comestibles. Après plusieurs jours d'exploration, le géologue, Kerhan, découvrit au creux d'un vallon un gisement de terre riche en minerai de fer. Deux jours plus tôt, on avait repéré quelques pépites d'or dans un torrent.

Le temps changeait souvent sur Avalon. Ils avaient quitté l'Hedeen vers la fin de l'été. Dans l'hémisphère nord, c'était le début du printemps. Les vents océaniques déterminaient un climat capricieux et changeant. Dans une seule journée, on pouvait passer d'un ciel sans nuages à une tempête qui balayait l'île d'ouest en est avant de laisser derrière elle une traîne nuageuse par-dessus laquelle le soleil jouait à saute-mouton. Mais il ne faisait jamais très froid, à l'inverse de l'Hedeen, où il gelait désormais le matin, même en été.

Lorsque l'exploration fut achevée, Tanithkara réunit son état-major.

— Cette île est parfaite, déclara-t-elle. Elle est assez grande pour accueillir et nourrir la totalité de la population de la Nauryah.

Tous confirmèrent son jugement. Seul Madhyar émit une objection :

— Je partage votre avis, madame, dit le vieux capitaine. Cependant, Avalon se trouve actuellement à la limite méridionale de la zone tempérée. Son climat est doux et agréable. Mais si le basculement de la Terre se poursuit, elle va se rapprocher de l'équateur. Le climat se réchauffera et la végétation connaîtra des bouleversements.

— C'est probable, mais ces bouleversements se feront lentement. En revanche, nous sommes loin du volcan de Tearoha. S'il explose, Avalon sera plus sûre que n'importe quelle terre de l'hémisphère sud.

Le surlendemain, le *Baïkhor* quittait l'île. Leïlya et une douzaine de personnes avaient décidé de rester sur place pour jeter les bases de la future cité.

Pendant ces deux mois d'exploration, Tanithkara n'avait guère eu le temps de penser à ce qui se passait à Marakha. Elle espérait que son père était parvenu à convaincre les pentarques de prendre des dispositions pour faire face à l'insidieuse invasion haanienne. Il était impératif de constituer très vite une armée capable de s'opposer efficacement aux hordes barbares. Il convenait aussi de renforcer les alliances avec les royaumes amis, afin de mettre les forces en commun. Mais comment lutter contre un ennemi invisible, qui s'infiltrait jusqu'au cœur des cités sans qu'on puisse le repérer, et ce d'autant plus facilement que les gouvernements laissaient faire ?

Douze jours après avoir quitté Avalon, et après avoir essuyé deux tempêtes tropicales particulièrement sévères, le *Baïkhor* arriva en vue de l'Hedeen. Sans pouvoir s'expliquer pourquoi, Tanithkara ressentit un malaise. Se pouvait-il que les Haaniens aient déjà envahi la ville ? Par précaution, elle survola Marakha, mais celle-ci semblait calme. Le *Baïkhor* revint vers le port pour jeter l'ancre.

Ce fut alors qu'elle vit le chef du chantier, Khadraan, courir vers le navire. Elle eut aussitôt la certitude qu'il s'était produit un malheur.

50

Sitôt le dirigeable amarré, Tanithkara bondit à terre. Autour de l'appareil se formait déjà une foule importante, qui accourait des hangars, des bâtiments, et même du port. Arrivé devant elle, Khadraan posa un genou en terre et inclina la tête. Il hésita, puis déclara d'une voix bouleversée.

— Madame, j'ai une bien triste nouvelle à vous apprendre. Le seigneur Tharkaas et dame Marah… ils sont morts.

Tanithkara sentit ses jambes faiblir, tandis que son cœur se mettait à battre plus vite. Elle s'appuya sur le bras de Rod'Han, qui s'était aussitôt porté à son secours.

— Morts ? Ce n'est pas possible ! Que s'est-il passé ? demanda-t-elle d'une voix blanche.

— Ils ont été assassinés, madame. Ils avaient été invités par le seigneur Farahdan hoss Khedryy, le pentarque ami de vos parents. Ils ont été attaqués par des inconnus sur le chemin qui les ramenait au palais. Le pilote de leur voiture a été tué, lui aussi.

— Et mon grand-père ?

— Le seigneur Pahyren hoss Nephen n'était pas avec eux. Mais le seigneur Farahdan et son épouse ont été tués également, chez eux, au cours de la même nuit.

Abasourdie, Tanithkara chancela. Une soudaine envie de vomir lui tordit l'estomac. Elle fit un violent effort pour ravaler les larmes qui lui brûlaient les paupières et demanda :

— Les Haaniens ?

— Nous ne savons pas, madame. Le Conseil des Cinq est perturbé. Ils ne sont plus que trois. Deux nouveaux membres doivent remplacer votre père et le seigneur Farahdan, mais ils ne parviennent pas à se mettre d'accord sur le choix de leurs successeurs. Ici, les choses vont de mal en pis. Nous attendions votre retour avec impatience. Le monde est devenu fou. Depuis votre départ, les batailles se sont multipliées dans les royaumes de l'Ouest. Les Haaniens surgissent de partout et massacrent tous ceux qui ne partagent pas leurs opinions. Les gens ont peur. Ils préfèrent se ranger de leur côté. Ici, à Marakha, votre père a défendu l'idée de constituer une armée. Mais le Conseil tergiverse. Certains riches propriétaires usent de leur influence pour s'opposer à ce projet. Ils considèrent qu'une armée coûterait trop cher, et qu'il vaut mieux composer avec les Haaniens.

— Evidemment, grommela Tanithkara pour elle-même.

Puis, à voix haute, elle déclara :

— Je vais me rendre immédiatement au palais Nephen. Je dois voir mon grand-père.

— Permettez que je vous accompagne, intervint Rod'Han. Après ce que je viens d'entendre, je pense qu'il faut vous protéger.

— C'est bien, capitaine Rod'Han. Vous m'escorterez.

Il ne se le fit pas dire deux fois. Rassemblant ses hommes, il forma un rempart autour d'elle. Laissant le navire aux mains de Khadraan, Tanithkara fit approcher une voiture et gagna le palais Nephen. Tandis que le véhicule se mettait en route, la jeune femme constata que la foule la suivait. Elle avait d'abord pensé que les gens voulaient lui manifester leur compassion et leur amitié. La famille Nephen était la plus puissante famille du royaume et elle bénéficiait d'une excellente réputation. Ceux qui travaillaient pour elle étaient assurés de ne jamais manquer de rien en raison du système de solidarité que les Nephen avaient mis en place depuis déjà bien longtemps. L'assassinat du seigneur Tharkaas et de sa femme avait profondément marqué les esprits. Des mots de soutien et d'affection jaillissaient de la foule. A quelques bribes de phrases, elle se rendit compte que l'on attendait quelque chose d'elle. Peut-être espérait-on la voir prendre la succession de son père dans le Conseil des Cinq. Mais ce ne serait pas chose facile. Elle était encore très jeune. Et surtout, elle soupçonnait les trois pentarques survivants de n'être pas totalement innocents du drame qui la frappait.

Une bonne partie de la foule l'accompagna ainsi jusqu'au palais Nephen. Lorsqu'elle descendit de voiture, des gens lui adressèrent des signes d'amitié, auxquels elle répondit. Toujours sous l'escorte de Rod'Han et de ses hommes, elle pénétra dans la grande demeure, où Pahyren l'attendait, le visage grave. Elle tomba dans ses bras et, là seulement, éclata en sanglots.

Le vieil homme la serra longuement contre lui, attendant qu'elle se calme. Puis il l'entraîna vers un petit salon donnant sur la montagne de l'Homme Sage. Tandis que Lazro, l'intendant du palais, leur servait une collation avec sa discrétion coutumière, Tanithkara demanda :

— Sait-on qui a tué mes parents, grand-père ?

Il secoua la tête. Lui qui paraissait plus jeune que son âge semblait tout à coup porter le poids du monde sur ses épaules.

— On ne le saura probablement jamais, mon enfant. La version officielle est qu'ils ont été attaqués par des rôdeurs. Avec la famine qui s'est répandue dans l'empire, les bandits se sont multipliés et ils s'en prennent de préférence aux gens riches. Mais bien entendu, c'est faux.

— Les Haaniens ?

— Sans doute, mais sur l'ordre de qui ?

— Tu veux dire qu'on les a assassinés parce qu'ils se révélaient gênants ?

— Pour moi, cela ne fait aucun doute. Hélas, nous ne pourrons jamais le prouver.

— Les autres pentarques ?

— Je te l'ai dit, il n'y a aucune preuve. On peut soupçonner beaucoup de monde. Ton père avait eu de violentes disputes avec les pentarques parce qu'ils refusaient d'adopter son projet de former une armée. Farahdan lui a apporté son soutien entier, bien entendu, mais les trois autres se sont élevés contre ce projet avec la dernière véhémence.

— Ils sont fous ! Les Haaniens envahissent tous les royaumes de l'Hedeen l'un après l'autre.

— Les pentarques n'étaient pas leurs seuls ennemis.

— Qui sont les autres, grand-père ?

Le visage de Tanithkara s'était durci.

— Certaines familles de grands propriétaires. Ils jalousent et haïssent notre famille. Ceux-là voient dans la mort de tes parents l'opportunité de s'emparer du pouvoir et de démanteler notre empire économique. Pour eux, les Haaniens arrivent à point nommé. En fait, tout se passe comme si les pentarques voulaient maintenir volontairement la Nauryah dans un état de vulnérabilité. Les habitants de Marakha ont peur.

— Ils m'ont suivie depuis le port.

— Ils espèrent que tu vas poursuivre l'action de ton père. Ils s'étonnent que le Conseil n'agisse pas. Chaque jour apporte son lot de nouvelles inquiétantes. On tente de les rassurer par des communications lénifiantes. Mais les réfugiés hosyrhiens continuent d'affluer en ville après avoir fui les massacres, et ils racontent ce qui se passe dans les royaumes où sévissent les Haaniens. Nous en avons logé quelques-uns ici, dans le palais. Les autres ont été accueillis par des familles généreuses. Mais la situation est grave. Les Nauryens se sentent trahis.

— Cela confirme ce que tu m'as dit il y a quelques mois, grand-père.

— Malheureusement, j'aurais préféré me tromper. Le mouvement haanien sert bien les intérêts des grands propriétaires. Derrière les pentarques, ce sont eux qui tiennent les rênes du pouvoir. Dans beaucoup de royaumes, on ne fait rien pour s'opposer aux conversions massives. La terreur s'est répandue sur l'empire. Je ne sais qui a laissé filtrer l'information, mais tout le monde sait désormais que la Terre est en train de basculer et que le continent va continuer à se refroidir inexorablement. Les prêtres haaniens ont sauté sur l'occasion. Ils affirment que ce fléau est une nouvelle manifestation de la colère de leur dieu, et que la seule manière de mettre un terme à cette colère est de se convertir à leur religion. Les résultats sont effrayants. Les gens sont terrorisés et prêts à croire n'importe quoi. Partout, ils se détournent de leurs anciens dieux pour adorer Haan. Ils sont ensuite fanatisés par des prêtres qui leur désignent les responsables des malheurs qui frappent l'Hedeen : tous ceux qui refusent de se soumettre et particulièrement les Hosyrhiens. C'est de là que sont partis les massacres, les conversions forcées, les assassinats, les sacrifices rituels, les exécutions sommaires. Mais certains réagissent et s'organisent pour se défendre. Plusieurs royaumes ont basculé dans la guerre civile. Seules Marakha, Valherme ou Malhanga sont encore épargnées.

— Et Deïphrenos ? demanda Tanithkara.

Pahyren laissa passer un court silence.

— Il s'est passé aussi beaucoup de choses là-bas.

— Sherrès a été tué… dit-elle d'une voix blême.

Le vieil homme secoua la tête avec une moue de dégoût.

— Oh non ! Pas lui. Mais son père, notre ami Hassyr, a été assassiné. Comme Tharkaas et Marah. On a aussi accusé des rôdeurs. Sherrès a été épargné. Pire, il a pactisé avec l'ennemi. Il s'est converti à la religion haanienne. Il s'est ensuite fait élire roi et a dissous le Conseil des Cinq. Il détient désormais les pleins pouvoirs. Il est secondé par une escouade de prêtres. Mais ce n'est pas tout. Il compte venir en ambassade à Marakha pour proposer que la religion haanienne soit adoptée comme religion officielle de la Nauryah. Auquel cas, le royaume sera assuré de vivre en paix.

Tanithkara, écœurée, cracha :

— Le scélérat ! Et dire qu'il voulait m'épouser ! Il peut toujours y compter à présent !

Pahyren leva la main.

— Attends, tu ne sais pas tout. Les trois pentarques survivants comptent bien que tu souscriras à ce mariage, malgré la mort de tes parents.

— Quoi ? !

— Ils disent que la paix est à ce prix, et ils veulent t'obliger à accepter. Sherrès est toujours fou de toi. Il attendait la nouvelle de ton retour pour venir à Marakha. A cette heure, le message a déjà dû lui être envoyé. Il sera là dans deux ou trois jours au maximum.

Tanithkara entra alors dans une colère noire :

— Il est hors de question que j'épouse ce félon ! Il ne fait aucun doute que ce sont des tueurs à la solde des Haaniens qui ont tué mes parents. Peut-être Sherrès est-il lui-même le commanditaire de ces crimes ! Et il voudrait que je l'épouse ! Eh bien, je vais le recevoir ! Et il repartira plus vite qu'il n'est venu !

Le visage du vieil homme s'éclaira.

— Voilà une bonne décision, ma petite fille. Mais elle ne va pas être facile à réaliser. Sherrès est capable d'user de la force, et les pentarques ne te défendront pas. Bien au contraire.

— Rod'Han dispose d'une vingtaine de guerriers.

— Ça ne suffira pas.

— Alors, que dois-je faire ?

Pahyren eut un sourire espiègle.

— Il faut que je te montre quelque chose. Suis-moi. Et demande à Rod'Han de nous accompagner.

Il entraîna alors une Tanithkara intriguée hors du palais. Le jeune capitaine les suivit. A l'autre bout du parc se dressait un grand bâtiment isolé qui servait à remiser les voitures ou du matériel. La construction ne payait pas de mine et n'attirait aucunement l'attention. Cependant, dès qu'ils pénétrèrent à l'intérieur, ils furent accueillis par un vacarme impressionnant. Eberluée, Tanithkara découvrit une centaine d'hommes harnachés de tenues protectrices, opposés en de courtes joutes sous le regard de quelques gardes chevronnés.

— Qui sont ces gens ? demanda-t-elle.

— L'armée de ton père, répondit Pahyren. Devant le refus d'agir des pentarques, il a décidé de former sa propre troupe. Il l'a recrutée parmi des marins et des chasseurs qu'il connaissait bien et à qui il vouait une grande confiance. Il leur a expliqué ce qui se passait, le basculement de la Terre, la menace représentée par les Haaniens, et le projet de départ. Beaucoup d'étudiants de l'université sont également venus se joindre à ces guerriers.

Lorsqu'ils aperçurent Tanithkara, les soldats interrompirent leurs échanges et posèrent un genou en terre pour la saluer. Parmi eux, elle reconnut en effet plusieurs de ses camarades. Elle leur sourit. Un homme se releva et vint au-devant de Tanithkara.

— Soyez la bienvenue parmi nous, madame. Je suis le commandant Ghoraka.

— C'est vous qui dirigez ces hommes ?

— Oui, madame. Nous comptons actuellement plus de cent combattants. Mais nous en attendons d'autres. Les Hosyrhiens réfugiés désirent faire partie de cette armée. La plupart d'entre eux déplorent la perte d'un ami ou d'un membre de leur famille.

— Les Haaniens sont beaucoup plus nombreux que vous, objecta Tanithkara.

Pahyren reprit la parole :

— Ces soldats sont formés par l'élite des gardes de ton père. Ils connaissent les meilleures techniques de combat. Il faudrait au moins dix Haaniens pour venir à bout de l'un d'eux. Ils possèdent des armes en suffisance. Ton père a monté un atelier secret où l'on en fabrique en grand nombre. Car cette armée a été formée à l'insu des pentarques. S'ils connaissaient son existence, ils ordonneraient sa dissolution. Tous les hommes que tu vois ici sont dignes de confiance. Cette armée n'est qu'un noyau de départ. Il est vrai qu'elle ne suffira pas à refouler les Haaniens, mais chacun de ces guerriers saura en former d'autres.

Tanithkara acquiesça. Elle comprenait mieux pourquoi la foule l'avait suivie. Devant la défection des pentarques, on attendait d'elle qu'elle agisse. Elle s'adressa aux guerriers :

— Relevez-vous, mes amis. Je crains que la Nauryah n'ait bientôt besoin de vous. Mais nous saurons nous montrer dignes d'elle.

Une ovation enthousiaste lui répondit.

Le soir même, Tanithkara était seule avec son grand-père quand Lazro, l'intendant du palais, se présenta. Il avait l'air dans tous ses états.

— Madame, les pentarques sont là, qui veulent vous rencontrer sans délai. Ils disent que c'est très important.

Tanithkara sentit aussitôt la colère l'envahir.

— Les pentarques ? Ils ne pouvaient pas attendre demain ? Je rentre d'un voyage éprouvant, et je viens d'apprendre la mort de mes parents. Ils ne respectent donc rien !

— Calme-toi, mon enfant, tenta de l'apaiser Pahyren.

— Que je me calme ? Tu sais très bien pourquoi ils sont là, n'est-ce pas ? Ce mariage doit leur tenir particulièrement à cœur pour qu'ils ne me laissent même pas le temps de respirer !

Pahyren laissa l'orage passer. Il devinait que les pentarques comptaient sur le choc émotionnel qu'elle venait de subir pour lui imposer leur volonté. Ils allaient au-devant d'une grande déconvenue. Pahyren connaissait sa petite-fille. L'entrevue promettait d'être houleuse. Et ce n'était pas pour lui déplaire. D'autant plus que Tanithkara, comme il le lui avait enseigné, parvint très vite à reprendre le contrôle de ses émotions. Il la vit souffler profondément, puis retrouver un visage serein. Il eut un sourire satisfait et dit :

— Bien que je sois trop vieux pour avoir du poids aux yeux de ces gens-là, tu peux compter sur mon soutien inconditionnel, ma petite-fille.

Elle se tourna vers lui, les yeux brillants.

— Ne dis pas ça, grand-père. Tu es encore en excellente santé. Tu es tout ce qui me reste. Je n'ai ni frère ni sœur. Je veux que tu demeures près de moi le plus longtemps possible. J'ai besoin de toi, de tes conseils.

— Pardonne-moi, ma petite Tanith, je suis maladroit. Je ne devrais pas te faire remarquer mon âge avec ce que tu viens d'apprendre aujourd'hui. Mais tu devras en tenir compte au cours de cet entretien. Pour eux, je ne compte plus. C'est toi qui es désormais l'héritière de la dynastie Nephen. Et ils comptent sur ta jeunesse et ce qu'ils croient être ton inexpérience pour te dominer.

— Eh bien, c'est ce que nous verrons !

La jeune femme se tourna vers l'intendant.

— Faites-les entrer, maître Lazro.

51

Tanithkara avait retrouvé son calme. Tout au moins en surface. Elle avait appris avec son père et son grand-père à maîtriser ses émotions, afin de ne pas montrer ses faiblesses à ses adversaires. La partie qui allait se jouer serait rude. Les trois pentarques avaient tous presque le triple de son âge et ils jouissaient de l'autorité suprême. Mais ce qu'elle avait vu de l'armée de Tharkaas lui redonnait confiance.

Introduits par Lazro, trois hommes firent leur entrée dans la salle. A l'air suffisant et dominateur qu'ils affichaient, il était visible qu'ils n'entendaient pas être contredits. Tanithkara les connaissait bien. Ses parents donnaient régulièrement des réceptions où les pentarques étaient inévitablement invités. Ils l'avaient connue enfant et pensaient de ce fait bénéficier d'un ascendant sur elle.

Le seigneur Lhofir, le plus âgé et le plus ventru, se comportait déjà comme en terrain conquis. Il avait toujours exercé un ascendant sur les deux autres, mais pliait devant Tharkaas, dont la personnalité lui en imposait. Tanithkara n'ignorait rien de la jalousie qu'il nourrissait envers son père. A présent qu'il avait disparu, il avait beau jeu de manipuler les seigneurs Khopolep et Beltraan, dont le rang social et la fortune étaient inférieurs aux siens. Lhofir possédait la deuxième fortune de la Nauryah, assise sur sa fabrique de pâte à papier, mais elle ne pouvait rivaliser avec celle de la famille Nephen, beaucoup plus ancienne et plus diversifiée.

Lhofir et ses compagnons s'avancèrent vers la jeune femme et inclinèrent la tête suivant l'usage. Tanithkara leur répondit de même et les invita à prendre place autour de la table basse où Lazro avait apporté des boissons. Lhofir prit la parole d'une voix qui se voulait amicale :

— Ma petite Tanith, l'appelant familièrement par son diminutif afin d'asseoir d'emblée son ascendant, crois bien que je compatis à ton immense douleur. Tharkaas et ta mère, poursuivit-il en omettant délibérément de leur donner leur titre, étaient pour moi des amis très chers. C'est avec consternation et tristesse que nous avons appris qu'ils avaient été assassinés il y a quinze jours.

La mine sucrée du poussah donna à Tanithkara l'envie de le gifler. Elle le remercia néanmoins de sa compassion d'un bref signe de tête. Lhofir était stupide. Il n'ignorait pourtant pas qu'elle était médium et aurait dû se douter qu'elle percevait les sentiments de ses interlocuteurs au-delà de ce qu'ils voulaient exprimer. L'hypocrisie du pentarque suintait par tous les pores de sa peau. Avec la même fourberie, les deux autres confirmèrent ses propos. Si le sujet n'avait été aussi pénible pour elle, la jeune femme aurait éclaté de rire. Ils étaient tellement prévisibles. Elle répondit d'un ton neutre :

— C'est très aimable à vous de venir dès mon retour me témoigner votre compassion et votre amitié. Mais cela pouvait attendre demain, ajouta-t-elle.

A l'écart, Pahyren observait la scène avec attention. Il éprouvait une grande fierté envers sa petite-fille. Nul n'aurait pu déceler ses sentiments réels. Il attendit la suite avec impatience.

Lhofir fut un instant désarçonné par le calme et l'assurance de la jeune femme. Il espérait la trouver dans un état de profond abattement après la mort de ses parents. Visiblement, il n'en était rien. Tout au plus devinait-il, à son masque rigide, qu'elle souffrait intérieurement. Mais elle faisait preuve d'une maîtrise remarquable, ce qui le contraria. Sa dernière phrase ne facilitait pas la suite de l'entretien. Rejetant une brusque bouffée de colère parce qu'il venait de se rendre compte que cette gamine lui en imposait, tout comme son père, il prit un ton important :

— Je suppose que l'on t'a déjà mise au courant des derniers événements...

Tanithkara acquiesça d'un signe de tête.

— Tu sais donc que la religion haanienne progresse tous les jours davantage. Dans tous les royaumes, les conversions sont de plus en plus nombreuses.

Tanithkara eut envie d'ajouter que les gens agissaient ainsi pour éviter d'être massacrés par les fanatiques, mais elle s'abstint. Laisser parler l'adversaire, l'amener à dévoiler ses plans et ses atouts.

— Ton fiancé lui-même, le prince Sherrès, s'est converti, après le décès de son père.

Tanithkara frémit. Elle fit un violent effort sur elle-même pour demander calmement :

— A-t-on démasqué l'assassin du roi Hassyr ?

Lhofir eut un geste évasif.

— Pas encore. L'enquête suit son cours, mais il est certain qu'il s'agit d'un crime de rôdeurs, comme dans le cas de tes parents.

— Et du seigneur Farahdan, compléta Tanithkara. Je trouve tout de même étrange que des voleurs aient précisément assassiné des personnes puissantes qui affichaient clairement leur opposition aux Haaniens et leur volonté de les combattre…

— C'est une coïncidence. Les crimes de pillards n'ont rien d'extraordinaire. Avec le chaos qui règne actuellement dans l'empire, beaucoup d'individus échappent à tout contrôle. La famine les pousse à commettre des actes irréparables. Dans leur esprit, ce sont les Hosyrhiens qui sont responsables des catastrophes qui frappent l'Hedeen. Les chefs haaniens n'ont d'autre objectif que de maintenir l'unité et la cohésion de l'empire. Ils sont prêts à composer avec les pentarques et les notables de tous les royaumes…

Tanithkara le coupa sèchement :

— Mais certains notables ne sont pas prêts à composer avec eux. De là à envisager de se débarrasser d'eux…

— Je t'assure que tu te trompes ! riposta Lhofir sur le même ton, furieux d'avoir été interrompu.

Tanithkara ne répondit pas. Lhofir, pensant qu'elle capitulait, la toisa d'un regard hautain et poursuivit d'une voix ferme :

— Depuis, nous avons pris des mesures de sécurité. La garde a été renforcée autour des personnes les plus importantes du pays. Des milices patrouillent non loin de ton palais.

— J'ai vu.

— Depuis que le prince Sherrès s'est converti, la paix est revenue à Deïphrenos. Ce qui prouve qu'il a agi avec sagesse. Car ici, à Marakha, nous ne pouvons en dire autant. Les habitants sont très attachés à la pensée hosyrhienne. C'est dans notre ville que viennent se réfugier tous les fuyards qui tentent d'échapper aux Haaniens…

Le ton méprisant avec lequel il avait désigné ceux qu'il appelait « fuyards » écœura Tanithkara. Se pouvait-il que les Haaniens lui fissent peur au point qu'il en vînt à renier la pensée officielle de la Nauryah ? Elle riposta :

— J'espère que nous leur accordons le meilleur accueil.

Embarrassé, Lhofir secoua lentement la tête de droite à gauche, de cet air de doux reproche que l'on emploie avec un enfant qui refuse de comprendre.

— Bien sûr, bien sûr ! Nous ne les avons pas chassés. La Nauryah a une grande tradition d'hospitalité. Cependant…

— Cependant ?

— Il faut que tu comprennes, Tanith. Nous ne pouvons aller contre l'inéluctable. Tôt ou tard, les Haaniens parviendront à imposer leur nouvelle religion partout.

— Y compris à Marakha, c'est bien ce que vous voulez dire ?

— Ainsi va le monde, Tanith. Il faut l'accepter. De nouvelles formes de pensées apparaissent, d'autres disparaissent. Et les Haaniens connaissent un succès grandissant car ils représentent un grand espoir pour l'Hedeen. L'idée d'un dieu unique est originale et rencontre un excellent accueil auprès des peuples. Le culte des anciens dieux est incapable d'expliquer les malheurs qui frappent actuellement l'empire.

— Mais l'Hosyrhisme le peut, lui, riposta Tanithkara. Tous ces dérèglements ne sont que les conséquences du passage de la comète, il y a soixante-dix ans. Cela n'a rien à voir avec la colère d'un dieu issu d'une petite tribu de guerriers fanatiques au cerveau engourdi par le froid de la banquise !

Lhofir fit entendre un claquement de langue réprobateur.

— Rien ne le prouve, Tanith ! Et puis, cette explication ne peut satisfaire que les gens cultivés, pas le peuple. Le peuple a besoin d'images fortes et d'espoir. L'Hosyrhisme ne lui en apporte pas.

— Mais il lui apporte la vérité !

Une nouvelle fois, Lhofir secoua la tête avec condescendance.

— Tu n'es qu'une enfant, Tanith. Tu n'entends rien à la gouvernance d'un royaume.

La jeune femme se retint d'exploser. Elle avait envie de le frapper, en raison de son attitude supérieure, et surtout du mépris qu'il affichait envers les gens modestes. Elle n'en fit rien. Les propos du pentarque confirmaient l'analyse de Pahyren. Les puissants de l'Hedeen étaient prêts à composer avec les Haaniens parce qu'ils y trouvaient leur compte. L'autre poursuivit :

— Il est impératif, primordial même, de nous concilier les Haaniens, sous peine de déclencher un conflit dont nous n'aurions aucune chance de sortir vainqueurs. Ce fut la folie de ton père de croire qu'une résistance était possible. Il faut se rendre à l'évidence : nous n'avons pas les moyens de lutter contre ce raz-de-marée.

Lhofir hésita, puis ajouta :

— Il existe un moyen simple d'offrir un gage de paix aux Haaniens.

— Lequel ? demanda doucement Tanithkara.

— Avant sa mort, ton père avait conclu ton mariage avec le prince Sherrès. Nous savons de source sûre qu'il est très amoureux de toi. Et toi-même, de ton côté, tu lui as donné des preuves irréfutables de ton amour.

Encore une fois, Tanithkara dut faire un violent effort pour se contenir. Ces scélérats savaient déjà qu'elle avait couché avec Sherrès. Elle ravala sa fureur et répondit d'un ton de défi :

— Je vois que vous me faites espionner. Mais c'est exact : je voulais vérifier s'il pouvait faire un amant acceptable.

La réponse provocatrice perturba les pentarques. Lhofir se reprit le premier :

— Eh bien, voilà… voilà qui est une bonne nouvelle.

Tanithkara fit une moue de contrariété.

— Une bonne nouvelle... je n'en suis pas si sûre. Malgré la très haute opinion qu'il a de lui-même, Sherrès n'est pas un très bon amant.

— Ah ? s'inquiéta Lhofir.

Il toussa pour masquer son embarras, puis reprit, d'un ton péremptoire :

— Tout cela n'a aucune importance. Ton père avait pris un engagement vis-à-vis du prince Sherrès, il convient de le respecter. Cette disposition permettra à la Nauryah d'éviter un affrontement avec les Haaniens.

— Ce qui ne les empêchera pas de pénétrer en nombre à Marakha.

— Il n'y aura pas de conflit, puisqu'ils seront nos alliés.

— Mais il leur sera plus facile de massacrer les Hosyrhiens qui se sont réfugiés ici. Et aussi d'éliminer tous les Nauryens qui auraient la mauvaise idée de vouloir rester fidèles à la pensée hosyrhienne.

— Rien ne les empêche de se convertir !

— Comme vous l'avez fait vous-mêmes, sans doute.

— Notre choix n'est dicté que par l'intérêt de ce royaume ! cingla Lhofir. Et puis, la pensée haanienne est tout à fait digne d'intérêt. Elle garantit l'ordre.

— Et si les Nauryens n'ont aucune envie d'y adhérer ? riposta Tanithkara sur le même ton.

— On ne leur demandera pas leur avis ! Ou bien il faudra qu'ils tirent les conséquences de leur décision !

Cette fois, la coupe était pleine. Ce scélérat était en train de lui dire qu'il était sur le point de livrer le pays aux Haaniens. C'était une trahison pure et simple. Elle se tourna vers Khopolep et Beltraan.

— Bien entendu, vous partagez l'avis du seigneur Lhofir ?

Ils acquiescèrent.

— Il ne sert à rien de vouloir à toute force s'opposer à un ennemi supérieur en nombre, confirma Beltraan. C'est pourquoi nous souhaitons vivement que tu respectes l'engagement pris par ton père. C'est sur toi que repose la paix, ma petite Tanith.

Elle hocha la tête, puis répliqua sèchement :

— Une paix pour laquelle vous êtes prêts à sacrifier tous les Hosyrhiens qui refuseraient de se soumettre à la loi stupide de ce dieu sanguinaire. Une paix qui vous permettra également de préserver vos privilèges.

Pris au dépourvu par son attaque soudaine, Lhofir la toisa d'un regard noir.

— Je ne te permets pas de juger notre décision. Dois-je te rappeler qui je suis ? Et qui tu es ?

— Je sais assez qui vous êtes, seigneur Lhofir. Un lâche qui trahit son royaume et ses habitants dans le seul but de sauvegarder ses intérêts !

Il rougit sous l'insulte.

— Comment oses-tu...

Elle le coupa :

— Lorsque j'ai donné mon accord à mon père pour ce mariage, les choses étaient différentes. Sherrès ne s'était pas encore converti. A présent, tout a changé. Alors, écoutez-moi bien, tous les trois ! Il est hors de question que j'épouse un Haanien. Je considère également Sherrès comme un traître, tout comme ceux qui, par intérêt ou par lâcheté, refusent de regarder la vérité en face. Les Haaniens sont nos ennemis, et je sais que ce sont eux qui ont fait assassiner mes parents, tout comme le seigneur Farahdan et le roi Hassyr dat Mahdor. Peut-être même son fils est-il mêlé à ce crime !

— Je ne te permets pas... tenta Lhofir.

— Cela suffit ! hurla-t-elle. Je suis ici chez moi et vous n'y êtes plus les bienvenus ! Vous allez donc quitter cette demeure pour ne plus jamais y revenir !

Lhofir faillit s'étrangler de fureur. Il aurait voulu répliquer, mais l'autorité de Tanithkara lui rappelait trop celle de son père.

— Ton insolence...

Il se mit à trembler de fureur et ne put ajouter une parole. Beltraan vint à son secours :

— Ne te fais aucune illusion, Tanith. Tu n'as pas le choix. Tu dois obéir aux pentarques. Et ce mariage se fera, que tu le veuilles ou non. La paix est à ce prix et tu devras te plier aux ordres du Conseil des Cinq.

— D'une part, le Conseil des Cinq n'existe plus, répliqua-t-elle. Vous n'êtes plus que trois, à ce qu'il me semble. D'autre part, je ne vous autorise plus à m'appeler par mon diminutif. Je suis Tanithkara Nephen-Thagraan et vous m'appellerez ainsi désormais. De plus, je crois vous avoir demandé de sortir. Ou bien préférez-vous que je vous fasse jeter dehors ?

— Jeter dehors ? s'étrangla Lhofir. Tu oserais...

Pour toute réponse, Tanithkara adressa un signe à Lazro. Celui-ci fit aussitôt entrer Rod'Han et ses guerriers.

— Capitaine, veuillez raccompagner ces personnes jusqu'à leur voiture.

— Bien, madame !

— Capitaine, je suis le pentarque Lhofir, et je vous ordonne d'arrêter cette femme ! Elle vient de se rendre coupable de rébellion envers le Conseil !

Rod'Han le saisit fermement par le bras et répliqua :

— Je ne prends mes ordres que de dame Tanithkara, pentarque Lhofir.

Puis il l'entraîna sans ménagement tandis que ses hommes faisaient de même avec Beltraan et Khopolep. Avant de franchir la porte, Lhofir interpella Tanithkara :

— Tu viens de commettre une grave erreur ! s'égosilla-t-il. Tu nous paieras très cher cet affront !

Il ne put en dire plus. Rod'Han le poussa dehors.

Quelques instants plus tard, il revenait, visiblement ravi de la mission que lui avait confiée la jeune femme.

— Ils sont partis, madame. Le seigneur Lhofir n'a cessé de proférer des menaces à votre endroit.

— Je m'en doute.

Elle se tourna vers son grand-père, qui arborait un large sourire.

— Ah, je peux mourir sans crainte, après t'avoir vue à l'œuvre, mon enfant. Tu possèdes l'autorité qu'il faut pour clouer le bec à ces pantins. Cependant, méfie-toi. Ils ne vont pas en rester là.

— C'est probable.

Elle s'assit près du vieil homme, qui lui prit affectueusement la main.

— Je n'aurais sans doute pas dû les provoquer ainsi, mais ces individus me répugnent.

— Leur comportement confirme que leur ralliement au mouvement haanien ne date pas d'hier. La rapidité avec laquelle le fléau s'est répandu prouve qu'il bénéficiait de complicités parmi les puissants des différents royaumes, y compris à Marakha.

— Et cela prouve que ton analyse était juste, grand-père. Les grands propriétaires voient dans cette religion une manière de contrôler le peuple. Aujourd'hui, celui-ci ne sait plus vers quel dieu se tourner. Il est tellement facile aux prêtres haaniens de promettre que tout s'arrangera sous la protection de leur divinité monstrueuse !

Elle réfléchit intensément. Pahyren l'observait. Il devinait les pensées qui s'échafaudaient dans l'esprit survolté de la jeune femme.

— Que pense le roi Khaldyr ? lui demanda-t-elle soudain.

— Il n'a plus toute sa tête. Les gens l'aiment beaucoup. C'est pourquoi les Haaniens le conserveront en vie. Mais son avis n'a plus aucune valeur.

Tanithkara laissa passer un nouveau silence.

— Les Haaniens ne sont pas encore à Marakha, déclara-t-elle enfin.

Elle se releva et fit quelques pas tout en parlant :

— Les pentarques sont des traîtres et des incapables, prêts à ouvrir les portes de la ville à l'ennemi en échange de quelques miettes de pouvoir. Le roi n'est plus qu'une marionnette...

Elle revint vers lui.

— Il n'y a donc plus de gouvernement à Marakha. Nous devons agir. Et agir rapidement.

Les yeux du vieil homme s'étaient mis à luire.

— Quelle est ton idée ?

— Nous allons prendre le pouvoir !

52

Pahyren hocha la tête d'un air dubitatif.

— Je suppose que tu avais déjà ton idée quand tu as reçu les pentarques...

— Leur trahison m'a déterminée à prendre ma décision. Nous n'avons plus le choix. Entre eux et nous, la guerre est déclarée. Dès demain, ils vont envoyer une escouade de gardes pour m'arrêter. Ensuite, les Haaniens auront beau jeu de conquérir la Nauryah avec la complicité des pentarques. Nous devons donc opérer cette nuit même.

— Cette nuit ?

— Cette nuit ! Nous allons réunir les soldats de mon père et arrêter tous ceux qui risqueraient de s'opposer à notre action : les pentarques, les chefs des grandes familles favorables aux Haaniens, certains hauts fonctionnaires. Tu connais les noms de ceux qui sont prêts à trahir, grand-père ?

— Je les connais.

— Tu vas me dresser une liste.

— A tes ordres, princesse.

Il eut un petit rire joyeux devant sa détermination, puis se mit au travail. Tanithkara se tourna vers Rod'Han.

— Capitaine, faites venir les hommes de mon père. Qu'ils soient ici dans moins d'une heure. En armes !

— Bien, madame.

Il quitta la salle en compagnie de ses guerriers.

— Ils ne sont pas assez nombreux, objecta Pahyren.

— Nous allons aussi faire appel aux étudiants de l'université. J'ai confiance en eux. Ils croient profondément aux valeurs hosyrhiennes. Aucun d'eux n'acceptera de les renier. Ils sont plus de deux cents. Cela suffira pour agir si nous nous organisons efficacement.

— Que comptes-tu faire ?

— D'abord, les réunir ici. Je vais leur exposer la situation. Je ne leur cacherai rien. S'ils réagissent comme je l'espère, nous leur distribuerons des armes. En attendant, nous allons mettre une stratégie au point. A l'aube, il faudra que tous les traîtres à la Nauryah soient mis hors d'état de nuire. Nous les enfermerons dans des endroits différents. Ils ne devront pas avoir de contacts entre eux. Si nous réussissons, dès demain je préviendrai le peuple de ce qui se trame. Je lui dirai la vérité, y compris la menace d'explosion du grand volcan de Tearoha. Les gens ont le droit de savoir.

— Tu ne crains pas que certains y voient une nouvelle marque de la colère de Haan ?

— C'est un risque à courir, mais je crois que les Nauryens me sauront gré de ne rien leur dissimuler. Ils doivent savoir que les Haaniens mentent, et qu'ils sont incapables d'empêcher ce qui se prépare. Je vais leur dire que nous n'avons pas d'autre choix que l'exil et je leur parlerai d'Avalon.

Elle marqua un silence, puis ajouta :

— J'aimerais tellement que tu acceptes de venir avec nous, grand-père.

Le vieil homme hésita, puis répondit :

— Après tout, pourquoi pas ? Je n'ai jamais que quatre-vingt-cinq ans et je crois que je n'aime pas trop ce qui se passe en ce moment. Et ce sera pire quand tu seras partie.

Quelques instants plus tard, Rod'Han revenait avec le commandant Ghoraka et la totalité de la compagnie. Tanithkara leur donna l'ordre d'aller chercher tous les étudiants à l'université.

— Ils doivent venir ici dans la plus grande discrétion. Qu'ils forment des petits groupes, comme s'ils allaient faire la fête en ville. Pour entrer dans le palais, qu'ils passent par le parc. L'entrée principale est probablement surveillée.

— Bien, madame.

Une longue attente commença. Tanithkara redoutait que les pentarques, dans leur colère, aient décidé de la faire arrêter immédiatement. Elle avait ordonné à Lazro de surveiller les entrées donnant sur la ville et de la prévenir en cas d'arrivée de la police royale. Mais il ne se passa rien. Elle trompa son inquiétude en établissant un plan d'action en compagnie de Pahyren, qui avait retrouvé une nouvelle jeunesse.

Les premiers étudiants commencèrent à arriver. Au bout d'une heure, près de quatre cents personnes étaient rassemblées dans la salle d'armes secrète. Tous ses compagnons de l'université avaient répondu à son appel. Ils se doutaient que quelque chose d'extraordinaire se préparait. Les étudiants étaient conscients du chaos vers lequel se dirigeait le royaume de la Nauryah depuis la mort du père de Tanithkara. Et tous espéraient secrètement qu'à son retour la jeune femme prendrait les décisions qui s'imposaient. On connaissait son caractère volontaire et son intelligence hors du commun. Pour beaucoup, elle était le repère, le point de référence, celle qui réussissait tout ce qu'elle entreprenait. Malgré son jeune âge, elle bénéficiait d'une sagesse et d'une clairvoyance que tous admiraient. Mehranka lui-même, prévenu par une élève, avait quitté son observatoire pour se joindre à l'assemblée.

Lorsqu'elle fut certaine que tous étaient là, Tanithkara monta sur une table. Elle fut saluée par des cris d'encouragement. Elle connaissait la plupart d'entre eux. Elle savait qu'elle pouvait se fier à eux. Mais l'angoisse lui broyait les entrailles. Elle avait conscience qu'elle allait leur demander un très grand sacrifice. Car il n'y aurait pas de retour en arrière possible. A partir du moment où ils auraient pris leur décision et où ils auraient commencé à agir, ils n'auraient d'autre choix que d'aller jusqu'au bout de leur action. S'ils échouaient, la mort les attendrait, car les pentarques ne feraient preuve d'aucune indulgence. Cependant, il n'y avait pas d'autre solution.

Elle leva les bras pour obtenir le silence et prit la parole :

— Merci à tous d'avoir répondu à mon appel. Je vous ai demandé de venir ce soir parce que, comme vous le savez déjà, notre monde traverse en ce moment des bouleversements aux conséquences imprévisibles. Je vais vous dire toute la vérité.

Certains d'entre vous la connaissent déjà, d'autres l'ignorent. Je veux que tous vous sachiez ce qui se passe exactement, afin que vous puissiez prendre votre décision en plein accord avec vous-même, comme doit le faire chaque homme libre. Cette vérité est bien différente de celle que répandent les Haaniens, qui n'ont d'autre but que de s'emparer de l'Hedeen pour y imposer leurs lois monstrueuses.

Elle leur rapporta alors tout ce qu'elle savait, la comète qui avait failli percuter la Terre, la dérive de l'Hedeen vers le pôle Sud, la menace du super-volcan de Tearoha. Elle leur dévoila la décision de son père de passer outre à l'immobilisme des autres pentarques, son projet d'abandonner la Nauryah, la découverte d'Avalon.

— Vous devez cependant savoir que les pentarques sont opposés à ce projet. Bien pire encore : avant mon départ, mon père avait conclu un accord de mariage entre le prince Sherrès de Deïphrenos et moi. Or, depuis, Sherrès s'est converti à la religion haanienne et m'a proposé un marché : il empêchera les hordes fanatiques d'envahir la Nauryah à condition que je respecte l'engagement de mon père et que je l'épouse. Cependant, les Haaniens se réservent le droit d'exterminer tous les Hosyrhiens, comme ils ont commencé à le faire ailleurs. Il ne peut donc pas y avoir de compromis. Malheureusement, ils sont de plus en plus nombreux, grâce aux conversions, spontanées ou forcées. Bientôt, ils seront à nos frontières. Sous le prétexte de préserver la paix, les pentarques sont venus ce soir exiger mon accord. Si j'épouse Sherrès, les Haaniens épargneront Marakha. A condition toutefois de pouvoir y pénétrer librement… et de poursuivre leur traque des Hosyrhiens.

Elle marqua un court silence et ajouta :

— J'ai refusé. Il est hors de question que je devienne la femme de ce félon.

Une ovation enthousiaste salua sa déclaration. Elle attendit que le calme soit revenu et continua :

— J'ai chassé les pentarques de chez moi en les accusant d'avoir trahi la Nauryah. Ils n'ont pas apprécié ma franchise. Demain, ils me feront probablement arrêter.

Des cris de colère jaillirent, surtout en provenance des étudiants :

— Nous sommes avec toi, Tanith ! Nous ne les laisserons pas faire !

Tanithkara leva la main pour obtenir le retour au silence.

— C'est pourquoi j'ai pris la décision de ne pas attendre. Les pentarques ont pactisé avec l'ennemi. Si vous acceptez de me suivre, nous allons les renverser et nous emparer du pouvoir. J'ai préparé un plan d'action avec l'aide de mon grand-père. Vous allez vous séparer en plusieurs groupes. Chacun d'eux aura un objectif précis. Des armes vont vous être distribuées par le commandant Ghoraka. Dans quatre heures, tous les traîtres doivent être neutralisés. Et demain, je parlerai au peuple de Marakha.

« Ou bien nous acceptons le fatalisme aveugle des pentarques et de leurs amis, et chacun ne songe qu'à sauvegarder ses intérêts ou plus simplement sa vie, ou bien nous décidons de nous battre jusqu'au bout, tous ensemble, pour donner une chance à nos descendants de perpétuer le souvenir de notre monde et de sa richesse. Moi, Tanithkara, fille du seigneur Tharkaas hoss Nephen et de Marah hinn Thagraan, j'ai choisi de me battre !

Il y eut un moment de flottement, puis une ovation encore plus délirante que la précédente salua ses dernières paroles.

Organisée avec une grande efficacité par Tanithkara et son état-major, l'opération se déroula sans coup férir. Les pentarques et les chefs des grandes familles incriminés ne s'attendaient pas à voir des soldats solidement armés investir leurs demeures.

Lhofir avait pris la décision de faire arrêter la jeune femme dès l'aube venue, au motif de rébellion devant l'autorité du Conseil. Ignorant l'existence de l'armée secrète de Tharkaas, il n'avait pas imaginé une seconde qu'elle avait les moyens de le prendre de vitesse. Il fut tiré du sommeil au beau milieu de la nuit par Rod'Han, le même capitaine taciturne qui l'avait déjà flanqué dehors quelques heures plus tôt, et invité à s'habiller au plus vite. Il tempêta, vitupéra, sans obtenir d'autre résultat qu'une paire de gifles magistrales qui l'envoya au sol pour le compte. Rod'Han avait toujours détesté ce personnage cauteleux et méprisant envers les gens modestes. Le fait qu'il avait trahi les Nauryens n'incitait pas le jeune homme à l'indulgence.

Lhofir espéra un moment que sa petite garde privée pourrait lui venir en aide, mais il se rendit très vite compte que ses hommes avaient été neutralisés, ainsi que ses domestiques. Force lui fut d'obtempérer. Il fut entravé et jeté dans une voiture. Une heure plus tard, il était enfermé, seul, dans une cave sombre et humide, avec pour toute compagnie un broc et un bassin. L'unique confort consistait en un banc de bois et une couverture. Il eut beau hurler, personne ne vint lui expliquer ce qui se passait. Ainsi en avait voulu Tanithkara.

Lorsqu'un soleil incertain se leva sur Marakha, une trentaine de personnes avaient été arrêtées et conduites en lieu sûr, en différents endroits, afin d'ôter à d'éventuels partisans la possibilité de libérer tout le monde d'un coup.

Tanithkara ne perdit pas de temps à savourer sa victoire. Après avoir pris deux petites heures de repos, elle ordonna à ses compagnons de se rendre en ville pour demander aux habitants de se rassembler sur la place principale, située devant le vieux temple du Soleil. C'était un endroit assez vaste pour accueillir les fêtes grandioses qui avaient lieu chaque année pour la célébration du dieu Hyruun.

Marakha comptait plus de soixante mille habitants. Le bouche à oreille avait visiblement fonctionné très rapidement. On disait que les pentarques avaient été arrêtés, ainsi que les chefs de certaines grandes familles. On disait aussi que la fille de Tharkaas hoss Nephen avait pris le pouvoir, aidée par une mystérieuse armée secrète, et avec l'assentiment des autres grandes familles, celles qui appartenaient à la religion hosyrhienne. Et surtout, on disait qu'elle avait des révélations à faire au peuple. Les menaces qui pesaient sur le royaume étaient suffisamment importantes pour que l'on prenne ces nouvelles au sérieux. Chacun avait abandonné son travail et gagné la place du Soleil, où une foule compacte, composée d'hommes, de femmes, d'enfants, de vieillards, se rassemblait petit à petit.

Vers midi, Tanithkara apparut sur le balcon depuis lequel le grand prêtre parlait aux fidèles lors de ces cérémonies. Lorsqu'elle leva les bras, le silence se fit. L'acoustique de ce balcon était étudiée de manière à amplifier les paroles. La jeune femme observa la foule. Elle dénombra au moins vingt mille personnes.

Elle comprit qu'elle n'avait pas le droit à l'erreur. Si elle ne se montrait pas convaincante, elle risquait de déclencher un mouvement de colère qui plongerait définitivement le royaume dans le chaos. Elle se demanda s'il était vraiment souhaitable de parler de la menace du volcan de Tearoha. Ce danger-là pouvait provoquer une réaction de panique qui ferait la part belle aux Haaniens. Mais si elle n'avertissait pas les gens, ils seraient incapables de se préparer à faire face à ce fléau. Elle décida donc de tout révéler. Elle répéta simplement ce qu'elle avait dit à ses partisans la nuit précédente, avec toute la force, toute la conviction dont elle était capable. Elle termina sur son affirmation de vouloir se battre, contre l'ennemi mais surtout contre les phénomènes naturels qui allaient engloutir l'Hedeen à plus ou moins brève échéance.

Il y eut un moment de consternation dans la foule. Les gens se regardaient, n'osant croire à ce qu'ils venaient d'entendre. La plupart hésitaient entre la peur et la volonté de ne pas lui céder. Tous connaissaient Tanithkara. Sa famille était appréciée, et elle-même jouissait d'une excellente réputation. On la savait très savante, malgré son jeune âge. On la découvrait courageuse et déterminée. On s'était posé beaucoup de questions après la mort suspecte de son père et de son ami Farahdan. Des bruits avaient couru, qui accusaient déjà les autres pentarques, ceux que l'on n'aimait pas. Mais bien sûr, il n'existait aucune preuve.

Tanithkara avait déjoué le complot et elle avait fait arrêter les coupables. La première réaction de la foule avait été de demander qu'ils soient punis pour leur trahison. Mais il y avait autre chose : toutes ces nouvelles inquiétantes révélées ensuite par Tanithkara et qui faisaient froid dans le dos. Car elle venait tout simplement d'annoncer la fin du monde, la fin de *leur* monde. La plupart des gens amassés sur la place lui étaient reconnaissants d'avoir dit la vérité, de n'avoir pas menti. Et si elle disait qu'il fallait se battre et qu'elle était prête à le faire, eh bien, on la suivrait !

Certains cependant, plus timorés, se demandaient si tout cela était vrai, si, au fond, les Haaniens n'avaient pas raison, si un dieu inconnu n'avait pas décidé de frapper un empire qui l'avait toujours ignoré. Ils étaient peu nombreux, mais l'un d'eux lança :

— Les Haaniens avaient prédit ce qui se passe !

Autour de lui, quelques-uns applaudirent. Tanithkara reprit la parole :

— Ils n'ont fait que s'appuyer sur un phénomène naturel provoqué par le passage d'une comète, il y a soixante-dix ans. Mais quoi qu'ils en disent, les Haaniens ne pourront rien pour sauver l'empire. Jusqu'à présent, ils n'ont su que répéter à leurs fidèles d'adresser des prières à leur dieu Haan, pour implorer sa clémence. Le froid a-t-il cessé pour autant ? Non ! Leurs troupeaux ont-ils augmenté ? Non ! Leurs récoltes sont-elles meilleures ? Non ! La famine continue à progresser et la banquise s'avance. Rien ne l'arrêtera, et certainement pas les prières des prêtres haaniens !

« Les Haaniens haïssent les Hosyrhiens, car ils savent que nous les avons démasqués. Ce n'est pas pour rien que nos amis ont été massacrés dans les autres royaumes. Tous, vous connaissez les récits atroces que vous ont faits les réfugiés. Les Haaniens sont nos ennemis. Ils feront tout pour nous abattre, sauf si nous acceptons de renier nos croyances, quelles qu'elles soient. Vous êtes nombreux à croire au dieu Soleil, Hyruun, et nombreux aussi à adhérer à la philosophie hosyrhienne. Dites-vous que vous n'aurez plus cette liberté lorsque les Haaniens auront envahi la Nauryah. Ils vous obligeront à adopter leur religion, ou bien vous massacreront si vous refusez. C'est pourquoi nous devrons apprendre à nous battre. Le prince Sherrès de Deïphrenos sera là demain ou après-demain. Lorsqu'il comprendra que les Nauryens ne veulent pas de la religion haanienne, il rassemblera ses troupes pour nous attaquer. Il n'y aura alors pas d'autre solution que de lutter contre lui. Ils seront nombreux et armés. Mais nous le serons aussi. Mon père avait eu la sagesse de commencer à constituer une armée. Elle formera au combat tous les hommes et les femmes qui le désirent et leur fournira des armes.

« Voilà pourquoi j'ai pris le pouvoir, voilà pourquoi j'ai renversé des pentarques qui s'apprêtaient à nous livrer à l'ennemi. Vous ne devez compter que sur vous-mêmes, avec courage et détermination ! Et surtout, vous devez cesser d'écouter les promesses mensongères de ces individus qui s'infiltrent dans les royaumes pour semer une fausse parole, concernant un dieu qui n'existe pas !

Elle avait martelé les deniers mots avec force. Il y eut quelques murmures dans la foule. Tanithkara continua :

— J'ai choisi de vous dévoiler toute la vérité, parce que vous la méritez ! Vous êtes un peuple fort et volontaire. Je sais que vous saurez faire face à l'adversité avec courage et abnégation. Je ne vous mentirai pas. Je ne vais pas vous promettre la paix et la sécurité. Dans le combat que nous allons livrer, beaucoup d'entre nous périront. Mais les autres seront sauvés grâce à leur sacrifice. La seule question est : acceptez-vous de me suivre ? Acceptez-vous de combattre à mes côtés pour conquérir un nouveau royaume où nous pourrons reconstruire notre monde ?

La réaction ne se fit pas attendre. Un tonnerre d'applaudissements lui répondit.

— Que devons-nous faire, princesse ? cria un homme au premier rang.

— Nous n'avons pas le choix. Nous ne pouvons rester en Nauryah. Nous devons tout abandonner, ce pays que nous aimons et qui a vu vivre nos ancêtres. Nous quitterons nos maisons, nous laisserons nos meubles. Nous abandonnerons derrière nous notre cité, nos temples, nos entreprises, tout ce qui fait notre richesse. Nous n'emporterons que le strict nécessaire, des vêtements, de la nourriture, et des outils solides. Nous n'emmènerons que les plus forts des animaux des troupeaux, car il n'y aura pas de place pour tous sur les bateaux. Nous mettrons tout en commun. Il n'y aura plus ni pauvres ni riches. Nous engrangerons un maximum de vivres pour une traversée qui durera près de deux mois. Nous affronterons les tempêtes et les cataclysmes. Nous ne réussirons que si nous savons nous montrer solidaires.

« Quelques-uns des nôtres sont déjà sur cette île dont je vous ai parlé. Je peux vous certifier que c'est un endroit magnifique et riche, où nous pourrons rebâtir une ville encore plus belle. Et si la dérive des plaques continentales se poursuit encore longtemps, cette île se rapprochera de la chaleur et non du froid. Elle est de plus suffisamment éloignée pour n'être pas trop touchée par l'hiver volcanique qui s'annonce. Elle est aussi vaste que la Nauryah. Il y a là-bas de la place pour tous. Mais vous êtes libres, comme vous l'avez toujours été, libres de rester pour tenter de sauver ce qui vous appartient, ou libres de partir. Ceux qui souhaiteront me suivre se feront connaître en se présentant au palais Nephen à partir de cet après-midi. Je les attends. Dès cet instant, toute ma vie, tous mes efforts seront consacrés à les sauver.

Une ovation formidable salua ses dernières paroles. Lorsqu'elle se retira, la foule scandait son diminutif avec enthousiasme. Dans l'ombre, Pahyren l'accueillit. La jeune femme avait les yeux brillants et son cœur battait la chamade.

— Tu as été parfaite, mon enfant, lui dit le vieil homme en la serrant contre lui. Ton père lui-même n'avait pas un tel talent d'orateur.

— J'ai été sincère ! dit-elle d'une voix nouée.

— C'est pour cela qu'ils te font confiance. Mais il ne faut pas perdre de temps. Il nous faut organiser la défense et le départ.

— Et nous préparer à recevoir ce félon de Sherrès…

53

Sherrès arriva le lendemain, dans la matinée. Son dirigeable se posa sur le vaste terrain qui bordait le port au sud. Tanithkara s'était portée à sa rencontre, entourée par sa toute nouvelle cour, où figurait le vieux roi Khaldyr hoss Henkyyd, à qui il avait fallu longuement expliquer les changements qui s'étaient produits, changements auxquels il n'avait rien compris, sinon qu'ils lui permettaient de sortir du palais royal, dans lequel il s'ennuyait beaucoup. Il ne cessait d'adresser des sourires radieux à Tanithkara, qu'il prenait pour sa fille. Khaldyr avait été un roi débonnaire, empreint de sagesse, et également un grand savant hosyrhien avant que la maladie ne s'empare de son cerveau. Il était âgé de quatre-vingt-quatorze ans et le peuple lui gardait une profonde affection. Cependant, certains proches de Tanithkara lui avaient suggéré de prononcer la destitution du vieux souverain, devenu incapable de représenter la Nauryah. Ils souhaitaient aussi la voir devenir reine, et prendre en main le destin du pays. Tanithkara s'y était refusée. Les Marakhéens risquaient d'y voir une violation trop importante d'institutions ancrées depuis si longtemps dans l'histoire de l'empire. Passe encore pour des pentarques que tout le monde détestait. Mais Khaldyr, malgré sa déchéance, demeurait un symbole auquel tous étaient attachés.

D'ailleurs, peu importait. Tanithkara avait revêtu des vêtements princiers, longue robe blanche bordée d'hermine, par-dessus laquelle était passée une cape de cuir fin doublée de fourrure de loup. Le diadème d'or et d'argent incrusté de pierres précieuses posé sur sa chevelure disait son rang. Et si elle ne portait pas le titre de reine, c'était elle qui tenait en main le bourdon orné d'un soleil représentant le pouvoir royal et le dieu Hyruun. Un second signe, un dauphin d'or stylisé, situé juste au-dessous, symbolisait la Nauryah. Chaque royaume possédait le sien. Celui de Deïphrenos était un ours. Il était probable que Sherrès arborerait celui de sa ville.

Tanithkara ne s'était pas trompée. Dès que le dirigeable se fut posé, Sherrès apparut en haut de la passerelle, tenant fièrement le symbole de son pouvoir en main.

Dès le début, il se comporta comme en pays conquis. Volontaire et ambitieux mais d'intelligence limitée, il n'opposait aucune barrière à l'investigation mentale de Tanithkara, dont les dons télépathiques dépassaient de très loin ceux des autres médiums. Sherrès venait à Marakha assuré de la puissance des forces haaniennes qu'il était en train de rassembler dans son royaume pour mener une guerre sans merci aux opposants, hosyrhiens ou autres. Tanithkara se doutait qu'il portait une certaine responsabilité dans la mort de son père, un père qui connaissait trop son esprit présomptueux et impulsif, et qui avait compté sur l'intelligence de sa future épouse pour l'amener à s'assagir et à évoluer. Hassyr n'avait sans doute jamais imaginé que son propre fils irait jusqu'à le faire tuer pour prendre sa place et s'emparer du pouvoir. Mais il avait compté sans le travail insidieux des prêtres haaniens. Ceux-ci n'avaient sans doute eu aucun mal à convaincre Sherrès qu'il connaîtrait un grand avenir grâce à leurs conseils. S'il ne portait pas directement la responsabilité de la mort de Hassyr, il n'avait rien fait pour s'opposer à ceux qui l'avaient décrétée.

Le nouveau souverain de Deïphrenos s'avança vers la délégation nauryenne avec un large sourire.

— Soyez le bienvenu, roi Sherrès, dit Tanithkara d'une voix neutre.

— Je dépose mes hommages à vos pieds, madame.

Puis il s'inclina devant le vieux roi, qui lui répondit d'un sourire béat tandis qu'un filet de bave suintait de ses lèvres. Décontenancé, Sherrès revint vers Tanithkara.

— Je m'étonne de ne pas être accueilli par le Conseil des pentarques, dit-il d'une voix hautaine. Mon rang de roi de Deïphrenos…

— Il n'y a plus de pentarques ! le coupa Tanithkara d'une voix ferme.

— Comment ça, plus de pentarques ? !

— J'ai pris le pouvoir. Ils ont été démis de leurs fonctions et emprisonnés sur mon ordre, sous l'inculpation de haute trahison.

Sherrès la regarda comme s'il avait été frappé par la foudre. Visiblement, il s'attendait à être reçu en conquérant et à se voir offrir la main de la plus riche héritière de la Nauryah, non à être accueilli de manière aussi glaciale. Il s'était mis en route immédiatement après avoir appris le retour de Tanithkara et ignorait donc tout des derniers événements.

— Haute trahison ? Mais comment… balbutia-t-il.

— Les pentarques avaient négocié avec les Haaniens une paix inacceptable, qui imposait à Marakha d'ouvrir ses portes aux hordes ennemies.

Sherrès se renfrogna immédiatement.

— Vous oubliez que je suis à présent l'un des principaux chefs haaniens, ma chère. Tant que vous ne vous opposez pas au dieu Haan, nous ne sommes pas vos ennemis. Et vous oubliez l'engagement que votre père avait pris envers moi… Et vous-même. Nous avons été fiancés…

— Je ne l'oublie pas. Mais depuis, différents événements sont venus bouleverser cet engagement. Votre père et le mien ont été assassinés dans des conditions pour le moins douteuses. J'ai donc décidé de rompre cet accord.

— Comment cela ?

— C'est clair : je n'accepte plus de vous épouser, roi Sherrès.

— Vous rompez nos fiançailles ? !

— Exactement. Et ne croyez pas que les menaces d'invasion que vous avez proférées pour intimider les pentarques auront le même effet sur moi. Avant de prendre la décision d'envahir la Nauryah avec vos troupes de barbares, je vous suggère vivement d'y réfléchir à deux fois. Marakha possède désormais une armée puissante et bien entraînée.

— Je ne comprends pas…

— Mon père nourrissait depuis longtemps des soupçons envers les trois pentarques félons et il a anticipé une guerre contre les Haaniens. C'est avec cette armée que j'ai pris le pouvoir, sans rencontrer la moindre résistance. Et pour votre gouverne, sachez que le peuple de la Nauryah tout entier est derrière moi, prêt à prendre les armes.

Elle avait élevé la voix sur la dernière phrase. Aussitôt, la foule nombreuse rassemblée derrière l'estrade acclama Tanithkara. Sherrès blêmit. Il ne s'était pas attendu à une telle réception. Une onde de peur le parcourut. Il ressentait à présent physiquement l'hostilité qui se dégageait de la foule. Au début, il avait pris son silence pour une marque de respect envers lui. Il découvrait soudain qu'il n'était pas le bienvenu, et qu'il suffisait d'une phrase malheureuse de sa part pour déclencher une réaction violente. Il remarqua aussi, savamment disposée, une troupe d'au moins mille hommes en uniformes et solidement armés, rangés en ordre impeccable de part et d'autre de la foule. Il s'en voulut de ne pas les avoir repérés immédiatement. Ravalant sa fureur, son inquiétude et sa déconvenue, il bredouilla :

— Je... je n'ai pas d'intentions malveillantes envers le peuple de la Nauryah, dame Tanithkara. J'étais seulement venu pour officialiser notre mariage.

— Il n'y aura pas de mariage, confirma Tanithkara.

— Je vous suis donc devenu si haïssable ? demanda-t-il en la fixant d'un regard qu'il voulait séducteur.

Elle leva les yeux au ciel. Même dans un moment pareil, ce pitre ne doutait pas de son ascendant sur les femmes. Elle répliqua sèchement :

— Comme me sont haïssables tous les criminels qui massacrent les Hosyrhiens et les prêtres du Soleil qui refusent de se plier à la loi de Haan. Chaque homme doit être libre de choisir sa religion. A présent, vous allez regagner Deïphrenos en paix. Je vous conseille fortement aussi d'oublier vos menaces. L'armée que vous voyez derrière moi n'est qu'une petite partie de nos forces. Vous savez que la Nauryah possède une avance technologique importante sur les autres royaumes. Nous disposons d'armes puissantes dont vous n'avez aucune idée. Il serait imprudent, pour ne pas dire très dangereux, de vouloir lancer vos meutes sur nous. Et s'il vous reste encore une once de bon sens, réfléchissez à ce que je vais vous apprendre. Vous découvrirez très vite que les Haaniens ne possèdent pas le centième des connaissances des Hosyrhiens et que leur extermination constitue une très grave erreur de leur part, alors qu'ils auraient pu vous apporter leur aide. Vous comprendrez aussi qu'ils n'ont aucun moyen, malgré ce qu'ils affirment, d'arrêter le phénomène en cours. L'Hedeen est condamné à disparaître. Chaque année, cet empire va s'enfoncer un peu plus dans les glaces. Et une autre menace pèse sur lui, une menace bien plus dangereuse encore. Un jour, le ciel va s'obscurcir et masquera le soleil. Vous l'apprendrez avant nous, à Deïphrenos, car le nuage de mort viendra par l'orient. Priez votre nouveau dieu, Haan, pour que cela n'arrive jamais, si toutefois il est capable d'empêcher ce cataclysme. Car le jour où cela se produira, vous saurez qu'il n'existe pas, et ce jour-là marquera aussi la fin de votre monde. Mais il sera trop tard ! Beaucoup trop tard !

Sherrès était devenu pâle.

— Comment sais-tu tout cela ? demanda-t-il, retrouvant leur tutoiement d'autrefois.

— Je suis une Hosyrhienne. Je ne prie pas des dieux sanguinaires. J'essaie de comprendre la nature du phénomène qui frappe notre continent et l'ensemble de la planète. Ce que nous avons découvert est effrayant et justifierait une entraide et une solidarité entre tous les peuples de l'empire. Malgré cela, certains ambitieux, qui ignorent tout de la situation, profitent des circonstances pour imposer leur religion absurde en s'appuyant sur la terreur et le crime. Es-tu capable de comprendre ça ?

Les épaules de Sherrès s'affaissèrent. Il avait perdu toute superbe. Il avait désormais l'air de ce qu'il était au fond de lui : un gamin pas très sûr de lui.

— Ce nuage de mort, qu'est-ce que c'est ?

Tanithkara le fixa un court instant. A présent, il était rongé par le doute et la peur. Peut-être existait-il une lueur d'espoir. Si elle parvenait à le convaincre d'abandonner toute idée belliqueuse, il devait être possible d'amener Deïphrenos à adopter un comportement plus sensé, et à préparer son propre exode de son côté.

— Suis-moi, je vais te l'expliquer.

Derrière Sherrès venait une délégation de douze prêtres haaniens, qui constituaient son escorte mais aussi son conseil rapproché. Ils étaient tous richement vêtus d'une sorte de manteau long de couleur brune, et coiffés de bonnets issus de l'habillement traditionnel des îles du Feu. Tanithkara hésita à les inviter également. Ces hommes étaient sans doute les instigateurs du meurtre de ses parents et du seigneur Farahdan. Mais il s'agissait d'une délégation d'ambassade ; il était délicat de les écarter. Cependant, lorsqu'elle leur fit signe qu'ils pouvaient venir également, les gardes commandés par Rod'Han l'entourèrent pour la protéger.

Sherrès et ses conseillers furent reçus dans le palais Nephen. Tout le long du trajet, la foule avait accompagné les voitures dans le plus grand silence.

Tanithkara ne se faisait aucune illusion. En observant les prêtres, elle avait compris qu'elle avait affaire à des illuminés incapables de comprendre ce qu'elle allait dire. Mais s'il existait la moindre chance d'éviter la guerre entre les deux royaumes, elle devait la tenter.

Elle parla pendant une heure, expliquant par le détail la mécanique de la dérive des plaques, les perturbations provoquées par la comète sur les continents, le basculement de la Terre vers le sud, et surtout la menace représentée par le supervolcan de Tearoha. Lorsqu'elle eut fini d'exposer ce qu'elle savait, Sherrès paraissait très préoccupé.

— Ton peuple est-il au courant de tout cela ? demanda-t-il.

— Il connaît toute la vérité. C'est pour cette raison qu'il est prêt à se battre à mes côtés contre ces fléaux.

— Ces fléaux cesseront d'eux-mêmes si vous acceptez de vous soumettre à la loi de Haan ! déclara soudain l'un des prêtres.

Tanithkara le toisa sévèrement et lança :

— Vous, taisez-vous ! Je ne vous tolère dans cette demeure que parce que vous escortez le roi Sherrès. Mais je n'oublie pas que vous portez la responsabilité de milliers de crimes commis sur les Hosyrhiens, et particulièrement de la mort de mes parents. Alors, priez votre dieu pour que je ne manque pas à la neutralité que l'on doit à une délégation d'ambassade. Et s'il vous reste encore un peu de bon sens, réfléchissez à ce que je viens de vous apprendre.

Les prêtres reculèrent. Les gardes de Tanithkara les cernaient en nombre, et les religieux comprirent qu'il valait mieux éviter toute provocation.

Tanithkara revint vers Sherrès.

— Tu connais la vérité, à présent. Libre à toi de me croire ou non. Mais il serait beaucoup plus sage de vous préparer, de votre côté, à quitter l'Hedeen.

— Quitter l'Hedeen ? Mais c'est impossible ! Notre vie est ici. Elle a toujours été ici.

— Bientôt, il n'y aura plus d'Hedeen. Et si Tearoha explose, sa disparition sera encore plus rapide.

Elle se tourna vers les prêtres et ajouta d'une voix forte :

— Et toutes les prières de ces assassins n'y changeront rien !

L'un d'eux voulut répliquer, mais le regard qu'elle lui adressa l'en dissuada.

— Tu es roi, Sherrès. Tu peux imposer ta volonté. Si ces individus n'ont pas encore massacré tous les Hosyrhiens de Deïphrenos, prends-les sous ta protection et demande-leur de t'aider. Tu as encore le pouvoir de sauver ton peuple. Fais-le !

Le jeune souverain inclina la tête.

— Je... je vais y réfléchir.

— Observe le ciel dans les jours prochains. L'explosion de Tearoha peut se produire à tout moment. Mais peut-être vous laissera-t-elle le temps de vous organiser.

Un peu plus tard, Sherrès avait regagné son dirigeable. Tanithkara regarda longtemps le navire volant diminuer dans le ciel encore bleu de la Nauryah. Elle ne se faisait aucune illusion. Sitôt le vaisseau décollé, les prêtres avaient dû se précipiter pour lui expliquer les choses selon leur point de vue. Cependant, elle savait qu'elle avait réussi à semer le trouble dans l'esprit du jeune homme. Et peut-être dans ceux d'un ou deux des religieux, dont les visages reflétaient une crainte nouvelle. Mais serait-ce suffisant pour amener Sherrès à tout remettre en question ? Rien n'était moins sûr.

Aussi, par prudence, elle ordonna que l'on concentre tous les efforts sur la formation de l'armée et sur la construction d'une muraille défensive autour de la cité.

54

On allait désormais vers l'hiver. Contrairement à ce que redoutait Tanithkara, les hordes haaniennes n'avaient pas déferlé sur la Nauryah à l'automne. Peut-être ses paroles avaient-elles porté. Mais la raison était sans doute ailleurs. Dans tous les royaumes, les crimes et les exactions des Haaniens avaient suscité beaucoup de mécontentement, et de véritables guerres civiles s'étaient déclarées dans plusieurs cités. Valherme elle-même était touchée. Seule Malhanga, la ville la plus septentrionale, et alliée de Marakha, connaissait encore une paix relative. Là-bas aussi, de nombreux Hosyrhiens avaient trouvé refuge. Mais les fuyards étaient surtout composés de prêtres du Soleil réfractaires au dieu Haan et qui, comme les Hosyrhiens, avaient payé un lourd tribut à la vindicte des fanatiques. Là-bas, la divinité solaire portait le nom de Rahâ.

A Marakha, les travaux avançaient. La totalité de la cité s'était mise au travail. Un premier contingent de population, sous le commandement du capitaine Madhyar, avait quitté l'Hedeen pour Avalon. Il emportait essentiellement des femmes et des enfants, ainsi qu'une petite escouade de chasseurs pour les protéger. Il fallait profiter de la clémence relative du temps avant les grandes tempêtes hivernales, qui interdiraient tout voyage. Tanithkara avait ainsi déjà pu sauver près d'un tiers de la population. La moitié des navires avaient quitté Marakha. Ils devaient revenir à l'été suivant. Le reste des bateaux avait été tiré à l'abri sur la grève ou dans les hangars, tout comme la trentaine de dirigeables qu'on avait réussi à rassembler.

Il fallut moins d'un mois aux Marakhéens pour construire un rempart de bois capable de résister à un assaut ennemi. Les forêts alentour avaient été sacrifiées, mais c'était le prix à payer pour tenir jusqu'à l'été, époque à laquelle on pourrait enfin partir définitivement. Il fallait en effet attendre que les moissons soient récoltées pour emporter un maximum de vivres.

L'hiver fut encore plus rude que le précédent. Dès le milieu de l'automne, une série de tempêtes de neige et de glace s'abattit sur le continent, accentuant encore les disettes qui frappaient les royaumes du Sud. A Marakha même, les vivres furent rationnés et distribués avec équité. Les petits bateaux de pêche profitaient de la moindre accalmie pour sortir. Parfois, l'un d'eux ne revenait pas.

Puis la neige tomba sans discontinuer pendant quinze jours et recouvrit le pays d'un manteau glacial, sur lequel un blizzard violent hurlait en permanence. Si le spectre d'une guerre était écarté, car il était impossible de mener une campagne dans des conditions climatiques aussi extrêmes, il fallait néanmoins lutter contre le froid qui s'infiltrait partout, contre les coups de boutoir des bourrasques qui semblaient vouloir jeter les bâtiments à bas. On devait aussi économiser sur le bois, dont une grande quantité avait été utilisée pour la construction de la palissade. Heureusement, la plupart des enfants, plus fragiles, étaient partis.

Il ne se passait pas un seul jour sans que Tanithkara ne songe à eux. Elle n'avait aucun moyen de savoir s'ils étaient arrivés à bon port. Le capitaine Madhyar était un excellent marin, mais la flotte comportait plus de cent navires. Comment parvenir à gérer un tel convoi ? Surtout si une tempête s'était déclarée.

Les mois d'hiver furent plus longs encore qu'à l'accoutumée. Les plus faibles n'y résistèrent pas. Le roi Khaldyr s'éteignit ainsi doucement, entouré de l'affection de son peuple. Malgré le froid glacial, la moitié de la cité lui composa un cortège d'honneur jusqu'à la place du Soleil, où son corps devait, selon la coutume nauryenne, être incinéré.

Tanithkara se mit à trembler pour son grand-père. Mais celui-ci conservait une santé exceptionnelle. La perspective de quitter l'Hedeen, qu'il avait acceptée, lui avait même redonné de l'énergie. Plus que jamais il était devenu son conseiller.

La mort du roi Khaldyr eut une conséquence inattendue. Si le pays s'était habitué à ne plus être dirigé par un conseil de pentarques, il souffrait cependant de ne plus avoir de roi. Aussi une délégation se présenta-t-elle au palais Nephen le surlendemain de l'incinération. Dirigée par Rod'Han et Ghoraka, ainsi que par une douzaine de notables représentant les grandes familles hosyrhiennes, la délégation proposa à Tanithkara de devenir la nouvelle reine de la Nauryah.

Même si elle s'y attendait un peu parce qu'elle avait surpris des rumeurs avant même le décès du vieux roi, la démarche l'embarrassa. Elle n'avait certes pas accompli toute cette tâche dans le but de devenir la souveraine de Marakha. Cependant, il lui était impossible de refuser. Dans les faits, elle détenait la totalité des pouvoirs. Tous s'en remettaient à elle pour prendre les décisions, et ce d'autant plus facilement qu'elle s'était entourée des hommes les plus compétents.

Païrhan, un étudiant de ses amis, fils aîné d'une grande famille hosyrhienne, dont les parents possédaient une flotte de bateaux de pêche, prit la parole :

— Tu es déjà notre reine. Nous ne regrettons pas de t'avoir suivie, parce que nous savons que c'est toi qui nous sauveras. Et nous te soutiendrons jusqu'au bout. Mais le peuple est triste. Il est orphelin de son roi. Il pleure Khaldyr, mais il a aussi besoin d'un nouveau souverain qui représente la Nauryah face au monde. Ton nom est sur toutes les lèvres. Les gens te font confiance. C'est toi qu'ils veulent.

Les autres renchérirent avec vigueur.

Ainsi Tanithkara devint-elle officiellement la reine de Marakha. On organisa une cérémonie pour confirmer son élection, mais elle la voulut simple, à l'image de l'économie que l'on devait faire sur les vivres.

Lorsque la nourriture commença à se faire rare, Tanithkara décida de sacrifier une partie des troupeaux. Puisqu'il serait impossible de les emporter, autant s'en nourrir pour éviter de voir la population périr de faim. On épargna, comme elle l'avait demandé, les animaux les plus robustes, à partir desquels on reconstituerait les nouveaux cheptels d'Avalon.

Grâce à ce sacrifice, la majeure partie de la population de Marakha traversa l'hiver avec succès.

Enfin, le printemps revint et un soleil timide commença à réchauffer la terre. Ce fut le signal d'un regain d'activité. Il fallait surveiller les semailles et préparer les récoltes, réparer les bateaux abîmés par les tempêtes hivernales, vérifier l'état des dirigeables. L'un d'eux avait été détruit par l'effondrement de son hangar sous une couche de neige trop épaisse.

Tanithkara espérait seulement qu'avec le printemps revenu les menaces de guerre ne reviendraient pas également.

On aurait pu croire que c'était le cas au cours des trois premiers mois de l'année. Les habitants de Deïphrenos avaient sans doute souffert du froid au moins autant que les Nauryens. Pourtant, un matin, Tanithkara vit venir à elle un Rod'Han inhabituellement excité et inquiet.

— Madame ! Le poste de guet de Lharvaal, situé sur la route du Mahdor, vient de nous signaler qu'une armée immense se dirige vers Marakha. Un petit dirigeable de reconnaissance a repéré le roi Sherrès à sa tête. Nous devons nous préparer à combattre.

55

Une onde glaciale parcourut l'échine de Tanithkara. Elle avait espéré qu'un peu de sagesse reviendrait dans l'esprit de Sherrès. Mais, comme elle le soupçonnait, les prêtres de Haan avaient dû le harceler pour qu'il prépare la guerre. Ils n'avaient sans doute pas eu grand mal à le convaincre. Sherrès s'était sûrement senti blessé et frustré par son refus de l'épouser. Il en avait conçu de la haine envers elle, une haine qui avait occulté ce qui lui restait de bon sens. Et il avait passé l'hiver à ruminer sa vengeance. Les éléments lui avaient interdit toute action, et il avait attendu que le temps se montre plus clément pour envahir la Nauryah.

Elle lâcha un juron digne des filles du port, qui fit sursauter Rod'Han.

— Quand seront-ils là ? demanda-t-elle.

— Demain, madame. Après-demain au plus tard.

— Cela nous laisse à peine le temps de nous organiser. Heureusement, nous avons construit ce rempart. Capitaine, rassemblez immédiatement l'état-major.

Moins d'une heure plus tard, tous les chefs militaires étaient réunis dans la salle du Conseil des pentarques, dont Tanithkara avait fait son quartier général. Elle exposa brièvement la situation :

— D'après ce que l'on sait, l'armée ennemie est deux à trois fois plus nombreuse que la nôtre. Le rempart nous offre une sécurité relative, à condition de le défendre pied à pied. Mais notre véritable atout repose sur la détermination de nos combattants et sur les armes explosives que nous avons fabriquées cet hiver. Le plan de défense a déjà été étudié. Chacun de vous sait ce qu'il a à faire. Que l'on mette les catapultes en place et que chacun prenne ses positions. Quant à moi, je vais tenter de négocier avec l'ennemi et de le persuader de retourner chez lui sans combattre.

Sa dernière phrase eut l'effet de la foudre. Certains crurent qu'ils avaient mal compris.

— Qu'allez-vous faire, madame ? demanda Rod'Han, inquiet.

— Je vais mener une délégation pour rencontrer Sherrès et lui demander de renoncer à cette guerre…

— Vous n'y songez pas ! Ils vous tueront ! Ces gens n'ont aucun honneur, ils…

— On ne tue pas une ambassadrice, capitaine. Surtout quand il s'agit d'une reine. J'arborerai l'étendard de la paix. Il a toujours protégé ceux qui le portaient, même à l'époque où l'empire d'Hedeen était déchiré par les conflits.

— L'étendard de la paix… Je crains qu'il n'arrête pas ces fous furieux. Madame, je viens avec vous.

— Soit !

En vérité, il n'y eut pas de combat.

Tandis que les troupes de Marakha se préparaient à subir un assaut féroce, Tanithkara franchit la porte principale du rempart dans sa voiture d'apparat, tirée par quatre lamas blancs. Elle brandissait l'étendard de la paix, une banderole blanche dépourvue d'armes, symbole de neutralité absolue. Seuls les vingt hommes de sa garde personnelle, sous les ordres de Rod'Han, l'escortaient, à pied. Ghoraka et les autres chefs militaires avaient bien essayé de la dissuader de mettre ainsi sa vie en danger, mais en vain.

« Il existe une chance d'éviter l'affrontement, avait-elle répondu. Je me dois de la tenter. »

Il y avait une telle détermination dans sa voix que personne n'osa s'opposer à sa décision. On ne discutait pas son autorité. Et surtout, ceux qui la connaissaient bien se rendaient compte qu'elle n'entreprenait pas cet acte insensé sans raison.

Tandis que la voiture se dirigeait vers l'est, à la rencontre de l'ennemi, Tanithkara songeait au rêve étrange qui l'avait visitée plus d'un mois auparavant. Ses étonnantes facultés médiumniques lui permettaient depuis toute jeune d'entrer en contact avec les morts. Elle était habituée à ce phénomène, que son père lui avait appris à contrôler. Cette nuit-là, il s'était passé quelque chose de différent, comme si elle s'était intimement mêlée à l'Ether. Une vision phénoménale lui était apparue. Elle s'était retrouvée au-dessus du volcan géant de Tearoha. Dans son corps même, elle avait ressenti les forces colossales enfouies sous la surface. Elle avait éprouvé les contraintes formidables auxquelles était soumise la vallée des Roches Jaunes. Et elle avait vu. En plusieurs endroits, la surface avait explosé, libérant des millions de tonnes de cendres incandescentes qui s'étaient répandues en quelques secondes dans l'atmosphère. Des nuées ardentes parcouraient la vallée à une allure phénoménale, se heurtaient, s'affrontaient en un combat de titans. L'immense plaine s'était transformée en un brasier gigantesque. Un nuage de feu et de cendre pulvérulente s'était élevé à plusieurs milliers de pieds, occultant le soleil levant, puis avait commencé à s'étendre, telle une nappe létale, dans toutes les directions.

Au matin, Tanithkara n'avait parlé à personne de ce qu'elle avait vu, de peur de déclencher un phénomène de panique. Seul Rod'Han, qui veillait sans cesse sur elle, avait remarqué qu'elle était bouleversée. Mais il n'avait pas osé lui poser de questions.

Depuis ce jour, Tanithkara attendait la venue du nuage de cendre. Elle savait qu'il lui faudrait un certain temps pour parvenir jusqu'en Hedeen, car l'archipel de Tearoha était distant de plusieurs milliers de kilomètres. Mais rien ne l'arrêterait.

Lorsqu'on lui avait annoncé l'invasion des Haaniens, elle s'était livrée à un calcul rapide. L'explosion avait eu lieu plus d'un mois auparavant. D'après les relevés effectués lors d'éruptions précédentes, elle savait que le nuage avancerait d'environ deux cents kilomètres par jour. Il était donc sur le point d'atteindre l'Hedeen.

Et c'était sur ce phénomène qu'elle comptait. L'Ether ne pouvait pas lui avoir envoyé ce songe sans raison. C'était un pari insensé, ce qui expliquait qu'elle n'ait pas voulu en parler. Mais, au fond d'elle-même, elle était sûre qu'il allait se passer quelque chose. Depuis toujours, elle se fiait à son intuition. Les intuitions étaient des messages envoyés par l'Esprit de la Terre. Elle avait appris à les écouter, même s'ils n'étaient pas toujours faciles à interpréter.

A l'est de Marakha, Tanithkara passa au pied de la montagne de l'Homme Sage, dont le sommet se couvrait désormais de neiges qui ne fondaient plus, même en été. Puis ce fut une succession de champs et de forêts clairsemées qui la mena jusqu'à un plateau parsemé de petits villages dont les habitants, prévenus de l'invasion, avaient déjà fui vers la ville. Elle décida de faire halte dans le dernier d'entre eux. Le petit dirigeable de reconnaissance avait signalé l'ennemi à moins d'une demi-journée de marche. Il passerait par là dès le lendemain.

Au matin, la surprise se peignit sur les traits de Sherrès lorsqu'il aperçut Tanithkara, debout, seule, au milieu de la place du village désert. Elle tenait en main l'étendard de la paix, que les vents glacés faisaient claquer. Il chercha ses troupes du regard. Il ne vit qu'une petite escouade de guerriers qui se tenaient en retrait, sur ordre de la reine.

Elle était folle ! Qu'espérait-elle donc ? Pensait-elle arrêter sa puissante armée à elle seule ? Ou bien venait-elle implorer sa clémence... Dans ce cas, il était trop tard. Elle avait refusé de l'épouser, elle paierait cet outrage ! Cependant, il ne put s'empêcher de la trouver incomparablement belle. Il se demanda s'il aurait eu, lui, le courage d'affronter ainsi l'ennemi. Derrière lui, ses hommes, stupéfaits, avaient fait halte sans qu'il leur en ait donné l'ordre.

Tanithkara ne cessait de fixer Sherrès. Ses talents de médium lui permettaient de capter sans difficulté le flot d'émotions qui le traversait. Elle devinait son trouble, sa rancune, sa colère, et sa détermination. Une détermination qui pourtant s'effritait devant le spectacle insolite qu'elle offrait, dressée seule face à une armée entière.

Elle ressentait aussi, près de Sherrès, les pensées haineuses d'un groupe de prêtres, ceux-là mêmes qui l'avaient accompagné lors de sa visite précédente. Avec ces individus, il n'y aurait aucun compromis possible. Elle frémit. Ils ne respecteraient peut-être même pas l'étendard de la paix. Ces criminels n'avaient qu'une obsession : détruire tous ceux qui s'opposaient à leur religion, surtout les Hosyrhiens. Et elle en particulier.

Après une hésitation, Sherrès s'avança au-devant de Tanithkara. Arrivé à une portée de flèche, il l'apostropha :

— Il est trop tard pour implorer ma pitié, reine Tanithkara ! Il fallait accepter de devenir ma femme à l'automne dernier. C'est toi qui portes la responsabilité de cette guerre.

— La Nauryah n'a jamais été l'ennemie du Mahdor, riposta-t-elle d'une voix ferme. Tout ceci est stupide et porte la marque du fanatisme des prêtres de Haan. Je sais que beaucoup d'hommes meurent de faim dans ton royaume. Et à cause de cette guerre dont personne ne veut, hormis eux, beaucoup vont encore périr par la faute de ces gens-là. Ecoutez-moi, hommes du Mahdor, nous avons toujours été alliés, et rien ne justifie que nous soyons devenus ennemis. Le véritable ennemi, c'est le fléau qui frappe le monde actuellement. C'est lui qu'il faut combattre. Les habitants de Marakha l'ont fait. Il est temps pour vous d'agir si vous ne voulez pas être anéantis.

— Tu mens ! éructa Sherrès. Haan sauvera ceux qui lui rendent hommage. Et il détruira tous les autres !

Tanithkara poussa un profond soupir. Il n'y avait aucune discussion possible. Les prêtres l'avaient trop bien conditionné. Il allait donc falloir se résoudre à combattre. Si au moins ils avaient attendu la fin de l'été. Alors, Tanithkara et les siens auraient déjà quitté Marakha.

Cependant, devant cette femme qui se dressait face à une armée entière, les guerriers du Mahdor hésitaient. Quelques discussions s'engagèrent. On savait que les habitants de Marakha disposaient d'une science supérieure. Ils savaient percer les secrets du ciel et de la terre. Et si elle disait la vérité…

Les prêtres de Haan tentèrent de rameuter leurs troupes, mais l'attitude de Tanithkara décontenançait le plus grand nombre. Une majorité qui n'aimait guère les religieux. Il y eut un long moment d'indécision, au cours duquel quelques coups et injures furent échangés.

Soudain, un phénomène nouveau se produisit, et Tanithkara comprit que son intuition ne l'avait pas trompée. Loin derrière l'armée de Sherrès, le ciel commençait à s'obscurcir à une vitesse inhabituelle. Lentement, elle leva le bras pour montrer l'horizon. Etonnés par son manège, de nombreux guerriers regardèrent dans la direction qu'elle désignait. Il y eut des exclamations de surprise. Le cœur de la jeune reine se serra. Elle avait vu juste, malheureusement. Et même si ce cataclysme lui permettait – peut-être – d'éviter la guerre, ses conséquences seraient désastreuses.

Elle s'avança vers Sherrès. Déconcerté, celui-ci ne savait plus quelle attitude adopter. Parvenue devant lui, Tanithkara déclara :

— Tu dis que ton dieu sauvera seulement les siens ? Alors, comment va-t-il te sauver de ce qui arrive derrière toi ?

Sherrès se retourna d'un bloc. Et il vit la monstrueuse couche noire progresser inexorablement dans leur direction.

— Ce ne sont que des nuages ! objecta-t-il sans conviction.

— Ce ne sont pas des nuages, et tu le sais déjà. Je t'avais averti, mais tu n'as pas voulu en tenir compte. Ce que tu vois là, c'est de la cendre. Une épaisse couche de cendre provoquée par l'explosion de Tearoha. Ce nuage va recouvrir le ciel pendant plusieurs années. Il va faire sombre car il n'y aura plus de soleil. Il n'y aura plus de récoltes car les plantes vont périr lentement sous la couche de poussière qui va tomber du ciel avec la pluie. Il faudra porter un masque pour respirer, car cette cendre est dangereuse si elle pénètre dans les poumons. Les animaux des troupeaux vont mourir par centaines, par milliers. Et tu veux toujours livrer ta guerre absurde ? Tu ne crois pas que tu vas avoir, en tant que roi, d'autres préoccupations plus importantes pour sauver ton peuple ? Et si tu comptes encore sur le dieu de tes prêtres, le moment est venu de lui demander d'arrêter ce fléau.

Sherrès se tourna vers son armée. Tous avaient les yeux levés vers les cieux. Le voile inquiétant progressait à grande altitude. Peu à peu, la lumière déclinait à l'orient, plongeant le monde dans une étrange pénombre grise.

— C'est la colère de Haan ! s'écria un prêtre.

Tanithkara prit la parole :

— Non ! Ceci n'est pas la colère du dieu Haan ! hurla-t-elle pour se faire entendre des guerriers.

Passant devant Sherrès, elle s'avança vers l'armée ennemie.

— Ecoutez-moi, tous ! Ces prêtres vous mentent. Votre roi connaît la vérité. Là-bas, loin vers l'est, un volcan géant a explosé. Je l'avais prévenu, mais les prêtres ont préféré vous envoyer au combat plutôt que de vous préparer à faire face à ce cataclysme. S'il vous reste encore un peu de jugeote, vous devez rentrer chez vous pour protéger vos familles et vos animaux, faire des provisions, vous réfugier dans vos maisons. Il vous faudra aussi envisager de quitter l'Hedeen, parce que ce pays va devenir inhabitable. Car ce que les prêtres ne vous ont pas dit, c'est que la Terre bascule et que ce continent se rapproche lentement du pôle Sud. Et ça, le dieu Haan n'y pourra rien changer !

Derrière elle, Sherrès restait pétrifié. Il y avait quelque chose de surnaturel dans l'attitude de la jeune femme. Comme si une force supérieure la guidait et la protégeait. Il se maudit de ne pas avoir suivi ses conseils.

Mais les prêtres ne l'entendaient pas ainsi. L'un d'eux s'égosilla :

— Ne l'écoutez pas ! Elle ment ! Elle a peur de vous ! Elle a peur de Haan !

Cependant, le courage de Tanithkara démentait ses paroles. Derrière elle, Rod'Han et ses hommes attendaient, la main sur la poignée de leur glaive, prêts à se faire tuer pour elle, mais sachant que tout leur courage serait inutile face à la multitude. Celle-ci semblait plongée dans l'indécision. Déjà, quelques soldats commençaient à haranguer les autres. Des cris hostiles aux prêtres jaillirent, repris en divers endroits. Des bagarres éclatèrent, qui dégénérèrent très vite. En quelques instants, l'armée du Mahdor sombra dans la plus totale confusion. Quelques prêtres tentèrent de calmer les excités. Mal leur en prit. Le nuage létal qui continuait de progresser commençait à semer la terreur dans les rangs et certains en rendirent les religieux responsables. Ivres de rage et de peur, quelques excités empoignèrent les prêtres et les frappèrent.

Profitant d'un court instant d'accalmie, Tanithkara reprit la parole :

— Cessez de vous battre entre vous ! Et regardez le ciel. Là est votre seul ennemi !

Unique voix féminine dans ce rassemblement d'hommes, elle agit comme la foudre. Les combats cessèrent. Lentement, les guerriers rengainèrent leurs armes. Tanithkara comprit alors qu'elle avait vaincu et revint lentement vers Sherrès, qui lui adressa un sourire embarrassé.

— Pardonne-moi, Tanith. Je m'en veux de ne pas t'avoir écoutée plus tôt. J'ai été aveuglé par ces prêtres. Pardonne-moi, répéta-t-il.

Soudain, il se figea. Et tout alla très vite. Avant qu'elle ait pu comprendre, il se rua sur elle en hurlant et la bouscula pour la projeter au sol. Elle cria, entendit un choc sourd. Sherrès s'était écroulé sur elle. Il eut un hoquet et laissa échapper un gémissement de douleur. Elle comprit alors ce qui s'était passé. Ne tenant aucun compte de l'étendard de paix qu'elle brandissait, l'un des prêtres avait profité d'un moment où elle avait le dos tourné pour saisir l'arbalète d'un guerrier et tirer sur elle. Mais le roi avait vu le geste du religieux et s'était interposé. C'était lui qui avait été touché par le carreau de métal. Rod'Han et ses gardes accoururent. Tanithkara fit doucement basculer Sherrès sur le côté. Le trait s'était planté dans sa poitrine, juste sous le cœur. Le jeune capitaine réagit immédiatement. Il pointa le doigt sur le prêtre et hurla :

— Cet homme vient de tuer votre roi !

Des membres de l'état-major du Mahdor se précipitèrent vers le souverain tandis que d'autres se saisissaient de l'assassin. Des glaives se levèrent, s'abattirent. Dans les bras de Tanithkara, la respiration de Sherrès devenait rauque. Elle lui caressa le front avec délicatesse. Mais elle avait vu suffisamment d'hommes mourir pour savoir que Sherrès ne survivrait pas.

— Tu venais pour me tuer et tu t'es sacrifié pour me sauver, dit-elle.

Il souffla, d'une voix hachée :

— On ne tire pas… sur quelqu'un… qui porte l'étendard de la paix.

Il ajouta, dans un sourire qui ressemblait à une grimace :

— Ces prêtres… ne respectent rien.

— Pourquoi as-tu fait ça ? demanda-t-elle, les yeux brillants.

Elle connaissait déjà la réponse.

— Je t'aime, Tanith. Je t'ai aimée depuis la première fois où je t'ai vue. Si tu avais accepté de m'épouser, que de choses nous aurions pu faire ensemble…

— Tu n'aurais jamais dû écouter ces maudits religieux.

— Je sais.

Ses doigts se crispèrent sur le bras de la jeune femme, dont les joues ruisselaient de larmes. Le regard de Sherrès s'accrochait au sien avec l'énergie du désespoir.

— Je ne sais même pas… vers quoi je vais partir. Ils… ils parlent d'un paradis… où Haan accueille tous ceux qui l'ont bien servi…

— Il n'existe rien de tel, Sherrès. Ce dieu Haan n'est qu'une création de leur esprit marqué par la folie. Sois sans crainte, cependant. Ton âme survivra. Le corps n'est qu'un véhicule que nous empruntons l'espace d'une vie. Souviens-toi de ce que nous enseignent les Hosyrhiens, et aussi les prêtres du Soleil. Tout ne s'arrête pas avec la mort. Il y a un après.

Il se redressa péniblement et prit une profonde inspiration. Sa respiration s'apaisa quelque peu.

— Alors, j'emporte avec moi l'amour que je t'ai toujours porté, souffla-t-il. Et je ne regrette pas d'avoir donné ma vie pour te sauver. Car je sais qu'un destin grandiose t'attend, Tanith. C'est toi qui sauveras l'Hedeen. Poursuis ton combat. Et si mon âme peut t'aider là où elle sera, je te jure que je t'apporterai mon soutien.

Une dernière fois, ses doigts se crispèrent, son regard s'accrocha à celui de Tanithkara, puis sa tête retomba en arrière. La jeune femme éclata en sanglots. Tout cela était trop stupide. Bien sûr, elle n'était pas amoureuse de Sherrès, mais elle avait éprouvé de l'affection pour lui. Son assurance et sa suffisance le rendaient agaçant, pourtant, il y avait eu en lui une véritable générosité. Une générosité et une naïveté que les prêtres de Haan avaient su mettre à profit pour lui imposer leur religion maudite. Il avait été manipulé.

Autour d'elle, ses gardes et les chefs militaires de Sherrès s'étaient redressés, le visage grave. Par endroits, de violents combats avaient éclaté entre les partisans des Haaniens et les autres, ceux qui avaient compris qu'on les avait trompés.

Tanithkara essuya ses larmes, se releva et s'adressa aux guerriers du Mahdor :

— Qui est le chef, parmi vous, à présent ?

Un homme s'avança, le regard brillant.

— Moi, madame. Je suis le général Khoragan.

— Je pense que vous avez compris que cette guerre est une erreur. Votre roi est mort. Vous devez lui offrir des funérailles dignes de lui. Que comptez-vous faire ?

— Il n'y aura pas de guerre, madame, je vous en donne ma parole. Nous allons retourner à Deïphrenos et rendre hommage à notre souverain.

Il fit signe à ses compagnons, qui soulevèrent le corps du défunt. Après un dernier salut à Tanithkara, ils retournèrent vers leur armée en pleine confusion, portant le cadavre. Sa vue suffit à calmer les esprits. Peu à peu, les combats cessèrent. Le prêtre criminel avait été tué, mais un autre se tenait non loin de là, en qui Tanithkara reconnut celui qui l'avait apostrophée, quelques mois plus tôt. Elle se souvint de son nom : Nehfyyr. Sans doute était-il leur chef. De loin, il lui adressa un regard noir, chargé de la haine la plus féroce. Devant la confusion qui régnait dans l'armée du Mahdor, il savait qu'il n'avait aucune chance à présent de regrouper ses troupes.

Mais elle devinait qu'il n'avait pas dit son dernier mot, et qu'elle n'en avait pas terminé avec lui.

56

Lorsque Tanithkara revint à Marakha, escortée par sa garde personnelle, toute la population était massée sur les remparts, prête à en découdre. Le retour de leur reine saine et sauve plongea les habitants dans une liesse sans nom. Tout le monde voulait lui parler, la toucher. A elle seule, grâce à son courage, elle avait évité une bataille incertaine. Une foule délirante l'accompagna jusqu'à son palais, où elle put enfin prendre un peu de repos, sous la surveillance farouche de Rod'Han. Mais les hommes de ce dernier ne se lasseraient pas de conter son exploit pendant les jours qui suivirent. Pahyren, plus mort que vif, accueillit sa petite-fille avec un mélange de compliments et de reproches.

— Tout de même, tu aurais pu mille fois te faire tuer… Et sans toi, que serait devenu le peuple de Marakha ?

— Il aurait combattu avec courage.

— Il leur faut un chef. Et ce chef, c'est toi.

Elle le prit dans ses bras et le serra avec affection.

— Cesse de grogner, veux-tu ? Je suis là, n'est-ce pas ?

— S'il n'y avait pas eu ce maudit voile de cendre, ils t'auraient massacrée.

— Je savais qu'il allait se passer quelque chose. L'Esprit de la Terre m'avait envoyé un songe. Cela valait la peine de tenter d'arrêter ces maudits Haaniens. J'ai ainsi pu sauver un grand nombre des nôtres. Je me doutais aussi que Sherrès ne pourrait pas me faire de mal.

— Lui non, mais les autres ? Ce prêtre, là, ce Nehfyyr, il te hait.

— Il est reparti pour Deïphrenos. A présent, il ne pourra plus rien tenter. Ils vont avoir assez de mal à contenir la révolte qui gronde dans leurs rangs. Et puis, nous allons bientôt partir.

— Que le Grand Esprit t'entende, mon enfant.

Les préparatifs avaient repris de plus belle. On acheva les moissons dans une atmosphère plus détendue. L'ennemi était reparti, le roi du Mahdor était mort. D'après les quelques voyageurs qui en revenaient, le royaume avait sombré dans le chaos. Les prêtres devaient faire face à une guerre civile opposant les Haaniens aux partisans du dieu Soleil. Les combats faisaient rage avec la plus extrême férocité. Comme dans nombre d'autres pays, les gens supportaient de moins en moins la tyrannie des religieux. Le voile gris qui s'était étendu sur le monde avait engendré un mélange de panique et de colère. Les prêtres haaniens avaient beau tenter de faire croire qu'il s'agissait de la manifestation ultime de la fureur de Haan, plus personne n'y croyait, hormis les fanatiques qui avaient trouvé là un exutoire à leur propre terreur.

La fin de l'été approchait. La flotte était désormais prête à partir. Chaque navire avait été réparé, aménagé pour accueillir un maximum de passagers et de vivres. Certains avaient été transformés pour transporter les animaux, dont on emmènerait le plus grand nombre possible. Les autres avaient été relâchés dans la nature.

Après la mort de Sherrès, un flot de réfugiés provenant de tous les royaumes n'avait cessé d'affluer à Marakha pour fuir les combats. Parmi eux se trouvaient quelques Hosyrhiens qui avaient réussi à échapper à leurs tortionnaires. D'autres étaient de simples paysans, des ouvriers, des artisans ou des prêtres d'Hyruun. D'autres encore avaient des origines plus douteuses.

En raison de l'effervescence qui régnait dans la cité, on n'accordait pas trop d'importance à ces nouveaux arrivants. On savait désormais que la ville allait être abandonnée et que ses richesses appartiendraient à ceux qui s'en empareraient les premiers. Certains lorgnaient déjà sur les belles demeures bientôt désertées, sur les faïences magnifiques, les pièces de vaisselle somptueuses fabriquées par les artisans de la Nauryah, réputés pour être les plus habiles de l'empire.

Ces sacrifices représentaient un véritable crève-cœur pour ceux qui devaient partir, mais la liberté et la vie étaient à ce prix. Tous avaient pris conscience de la menace que le voile de cendre faisait peser sur le continent. On n'avait plus revu le soleil depuis que le nuage volcanique recouvrait la Nauryah. Un ciel bas, uniformément gris, surplombait le monde. Lorsqu'il pleuvait, l'eau était grise, chargée de poussières. Le sol se maculait d'une boue gluante qui s'infiltrait partout et déposait sur la végétation une pellicule collante. Les couleurs semblaient avoir disparu à jamais. La température avait beaucoup baissé. Bien que l'on fût en été, il arrivait souvent, le matin, qu'une fine couche de givre noirâtre recouvre le pays. Elle fondait au cours de la journée, mais elle était de retour le lendemain. Un froid insidieux s'était emparé du monde, à tel point que l'on avait été obligé de rallumer les grandes cheminées. Tous ces éléments inquiétaient suffisamment les Marakhéens pour les décider à partir en abandonnant leurs richesses derrière eux. Ce monde était condamné et ils le savaient. Les groupes de pillards continuaient peu à peu à investir la ville, guettant le moment où les demeures seraient enfin abandonnées.

La Nauryah n'était pas seule à préparer un exode. A Malhanga, les pentarques, acquis aux idées hosyrhiennes, avaient organisé le départ de leur peuple vers le continent des hommes à peau noire. Il restait là-bas d'immenses espaces vierges, le climat y était doux et la végétation luxuriante. Déjà plusieurs vaisseaux avaient quitté le royaume.

A Marakha, on attendait le retour de la flotte partie l'année précédente. Elle revint vers la fin de l'été, apportant des nouvelles rassurantes. Malgré quelques tempêtes, la plupart des navires avaient atteint Avalon. Seuls sept d'entre eux avaient sombré, emportant avec eux quelques centaines de personnes. Une grande tristesse envahit Tanithkara, mais elle savait que c'était le prix à payer pour une telle expédition. Celle qui s'annonçait serait encore plus rude du fait de la présence du voile de cendre.

A Avalon, on avait commencé à s'organiser. On avait tracé les limites de la future cité, défriché quelques champs, capturé des animaux pour les domestiquer. Le travail ne manquait pas et l'on attendait avec impatience l'arrivée de la seconde flotte. La plupart des familles avaient été séparées par le premier voyage et le capitaine Madhyar et ses hommes, de retour de l'île, eurent fort à faire pour donner des nouvelles des uns et des autres.

Tout paraissait aller pour le mieux. Avec un peu de chance, on pourrait partir dès le début de l'automne. Tanithkara aurait dû se réjouir. Pourtant, elle sentait confusément qu'une menace imprécise pesait sur elle. Parfois, il lui semblait deviner la présence d'un ennemi sournois, tapi au cœur même de la cité. C'était absurde. Les postes avancés n'avaient plus signalé la moindre troupe ennemie depuis la dernière invasion, lorsque Sherrès avait été tué. Les prêtres de Haan n'avaient plus les moyens de lancer d'offensive. Alors, elle chassait ses pensées lugubres, qu'elle mettait sur le compte des ténèbres grises qui s'étaient abattues sur le monde.

Pourtant, une nuit, la menace se concrétisa dans toute son horreur. Comme la plupart des Nauryens, elle aimait dormir nue, pour sentir sur sa peau la fraîcheur rêche des draps de lin. Soudain, un bruit insolite l'éveilla en sursaut. Instantanément, tous ses sens furent en éveil. Il y avait quelqu'un dans la chambre. Mais comment était-ce possible ? Le fidèle Rod'Han veillait dans la pièce adjacente, et une demi-douzaine de gardes se relayaient à l'étage inférieur.

Ce fut la rapidité de ses réflexes qui la sauva. A la lueur de la lune, elle vit soudain luire l'éclat d'un poignard. Projetant les draps en direction de l'agresseur, elle roula sur elle-même et bondit vers un coffre où elle savait trouver son glaive. Elle entendit une voix pester derrière elle. Elle hurla pour attirer l'attention des soldats, puis réussit à s'emparer de son arme et à se retourner juste à temps pour se défendre contre un homme qui avait sauté par-dessus le lit pour la frapper par-derrière. D'un geste sûr, elle bloqua le bras qui voulait la frapper. Emporté par son élan, l'homme vint s'empaler sur son épée jusqu'à la garde. Il laissa échapper un gémissement de douleur et s'effondra sur le dallage. Sans prendre le temps de savourer sa victoire, elle fit face aux autres. Elle en dénombra quatre, qui avançaient vers elle dans le plus grand silence.

Elle appela au secours, mais personne ne se manifesta. Une onde glaciale lui parcourut l'échine. Le brave Rod'Han aurait déjà dû répondre. Elle comprit que ces misérables l'avaient tué. Elle poussa un cri de rage tout en maintenant ses ennemis à distance à l'aide de son glaive.

Tout à coup, à la lumière bleutée de la lune, elle reconnut le chef de ses agresseurs : Nehfyyr, le prêtre haanien de Deïphrenos.

— Tuez-la ! rugit-il.

Un homme bondit sur elle. Mal lui en prit. Tanithkara avait consacré un temps important au maniement des armes lorsqu'elle était étudiante. Et elle avait poursuivi son entraînement avec Rod'Han, ces derniers mois. Un mouvement vif du glaive écarta la lame ennemie. L'instant d'après, l'homme sentit sa gorge s'ouvrir. Il fit entendre un gargouillement puis s'effondra sur son camarade qui se débattait encore entre la vie et la mort. Les Haaniens ne s'attendaient certainement pas à une telle résistance.

Les deux autres se rapprochèrent, l'arme haute. Tanithkara se prépara à subir un ultime assaut. Elle avait peu de chance de survivre à un combat aussi inégal, mais elle ne périrait pas sans lutter.

Soudain, un vacarme se fit entendre dans l'antichambre. Ses gardes arrivaient. Les autres comprirent immédiatement qu'ils étaient perdus. Il y eut un moment d'hésitation. Nehfyyr hurla et se rua sur la jeune femme, tentant le tout pour le tout. Tanithkara fit un écart. Les fers se croisèrent. Mais la jeune femme connaissait mieux le maniement du glaive que son ennemi. D'un moulinet rapide, elle le désarma, puis son arme fendit l'air à hauteur du visage du prêtre. Il émit un terrible cri de douleur. L'acier lui avait déchiqueté l'œil. Comprenant que leur tentative avait échoué, les deux autres s'emparèrent de lui et l'entraînèrent par la porte dérobée par laquelle ils étaient entrés.

Une escouade de guerriers pénétra dans la chambre de la reine. Celle-ci se tenait debout, dans le plus simple appareil, un glaive ensanglanté dans la main, le corps couvert de sang.

— Madame ! Vous êtes blessée ! s'affola un homme.

— Non. Mais il faut poursuivre ces criminels ! Ils ne peuvent pas être bien loin. Leur chef est touché. Je lui ai crevé un œil. Je les veux vivants.

— Bien, madame.

Sans prendre le temps de passer une chemise, elle écarta les soldats et se précipita dans la pièce attenante, pour découvrir Rod'Han baignant dans son sang. Elle s'agenouilla près de lui et constata avec bonheur qu'il respirait encore. Sans doute n'avait-il pas eu la moindre chance de se défendre. Il avait reçu plusieurs blessures à l'abdomen et saignait abondamment.

— Que l'on fasse venir un médecin, dit Tanithkara. Et portez-le sur mon lit avec précaution.

Tandis que l'on s'occupait du blessé, un soldat lui apporta enfin une robe de lin dans laquelle elle s'enveloppa.

On ne retrouva pas les Haaniens. Ils avaient préparé leur plan avec minutie. Ils avaient probablement trouvé refuge au milieu des pillards. La seule chose qu'ils n'avaient pas prévue était le fait que Tanithkara savait manier le glaive. On fouilla tous les quartiers, sans succès. La confusion qui régnait sur la cité favorisa la fuite des assassins

Rod'Han resta plusieurs jours entre la vie et la mort. Tanithkara avait refusé qu'il soit emmené à l'hôpital. Le transporter eût été dangereux, car il avait perdu beaucoup de sang. Alors, il resta dans la chambre de la reine, sur son lit. Elle veilla sur lui pendant toute la durée des soins. Sherrès était mort dans ses bras. Elle refusait de revivre une telle expérience. Rod'Han était le plus fidèle, le plus dévoué de ses guerriers. Il devait vivre. Heureusement, aucun organe vital n'avait été touché. C'était un véritable miracle. Les autres l'avaient frappé à plusieurs reprises, dans le ventre et dans la région du cœur. L'incertitude venait du sang qu'il avait perdu, et qu'il fallait reconstituer. Il fallait éviter également que l'infection ne se mît dans les plaies. On trouvait à

Marakha les meilleurs médecins de l'empire. Ce fut sans doute ce qui sauva Rod'Han. Sa robuste constitution fit le reste.

Un matin, après quinze jours d'un sommeil comateux, il ouvrit les yeux. Pour découvrir le visage aimé de Tanithkara penché sur lui.

— Ma reine ! Vous êtes sauve.

— On ne peut pas en dire autant de toi. Tu as été grièvement blessé.

— Peu importe. Ma vie n'est rien.

— Ne parle pas. Tu es encore très faible.

— Que s'est-il passé ?

— Ces misérables t'ont frappé par surprise et t'ont empêché de me défendre.

Il pâlit.

— Les autres gardes sont venus...

— Oui. J'ai eu le temps d'en tuer deux et j'ai éborgné le prêtre Nehfyyr. C'est lui qui a essayé de m'assassiner. Il était présent quand Sherrès a été tué. C'est lui qui a dû donner l'ordre de tirer sur moi ce jour-là.

— Le misérable !

— Malheureusement, il a réussi à s'enfuir. Depuis, tes guerriers dorment dans les pièces adjacentes. Et leurs ronflements m'empêchent de dormir, ajouta-t-elle avec un sourire.

Rod'Han regarda autour de lui. Enfin, il se rendit compte de l'endroit où il se trouvait.

— Ma reine ! Mais je suis... dans votre lit !

— Bien sûr ! Il n'est pas assez confortable ?

— Si, si. Mais... mais je ne devrais pas être là. Que vont penser les autres ?

— Ils n'ont pas à penser à partir du moment où j'ai décidé de veiller sur toi.

Il tenta de se redresser, poussa un gémissement de souffrance. Les cicatrices étaient encore douloureuses.

— Tu vas te tenir tranquille, oui ?

— Ma reine...

Elle lui prit la main.

— Tu vas rester ici, Rod'Han. Tu as donné ta vie pour moi. Je ne l'oublierai jamais.

— C'était mon devoir.

— Donc, le mien était de te soigner.

Elle lui sourit. Il lui répondit d'un sourire maladroit, puis, sous l'effet de la fatigue, referma les yeux. Elle le contempla silencieusement. Rod'Han était vraiment beau garçon. Il était musclé et bien découplé, et surtout, il avait les plus beaux yeux du monde. C'était aussi un homme courageux, dévoué, et plein de sollicitude envers les autres. Ses guerriers l'adoraient et lui vouaient une grande admiration. S'il était exigeant, il savait aussi les écouter et ne les exposait pas au danger sans véritable raison.

Doucement, elle resserra ses doigts sur sa main. Une chaleur équivoque lui parcourut les reins. Depuis combien de temps n'avait-elle pas connu l'étreinte d'un homme ? Plusieurs mois, au moins, peut-être plus d'un an. Elle avait eu tellement de choses à imaginer, à organiser. Le soir, après les multiples réunions, les décisions à prendre, les doléances à écouter, elle n'avait plus que la force de s'écrouler sur son lit et de dormir pour réparer ses forces. Mais sa résistance exceptionnelle lui redonnait vite des forces et, au matin, elle sentait souvent dans son ventre des envies impérieuses. S'il lui arrivait parfois de se calmer seule, cette méthode frustrante ne remplaçait pas un homme.

Elle poussa un soupir. Elle aurait aimé faire l'amour avec Rod'Han, là, tout de suite, qu'il la prenne avec détermination. Mais c'était hors de question. Il était trop faible. Elle poussa un second soupir. De plus, jamais il n'oserait prendre la moindre initiative.

Les forces du jeune homme se reconstituèrent très vite. Huit jours plus tard, il était sur pied.

— Je me sens beaucoup mieux, ma reine, dit-il un matin. Je vais pouvoir regagner mon casernement…

— Non !

Il la regarda avec stupéfaction.

— Pour… pourquoi non ?

Pour toute réponse, elle fit glisser la chemise de nuit de lin qu'elle portait sur elle et se glissa près de lui dans le lit, entièrement nue.

— J'ai dit non ! C'est un ordre, ajouta-t-elle, la mine gourmande.

— Mais... madame...

— Et en voici un autre : aime-moi !

— Mais, madame, je ne suis que...

Elle lui posa un doigt sur les lèvres.

— Chut, j'ai dit que c'était un ordre. A moins qu'il ne te déplaise de lui obéir...

Puis, écartant son doigt, ce fut ses lèvres qu'elle posa sur sa bouche. Alors, les bras de Rod'Han se refermèrent sur elle.

Ce ne fut pas une performance éblouissante en raison de l'état du blessé, mais leur étreinte fut pleine de promesses. Rod'Han possédait une délicatesse rare chez les hommes. Il était attentif au plaisir de sa partenaire, et l'amour qu'elle lisait dans ses yeux compensait largement ses défaillances bien compréhensibles.

Tandis qu'il reprenait difficilement son souffle, elle se pencha sur lui.

— J'ai besoin de toi, Rod'Han. Je voudrais que tu restes près de moi. Pas seulement comme chef de mes gardes, mais comme compagnon

Il se tourna vers elle.

— Comme compagnon ? Mais vous êtes la reine, et je ne suis qu'un petit capitaine...

— Crois-tu que cela ait de l'importance a mes yeux ? Je suis bien avec toi. J'aime ta voix, j'aime te sentir près de moi. Bien sûr, tu n'es pas obligé d'accepter...

Il la regardait, partagé entre l'incrédulité et une joie indicible.

— Comment pourrais-je refuser ? Ma vie vous appartient. Et je vous aime plus que je ne saurais le dire.

Elle lui prit la main.

— Dans le monde où nous allons, il faudra tout recommencer. Il n'y aura plus ni riches ni pauvres, puisque tous auront tout perdu. Il faudra travailler dur, rebâtir une ville, défricher, reconstruire des usines. Tous s'appuient sur moi. Mais je ne suis pas invulnérable. J'ai besoin, moi aussi, de me reposer sur une épaule solide de temps à autre. Tu es l'homme en qui j'ai le plus confiance.

Il lui prit les mains.

— Ma reine, vous venez de faire de moi l'homme le plus heureux du monde.

Ainsi Rod'Han devint-il le compagnon officiel de Tanithkara. Si certains de ses camarades étudiants firent un peu grise mine de la voir leur préférer un simple guerrier, il leur fallut faire contre mauvaise fortune bon cœur. Et puis, Tanithkara resplendissait. L'amour lui allait à ravir et, bientôt, on appela le jeune homme « prince Rod'Han », ce qui le remplissait de confusion.

Mais le moment du départ approchait.

57

Quarante années plus tard…

Tanithkara regardait sans le voir l'océan qui venait battre au pied du promontoire sur lequel avait été bâti le palais royal de la nouvelle cité de Marakha. On avait repris le nom de l'ancienne capitale de la Nauryah. Ainsi en avaient décidé les habitants à leur arrivée. Bien sûr, le décor n'avait aucun rapport avec celui du continent hedeenien, mais on avait conservé l'architecture, tout en l'adaptant aux nouvelles conditions climatiques. Il faisait plus chaud en Avalon, et on avait dû faire face aux difficultés provoquées par les cataclysmes.

D'innombrables souvenirs traversaient l'esprit de la reine. Des souvenirs qu'elle ne pourrait plus désormais partager avec son compagnon. Le prince Rod'Han avait péri quelques jours plus tôt, et, selon sa demande, ses cendres avaient été jetées dans le lac Bleu, au centre de l'île. Comme beaucoup d'autres avant lui, Rod'Han avait succombé à cette étrange maladie qui avait frappé la moitié des migrants après la terrible explosion du supervolcan de Tearoha. Et des autres. Il avait cependant eu la chance de vivre plus longtemps que beaucoup.

La traversée avait été périlleuse. Les perturbations provoquées par le nuage volcanique avaient engendré des tempêtes d'une grande violence. Un bateau sur cinq avait coulé. Sur les trente dirigeables, sept avaient été déchiquetés par les ouragans. Le vaisseau de Tanithkara avait échappé par miracle à un cyclone qui s'était déclenché alors qu'on approchait de l'équateur. Seule la puissance du *Baïkhor* avait permis au dirigeable de prendre les éléments de vitesse. Par chance, la plus grande partie de la flotte avait déjà dépassé la zone dangereuse. Mais ceux qui étaient restés en arrière avaient été pris dans une tourmente démentielle qui avait emporté le tiers d'entre eux.

Au cours de ce périple, la planète avait semblé prise de folie. A ces épisodes de tempêtes furieuses succédaient sans aucune raison des périodes de calme plat où les navires ne pouvaient presque plus avancer.

A proximité de l'équateur, on avait eu la surprise de découvrir que le ciel s'éclaircissait. Le nuage de cendre n'avait pas atteint l'hémisphère nord. L'espoir était revenu et, pendant plusieurs jours, on avait navigué dans d'excellentes conditions. Puis un nouveau nuage volcanique était apparu, qui enveloppait la planète vers le septentrion. L'angoisse s'était de nouveau installée sur les migrants. Les études faites par les Hosyrhiens montraient clairement que l'explosion de Tearoha ne pouvait pas avoir affecté l'hémisphère nord. Il fallait donc en déduire qu'il existait d'autres supervolcans sur les continents nordiques. Tanithkara se souvint qu'une expédition avait repéré, à l'intérieur du grand continent de l'Ouest, à proximité de la banquise, une zone étrange qui ressemblait à celle de Tearoha. Malheureusement, elle n'avait jamais été étudiée à cause de son éloignement.

L'arrivée à Avalon s'était déroulée dans un mélange de joie et de douleur. Beaucoup manquaient à l'appel. Tanithkara en avait conçu une grande souffrance, qui l'avait marquée pour toujours. Elle culpabilisait d'avoir entraîné son peuple dans cette aventure hasardeuse. Peut-être aurait-il mieux valu effectuer la traversée en plusieurs fois, afin de diminuer les risques.

D'un autre côté, ceux qui seraient demeurés en Nauryah auraient dû subir la famine, à cause des récoltes de plus en plus maigres. Ils auraient également été confrontés aux Haaniens qui, un jour ou l'autre, seraient réapparus.

Les années suivantes lui avaient fait comprendre qu'elle avait pris la bonne décision. Pendant près de dix ans, le climat avait été bouleversé. Les tempêtes se succédaient sans discontinuer, tandis que la température ne cessait de baisser. Des pluies grises balayaient Avalon sans relâche, recouvrant le sol d'une fine couche de cendre. Tanithkara avait imposé à tous le port d'un masque afin d'éviter de respirer les fines poussières volcaniques. Mais le mal était profond et, dans les premiers temps, les plus fragiles périrent par centaines, à commencer par les vieillards et les enfants. Pahyren avait résisté une quinzaine d'années et s'était éteint une nuit, à l'âge respectable de cent un ans.

Au tout début, la nouvelle Marakha n'était qu'un immense village de toile au milieu duquel des nuées d'enfants couraient en tous sens, sous la surveillance de leurs mères et des quelques hommes de la première expédition. Leïlya avait pris la direction des opérations et avait effectué, en une année, un travail considérable.

Une fois réunie, la population s'était mise au travail pour bâtir la cité. Au bout de dix ans, Marakha d'Avalon était devenue une ville magnifique, avec son nouveau palais royal, que Tanithkara avait voulu de taille plus modeste que l'ancien. On avait également bâti un hôpital, un port, un temple pour ceux qui étaient restés fidèles à l'antique religion du Soleil. De petites usines avaient fleuri le long de la côte, on avait tracé des routes menant vers l'intérieur, et plus particulièrement vers les lacs Bleu et Vert, sur les rives desquels s'élevaient de petits villages de paysans. On avait aussi construit un observatoire sur la colline la plus élevée. Mais les études s'y révélèrent impossibles pendant les premiers temps en raison du voile de cendre.

Il fallut attendre une dizaine d'années pour que le ciel se dégage complètement. Le nuage volcanique avait eu des conséquences parfois dramatiques, parfois bénéfiques. Car si les poussières létales avaient provoqué la mort d'une partie de la population, elles avaient aussi contribué à fertiliser un sol déjà riche. Les premières récoltes avaient été abondantes. Les troupeaux avaient prospéré, malgré les pertes du début.

Les pensées de Tanithkara revinrent vers Rod'Han. Il avait conservé son titre de chef de la garde royale, mais ce titre s'était révélé plutôt honorifique, car on n'avait nul ennemi à redouter en Avalon. Les Haaniens étaient loin et il était peu probable qu'ils découvrent jamais l'endroit où les Hosyrhiens s'étaient exilés. Quand bien même, on avait de quoi les recevoir.

A peine un mois après leur arrivée, Tanithkara avait épousé Rod'Han. Lorsqu'elle le lui avait demandé, il n'en avait pas cru ses oreilles. Malgré les nuits torrides qu'ils passaient tous les deux, il continuait à la vouvoyer. Il avait accepté, bien sûr. Et les nuits agitées en question n'avaient pas tardé à porter leurs fruits. Tanithkara avait eu trois enfants, un garçon et deux filles, Tharkaas et Marah, qui reçurent les noms de leurs grands-parents, et Isis, du petit nom donné par les fidèles de la religion du Soleil à leur déesse préférée, qui symbolisait à la fois la femme-épouse et la femme-mère.

Pendant les quarante années qu'ils avaient passées ensemble, Tanithkara et Rod'Han avaient noué une grande complicité. Malgré le jeune âge de sa reine, son peuple lui avait accordé sa confiance pour maintenir le cap dans la tempête terrifiante qui secouait le monde. Tanithkara avait su s'entourer de personnes efficaces et dévouées, qui, malgré tout, s'en remettaient à elle pour les décisions finales. Elle était devenue la mère, le guide, le phare vers lequel chacun se tournait lorsque de nouvelles difficultés surgissaient.

Mais souvent le doute l'assaillait. C'était sur l'épaule de Rod'Han qu'elle pouvait s'appuyer. Il lui redonnait confiance lorsque l'angoisse s'emparait d'elle. Bien qu'il ne fût pas aussi instruit qu'elle, il bénéficiait d'un bon sens naturel et d'une clairvoyance qui apportaient une aide précieuse à Tanithkara. Ils se complétaient parfaitement.

Jusqu'au bout, ils avaient été unis par la complicité de leurs corps, alors qu'ils avaient tous deux dépassé la soixantaine. Bien sûr, ce n'était plus la fougue passionnée des premiers temps. Celle-ci s'était transformée au fil du temps en une grande tendresse. Et Tanithkara aimait lire dans ses yeux le reflet de l'admiration qu'il n'avait cessé de lui porter.

Tout cela s'était achevé brutalement et ne reviendrait plus. Mais un malheur identique avait frappé beaucoup de familles depuis l'installation en Avalon. Elle devait se montrer forte. Elle savait que les morts ne mouraient pas vraiment, que leur âme poursuivait une autre forme d'existence dans l'Ether. C'était du moins ce que pensaient les Hosyrhiens, et les contacts réguliers qu'elle établissait avec cet univers étrange semblaient le confirmer. Mais cet univers était aussi très subtil et ils étaient bien loin d'en avoir percé tous les secrets.

Il lui restait ses trois enfants. Chacun d'eux était capable de lui succéder. Rod'Han et elle les avaient éduqués dans ce but.

Quant à la population d'Avalon, malgré les lourdes pertes subies dans les premières années, elle s'était développée et connaissait désormais une réelle prospérité. Lorsque l'on considérait l'état incertain de la planète, Tanithkara n'avait pas à rougir de ce qu'elle avait accompli. Avalon avait été un bon choix, car l'île se déplaçait vers le sud, vers la chaleur. Les observations effectuées par les astronomes avaient confirmé le basculement de la couche superficielle de la Terre, décelé en Hedeen. En quarante années, les plaques continentales avaient dérivé de plus de trente kilomètres. Et rien ne laissait prévoir que le phénomène allait s'arrêter.

Pendant toutes ces années, Tanithkara n'avait guère eu le temps de penser à l'Hedeen. Elle avait trop de préoccupations. Parfois, pourtant, elle songeait à ceux qui avaient choisi de rester. Par conviction, parce qu'ils étaient persuadés qu'ils devaient demeurer sur la terre de leurs ancêtres. Ces gens-là n'étaient pas des Haaniens. Malheureusement, ils avaient dû souffrir de la présence de ces fanatiques. Même si la plupart des peuples s'étaient révoltés contre leur tyrannie, les religieux restaient suffisamment puissants pour provoquer beaucoup de mal dans un pays dévasté qui n'avait pourtant pas besoin de ça.

Regardant vers le sud, elle se demanda ce qu'ils étaient devenus. Avaient-ils seulement survécu ? Avaient-ils eu des enfants ? Quelle vie était la leur à présent ? Dans quel état se trouvait la Nauryah ?

Mais surtout, une question la taraudait : pouvait-elle venir en aide à ces survivants ?

Deux mains douces se glissèrent avec tendresse autour de sa taille. Tanithkara n'avait pas besoin de se retourner pour savoir qui lui témoignait ainsi son amour. Isis, sa petite dernière, née bien après les autres, avait vingt-trois ans, l'âge qu'elle avait lorsqu'elle était devenue reine des Nauryens. Elle ferma les yeux tandis que la jeune femme appuyait sa tête contre l'épaule de sa mère. Elle ressentit le bref sanglot qui secoua Isis.

— Père me manque, dit-elle d'une voix brisée.

Tanithkara ne répondit pas. Les paroles ne traduiraient jamais la force des sentiments. Elle respira profondément. Elle ne devait pas laisser la mélancolie et le désespoir s'insinuer sournoisement en elle. Elle se tourna vers Isis et la prit dans ses bras. D'un geste doux, elle essuya une larme qui perlait dans les yeux de sa fille, s'extasia devant la beauté fraîche qui était la sienne, devant la vie intense qui brillait dans son regard.

— Sèche tes larmes, ma chérie, dit-elle. Rod'Han ne voudrait pas nous voir baisser les bras et passer notre temps à nous lamenter. D'autres familles que la nôtre ont souffert. Nous avons un peuple à diriger et à aider.

— Je sais, mère.

— Ce peuple s'est trouvé déchiré en deux il y a quarante ans. Aujourd'hui, il comporte deux générations : les plus âgés, qui sont nés dans le royaume de la Nauryah, même s'ils étaient des enfants lorsqu'ils l'ont quitté, et les plus jeunes, comme toi, qui sont nés en Avalon et n'ont jamais connu l'Hedeen.

— J'en ai beaucoup entendu parler. Les anciens racontent tellement d'histoires, tellement de légendes. J'aime bien les écouter. A travers leurs récits, j'ai l'impression d'un peu connaître cet empire.

— Veux-tu le connaître vraiment ?

Isis regarda sa mère, interloquée.

— Comment ça ?

— Nous devons savoir ce qu'il est advenu de ceux qui ont refusé de nous suivre, parce qu'ils croyaient ne jamais pouvoir rejoindre leurs ancêtres après leur mort. Depuis tout ce temps, ils ont dû affronter quantité de dangers. Le froid, la famine, les

Haaniens. S'ils vivent encore, et si certains acceptent de nous rejoindre, ils seront les bienvenus en Avalon. Il y a assez de place ici pour tout le monde. J'ai l'intention de repartir pour l'Hedeen. Je voudrais que tu viennes avec moi. Ton père n'est plus là pour m'accompagner. Ton frère et ta sœur ont largement l'âge d'assumer le gouvernement d'Avalon. D'ailleurs, ce pays se dirige tout seul. Aussi, il est temps que nous sachions ce que le monde est devenu. Acceptes-tu de me suivre ?

Le sourire radieux d'Isis fut une réponse en lui-même.

— Quand partons-nous ?

58

Jamais Tanithkara n'aurait pu imaginer que l'effondrement de l'Hedeen prendrait aussi peu de temps. Le paysage qui se déroulait sous ses yeux n'avait plus rien à voir avec celui qu'elle avait quitté, quarante années auparavant.

Isis et elle avaient voyagé à bord du dernier dirigeable sorti des hangars de la nouvelle Marakha. On l'avait nommé *Hytcharo*, ce qui signifiait « espoir ». Il avait été construit sur les plans que Khadraan avait établis pour le *Baïkhor.* Khadraan avait disparu quelques années après l'installation en Avalon, tué par la maladie des volcans. Mais ses trois fils avaient pris sa succession. Il leur avait transmis tout ce qu'il savait et ils avaient hérité du talent de leur père. On avait ainsi pu continuer à fabriquer de nouveaux vaisseaux destinés à reconstituer une flotte vieillissante.

Tout comme lorsque son propre père lui avait confié la tâche de former elle-même son équipage, Tanithkara avait demandé à sa fille d'organiser le voyage. Isis avait imité sa mère, et recruté plusieurs de ses camarades d'université. Cependant, les trois quarts de l'équipage étaient constitués de guerriers. On ignorait ce que l'on allait rencontrer sur place. On avait aussi rempli les soutes de vivres et d'outils destinés aux éventuels survivants.

L'*Hytcharo* avait mis moins de neuf jours pour gagner le continent austral. Tanithkara avait espéré que la fureur des éléments avait fini par se calmer. Partout ailleurs, le nuage de cendre avait disparu, et les températures étaient remontées. Elle imaginait que l'Hedeen avait dû subir de terribles cataclysmes au moment de l'éruption de Tearoha. Cependant, le basculement de la planète, même s'il était important, ne représentait encore qu'une trentaine de kilomètres. C'était peu en regard des dimensions du plateau continental. Elle espérait donc qu'après la catastrophe les conditions climatiques antérieures se seraient plus ou moins rétablies. Pourtant, lorsque le navire parvint en vue de l'empire austral, Tanithkara constata que ses suppositions étaient erronées. Un épais voile grisâtre pesait sur les côtes comme une chape de plomb, interdisant aux rayons du soleil de réchauffer la terre.

— On dirait de la cendre, remarqua Païrhan, un vieux compagnon de la reine, qui avait tenu à faire le voyage avec elle.

Lui seul était assez âgé pour se souvenir de l'étrange phénomène qui avait frappé l'Hedeen quarante ans plus tôt. Isis et les autres étaient nés après la disparition de la couche volcanique et ne la connaissaient qu'au travers des récits des anciens.

— Tu as raison, murmura Tanithkara. Il semblerait que l'éruption du supervolcan de Tearoha ne soit pas encore terminée. C'est étonnant.

— Ce n'est pas Tearoha, rectifia Païrhan. Regarde : les nuages se déplacent d'est en ouest.

— Alors, il s'agit de l'île du Feu, conclut Tanithkara. Ses trois volcans doivent toujours être en activité. Ce sont eux qui émettent cette nuée de cendre.

Ignorant ce qu'ils allaient trouver à Marakha, la reine décida d'aborder le territoire de la Nauryah à quelques kilomètres à l'ouest de la capitale. Le navire s'enfonça sous la couche de poussière. Bientôt, le soleil ne fut plus qu'un souvenir. Le monde se trouva plongé dans une inquiétante pénombre grise. Bien que l'on fût en été, un froid glacial s'était abattu sur le vaisseau. Tandis qu'ils s'avançaient silencieusement au-dessus des terres, le cœur de Tanithkara se serra. Le sol était sombre, couvert d'une couche de neige et de boue. A perte de vue, là où s'étendaient autrefois des champs et des forêts, ce n'était plus qu'un désert inculte sur lequel soufflaient des vents furieux. Çà et là subsistaient des traînées vertes d'herbe rase et de lichen. Il ne restait plus aucune trace d'arbres ou d'arbustes. Les Nauryens survivants, s'il y en avait, avaient dû abattre jusqu'au dernier d'entre eux pour se chauffer. Nulle part on n'apercevait d'animaux. Les troupeaux libérés peu avant l'exode avaient sans doute péri de froid, ou bien avaient été dévorés.

Poussant les moteurs de l'*Hytcharo* à fond, le pilote entreprit de remonter au vent parallèlement à la côte. Bientôt apparurent les ruines d'un village. Tanithkara ordonna de descendre. Le froid glacial permettait de survoler la terre à très basse altitude sans grand danger. Dans un silence impressionnant, hormis les sifflements du blizzard sur l'enveloppe, la forme fantomatique du vaisseau s'approcha ainsi jusqu'à moins de cent mètres de hauteur, volant à vitesse réduite.

Ce fut alors que Tanithkara et ses compagnons constatèrent que des silhouettes apparaissaient dans les ruines. Des hommes, des femmes sortaient de ce qui restait des maisons pour contempler l'étrange phénomène de ce navire géant qui venait de se matérialiser au-dessus de leur village. Elle se demanda de quoi se nourrissaient ces gens. Nulle part n'apparaissait le moindre champ cultivé.

Elle demanda au pilote d'immobiliser le vaisseau au-dessus des maisons et sortit sur le pont, suivie par ses compagnons. Le vent glacé leur coupa la respiration. Tanithkara resserra sa mante épaisse et s'approcha de la lisse, couverte d'une fine couche de givre. Elle dénombra une trentaine de personnes, qui, le premier effet de surprise passé, lui adressèrent des signes timides de la main. Malgré les hurlements du blizzard, elle perçut des cris de joie. Stupéfaite, elle entendit également son nom.

— On dirait qu'ils m'ont reconnue ! s'exclama-t-elle. Mais c'est impossible. Cela fait plus de quarante ans. Ces gens-là semblent tous très jeunes. Comment peuvent-ils se souvenir de moi ?

Elle fut encore plus surprise lorsqu'elle constata que les habitants posaient un genou en terre les uns après les autres, en signe de respect.

— Nous pourrions peut-être atterrir, mère, suggéra Isis. Ils n'ont pas l'air hostiles.

La reine acquiesça et ordonna de poser le dirigeable. On laissa glisser l'ancre. Puis le vaisseau fut amené jusqu'au sol. Quelques instants plus tard, Tanithkara posait le pied sur le sol de l'Hedeen. Les indigènes s'étaient rassemblés à distance et attendaient, visiblement en proie à une vive émotion.

Entourée de ses gardes, Tanithkara s'avança vers eux. Les villageois étaient habillés de fourrures d'ours, de loups, ou de peaux de phoques-léopards. Les femmes se tenaient craintivement derrière les hommes. Elle nota qu'il n'y avait aucune personne âgée parmi eux. Elle devina, pointant le nez derrière les ruines des maisons, les frimousses de quelques enfants partagés entre la curiosité et l'angoisse.

— Qui est le chef de votre village ? demanda-t-elle.

Un homme s'approcha d'une démarche hésitante.

— Quel est ton nom ?

— Boorahn, madame.

Après un court silence, il demanda, craintivement :

— Pardonnez ma curiosité, madame, mais... êtes-vous la dame de la légende ? La reine Tanithkara ?

Elle ne put retenir un mouvement d'étonnement. Elle répondit :

— Mon nom est bien Tanithkara. Mais comment le connaissez-vous ?

De nouveau, l'homme posa un genou à terre et courba la tête, aussitôt imité par tous les autres.

— Vous êtes la reine de la légende ! Qu'Hyruun, le dieu Soleil, soit loué. La prédiction se réalise.

— Relève-toi, Boorahn, et parle-moi de cette légende.

L'homme invita Tanithkara à le suivre dans le village. Elle fut conviée dans la plus grande des masures. Elle constata avec étonnement que les amoncellements qu'elle avait pris pour des ruines étaient en réalité des maisons adaptées aux nouvelles conditions qui régnaient en Hedeen. Les murs étaient plus épais, faits de pierres entassées, les toits présentaient des pentes plus douces destinées à supporter la neige, celle-ci constituant un isolant contre le froid redoutable de l'hiver. Cependant, l'ameublement était réduit au strict minimum. Pas de tables, pas de chaises ni de tabourets, mais des paillasses d'algues et d'herbes séchées. Au centre de la pièce principale, une pierre creusée contenait de l'huile de phoque ou de baleine, apparemment le seul combustible que ces gens utilisaient pour se chauffer et s'éclairer. Le cœur de la reine se serra. Autrefois, ces villages étaient riches et prospères. Les habitants possédaient des meubles, des troupeaux, des chariots et des voitures à traction animale. Aujourd'hui, leurs descendants vivaient dans le dénuement le plus total.

Avec curiosité, la quasi-totalité des habitants s'était entassée dans la demeure, la plus grande du village. Ils n'étaient pas plus d'une quarantaine, et le plus vieux devait avoir cinquante ans, même s'il paraissait plus âgé. Sa peau était creusée de rides, marquée par des engelures, et sa dentition clairsemée lui donnait l'aspect d'un vieillard.

Boorahn convia la reine à prendre place sur une fourrure d'ours blanc, seule richesse visible dans cette pièce. Puis il commença son récit :

— Les anciens parlent d'un temps où l'Hedeen n'était pas comme aujourd'hui, recouvert par le froid et les glaces. Ils disent que le ciel n'était pas gris, mais bleu. Ils disent qu'il y avait des forêts avec des arbres qui fournissaient du bois. Nos enfants ne savent même plus ce qu'est un arbre. Aujourd'hui, nous nous chauffons avec de l'huile de phoque.

— Et que mangez-vous ?

— Du poisson et des algues. Nous chassons le phoque, le loup et l'ours. Autrefois, il y avait des prés, avec des animaux que l'homme élevait pour les manger. Ils ont tous disparu.

Il désigna le plus ancien.

— Voici Daarehn. C'est notre aîné. Il a cinquante-deux ans. Il se souvient de ces prés et de ces troupeaux.

Le dénommé Daarehn prit la parole :

— Il y a une trentaine d'années, on rencontrait encore quelques groupes de lamas et de mouflons sur les hauteurs de la montagne de l'Homme Sage. Depuis, toutes ces bêtes ont été exterminées par les chasseurs, les ours et les loups. Ce sont les seuls animaux qui résistent encore. Quand j'étais jeune, il y avait des champs et des vergers où poussaient des légumes et des fruits. On ne savait pas ce que c'était d'avoir faim, madame.

Autour d'eux, les villageois contemplaient Tanithkara avec des regards intenses. Les femmes admiraient la richesse de ses vêtements et chuchotaient entre elles.

— Parlez-moi de la légende, dit-elle.

Daarehn poursuivit :

— Mon père disait qu'il y a plus d'un siècle, une grande lumière est apparue dans le ciel. Certains prétendent que c'était la colère des dieux, d'autres affirment qu'une étoile a failli tomber sur la Terre. Ici, ils ne savent plus ce qu'est une étoile, puisqu'on ne peut pas voir le ciel. Mais moi, je me souviens, et je leur raconte. On dit qu'après le passage de l'étoile le monde est devenu fou. Il a fait de plus en plus froid, les étés ont disparu, les animaux sont morts, les champs se sont couverts de cendre et de neige. Autrefois, ce pays portait le nom de Nauryah. Aujourd'hui, il n'a plus de nom, parce que le froid le dévore chaque année un peu plus.

« Mais une légende est née après les cataclysmes. La Nauryah avait une reine. Une femme jeune et belle comme une déesse. Elle s'appelait Tanithkara. Les anciens affirment qu'elle a accompli de grands exploits. La légende dit par exemple qu'elle a vaincu à elle seule les hordes de démons venues du royaume de l'Est. Elle avait aussi prédit tous les fléaux qui ont frappé le monde. Elle avait compris que l'empire d'Hedeen était condamné à disparaître et qu'il fallait partir. Alors, Tanithkara a fait construire des bateaux et des navires volants, et elle a emmené la plus grande partie de la population de la Nauryah dans un autre pays, très loin, où elle a reconstruit une nouvelle cité.

— Cette légende dit vrai, Daarehn, confirma la reine. La grande majorité des habitants de la Nauryah m'ont suivie, et nous avons reconstruit une ville. Elle s'appelle aussi Marakha. Mais tous les Nauryens ne sont pas partis. Certains ont choisi de rester. J'ai respecté leur choix. Ils avaient peur de quitter la terre de leurs ancêtres. Ils craignaient que leur âme ne soit égarée à jamais après leur mort.

— Ces gens étaient nos pères, madame. Je me souviens de cet exode. J'avais douze ans à l'époque. Le pays s'était vidé, comme si son âme s'était enfuie avec vous. Mon père faisait partie de ceux qui refusaient de quitter le pays de leurs ancêtres. Mais, après votre départ, la vie est devenue bien pire. Il a regretté de ne pas vous avoir suivie. Et il n'était pas le seul. La Nauryah est devenue un enfer. A l'époque, nous vivions à Marakha.

Immédiatement après, la ville est devenue la proie des pillards, qui se sont emparés des biens que vous aviez abandonnés. Ils ont habité les riches demeures et ils les ont saccagées. Ils étaient organisés en bandes qui s'entretuaient sous le moindre prétexte. Il restait aussi là-bas des prêtres fanatiques, qui proclamaient que l'hiver qui s'était installé sur l'Hedeen n'était que la manifestation de la colère du dieu Haan. Ceux-là combattaient les bandes et imposaient leur domination au reste de la population. Mon père et quelques autres se sont enfuis et ils sont venus s'installer ici, à l'écart des batailles. Cependant, nous avions gardé des contacts avec ceux de Marakha, avec lesquels nous continuions à troquer des outils ou du bois. C'est comme ça que nous avons appris ce qui s'est passé ensuite.

« Dans tous les royaumes, on a compris que les prédictions de Tanithkara étaient vraies. On disait que la Terre basculait et que l'Hedeen se rapprochait du pôle Sud. Ce qui expliquait que, tous les ans, le froid gagnait du terrain. Alors, beaucoup ont décidé de partir. On a abattu quantité d'arbres pour construire de nouveaux bateaux. Il n'y avait plus de navires volants, parce que ceux qui savaient les fabriquer n'étaient plus là. Mais le bois a commencé à manquer. De terribles combats ont opposé les prêtres du dieu Haan et les autres pour la possession des forêts. On avait aussi besoin des arbres pour se chauffer. On se battait pour la moindre bûche, pour les arbustes. Au fil du temps, tous les arbres ont disparu, parce que ceux qui tombaient n'étaient pas remplacés. Les jeunes plants ne repoussaient pas. Ils mouraient sur pied, tués par le gel. Aujourd'hui, il ne reste plus que de l'herbe et du lichen. On a brûlé les meubles pour ne pas mourir de froid. Et les richesses pour lesquelles les pillards s'étaient entretués sont parties en fumée.

« Parfois, nos pères pensaient à partir. Mais leurs barques étaient bien trop faibles pour affronter le terrible océan des Dieux. Quand mon père est mort, j'ai hérité de sa barque. Je la garde précieusement, car c'est grâce à elle que je peux encore pêcher et me nourrir. Cependant, elle est de plus en plus abîmée et bientôt, je ne pourrai plus la réparer. Nous avons perdu tout espoir de voir le pays redevenir ce qu'il était avant le cataclysme. Tous ceux qui m'entourent n'ont jamais connu le ciel bleu. Parfois, on distingue une boule jaune à travers le voile gris. Je sais que c'est le soleil. Mais les autres ne savent pas à quoi il ressemble. Nous sommes tous condamnés à mourir. Pourtant, nous avons continué à nous accrocher à la légende de la reine Tanithkara. Parce que les survivants de la Nauryah ne l'ont jamais oubliée. Mon père me disait souvent : "Elle reviendra, et elle emmènera les justes avec elle." Il n'était pas le seul à penser ainsi. C'est ainsi que la légende est née. On contait vos exploits, le soir, à la veillée. Et peu à peu, on a fini par y croire. Nous avons attendu votre retour, malgré les années qui passaient.

Daarehn marqua un silence, puis il regarda Tanithkara dans les yeux et ajouta :

— La légende disait que vous reviendriez un jour, et que vous apparaîtriez à bord d'un grand navire volant pour nous emmener vers ce pays couvert de forêts où règne le soleil. Aujourd'hui, le grand navire est apparu. Alors, est-il vrai que vous êtes revenue pour nous chercher, madame ?

Vivement émue, la reine prit la main de l'homme dans les siennes. Elle était sèche et dure comme le bois.

— C'est la raison pour laquelle je suis ici, Daarehn. Il nous a fallu beaucoup de temps pour reconstruire une ville. Le nuage de cendre a aussi frappé notre pays, et beaucoup d'entre nous sont morts. Mais à présent, le voile a disparu et le soleil nous réchauffe. Ce pays est riche, et il est habité par des Nauryiens. Vous y avez donc votre place. Ce navire est trop petit pour vous emmener, mais nous possédons de nombreux bateaux. Ils viendront vous chercher. Nous allons vous donner des vivres pour vous aider à résister, le temps qu'ils arrivent. Mais avant de repartir, je veux me rendre à Marakha. Dites-moi ce qu'elle est devenue.

Le chef du village croisa les doigts, selon la tradition, comme pour chasser un mauvais esprit. Il baissa la voix et répondit :

— Nous n'osons plus nous y rendre, madame. Marakha est tombée aux mains des prêtres du dieu Haan. Ce sont de véritables démons, qui tuent sans pitié tous ceux qui s'opposent à eux. Au début, ils ont combattu les pillards qui terrorisaient la population. Ils ont exterminé les bandes les unes après les autres. Depuis, ils règnent sur les gens de Marakha. Beaucoup se sont convertis à la religion du dieu Haan pour être tranquilles. Les autres, comme mon père et ses amis, ont fui la capitale et se sont installés dans de petits villages. Ils invoquaient la légende et croyaient à votre retour. Mais avec le temps, la plupart ont cessé d'espérer, parce qu'il y a eu trop de morts, à cause du froid, de la famine, et des guerriers de Haan qui ont continué de livrer une guerre sans merci aux villages proches de Marakha parce qu'ils abritaient des hérétiques. C'est le terme qu'ils emploient pour désigner ceux qui refusent de se soumettre à leur dieu. Marakha est devenue un enfer, madame. Il ne faut pas y aller.

Tanithkara secoua la tête.

— Je ne peux pas laisser les Marakhéens sous la coupe de ces criminels.

— C'est de la folie, madame. Les Haaniens n'ont de respect pour rien. Vous allez vous faire tuer. Ils connaissent aussi la légende de Tanithkara, et ils disposent d'une armée de guerriers fanatisés.

— Sont-ils nombreux ?

— D'après ce que nous savons, il n'y a guère plus de deux mille habitants à Marakha. Les gardes ne sont sans doute que quelques dizaines. Une centaine, tout au plus.

— Je dispose d'une cinquantaine de guerriers bien armés et entraînés au combat. Cela me semble équilibré. Nous allons passer la nuit ici. Demain, nous nous rendrons à Marakha.

59

Après avoir fourni les vivres promis, Tanithkara donna l'ordre de décoller en direction de la capitale. Une angoisse sourde serrait le cœur de la reine, qu'elle s'efforçait de dissimuler à son entourage. Avec les années, son intuition s'était développée et affinée au point de devenir une sorte de sixième sens qui lui permettait de voir au-delà des apparences. Quelque chose de mauvais survivait dans les décombres de son ancienne cité. Au-delà des hommes qui l'incarnaient, ces prêtres fanatiques qui imposaient leur domination, c'était le spectre même de cette religion intolérante et destructrice qui hantait ce pays en pleine décomposition. Elle savait qu'elle allait devoir l'affronter une fois encore.

Le dirigeable volait à basse altitude. Comme pour s'accorder avec l'anxiété de Tanithkara, le voile de cendre s'était épaissi et plongeait le paysage dans une pénombre chargée de menaces. Bientôt apparut un autre village. Comme la veille, l'apparition de l'énorme vaisseau provoqua un attroupement. Cette fois, l'accueil fut beaucoup moins hospitalier. Tanithkara distingua çà et là quelques capes sombres révélant la présence des Haaniens. Des hommes proférèrent des injures, puis jetèrent des pierres en direction du navire.

— Ceux-là sont fanatisés, remarqua Païrhan. S'il en est de même à Marakha, il va être difficile de reprendre contact avec eux.

Tanithkara acquiesça en silence. Ils devaient cependant s'en assurer. D'après Boorahn, une bonne partie des habitants de l'ancienne capitale supportait mal le joug des Haaniens. Elle n'avait pas le droit de les abandonner.

Plus loin, ils survolèrent un véritable champ de ruines. Le village avait été attaqué et ses occupants massacrés. Des cadavres en décomposition jonchaient le sol, dont personne ne semblait s'être préoccupé. Les demeures étaient éventrées, abattues, les toits crevés. Sans doute les habitants de ce village s'étaient-ils opposés aux Haaniens et ces derniers les avaient-ils exterminés. Tanithkara maîtrisa à grand-peine son émotion. Rien n'avait donc changé en Hedeen, malgré l'enfer dont l'étau se resserrait chaque année un peu plus ? Mais qui étaient ces individus qui s'arrogeaient le droit de vie et de mort sur les autres ? La colère prit le dessus.

Bientôt, ils atteignirent le fleuve Elhorka, le long des rives duquel s'étirait Marakha. Le cours d'eau charriait des eaux grises et noires, chargées de blocs de glace arrachés aux montagnes. Tanithkara tenta de distinguer le mont de l'Homme Sage, mais son sommet se perdait dans les nuées. Au loin, ils aperçurent l'océan et le port, qui n'était plus qu'un champ de ruines. La ville se dressait plus loin, vers l'ouest.

— Nous allons atterrir à distance de la cité, décida la reine. Si les autres sont armés d'arbalètes, ils peuvent crever l'enveloppe de l'*Hytcharo*, et nous serions bloqués ici, sans possibilité de repartir. Nous ferons le reste du chemin à pied.

Le dirigeable fut amarré derrière une falaise qui le soustrayait à la vue des habitants de la cité. Il fut placé sous la responsabilité de son capitaine, qui reçut l'ordre de décoller immédiatement en cas d'attaque. Il restait toutefois plusieurs kilomètres à parcourir pour parvenir à Marakha. Tenant en main un solide bâton, Tanithkara se mit en route, suivie par Isis et les guerriers.

La progression se révéla pénible. Malgré sa volonté implacable, Tanithkara souffrait. La route dallée qui autrefois reliait la Nauryah au royaume du Mahdor n'était plus qu'une voie cahoteuse, défoncée par les glaces hivernales, que personne ne se souciait d'entretenir. Des brumes glaciales rampaient au niveau du sol pelé, recouvert par endroits de plaques de neige. Des petites maisons de paysans qui cernaient jadis la cité, il ne restait plus que des pans de murs éboulés envahis par les ronces et la mousse.

Bientôt, le brouillard se dissipa un peu et révéla ce qui subsistait de Marakha. Une vive émotion s'empara de Tanithkara. L'enceinte avait disparu. Parce qu'elle était en bois, on avait dû la démanteler pour le chauffage. Ils franchirent les limites de la ville. Mais celle-ci n'était plus qu'un vaste champ de ruines. De part et d'autre de ce qui avait été une artère importante du quartier résidentiel se dressaient des squelettes informes, souvenirs fantomatiques des magnifiques résidences d'autrefois. Une végétation faite de lichens, de mauvaises herbes et d'arbustes épineux avait envahi les lieux, disloquant impitoyablement les murs. Tanithkara aurait pu nommer les anciens occupants de ces demeures.

Le cœur de la reine se serra lorsqu'elle parvint devant ce qui restait du palais Nephen. La superbe bâtisse s'était effondrée, transformée en un fouillis de pierres, de linteaux brisés. Des traces noirâtres montraient que l'endroit avait été ravagé par un incendie. Apparemment, les lieux étaient déserts. La cité comptait plus de soixante mille habitants à l'époque. D'après Boorahn, il en restait à peine deux mille. Ils avaient dû se regrouper au cœur de la ville.

Le souffle court, Tanithkara contempla longuement les ruines de la demeure ancestrale. Bien sûr, elle savait ce qu'elle allait retrouver, mais elle ne se doutait pas que cette vision lui ferait autant de mal. Elle reconnut l'amorce de l'escalier menant à ses appartements. Ceux-ci n'existeraient plus désormais que dans ses souvenirs. Isis avait passé son bras autour des épaules de sa mère. Elles n'avaient pas besoin de parler. La jeune fille savait où elle se trouvait.

Tanithkara secoua la tête pour chasser son émotion et reprit sa marche difficile. Le blizzard redoubla de violence. Elle resserra sa cape autour d'elle. Peut-être à cause de ce froid pénétrant, un doute insidieux avait envahi son esprit. Ce qu'elle tentait de faire frisait l'inconscience. Les Haaniens étaient nombreux et bien armés. Aucun dialogue ne serait possible avec eux. Elle le savait. En vérité, elle espérait que son apparition déclencherait une réaction parmi les habitants. Ses guerriers disposaient d'armes puissantes qui pouvaient leur assurer la supériorité.

Grâce à cette suprématie, peut-être parviendrait-elle à imposer sa volonté à l'ennemi et à éviter le combat. Son objectif consistait à rassembler tous ceux qui voudraient partir pour Avalon et à les mener jusqu'au village de Boorahn. Mais que pourrait-elle faire si les Haaniens s'opposaient à ce départ ? Elle n'était pas sûre de la réaction des habitants.

Ils approchaient du cœur de la cité, de ce qui avait été autrefois la place du Soleil. Là encore, les dalles de mosaïque colorée avaient disparu, remplacées par une surface défoncée, creusée d'ornières et de nids-de-poule. Au nord, en direction de l'océan, se dressaient les restes du temple d'Hyruun et du palais des pentarques. Sur les colonnes du temple, les grandes statues avaient été mutilées, les visages des dieux détruits à coups de masse. Tanithkara soupira. Les plus habiles sculpteurs avaient sculpté ces chefs-d'œuvre plusieurs siècles auparavant. Une poignée de crétins en avaient décidé la destruction parce qu'ils ne correspondaient pas à leurs croyances.

Autour de la place, des immeubles tenaient encore debout, entretenus vaille que vaille. Elle ne s'était pas trompée. Les survivants s'étaient rassemblés là. Peu à peu, des silhouettes apparurent. Tanithkara s'arrêta pour reprendre son souffle. Elle observa les indigènes. Ils ne portaient pas d'armes. Autant qu'elle pouvait en juger, ils ne faisaient pas montre d'hostilité mais plutôt d'une intense curiosité. Elle comprit qu'elle avait affaire à ces habitants obligés de subir la domination des Haaniens. Tous ces gens connaissaient la légende. Mais allaient-ils se ranger à ses côtés ? Ou bien lui tiendraient-ils rigueur de ne revenir qu'au bout de quarante ans ?

Elle reprit sa marche vers les ruines du palais. Autour d'elle, ses gardes se placèrent en ordre de bataille et sortirent leurs armes, arbalètes classiques et lance-grenades. Tanithkara sentit l'anxiété lui broyer les entrailles. Elle n'avait pas encore aperçu le moindre prêtre de Haan. Ils devaient pourtant bien être déjà avertis de son arrivée.

Soudain, une haute silhouette se matérialisa dans la pénombre de ce qui restait de l'entrée du palais des pentarques. Le cœur de Tanithkara bondit dans sa poitrine. Elle crut être l'objet d'une hallucination. Malgré les années, malgré le grand âge de l'individu, elle le reconnut immédiatement à la terrible blessure qu'elle lui avait infligée quarante ans plus tôt, lorsqu'il avait investi sa chambre une nuit pour la tuer : devant elle se tenait Nehfyyr, le prêtre de Haan, le visage marqué par une cicatrice violacée qui lui barrait l'orbite gauche, vide de son œil. Autour de lui vinrent se ranger d'autres prêtres plus jeunes et des guerriers fanatisés.

Il n'y eut aucun échange de paroles. La haine déformait les traits détruits du religieux. Avant que les soldats de Tanithkara aient pu réagir, l'homme brandit une arbalète et tira sur la reine. Le trait siffla et vint s'enfoncer dans sa poitrine. Elle chancela sous le choc. Isis la reçut dans ses bras et la tira à l'écart tandis que les guerriers ripostaient. Les Haaniens trouvèrent refuge dans le palais des pentarques. Les guerriers de la reine s'abritèrent dans les ruines d'une demeure proche et une terrible bataille s'engagea.

Isis avait emporté sa mère hors de portée des arbalètes. Elle redoutait le pire, mais Tanithkara, le souffle court, lui adressa un sourire rassurant. La reine écarta lentement les pans de sa cape, dévoilant au-dessous une cuirasse dont l'épaisseur l'avait protégée. Elle tira d'un coup sec sur le carreau. Seule la pointe portait des traces de sang.

— J'en serai quitte pour une petite éraflure, dit-elle avec un petit rire.

— Mère, gémit Isis, partagée entre l'envie de pleurer et celle d'éclater de rire. Tu m'as fait une de ces peurs !

Tanithkara lui prit la main.

— Je savais que je risquais ma vie dans cette expédition. J'ai pris mes précautions.

Isis examina la cuirasse, que sa mère avait commencé à ôter pour examiner la blessure.

— Tu as pris tes précautions, mais cela n'explique pas tout. Un carreau d'arbalète est assez puissant pour transpercer ce genre d'armure. Il aurait dû s'enfoncer plus profondément. Il s'est passé quelque chose, mère.

Tanithkara lui caressa la joue.

— Eh bien, disons que j'ai eu de la chance. La corde de l'arbalète de Nehfyyr ne devait pas être assez tendue.

Isis ne répondit pas. Elle ne partageait pas l'avis de sa mère. Elle avait vu le trait jaillir, à une vitesse telle que personne n'avait eu le temps de réagir. Il y avait une autre explication. Mais laquelle ?

— Qui est ce Nehfyyr ? demanda-t-elle.

— Le prêtre fanatique qui servait de conseiller au roi Sherrès. Je t'ai déjà parlé de lui. Je pensais qu'il était mort. Il avait presque trente ans de plus que moi. Il a dû dépasser les quatre-vingt-dix ans.

— Il a tenté de te tuer dès qu'il t'a vue. Pourquoi te hait-il à ce point ?

— Il déteste les femmes. J'ai étudié la religion des Haaniens. Elles y sont considérées comme des êtres inférieurs, qui doivent obéissance aux hommes. A ses yeux, je représente tout ce qu'il exècre. Je suis libre et indépendante, j'ai pris le pouvoir à Marakha en déjouant ses plans, je lui ai infligé une défaite lorsqu'il a tenté d'investir la Nauryah. Et surtout, mes prédictions étaient exactes tandis que les siennes se sont révélées fausses. Il pensait que son dieu allait se montrer plus clément lorsque les populations de l'Hedeen seraient soumises à sa religion. Mais bien entendu, les fléaux se sont poursuivis. Il ne m'a jamais pardonné d'avoir eu raison.

Elle laissa passer un silence, puis ajouta :

— Je pense que c'est pour cela qu'il est resté à Marakha. Il aurait dû partir avec les autres Haaniens lorsqu'ils ont quitté l'Hedeen. Mais il croyait lui aussi à la légende, et il espérait que j'allais revenir. Il n'a survécu que dans le but de me tuer à mon retour.

— C'est incroyable.

— C'est logique, au contraire. Cet homme est habité par une folie fanatique. C'est la haine qui l'a maintenu en vie. C'est elle aussi qui lui a permis d'imposer sa tyrannie aux habitants de Marakha, par la force et la terreur.

Autour d'elles, les combats faisaient rage. Les guerriers avaient compris que la reine n'était que légèrement blessée et cette nouvelle les avait galvanisés. Cependant, la bataille fut rude. Les troupes de Tanithkara avaient l'avantage de l'armement, mais le fanatisme des autres les rendait sourds à tout instinct de survie.

Les arbalètes et les lance-grenades faisaient des ravages dans leurs rangs. Pourtant, les Haaniens étaient encore très nombreux. Quelques-uns avaient contourné les ruines où les Nauryens s'étaient postés. A certains endroits, de furieux corps à corps s'engagèrent. Déjà, plusieurs soldats d'Avalon avaient succombé. L'issue de la bataille était incertaine.

Soudain, les troupes de Tanithkara reçurent un renfort inattendu de la part des habitants de Marakha. Après un instant de flottement, certains, plus courageux, avaient fait valoir aux autres que la légende se réalisait, que la reine était de retour. Il fallait l'aider. Ils étaient allés chercher des pioches, des pelles, des bâtons, des haches, tout ce qui leur tombait sous la main et pouvait servir d'arme. Peu à peu, ce fut toute la population qui prit les gardes de Haan à revers, dégageant les guerriers de Tanithkara.

Il s'ensuivit un carnage épouvantable. Cette fois, les religieux se retrouvaient en nette infériorité numérique. La barbarie, les privations, les massacres qu'ils avaient imposés aux Nauryens resurgissaient dans l'esprit de ce peuple trop longtemps soumis, un peuple qui avait tremblé, souffert, un peuple humilié et bafoué. La colère qui s'exprimait était à la mesure de ce qu'ils avaient supporté. Tous avaient perdu un parent ou un ami, assassiné par les hordes haaniennes. C'était l'heure de la vengeance.

Sous les yeux horrifiés de la reine et de ses hommes, chaque prêtre, chaque guerrier haanien fut saisi, frappé, bousculé, jeté à terre, mis en pièces par la foule ivre de rage. Les soldats de Tanithkara avaient interrompu leurs tirs, de peur de toucher un habitant. Leur chef, Galvha, dit à la reine :

— Nous ne pouvons rien faire. Ils sont devenus fous.

Le massacre ne prit fin que lorsque le dernier des Haaniens eut été tué. Alors, la foule, hébétée, se calma. Les combattants, dont les armes de fortune et les peaux de bête dégoulinaient de sang, titubant, se regardèrent. A la fureur du combat succéda un silence lourd. Tout à coup, l'un d'eux, un jeune homme au regard halluciné, s'avança vers Tanithkara, les vêtements maculés d'écarlate. Il tenait à bout de bras une masse informe et sanguinolente, dans laquelle la reine reconnut la tête tranchée de

Nehfyyr. Elle eut un haut-le-cœur tandis qu'Isis poussait un cri d'horreur.

Parvenu devant elle, le jeune homme brandit son sinistre trophée.

— Voilà la tête de votre ennemi, dame Tanithkara. Il ne vous fera plus de mal.

Elle acquiesça d'un signe de tête. Le garçon, qui ne devait pas avoir plus de dix-huit ans, ajouta :

— Ce vomi de chien a fait brûler mes parents sous la braise devant moi et mes petites sœurs parce qu'ils refusaient de se convertir. Ensuite, il m'a obligé à adorer son dieu cruel. Il a fait battre mes sœurs pour qu'elles apprennent la soumission. Il a eu ce qu'il méritait.

— Quel est ton nom ?

— Fehruun, madame.

— C'est bien, Fehruun. Tu as vengé tes parents.

Il s'éloigna, tenant toujours la tête sanglante en main. Après avoir fait quelques pas, il regarda son trophée, poussa un cri de rage et de douleur mêlées, puis projeta la tête aussi loin que possible. Enfin, il s'écroula sur les genoux et éclata en sanglots.

Tanithkara se tourna vers Isis.

— Il ne faut pas les juger, ma fille. Leur folie meurtrière va s'apaiser à présent que leurs ennemis sont morts. Ils vont prendre la mesure de la violence démentielle qui s'est emparée d'eux.

— Crois-tu que nous pourrons les amener à Avalon ? Que va-t-il se passer lorsqu'ils seront là-bas ? Ne risquent-ils pas de devenir dangereux pour les nôtres ?

— Ils *sont* des nôtres, Isis.

— Mais comment des êtres humains peuvent-ils se conduire avec une telle sauvagerie ?

— Hélas, je crains que nous ne soyons tous capables de cette sauvagerie lorsque les circonstances nous poussent au-delà de nos limites. Ces gens ont enduré un enfer. Notre devoir est de les aider, pas de les condamner.

— Ils me font peur…

— Tu n'as rien à craindre d'eux. Viens !

Tanithkara lui prit la main et s'avança sur le champ de bataille, s'aidant de son long bâton. Les combattants se tournèrent vers elle. Beaucoup baissaient les yeux. A présent que la fureur des combats avait disparu, ils commençaient à prendre conscience de la barbarie de leur comportement. Quelques-uns vinrent à elle et mirent un genou à terre, baissant la tête.

— Soyez la bienvenue, reine Tanithkara, dit l'un d'eux.

Quelques mois plus tard, la population d'Avalon augmentait de près de deux mille nouveaux arrivants. Tanithkara, dès son retour, avait envoyé plusieurs navires pour récupérer les survivants de Marakha. Elle avait également organisé des expéditions dans les autres royaumes, mais la plupart étaient désertés. Situés plus au sud, le froid les avait rendus totalement inhabitables, et seules la Nauryah et Malhanga abritaient encore une population.

Par les nouveaux réfugiés, Tanithkara avait appris que la plupart des habitants de l'Hedeen s'étaient exilés au cours des années qui avaient suivi son propre départ. Cependant, personne ne savait où avaient pu se rendre les émigrants. L'exode s'était fait par vagues successives, qui emportaient parfois des Haaniens, parfois des adorateurs du dieu Soleil, des ouvriers comme des pêcheurs. Tous avaient entrepris une errance hasardeuse, à la recherche d'une terre d'accueil. A la différence des Nauryens, ils ignoraient où les mènerait leur voyage sans retour. Combien de navires avaient été engloutis par les tempêtes ? Où avaient pu échouer les survivants ? Vers quel avenir incertain se dirigeaient-ils à présent ? Que conserveraient-ils de la connaissance des Hosyrhiens ?

60

Quarante nouvelles années s'étaient écoulées...

Tanithkara était désormais âgée de cent trois ans. Elle avait renoncé à son titre de reine peu après son retour d'Hedeen. Isis lui avait succédé, s'était mariée et avait eu quatre enfants. Elle régnait depuis sans difficulté sur un peuple qui se gouvernait tout seul.

La vieille dame, dont l'esprit restait parfaitement lucide, avait passé beaucoup de temps après son abdication à approfondir ses contacts avec l'Ether. Elle avait ainsi découvert des éléments essentiels, comme la puissance de la pensée humaine, capable d'influencer le déroulement des événements. Par l'autohypnose, elle s'était plongée dans l'univers étrange qui conservait les mémoires de tous ceux qui avaient vécu depuis l'origine des temps, depuis l'apparition de l'homme. Elle avait noué avec cet espace étonnant des liens singuliers, qui lui avaient fait prendre conscience de son extraordinaire complexité.

Nombre de ses questions restaient sans réponse. Peut-être ces réponses n'existaient-elles pas...

Ainsi, pouvait-on considérer l'Ether comme une divinité ? Tanithkara pensait que non. Il s'agissait d'autre chose, une entité supérieure dont tous les êtres vivants faisaient partie. L'humanité ne représentait qu'une infime fraction de cette entité, même si l'homme était la créature la plus évoluée. Ce qui l'avait amené parfois à se croire lui-même d'essence divine. L'Ether n'était pas un dieu omnipotent qui aurait créé l'univers et la Terre. Il était apparu sur la planète plusieurs milliards d'années auparavant, et il s'y était développé, s'adaptant aux modifications des conditions de vie au fil du temps, sur une durée qui défiait l'imagination humaine. A plusieurs reprises, il avait failli être anéanti par des cataclysmes bien plus terrifiants que celui qui frappait la Terre depuis le passage de la comète. Quelques centaines de millions d'années auparavant, l'un d'eux avait provoqué la disparition de quatre-vingt-dix pour cent des êtres vivants. Pourtant, la vie s'était reconstruite à partir des espèces survivantes. Un phénomène identique s'était aussi produit il y avait soixante-cinq millions d'années. Tanithkara avait appris ces informations en explorant l'incommensurable mémoire collective de l'Ether, profondément marquée par ces apocalypses. Elle avait pu remonter très loin dans le passé, découvrant avec étonnement l'évolution qu'avait connue l'espèce humaine au fil du temps. Au-delà, elle avait retrouvé l'aspect véritable de ces êtres étonnants qui avaient peuplé la planète avant même l'apparition de l'homme. Cette quête passionnante lui prenait une grande partie de son temps. Elle consignait ses découvertes par écrit, dessinait les croquis des animaux fabuleux aperçus au cours de ses transes, dont elle s'éveillait à chaque fois émerveillée. Il lui aurait fallu de nombreuses vies pour retracer la fantastique histoire de la planète.

Cependant, même si elle avait bénéficié d'une vie longue et fructueuse, le temps lui était compté. A l'âge de cent trois ans, son corps fut saisi un matin d'une faiblesse nouvelle. Elle comprit qu'elle arrivait au terme de son existence. Elle n'en conçut aucune inquiétude, plutôt un certain soulagement. Depuis quelque temps, elle respirait plus difficilement, ses jambes la soutenaient moins bien. Elle éprouva une grande tristesse à l'idée de devoir quitter les siens, mais ils pouvaient se passer d'elle. Et puis, tous ses vieux compagnons avaient disparu. Elle devait poursuivre son voyage sous une autre forme et abandonner un véhicule désormais trop fatigué.

La nuit qui suivit, elle se plongea une dernière fois dans l'Ether, attirée par quelque chose qu'elle ne put définir. L'esprit grand ouvert, elle se laissa guider par ce sixième sens qu'elle avait appris à développer tout au long de sa vie : son intuition. Une sorte de voix l'appelait à pénétrer plus profondément dans cet univers où n'existait aucune distance, et qu'elle percevait comme un espace de lumière couleur d'azur et d'or, dans lequel elle croisait les mémoires, les âmes des disparus. Ces contacts l'entraînaient toujours à un moment ou un autre du passé. Cette fois, pourtant, elle comprit qu'une nouvelle voie s'ouvrait à elle, une voie différente, qui l'emmenait vers un ailleurs insolite, encore inexploré.

Une multitude d'images stupéfiantes lui apparurent, comme dans un kaléidoscope, lui montrant un monde qui n'existait pas encore, un monde où l'homme s'était multiplié dans des proportions effarantes, où il avait envahi la planète et l'avait asservie, un monde de contradictions où, pour beaucoup, l'esprit humain s'était défait de sa liberté de pensée pour se soumettre à des philosophies religieuses qui étouffaient toute quête personnelle. Des images atroces la heurtèrent : des femmes emprisonnées derrière des grilles, soumises aux caprices d'hommes tout-puissants, des femmes voilées, cloîtrées contre leur gré pour consacrer leur vie à un dieu, des femmes lapidées pour avoir eu l'imprudence d'aimer un autre homme que celui qu'on leur avait imposé, des hommes aussi, des hommes jeunes jetés dans des combats où étaient utilisées des armes de plus en plus meurtrières ; des massacres effrayants, perpétrés au nom d'un dieu unique, un dieu d'amour que ses adeptes abreuvaient du sang de ceux qui adoraient une autre divinité ; des hommes de pouvoir, qui s'appuyaient sur ces croyances pour asseoir leur domination, des hommes dont le seul but était de diriger pour s'enrichir encore et toujours. Elle vit des forêts brûler, disparaître, des mers se vider des créatures qui y vivaient. Elle vit des pays entiers se transformer en déserts desséchés par un soleil impitoyable. Elle vit des hommes se battre pour la possession de sources ou de puits, pour une eau devenue trop rare. Elle vit des peuples harcelés, persécutés, massacrés, des hommes et des femmes nus et squelettiques, exterminés au cœur de bâtiments sombres et terrifiants, équipés de douches qui ne fournissaient pas d'eau, des hommes, des femmes et des enfants à la peau noire, déportés pour servir d'esclaves à des hommes à peau blanche qui les traitaient encore plus mal que des animaux, d'autres hommes et femmes noirs, découpés vivants à coups de machette au cœur d'une jungle sanglante. Elle vit des hommes et des femmes en haillons, mourant de froid et de faim au cœur d'effrayantes cités tentaculaires.

Au cœur de sa transe, Tanithkara ressentit un profond malaise. Elle savait que l'Ether lui montrait l'avenir. Un avenir éloigné de plusieurs milliers d'années. Et la souffrance qu'elle ressentait était celle de la Terre elle-même, de cette entité qui allait bientôt l'accueillir en son sein.

Elle sut aussi qu'elle reviendrait à la vie à cette époque lointaine. Pour prévenir l'humanité du danger qu'elle courait en raison de son aveuglement. L'homme devait conserver sa liberté de pensée, devenir un être responsable, capable de prendre son destin en main dans un esprit de solidarité et de respect mutuel, et non de soumission à un dieu. Un dieu semblable à celui des Haaniens, mais derrière lequel s'abritait une autre divinité encore plus terrifiante, un dieu qui avait mille noms, qui tous traduisaient l'insatiable appétit de l'homme pour la richesse : la maudite soif de l'or.

Lorsqu'elle s'éveilla de sa transe, elle se releva, au prix de quelques douleurs, prit une plume et du papier et se mit à écrire. Les siens devaient savoir. Ils devaient transmettre à travers le temps ce qu'elle avait découvert.

Une prophétie…

En souvenir de l'Hedeen désormais plongé dans un hiver éternel, elle l'appela « la Prophétie des Glaces ».

61

Base Equinoxe, de nos jours…

Un long silence suivit la dernière transe de Lara, traduite avec beaucoup de difficultés par Rohan, tant la plongée dans l'univers de l'Ether était déconcertante.

Cela faisait à présent près de deux mois que la jeune femme avait commencé ses recherches sur l'Hedeen. Elle avait parfaitement réussi à réveiller les souvenirs de Tanithkara. Dès le second jour, elle avait maîtrisé le phénomène de l'autohypnose et s'était passée de l'aide de Paul Flamel et de son pendule. Il lui semblait à présent avoir vécu deux vies, dont l'une avait duré plus d'un siècle. Jour après jour, à raison de quatre à six heures de plongée hypnotique dans l'Ether, Lara avait redonné vie à un monde enfoui sous les glaces, à des personnages dont il ne restait plus aucune trace, et à une femme hors du commun, une reine de légende qui avait consacré sa vie à la sauvegarde de son peuple.

Les scientifiques hosyrhiens suivaient ces recherches avec passion. Toutefois, l'enregistrement des séquences hypnotiques par le système IRMF ne suffisait pas. Il fallait ensuite que Lara et Rohan traduisent le langage hedeenien, car Tanithkara s'exprimait dans sa langue natale, qu'ils étaient les seuls à comprendre.

Au fil des jours, la personnalité de Lara s'était modifiée, influencée par celle de la reine. Elle avait craint au début que les deux esprits n'entrent en conflit, mais c'était l'inverse qui s'était produit, comme l'avait pressenti Paul Flamel. Enrichie par la mémoire extraordinaire de Tanithkara, la jeune femme y avait puisé un nouvel équilibre. Les étonnantes capacités spirituelles de Tanithkara avaient rencontré un écho en elle. A travers ses souvenirs, Lara avait eu accès à un univers fabuleux, insoupçonné, avec lequel elle avait établi le même contact que son ancêtre spirituelle.

Cependant, elle n'avait pas voulu poursuivre sa quête jusqu'au moment de la mort de Tanithkara. Elle savait que celle-ci était décédée deux jours après avoir fini de rédiger la Prophétie des Glaces. Sur les écrans, tous avaient suivi avec stupéfaction le voyage immobile que la reine avait effectué au cœur de l'Ether. C'était une plongée dans un monde hallucinant, un univers de la pensée et de l'émotion qui ressemblait à un rêve, mais où ils avaient perçu avec stupeur des images d'une précision étonnante, qui s'étaient succédé à une vitesse incroyable, des visions adressées à la reine par l'Esprit de la Terre lui-même. Il n'était même plus besoin de traduire les mots de Tanithkara. Ces images parlaient d'elles-mêmes. A quinze millénaires de distance, elle avait pressenti le monde actuel.

Le dernier enregistrement montrait la main noueuse et ridée de Tanithkara courant sur le papier, d'une écriture encore alerte, faite des mêmes signes étranges que ceux contenus dans le dossier Hedeen. Lorsque la main retomba et que la vision s'estompa, un grand silence suivit. Lara s'éveilla de son sommeil et, après avoir repris ses esprits, déclara :

— Vous connaissez désormais la vérité. La Prophétie des Glaces est le fruit de cette ultime vision de la reine Tanithkara. Elle n'est pas exclusivement dirigée contre les religions, mais plutôt contre l'aveuglement de l'homme vis-à-vis de sa planète. La formulation que la reine en a donnée a été influencée par l'existence de la religion de Haan, dieu unique et omnipotent, qu'elle a combattu et dont elle a voulu dénoncer l'intolérance. Mais les dieux ne sont que ce qu'en font les hommes. Ils sont la traduction, l'expression de leurs angoisses, et une tentative de réponse aux mystères qui les dépassent. Ces réponses laborieuses et incomplètes ne viennent pas des dieux, mais de l'esprit humain lui-même. Et les atrocités commises au nom des divinités ne sont que le reflet de la monstruosité de l'esprit humain. Certains religieux les justifient au nom de leur dieu, quel qu'il soit. Mais elles traduisent en vérité leur intransigeance, leur intolérance et leurs frustrations. Voilà ce qu'a voulu dénoncer Tanithkara. Et voilà l'avertissement donné par l'Esprit de la Terre. Il ne se limite pas aux religions. Ce message est clair : l'homme est devenu un danger pour son propre monde. Par sa prolifération incontrôlée et encouragée par les religions, par sa cupidité et son inconséquence, par son orgueil et son goût du pouvoir, il saccage son environnement, qu'il exploite à outrance sans se soucier de ce qu'il léguera à ses descendants. Pourtant, il ne doit pas perdre de vue qu'il fait partie d'un Tout, et que ce Tout dispose des moyens de l'anéantir si la pression qu'il exerce sur les autres espèces devenait trop insupportable. Il suffirait d'un virus, d'une épidémie, pour exterminer l'humanité. L'homme doit donc évoluer, se défaire de la tutelle de superstitions erronées et prendre son destin en main, devenir responsable du monde qu'il a réussi à dominer, dans un esprit de solidarité, et en harmonie avec la nature.

Dans les jours qui suivirent, des discussions passionnées réunirent les chercheurs, et l'on émit de nombreuses hypothèses quant au destin des différents émigrants de l'Hedeen. Hormis les Hosyrhiens, les survivants avaient peu à peu oublié le savoir de leurs ancêtres. Ils avaient régressé au niveau des peuplades croisées au gré de leur longue errance, puis s'étaient mêlés à elles pour former d'autres peuples. Certains avaient conservé le souvenir de l'élevage et de l'agriculture et l'avaient transmis. D'autres s'étaient souvenus du principe de l'écriture, mais il avait fallu des millénaires et de nombreuses tentatives avant qu'apparaissent de nouveau des écritures structurées comme les hiéroglyphes et les cunéiformes. Seuls des sites comme celui de Glozel conservaient les traces d'écritures beaucoup plus anciennes. Des écritures que plus personne ne savait déchiffrer.

Il semblait probable qu'une partie des migrants avait échoué sur les rivages africains, puis s'était enfoncée dans les terres. Plus tard, peut-être poussés par la désertification du Sahara, ils avaient de nouveau migré vers l'est et étaient arrivés sur les rives du Nil, où ils s'étaient mêlés aux populations locales pour former les premières tribus égyptiennes, auxquelles ils avaient apporté une certaine conception solaire et polythéiste de la religion, comme tendait à le prouver la parenté entre le dieu solaire, Râ, et l'une de ses appellations hedeeniennes, Rahâ.

D'autres avaient sans doute essaimé le long du bassin méditerranéen et s'étaient fondus aux peuples de ses rives, notamment en Palestine. Quelques milliers d'années plus tard était apparue la civilisation sumérienne, dont le dieu principal s'appelait An. Peut-être ne s'agissait-il que d'une coïncidence, mais An était un dieu omnipotent et dominateur, qui fut à l'origine d'autres divinités présentant des caractéristiques proches.

Il était également probable qu'une partie des Hedeeniens s'étaient installés en Europe occidentale et avaient donné naissance, entre autres, aux ancêtres du peuple basque. Il existait en effet de nombreuses similitudes entre l'euskara et la langue de Tanithkara.

Quant aux Hosyrhiens, leur histoire était désormais mieux connue. Lara et Rohan avaient pu déchiffrer l'écriture oubliée, et le dossier Hedeen avait enfin livré ses secrets. Les descendants de Tanithkara avaient occupé l'île d'Avalon pendant près de cinq millénaires. Pendant cette période, ils avaient continué à explorer le monde. Puis, vers 8000 avant Jésus-Christ, ils avaient été contraints de quitter leur petit paradis. La fin de la glaciation de Würm avait provoqué une élévation importante du niveau des océans, phénomène qui avait condamné Avalon. Ils avaient recherché une nouvelle terre d'accueil et avaient émigré en Amérique du Sud, sur les rives d'un lac immense qui porterait plus tard le nom de Titicaca. Sur ses rives, ils avaient bâti une cité qu'ils avaient appelée Tiahuanaco, que certains archéologues considéraient comme la plus vieille ville du monde. L'endroit avait été choisi en raison de son isolement et de son altitude élevée, environ quatre mille mètres. On y avait construit un observatoire astronomique encore plus performant que celui de Marakha.

— A l'époque, le lac Titicaca était plus étendu, remarqua Fiona, ce qui explique que les ruines d'un port ont été découvertes à plusieurs dizaines de mètres des rives actuelles.

— D'autres éléments confirment la présence des Hosyrhiens, précisa Valentine. Sur les fresques sont représentés des animaux ressemblant à des proboscidiens. Or, les éléphants ont disparu d'Amérique du Sud il y a dix à douze mille ans. On trouve aussi des représentations de *toxodons*, qui ressemblent un peu aux hippopotames, et des ongulés appelés *macrauchenias*. Ces espèces se sont éteintes à la même période. Cela confirme l'ancienneté de Tiahuanaco.

L'étude du dossier Hedeen apporta la réponse à une autre énigme, celle des géoglyphes de Nazca. Tiahuanaco avait été occupée pendant des millénaires. Des contacts avaient été établis avec des tribus locales, notamment avec des peuplades vivant dans la région de Nazca. Ce fut au cours de cette période que furent tracées les figures géantes, par ces mêmes tribus, en hommage à ceux qu'ils considéraient comme des êtres d'origine divine, car ils se déplaçaient dans des navires volants. Les géoglyphes étaient destinés à être observés du ciel.

Cet isolement n'avait pas empêché les Hosyrhiens de poursuivre leurs voyages d'études. Parfois, ils avaient noué des relations avec des tribus auxquelles ils avaient offert un peu de leur savoir. Les chasseurs-cueilleurs avaient peu à peu été remplacés par les pasteurs-cultivateurs. Ainsi avait-on assisté au développement de l'agriculture et de l'élevage dans certaines régions, ainsi qu'à des tentatives d'écriture.

Quatre mille ans avant l'ère chrétienne, des civilisations avaient commencé à apparaître en différents endroits du monde, en Mésopotamie, en Egypte, en Europe, en Asie. Des guerres avaient opposé les peuples, mais des relations commerciales s'étaient établies. Plusieurs formes d'écriture s'étaient imposées. A partir de cette époque, les Hosyrhiens avaient commencé à se mêler à ces civilisations, qu'ils observaient de l'intérieur, et auxquelles ils continuaient d'apporter des bribes de connaissance. Ce fut ainsi que, sous le règne d'Alexandre, des informations furent transmises aux navigateurs pour l'établissement de cartes plus précises.

Les Hosyrhiens assistèrent à la lente évolution du monde, subissant parfois les contrecoups de l'Histoire. Tiahuanaco fut définitivement abandonnée dans le courant du Moyen Age, en raison d'un violent tremblement de terre. A cette époque, les Hosyrhiens s'étaient installés un peu partout dans le monde. Mais les différentes communautés conservaient leur unité en continuant de correspondre entre elles.

Elles contribuèrent également au développement de certaines connaissances. Au début du seizième siècle l'amiral turc Piri Re'is forma le projet d'établir une carte du monde. Il rassembla toutes les cartes qu'il put collecter, aussi bien les portulans établis au Moyen Age que les cartes de l'Antiquité, parmi lesquelles se trouvaient celles transmises par les Hosyrhiens, plusieurs fois recopiées, et qui comportaient des éléments disparus à l'époque, comme l'Hedeen, devenu l'Antarctique. Mais un Antarctique débarrassé de sa couche de glace. Piri Re'is étant gouverneur du Caire, il choisit cette ville comme point central de sa carte.

Quelques années plus tard, d'autres cartes d'origine hosyrhienne parvinrent entre les mains d'un cartographe finlandais, Oronteus Finaeus, lequel choisit de représenter les deux pôles en opposition. Cependant, l'Antarctique n'ayant pas été découvert à l'époque, il reproduisit les éléments dont il disposait, c'est-à-dire, là encore, un Antarctique libre de glaces.

Ces cartes hosyrhiennes influencèrent aussi d'autres géographes, comme Philippe Buache, qui, au dix-huitième siècle, représenta l'île d'Avalon, dont on avait oublié le nom. Mais l'existence de ces cartes eut d'autres conséquences. Ainsi, avant même la découverte de l'Amérique par Christophe Colomb en octobre 1492, celui-ci savait déjà qu'il existait quelque chose de l'autre côté de l'Atlantique. Il avait même déterminé à l'avance le temps nécessaire pour traverser l'océan.

Mais Christophe Colomb n'était pas le premier à traverser l'Atlantique. Bien longtemps auparavant, les Phéniciens, qui disposaient sans doute des cartes hedeeniennes, avaient établi un trafic régulier avec les Amériques, dont ils rapportaient des pierres précieuses, de l'or, de l'argent, et également du tabac. Un tabac qu'ils fournissaient aux Egyptiens, et que ceux-ci utilisaient dans le rituel de la momification. Ce qui expliquait pourquoi les chercheurs contemporains avaient trouvé des traces de nicotine dans des momies égyptiennes [1]. Les hommes savaient depuis longtemps qu'il existait d'autres terres de l'autre côté de l'Atlantique. Au septième siècle, un sultan africain, Musa, avait envoyé une centaine de navires sur les côtes d'Amérique du Sud. Et lorsque les Espagnols avaient débarqué au Venezuela, bien des siècles plus tard, ils y avaient découvert des Amérindiens à peau cuivrée... et des hommes à peau noire.

Cependant, un point laissait Rohan perplexe. Il s'en ouvrit à Paul Flamel :

— Je ne m'explique pas comment cette civilisation hosyrhienne a réussi à survivre pendant quinze mille ans. Toutes les autres, même les plus puissantes ou les plus stables, finissent par s'effondrer. Si l'on considère l'Egypte antique, le système politique du roi divin a perduré pendant trois millénaires, mais il a fini par disparaître. Rome, qui a dominé la Méditerranée et une bonne partie de l'Europe pendant plusieurs siècles, a implosé sous l'effet de la décadence et des invasions. D'autres puissances les ont remplacées à chaque fois, qui à leur tour se sont écroulées. Comment les Hosyrhiens ont-ils fait pour durer aussi longtemps ?

— Tout d'abord, les civilisations ne disparaissent pas vraiment. Elles se transforment sous l'influence d'éléments extérieurs. La vie des gens qui les composent change, elle s'adapte à de nouvelles conditions. Tu oublies aussi que certaines perdurent depuis bien plus longtemps que la civilisation hosyrhienne, sans changements fondamentaux.

— Lesquelles ?

— Celle des Aborigènes australiens, ou encore des Indiens d'Amazonie.

— Ils ne sont pas évolués, rétorqua Rohan.

— Encore un point de vue d'Occidental. Leur mode de vie leur convient parfaitement. Pourquoi en changeraient-ils ? C'est pour cette raison qu'ils connaissent une grande stabilité. Il en a été de même pour les Hosyrhiens. Nous n'avons jamais recherché la fortune ou le pouvoir. Notre mode de pensée nous a enseigné

1. Authentique. Cette découverte a, elle aussi, provoqué une polémique.

la vanité de ces choses-là. Nous sommes riches parce que nous avons construit nos fortunes au fil des millénaires.

« Mais il y a une autre raison. Chaque membre de notre communauté a conscience que son âme est immortelle, et que sa vie actuelle n'est qu'un passage, une étape de sa vie véritable, la vie spirituelle. Nous savons tous que nous passons d'un corps à l'autre, d'un véhicule à l'autre, et que chaque "voyage", chaque existence, nous enrichit. Cela nous enseigne une véritable sérénité, qui nous permet d'aborder la vie d'une manière totalement différente. Il existe de plus une grande solidarité entre nous, un profond respect mutuel. Ce sont les seules règles que nous nous imposons. Chacun de nous est libre de vivre la vie qui lui convient. Il sait que jamais les autres ne porteront de jugement sur lui.

— Que va-t-il se passer, à présent ? demanda Rohan. Nous sommes toujours menacés par l'Ensis Dei.

— Plus pour longtemps. Nous allons révéler notre présence au monde, et apporter la preuve de l'existence de l'Hedeen et de Tanithkara grâce aux enregistrements réalisés par Lara. Ainsi, l'Ensis Dei ne pourra plus rien contre nous. Nous espérons seulement que cette révélation amènera les hommes à se remettre en question pour modifier leur manière de vivre et l'harmoniser avec la nature.

Il marqua un court silence et ajouta avec malice :

— Cependant, je pense que ces découvertes vont remettre en cause la vision bien arrêtée que les Occidentaux ont de l'Histoire. Nombre d'historiens ne vont guère apprécier notre travail.

Cette perspective avait l'air de beaucoup l'amuser.

Rohan ne se posait plus de questions sur son avenir. L'étude de la mémoire de Tanithkara, que Lara n'avait fait que survoler pour en obtenir un résumé cohérent, était loin d'être achevée. Tous deux envisageaient d'écrire des ouvrages sur la civilisation hedeenienne, sur la reine, sur l'Exode, sur les cataclysmes qui avaient provoqué la disparition de l'empire et le basculement de la plaque continentale. Celle-ci avait dérivé pendant près de cinq millénaires avant de se stabiliser de nouveau. L'Hedeen s'était ainsi déplacé de près de trois mille huit cents kilomètres vers le sud, et le pôle s'était retrouvé au cœur du continent antarctique. Les rivages de la Nauryah, de Deïphrenos et des autres royaumes avaient inexorablement été recouverts par une épaisseur de glace de plusieurs centaines de mètres.

L'été austral était à présent bien avancé. Paul Flamel songeait à repartir lorsqu'un matin une nouvelle alarmante parvint à la base Equinoxe.

62

Paul Flamel, Lara, Rohan et les autres se précipitèrent dans la salle radio. L'opérateur fit signe au vieil homme d'écouter. La communication était mauvaise en raison de perturbations atmosphériques inhabituelles à cette époque de l'année. Le message provenait de l'hélicoptère qui assurait la liaison entre le navire et la base.

— Appel d'urgence ! Appel d'urgence ! Le navire a été attaqué par un ennemi inconnu. Nous avons à peine eu le temps de décoller...

Le vieil homme prit l'appareil en main.

— Ici Paul Flamel ! Que s'est-il passé ?

— Deux navires sont apparus hier en vue de l'*Equinoxe.* Le capitaine a d'abord pensé qu'il s'agissait de vaisseaux scientifiques norvégiens. Mais ils n'arboraient aucun pavillon, contrairement à la loi maritime. Nous avons tenté d'entrer en contact radio avec eux. Sans succès. Ils ont jeté l'ancre pour la nuit. Nous avons essayé de vous contacter, mais il est probable qu'ils avaient brouillé nos communications. Le capitaine s'est méfié, et nous avons instauré des tours de garde. Au matin, six vedettes d'assaut ont été mises à la mer et se sont dirigées vers l'*Equinoxe.* Le capitaine a décidé de rester à bord pour les attendre et leur demander des explications. Mais il nous a ordonné d'embarquer dans l'hélicoptère et de nous tenir prêts à décoller. Les vedettes ont encerclé le navire et des grappins ont été lancés. L'ennemi nous a abordés sans que nous ayons le temps de réagir. Lorsque le capitaine a voulu parlementer avec eux, ils ont fait feu sans sommation. Il a été tué. Nous n'avons rien pu faire. Nous n'avons eu que le temps de nous enfuir. Ils ont tiré sur l'hélicoptère, mais heureusement sans nous atteindre. Nous faisons route vers Equinoxe. Nous serons là dans une heure.

— Nous vous attendons.

Paul Flamel raccrocha le communicateur.

— L'Ensis Dei, murmura-t-il. J'ignore comment, mais ils nous ont retrouvés. Ils viennent pour nous détruire.

Quelques instants plus tard, tous les occupants de la base étaient réunis dans la grande salle. Paul Flamel prit la parole :

— Mes amis, je dois vous informer d'une très mauvaise nouvelle. Notre compagnon, le capitaine Kramer, qui commandait l'*Equinoxe*, a été tué au cours d'une attaque menée par les commandos de l'Ensis Dei. D'après le pilote de l'hélicoptère, que nous attendons d'un instant à l'autre, l'ennemi dispose de forces importantes. Malgré toutes nos précautions, il a réussi à nous localiser. Malheureusement, nous n'avons aucune arme à lui opposer. Nous ne possédons que deux fusils et un pistolet. Autrement dit : rien. Nous n'avons d'autre solution que d'abandonner la base et de tenter de trouver refuge auprès de nos amis norvégiens. Il est primordial que les informations que nous avons collectées soient préservées. Il est aussi essentiel que la reine, réincarnée dans le corps de Lara Swensson, soit sauvée. C'est pourquoi, dès que l'hélicoptère atterrira, Lara montera à son bord. Elle sera conduite jusqu'à la base norvégienne, d'où elle sera évacuée le plus rapidement possible. Quant à nous, nous allons monter dans les *snowcats* et tenter de sauver nos vies. Vous n'avez que quelques minutes pour vous munir de l'essentiel, vêtements chauds et kits de survie.

Un grand silence accueillit les paroles du Grand Maître. Puis chacun se dirigea vers sa cabine. Seule Lara resta sur place, en compagnie de Rohan, qui s'étonna de son attitude.

— Tu as entendu ce qu'a dit monsieur Flamel ? Nous devons partir au plus vite avec l'hélicoptère.

— Ils n'ont aucune chance d'échapper aux tueurs, répondit-elle. Les autres n'auront aucun mal à repérer leurs traces sur la glace. Lorsqu'ils se rendront compte que la base est désertée, ils leur livreront la chasse. Et ils doivent disposer, eux aussi, d'hélicoptères. La stratégie de la fuite est vouée à l'échec.

— Mais tu ne peux pas rester ici ! Tu dois vivre. Tu sais ce qui arrivera si ces scélérats te retrouvent.

Elle eut un petit sourire.

— Je sais. Ils veulent me tuer. C'est une obsession chez eux.

— Et c'est tout l'effet que ça te fait ?

Une nouvelle fois, elle demeura silencieuse. Paul Flamel, qui était resté, la regarda, intrigué par sa réaction.

— Laisse-la, dit-il doucement à Rohan. Ce n'est plus Lara que tu as en face de toi, c'est Tanithkara.

Ses dons de médium lui permettaient de percevoir le changement qui s'était opéré chez la jeune femme. D'instinct, Lara avait laissé l'esprit de la reine prendre les commandes. Elle avait fermé les yeux, le visage concentré. Puis des mots sortirent de ses lèvres, presque inaudibles, dans lesquels Rohan reconnut la langue de l'Hedeen.

— Elle s'adresse au Grand Esprit de la Terre, dit-il à Paul Flamel. Elle implore son aide.

Moins d'une demi-heure plus tard, l'hélicoptère parvenait en vue de la base. Lorsqu'il atterrit, les dix membres d'équipage sautèrent à terre. Le pilote reçut l'ordre de laisser tourner le rotor. Déjà, les *snowcats* avaient été sortis de leurs hangars. Chacun s'apprêtait à embarquer quand Lara apparut.

— Cela ne sert à rien, dit-elle d'une voix ferme. Ils sont déjà en route. Ils vous rattraperont et vous massacreront. Il faut rester ici.

— Mais nous n'avons rien pour nous défendre ! objecta Fiona.

— Nous n'aurons pas besoin de le faire, répondit Lara. Mettez l'hélicoptère et les *snowcats* à l'abri. Et surtout, fermez hermétiquement les portes.

Le ton de la jeune femme ne souffrait aucune réplique. Il y avait dans sa voix une autorité qu'ils ne lui connaissaient pas. Rester à Equinoxe, c'était se livrer à la merci d'un ennemi impitoyable, venu pour les exterminer tous jusqu'au dernier.

Pourtant, pas une voix ne s'éleva pour la contredire. Chacun avait conscience que ce n'était pas Lara qui avait parlé.

Quelques instants plus tard, ils étaient de nouveau réunis dans la grande salle. Le cœur de Lara battait la chamade. Si elle s'était trompée, ils allaient tous mourir. Mais l'esprit de Tanithkara s'était exprimé en elle, et sa formidable intuition lui avait montré quelque chose que ni ceux de l'Equinoxe ni l'ennemi qui approchait ne pouvait voir. Un phénomène étonnant était en train de se produire. Peut-être avait-il été provoqué par les pensées qu'elle avait adressées plus tôt à l'Ether. Peut-être ne s'agissait-il que d'une coïncidence. Mais des certitudes lui étaient apparues avec clarté. Ceux qui approchaient représentaient la mort et la destruction. C'était à cause d'individus de cette espèce que le monde courait à sa perte, que la Terre souffrait. Au contraire, Lara et ses compagnons représentaient un nouvel espoir.

L'Ensis Dei et ceux qui la contrôlaient symbolisaient la prédation et la domination. Dans la nature, seuls les plus forts pouvaient survivre, au détriment des plus faibles. Il en était de même chez les hommes, depuis l'aube de l'humanité. Les peuples les plus puissants avaient systématiquement écrasé les tribus plus faibles, avaient transformé leurs membres en esclaves. Dans le monde moderne, l'argent représentait la forme de la force. Les riches exploitaient les pauvres. Le monde demeurait une jungle, et l'homme un animal. Il était incapable, dans ce monde, de s'élever au-dessus de cette condition. Malgré les leurres diffusés par les croyances ou les idéologies politiques.

Les Hosyrhiens s'opposaient à cette philosophie. La leur était basée sur la solidarité et le respect. Peut-être était-ce une utopie, peut-être ne pouvait-elle s'appliquer qu'à un groupe restreint. Mais Lara était intimement convaincue que l'homme avait un autre avenir que de demeurer un animal. Il détenait le pouvoir de prendre son destin en main, de s'affranchir de sa bestialité. C'était le sens de la Prophétie des Glaces, cette prophétie que l'Esprit de la Terre avait montrée à la reine Tanithkara bien longtemps auparavant. Elle n'avait pas perçu l'avenir sans raison.

L'Esprit ne laisserait pas ses descendants périr sous les coups de tueurs aveugles.

C'est pourquoi elle avait confiance. Il allait se passer quelque chose.

Plusieurs heures s'écoulèrent, sans rien apporter de nouveau. Le système de communication était équipé d'un radar. Vers la fin de la journée, alors que le soleil déclinait, l'opérateur déclara :

— Ils approchent. Ils seront là dans moins de deux heures. Il y a deux hélicoptères de combat et une douzaine d'autochenilles.

L'angoisse avait envahi la base. Certains commençaient déjà à douter.

— Nous aurions dû partir, dit une femme à l'accent sud-américain.

— L'hélicoptère est encore là, renchérit un homme. Puisqu'elle n'en veut pas, rien ne nous empêche de le prendre.

Lara, qui n'avait pas dit un mot depuis sa déclaration, s'adressa à eux :

— Vous êtes libres de partir, si vous le souhaitez. Mais vous n'irez pas loin.

— Nous pouvons encore leur échapper, riposta l'homme.

— Ce ne sont pas eux qui vous détruiront, répondit-elle.

L'homme se tourna vers la femme sud-américaine.

— Qu'est-ce qu'elle veut dire ?

Un technicien fit signe à Paul Flamel.

— Ils sont en vue ! s'exclama-t-il. Mais il se passe quelque chose de bizarre... Venez voir !

63

Tout le monde se précipita vers l'extrémité de la salle, ouverte sur l'extérieur par des fenêtres épaisses qui offraient une vue sur les alentours de la base. Au nord, deux taches noires étaient visibles, qui semblaient vibrer dans le ciel d'un bleu profond. Au-dessous se matérialisaient lentement plusieurs points sombres. Les autochenilles.

Puis les regards se tournèrent vers l'ouest. Contre toute attente, alors que le temps était resté immuable depuis leur arrivée, deux mois plus tôt, l'horizon occidental paraissait se déformer, onduler sous l'effet d'un phénomène inattendu.

— Une tempête ? s'étonna Paul Flamel. A cette époque ?

Il se tourna vers le météorologue.

— Je n'y comprends rien, monsieur, répondit ce dernier. Rien ne la laissait prévoir.

Le cœur de Lara se mit à battre plus vite. Son intuition ne l'avait pas trompée. Le Grand Esprit de la Terre l'avait entendue.

En moins d'une demi-heure, l'ouragan se déchaîna sur la base. Heureusement, on avait suivi les indications de Lara à la lettre, et toutes les précautions avaient été prises.

A l'extérieur, l'enfer s'était abattu sur l'ennemi. Alors qu'il n'y avait presque pas de précipitations en Antarctique, le ciel s'était couvert très vite d'une couche épaisse de nuages noirs qui avaient occulté le soleil. Un blizzard d'une violence inouïe avait contraint les deux hélicoptères de combat à se poser en catastrophe. Mais cela n'avait pas suffi. Les habitants de la base virent les deux appareils basculer, leurs pales se briser, puis les carlingues furent traînées sur plusieurs dizaines de mètres avant de s'immobiliser et de disparaître derrière les tornades de neige. Les autochenilles résistèrent un peu plus longtemps, mais la puissance des bourrasques était telle qu'elles furent renversées et disloquées. Les vitres pourtant épaisses se descellèrent et explosèrent, livrant les occupants à la fureur des éléments.

L'ouragan de glace dura plus d'une dizaine d'heures.

Sur la base, personne n'avait pu dormir. On s'attendait d'un moment à l'autre à ce que le Léviathan qui hurlait sa fureur au-dehors fasse s'écrouler les bâtiments. Les constructions étaient solides, et faites pour résister à des blizzards puissants, mais celui-ci devait atteindre les limites de résistance des matériaux.

La plupart des occupants s'étaient réunis sans se concerter autour de Lara, dans la grande salle. Personne ne parlait. Chacun était persuadé que c'était elle qui avait provoqué cette tempête pour frapper l'ennemi. Tanithkara détenait des pouvoirs étranges, qui s'exprimaient à travers Lara. Mais quelle était la limite de ces pouvoirs ?

A l'extérieur, on n'y voyait plus à dix pas. Alors que la nuit ne tombait plus depuis plusieurs mois, les ténèbres recouvraient la base, diluant toute forme dans le fracas de la tempête.

Puis, après de longues heures d'angoisse, tout s'apaisa en quelques minutes. A l'extérieur, la lumière revint peu à peu. Tandis que l'ouragan emportait au loin les cohortes de nuages noirs et les rafales de neige, le soleil réapparut, aveuglant après cette nuit infernale. Des congères bouchaient la vue jusqu'à mi-hauteur des fenêtres. La base avait disparu sous un manteau de neige qui devait dépasser deux mètres d'épaisseur.

Un calme impressionnant s'installa sur la banquise.

— Il va falloir déblayer tout ça, dit Paul Flamel.

Les deux tractopelles de la base entrèrent en action. Les bâtiments avaient bien résisté. Tout au plus déplorait-on quelques dégâts matériels, antennes brisées et clôtures arrachées. Un moindre mal.

En direction du nord, plus rien ne bougeait. De l'ennemi ne subsistaient plus que des monticules de neige et de glace qui recouvraient les carcasses des véhicules de combat.

— Avec ce froid, ils doivent tous être morts, dit Rohan en regardant Lara avec un mélange de stupéfaction et d'admiration. C'est vraiment toi qui as fait ça ? Tu es capable de commander aux éléments ?

Elle secoua la tête.

— Non. J'ai seulement senti qu'une tempête se préparait, et qu'elle allait frapper la base au moment où l'ennemi arriverait.

— Mais Tanithkara a découvert que les pensées sont créatrices, objecta Paul Flamel. Tu ne peux pas exclure qu'il existe un lien entre cette tempête et l'aide que tu as demandée à l'Ether auparavant.

— Peut-être. Je ne sais pas.

Cette perspective la troublait. Elle n'aimait pas l'idée de disposer d'un pouvoir aussi impressionnant. Il s'agissait d'une coïncidence, rien de plus. Elle préféra changer de sujet :

— Nous devons nous rendre sur place, déclara-t-elle. Il y a peut-être des survivants.

Rohan fit la grimace.

— Tu oublies que ces gens étaient venus pour nous tuer.

— C'est vrai. Mais si certains sont encore vivants et que nous leur refusons notre secours, nous nous abaisserons à leur niveau.

Le vieil homme confirma :

— Lara a raison, Rohan. Nous devons aller voir. Mais nous allons emporter les armes.

Un peu plus tard, deux *snowcats* se dirigeaient vers l'endroit où les autochenilles et les hélicoptères ennemis avaient été ensevelis. Lara avait voulu monter à bord de l'un d'eux, mais Paul Flamel s'y était opposé.

« Nous ne savons pas ce qu'ils vont trouver là-bas. Tu es trop importante pour exposer ta vie ainsi. »

Elle avait acquiescé. Mais, cette fois encore, son intuition lui soufflait que quelque chose avait survécu.

Au bout de trois heures de recherches, les *snowcats* revinrent à la base. Après une fouille minutieuse de chaque carcasse, les sauveteurs n'avaient ramené que quatre survivants.

— Tous les autres sont morts, père, dit Hubert, qui avait dirigé les opérations. Le froid ne leur a laissé aucune chance. Ceux-là étaient dans une autochenille qui n'a pas été entièrement détruite.

Soudain, Lara poussa un cri. Elle venait de reconnaître le père Paolini. Le prêtre était mal en point. Sa peau avait viré au bleu. Elle s'approcha de Paul Flamel.

— C'est lui. C'est le Grand Maître de l'Ensis Dei.

Flamel hocha la tête.

— Ne crains rien. Il ne peut plus rien contre toi, à présent.

Les prisonniers furent conduits à l'hôpital de la base et placés sous bonne garde. Hubert et ses compagnons avaient récupéré une grande quantité d'armes dans les véhicules et les hélicoptères.

Le surlendemain, Paolini avait recouvré ses forces. Paul Flamel le fit amener dans la pièce qui lui servait de bureau. Lara, Rohan, Hubert et Fiona assistèrent à l'interrogatoire. Trois hommes armés installèrent le prêtre sur une chaise. Malgré son épuisement, le regard de son œil unique se mit à luire avec férocité quand il aperçut la jeune femme.

— Ainsi, c'est toi qui as déclenché les forces maléfiques pour anéantir les troupes du Seigneur ! Mais ne crois pas que tu as triomphé. Tant que j'aurai un souffle de vie, je te combattrai.

Lara ne répondit pas. Cette fois, Paolini avait jeté bas le masque. Toute la prévenance dont il avait fait preuve envers elle à San Frasco avait disparu. Comment avait-elle pu se laisser prendre à sa comédie ? Soudain, un autre élément la frappa. Tout comme le prêtre haanien Nehfyyr, Paolini n'avait plus qu'un œil. Se pouvait-il que le second soit la réincarnation du premier ?

Paul Flamel déclara :

— Nous savons qui vous êtes, Jean-Benoît Paolini. Vous avez tué le capitaine de notre navire, Victor Kramer. Et vous vous apprêtiez à massacrer la totalité des occupants de cette base. Vous aurez à répondre de vos crimes devant la justice.

L'autre releva la tête d'un air de défi.

— Une seule justice compte à mes yeux : celle du Seigneur. Et vous tremblerez quand vous comparaîtrez devant Lui.

Lara se tenait à l'écart avec Rohan.

— Cet homme est un illuminé. Nous n'en tirerons rien.

Le jeune homme ne répondit pas. Il ne pouvait s'empêcher de penser qu'il avait face à lui le responsable, le commanditaire du massacre de ses parents. S'il n'avait tenu qu'à lui, il aurait saisi un fusil et aurait abattu ce misérable d'une balle dans la tête. Lara lui prit la main pour le calmer. Elle percevait sa rage et lui envoya des ondes d'apaisement.

— C'est lui qui a fait tuer mon ami Christian Pernelle. J'y pense, moi aussi. Mais tu ne dois pas céder à la haine, Rohan. Tu dois te montrer plus fort qu'elle pour ne pas t'abaisser au niveau de ce criminel.

Il acquiesça d'un signe de tête.

Paul Flamel, qui observait le prêtre depuis un bon moment, demanda :

— Comment avez-vous su que nous étions en Antarctique ?

L'autre hésita, puis cracha, d'un ton méprisant :

— Nous avons découvert l'une de vos... tribus, aux Etats-Unis. J'ignore comment, mais ils ont réussi à nous échapper. Heureusement, dans le bureau du chef de clan, nous avons saisi des documents qui parlaient de votre prétendue organisation scientifique, l'Equinoxe. Nous avons mené une enquête, et nous avons appris que vous aviez rejoint cette base.

— Vous avez alors pensé que vous teniez le moyen d'anéantir tous les Hosyrhiens d'un coup. Vous avez réuni plus d'une centaine de tueurs et vous les avez amenés en Antarctique. Dans le but de nous massacrer.

— Ce ne sont pas des tueurs ! s'écria le prêtre. Ce sont des soldats de Dieu !

— Ces soi-disant soldats ont massacré nombre des nôtres. Et ils s'apprêtaient à exterminer tous les occupants de cette base. Avez-vous donc oublié ce que dit votre religion, père Paolini ? « Tu ne tueras point ! »

— Cela ne s'applique pas aux créatures infernales.

— Qu'est-ce qui vous fait croire que nous sommes des créatures infernales ?

— Nous savons tout de votre histoire, nous possédons un dossier complet sur cette reine maudite qui a lancé la Prophétie des Glaces. Une prédiction funeste qui prétend que les religions sont condamnées à disparaître. Nous savons aussi que vous vous appelez lucifériens entre vous. Et vous osez encore affirmer que vous n'êtes pas des créatures du Diable ?

— Lucifer était le Porteur de Lumière, dans la mythologie romaine. C'est le nom que les Romains donnaient à la planète Vénus au matin, lorsqu'elle précède le lever du soleil. Son père était Jupiter, et sa mère la déesse Aurore. Ce Lucifer-là n'a vraiment rien à voir avec le Diable.

— Vénus était la personnification de la Femme. Son nom a donné « vénal », et « vénériennes ».

— Les Romains n'ont jamais eu beaucoup de considération pour les femmes. Mais savez-vous quel nom prenait Vénus lorsqu'elle apparaissait au crépuscule ?

Le prêtre ne sut que répondre. Flamel précisa :

— On l'appelait Vesper. Et ce nom est à l'origine des Vêpres. N'est-ce pas là un joli nom chrétien ?

— Cessez de vous moquer de moi ! Tout ce que vous dites n'est que mensonge ! Nous savons que vous adorez une reine maudite qui vivait, selon vos croyances stupides, il y a quinze mille ans…

— Elle vivait bien il y a quinze mille ans, et nous en avons la preuve. Mais vous vous êtes mépris sur la signification de la Prophétie des Glaces. Elle ne condamne pas les religions à disparaître. Elle prédit seulement qu'elles devront *évoluer* pour ne pas disparaître.

Le prêtre poussa un rugissement de colère.

— Nous y voilà ! Encore cette aberrante théorie de l'évolution ! Darwin et l'aveuglement de ceux qui se prétendent scientifiques ! Comment osez-vous remettre en question les textes sacrés ? La Bible est pourtant très claire sur ce point : Dieu a créé la Terre et les étoiles il y a sept mille ans. Cette reine ne pouvait donc pas exister il y a quinze mille ans. Voilà bien la preuve que vous mentez.

— Comment pouvez-vous croire à une telle ineptie, père Paolini ? Vous semblez pourtant être un homme cultivé. Que faites-vous des fossiles, des datations au carbone 14 ?

— Tout cela n'est que tromperie de la part des évolutionnistes. La théorie de Darwin n'est qu'un mensonge qui a engendré l'athéisme, l'égoïsme et le matérialisme dont souffre le monde actuellement ! Elle est la cause de toutes les guerres, de tous les conflits [1].

Paul Flamel haussa les épaules. Toute communication était impossible avec ce prêtre. Il n'était pas étonnant qu'il ait été choisi par les responsables de l'Ensis Dei. Ils ne pouvaient pas trouver de serviteur plus zélé et plus fanatique. De cet entretien, il ne retenait qu'une chose : il n'y avait pas eu de nouveau massacre d'Hosyrhiens. Ils avaient réussi à s'échapper à temps.

Le vieil homme revint vers Lara et Rohan. La jeune femme lui adressa un sourire énigmatique et s'approcha à son tour du prêtre.

— *Vade retro, Satana !* s'écria aussitôt Paolini.

— Cessez de faire l'imbécile, père Paolini. Vos doctrines religieuses sont complètement dépassées. Le pape lui-même, qui n'est pourtant pas particulièrement progressiste, a reconnu publiquement que la théorie de l'évolution de Darwin était « plus qu'une simple hypothèse ». Vous pouvez raconter tout ce que vous voulez, nous sommes au courant de votre but véritable : vous emparer des systèmes d'éducation pour enseigner vos propres théories, afin d'assurer votre domination sur les peuples. J'ai déjà connu ça, il y a quinze mille ans.

— Tu n'existais pas, il y a quinze mille ans !

---

1. Ces idées apparemment caricaturales ont malheureusement de nombreux partisans. Elles se retrouvent sur les sites créationnistes. Les arguments avancés par ces gens font froid dans le dos, d'autant plus que ce mouvement, apparu aux Etats-Unis, se répand dangereusement actuellement, aussi bien en Europe que dans les pays musulmans, notamment la Turquie.

— La reine Tanithkara existait. Et elle a dû faire face au même problème. C'est peut-être pour cette raison qu'elle s'est réincarnée en moi. Les puissants voulaient déjà s'appuyer sur la religion pour asservir le peuple sur le plan spirituel. Il n'y a donc rien de nouveau sous le soleil. Sauf une chose : la théorie de l'évolution n'est pas une aberration, comme vous dites, mais une réalité. Et j'en suis la preuve vivante…

Elle ne put continuer. Tout se passa très vite. Alors qu'on le croyait affaibli, le prêtre bondit de sa chaise, se rua sur l'un des hommes qui le surveillaient et lui arracha son arme. Avant que les autres aient pu réagir, il braqua le pistolet sur Lara et appuya sur la détente. Le chargeur se vida.

Rohan poussa un cri, voulut se précipiter pour sauver sa compagne. Les deux gardes en armes levèrent leur arme pour abattre le religieux, mais Lara hurla :

— Ne tirez pas ! Que personne ne bouge !

Tous s'immobilisèrent, y compris le prêtre, qui regardait la jeune femme avec stupeur. Elle n'était même pas blessée. Rohan et les autres s'approchèrent et restèrent pétrifiés devant le phénomène incroyable qu'ils avaient sous les yeux. Pour une raison inconnue, toutes les balles avaient été freinées en pleine course et s'étaient immobilisées à quelques centimètres de sa poitrine. Elles restèrent ainsi suspendues dans l'air pendant quelques secondes, puis retombèrent sur le sol, inoffensives, avec un bruit métallique.

Rohan posa la main sur la poitrine de la jeune femme, incrédule.

— Mais par quel miracle…

— Ce n'est pas un miracle ! s'écria Paolini. C'est une nouvelle diablerie !

Soudain, une force surgie de nulle part bouscula le prêtre, qui fut projeté sans douceur sur le sol. Il avait senti comme deux mains invisibles le pousser.

— Vous allez enfin vous tenir tranquille ? père Paolini, dit Lara. Vous allez finir par blesser quelqu'un.

— Que m'as-tu fait, diablesse ? gémit-il en se relevant péniblement.

— Je vous ai apporté la preuve que je disais vrai. Je voulais le faire plus… sereinement, mais vous m'avez forcé la main. Ce que vous venez de voir s'appelle de la télékinésie. Par la volonté, j'ai arrêté les balles que vous me destiniez.

— C'est bien la preuve que tu es une créature du Diable !

— Pas du tout ! C'est seulement la preuve que l'être humain est en perpétuelle évolution. La reine Tanithkara possédait déjà ce don. Il lui a permis d'arrêter le carreau d'arbalète qui devait la tuer. Une arbalète qui était tenue par un homme qui vous ressemblait étrangement. Peut-être ne croyez-vous pas à la réincarnation, mais il semblerait que ce ne soit pas la première fois que vous essayez de m'assassiner. Je vous informe que la dernière fois, cela vous a coûté la vie. L'une de vos victimes vous a tranché la tête et me l'a apportée.

Le prêtre pâlit. Le phénomène auquel il venait d'assister l'avait fortement impressionné, et on eût dit qu'il s'attendait d'un instant à l'autre à voir Lara et les autres se métamorphoser en des créatures hideuses. D'une voix moins assurée, il demanda :

— A présent, vous allez me tuer, c'est ça ?

— Ce n'est pas à moi de décider de votre sort, ni aux personnes qui m'entourent. Vous serez jugé par un tribunal parfaitement légal, auquel nous dénoncerons vos intentions criminelles. Et ne croyez pas que votre organisation secrète aura l'occasion de fomenter de nouvelles actions contre les Hosyrhiens. Nous avons l'intention de révéler notre existence au monde, et d'apporter les preuves que vous êtes à l'origine de plusieurs massacres de membres de notre communauté. Nous dévoilerons également les projets de votre groupe. Si vous croyez savoir beaucoup de choses sur nous, sachez que nous possédons, nous aussi, un dossier concernant l'Ensis Dei et les puissances financières qui s'abritent derrière. Cela risque de provoquer un énorme scandale, car des familles puissantes et connues y sont impliquées, jusqu'aux plus hautes sphères de la politique.

— Je ne vois pas de quoi vous parlez !

— Mais si ! Le monde entier saura que l'Inquisition n'a pas totalement disparu, et qu'elle continue à commettre des crimes au nom de Dieu. Et lorsque la Prophétie des Glaces parle de faire évoluer les religions, elle veut dire que ce sont des gens comme vous, les intégristes fanatiques, les créationnistes, les fondamentalistes, qui leur font du tort. Ce sont eux qui provoquent la désaffection des fidèles. Au fait, si vous voulez voir le véritable visage de l'Antéchrist, il vous suffit de regarder dans un miroir.

Epilogue

Château de Peyronne, un an plus tard...

L'effervescence médiatique s'était un peu calmée. Lara et Rohan goûtaient enfin un peu de repos dans la grande demeure périgourdine, à l'abri des journalistes et des historiens de tout poil qui voulaient à toute force rencontrer la reine réincarnée.

Après la tempête, Paul Flamel avait décidé le retour en France, non sans avoir averti les autorités norvégiennes de ce qui s'était passé, afin qu'elles récupèrent les corps des tueurs de l'Ensis Dei. Leur seule présence confirmait l'existence de l'organisation secrète.

Dès son arrivée en France, Paul Flamel avait préparé une conférence de presse, au cours de laquelle il avait présenté la communauté hosyrhienne, son origine, apportant les preuves de ses dires à travers les enregistrements de la mémoire de Tanithkara.

De nombreux historiens hurlèrent à la supercherie, mais les médecins confirmèrent l'authenticité de ces enregistrements. Le dossier Hedeen fut diffusé le plus largement possible et fit l'effet d'une bombe dans les milieux scientifiques et dans les médias. Avec l'histoire de Tanithkara, c'était toute l'histoire de l'humanité qui était remise en question. Lara, Rohan et Paul Flamel furent invités partout dans le monde, où la jeune femme dut, devant des salles remplies de scientifiques et d'historiens, raconter son incroyable aventure et les liens fantastiques qui la reliaient à une femme ayant vécu quinze millénaires auparavant.

De partout, des voix s'élevèrent pour combattre ce que les milieux conservateurs considéraient comme une hérésie et une supercherie. De véritables cabales furent montées pour dénoncer « un mensonge éhonté ».

Ces manifestations hostiles n'eurent pas beaucoup d'effet, sinon au sein des communautés religieuses attachées au créationnisme. Les expériences auxquelles Lara se prêta devant des équipes de scientifiques composées de sommités venues du monde entier confirmèrent la véracité du dossier Hedeen. Les instances gouvernementales tentèrent bien, au début, d'empêcher la divulgation de telles informations – qu'elles auraient préféré garder pour elles en invoquant le secret d'Etat –, mais la communauté hosyrhienne s'y opposa formellement et fit en sorte de mettre les dirigeants devant le fait accompli. Ce dossier appartenait à l'humanité tout entière, et il était hors de question de le garder secret.

Le public découvrit donc avec stupeur, à travers les films réalisés grâce à l'IRMF, la vie de Tanithkara, et, au-delà, l'existence de cet empire oublié, enfoui sous les glaces de l'Antarctique. Des chercheurs enthousiastes se penchèrent aussitôt sur son architecture, le mode de vie des Hedeeniens, leurs vêtements, leurs habitudes alimentaires, la faune et la flore de l'époque. Les domaines d'étude étaient nombreux et variés. Lara fut sollicitée par de grands instituts pour les autoriser à entreprendre de nouvelles investigations dans la mémoire de Tanithkara. Elle déclina toutes les offres. Elle avait bien l'intention de poursuivre ses recherches, mais elle tenait à le faire au château de Peyronne, à son rythme. En revanche, elle acceptait que des scientifiques vinssent assister aux séances.

Parallèlement, Paul Flamel avait déposé plainte contre l'Ensis Dei, dont l'existence fut révélée au monde. Forts de leur nouvelle notoriété et de l'impact du dossier Hedeen, les Hosyrhiens reçurent l'appui d'une grande partie des organisations politiques. Il s'ensuivit un raz-de-marée d'accusations et de dénonciations qui bouleversa les hautes sphères conservatrices, dans tous les pays du monde, ce qui engendra également des turbulences dans les milieux financiers et boursiers. On pouvait espérer qu'un terme serait mis aux agissements douteux de ces sociétés secrètes. Cependant, Paul Flamel ne se faisait aucune illusion. Malgré les preuves apportées sur les crimes de l'Ensis Dei, il savait que les hauts responsables ne seraient jamais directement touchés. Il s'ensuivrait une succession d'imbroglios juridiques qui finirait par lasser le public et s'achèverait sur des non-lieux et la condamnation de lampistes.

Le père Paolini, lui, n'eut jamais à expliquer son rôle devant un tribunal. Une singulière attaque cérébrale l'emporta quelques jours après son incarcération. De même, le colonel Barland, qui accompagnait le religieux lorsque celui-ci avait récupéré Lara à Quimper, trouva la mort au cours d'un tragique accident d'hélicoptère. Il y eut ainsi plusieurs disparitions étranges, qui entravèrent grandement le travail des enquêteurs. En Suisse, le monastère de San Frasco fut la proie d'un incendie qui le ravagea entièrement.

— L'ennemi se débarrasse des branches pourries, commenta Paul Flamel. Mais cela n'a guère d'importance. Il ne peut plus s'attaquer à nous, désormais. La découverte de l'existence de la civilisation de l'Hedeen a bouleversé le grand public. Certains producteurs parlent déjà de réaliser des films sur l'Hedeen.

— Je sais, répondit Lara. Nous avons reçu un appel dans ce sens ce matin. On nous propose, à Rohan et à moi, de jouer les rôles de Tanithkara et Rod'Han. Nous avons refusé. Nous ne sommes pas comédiens. Et puis, nous avons vu assez de caméras comme ça.

— Je comprends. Cependant, cette histoire a eu une autre conséquence.

— Laquelle ?

— Au-delà de l'histoire de Tanithkara, les gens commencent à s'intéresser à la philosophie hosyrhienne. Nous aurons besoin de vous pour rédiger un livre destiné à un public très large. Peut-être cela donnera-t-il enfin à l'homme l'idée de ne plus considérer sa planète comme une propriété qu'il peut exploiter comme bon lui semble sans se soucier des conséquences, mais comme un être vivant dont il fait partie. Il n'a d'ailleurs pas le choix. Parce qu'il y a une différence fondamentale entre l'Hedeen et le monde actuel. A l'époque, Tanithkara a eu la possibilité de trouver une terre d'accueil lorsque son royaume s'est effondré. Aujourd'hui, il n'existe plus aucun endroit où se réfugier. Les hommes sont donc condamnés à trouver des solutions à leurs problèmes… Ou bien ils sont condamnés… tout court.

Note de l'auteur

Certains de mes lecteurs auront peut-être déjà lu la série « Les Enfants de l'Atlantide », dans laquelle je raconte une possible histoire de ce continent ou archipel mythique au travers des aventures de l'un de ses souverains, Astyan, un Titan qui a la faculté de se réincarner, et ainsi de traverser le temps.

Quand j'ai écrit cette série, j'ai fait des recherches sur le sujet, en tentant de savoir s'il pouvait avoir existé, dans un passé très lointain, une civilisation qui aurait pu donner corps à la légende de l'Atlantide. Après une étude approfondie de tous les éléments dont je disposais à l'époque, j'en étais arrivé à la conclusion que l'Atlantide avait été imaginée par Platon à partir de récits ramenés d'Egypte par son oncle Solon, récits que Solon lui-même tenait des prêtres de Saïs, une ville située dans le delta du Nil. Cependant, le *Timée* et le *Critias*, les deux dialogues de Platon consacrés à l'Atlantide, n'étaient étayés par aucun document suffisamment solide pour supposer que la civilisation atlante ait pu réellement exister.

Bien plus tard, l'Atlantide a attiré nombre de chercheurs, dont beaucoup n'ont pas fait preuve de la rigueur nécessaire à une telle étude. Chacun avait sa propre théorie et, plutôt que de se livrer à un examen impartial des différents éléments connus sur le sujet, tentait de faire coïncider ces éléments avec cette théorie. On a ainsi assisté à de belles empoignades, l'humilité n'étant pas le fait de ces gens. On a situé l'Atlantide un peu partout dans le monde, depuis l'océan Atlantique lui-même jusqu'au Pacifique, où elle devenait le continent Mû, en passant par la Crète, le Sahara ou encore la Scandinavie, voire la Bretagne.

Toutes ces recherches tendancieuses m'ont laissé sceptique à un point tel que j'avais envisagé de donner des conférences sur le sujet, dans lesquelles je voulais démontrer que l'Atlantide n'était qu'un mythe sans réalité historique, et exploité par beaucoup de farfelus. Je voulais faire la différence entre le rêve et le sérieux de la recherche historique.

Je n'ai donné qu'une seule de ces conférences. Je me suis retrouvé ce jour-là face à des personnes qui avaient envie de croire à l'Atlantide. Ils m'opposaient des arguments discutables et faciles à réfuter, mais je me suis senti mal à l'aise. Beaucoup avaient aimé mes romans et certains pensaient que je racontais peut-être une possible vérité. J'ai alors compris une chose : je m'étais permis moi-même de rêver au sujet de l'Atlantide, de créer une fiction merveilleuse s'appuyant sur des légendes issues de différentes civilisations, que j'avais « harmonisées » pour en faire surgir un empire un peu idéaliste. De quel droit me permettrais-je de détruire les illusions que certains de mes lecteurs entretenaient sur la réalité d'une civilisation antérieure aux autres et qui, pour beaucoup, ne pouvait être qu'idéale ?

J'ai donc arrêté ces conférences, tout en restant convaincu que l'Atlantide n'avait jamais existé. Jusqu'au jour où j'ai découvert le livre du professeur Charles Hapgood, *Les Cartes des anciens rois des mers*. Ce livre, publié à l'origine en 1966 aux Etats-Unis, fut édité en 1981 par les Editions du Rocher. Aujourd'hui, il est épuisé et très difficile à se procurer.

C'est dans cet ouvrage que j'ai découvert l'existence de ces cartes impossibles de Piri Re'is et d'Oronteus Finaeus. La lecture de ce livre m'a amené à modifier mon point de vue quant à l'existence d'une première grande civilisation. Pour la première fois, je me trouvais devant un travail de recherche réalisé par un véritable savant, avec tout le sérieux et l'humilité que le sujet exigeait.

Je n'ai pas la prétention de raconter dans ce roman la véritable histoire de cette première civilisation. De même, je n'affirmerais pas que l'hypothèse du professeur Charles Hapgood est la bonne. Je ne suis aucunement qualifié pour ça. Cependant, tout comme je l'ai fait avec un précédent ouvrage, *Antilia*, dans lequel je défendais la thèse selon laquelle l'Amérique était sans doute connue depuis l'Antiquité, je veux, par le biais du roman, démontrer que l'Histoire officielle ne possède pas réponse à tout. Certaines énigmes déconcertent les historiens. La position de ces historiens est souvent très agaçante en ceci qu'ils répugnent fortement à se remettre en question lorsqu'une découverte vient battre leurs intimes convictions en brèche. Ne pouvant prouver que les cartes dites impossibles sont fausses, ils ont été contraints d'admettre leur existence. Mais ils évitent d'en parler.

On ne peut progresser qu'en acceptant de remettre en cause ce que l'on tient pour acquis. Peu importe que le professeur Hapgood se soit trompé ou non. Il n'en demeure pas moins que le mystère des cartes de Piri Re'is et d'Oronteus Finaeus reste entier, comme pour nombre d'autres cartes de ce type. Peut-être aurait-on pu en apprendre plus si les grandes bibliothèques de l'Antiquité comme celle d'Alexandrie ou celle de Carthage n'avaient pas été détruites.

Souvent, ces destructions furent commises pour des raisons religieuses. C'est pourquoi, dans ce roman, j'ai également voulu créer une opposition entre l'intégrisme aveugle et la foi librement choisie, fondée sur l'humanisme et la tolérance. Il dénonce clairement le mouvement créationniste, qui tend à se répandre par le biais d'un prosélytisme acharné s'adressant essentiellement à des populations en proie au doute et à la misère. Il est à craindre que les idées aberrantes qu'il véhicule ne trouvent un écho chez des gens fragiles et crédules. Or, c'est parmi ces gens-là que se recrutent les fanatiques les plus féroces, comme ceux qui mettaient le feu aux cinémas où l'on projetait *La Dernière Tentation du Christ*, de Martin Scorsese. C'est aussi parmi ces individus que les imams bouteurs de guerre d'Al-Qaïda enrôlent des hommes qu'ils conditionnent jusqu'au sacrifice en leur promettant le paradis et soixante-dix vierges, ce qui en dit long sur la manière dont sont traitées les femmes dans ledit paradis.

L'intégrisme religieux, quel que soit son origine, constitue une grave menace pour l'humanité, et c'est lui que veut dénoncer *La Prophétie des Glaces*. C'est contre lui qu'il faut lutter, et pour ce faire il convient de ne pas se tromper de cible en opposant, comme certains tentent de le faire, l'Islam et la Chrétienté. La grande majorité des musulmans, des chrétiens ou des juifs sont des hommes et des femmes de bon sens, qui trouvent dans leur croyance le réconfort dont ils ont besoin pour faire face aux difficultés de la vie. Ce comportement doit être respecté.

Et, avant tout, chaque être humain doit rester libre de mener sa propre quête spirituelle comme il l'entend, sans contrainte. Que ce soit avec ou sans l'aide d'une religion.

PRODUCTION JEANNINE BALLAND
Romans « Terres de France »

Jean Anglade
Un parrain de cendre
Le Jardin de Mercure
Y a pas d'bon Dieu
La Soupe à la fourchette
Un lit d'aubépine
La Maîtresse au piquet
Le Saintier
Le Grillon vert
La Fille aux orages
Un souper de neige
Les Puysatiers
Dans le secret des roseaux
La Rose et le Lilas
Avec le temps...
L'Ecureuil des vignes
Une étrange entreprise
Le Temps et la Paille
Les Ventres jaunes
Le Semeur d'alphabets
La Bonne Rosée
Un cœur étranger
Les Permissions de mai
Les Délices d'Alexandrine
Sylvie Anne
Mélie de Sept-Vents
Le Secret des chênes
La Couze
Ciel d'orage sur Donzenac
La Maîtresse du corroyeur
Un horloger bien tranquille
Un été à Vignols
La Lavandière de Saint-Léger
L'Orpheline de Meyssac
Jean-Jacques Antier
Tempête sur Armen
La Fille du carillonneur
Marie-Paul Armand
Le Vent de la haine
Louise
Benoît
La Maîtresse d'école
La Cense aux alouettes
L'Enfance perdue
Un bouquet de dentelle
Au bonheur du matin
Le Cri du héron
Le Pain rouge
La Poussière des corons
Nouvelles du Nord
La Courée
Victor Bastien
Retour au Letsing
Henriette Bernier
L'Enfant de l'autre
L'Or blanc des pâturages
L'Enfant de la dernière chance
Le Choix de Pauline
La Petite Louison
Petite Mère
Françoise Bourdon
La Forge au Loup
La Cour aux paons
Le Bois de lune
Le Maître ardoisier
Les Tisserands de la Licorne
Le Vent de l'aube
Les Chemins de garance
La Figuière en héritage
La Nuit de l'amandier
Patrick Breuzé
Le Silence des glaces
La Grande Avalanche
La Malpeur
Nathalie de Broc
Le Patriarche du Bélon
La Dame des Forges
La Tresse de Jeanne
Loin de la rivière
La Rivière retrouvée
Annie Bruel
Le Mas des oliviers
Les Géants de pierre
Marie-Marseille
Michel Caffier
Le Hameau des mirabelliers
La Péniche Saint-Nicolas
Les Enfants du Flot
La Berline du roi Stanislas
La Plume d'or du drapier
L'Héritage du mirabellier
Marghareta la huguenote
Jean-Pierre Chabrol
La Banquise
Claire Chazal
L'Institutrice
Didier Cornaille
Les Labours d'hiver
Les Terres abandonnées
Etrangers à la terre
L'Héritage de Ludovic Grollier
L'Alambic

Georges Coulonges
Les Terres gelées
La Fête des écoles
La Madelon de l'an 40
L'Enfant sous les étoiles
Les Flammes de la Liberté
Ma communale avait raison
Les blés deviennent paille
L'Eté du grand bonheur
Des amants de porcelaine
Le Pays des tomates plates
La Terre et le Moulin
Les Sabots de Paris
Les Sabots d'Angèle
La Liberté sur la montagne
Les Boulets rouges de la Commune
Pause-Café
Anne Courtillé
Les Dames de Clermont
Florine
Dieu le veult
Les Messieurs de Clermont
L'Arbre des dames
Le Secret du chat-huant
L'Orfèvre de Saint-Séverin
La Chambre aux pipistrelles
Paul Couturiau
En passant par la Lorraine
Annie Degroote
La Kermesse du diable
Le Cœur en Flandre
L'Oubliée de Salperwick
Les Filles du Houtland
Le Moulin de la Dérobade
Les Silences du maître drapier
Le Colporteur d'étoiles
La Splendeur des Vaneyck
Les Amants de la petite reine
Un palais dans les dunes
Renelde, fille des Flandres
Alain Dubos
Les Seigneurs de la haute lande
La Palombe noire
La Sève et la Cendre
Le Secret du docteur Lescat
Constance et la Ville d'Hiver
Marie-Bernadette Dupuy
L'Orpheline du bois des Loups
Les Enfants du Pas du Loup
La Demoiselle des Bories
Le Chant de l'Océan
Le Moulin du Loup
Le Chemin des Falaises
Elise Fischer
Trois Reines pour une couronne
Les Alliances de cristal
Mystérieuse Manon
Le Soleil des mineurs
Les cigognes savaient
Confession d'Adrien le colporteur
Le Secret du pressoir
Laurence Fritsch
La Faïencière de Saint-Jean
Alain Gandy
Adieu capitaine
Un sombre été à Chaluzac
L'Enigme de Ravejouls
Les Frères Delgayroux
Les Corneilles de Toulonjac
L'Affaire Combes
Les Polonaises de Cransac
Le Nœud d'anguilles
*L'Agence Combes et Cie*
Suicide sans préméditation
Fatale Randonnée
Une famille assassinée
Le piège se referme
Gérard Georges
La Promesse d'un jour d'éte
Les Bœufs de la Saint-Jean
L'Ecole en héritage
Le Piocheur des terres gelées
Les Amants du chanvre
La Demoiselle aux fleurs sauvages
Jeanne la brodeuse au fil d'or
Denis Humbert
La Malvialle
Un si joli village
La Rouvraie
L'Arbre à poules
Les Demi-Frères
La Dernière Vague
Yves Jacob
Marie sans terre
Les Anges maudits de Tourlaville
Les blés seront coupés
Une mère en partage
Un homme bien tranquille
Hervé Jaouen
Que ma terre demeure
Au-dessous du calvaire
Les Ciels de la baie d'Audierne
Les Filles de Roz-Kelenn
Michel Jeury
Au cabaret des oiseaux
Marie Kuhlmann
Le Puits Amélie
Passeurs d'ombre
Guillemette de La Borie
Les Dames de Tarnhac

Le Marchand de Bergerac
La Cousette de Commagnac
Jean-Pierre Leclerc
Les Années de pierre
La Rouge Batelière
L'Eau et les Jours
Les Sentinelles du printemps
Un amour naguère
Julien ou l'Impossible Rêve
A l'heure de la première étoile
Les Héritiers de Font-Alagé
Hélène Legrais
Le Destin des jumeaux Fabrègues
La Transbordeuse d'oranges
Les Herbes de la Saint-Jean
Les Enfants d'Elisabeth
Les Deux Vies d'Anna
Les Ombres du pays de la Mée
Eric Le Nabour
Les Ombres de Kervadec
Louis-Jacques Liandier
Les Gens de Bois-sur-Lyre
Les Racines de l'espérance
Jean-Paul Malaval
Le Domaine de Rocheveyre
Les Vignerons de Chantegrêle
Jours de colère à Malpertuis
Quai des Chartrons
Les Compagnons de Maletaverne
Le Carnaval des loups
Les Césarines
Grand-mère Antonia
Une maison dans les arbres
Une reine de trop
Une famille française
Le Crépuscule des patriarches
La Rosée blanche
L'Homme qui rêvait d'un village
L'Auberge des Diligences
Dominique Marny
A l'ombre des amandiers
La Rose des Vents
Et tout me parle de vous
Jouez cœur et gagnez
Pascal Martin
Le Trésor du Magounia
Le Bonsaï de Brocéliande
Les Fantômes du mur païen
La Malédiction de Tévennec
L'Archange du Médoc
Louis Muron
Le Chant des canuts
Henry Noullet
La Falourde
La Destalounade
Bonencontre
Le Destin de Bérengère Fayol
Le Mensonge d'Adeline
L'Evadé de Salvetat
Les Sortilèges d'Agnès d'Ayrac
Le Dernier Train de Salignac
Michel Peyramaure
Un château rose en Corrèze
Les Grandes Falaises
Frédéric Pons
Les Troupeaux du diable
Les Soleils de l'Adour
Passeurs de nuit
Jean Siccardi
Le Bois des Malines
Les Roses rouges de décembre
Le Bâtisseur de chapelles
Le Moulin de Siagne
Un parfum de rose
La Symphonie des loups
La Cour de récré
Les Hauts de Cabrières
Les Brumes du Mercantour
Bernard Simonay
La Fille de la pierre
La Louve de Cornouaille
Jean-Michel Thibaux
La Bastide blanche
La Fille de la garrigue
La Colère du mistral
L'Homme qui habillait les mariées
La Gasparine
L'Or des collines
Le Chanteur de sérénades
La Pénitente
L'Enfant du mistral
L'Or du forgeron
Jean-Max Tixier
Le Crime des Hautes Terres
La Fiancée du santonnier
Le Maître des roseaux
Marion des salins
Le Mas des terres rouges
L'Aîné des Gallian
L'Ombre de la Sainte-Victoire
Brigitte Varel
Un village pourtant si tranquille
Les Yeux de Manon
Emma
L'Enfant traqué
Le Chemin de Jean
L'Enfant du Trièves
Le Déshonneur d'un père
Blessure d'enfance
Mémoire enfouie

Louis-Olivier Vitté
La Rivière engloutie
L'Enfant des terres sauvages
L'Inconnue de la Maison-Haute

Colette Vlérick
La Fille du goémonier
Le Brodeur de Pont-l'Abbé
La Marée du soir
Le Blé noir

Polars de France

Alain Gandy
Un week-end meurtrier
Hèlène Legrais
La Croix des outrages
Pascal Martin
La Traque des maîtres flamands
L'Ogre des Landes
Jean-Max Tixier
Le Juge de paix

Romans

Sylvie Anne
L'Appel de la pampa
Jean-Jacques Antier
Marie-Galante, La Liberté ou la Mort
La Dame du Grand-Mât
Le Sixième Condamné de l'Espérance
Erwan Bergot
Les Marches vers la gloire
Sud Lointain
tome I *Le Courrier de Saïgon*
tome II *La Rivière des parfums*
tome III *Le Maître de Bao-Tan*
Rendez-vous à Vera-Cruz
Mourir au Laos
Jean Bertolino
Chaman
Fura-Tena
Jean-Baptiste Bester
Bois d'ébène
A l'heure où dorment les fauves
Michel Caffier
Le Découvreur du Mississippi
Anne Courtillé
Le Mosaïste de Constantinople
Paul Couturiau
Le Paravent de soie rouge
Le Paravent déchiré
L'Inconnue de Saigon
Les Amants du fleuve Rouge
Le Pianiste de La Nouvelle-Orléans
Les Brumes de San Francisco
Paradis perdu
Cent Ans avant de nous séparer
Comme un parfum d'ylang-ylang
Annie Degroote
L'Etrangère de Saint-Pétersbourg
Alain Dubos
Acadie, terre promise
Retour en Acadie
La Plantation de Bois-Joli
La Baie des maudits
Elise Fischer
L'Enfant perdu des Philippines
Hubert Huertas
Nous jouerons quand même ensemble
La Passagère de la « Struma »
L'Orque de Magellan
Terminus Pondichéry
Denis Humbert
Un été d'illusions
Gérard A. Jaeger
Pour l'amour de Blanche
Hervé Jaouen
L'Adieu au Connemara
Le Testament des McGovern
Suite irlandaise
Diane Lacombe
L'Hermine de Mallaig
La Châtelaine de Mallaig
Sorcha de Mallaig
Eric Le Nabour
Orages sur Calcutta
Les Démons de Shanghai
Les Jardins d'Istanbul
Sonia Marmen
La Vallée des larmes
La Saison des corbeaux
La Terre des conquêtes
La Rivière des promesses
Dominique Marny
Du côté de Pondichéry
Les Nuits du Caire
Cap Malabata
Mes nuits ne sont pas les vôtres
Du côté de Bombay
Juliette Morillot
Les Orchidées rouges de Shanghai
Michel Peyramaure
Le Roman de Catherine de Médicis
Le Pays du Bel Espoir
Les Fleuves de Babylone
Les Tambours sauvages

Le Temps des moussons
Les Roses noires de Saint-Domingue
La Porte du non-retour
Les Prisonniers de Cabrera
Bernard Simonay
Les Tigres de Tasmanie
La Dame d'Australie
Princesse maorie
L'Appel de l'Orient

Jean-Michel Thibaux
Le Roman de Cléopâtre
La Fille de Panamá
Tempête sur Panamá
La Pyramide perdue
La Cinquième Courtisane
La Danseuse sacrée
Colette Vlérick
Le Domaine du belvédère

Cet ouvrage a été imprimé en France par

CPI
Bussière

à Saint-Amand-Montrond (Cher)
en juillet 2009

Composition et mise en pages : FACOMPO, LISIEUX

N° d'édition : C 07427. — N° d'impression : 092019/4.
Dépôt légal : août 2009.